Schattenmelodie

Zauber der Elemente
Band 2

Daphne Unruh

Roman

1. Auflage

10413 Berlin, Postfach 580343
daphne.unruh@online.de
Cover: Mike Beuke, Reytonity
Illustrationen: Daphne Unruh
Lektorat: Karla Schmidt, Gisa Marehn
ISBN-13: 978-1493505142
ISBN-10: 1493505149

www.zauber-der-elemente.de

Prolog

Ich stehe auf dem schmalen und vertrauten Felsvorsprung. Über mir spannt sich dunkelviolett das Universum mit seinen unzähligen Sternen. Vor mir in der Tiefe liegt der Himmel von Berlin. Eine einzelne weiße Blüte schwebt herab. Sie leuchtet in der Dunkelheit. Ihr zartes Klingen wird leiser und leiser, je weiter sie sich nach unten entfernt. Sie verliert sich zwischen den Engeln, die sich wie Nebelschwaden über dem azurblauen Himmel der Stadt bewegen. Doch auf einmal scheint das Klingen der Blüte wieder anzuschwellen.

Nein, es ist nicht die Blüte, es ist eine Melodie, die von unten heraufsteigt. Ich lausche. Sie klingt wunderschön. Ich breite meine Arme aus und lasse mich in die Himmelstiefe fallen, so wie ich es schon viele Male getan habe. Es ist kein atemberaubendes Abstürzen im freien Fall. Es ist, als würde ich mich auf einen fliegenden Teppich legen und wie ein Vogel mit weit gespannten Flügen hinabgleiten.

Über mir entfernt sich der Abend der magischen Welt. Vor mir tut sich ein klarer Morgen in der Realwelt auf. Ein eisigblauer, aber freundlicher Dezemberhimmel. Ich fliege über die Dächer der Stadt und folge der Melodie. Sie zieht mich mit sich. Sie klingt so traumhaft schön. Am Horizont ein rosa Streifen, aus dem die Sonne hervorbricht wie ein goldener Glutball. Heiß und doch sehr kalt um diese Jahreszeit. Bitterkalt. So kalt, dass ich auf einmal friere. Das kann nicht sein. Etwas stimmt nicht. Ich bin ein Engel, und Engel frieren nie.

Plötzlich taumele ich auf einen engen Hinterhof zu, wie auf einen dunklen Schlund. Wo ist die Musik? Sie ist noch da. Das beruhigt mich. Aber gleichzeitig beunruhigt mich, dass sie von so einem finsteren Ort heraufsteigt. Erschrocken schlinge ich die Arme um meinen Körper. Und als wären sie die ganze Zeit meine Flügel gewesen, stürze ich in die Tiefe. Ich kann auf einmal nicht mehr fliegen und falle, falle in den dunklen Schlund.

Das Bröckeln alter Ziegel und das Klirren von Fensterglas zerstören die Melodie. Die harmonischen Töne werden schrill, ihre Dissonanz sticht mir ins Herz wie ein Dolch, dann entfernen sie sich.

Ich glaube zu schreien. Panisch erwarte ich den Aufprall auf Beton. Aber nichts dergleichen geschieht.

Stattdessen ist es auf einmal beängstigend still. Für einen letzten Moment sehe ich, umgeben von schwarzen Wänden, ein Viereck blauen Morgenhimmels, über den weiße Wolkenfetzen rasen. Dann tauche ich ein in vollkommene Schwärze.

Die Schwärze – sie ist NASS! Ein schwarzes Meer, in dem ich ertrinke! Ich kann nichts mehr hören, nichts mehr sehen, spüre nur wilde Panik – Wo bin ich? Was geschieht mit mir?

Teil I

Kapitel 1

Ich stand am Fenster meines Turmhauses und sah hinaus.

„Gute Nacht Neve“, rief eine Studentin leise hinauf, die gerade aus dem Wald kam und dem Weg Richtung Akademie folgte. Ich grüßte zurück.

Laue Abendluft wehte herein. Friedlich lag das Tal mit seinen kleinen Häuschen vor mir. Niemand von den Studenten haderte mit seinem Element und sorgte für Unruhe in der Atmosphäre. Selbst Kira schlummerte in ihrem Zimmer unter mir tief und fest. Wenn ich mich genau konzentrierte, konnte ich ihren gleichmäßigen Atem hören. Sie war seit einigen Wochen hier und tat sich besonders schwer damit, in der magischen Welt klarzukommen. Kurz vor ihrer Ankunft hat sie sich in Tim verliebt, einen Jungen aus ihrer Klasse. Das machte sie zusätzlich zu all den geistigen und körperlichen Veränderungen, die mit ihr vorgingen, zu einem Nervenbündel.

Eigentlich wollte ich an der Übersicht zu den magischen Blasen auf der ganzen Welt arbeiten. Sulannia, die im Rat das Element Wasser vertrat, hatte mich damit beauftragt. Aber ich stand immer wieder von meinem Schreibtisch auf und fand keine Ruhe. Ich hatte Kira versprochen, Tim in der Realwelt zu besuchen und nachzuschauen, wie es ihm ging, weil Kiras Herzschmerz kaum auszuhalten war.

Nachdem ich Kira am magischen See gefunden hatte, war ich vom magischen Rat beauftragt worden, mich um sie zu kümmern. Ich seufzte unwillkürlich. Liebesangelegenheiten verkomplizierten alles. Ich bereute mein Versprechen, Tim aufzusuchen. Kira sollte ihn erst einmal vergessen. Doch wie konnte ich sie dazu bringen?

Die roten Lampionblumen auf den Fensterbrettern von Leos Haus blinkten zu mir herüber. Leo, Element Feuer, war der Obermacho der Akademie. Und er schien Kira zu verwirren. Nicht, dass er als der große Tröster auftreten und Kira auch noch den Kopf verdrehen würde, schließlich hatte er jede Masche drauf.

Wieso konnte man das Herz von Teenagern nicht einfach eine Weile anhalten, wenigstens solange, bis sie sich zurechtfanden in der Welt? Danach wäre dann immer noch genug Zeit, um sich mit der Liebe zu befassen.

Kling, machte es leise. Eine Blüte landete auf dem Fensterbrett. Sie leuchtete noch ein bisschen. Ich nahm sie auf die Handfläche und betrachtete sie eine Weile. Dann entließ ich sie wieder in die Nacht und schaute zu, wie sie davonschwebte.

Was für ein Glück, einfach ein Engel zu sein. Ein Engel, der über diesen Dingen stand, die in der Herzgegend nur wehtun.

Ich trat vor den Spiegel, strich meine braunen Locken glatt und beobachtete das leichte blaue Flimmern, das aus meinen Augen kam, weil Menschen mit magischen Begabungen Licht durch ihre Augen abgeben. Und da passierte es wieder! Ich sah mich, aber hatte plötzlich den Eindruck, dass für den Bruchteil einer Sekunde nur eine Nebelgestalt von der anderen Seite zurückblickte. So unbestimmt wie die echten Engel, die im Ätherübergang zwischen den Tag- und Nachthimmeln der magischen und der realen Welt schwebten. Sie konnten die Gesichter von anderen Menschen annehmen, aber sie hatten keine eigenen.

Erschrocken legte ich die Hände übereinander auf meine Brust. Dahinter war es still. Mein Herz spürte ich schon lange nicht mehr, genau genommen seit sieben Jahren, als ich mit fünfzehn in die magische Welt gelangt und ein Engel geworden war. Normalerweise beruhigte mich das. Es bedeutete, frei von Schmerzen und von Sehnsucht zu sein. Aber was hatte es mit diesen Anfällen auf sich? Würde ich meine menschlichen Eigenschaften irgendwann ganz verlieren und ein Elementarwesen werden?

Aber das wollte ich nicht! Ich wollte ein Engel sein, doch ich wollte ebenfalls Neve bleiben. Neve, die auch ein Mensch war, nur eben befreit von allen Nachteilen, die das mit sich brachte.

Ich tat einen entschlossenen Satz aus dem Sichtfeld des Spiegels und begann, vor mich hinzusummen, um mich zu beruhigen. Ich besaß besondere Fähigkeiten. Ich konnte den Gefühlen der Menschen nachspüren und Zwiegespräche mit ihren inneren Stimmen beginnen, um ihnen zu helfen. Ich konnte mich unsichtbar machen. Ich konnte fliegen. Warum sollte ich mich nicht hin und wieder als Nebelschleier im Spiegel wahrnehmen? Bestimmt war es kein Zeichen, dass ich mich irgendwann auflösen würde. Meine Unruhe musste mit Kira zusammenhängen. Mit der Sorge, meiner Aufgabe als beschützender Engel nicht gerecht zu werden, weil Kira ein schwieriger Fall war. Dabei durfte ich nur nicht zulassen, dass sich ihre Ängste auf mich übertrugen.

Ich fasste einen Entschluss. Es machte keinen Sinn, weiter am Schreibtisch zu sitzen, wenn ich mich nicht konzentrieren konnte. Am besten, ich reiste jetzt gleich in die reale Welt und nicht erst, wie geplant, morgen früh.

In der realen Welt, das hieß in Berlin, war die Zeit bereits um zwölf Stunden fortgeschritten. Es würde also früher Nachmittag sein. Das passte gut. Ich konnte Tim nach Schulschluss vor der Schule abfangen, eine Weile neben ihm hergehen und herausfinden, in welcher Verfassung er war, und dann all die Dinge erledigen, die ich mir vorgenommen hatte: ein bisschen auf dem Wochenmarkt am Kollwitzplatz einkaufen, Kira benötigte noch ein paar T-Shirts, und natürlich würde ich meinen Job machen, jemanden finden, der Hilfe brauchte, und ihm ein paar aufmunternde Worte zuflüstern oder den richtigen Gedanken eingeben.

Gegen Abend, wenn die Staatsbibliothek bereits geschlossen wäre, würde ich dort noch ein bisschen „herumgeistern" und in der alten Kartographie stöbern oder in dem Buch weiterlesen, das ich beim letzten Mal zufällig entdeckt hatte. Es handelte sich um einen Roman aus dem 18. Jahrhundert, der noch nie ausgeliehen worden war. Er hieß *Welt hinter der Welt* und schien die magische Welt zu beschreiben. Solche Romane stammten nie von Eingeweihten mit magischen Kräften, sondern von Leuten, die Ahnungen hatten, vielleicht Eingeweihte gekannt hatten, ohne es zu wissen, oder doch mal ins Vertrauen gezogen worden waren, an magische Blasen glaubten oder auch nicht glaubten und dann die Sache in Büchern verarbeiteten.

Ich öffnete meinen Kleiderschrank und wählte dicke Wollstrumpfhosen, einen Rock aus warmem Cord, einen Rollkragenpullover und eine gefütterte Weste. In Berlin war es Ende Oktober und die Temperaturen sanken in der Nacht bereits unter null Grad. Als Engel spürte ich zwar keine Kälte und keine Hitze und trug am liebsten meine leichten Sommerkleider, aber wenn ich in der Realwelt einkaufen ging und vorhatte, sichtbar zu sein, dann würde das bei den Temperaturen einen seltsamen Eindruck machen.

In meinem Portemonnaie befanden sich nur noch fünfzig Euro. Ich brauchte neues Geld. Meine Bankkarte trug das Motiv des magischen Waldes mit den weißen Blüten. Niemand in der Realwelt würde sie für eine Bankkarte halten, trotzdem konnte ich mich damit an allen Bankautomaten der Stadt bedienen. Natürlich durfte ich nicht maßlos Geld ausgeben. Pio, der den einzigen Computer mit

Internetanschluss der Akademie besaß und außerdem die Chroniken der magischen Welt hütete, wachte über die Finanzen der magischen Welt und prüfte die Eingänge und Ausgaben. Kam ihm dabei etwas seltsam vor, meldete er sich sofort.

Ich steckte zwei Einkaufsbeutel in meine Umhängetasche, schloss das Fenster, sah noch einmal nach Kira, die friedlich schlief, und machte mich auf den Weg.

Ich liebte Spaziergänge durch den nächtlichen Wald. Sein Blätterdach war undurchdringlich und schloss den Mond und die Sterne aus. Die Bäume wirkten wie ein schwarzer Scherenschnitt auf dunkelgrauem Grund. Das normale menschliche Auge hätte die Hand vor Augen nicht gesehen. Doch ich konnte alles gut unterscheiden. Wenn ich etwas nah vor mein Gesicht hielt, konnte ich auch die Farben erkennen.

Mein Weg führte mich ein paar Schritte am magischen See entlang, der tiefblau und teilweise bedeckt von Blüten im Mondlicht schimmerte. Ich hörte in der Ferne das Wispern der Salamander am Feuerdurchgang und vernahm ein Stück weiter das Lachen der Sylphen am Winddurchgang. Das letzte Stück bis zum Ätherdurchgang lag wieder in absoluter Dunkelheit unter den Bäumen. Ich begegnete niemandem. Die Nacht war schon zu weit fortgeschritten.

Dann lichtete sich der Wald und ich stand auf dem Felsvorsprung, von wo aus ich in die Stadt kam. Unter mir breitete sich ein milchiges Grau aus; in Berlin war der Himmel bedeckt. Fiel etwa schon der erste Schnee?

Wenn über der Stadt eine graue Wolkendecke hing, konnte man die Engel, die den Durchgang bewachten, kaum von ihr unterscheiden. Hörten sie auf, sich zu bewegen, sah man sie gar nicht mehr.

Ich drehte mich auf den Fersen und ließ mich einfach rücklings in den Abgrund fallen. Es war immer, als würde ein weich schwingendes Netz meinen Sturz auffangen. Ich schwebte hinab wie eine der unzähligen Blüten im magischen Wald, sah zu, wie mein Körper seine Sichtbarkeit verlor und zu Wolkennebel wurde, genau wie der Nebel, aus dem die echten Engel bestanden. Wenn ich sie erreichte, spiegelten sie manchmal mein Gesicht und schnitten aus Spaß Grimassen.

Schönen Tag, Neve, flüsterte einer von ihnen. Das Flüstern hörte ich nur in meinem Kopf. Dieser Engel war immer da, wenn ich den Durchgang passierte, nahm stets die Gestalt einer Frau an und hatte mir einmal seinen Namen verraten: Lilonda. Ich weiß nicht, wo er ihn herhatte. Vielleicht stammte er von einem ätherbegabten Menschen vor vielen hundert oder tausend Jahren. Manchmal wollte Lilonda auch etwas über mein Leben wissen, mit wem ich in der magischen Welt gerade zusammenlebte oder wen ich heute besuchen würde. Diesmal jedoch fragte sie nichts. Ich bedankte mich bei ihr mit einem Nicken, sie zwinkerte mir mit meinem eigenen Gesicht zu, und schon durchstieß ich die Wolkendecke, verlor den nachtschwarzen Himmel der magischen Welt über mir aus den Augen und steuerte, umgeben vom Wirbeln dicker Schneeflocken, auf die Dächer der Stadt zu.

Als Erstes flog ich an der großen runden Kugel des Fernsehturms vorbei. Ich sah durch die Panoramascheiben der Aussichtsplattform, welche Sorten Kuchen es heute im Telecafé in der oberen Etage gab. In der Vitrine standen eine Erdbeertorte, eine Sachertorte und einige Stücke Käsemohn vom Blech.

Es musste ein eisiger Wind wehen. Die Passanten auf dem Alexanderplatz zogen ihre Kragen hoch, hielten sich die Mäntel zu, trugen Mützen und hatten die Köpfe gesenkt. Die Weltzeituhr zeigte vierzehn Uhr.

Ich glitt die Prenzlauer Allee entlang, genau über den Gleisen der Straßenbahn und flog mit ihr um die Wette. An der Danziger Straße bog ich rechts ab, dann nach links in die Greifswalder, trudelte vor den Wohnblöcken aus den 30er Jahren, die auf der rechten Seite in Sicht kamen, ein wenig aus und kam schließlich unter einem Torbogen, der zu den Innenhöfen führte, zum Stehen. Ich wurde sichtbar und klopfte mir den Schnee von Ärmeln und Weste. Ich hätte doch schon einen Mantel anziehen sollen.

Eine Weile würde ich meine Gestalt behalten, um neue Kräfte für die nächste Phase zu sammeln, in der ich mich komplett zum Verschwinden bringen konnte. Anfangs hatte ich es nur eine Minute lang geschafft. Inzwischen konnte ich den unsichtbaren Zustand etwa eine halbe Stunde beibehalten. Wenn ich sehr ausgeruht war und mich besonders konzentrierte, auch ein paar Minuten mehr. Danach brauchte ich jedoch eine längere Pause.

Am Ende der Straße befand sich das Gebäude, in dem Tim zur Schule ging, und nahm deren ganze Breite ein. Ich lief gemütlich darauf zu und hoffte, Tim bald zu erwischen.

Noch hatte ich keine Ahnung, dass dieser kleine Ausflug der Auftakt dafür sein würde, mein wohlsortiertes Leben völlig auf den Kopf zu stellen.

Kapitel 2

Bald verließen Trauben von Schülern nach der siebten Stunde das Schulgebäude, aber Tim war leider nicht dabei. Da jeder einzelne Schüler in der zwölften Klasse einen anderen Stundenplan besaß, ließ sich auch über das Sekretariat nicht herausfinden, wann er Schluss hätte. Also wartete ich noch ein paar Minuten, um wieder genügend Kräfte für eine Verwandlung beisammenzuhaben, löste mich dann auf und begab mich auf die Suche durch die wenigen Klassenzimmer, in denen noch Unterricht stattfand.

Leider hatte ich kein Glück. Tim befand sich nicht in der Schule. Vielleicht war irgendetwas ausgefallen oder er war heute gar nicht aufgetaucht. Vielleicht hatte er eine Erkältung.

Das Bett in seiner Wohnung war jedoch ordentlich gemacht und von Tim keine Spur. Auch in der Zeitungsredaktion konnte ich ihn nicht finden. Wahrscheinlich würde ich Kira enttäuschen müssen. An einem Nachmittag in einer Großstadt konnte er überall und nirgends sein.

Doch dann entdeckte ich ihn auf dem Weg zum Kollwitzplatz bei Jonnys Frittenbude am Mauerpark und erkannte ihn sofort. Mir fiel spontan auf, dass es seine warme und offenherzige Ausstrahlung war, die ihn so gutaussehend machte.

Ich gesellte mich zu ihm an seinen Stehtisch. Meinen Zustand der Unsichtbarkeit würde ich noch circa zehn Minuten aufrechterhalten können.

Jonny kam und stellte ihm einen Glühwein hin. „Geht bei der Kälte aufs Haus."

„Danke dir", sagte Tim. „Hast du mal was von Kira gehört? Ihr kennt euch doch gut", fragte er Jonny.

Jonny schüttelte den Kopf. „Tut mir leid, alter Freund. Aber ich sag dir was, mit Kira, da hast du ein besonderes Mädchen."

„Ich weiß“, antwortete Tim und trank ein paar Schlucke.

„Mach dir nicht zu viele Gedanken. Sie muss sich finden, und dann wird sie wiederkommen. Sie ist nicht der Typ, auf den man aufpassen muss, weißt du.“

„Ich hoffe, du hast recht.“

„Natürlich habe ich recht!“ Jonny machte eine ausholende Geste und grinste.

Ich wich ein Stück zurück, damit ich seine Hand nicht abbekam. Sie würde einfach durch mich hindurchrauschen, wenn ich unsichtbar war, aber in diesem Zustand mit stofflichen Dingen in Berührung zu kommen, war ein Gefühl, das ich nicht mochte.

„Keine Fritten heute? Die Liebe, die Liebe, sie schlägt einem auf den Magen“, sinnierte Jonny und kletterte zurück in seine Bude.

Tim zerknüllte seinen Pappbecher. „Nein, nein, ich bin nachher noch mit Luisa verabredet, Kiras bester Freundin. Und es gibt Eierkuchen.“

„Du hoffst, dass sie was weiß. Ich hoffe mit dir!“ Jonny hielt beide Daumen hoch, während Tim die Hand zum Gruß hob.

Dann sah Jonny auf einmal in meine Richtung und machte eine Geste, so als wollte er sich auch von mir verabschieden. Erschrocken prüfte ich, ob ich bereits wieder sichtbar wurde. Manchmal vergaß ich, in welchem Zustand ich mich gerade befand. Und das barg immer eine gewisse Gefahr. Im Moment aber war von mir nichts zu sehen.

Jonny wandte den Blick wieder ab und begann, Kartoffeln zu schälen. Tim hatte sich bereits einige Schritte entfernt und ich folgte ihm.

„Gott behütet dich“, rief Jonny ihm hinterher, in diesem bestimmten, wissenden Ton. Wahrscheinlich war er einer dieser Typen, die Leute wie mich irgendwie wahrnehmen konnten. Solche Menschen gab es und sie waren mir ein wenig unheimlich.

Es war jetzt höchste Zeit für mich, eine Pause einzulegen. Ich schwang mich hinauf, über die Baumwipfel des Mauerparks, und suchte mir ein ruhiges Plätzchen, um ungesehen sichtbar zu werden. Ich wollte ein paar Einkäufe erledigen und mich anschließend auf den Weg zu Luisa machen.

Ich hatte nicht damit gerechnet, welche Wirkung frischgebackene Eierkuchen mit Erdbeermarmelade und Malzkaffee auf mich haben würden. Auf einmal wünschte ich, ich könnte den herrlichen Duft riechen, den alles zusammen ergab. Seltsam, es war zum ersten Mal seit Jahren, dass ich einen Geruch vermisste. Heute war wohl insgesamt ein komischer Tag. Bis eben war ich durchs Kaufhaus gestreift und hatte mich nicht mal dazu durchringen können, ein schlichtes weißes T-Shirt zu kaufen. Und nun drückte mir die Atmosphäre in Luisas Wohnung auf mein Gemüt. Sie fühlte sich so heimelig an. Genau so eine Stimmung hatte geherrscht, wenn meine Oma in der alten Küche des Forsthauses Eierkuchen für mich gebacken hatte.

Ich lehnte im Türrahmen zur Küche und beobachtete Luisa und Tim, die am Küchentisch saßen. Luisa stocherte an einem letzten Stück Eierkuchen herum, während Tim noch fast einen ganzen auf dem Teller hatte und redete und redete. Sie waren schon eine Weile beim Thema Kira, die seit Wochen weg war und beiden bisher nur eine Email geschrieben hatte.

„Ich kann einfach nicht glauben, dass sie dir als bester Freundin nicht vorher angedeutet hat, dass sie abhauen will. Indien! Ich meine, das kann man doch nicht von heut auf morgen durchziehen. Das muss man planen!", sagte Tim und fuchtelte mit seiner Gabel in der Luft herum.

Luisa steckte das letzte Stückchen Eierkuchen in den Mund und seufzte. „Ja, dachte ich auch. Aber mein Vater, der ist früher auch von Zuhause abgehauen, spontan in einen Flieger gestiegen und los."

„Aber das war bestimmt nur nach Italien oder so."

„Nee, nach Afrika."

„Trotzdem, traust du Kira so was überhaupt zu? Ich meine, ihr kennt euch schon ziemlich lange."

„Na ja, früher vielleicht nicht, aber in letzter Zeit, da hat sie sich irgendwie verändert." Luisa machte ein nachdenkliches Gesicht. „Allerdings …"

„Allerdings was?", hakte Tim hoffnungsvoll nach.

Luisa sah ihn mit ihren großen braunen Augen an und zuckte mit den Schultern. „Ich verstehe nicht, warum sie abgehauen ist, obwohl sie dich gerade kennengelernt hat!"

„Na ja, unser erstes Date war nicht so toll. Ich hab sie angeschrien am Schluss. Dabei hab ich gar nicht sie gemeint! Ich war nur so erschrocken. Alles kam so überraschend." Tim wirkte aufgewühlt.

„Aber, was ist denn genau passiert?“, wollte Luisa wissen und mir wurde klar, dass Kira es ihr mit Sicherheit nicht genau erzählt hatte. Ein Bett in Brand stecken und ein riesiges Aquarium darauf schmeißen. Das klang zu verrückt.

Tim wand sich. Auch er wollte es nicht erzählen, aber es war klar, dass dieses Erlebnis mit seiner Vermutung zusammenhing, dass die Sache mit Indien nicht stimmte.

Er stand auf, atmete tief durch und trat ans Fenster. „Und ihre Chatfreundin, diese Atropa, hat ganz sicher Humboldthain gesagt?“

Luisa stand auch auf. „Meinst du, sie hat sich da verkrochen und schreibt von dort E-Mails?“

Tim drehte sich zu ihr um und antwortete ernst: „Irgendwie schon.“

Luisa machte ein mitleidiges Gesicht, griff nach Tims rechter Hand und nahm sie in beide Hände. „Mach dir nicht so viele Sorgen. Also, ich bin schon sauer, dass sie einfach so abgehauen ist. Aber sie kommt zurück, glaub mir.“

Jetzt klang sie tatsächlich wie eine Therapeutin. Von Kira wusste ich, dass sie Psychologie studieren wollte. Sie lächelte Tim schüchtern an. Tim lächelte zurück.

Ich hörte einen Schlüssel im Schloss der Wohnungstür und verflüchtigte mich schnell ins Badezimmer. Ich wollte nicht, dass Luisas Vater Matthias mich dabei antraf, wie ich in seiner Wohnung Luisa und Tim belauschte. Das wäre zu peinlich. Er war ebenfalls mit dem Element Äther begabt, wovon Luisa keinen Schimmer hatte.

Schon vernahm ich seine Stimme. Matthias wünschte Tim und Luisa einen guten Abend und stieg sofort ins Gespräch ein, als Tim sagte: „Du hast gesagt, sie hat von einem unterirdischen See gesprochen, wo sie Atropa aufsuchen soll. Das klingt alles andere als belanglos. Was auch immer es bedeutet, ich werde dort anfangen zu suchen.“

„Junge, beruhige dich wieder und fantasiere dir nichts zusammen. Man kann nicht einfach in die Berliner Kanalisation ein- und aussteigen, wie man lustig ist. Du nicht, und auch deine Freundin nicht. Akzeptiere lieber, dass sie abgehauen ist. Wahrscheinlich hatte sie gute Gründe dafür. Ich hab das auch damals getan mit siebzehn.“

Und dann begann er, die Geschichte seiner Jugend zu erzählen und ich hoffte, dass er Tim überzeugte und ihn von der fixen und sehr gefährlichen Idee abbrachte, sich in der Kanalisation unter dem Humboldthain umzusehen.

Auf einmal wusste ich, wie ich Kira dazu bringen konnte, Tim eine Weile zu vergessen. Tim und Luisa. Ich meine, sie hatten sich zur Begrüßung umarmt und dann hatte ich sie Händchen halten gesehen. Genau das würde ich erzählen. Es war keine Lüge, aber Kira würde ihre eigenen Schlüsse draus ziehen. Sie würde wütend sein, doch irgendwann verrauchte die Wut. Und wenn sie sich wiedersahen, dann würde sich ja alles aufklären. Bis dahin aber hätte sie den Kopf frei.

Draußen war es inzwischen dunkel. Schon im Treppenhaus wurde ich wieder sichtbar, ohne dass ich die Verwandlung noch hätte aufhalten können. Ich fühlte mich ziemlich erschöpft. Zum Glück hatte noch niemand die Eingangstür des Hauses abgeschlossen. Ich schlüpfte hinaus.

Der Asphalt war jetzt mit einer dünnen Schicht Schnee bedeckt. Eiligen Schrittes lief ich zum Kollwitzplatz. Die Marktbudenbesitzer räumten ihre Waren zusammen, die Stände für Obst, Gemüse und Käse wurden bereits abgebaut. Ohne zu überlegen, griff ich nach dem letzten Glas Erdbeerkonfitüre, welches eine Händlerin, die Marmeladen, Honig und handgepresste Fruchtsäfte verkaufte, gerade in eine Kiste tun wollte, und kaufte es.

Okay, ich hatte alles erledigt und konnte mich auf den Weg in die Staatsbibliothek machen. Doch statt loszugehen, lehnte ich mich an einen Baum und schaute zu, bis der letzte Marktverkäufer seine Artikel im Auto verstaut hatte und davonfuhr. Sollte ich es wirklich so darstellen, dass Luisa und Tim dabei wären, sich ineinander zu verlieben? Wäre das nicht gemein? Obwohl natürlich eine gewisse Möglichkeit bestand, dass sie sich tatsächlich füreinander interessierten. Allerdings, na ja, so wie Tim sich Luisa gegenüber verhalten hatte, war die sehr gering. Er schien Kira wirklich zu lieben. Ach, es wäre einfach zu Kiras Bestem. Ich würde ihr nur sagen, sie hätten sich die Hände gehalten, und mehr nicht.

Kapitel 3

Eine Bewegung in der Atmosphäre um mich herum riss mich aus meinen Grübeleien.

Immer wenn jemand bepackt mit einem Problem und verhedderten Emotionen in meine Nähe kam, schien das gleichmäßige Muster der Moleküle in der Luft in Unordnung zu geraten. Und diesmal spürte ich das besonders stark.

Ein Mädchen oder eher eine junge Frau, ein paar Jahre jünger als ich, vielleicht im selben Alter wie Kira, ging an mir vorüber. Sie hatte einen schleppenden Schritt, als wenn sie etwas Schwergewichtiges hinter sich herzog. Eine graue Wollmütze saß schief auf ihrem Kopf. Ihre Haare waren hellblond und lagen wie ein Fließ auf ihrem Filzmantel. Sie hatte mehrere Schichten Kleidung übereinander angezogen, Leggins, Stulpen, zwei Wollröcke in unterschiedlichen Längen, und aus ihrem Mantel schauten drei Bündchen verschiedener Pullover und Shirts hervor – alles in unterschiedlichen Grautönen.

Nur ihr Schal leuchtete tiefrot und sah aus wie selbstgestrickt. Ihr schwarzer Stoffbeutel war wild beschrieben mit silbernen und roten Buchstaben, dazwischen zahllose Farbflecke und Kleckse, als hätte man einen Füllfederhalter mit der Spitze zu lange auf Löschpapier gehalten. Ich hatte mich etwas erholt, konzentrierte mich, bis von mir nichts mehr zu sehen war, und folgte der jungen Frau.

Ihre Stimmung wurde von einer Hoffnungslosigkeit dominiert, die mich erschreckte, die aber gemischt war mit einem Trotz, der mich wiederum beruhigte. Ihr Trotz wirkte kalt und scharfkantig, aber er signalisierte Kraft; Kraft, um auszubrechen aus einem inneren Kerker, in den sie irgendetwas hineingetrieben hatte. Ich bewegte mich durch ihre Emotionen wie durch einen zähen Brei und versuchte, etwas Konkretes zu fassen zu bekommen, worauf ich reagieren konnte.

‚*Die können mich alle mal!*' Der Gedanke schoss wie ein Blitz durch das dunkle Gewölk ihres Gemütes.

‚*Wer, alle?*', fragte ich, ohne dass sie die Frage hören konnte, weder im Außen noch in ihrem Innern. Trotzdem folgte eine Antwort:

‚Meine Mutter, mein Vater, die ganze Welt … sind doch alle krank.'

‚Alle?'

‚Alle! Na ja, fast … Es gibt Leute, die in Ordnung sind. Aber ich spreche nicht mit ihnen.'

‚Warum nicht?'

‚Sie sind zu alt für mich. Sie würden mich niemals ernst nehmen.'

‚Wer zum Beispiel?'

‚Tomaso – er ist in Ordnung. Aber er ist auch ein Idiot. Vielleicht würden meine Eltern mehr auf die Reihe kriegen, wenn es ihn nicht gäbe. Vielleicht wären wir dann aber auch schon längst tot.'

Ich hätte gern erfahren, wer Tomaso ist, aber die Frage konnte ich ihr als innere Stimme nicht stellen, denn sie selbst wusste es ja.

Sie warf das eine Ende des roten Schals, der ihr über die Schulter gerutscht war, mit wütender Geste nach hinten und wandte ihren Kopf plötzlich ruckartig zu der Seite, an der ich neben ihr herlief. Reflexartig entfernte ich mich ein Stück. Hatte sie mich bemerkt? Nein, das konnte nicht sein. Schon nur einen Menschen am Tag zu treffen, der eine Begabung dafür hatte, unsichtbare Leute wahrzunehmen, war etwas sehr Seltenes. Zwei waren einfach zu unwahrscheinlich.

Die junge Frau ging noch ein paar Schritte, dann wechselte sie die Straßenseite und steuerte auf die Toreinfahrt eines Hauses zu.

Ich hatte mich so auf sie konzentriert, dass ich gar nicht auf den Weg geachtet hatte. Wir waren am Wetterplatz angelangt, dem Ende einer Sackgasse, die Wetterstraße hieß. Hier wurde sie zu einer Einbahnstraße und führte in einer Schlaufe um eine kleine Insel mit Bäumen, einer Bank und Rasen. Drum herum standen aneinandergereiht schmuck sanierte Häuser, die Anfang des 20. Jahrhunderts gebaut worden waren.

Nur das Haus, dessen großes, schweres Tor sie jetzt aufstemmte, war noch nicht restauriert worden. Wie ein Schmutzfleck duckte es sich zwischen seinen schicken Nachbarn in Mintgrün, Cremeweiß und Zartrosa, schien von ihnen zusammengedrückt zu werden, als wollten sie es in eine zweite Reihe drängen. Das Dach besaß einen recht hohen Giebel. Statt einfacher Dachluken hatte es zwei richtige Gauben mit kleinen Fenstern und in der Mitte ein großes, halbrundes Fenster, über dem ein verrosteter Wetterhahn thronte. Wahrscheinlich stand er in Zusammenhang mit dem Namen des Platzes.

Einige Balkone waren abgebrochen und die Balkontüren notdürftig mit rostigen Geländern versehen worden. Die Fassade war rußig dunkelgrau. Überall bröckelte der Putz. Nur an einigen Stellen ließ sich noch erkennen, dass das Haus einst ein schönes Jugendstilmotiv geschmückt haben musste.

Die meisten Fenster starrten vor Dreck und die Wohnungen dahinter schienen unbewohnt. Die großen Bogenfenster im Erdgeschoss waren mit maroden, ehemals grün gestrichenen Holzjalousien verrammelt. Durch die Löwenköpfe links und rechts neben dem Eingangstor, die auf schlichten Säulen ruhten, wirkte der Eingang fast gespenstisch.

Mit einem lauten Klick fiel die schwere Tür hinter uns ins Schloss. Augenblicklich umgab uns Finsternis. Die junge Frau zog ein Handy aus der Jackentasche hervor und knipste die eingebaute Taschenlampe an. Hier drinnen sah es nicht besser aus als draußen: zerbeulte Briefkästen, von denen die meisten aufgebrochen waren. Überall lag Werbemüll herum.

Wir stiegen hinauf in die zweite Etage. Mit einem alten Schlüssel, den die meisten Leute heutzutage nur noch für Kellerräume oder Schuppen benutzen würden, schloss sie die Wohnungstür auf der linken Seite auf. Ich huschte mit hinein … und verflüchtigte mich erschrocken hoch zur Decke. Denn in diesem Flur gab es so gut wie keinen Platz. Er ähnelte eher einem bis auf den letzten Zentimeter zugestellten Gerümpellager denn einem Wohnungsflur.

„Grete?“, hörte ich die Stimme einer Frau hinter einer angelehnten Tür.

„Ja“, murmelte Grete, nahm die Mütze ab, zog den Mantel aus und legte beides auf einen Stapel alter Zeitschriften, der etwas höher war als sie selbst und jeden Moment umzukippen drohte. Mir fielen ihre Augen auf. Sie hatten ein ungewöhnliches Blau, fast ein Türkis.

In der Küche und den drei Zimmern sah es ähnlich aus wie im Flur. Die Räume glichen einem Möbellager in einem Laden für Antiquitäten und Bücher. Schmale Pfade schlängelten sich zwischen unzähligen Dingen hindurch, so vielen, dass das Auge sie nicht mit einem Mal erfassen konnte.

Im Erkerzimmer saß eine kleine, rundliche Frau auf einem Sofa vor dem Fenster, hatte ein Buch auf dem Schoß und trank aus einer angeschlagenen Porzellantasse Tee. Hinter ihr waren die Fensterscheiben halb mit Büchern zugestellt.

Grete gab ihr einen Kuss auf die Wange. „Hallo Mama."

„Wie geht's dir?"

„Gut. Ich hab Hunger."

„Viktor hat nichts eingekauft. Und Geld kommt erst wieder morgen aufs Konto. Aber wir haben noch Chinanudeln. Davon kannst du dir eine Schüssel machen."

Grete verließ wortlos den Raum, öffnete die nächste Tür und rief ein „Hallo" hinein. Eine männliche Stimme antwortete. Auf dem Bett – dem einzigen freien Platz in diesem Zimmer – saß ein Mann, der augenscheinlich Gretes Vater war, und tippte in einen Laptop. Neben ihm stand eine halbleere Flasche Wein auf dem Boden.

„Diesmal wird es ein Bestseller, ich weiß es. Dann wird die Zicke im Jobcenter hoffentlich endlich begreifen, warum man mich in kein Callcenter stecken sollte. Aber ich muss mich grad echt konzentrieren."

‚Für Wein hat er natürlich immer Geld, dieser Versager. Vielleicht sollte ich „die Zicke" davon mal in Kenntnis setzen‘, traf mich ein Gedanke von Grete, während sie die Tür wieder schloss und durch die Tür gegenüber das kleinste Zimmer betrat. Es ging auf den Hof hinaus. Hier passten nur ein schmales Bett und ein winziger Schreibtisch hinein, aber das Chaos war weniger groß. Allerdings war der Raum sehr düster, da die Wände schwarz angemalt waren, schwarz mit weißen und roten Farbflecken in diversen Größen, die aussahen wie die Tintenflecke auf dem Stoffbeutel.

Grete schmiss ihn aufs Bett und bahnte sich einen Weg in die Küche. Dort quoll der Mülleimer bereits über von leeren Verpackungen von Chinanudeln. Sie angelte die letzte volle Packung aus dem Hängeschrank über der Spüle, drehte sie einmal in den Händen und warf sie wütend zu dem Müll. Dann trat sie ans Fenster und starrte in das schwarze Nichts des Hinterhofes.

Er war winzig, umschlossen von einem schmalen Seitenflügel an der linken Seite des Hauses, nach hinten von der Rückseite einer Remise, die bis zur zweiten Etage reichte und dahinter den Blick auf ein benachbartes Haus freigab, und rechts von einer nicht verputzten Brandmauer des Nachbarhauses, der schon einige Ziegel fehlten.

Hui, da hatte ich wohl einen größeren Fall aufgegabelt. Nicht nur Grete, sondern die ganze Familie brauchte meine Hilfe. Das war klar. Ich würde eine Weile regelmäßig herkommen müssen. Langsam ließ meine Konzentration nach. Gleich würde ich wieder sichtbar werden. Also zog ich einen der neun Fünf-Euro-Scheine aus dem

Portemonnaie, die mir die Verkäuferin als Wechselgeld für die Marmelade gegeben hatte, und legte ihn halb unter eine Kaffeetasse, die auf dem Fensterbrett stand. Er war ebenfalls noch unsichtbar. Ich hoffte, Grete würde ihn entdecken, sobald ich mich im Hausflur wieder materialisierte.

Ich lehnte mich in dem dunklen Treppenhaus an die Wand, von der die Farbe großflächig abblätterte, und empfand eine ungewohnte Schwere im ganzen Körper. Sie schien nicht nur von meiner Begegnung mit Grete und ihren Eltern zu kommen, sondern von dem ganzen Haus. Waren sie die Einzigen, die diese Ruine noch bewohnten? Die Türen der Wohnungen in der ersten Etage und gegenüber in der Zweiten hatten keine Namensschilder. Ich war so erschöpft von diesem Tag, dass ich am liebsten sofort nach Hause geflogen wäre, aber ich musste mich erst regenerieren, um die Reise antreten zu können.

Wahrscheinlich war es das Beste, mich auf den Weg in die Bibliothek zu machen und dort zwischen den Büchern ein wenig zu entspannen. Doch statt die Stufen hinunterzusteigen und das Haus zu verlassen, stieg ich lautlos hinauf in die oberste Etage. Es hatte nur drei Stockwerke, eins weniger als üblich im Prenzlauer Berg. Deswegen schaute das alte Gemäuer noch hilfloser zwischen den anderen aus.

Hier oben schien ebenfalls jemand zu wohnen. Zumindest stand ein Name an der Tür, handgeschrieben auf einen relativ neuen Zettel, angepinnt mit einer Reißzwecke:

T. Wieland

Ich nahm die letzten Stufen bis auf den Dachboden. Die Tür war nur angelehnt, weil sie wegen einer halb herausgebrochenen Türangel nicht mehr in den Türrahmen hineinpasste. Ich erschrak, als sie beim Öffnen laut in die Stille hineinquietschte. Einen Moment lauschte ich, aber nichts regte sich im Haus.

Vor mir tat sich ein unwirklicher Anblick auf. Links und rechts standen ein paar mit weißen Laken abgedeckte Möbel, wie in einem Schloss, das gerade verkauft worden war. Staub von Jahrhunderten schien darauf zu lagern. Geradeaus, vor dem großen halbrunden Fenster, das von hier drinnen größer aussah, befand sich ein altes Eisenbett, vollständig mit Matratze und einem Überwurf aus altem Leinen.

Vor dem Fenster bewegten sich die Äste der Bäume. Ein paar Schneeflocken wirbelten durch die Luft, und während ich ihnen zusah, riss der Himmel auf und ein großer, weißgoldener Mond kam hervor. Eine Weile stand ich versunken da und betrachtete das Schauspiel. Die Wolken zogen sich weiter auseinander, bis der Mond vollständig in den Wipfeln der Bäume zu hängen schien. Das Bett davor erweckte den Eindruck, es wäre bereit abzuheben und in den Himmel zu fliegen, sobald jemand das Fenster öffnete. Ich trat näher. Es war von feinen Spinnennetzen eingewebt, viele Jahrzehnte hatte es niemand mehr geöffnet. Der Überwurf auf dem Bett hingegen war staubfrei, als käme manchmal jemand hierher – vielleicht Grete.

Ich setzte mich auf das Bett und schaute ein bisschen aus dem Fenster, erstaunt, in diesem baufälligen Gebäude so einen verwunschenen Ort vorzufinden.

Kapitel 4

Zuerst glaubte ich, ein ganz leises Klingeln zu hören, was niemand mit normalen Ohren wahrnehmen könnte. Ich dachte an die Blüten im magischen Wald. Dann sah ich hinaus auf die Schneeflocken vor dem Fenster, doch die gaben natürlich keine Musik von sich, und dann erst erkannte ich, dass es Klänge von einem Klavier sein mussten. Ich lauschte angestrengt. Ein Klavier war eigentlich nichts Ungewöhnliches. Nur würde ich es normalerweise viel lauter und deutlicher wahrnehmen, selbst wenn es in einem der Nebenhäuser stünde. Aber das war nicht mal das, was mich beschäftigte. Mich faszinierte das Stück. Zuerst versuchte ich, die Melodie einem Komponisten zuzuordnen – mit klassischer Musik kannte ich mich aus, ich liebte sie, besonders Chopin, Brahms und Grieg. Aber diesen Komponisten hatte ich noch nie zuvor gehört. Das Stück brach immer wieder ab – jedes Mal an der gleichen Stelle, als wenn jemand probte und dort aufgab oder die Noten nicht mehr vorhanden wären.

Ich bewegte mich leise in die dunklen Tiefen des Dachbodens hinein, bog um die Ecke und befand mich jetzt über dem kleinen Seitenflügel, der kein eigenes Treppenhaus besaß. Ich lauschte an der Brandschutzwand zum Nachbarhaus und legte mein Ohr auf die Bodendielen. Die Melodie verstummte, fing von Neuem an, dann versuchte der Spieler sie zu variieren. Ich hörte sie, aber sie schien nicht aus dem Nebenhaus zu kommen und auch nicht von unten. Sie klang wie aus weiter Ferne. Dennoch war ich sicher, dass sie aus der Nähe kam. Ich schlich hinüber zu der Brandwand des Nachbarhauses zur Rechten. Hier hörte ich fast nichts mehr. Es kam also doch von der anderen Seite. Oder vom Hof? Ich spähte durch eine Gaube, die nach hinten hinausging. Doch das Nachbarhaus stand zu weit weg. Mit Konzentration würde ich ebenfalls hören, wenn dort jemand Klavier spielte, aber es würde viel leiser und dennoch klarer sein.

Ich war verwirrt. Inzwischen klangen sehr vertraute Töne an mein Ohr. Der verborgene Pianist spielte den ersten Teil der *Mondscheinsonate*, das *Adagio sostenuto*. Konnte er oder sie den Mond vielleicht genauso gut sehen wie ich hier oben? Dann folgten kurz nacheinander, manchmal nur angespielt und ineinander übergehend, Chopins *Nocturne op. 9*, Tschaikowskys *Thema* aus dem Ballett *Schwanensee*, Smetanas *Moldau*, Griegs *Morgenstimmung* und wieder ein Teil aus der *Mondscheinsonate*. Das Spiel hatte etwas Gehetztes, Ängstliches, fast Flehendes. Da betätigte sich ein Talent, ein besonderes Talent, daran bestand kein Zweifel. Ich besuchte oft Leute, die Klavier spielten. Nicht die Berühmten, sondern die, die ich im Vorbeigehen hörte und deren Spiel mich berührte, nicht weil sie Profis waren, sondern weil sie es mit ihren persönlichen Emotionen aufluden.

Ich lehnte an der Brandmauer aus alten Ziegeln und lauschte. Erneut erklang die besondere Melodie, die immer wieder abbrach. Vielleicht war es eine eigene Komposition? Ich musste ihren Schöpfer finden.

Ich öffnete eins der Gaubenfenster einen Spaltbreit, wartete einige Sekunden, bis ich dem Staub auf den hundert Jahre alten Dielen ähnelte, und verflüchtigte mich hinaus in die Nacht. Die Musik kam weder aus den Nebenhäusern noch aus anliegenden oder gegenüberliegenden Häusern. Immer, wenn ich mich von dem alten Haus am Wetterplatz 8 entfernte, verlor sich auch das Klavierspiel. Auf dem Hinterhof stand nur eine Birke, die in seiner düsteren Enge traurig wirkte. Die Remise war eine Werkstatt und die Keller hatten trübe Fenster, hinter denen sich schwarze Leere ausbreitete. Doch oben im dritten Stock brannte jetzt ein Licht. Ich glitt weiter hinauf, an Gretes Fenster vorbei – sie schlief, mit einem kleinen friedlichen Lächeln auf den Lippen.

Die Wohnung unter dem Dachboden war nicht infrage gekommen, denn dann hätte ich alles selbst mit normalem Gehör überdeutlich hören müssen. Doch von hier draußen fiel mir ein zugemauertes Fenster im Seitenflügel auf. Der Seitenflügel hatte in jeder Etage ein großes Fenster, das jeweils zu einem Hinterzimmer gehörte. In der dritten Etage existierten nach außen zwar noch die Fensterscheiben und der Rahmen, aber dahinter befand sich eine Mauer. Ich suchte nach einer Öffnung, durch die ich in die Wohnung gelangen konnte. Das schmale Fenster neben dem Treppenhaus, aus dem das Licht kam, war einen Spaltbreit gekippt. Das genügte.

Ich glitt hinein und fand mich in einem spartanisch eingerichteten Raum wieder: ein schmales Bett, über das eine grüne Wolldecke gebreitet war, ein Tisch, zwei Stühle, eine Spüle und ein Durchlauferhitzer darüber. Im Spülbecken befanden sich ein paar schmutzige Tassen und Teller. Daneben knisterte eine alte Gasheizung. Die Küche. Gegenüber stand ein großer, alter Kleiderschrank, der hier, wie auch das Bett, ziemlich deplatziert wirkte. Ich wollte gerade in den vorderen Zimmern nachsehen, denn seit ein paar Minuten hörte ich nichts mehr und befürchtete schon, dass der Klavierspieler aufgehört hatte. Doch dann erklang wieder diese Melodie. Sie war jetzt recht deutlich. Und sie kam nicht aus den vorderen Zimmern. Sie kam aus dem Schrank.

Die Türen waren verschlossen und ich konnte sie nicht öffnen, ohne mich zu materialisieren, aber zum Glück hatten sie ein altes Schlüsselloch, das groß genug war, um hindurchzugelangen.

Im Innern des Kleiderschranks herrschte Leere. Die Hinterwand fehlte. Stattdessen fand ich mich vor einer weiteren Tür, die durch die Mauer dahinter führte. Sie war verschlossen, zum Glück aber so verzogen, dass ich durch einen schmalen Spalt schlüpfen konnte.

Staunend sah ich mich um.

Vor mir breitete sich das Refugium eines Komponisten aus. Der Raum war ungefähr vierzig Quadratmeter groß und rundum schallisoliert. Kein Wunder, dass ich alles gedämpft gehört hatte. In der Mitte stand ein schwarzer Flügel. Auf dem Boden lagen überall Notenblätter verstreut. Und in der Ecke befand sich eine Matratze mit einem zerknautschten Kissen und einer schwarzen Wolldecke.

Ich hatte mit einem Mann oder einer Frau zwischen vierzig oder fünfzig oder einer Frau gerechnet, aber da saß ein ziemlich junger Typ auf einer Klavierbank hinter den Tasten, studierte die Noten vor sich und sah überhaupt nicht wie ein Komponist aus. Er war ein paar

Jahre älter als ich, höchstens Ende zwanzig. Seine etwas längeren, dunkelblonden Haare standen, wahrscheinlich mit Haarspray bearbeitet, in alle Richtungen ab. Er trug ein Muskelshirt und eine blaue Röhrenjeans und wirkte eher wie der Sänger einer Rockband. Ich starrte ihn an.

Er begann wieder zu spielen. Dieses geheimnisvolle Stück. Und jetzt, wo ich es ungedämpft hören konnte, zog es mich vollends in seinen Bann. Es war unbeschreiblich. Ich wünschte, er würde nicht aufhören zu spielen. Doch wieder kam er ins Stocken, brach ab, aber fing diesmal nicht von vorn an, sondern hieb mit den Fäusten auf die Tastatur, sodass ich einen mörderischen Schreck bekam. Und das war auch gut so. Sonst hätte ich völlig vergessen, dass ich bald wieder sichtbar wurde.

Ohne zu überlegen, klinkte ich mich in seine Gedankenwelt ein und sprach ihn an: *‚Hör auf damit. So wird es bestimmt nichts!'*

Ich agierte einfach, obwohl ich sonst nur auf die innere Zwiesprache von Menschen reagierte. Die Musik schien mich zu verwirren wie eine Droge.

Er hieb als Antwort noch einmal auf die Tasten. Scheinbar hielt er nichts von inneren Stimmen, die einem gut zureden wollten. Die schrillen Töne gingen mir durch Mark und Bein, obwohl ich gar nicht vorhanden war. Das war ein schlechtes Zeichen.

Ich merkte, wie mir die Kontrolle über meine Unsichtbarkeit entglitt. Ich musste raus hier, sofort! Er würde einen Vollschock kriegen, wenn er mich plötzlich auftauchen sah. Und ich eine saftige Abmahnung durch den Rat, vielleicht sogar Realwelt-Verbot. Das durfte nicht passieren. Nicht jetzt. Denn ich war mir sicher, dass ich ihn wieder aufsuchen musste, und zwar bald.

Ich hatte schon öfter einem Musiker oder einer Malerin zur Seite gestanden. Dabei war es nicht meine Aufgabe, dem Kunstwerk selbst auf die Sprünge zu helfen, sondern die inneren Blockaden zu lösen, wegen derer ein Künstler oder eine Künstlerin in der Arbeit stockte. Wenn mir das gelang, ging danach wieder alles wie von selbst. Hier war jemand, der mich brauchte.

Kurz bevor ich durch den schmalen Spalt der Tür entwischte, streifte mein Blick eins der Notenblätter, das auf dem Flügel lag. Es war mit Bleistift in einer geschwungenen und ausladenden Schrift mit *Tomaso Wieland* überschrieben. Etwa der Tomaso, an den Grete gedacht hatte und ohne den ihre Eltern vielleicht schon tot wären?

Ich schlingerte mit Höchstkonzentration durch das angelehnte Küchenfenster, taumelte an der Hauswand den Hinterhof hinab und kam halb sichtbar und dadurch etwas unsanft unten auf dem Beton auf. Ein Gefühl von Panik stieg in mir auf. Hatte mich jemand beobachtet? Ich sah mich um und beruhigte mich schnell wieder. Diesen düsteren Hinterhof schien selten jemand zu betreten, vor allem nicht, wenn es hier so dunkel war, dass ein normaler Mensch seine Hand vor Augen nicht sehen konnte.

Puh, so eine riskante Verwandlung hatte ich lange nicht mehr hingelegt. Ich blieb einige Momente sitzen. Lauschte in die Dunkelheit und versuchte, mich erst mal zu sammeln. Ob er noch einmal spielen würde?

Aus den Momenten wurden Minuten, dann eine Stunde, dann zwei, dann drei – bis es dämmerte.

Über mich und den Hinterhof hatte sich eine dünne Schneedecke gelegt, die jetzt alles freundlicher aussehen ließ. Ich war einfach hiergeblieben und verstand immer noch nicht recht, warum. Dies war der ungemütlichste Ort, den ich mir seit Langem ausgesucht hatte, um nachts in Meditation zu versinken. Er war irgendwie abweisend und anziehend zugleich.

Mein erster Gedanke nach dem „Aufwachen" galt Kira. Es war höchste Zeit nach Hause zu gehen. Sie wartete bestimmt schon. Ich hoffte, sie hatte nicht wieder irgendetwas angestellt, während ich so ungewöhnlich lange wegblieb.

Ich stand auf, klopfte mir den Schnee von den Sachen, verstaute meine Locken, die jetzt mindestens so wild in alle Richtungen abstehen mussten wie die Haare von Tomaso Wieland, unter meiner Weste und machte mich auf den Weg.

Leider hatte er die ganze Nacht nicht noch einmal gespielt. Wahrscheinlich war meine Einmischung kontraproduktiv gewesen und hatte ihn nur noch mehr blockiert. Gestern war wirklich nicht mein Tag gewesen. Hoffentlich wurde der Heutige besser. Ich warf noch einmal einen Blick zum Seitenflügel hinauf in die vierte Etage. Seltsam, dass er sein Klavier komplett einmauerte, obwohl das Haus sowieso fast leer stand. Was hatte das zu bedeuten?

Dann stemmte ich das schwere Holztor, das in die Toreinfahrt des Hauses führt, auf. Dabei flitzte mir aus dem dunklen Hausflur ein Tier durch die Beine und verschwand im hinteren Teil des Hofes. Ich gab einen leisen Schrei von mir, aber beruhigte mich im selben Moment wieder.

Es war nur eine Katze, die den sich öffnenden Spalt genutzt hatte, um auf den Hinterhof zu gelangen. Mir war ihr völlig durchnässtes rotes Fell aufgefallen und dass ihr ein Auge fehlte. Ihre nassen Pfotenabdrücke im Hausflur führten von der offenen Kellertür nach draußen. Wie es aussah, stand der Keller halb unter Wasser und sie musste damit in Berührung gekommen sein. Armes Tier. Bestimmt hatte es kein Zuhause. Hoffentlich würde es da draußen jetzt nicht erfrieren.

Kapitel 5

Als ich die Tür aufschloss und meine Küche betrat, ging gerade die Sonne unter und vergoldete alles mit ihren warmen Strahlen. Hier waren es wieder Blüten, die ich mir von der Weste schüttelte, und kein Schnee. Ich lief die Wendeltreppe hinauf und spähte im Vorbeigehen in Kiras Zimmer. Sie war nicht zu Hause.

Zuerst wollte ich die Wintersachen loswerden und in ein leichtes Kleid schlüpfen. Ich suchte das hellblaue mit den aufgenähten winzigen Perlen aus. Es bestand aus drei hauchdünnen Schichten, hatte schlichte Träger und reichte mir bis zu den Knien. Sofort fühlte ich mich besser.

Ich war erleichtert, wieder hier zu sein. Nun musste ich nur noch das Gespräch mit Kira hinter mich bringen, und dann konnte ich mich entspannen und ein bisschen an meinem Projekt schreiben.

Ich ging wieder hinunter und nahm die Marmelade mit, die ich in Berlin gekauft hatte. Das war mir noch nie passiert, dass ich die reale Welt besucht hatte und nur mit einem Glas Marmelade zurückgekehrt war. Kira würde sicher Hunger haben, wenn sie von der Akademie nach Hause kam. Ich beschloss, gleich heute Eierkuchen zu backen.

Die letzten drei Eierkuchen brutzelten in der Pfanne, als Kira zur Tür hereinstürmte.

„Hi, Neve … Du bist zurück!“, rief sie. Sofort standen ihre großen Erwartungen fast sichtbar im Raum. Sie setzte sich an den Tisch und sah mich an.

Ohne nachzudenken, nahm ich einen Schluck Malzkaffee und erschrak über das ungewohnte Gefühl in der Magengegend. Es war Jahre her, dass ich das letzte Mal etwas getrunken oder gegessen hatte. Ruckartig stellte ich die Tasse zurück auf den Tisch, stand auf und holte zwei Teller aus dem Schrank.

„Neve …“, drängelte Kira.

„Ich hab ihn gesehen, ja …“, beantwortete ich als Erstes ihre dringendste Frage. Und dann erzählte ich, wie ich Tim an Jonnys Kartoffelecken-Bude aufgespürt hatte und ihm zu Luisa gefolgt war. Dabei begann ich, einen Eierkuchen mit Marmelade in mich hineinzustopfen und bemerkte es erst, als Kira mich mit großen Augen anstarrte.

„Sag mal, du isst ja was!“

Meine Güte, ja! Aber ich spürte weder die Wärme noch schmeckte ich etwas. Verwirrt erklärte ich, dass ich bei Eierkuchen manchmal nicht widerstehen konnte, weil meine Oma sie oft für mich gemacht hatte, und registrierte im gleichen Moment, wie ich vor Kira zum ersten Mal meine Oma erwähnte. Sie machte noch größere Augen. Ich erzählte nämlich sonst nie aus meiner Vergangenheit. Sie sollte ruhen, da wo sie hingehörte, weil es mir so am besten ging.

Den Rest des Eierkuchens rührte ich nicht an. Mein Bauch schien sich in einen Stein zu verwandeln. Ich schluckte. Das passierte alles nur, weil ich kurz davor war, Kira eine kleine Notlüge aufzutischen. Ich brachte es schnell hinter mich, erwähnte die Umarmung von Luisa und Tim bei der Begrüßung, dass sie auch Eierkuchen zusammen gegessen hatten und dass ich mich verzogen hatte, als Luisa Tims Hand nahm …

So, dass musste reichen. Das war alles nicht gelogen, nur eben so erzählt, dass Kira es auch gegen sich deuten konnte.

Und das tat sie. In ihrer typisch temperamentvollen Art. Sie sprang auf und brachte sich in Angriffshaltung.

„Haben sie sich geküsst? Sag mir ruhig alles.“

„Das weiß ich nicht. Solange bin ich nicht geblieben. Ich bleibe doch nicht im Zimmer, wenn … Na, du weißt schon …“

Oh je, das war viel zu hart rübergekommen. Gleich würde Kira überkochen. Aber ich konnte mich nicht mehr darauf konzentrieren, weil mir immer komischer wurde. Ich sah verschwommen und wusste nicht, ob da Tränen in Kiras Gesicht auftauchten oder meine Wahrnehmung verrückt spielte.

„Vergiss ihn am besten“, hörte ich mich wie aus weiter Ferne sagen. Dann fing sich alles an zu drehen. Sämtliche Bilder der letzten Stunden tauchten vor mir auf: Tim, die Marmelade, Jonny von der Frittenbude, Noten, Grete, Tomaso Wieland, die nasse Katze, das finstere Haus. Alles drehte sich in immer wilderen Kreisen, als würde es mich einsaugen wollen. Ich registrierte, wie Kira aus der Küche stürmte und das Haus verließ und war unendlich froh darüber, allein zu sein. Kira sollte nichts mitbekommen von meinem Zustand.

Wahrscheinlich würde sie draußen ihrer Wut Luft machen. Ich konnte nur hoffen, dass es keine Ausmaße annahm, die auffallen würden. Aber ich konnte mich jetzt nicht darum kümmern.

Ich stand auf und fiel auf den Küchenboden. Unter größten Anstrengungen kroch ich bis zur Treppe, weil mir so schwindelig war, dass ich nicht aufrecht laufen konnte. Gebückt stolperte ich die Wendeltreppe hinauf und schaffte es bis in mein Zimmer. Auf meiner Meditationsmatte sackte ich zusammen.

Weiter waberten konfuse Bilder um mich herum, wie ein Film, der zu langsam ablief, sodass man jedes Bild einzeln wahrnahm. Doch sie passten alle nicht aneinander: Marmelade kleckerte von einem schwarzen Flügel, in Gretes Küche purzelten Fritten aus dem Oberschrank, unzählige Katzen flitzten aus dem Keller, durch den Hinterhof plätscherte ein Bach, dann rieselten Blüten von der armseligen Birke herab und in der magischen Welt fiel Schnee. Dazu hörte ich Donnergrollen, dann Regen prasseln, dann heulte der Wind und zwischendrin erklangen Fetzen von Klaviermusik, die irgendwann wieder abbrachen oder ins Dissonante kippten.

Ich wusste nicht, wie lange der Zustand anhielt. Meinen Körper spürte ich nicht. Ich war zwischendrin unsicher über meine Identität, sah das Hellblau meines Kleides und überlegte, ob ich ein Stück Himmel, ein blauer Kristall oder einfach ein Fetzen Seidenstoff war. Die ganze Zeit hatte ich furchtbare Angst, Todesangst. Musste ich jetzt sterben?

Aber in der magischen Welt starben Menschen doch erst, wenn sie sehr alt waren und sie das sichere Gefühl empfanden, all ihre Aufgaben seien erfüllt! Oder gab es vielleicht Ausnahmen? Menschen wie mich, die schon halb keine Menschen mehr waren? Dabei lag es gerade an meiner Angst vor dem Tod, dass ich mich ganz in die magische Welt zurückgezogen und so weit wie möglich von meinen menschlichen Bedürfnissen entfernt hatte. Wurde mir das nun zum

Verhängnis? Ich zitterte, spürte, wie ich panisch wurde und sich dadurch alles noch schneller um mich drehte.

Irgendwann war der Spuk vorbei. Ich lag still da, die Augen geschlossen, während sich in mir und um mich eine wohlige Dunkelheit ausbreitete. Ich hatte jegliches Gefühl für die Zeit verloren. Draußen war es ebenfalls stockdunkel. Im Haus herrschte Stille. Ich spürte, dass Kira nicht da war, und war immer noch froh darüber, auch wenn ich mir gleichzeitig Sorgen machte. Aber so hatte sie mich wenigstens nicht in diesem unmöglichen Zustand gefunden, jemanden vom Rat verständigt und mein Problem vielleicht zu einem größeren Thema gemacht.

Vorsichtig erhob ich mich und streckte die Glieder. Der Schwindel kam nicht wieder. Ich knipste die kleine Lampe neben dem Spiegel an und sah mir ins Gesicht. Ich hatte leichte Schatten unter den Augen, aber sonst schien wieder alles in Ordnung zu sein. Das Ganze musste von dem Eierkuchen herrühren. Daran bestand kein Zweifel. Ich band meine Haare zu einem Zopf zusammen und ging vorsichtig die Treppe nach unten. Meine Beine gehorchten mir wieder.

Auf dem Küchentisch standen die Reste von unserem Essen, das wir beide so abrupt beendet hatten. Auf meinem Teller lag noch ein halber Eierkuchen. Die Marmelade dazu hatte ich nicht angerührt. So viel hatte ich also gar nicht gegessen. Der noch fast volle Malzkaffee war jetzt kalt. Ich schüttete die Essensreste in den Mülleimer und beschloss, Kira zu suchen. Irgendetwas musste passiert sein.

Immerhin rührte sich draußen kein Lüftchen. Das war schon mal ein gutes Zeichen. Sie hatte kein Chaos mit dem Wetter angestellt, so wie beim letzten Mal.

Es war eine Regel in der magischen Welt, dass man sich trotz besonderer Fähigkeiten normal verhielt und sie nur einsetzte, wenn es nötig war. Auch wenn das so war, ich musste wissen, ob meine magischen Fähigkeiten noch intakt waren. Ich erhob mich in die Luft, flog ein bisschen durch den Wald und versuchte, mich aufzulösen. Zum Glück funktionierte alles wie gewohnt und niemand erwischte mich dabei. Ich hatte also keinen größeren Schaden genommen.

Ich suchte am magischen See nach Kira, sah im Akademiecafé nach und dann an Kiras persönlichem Ort, dem glitzernden Miniatur-Dom von Orvieto. Aber ich konnte sie nirgends finden.

Am Horizont zeigte sich das erste Violett des nahenden Morgens. Schnell verwandelte es sich in ein zartes Rosa. Dann tauchte die Sonne wie eine rote Blume aus dem Wasser des magischen Sees auf und die Blüten begannen zu klingen, während sie anfingen, sich von den Ästen zu lösen und die Luft zu verzaubern.

Verdammt! Wo steckte Kira nur? Die Schuld würde auf mich zurückfallen. Ich hatte sie schließlich so aufgebracht. Und dann hatte ich sie auch noch aus den Augen gelassen.

Ich beschloss, nach Hause zurückzukehren, in der Hoffnung, dass sie inzwischen aufgetaucht war. Wenn nicht, dann musste ich ihr Verschwinden dem Rat melden.

In dem Moment vernahm ich unweit von mir Schritte. Das war Kira! Sie ging den Waldweg hinauf zu unserem Haus, als wenn nichts wäre. Puh, fiel mir ein Stein vom Herzen. Ich straffte mich, fest entschlossen, so unbekümmert wie möglich zu erscheinen, und lief ihr hinterher.

„Hey!", rief ich, ungefähr dreimal. Endlich drehte sie sich um.

„Ich war bei Leo …", verkündete sie trotzig.

Na toll! Ich hatte sie also von Tim fortgerissen und geradewegs in Leos Arme getrieben.

„Mensch, Kira, es tut mir alles so leid … Es ist doch gar nicht sicher, ob Luisa und Tim zusammen sind."

Nach dem Satz fühlte ich mich sofort besser, aber Kira machte eine wegwerfende Geste: „Es ist mir egal. Es war nur eine dumme Verliebtheit, die nicht mehr in mein Leben passt." Sie öffnete die Tür zum Turmhaus und ging in die Küche.

Ich hatte erreicht, was ich wollte: dass sie Tim und die Realwelt endlich wegschob. Aber dass sie sich dafür Leo als Ersatz suchte, war auch nicht besser. Außerdem war nicht zu überhören, dass sie sauer auf mich war.

„Bei Leo? Warum ausgerechnet bei dem?"

Kira nahm sich eine Tüte Schokomilch aus dem Kühlschrank, steckte einen Strohhalm hinein, setzte sich an den Küchentisch und trank sie aus.

„Weiß nicht, einfach so. Um hier anzukommen."

Ich setzte mich auf den Stuhl neben sie.

„Na hoffentlich bricht er dir nicht das Herz."

Kira verzog das Gesicht. Ich spürte, was sie dachte: dass ich ihr beide Männer nicht gönnen würde.

Sie stand wieder auf und sagte: „Ich muss los!"

Überrascht sah ich zu ihr auf. „Wohin denn? Heute ist Sonntag!"

„Strafarbeit. Ich muss mir ein paar vernünftige Klamotten überziehen und dann Häuser streichen. Ich hab ein bisschen randaliert gestern am See."

Ich erfuhr, dass das Donnergrollen, der prasselnde Regen und das Heulen des Windes – meine akustischen Halluzinationen in der vergangenen Nacht – nicht irreal gewesen waren. Kira hatte mit ihren Talenten verrückt gespielt, heftig mit den Sandmassen am See herumgetobt und am Ende war Ranja – sie vertrat im magischen Rat das Element Feuer – herangezischt und hatte ihr Einhalt geboten. Sie hatte die Sache jedoch nicht beim Rat an die große Glocke gehängt. Dafür mussten Kira und Leo zur Strafe das ganze Wochenende zwei Wohnhäuser im Tal unten neu streichen.

Den ganzen Tag versuchte ich, mich auf mein Schreiben zum Thema magische Blasen der Welt konzentrieren, aber es gelang mir kaum. Immer wieder gingen mir die Bilder meiner Halluzinationen durch den Kopf. Ich dachte an Tomaso Wieland und dann gleich wieder an Leo, und dass er nicht der richtige für Kira war. In meinem Kopf schien sich alles zu vermischen und ich brachte keine einzige Zeile auf das Papier.

Als Kira abends nach einem langen Arbeitstag erschöpft im Bett lag, sah ich durch das Küchenfenster Leo den Weg zu uns heraufkommen.

„N'abend, ich will zu Kira", begrüßte er mich und wollte an mir vorbei in die Küche gehen.

Ich wich nicht zur Seite. „Die schläft schon."

„Quatsch, jetzt schon?"

Ich antwortete nicht. Vielleicht schlief sie, vielleicht nicht. Aber sie sollte sich ausruhen. Mehr noch, ich hatte kein gutes Gefühl dabei, die beiden hier allein zu lassen.

„Na denn …"

Ich sah ihm an, dass er mir nicht glaubte. Vielleicht brannte noch Licht oben bei ihr. Aber er wandte sich ab, hob dabei die Hand, was mehr aussah, wie ein Abwinken als ein Gruß, und ging.

Ich schloss die Tür und wartete eine Weile, bis ich sicher war, dass Kira wirklich schlief. Ich wollte keine Fragen beantworten und ich wollte nichts genau erklären. Dann hinterließ ich ihr eine Nachricht in der Küche, dass ich in der Realwelt zu tun hatte, und machte mich auf den Weg. Den ganzen Tag hatte ich Tomasos unfertiges Stück vor mich hingesummt.

Kapitel 6

In der Stadt herrschte Sonntagsstimmung. Die Glocken der nahe gelegenen Kirche läuteten. Es war kurz nach elf Uhr. Das Haus am Wetterplatz wirkte heute bei Tageslicht und mit Sonnenschein um einiges freundlicher.

Grete schlief noch. Ihre Mutter döste auf dem Sofa, auf dem Schoß ein aufgeschlagenes Buch. Ihr Vater war nicht zu Hause. Ich sah mich ein wenig in Gretes Zimmer um. Da lag ein Hausaufgabenheft. Es verriet, dass sie in die zehnte Klasse ging, an das gleiche Gymnasium wie Kira, bevor sie zu uns gekommen war. Und dass sie sechzehn Jahre alt war. Ihren Geburtstag im Mai hatte sie bunt ausgemalt. Wenn ich nachrechnete, war sie einmal sitzengeblieben.

Sie besaß ein sehr altes Handy, das ausgeschaltet neben ihr auf dem Bett lag. Ich studierte den kleinen Stapel Bücher auf dem Regalbrett an der Wand. *Flucht in die Wolken* von Sibylle Muthesius, *Paula* von Isabel Allende, *1984* von George Orwell, *Hunger* von Knut Hamsun, *In die Wildnis* von Jon Krakauer, *Der letzte Regen* von Antonia Michaelis. Eigentlich war nichts dabei, was Jugendliche ihres Alters sonst so lasen.

Ich hockte mich dicht neben das Bett und stimmte mich auf Grete ein. Sie träumte gerade nichts, schlief ruhig und fest, aber ich spürte, dass sie einsam war und voller großer Sehnsüchte. Wahrscheinlich war sie bis tief in die Nacht auf gewesen. Also würde ich später noch einmal wiederkommen.

Gerade als ich im Hausflur eine Pause einlegen und Gestalt annehmen wollte, hörte ich oben Tomasos Wohnungstür. Einige Augenblicke später sprang er an mir vorbei die Treppen herunter, bekleidet mit einer dunklen Jeans, schweren Wanderstiefeln, einem schwarzen Shirt, dessen Kapuze er sich tief in die Stirn gezogen hatte, und einer gefütterten Weste aus braunem Wildleder. Erst jetzt fiel mir auf, dass er mindestens einen Kopf größer war als ich. Ich überlegte nicht lange und folgte ihm.

Tomaso Wieland lief gemächlich, aber er spazierte nicht, was bedeutete, dass er ein bestimmtes Ziel hatte. Er bog in die nächste größere Straße ein, ging eine Weile geradeaus, überquerte die Danziger und die Straßenbahnschienen in ihrer Mitte, lief die Kollwitzstraße entlang und wandte sich nach links in die Wörtherstraße. Ich versuchte, seine Stimmung zu erfassen. Da war nichts Negatives, aber auch keine Euphorie, eine gewisse Leere im Kopf. Er funktionierte einfach nur, so wie diese Leute, die zu ihrer monotonen Arbeit gingen. War es das?

Ich spürte, dass ich meinen Zustand nicht länger beibehalten konnte. Ich brauchte dringend eine Pause, aber ich wollte auch wissen, wohin er unterwegs war. Ich ließ ihm einen kleinen Vorsprung, prüfte, ob mich jemand beobachtete, begab mich für ein paar Augenblicke in die Nische eines Hauseingangs und wurde sichtbar. Dann trat ich wieder hervor … und konnte ihn nicht mehr sehen.

Wo war er so schnell hin? Ich eilte zur nächsten Straßenecke. Ah, da lief er ja, er war nach rechts abgebogen. Ich folgte ihm in größerem Abstand. Am Ende der Straße kam der Wasserturm in Sicht und wir kamen an dem Haus vorbei, in dem Kiras Eltern wohnten.

Hinter dem Hügel, der sich neben dem Wasserturm befand, bog Tomaso noch einmal ab. Wo wollte er nur hin? Zur Straßenbahn oder U-Bahn jedenfalls nicht. Dann steuerte er auf den Eingang eines Hauses zu, eine Eckkneipe. Sie lag im Souterrain und war geschlossen.

Tomaso zog ein Schlüsselbund aus der Tasche und schloss auf. Ich blieb ebenfalls stehen und tat so, als wenn ich etwas in meiner Tasche suchte. Er verschwand in der Kneipe und ich hörte, wie er hinter sich wieder abschloss. Gehörte ihm dieser Laden etwa? Arbeitete er dort? Aber er war doch Musiker. Vielleicht war er auch noch Student und am Wochenende verdiente er sich sein Geld in der Kneipe. Allerdings, wie ein Student wirkte er nicht auf mich. Dann war er vielleicht doch der Besitzer. Aber dafür wohnte er viel zu ärmlich am Wetterplatz, auch wenn die Wohnung groß war. Seltsam, ich konnte mir kein rechtes Bild machen.

Ich wartete einen Moment, dann spazierte ich langsam an der Kneipe vorbei. Über der Eingangstür stand mit Farbe auf den Putz geschrieben: *Absturz*. Ein Name wie aus alten Zeiten, als die Gegend um den Kollwitzplatz noch nicht mit wohlhabenden Menschen aus Süddeutschland oder England besiedelt war, sondern Hausbesetzern, Künstlern und Studenten gehört hatte. Der Schriftzug war verblasst, er stammte sicher noch aus dieser Zeit. Nur, Tomaso war zu jung dafür.

Die Fensterscheiben spiegelten zu sehr, ich konnte vom Innenraum nichts erkennen, während Tomaso mich mit Sicherheit vorbeilaufen sah, falls er nach draußen schaute. Es half nichts, ich musste warten, bis ich mich auf Engel-Art einschleichen konnte.

Ich entschied mich, zunächst ein bisschen einkaufen zu gehen. Das Einkaufszentrum am Alexanderplatz hatte heute verkaufsoffenen Sonntag. Was meine Liebe zum Shoppen anging, war ich immerhin eins der normalsten Mädchen der Welt.

Ich schaute kurz in der Staatsbibliothek vorbei, um mir *Welt hinter der Welt* einfach auszuleihen. Niemand würde es merken, wenn es ein paar Tage fehlte. Erstaunt stellte ich jedoch fest, dass es nicht an seinem Platz stand. Das Buch war verliehen, zum ersten Mal in zweihundert Jahren.

Erst am Abend kehrte ich zurück ins *Absturz*. Ich schlüpfte ungesehen mit hinein, als zwei junge Frauen die Tür öffneten.

Ich blieb mitten im Raum stehen und sah mich um. Die Einrichtung bestand aus diversen alten Holzstühlen und Tischen, auf denen jeweils eine Kerze brannte. Die Theke aus Holz hatte bestimmt schon mehrere Jahrzehnte auf dem Buckel. In der hinteren Ecke befand sich ein braunes Klavier mit Löwenbeinen, ein schönes Stück, aber lange nicht so wertvoll wie der Flügel, den Tomaso zu Hause versteckt hielt. Die Kneipe hatte eine gemütliche Atmosphäre.

Hinter der Theke wusch Tomaso Gläser im Spülbecken. „Noch zwei Große, Tom“, rief jemand von einem Tisch am Fenster.

Tomaso nickte, stellte zwei Krüge vor dem Zapfhahn ab und bewegte sie darunter hin und her, bis beide Biere eine perfekte Schaumkrone hatten.

Ein Gast, der auf einem Barhocker am Tresen saß, schob ihm ein Schnapsglas hin. „Noch einen, Tomaso … bidde.“ Erst jetzt erkannte ich, dass es sich um Gretes Vater handelte. Er hatte ein Notizbuch vor sich liegen, auf dem er sich mit dem Ellbogen abstützte.

„Hör auf, mich so zu nennen", zischte Tomaso.

„Schon gut. Schon gut."

Er mochte die Langversion seines Namens also nicht.

„Das wäre der Vierte und es ist noch nicht mal sechs." Toms Blick war streng.

„Das gehdisch nichs an", antwortete Gretes Vater. Er hatte seine Stimme bereits nicht mehr richtig unter Kontrolle.

„Du gehst jetzt nach Hause und schreibst weiter. Hast du mich verstanden, Viktor!"

„Das gehdisch nichs an."

Tom spülte das Schnapsglas, holte ein Saftglas aus dem Schrank, füllte es mit Wasser aus dem Hahn und stellte es Viktor hin. Seine Bewegungen waren sehr routiniert. Er schien die Arbeit hinter der Theke gewöhnt zu sein. Man kannte ihn hier. Auch wenn ihm der Laden vielleicht nicht gehörte, war er zumindest der Chef. Und er wirkte irgendwie cool, die Art von Mann, mit deren Innenleben ich mich sonst weniger beschäftigte, weil sie mich einschüchterten.

Auf einmal existierten von Tom zwei Bilder in meinem Kopf: Tomaso, der Komponist, sensibel, in sich gekehrt, und Tom, der Barkeeper mit dem intensiven Blick, der keinen Widerspruch duldete. Wäre ich an Viktors Stelle gewesen, ich hätte sofort getan, was er sagte. Doch Viktor schubste das Glas weg, sodass es fast umfiel und etwas Flüssigkeit rausschwappte.

Blitzschnell griff Tom nach Viktors Kragen und zog ihn über die Theke zu sich heran. Dann sagte er leise, fast in väterlichem Ton: „Das reicht. Du gehst jetzt. Sonst fliegst du nicht nur aus meinem Laden hier, sondern auch aus meinem Haus."

„Is nich dein Laden", antwortete Viktor bockig, nahm aber das Notizbuch, rutschte ungelenk vom Hocker, bückte sich nach dem Kugelschreiber, der aus dem Buch gefallen war, und machte sich auf den Weg nach draußen.

Es war also nicht sein Laden, aber sein Haus? Tom sollte der Besitzer von Wetterplatz 8 sein? Das kam mir ziemlich unwahrscheinlich vor.

Auf einmal hatte ich das Gefühl, beobachtet zu werden und wandte meinen Blick zur Seite. Da saß ein großer, kräftiger Typ in einem grauen Rollkragenpullover aus grober Wolle. Seine schwarzen Locken hatte er zu einem Pferdeschwanz gebunden. Vor ihm lagen drei Bücher, eines davon hielt er vor sich aufgeschlagen. Aber er las nicht darin, sondern schien mich mit seinen dunklen Augen anzustarren.

Ich tat unwillkürlich ein paar Schritte zur Seite, Richtung Tür, bereit zur Flucht – und stellte fest, dass sein Blick mir nicht folgte. Er sah zur anderen Seite des Raumes. Dort hing ein großes Ölgemälde mit einer Ostseelandschaft; Dünen, Dünengras, ein grauer Himmel und darunter blaue Wellen, die auf dem Sand ausliefen. Ich hatte wohl nur in seiner Blickachse gestanden und war erleichtert. Warum glaubte ich in letzter Zeit immer, man könne mich sehen?

Die reale Welt machte mich neuerdings nervös. Mit Kira hatte das angefangen. Sie war eben ein außergewöhnlicher Fall. Trotzdem beschloss ich, Grete noch einmal aufzusuchen. Und, okay, ich wollte Tom wieder spielen hören, auch wenn ich bis Mitternacht warten müsste.

In der magischen Welt fing gerade erst der Tag an. Kira war mit ihrer Strafarbeit beschäftigt. Mir blieb also Zeit bis zum frühen Berliner Morgen. Aber zuallererst musste ich mich, wie immer, ein wenig ausruhen und meine Einkäufe vorübergehend unterbringen. Obst, Gemüse, Spaghetti, Eier, endlich die neuen Shirts für Kira und für mich ein wirklich süßes Kleid. Es war rot, was mich selbst erstaunte. Normalerweise kaufte ich nie Rot. Rot war nicht die Farbe eines Engels.

Kapitel 7

Das romantische Eisenbett auf dem Dachboden war unberührt. Ich schob meine Einkaufstüten darunter und betrachtete die Reflektionen der Abendsonne vom Fenster gegenüber, die auf die Decke kleine Lichtflecken malte. Gerade, als ich mich setzen wollte, hörte ich Schritte im Treppenhaus. Jemand kam hierher nach oben.

Ich schaffte es rechtzeitig, mich zu verwandeln. Schon schob Grete die Tür zum Dachboden auf und kam mit schlurfendem Schritt auf das Bett zu, als würde sie die gesamte Last der Welt hinter sich herziehen. Sie hob den Bettüberwurf an, legte sich darunter und sah aus dem Fenster. Ein paar Minuten lag sie regungslos da. Dann schlüpfte sie auch unter die alte Steppdecke, zog sich die Kapuze ihrer Weste über den Kopf und die Decken bis unters Kinn. Für einen Menschen war es ziemlich kalt hier oben. Das Thermometer zeigte draußen nur knapp über null Grad an.

Vom Eingang her würde man meine Einkaufstüten jetzt sehen können, weil der Überwurf sie nicht mehr verbarg. Aber es war unwahrscheinlich, dass noch jemand außer Grete den Dachboden betrat.

Ich trat auf sie zu, hockte mich an ihr Kopfende, während sie mit dem Gesicht abgewandt von mir lag, und versuchte, ihren Gedanken zu lauschen. Aber ihr Innerstes schien sich in Granit verwandelt zu haben. Ich fand keinen Zugang zu ihrer Gedankenwelt. Sie lag einfach nur da und starrte aus dem Fenster, bis sie mit blassen Lippen und zitternd vor Kälte den Dachboden wieder verließ.

Es war kurz nach Mitternacht, als Tom nach Hause kam, und ich hatte Glück. Zuerst hörte ich von meinem stillen Platz auf dem Dachboden die Wohnungstür, einige Minuten später das Knarren der Türen des alten Kleiderschranks. Er war auf dem Weg in sein geheimes Zimmer. Dann klang Klaviermusik herauf. Nicht seine eigene Komposition, sondern einige Präludien von Bach.

Ich machte mich auf den Weg. Diesmal war das Küchenfenster verschlossen, aber das stellte kein Problem dar. Die Wohnungstür besaß einen Briefschlitz, durch den ich bequem hineingelangen konnte.

Ich setzte mich auf die Matratze in der Ecke. Von hier aus sah ich Tomaso seitlich am Flügel sitzen und hatte einen Blick auf die Tasten, die Notenblätter und sein Profil. Seine Nase konnte man aristokratisch nennen, mit einem Huckel an der Nasenwurzel, aber von da an scharf geschnitten und gerade. Tom, der Barkeeper, schien völlig verschwunden, als wäre er immer noch hinter seinem Tresen und würde Biergläser spülen, während Tomaso hier saß und Klavier spielte – zwei unterschiedliche Menschen.

Ich erhob mich wieder, schlenderte ein wenig durch den Raum und sah mir die Notenblätter näher an, die überall auf dem Boden lagen. Es waren immer neue Variationen des gleichen Stücks. An der Stelle, wo er nicht weiterkam, befanden sich wütende Streichungen. Ob es sein erster Versuch war, etwas zu komponieren?

Tomaso spielte die ersten Takte seiner eigenen Komposition. Ich stand dicht hinter ihm. Die Musik durchdrang wie ein Rieseln meinen ganzen Körper, den ich spürte, obwohl er sich aufgelöst hatte. Sein Haarschopf bewegte sich leicht vor mir. Er spielte nicht nur mit den

Händen, sondern mit seinem ganzen Körper. Am liebsten hätte ich ihm über das Haar gestrichen, damit die Takte aus ihm flossen, so wie sie sein sollten, ohne die Unterbrechung an der Stelle, wo er nicht weiterkam. Ich erschrak über dieses Bedürfnis. Noch nie hatte ich jemanden anfassen wollen, nur weil er gute Musik machte.

Und dann brach er an der leidigen Stelle ab, schloss abrupt den Deckel des Flügels und rief laut: „Es macht einfach keinen Sinn!"

Seine aufkommende Wut ging wie eine Welle von ihm aus, sodass ich einige Zentimeter zurückwich. Mit der Welle kam der nächste Satz, den er zu sich selbst sprach: *‚Was willst du? Du bist ein Barkeeper und gut ist!'*

Sein Satz gab mir die Gelegenheit, ein inneres Zwiegespräch mit ihm zu beginnen: *‚Tom ist ein Barkeeper, aber du, Tomaso, bist durch und durch ein Komponist.'*

‚Hör auf, dir so einen Blödsinn vorzumachen, werde endlich erwachsen. Frag deinen Vater, der weiß, was du kannst und was du nicht kannst. Außerdem ist Tomaso ein bekloppter Name. Der Name eines reichen Weicheis.'

Tom stand so heftig auf, dass die Klavierbank umkippte.

Okay, das klang eindeutig. Hinter Blockaden steckten oft andere Menschen, die sich im Inneren meiner Schützlinge zu Riesen aufgebläht hatten. Natürlich war dieser Vater im Unrecht. Das lag auf der Hand.

‚Dein Vater hat keine Ahnung', konterte ich.

‚Natürlich hat er keine Ahnung!', brauste Tom auf.

Sein gesundes Selbstbewusstsein meldete sich, es war ein wenig verschüttet, aber es war vorhanden. Das war ein gutes Zeichen und hieß, ich konnte ihn auch härter anfassen, wenn es sein musste.

‚Dann mach weiter!'

‚Es geht nicht weiter. Es geht einfach nicht weiter!'

‚Du bist nicht der Erste, der in einem Schaffensprozess so eine Phase durchmacht.'

‚Ach, halt doch die Klappe.' Tom hob ein paar Notenblätter vom Fußboden auf und zerriss sie.

‚Findest du nicht, dass du vor dich hinwütest, als wärst du im Kindergarten?', versuchte ich es weiter.

Auf diese Frage kam jedoch keine Antwort. Ich spürte, wie Tom dichtmachte und sich gegen die innere Zwiesprache verwehrte. Meistens konnten Menschen nicht verhindern, trotzdem in sich hineinzuhören, wenn ich ihnen etwas zu sagen hatte. Doch Tom gelang das, und das versetzte mich in Erstaunen. Er war jemand, der ungewöhnlich starke Schutzmechanismen aufgebaut hatte. Sein Vater hatte vermutlich ernsthaft seine Identität bedroht, oder bedrohte sie immer noch.

Tom schmiss sich auf seine Matratze und vergrub sein Gesicht in einem Kissen. Es ging nur um ein kleines Musikstück, aber es schien ihm ungeheuer wichtig zu sein. Ich hätte zu gern die Klavierbank aufgehoben. Es störte mich, wie sie da wie eine Kapitulation herumlag.

Ich hoffte, dass Tom die Anfänge seines Werks noch woanders notiert oder wenigstens im Kopf aufbewahrt hatte. Denn was auf dem Boden lag, hatte er inzwischen in hunderte Schnipsel verwandelt. Ich versuchte noch einmal, Zugang zu seinen Gedanken zu finden, aber ich prallte ab wie an einer meterdicken Tresortür. Er lag reglos da, als wäre er in eine Art Starre gefallen. Und ich musste gehen, es war Zeit.

Ich kam in dieser Nacht noch vier Mal wieder.

Beim ersten Mal schaute ich mir den Rest seiner Wohnung an. Er bewohnte alle drei der vorderen Zimmer, falls man das „bewohnen“ nennen konnte. Denn die Kachelöfen schienen ewig nicht mehr befeuert worden zu sein und die Zimmer waren fast leer, der Lack auf dem Parkett war komplett abgetreten. In jedem Zimmer stand höchstens ein Gegenstand; im Ersten ein altes Sofa, im Zweiten ein Schaukelstuhl und im dritten Zimmer befand sich ein massives Bett, das jedoch nicht so aussah, als würde Tom darin schlafen. Das Mobiliar hatte diese Wohnung bestimmt seit hundert Jahren nicht verlassen. Was mich erstaunte, waren die vielen Pflanzen, Zimmerpalmen und Kakteen. Sie waren die eigentlichen Bewohner der Räume, und Tom schien sie mit Hingabe zu pflegen.

Auch als ich das zweite Mal um drei Uhr nachts wiederkam, dann das dritte Mal früh um fünf Uhr, vormittags um neun und später um elf, lag Tom wie gehabt auf seiner Matratze. Ich versuchte, ihn über einen Traum zu erreichen. Meist war das der wirkungsvollste Weg, an Menschen mit undurchdringlichem Schutzschild heranzukommen. Hier versagte ihre Abwehr. Man konnte ihnen einen schönen Traum spinnen, in dem sich ihr größter Wunsch erfüllte. Das gab ihnen oft Kraft und tat manchmal sogar Wunder.

Doch auch das funktionierte nicht. Tom träumte einfach nichts. Die Weiten seiner bewussten und unbewussten Welt blieben mir verschlossen, wie undurchdringliche Dunkelheit. Es half nichts, ich musste endlich zurück nach Hause. In der magischen Welt würde es inzwischen Mitternacht sein.

Kapitel 8

Schon als ich mich über die Dächer hinaufschwang, die Kugel des Fernsehturms immer kleiner unter mir wurde und die Engel wie bewegliche Nebelbänke den Durchgang für mich freigaben, sodass der sternenglänzende Nachthimmel der magischen Welt sichtbar wurde, erfuhr ich, dass etwas nicht stimmte.

Einige der Engelwesen flirrten um mich herum, begleiteten mich in meinem Flug bis hoch zu der Klippe und flüsterten immerzu: *Es ist was passiert. Es ist was passiert. Es ist was passiert …*

Was ist passiert?, fragte ich Lilonda, die dicht neben mir flog.

Sie flüsterte in meinem Kopf: *Ein Mensch ist in die magische Welt eingedrungen. Ein Mensch …*

Heute imitierte sie nicht mein Gesicht, sondern erschien in der Wolkengestalt einer dünnen Frau mit Hosen und kurzen Haaren. Ob das die Gestalt war, mit der sie sich am meisten identifizierte?

Ein Mensch? Wie das? Durch welchen Durchgang?

Aber das konnte sie mir nicht beantworten.

Ich ließ mich auf der Klippe nieder, schüttelte mich ein wenig, erhielt meine Gestalt zurück und spürte sogleich die Unruhe im magischen Wald. Ein leichter Wind bewegte die Baumwipfel. Einige Blüten segelten durch die Dunkelheit und leuchteten grün. Wenn die Blüten sich verfärbten und noch dazu in der Nacht unterwegs waren, war das Geschehnis elementar. Ich machte mich sofort auf zum Rat.

Schon aus einiger Entfernung konnte ich die gedämpften Stimmen der Ratsmitglieder und einiger Leute mit Ätherfähigkeiten, die sich um Studenten kümmerten, hören. Sie saßen oder standen alle um das blaue Feuer auf der Lichtung im Birkenhain.

„Matthias hat mich gestern informiert, dass dieser Tim sich wahrscheinlich nicht davon abbringen lässt, den See unter dem Humboldthain zu suchen, aber niemand konnte ahnen, dass er sich so schnell auf den Weg machen würde“, hörte ich Jolly sagen, der im Rat das Element Luft vertrat. Sein altes, vom Wetter gegerbtes

Gesicht bekam zu den tausend Furchen, die es schon hatte, noch einige besorgte Falten dazu.

Tim? Wie um Himmels willen hatte er das angestellt!? Das war völlig unmöglich! Ganz normale Menschen kamen niemals lebend in der magischen Welt an.

Ich trat in den Kreis. „Kiras Freund ist hier?"

Alle Augen richteten sich auf mich.

„Da bist du ja, Neve, wir haben dich schon gesucht", sagte Ranja

Dann wandte sich Sulannia an mich: „Wir haben ihn in den Grünen Raum gebracht. Kira darf auf keinen Fall erfahren, dass es sich bei dem Eindringling um ihren Freund handelt."

„Nein, das wird sie nicht, aber … er lebt?"

„Ja, und wir wissen nicht, warum. Irgendwas mit den Durchgängen scheint nicht zu stimmen."

Nach eingehender Beratung beschloss der Rat, Tims Erinnerung an die magische Welt zu löschen und ihn so bald wie möglich zurückzuschicken.

Oh je, dann würde er sich auch nicht mehr an Kira erinnern können! Nein, Kira durfte auf keinen Fall davon erfahren. Sie würde komplett ausflippen. Da war ich mir sicher.

Auch nachdem ich Kira geweckt und ihr Bescheid gesagt hatte, dass die Seminare vormittags ausfielen, weil ein Mensch in die magische Welt eingedrungen war, und sie zur Akademie gegangen war, fand ich keine Ruhe, um an meinem Projekt zu arbeiten.

Ich lief in den magischen Wald und beschloss, meinen persönlichen Lieblingsort aufzusuchen. Wie lange war ich nicht mehr dort gewesen? Sehr lange. Das hieß, ich hatte ihn schon sehr lange nicht mehr gebraucht. Jetzt sehnte ich mich jedoch nach ihm. Ich musste nachdenken.

Kurz vor der Klippe, wo sich der Ätherdurchgang befand, führte der Weg zu einem kleinen, felsigen Gebiet. Ich sah mich um und prüfte, ob mir niemand folgte.

Dann trat ich zwischen zwei mannshohen Felsblöcken hindurch, und schon verwandelte sich das Gestein in eine samtige grüne Wiese, die leicht anstieg und sich bis zum Horizont erstreckte. Auf dem Hügel glitzerte meine „Glaskuppel" in der Sonne. Sie ruhte wie eine halbierte Seifenblase auf der Wiese und schimmerte in allen Farben des Regenbogens. Ich konnte durch ihre hauchdünnen Wände einfach hindurchgehen, ohne sie zu zerstören. Als Kind habe ich

Seifenblasen geliebt. Stundenlang habe ich mich mit ihnen beschäftigt und mir immer gewünscht, dass eine so groß werden würde, dass ich in sie hineingehen könnte.

Von hier aus hatte ich rundherum einen Blick in weite Täler, die mit Wiesenblumen übersät waren. Innen war ein Teil der Blase so beschaffen, dass man sich darin spiegeln konnte. Der Raum war nur mit einem naturfarbenen Wollteppich, einem weiß bezogenen Sofa und einer Meditationsmatte eingerichtet.

Ich setzte mich auf das Sofa und sah hinaus auf die liebliche Landschaft. Mein Besuch im Haus am Wetterplatz 8 war auf der ganzen Linie erfolglos gewesen. Gleichzeitig bangte ich wegen der Sache mit Tim. War es richtig, Kira nichts zu verraten? Ich fühlte mich irgendwie hilflos.

Okay, wegen Tim half erst mal nichts, als abzuwarten. Mit Grete, das brauchte Zeit. Ich musste mehr über sie erfahren. Und Tomaso – vor mir tauchten Bilder von gestern Nacht auf. Tomaso, wie er allein am Klavier saß und spielte, wie er sich dabei bewegte, sich durch die strubbeligen Haare fuhr, und dann nicht weiterkam. Wie konnte ich ihm nur helfen?

Als ich mich in der Dämmerung auf den Heimweg machte, hatte ich eine Idee. Sie fiel mir sozusagen vor die Füße.

Es war seltsam. Die Blüten, die um mich herum nacheinander auf den Boden segelten, schienen der Melodie, die Tomaso komponierte, ähnlich zu sein. Ein eigenartiger Zufall.

Ich würde Tom einen Traum von den Blüten im magischen Wald eingeben. Ja, das war es! Ihr Klang, wenn sie durch die Luft schwebten und auf den Waldboden fielen, würde ihn inspirieren. Denn diese Art Klänge gab es nirgendwo sonst auf der Welt.

Jetzt konnte ich es gar nicht erwarten, heute Nacht wieder nach Berlin zu kommen.

Zuhause saß Kira in der Küche am Tisch und trank eine Tasse Kräutertee. Sie sah nicht mal auf, als ich hereinkam und sie begrüßte.

„Wie war dein Tag?“, begann ich, aber Kira zuckte nur mit den Schultern und nippte weiter an ihrem Tee.

„Gibt es was Neues wegen des Eindringlings?“, fragte ich vorsichtig.

„Nichts Neues.“ Kira gab sich einsilbig und sah mich nicht an.

Irgendetwas stimmte nicht. War sie vielleicht sauer auf mich? Und dann fiel es mir siedend heiß ein. Oh je, wahrscheinlich hat sie herausgefunden, dass ich Leo weggeschickt hatte.

Sie stand auf und räumte ihre Tasse in den Abwasch.

„Alles in Ordnung?", versuchte ich es noch einmal.

„Ich bin müde. Ich geh schlafen." Kira sah mich immer noch nicht an und bewegte sich Richtung Treppe. Ich musste ihr erklären, warum ich Leo abgewimmelt hatte, dass ich doch nur wollte, dass es ihr gut ging.

„Kira, also, bestimmt stört es dich, dass ich mich einmische, aber … also … So als Freundin … ich mein, ich bin doch deine Freundin, oder …"

Kira drehte sich zu mir und sah mich endlich an.

„Ist es wegen Leo? Du hast ihn letztens weggeschickt, obwohl ich noch gar nicht geschlafen habe. Du magst ihn nicht, stimmt's?! Ich bin sogar zu müde, um noch sauer zu sein." Sie wandte sich wieder der Treppe zu.

„Tut mir leid, ich …", rief ich.

„Vergiss es einfach, okay?! Mit Leo ist eh nichts Ernstes."

Kiras resignierter Tonfall irritierte mich. Gleichzeitig war ich erleichtert.

„Tut mir trotzdem leid, ich …"

„Ich hatte wirklich schon fast geschlafen. Es war richtig, dass du ihn weggeschickt hast und nun mach dir keinen Kopf mehr, ja?! … Ich bin furchtbar müde, weißt du …"

Vielleicht war ihr alles egal, weil sie so müde war.

„Okay, dann schlaf gut." Ich umarmte sie einfach. Ich war auf einmal voller Dankbarkeit, weil sie mir verzieh, weil es ihr gut ging, weil sie meine Freundin war. Ich wollte, dass sie spürte, dass ich immer für sie da war. Sie erwiderte die Umarmung und stieg die Stufen hinauf.

„Ich bin heute Nacht unterwegs, hab da einen schwierigen Fall draußen. Der braucht mich", rief ich ihr hinterher.

„Oh, na dann viel Erfolg. Und gute Nacht", sagte sie nur und verschwand in ihrem Zimmer. Sie fragte überhaupt nicht nach. Das war ganz untypisch für sie. Sie musste wirklich sehr müde sein. Immerhin hieß das, ich konnte sie getrost die Nacht allein lassen.

Kapitel 9

Die ganze Stadt war mit Raureif überzogen. Es war acht Uhr in der Früh und die Hauptstraßen komplett mit Autos verstopft. Die Menschen liefen eilig über die Pflastersteine und atmeten kleine Wolken aus. Ich hatte mein Lieblingswinteroutfit angezogen, einen weißen Mantel, dazu eine weiße Wollmütze mit Zöpfen und Bommel und meine dick gefütterten weißen Stiefel, die vorne bis zu den Knien geschnürt waren. Ich ging vom Alexanderplatz bis zum Wetterplatz zu Fuß, sichtbar wie alle anderen, um später lange genug in Toms Zimmer abtauchen zu können.

Tom lag in seinem Bett auf dem Rücken und schlief. Seine Bettdecke war völlig zerwühlt. Das eine Ende hing auf dem Boden, mit dem anderen bedeckte sie ihn noch bis zum Bauchnabel. Allerdings schauten seine Füße heraus.

Ich stand vor ihm und betrachtete ihn, sein Gesicht so entspannt, die großen, schönen Hände mit den langen Pianistenfingern auf der Decke ruhend. Er trug am linken Mittelfinger einen Ring mit dem Symbol für Yin und Yang. Mein Blick wanderte wieder zu seinem Gesicht. Jetzt bewegten sich seine Augen unter den geschlossenen Lidern. Perfekt! Am frühen Vormittag träumten die meisten Menschen etwas, wenn sie schliefen. Ich hockte mich an sein Kopfende, konzentrierte mich und versuchte, eine Verbindung zu seinem Unbewussten herzustellen.

Erst bewegte ich mich durch dunkle Wirbel. Ich wusste nicht, was sie bedeuteten. Dann begriff ich, dass es Wasser war. Ein Taifun auf dem Meer, und Tom träumte, er wäre mittendrin. Das Wasser toste unter einem schwarzen Himmel. Er ruderte hilflos mit den Armen und schrie. Aber sein Schreien war gegen den Krach des Wassers ein Witz.

Ich konnte Elemente für einen Traum erfinden, hatte aber keinen Einfluss darauf, wie der Träumende damit umging. Ich schickte ihm einen Delphin, der von unten kam, die Flosse genau unter seine Hände schob und ihn mitzog zu einer Insel, die ich vor ihm auftauchen ließ. Doch Tom wehrte sich unsinnigerweise gegen das Tier, verletzte es, sodass es wieder abtauchte und verschwand.

Mist, ich musste mir etwas Neues überlegen. Tom war kurz vor dem Ertrinken. Gleich würde er hochschrecken und wach sein. Es gelang mir, ihn von einer starken Welle auf den Strand werfen zu lassen. Das war unsanft, aber die Idee war mir noch rechtzeitig gekommen. Eine Weile lag er leblos da, aber immerhin wachte er nicht auf.

Auf einmal war es still, das Meer in seinem Traum hatte sich nicht beruhigt, sondern war plötzlich nicht mehr vorhanden. Tom regte sich im Sand. Ich hatte in seiner Nähe den magischen Wald erstehen lassen, durch den die klingenden Blüten schwebten. Mit einer freundlichen Gestalt am Waldrand, die ihn zu sich rief, versuchte ich ihn hinzulocken.

Tom richtete sich auf und begann auf die Gestalt zuzugehen. Er erreichte die ersten Bäume. Einzelne Blüten schwebten auf ihn hinab. Doch ehe er ihr leises Singen wahrnehmen konnte, wurde es von einem unmenschlichen Brüllen übertönt. Die Gestalt verwandelte sich in ein Monster. Es erinnerte mich an einen Uruk aus dem *Herrn der Ringe*. Mit einer schleimigen Eihaut bedeckt werden Uruks aus der Erde geboren und töten mit bloßen Händen, was ihnen zu nahe kommt.

Tom rannte davon, doch nicht zurück zum Strand, sondern tiefer hinein in den Wald. Die Bäume blühten nicht, sondern waren schwarz und kahl und brannten teilweise.

Der Uruk verfolgte ihn und erfüllte die Szenerie mit seinem markerschütternden Gebrüll. Plötzlich loderten haushohe Flammen vor Tom auf und der Uruk hatte ihn gleich eingeholt. Mit einem Schrei, der in der Wirklichkeit nur als gequältes Stöhnen über seine Lippen kam, schreckte Tom hoch, und ich verlor von der Wucht des Albtraumes die Balance und kippte aus der Hocke nach hinten.

Tom saß aufrecht in seinem Bett und sah sich im Zimmer um. Ich konzentrierte mich mit jeder Faser, auf keinen Fall sichtbar zu werden. Er seufzte, legte sich wieder hin, zog seine Bettdecke hoch bis über die Schulter, drehte sich zur Wand und versuchte weiterzuschlafen. Jetzt sah ich nur noch seinen dunkelblonden Haarschopf auf dem Kissen. Okay, meine Kräfte waren aufgebraucht für heute. Gegen solche Träume hatte ich keinerlei Chance.

Ich verließ das Zimmer und begann schon im Flur sichtbar zu werden. Ich konnte nichts dagegen machen. Leise bewegte ich mich zur Wohnungstür. Sie war abgeschlossen, aber der Schlüssel steckte. Ich drehte ihn unendlich langsam im Schloss, damit Tom es nicht hören konnte. Es rasselte und quietschte ein bisschen. Ich hörte, wie Tom sich in seinem Bett drehte, öffnete eilig die Tür, zog sie hinter mir zu, lief die Stufen zum Dachboden hinauf, hielt auf dem letzten Treppenabsatz inne und lauschte. Nichts. Tom schien nichts gehört zu haben. Sicher würde er sich später wundern, dass er die Tür nicht abgeschlossen hatte.

Dafür vernahm ich auf einmal schwere Schritte unten im Treppenhaus. Es mussten zwei Männer sein. Sie stiegen hinauf bis in die zweite Etage. Ihrem tiefen Gebrabbel ließ sich entnehmen, dass sie nach einem bestimmten Namen suchten: „*Hell.* Hier steht's ja."

Was wollten sie von Gretes Familie? Sie hämmerten nicht gerade sanft gegen die Wohnungstür.

Ich schlich mich wieder die Treppen hinunter und spähte durch die Holzstäbe des Geländers. Es waren Polizisten. Weil sich hinter der Tür nichts rührte, hieben sie noch einmal dagegen.

Einen Moment später öffnete sie sich einen Spaltbreit. Ich hörte die Kette rasseln, die von innen eingehängt war.

Dann die Stimme von Gretes Mutter: „Hallo?"

„Sind Sie Emma Hell?"

„Ja?"

„Wahrscheinlich sind Sie informiert worden, dass wir hier sind, um Ihre Tochter Grete zur Schule abzuholen. Es besteht Schulpflicht nach Paragraph …"

„Grete ist heute früh zur Schule gegangen", unterbrach Emma den Polizisten, der seinen Satz routiniert aufsagen wollte.

„Da liegen uns leider andere Informationen vor, Frau Hell. Dürften wir bitte …?" Er drückte ein wenig gegen die Tür.

„Sie wollen in meine Wohnung?" In Emmas Stimme schwang leichtes Entsetzen mit. Ich vernahm Schritte hinter ihr. Dann tauchte Viktor auf, der Emma beiseiteschob, die Kette entfernte und die Tür öffnete.

„Sie ist heute früh zur Schule gegangen. Sie können sich gern davon überzeugen."

Einer der Polizisten trat ein. Der Zweite blieb vor der Tür stehen. Grete schwänzte also die Schule und das Jugendamt hatte bereits die Polizei eingeschaltet.

Wenige Minuten später kam der Polizist wieder zum Vorschein. Er schüttelte leicht den Kopf, um dem anderen zu verstehen zu geben, dass sich das Mädchen nicht in der Wohnung befand.

„Haben Sie eine Ahnung, wo Grete hingegangen sein könnte?"

Emma schüttelte nur den Kopf.

Viktor antwortete: „Ich habe keinen Schimmer. Aber sie wird von mir was zu hören kriegen. Darauf können Sie sich verlassen!"

Die Polizisten sahen nicht so aus, als würden sie sich darauf verlassen. „Wenn sie morgen erneut nicht in der Schule auftaucht, sind wir wieder hier."

Er verabschiedete sich mit einem Nicken. Der zweite Polizist, der um einiges jünger wirkte und wahrscheinlich angelernt wurde, nuschelte ein „Auf Wiedersehen". Dann verließen sie das Haus.

Ob Grete vielleicht auf dem Dachboden war? Leise stieg ich die Treppen wieder hinauf und beschloss nachzusehen. Ich spähte durch die angelehnte Tür. Das Bett war leer. Die Decken lagen unordentlich darauf. Grete musste in der Zwischenzeit wieder hier gewesen sein. Ich lauschte, aber niemand schien sich auf dem Boden zu befinden.

Behutsam bewegte ich mich über die verstaubten Dielen und vernahm auf einmal Geräusche über mir. Jemand befand sich oben auf dem Dach.

Drei kleine Schritte, dann wieder Stille. Die Person schien sich unmittelbar neben dem Schornstein aufzuhalten. Der Schornsteinfeger? Für ihn waren die Geräusche jedoch zu zaghaft. Außerdem würde er Lärm im Kamin verursachen. Aber nichts dergleichen war zu vernehmen. Ich hörte ein dumpfes Geräusch und dann eine Art Scharren. Es klang, als hätte sich die Person neben den Schornstein gesetzt. Ich beschloss nachzusehen.

Durch die Dachgaube gelangte ich unsichtbar nach oben und entdeckte erst mal nichts. Ich bewegte mich näher an den Schornstein heran. Plötzlich griffen kleine Hände um ihn herum und zogen sich an ihm hoch. Eine Wollmütze tauchte hinter dem Schornstein auf, dann Gretes Gesicht. Ängstlich sah sie sich um. Ihre Gedanken drangen so laut zu mir herüber, dass ich mich wunderte, dass normale Menschen dergleichen nie hören konnten.

„Ach, ist doch nicht hoch genug, um zu springen!"

Gretes Lippen waren blau gefroren und ihre Hände so weiß, als wären sie längst abgestorben. Wie es aussah, hockte sie seit heut morgen hier oben. Sie war nicht die Treppen hinabgestiegen, um zur Schule zu gehen, sondern hinauf, um sich vom Dach zu stürzen. Ich ärgerte mich, dass ich sie nicht schon viel früher bemerkt hatte.

Grete tat ein paar Schritte Richtung Hinterhof. Sie zitterte am ganzen Leib. Aber es wirkte nicht nur wie ein Zittern vor Kälte, sondern mehr wie ein Zittern aus Angst.

‚Nein! Das machst du nicht!', dröhnte ich in ihrem Kopf.

Im selben Moment ließ sie sich auf alle Viere fallen und kroch zurück an den Schornstein, an den sie sich klammerte, als wäre das Dach eine Rutschbahn, von der sie rutschen würde, wenn sie sich nicht festhielt. Verschreckt irrten ihre Augen durch die Gegend.

„Wer bist du?“, fragte sie jetzt laut.

Es irritierte mich, wenn Leute mich – ihre innere Stimme – im Außen vermuteten. Es kam nicht oft vor, aber wenn, dann häufiger bei Jugendlichen, die sich noch nicht so bewusst gemacht hatten, dass widerstreitende Gedanken sich wie streitende Personen benahmen.

‚Du gehst jetzt runter vom Dach, sonst erfrierst du noch.'

Meist hörten meine Schützlinge nach dem ersten Mal auf zu fragen und ließen sich auf das innere Zwiegespräch ein. Doch Grete nicht. Sie suchte weiter ihre Umgebung ab und antwortete laut, als würde jemand neben ihr stehen. Was ja sogar stimmte.

„Es geht dich nichts an, ob ich erfriere. Schon gar nicht, wenn du mir nicht sagst, wer du bist. Ich weiß, dass ich nicht irre bin, kapiert?! Ich höre nämlich keine Stimmen.“

Ich hockte mich neben Grete und antwortete nichts. Immerhin war sie an den Schornstein zurückgekehrt und schwebte gerade nicht in akuter Lebensgefahr. Sie schien auf eine Antwort von mir zu warten, aber den Gefallen tat ich ihr nicht. Sie würde gleich wieder vor sich hin grübeln und das war ein besserer Ansatz, um sie vom Dach zu locken. Vorsichtig löste sie ihre Hände vom Schornstein und hauchte in sie hinein. Sie konnte sie kaum noch bewegen.

‚Scheiß Höhenangst, so wird das nie was. Vielleicht bin ich ja doch irre. Ich will, will, will springen, aber ich traue mich nicht. Schlappschwanz! Durch und durch', klagte sie sich auf einmal selbst an.

‚Blödsinn, du bist doch kein Schlappschwanz. Du hast eben noch viel vor im Leben und weißt nur nicht, wo du anfangen sollst.'

Grete wandte sich unwirsch zur Seite, allerdings zu jener, auf der ich mich nicht befand. „Halt die Klappe, verstanden?! Du weißt kein bisschen, worum es geht!“

Okay, sie nahm mich definitiv nicht wahr, wie vielleicht Kartoffelecken-Jonny. Aber sie wollte die Stimme in sich, die sie zur Vernunft zu bringen versuchte, auch nicht als ihre eigene annehmen.

‚Also, vertagen wir das. Die dummen Bullen sind weg. Das hier ist eh nicht das richtige Dach', entschied sie.

Grete ließ sich auf den Bauch gleiten und robbte auf die Luke zu, die auf den Dachboden führte, obwohl es erst jeweils drei Meter links und rechts von ihr in die Tiefe ging. Sie hatte eindeutig Höhenangst. Nur, warum wollte sie sich dann umbringen, indem sie sich von irgendwo runterstürzte? Seltsam.

Ich musste mir jedenfalls schnell was einfallen lassen. Morgen würden wieder die „Bullen" kommen, denn Grete würde garantiert nicht zur Schule gehen. Es war sehr wahrscheinlich, dass sie erneut auf das Dach klettern würde. Irgendwie musste ich sie hinhalten, Zeit gewinnen. Ich war bisher noch nie in die Nähe eines Menschen gekommen, der gerade vorhatte sich umzubringen. Zeit gewinnen war das Wichtigste. Zeit, um vielleicht eine Veränderung zu bewirken, etwas für denjenigen zu finden, ihn auf eine Spur zu bringen, auf der es sich lohnte, weiterzuleben.

Liegend versuchte Grete, den Holzdeckel zur Seite zu schieben, der den Einstieg zum Dachboden schützte.

‚Wenn du mir versprichst, den Rest der Woche zur Schule zu gehen, werde ich dir verraten, wer ich bin', versuchte ich, das Gespräch wieder aufzunehmen. *‚Nächsten Sonntag.'*

Oh je, das war riskant. So etwas hatte ich noch nie versprochen. Ich würde ihr natürlich nicht die Wahrheit sagen können. Es war verboten, fremde Menschen in die Existenz der magischen Welt einzuweihen. Es barg zu viele Gefahren.

Grete hielt inne und sah sich um. Ein kleines Lächeln spielte um ihre Lippen. Ich rechnete mit weiteren Fragen, aber sie antwortete schnippisch: „Morgen ist frei wegen Lehrerkonferenz, übermorgen Wandertag und Freitag hab ich eh nur zwei Stunden Sport. Die Sporthalle ist in einer anderen Schule. Die Bullen können mich also mal."

‚Gut, dann eben nicht', antwortete ich gleichmütig.

Ihr Lächeln verschwand. Um ihre Mundwinkel zuckte es.

„Übernächsten Sonntag!", bestimmte sie in einem Ton, als würden wir illegale Geschäfte machen.

‚Nun gut, wo treffen wir uns?'

„Hier natürlich", sagte sie mit Nachdruck. „Wenn du mich verarschst, dann springe ich, und zwar vor deinen Augen ... falls du welche hast."

‚Wir haben eine Abmachung', antwortete ich und war erleichtert. Sie stieg in die Luke auf die Eisentreppe und verschwand im Innern des Hauses, ohne sich noch einmal umzudrehen.

Meiner Meinung nach war ich jetzt eine Fantasiegestalt in Gretes Vorstellung, die sie dazu brachte, die nächste Schulwoche in Angriff zu nehmen. Zudem wollte sie erst springen, wenn ich mich in ihrer Nähe befand. Das hieß, sie würde keine Dummheiten machen, während ich abwesend war. Ich vertraute darauf. Ich spürte, dass sie es ernst meinte, als hätte sie nur auf jemanden gewartet, dem es wichtig war, dass sie sich nichts antat.

Kapitel 10

Seit einigen Stunden lag ich auf dem weißen Sofa unter der in allen Farben flimmernden Kuppel meines Lieblingsortes, tat nichts anderes, als in das blühende Tal hinunterzuschauen und versuchte, die Ereignisse in meinem Kopf zu ordnen.

Nach meinem Abkommen mit Grete war ich wie gewohnt nach Hause geflogen, aber hatte es nur bis zur Haustür geschafft, wo Ranja bereits mit einer Hiobsbotschaft auf mich wartete. Kira hatte Tim aus dem Grünen Raum befreit und war mit ihm geflohen. Sofort fiel mir ihre Einsilbigkeit am Abend davor ein – von wegen müde! An der Nase hatte sie mich herumgeführt und nur darauf gewartet, bis ich verschwunden war!

Inzwischen waren zwei Tage vergangen, seit Kiras Welt kopfgestanden hatte und meine gleich mit.

Kira hatte schreckliche Rache an ihrem Vater Gregor geübt, der ihr ein Leben lang ihre wahre Herkunft verschwiegen hatte. Zuerst hatte sie in seinem Büro in der Friedrichsstraße randaliert und dann die Wasserkläranlage im Berliner Norden verwüstet, und ich hatte sie gerettet. Aber sie hat tief bereut, was sie angerichtet hat, der Rat war daraufhin milde mit ihr verfahren und nun war sie wieder zurück in der magischen Welt.

Heute Morgen hatte ich ihr einen Bananen-Kakao-Shake hingestellt und ihr gesagt, dass ich nach Berlin aufbrechen würde. Aber ich fand keine Kraft, mich tatsächlich auf den Weg zu Tom und Grete zu machen und war stattdessen hierher, an meinen geheimen Ort gegangen.

Ich musste darüber nachdenken, was mit mir passiert war, und was ich nun tun sollte. Zwei Dinge ließen mir überhaupt keine Ruhe und ich wusste nicht, welches von beiden schlimmer war. Wahrscheinlich war einfach beides gleich schrecklich.

Erstens: Ich hatte geweint! Richtige Tränen. Das war seit sieben Jahren nicht mehr vorgekommen, denn jemand, der eine Art Engel ist, so wie ich, hat gar keine Tränen.

Und zweitens: Ich hatte Kira von meiner Vergangenheit erzählt. Dabei war alles wieder hochgekommen: das Verschwinden meines Vaters, der unerwartete Tod meiner Großmutter und wie ich wochenlang herumgeirrt war, um ihr in den Himmel zu folgen und dann den Durchgang in die magische Welt gefunden hatte. All das, woran ich eigentlich nie wieder erinnert werden wollte. Und natürlich hing beides zusammen.

Es fiel mir schwer, Kira nicht die Schuld an meiner Krise zu geben. Kira war nach der Flucht aus dem Grünen Raum, dem Drama mit ihren Eltern und der Sache mit Tim und Minchin einfach völlig am Ende mit den Nerven gewesen. Es war nur allzu verständlich, dass sie ausgeflippt war.

Wieder sah ich vor mir, wie wir im Gästeklo ihrer Loft-Wohnung am Wasserturm kauerten, nachdem Kira mit Atropa in die Realwelt geflohen war und Jerome und der magische Rat sie suchten. Ich hatte hier auf sie gewartet, um sie zu warnen. Ihre Nerven waren bis zum Zerreißen gespannt und sie überschüttete mich mit schlimmen Vorwürfen: dass ihr mein Engelgetue auf den Wecker ginge, obwohl ich auch nur ein magisch begabter Mensch wäre. Dass ich sie von Leo und Tim fernhalten würde, weil ich mich selbst nicht verlieben könnte. Und warum ich nie etwas von meinen Eltern erzählte, ob die mir peinlich wären. Nein, das waren sie natürlich nicht, aber … Ach … Liebe, Schmerzen, Tränen, Blut, Tod – das alles machte mir einfach furchtbare Angst!

Unwillkürlich sprang ich auf, trat durch die hauchdünne Membran meiner lichtdurchfluteten Behausung auf die Wiese und begann den Hügel hinunterzulaufen, immer schneller und schneller, mit nackten Füßen durch das saftige Gras und die bunten Blumen, es war ein befreiendes Gefühl – als würde ich so alle störenden Ängste hinter mir lassen können.

Ich ließ mich ins Gras fallen und schaute in den tiefblauen Himmel. Und dann wusste ich wieder, wie mein Leben weitergehen sollte: Kira hatte später ihre Worte bereut und ich hatte ihr verziehen. Wir waren Freundinnen.

Jetzt hieß es, wieder nach vorne zu schauen, die Tür zur allem, was vergangen war, mit einem deutlichen Wumm zufallen lassen. Genau wie Kira brauchte auch ich ein bisschen Ruhe. Und das bedeutete, das Haus am Wetterplatz war einfach zu viel für mich.

Tom kam ohne mich klar, egal, ob er seine Komposition früher oder später beendete. Irgendwann würde es ihm schon gelingen. Und Grete würde ich übergeben. Am besten an Kim. Kim vertrat im Rat das Element Äther und war gut darin, was solche Fälle anging. Das musste man ihr lassen, unabhängig davon, dass ich sie sonst nicht sonderlich mochte. Sie würde mein dummes Versprechen Grete gegenüber schon irgendwie hinbiegen, auch wenn ich mir eine Rüge einfangen musste, dass ich überhaupt so ein Versprechen gegeben hatte. Bestimmt würde Grete bei ihr sogar in besseren Händen sein.

Kapitel 11

Ich verbrachte eine arbeitsame Nacht in meinem Turmhaus, schrieb an meinem Buchprojekt und versuchte mir einzureden, es gäbe hoffentlich nicht schon wieder einen Grund, sich Sorgen um Kira zu machen. Sie war erneut die ganze Nacht nicht nach Hause gekommen.

Jetzt kam es mir noch absurder vor, dass ich mir tatsächlich so etwas wie das Haus am Wetterplatz 8 aufladen wollte. Mit Kira war ich einfach rundum ausgelastet.

Ich zuckte zusammen, als es unten an der Tür klopfte. Das Klopfen klang fremd, nicht wie von jemandem, der schon öfter hier gewesen ist. Ich schob den Riegel zurück und öffnete.

„Das Kleid steht dir!“, begrüßte Tim mich und lächelte.

Ich sah ihn verdattert an.

Tim? Wieso war Tim plötzlich hier? Er lebte doch in der realen Welt, zusammen mit Minchin, die ihn dazu gezwungen hatte.

In seinen Shorts und dem weißen T-Shirt sah er aus, als käme er gerade vom Strand. Ich registrierte, dass er seine Taucherausrüstung neben der Tür abgelegt hatte.

„Was machst du hier?", fragte ich und war vor Verwunderung nicht in der Lage, auf sein Kompliment einzugehen.

„Ist Kira da? Ich habe Leo im Wald getroffen, er hat mir ein paar Klamotten gegeben und mir den Weg zu deinem Haus gezeigt."

„Was machst du hier?", fragte ich noch einmal. Ich stand völlig auf der Leitung.

Tim erklärte mir, dass Minchin ihn freigegeben und wieder in die magische Welt gebracht hatte. Die Einzelheiten würde er mir gern später erzählen, aber jetzt wollte er zu Kira – und zwar so schnell wie möglich.

Er wirkte so beschwingt, dass sein Glück richtig auf mich überging.

Tim machte Anstalten, sich an mir vorbeizudrängen.

„Aber … Kira ist nicht da", bremste ich ihn.

„Sie ist nicht … da?" Jetzt war Tim verwirrt. Damit schien er einfach nicht gerechnet zu haben.

„Nein, schon die ganze Nacht nicht."

„Oh … dann ist das sicher wegen der Versammlung an der Wurzel. Weißt du, wo sie sein könnte?"

„Wurzel? Welche Versammlung?"

„Die unterirdische Wurzel im magischen See. Kira war plötzlich dort, als sich alle Undinen versammelt hatten, um zu beschließen, was mit Minchin geschehen sollte."

Mir fiel ein, dass Kira vorgehabt hatte, die Undinen zu besuchen. Sie wollte sich für das Erdbeben entschuldigen, das sie verursacht hatte, als sie durch den Wasserdurchgang in die reale Welt geflüchtet war.

„Ich vermute, sie hat die ganze Situation falsch verstanden. Sie tauchte plötzlich oben in der Kuppel des Wurzelgeflechts auf. Aber nachdem mir Minchin zum Abschied einen Kuss auf die Stirn gegeben hat, war Kira verschwunden", erklärte mir Tim.

Ich dachte nach. Wenn ihr im Wasser nichts zugestoßen war, dann fiel mir nur ein Ort ein.

„Ich glaube, ich weiß, wo sie sein könnte."

„Wo?", rief Tim aufgeregt.

„An ihrem Lieblingsort. Eigentlich darf ihr niemand ohne ausdrückliche Einladung dorthin folgen. Und noch weniger darf er jemanden mitbringen. Aber ich denke, in dem Fall …“

„Du musst mich zu ihr bringen!“, beschwor mich Tim, nahm meine Hand und zog mich aus dem Haus, um mein Zögern zu besiegen.

Wir betraten den kleinen glitzernden Dom. Tims Augen mussten sich an die Dunkelheit gewöhnen, aber ich sah sofort, dass Kira vorn auf der ersten Bank lag und schlief. Wir gingen leise zu ihr. Die ersten Sonnenstrahlen schienen durch die kleinen Fenster, genau auf Kiras Gesicht. Sie wachte davon auf, dass ich mich zwischen sie und die Sonne schob, blinzelte mit den Augen, sah erst mich an und dann zu Tim.

Ich war erleichtert, dass sie hier war und dass es ihr gut ging.

„Siehst du, ich dachte mir, dass sie hier ist“, sagte ich lächelnd zu Tim und zuckte erschrocken zusammen, als Kira mich anzischte:

„Warum hast du ihn hergebracht?“ Sie warf Tim einen vernichtenden Blick zu. „Das ist MEIN persönlicher Ort. Die Regel sagt, dass ICH bestimme, wer ihn aufsuchen darf!“

Sie sprang auf und kam dicht vor mir zum Stehen. Sie war ungefähr einen Kopf größer als ich. „Ich will keine blöden Entschuldigungen. Ich will, dass ihr verschwindet. SOFORT!“

Der kleine Dom hallte von ihren Worten wider. Ich wich zurück.

„Aber …“ Kira verunsicherte mich. Immer packte ich es falsch an, wenn es um Liebesdinge ging. Ich hatte wohl einfach keine Ahnung davon. Na und?! Wollte ich auch gar nicht! Meine Aufgabe war es, Kira zur Ruhe zu bringen. Ich straffte mich und konzentrierte mich auf meine ausgleichenden Engel-Kräfte.

Da schob sich Tim zwischen uns und umschloss sie mit seinen Armen, sodass sie sich kaum rühren konnte. Sie stemmte ihre Fäuste gegen seine Brust – aber erfolglos. In dem Moment sah es fast so aus, als hätte er die Superkräfte und nicht Kira.

Er begann, ihr alles ausführlich zu erklären und sie fing an, ihm nach und nach zu glauben – dass er plötzlich frei war und sie von jetzt an zusammen sein würden.

Ich stand daneben und spürte, wie sie ihren Kampf ausfochten. Wenn Liebes-Energie im Spiel war, fühlte ich mich schnell schwach und hilflos.

Ich wollte mich sofort nach draußen zurückziehen, aber schien auf einmal wie am Boden festgeklebt und starrte auf die beiden, wie sie im Licht der Sonnenstrahlen standen, die durch die Fenster hereinfluteten. Sie waren von einer Aureole der Liebe umgeben. Tim hob Kira hoch und wirbelte sie übermütig herum. Und plötzlich sah ich nicht mehr Tim vor mir, der Kira im Arm hielt, sondern Tomaso, wie er mich in die Arme nahm, hochhob und herumwirbelte – und bekam einen fürchterlichen Schreck.

Ich riss mich aus meinem festgeklebten Zustand los und stolperte hinaus. Hinter meinen Augen spürte ich einen unheimlichen Druck, so wie als Kind, kurz bevor ich losweinen würde. Aber Engel weinten nicht. NEIN. Niemals wieder! Ich holte mehrmals tief Luft, was ich sonst auch nicht tat, aber es war weniger bedrohlich als Weinen. Meine Atmung als Engel war flach und im unsichtbaren Zustand brauchte ich sie überhaupt nicht.

Puh, der Druck hinter den Augen verschwand allmählich. Zurück blieb jedoch eine unerklärliche Sehnsucht – nach etwas, was ich doch gar nicht haben wollte! Nach Liebe? Nach Liebe, die irgendwann immer wehtat? Bloß nicht! Nach Tomaso, dem Pianisten? So ein Quatsch!

Ich lief vor dem Dom auf und ab wie in einem Gefängnis und schüttelte mich. Das war eben ein herzzerreißender Moment mit Tim und Kira gewesen, okay. Aber der war nur das Ergebnis von einer langen und aufreibenden Geschichte, die vorher stattgefunden hatte. Und das Leben war auch nicht wie im Film, wo das Happy End am Ende stand und der Zuschauer der Illusion verfiel, nun würden alle ewig glücklich bleiben. Das wusste ich. Und deshalb wollte ich so was alles nicht haben, schon gar nicht mit Tomaso.

Sofort dachte ich an sein Alter Ego Tom, den gut gebauten Barkeeper mit dem schwarzen Muskelshirt hinter der Theke, und musste schmunzeln. So einer passte ja nun wirklich nicht zu mir.

Am liebsten hätte ich Kiras Lieblingsort sofort verlassen. Aber das konnte ich nicht tun. Ich musste warten, wie es zwischen Kira und Tim weiterging. Nicht, dass sie wieder etwas anstellten. Ich setzte mich auf die Bank vor dem Dom und wandte eine Meditationstechnik an, um meinen Kopf leer zu bekommen.

Irgendwann bemerkte ich Kiras Hände auf Meinen. Sie hockte vor mir und sah mich an. Ich hatte gar nicht bemerkt, wie sie und Tim aus dem Dom gekommen waren.

„Entschuldige bitte, wegen vorhin. Es ist immer dasselbe mit mir: Ich muss endlich aufhören, daran zu zweifeln, dass du mein Glücksengel bist und immer das Richtige tust“, sagte sie.

Ich sah von Kira zu Tim. Sie hatten sich versöhnt. Es kam mir absurd vor, dass ich vorhin Tomaso in Tim gesehen hatte.

Glücksengel – ich lächelte. Ja, genau das wollte ich sein, und nichts sonst.

Kapitel 12

„Schon komisch, dass jetzt alles gut ist zwischen Tim und mir, wir uns aber bis zum Sommer nicht sehen werden“, bemerkte Kira.

Tim hatte vom Rat die Erlaubnis erhalten, Kira im Sommer in der magischen Welt zu besuchen, aber bis dahin musste sie erst ihre Ausbildung an der magischen Akademie absolviert haben. Kira stocherte nachdenklich in ihrem Rührei herum, das sie sich zum Frühstück gemacht hatte. Ich starrte auf die mit grünem Schnittlauch versetzten gelben Eistückchen und spürte einen leichten Widerwillen, etwas Essbares überhaupt nur anzuschauen.

„Komisches Gefühl, glücklich und unglücklich zugleich zu sein“, fuhr sie fort und aß langsam weiter. Ich wartete, dass sie fertig wurde. Dann wollte ich sofort zu Kim und ihr mein Anliegen in Bezug auf Grete vorbringen.

Kira sah mich an: „Hörst du mir eigentlich zu?“

„Natürlich!“ Ich lächelte sie an, um zu überspielen, dass ich in Wirklichkeit zu sehr mit meinen eigenen Entscheidungen beschäftigt war. „Ich kann dich verstehen …“, schob ich hinterher, um etwas zu sagen, aber Kira unterbrach mich.

„Kennst du das Gefühl?“

„Hm … also … ich glaube …“

„Wie war es eigentlich letztens bei deinem Komponisten?“, fragte sie plötzlich.

„Letztens? Wann letztens?“ Im selben Moment fiel mir ein, dass ich ihr gesagt hatte, ich würde in die Stadt gehen, es aber gar nicht getan hatte.

„Du wolltest mir sogar ein Tagebuch mitbringen.“ Sie lächelte.

„Ach so, ja … also …“

Kira zog fragend eine Augenbraue hoch.

„Ich bin letztens gar nicht dort gewesen. Aber sobald ich wieder hinfliege, bring ich dir eins mit."

Sie musterte mich misstrauisch. Na klar, sie hatte ja gedacht, ich wäre in den Komponisten verknallt, und nun flog ich gar nicht hin. Sie musste also einsehen, dass sie falsch gelegen hatte.

„Wo warst du denn dann?", fragte sie.

„Oh … an meinem liebsten Ort."

Ihre Augen weiteten sich. „Du hast einen Lieblingsort? Davon hast du mir noch nie erzählt."

„Ich bin auch schon sehr lange nicht mehr dort gewesen, eigentlich war ich nur in der Anfangszeit öfter da. Dann habe ich ihn irgendwie nicht mehr gebraucht …"

„Aber jetzt schon … wegen des ganzen Stresses mit mir …"

„Nein, überhaupt nicht!", beschwichtigte ich sie und bereute es im gleichen Moment. Denn dadurch brachte ich mich in Erklärungsnot. „Also, schon … auch … alles kam eben zusammen."

Ich stand ruckartig auf, während Kira den letzten Rest Ei aß und dann ihre Kaffeetasse leer trank. Ich wollte das Geschirr zusammenräumen, aber Kira hielt meine Hand fest, sodass ich zusammenzuckte.

„Irgendwas ist mit dir, Neve. Du musst es mir sagen. Hat es mit diesem Tom zu tun?"

„Mit Tom?" Mist, meine Stimme war viel zu hoch gerutscht.

Kira ließ mich los. „Okay, es ist wegen Tom."

„Was? Quatsch, ich war nur so fertig. Auch wegen …" Ich stockte, ich wollte auf keinen Fall noch mal von meiner Vergangenheit anfangen. Ich wollte erklären, dass es sich mit „meinem schwierigen Fall da draußen" erledigt hatte, ich mich nicht mehr um ihn kümmerte.

Aber stattdessen hörte ich mich sagen: „Er heißt eigentlich Tomaso. Das schreibt er auf seine Notenblätter. Aber wenn er in der Kneipe arbeitet, will er, dass ihn alle Tom nennen, weil er seinen Namen angeblich nicht mag."

Was redete ich? Ich fing noch mal an: „Aber das ist jetzt eigentlich egal, weil ich …"

Kira unterbrach mich. „Er arbeitet in einer Kneipe? Ich dachte, er ist Komponist?!"

Ich wand mich. Ich wollte doch gar nicht über Tomaso reden, ich wollte nur erklären, dass ich nichts mehr mit ihm zu tun hätte.

„Ja, nein … also, er kann wundervoll Klavier spielen und er komponiert auch, er hat einen Flügel zu Hause, allerdings eingemauert, als wenn niemand davon wissen soll. Ohne mein magisches Gehör hätte ich ihn niemals entdeckt. Wow, er ist außerordentlich begabt! Wirklich. Wie er mit der Musik mitgeht, wenn er spielt. Du müsstest es hören. Ich könnte ihm stundenlang zusehen dabei. Ich glaube, in der Kneipe arbeitet er nur, um Geld zu verdienen."

Mir fiel auf, dass Kira ihren Kopf auf die Hand gestützt hatte und mich die ganze Zeit angrinste.

„Was grinst du denn so debil?", fragte ich etwas ruppig, obwohl das sonst gar nicht meine Art war.

„Ich sag ja, du bist verliebt, Neve …", sagte sie.

Ich verzog ärgerlich das Gesicht. „Was soll das denn jetzt!"

Mit einem Klirren landete das Besteck in der Pfanne, in die ich auch Tasse und Teller getan hatte. Ich transportierte alles zur Spüle.

„Verliebt … verliebt … eindeutig …", fing sie einen selten dämlichen Singsang an. „Du müsstest dich von ihm reden hören und deine Augen dabei, wie sie leuchten, da kannst du mir nicht weismachen, dass es nur um irgendeine Musik geht."

Mir rutschte die Pfanne aus den Händen und sie landete laut scheppernd im Spülbecken. „Hör doch mal auf mit dem Mist! Nur, weil du dich in jeden gleich verknallst, der dir über den Weg läuft, denkt du jetzt, es wäre bei mir genauso."

Das war ein bisschen fies, was war nur in mich gefahren?

Aber Kira ging gar nicht darauf ein. Sie hörte auf zu grinsen, setzte sich gerade hin und wiederholte noch einmal ruhig und ernst. „Neve, du hast dich verliebt."

Ich antwortete genauso ernst und ruhig: „Meinetwegen, denk, was du willst. Ich wollte eigentlich nur sagen: Der Fall ist inzwischen abgeschlossen. Ich habe bereits getan, was ich konnte. Er kommt jetzt ohne mich klar. Ich werde ihn gar nicht wiedersehen."

Kira ließ meinen Blick nicht los und ich hielt ihm stand, damit sie merkte, dass ich es ernst meinte. Zumindest hatte ich mir das so gedacht. Nach nicht mal drei Sekunden war mein Widerstand gebrochen. Ich sah nicht mehr Kira, sondern wieder das Bild, wie Tom mich in die Arme nimmt und herumwirbelt. Ich senkte die Augen, sackte auf dem Stuhl neben der Spüle in mich zusammen und schlug die Hände vors Gesicht.

Kira stand auf, kam zu mir und legte ihre Arme um mich. Ich spürte erneut diesen Druck hinter den Augen und ruckte mit dem Kopf unwillkürlich zurück, als könnte ich ihm so ausweichen.

„Na ja, vielleicht nicht gleich verliebt, aber nicht nur die Musik, sondern auch der Musiker bedeutet dir was", sagte sie vorsichtig.

Ich rührte mich nicht. Tief in meinem Innern wusste ich schon eine Weile, dass das stimmte. Ich wollte es nur nicht wahrhaben. Aber es half ja nichts. Sieben Jahre lang hatte ich mich in dieser Hinsicht für niemanden interessiert und war inzwischen so sicher gewesen, dass es mir nun auch nicht mehr passieren würde. Ich war in der Zeit ein halber Engel geworden.

Doch plötzlich dachte ich an einen Mann, rutschte sein Bild immer wieder vor mein inneres Auge. Wenn ich ehrlich war, verging seit meiner Tomaso-Fantasie in Kiras Miniatur-Dom keine Stunde, in der ich nicht an Tomaso dachte und ihn vor mir sah: an seinem Piano, auf der alten Matratze im schalldichten Raum, in seinem schmalen Bett in der Küche, wo er so friedlich dagelegen hatte … Und selbst Tom hinter der Theke kam mir immer wieder in den Sinn. Ich fand diese Art Männer – das musste ich mir jetzt eingestehen – in Wirklichkeit gar nicht blöd, ich hatte nur viel zu viel Respekt vor ihnen.

Ich holte tief Luft, viel zu tief. Der Druck hinter den Augen ließ nach. Dann nahm ich die Hände vom Gesicht und sah Kira an.

„Ja, du hast recht. Ich muss viel zu oft an ihn denken, und genau das ist der Grund, warum ich das Haus am Wetterplatz nicht mehr besuchen werde."

„Aber was ist denn so schlimm daran, immerzu an jemanden zu denken?", fragte Kira.

„Ich finde …", ich machte eine hilflose Geste mit den Armen, „… dass es nicht zu mir passt."

„Nicht zu dir passt?" Kira lachte auf. „Zu jedem passt das!"

Ich stand auf und ging zum Fenster, um mir ein bisschen Freiraum zu schaffen. „Aber nicht zu einem Engel."

Kira seufzte.

„Neve, du bist doch … du hast doch selbst gesagt, dass …"

Beherzt griff ich nach Kiras Hand und legte sie auf meinen Brustkorb, sodass ihr Handballen auf meinem Brustbein zum Liegen kam und ihre Finger rechts und links von meinem Hals. „Was spürst du?"

Kira sah mich verwirrt an. „Ähm, was soll ich spüren?"

„Was spürst du?"

„Kühle. Deine Haut ist ganz kühl … und so ein leichtes Vibrieren."

„Aber keinen Puls, nicht wahr – nur ein Vibrieren."

Kira zog ihre Hand zurück und wirkte fast ängstlich. „Das heißt, du hast gar keinen Herzschlag mehr?"

„Wozu? Ich bin ein Engel. Nicht so, wie die Elementarwesen des Äthers. Ich bin auch noch ein Mensch, aber eben nicht mehr viel, verstehst du?!"

„Dann fällt das Herzrasen weg, wenn man verliebt ist, das ist doch eine Erleichterung", platzte es aus Kira heraus.

Ich musste lächeln, das stimmte allerdings. Kira lächelte auch erleichtert, atmete hörbar aus und wieder ein, ich hatte sie ein wenig geschockt. Wie es aussah, hatte sie noch nie weiter darüber nachgedacht, dass es Folgen für den Organismus hatte, wenn man nichts mehr aß und nichts mehr trank.

„Oh Mann, das ist … heißt das, du darfst dich nicht verlieben, weil …" Sie führte jetzt ihre Hand an ihren eigenen Halsansatz, sodass die Handfläche auf dem Brustkorb und Daumen und Zeigefinger links und rechts auf dem Schlüsselbein lagen.

„Doch, natürlich ‚darf' ich, aber ich will nicht. Alles soll bleiben, wie es ist, so, wie die letzten sieben Jahre."

Kira durchbohrte mich mit ihrem Blick, um zu kapieren, was ich meinte. „Du willst, dass dein Herz nicht wieder anfängt zu schlagen?" Ihre Frage klang durch und durch ungläubig.

„Ja, so ungefähr", gab ich zu. „Ich hab das nicht unbedingt genossen, ein richtiger Mensch zu sein, verstehst du."

„Noch nie?"

„Na ja, früher vielleicht, als kleines Kind …"

Stopp, da waren sie wieder: Erinnerungen. Da wollte ich nicht hin. Ich machte eine abwehrende Geste, als könnte ich die Worte, die in der Luft hingen, wegwedeln. Wir schwiegen einige Momente.

Dann sagte Kira: „Neve, weißt du was!"

Ich schüttelte den Kopf. Was würde jetzt kommen?

„Du hast zwar ein paar menschliche Züge abgelegt, aber du bist weder ein Elementarwesen noch tot, und man kann dem Leben nicht ausweichen. Du hast Tomaso getroffen, und das ist nicht mehr rückgängig zu machen. Jemand hat dein Herz berührt, auch wenn es nicht mehr schlägt. Du kannst dich jetzt abwenden, aber eins ist sicher: Wenn es einmal passiert ist, dann wird es wieder passieren. Verstehst du, was ich meine?!"

Ich verstand sehr wohl, was sie meinte, so gut, dass ich unwillkürlich die Arme um meinen Körper schlang, als müsste ich mich festhalten.

„Du solltest jetzt nicht wegrennen. Denk daran, wie oft ich weggerannt bin und wie wenig mir das genützt hat. Im Gegenteil, es hat alles immer nur schlimmer gemacht."

Oh je, das war zu wahr. Ich fühlte mich plötzlich seltsam. Auf einmal war ich die Bedürftige und es schien, als würde Kira diejenige sein, die *mich* beschützte und die richtigen Antworten wusste.

Ich erzählte ihr nun auch von Grete und, dass ich Kim bitten wollte, sie zu übernehmen.

„Wie soll Kim denn Grete übernehmen? Du bist doch diejenige, die eine Beziehung zu ihr hergestellt hat." Kira zog eine Augenbraue hoch. Sie sprach aus, was ich eigentlich längst wusste. Man konnte keine Freundschaften verkaufen und genauso selten ließen sich „Schützlinge" auf jemand anders mit Ätherfähigkeiten übertragen. Man versuchte das nur, wenn es wirklich nicht anders ging. Aber ging es denn wirklich nicht anders?

„Aber ich will nicht wieder abhängig werden von all diesen lästigen menschlichen Bedürfnissen, die einem nur die Zeit rauben!"

Ich schnappte mir den Besen, der neben der Tür stand – ich brauchte irgendwas, woran ich mich festhalten konnte – und begann ein bisschen zu fegen.

„Menschliche Bedürfnisse, die einem die Zeit rauben?" Kira grinste.

„Na, Schlafen zum Beispiel – acht Stunden am Tag futsch!"

Kira nahm mir den Besen aus der Hand, weil es sie nervös machte, wie ich um ihre Füße herumfegte.

„So hab ich das noch gar nicht gesehen. Aber … Schlafen ist auch schön, und man hat öfter echt tolle Träume!"

„Mag sein, trotzdem. Wenn ich zum Beispiel an körperliche Schmerzen oder Liebeskummer denke! Ich meine, schau dich an, was du die letzte Zeit wegen Tim durchgemacht hast!"

Kira stützte sich auf den Besen und musterte mich. Immerhin grinste sie nicht mehr.

„Aber du kannst es ja doch nicht verhindern, wenn es passiert", sagte sie. „Man muss die Flucht nach vorne antreten, direkt reingehen in das Übel, dann kommt man auch schneller wieder raus.

Kehrt man ihm den Rücken und tut so, als wäre es nicht da, wächst es hinter einem nur zu einer immer größeren Bedrohung heran."

Jetzt fing Kira an zu fegen und öffnete die Haustür, um den Schmutz nach draußen zu befördern, während sie fortfuhr: „Klar, die Liebe ist ein Lebenselixier. Sie wirbelt alles in einem herum und vielleicht hat sie die Macht, dich aus den Wolken zu holen. Aber wenn du auf die Nase fällst, ist das doch nur vorübergehend unangenehm. Ich meine, nichts hindert dich daran, danach wieder in die Wolken zurückzukehren. Oder?!"

Ich zuckte mit den Schultern. Das Bild mit den Wolken gefiel mir.

„Zumal noch gar nicht klar ist, was genau du für ihn empfindest", überlegte Kira weiter.

Ich nickte.

Sie stellte den Besen wieder in die Ecke, lehnte sich mit verschränkten Armen gegen den Rahmen der Haustür, zog ihre Lippen ein, gab sie wieder frei und sah mich nachdenklich an.

„Sag mal, wenn du nichts mehr isst, nichts trinkst, nicht schläfst, keine Schmerzen spürst, dann … dann weißt du auch nicht, wie er riecht?"

Ich sah sie verdattert an. „Nein?!"

„Ich glaube, Tims Duft war das Erste, was ich wahrgenommen habe, als ich ihm damals in der Schule begegnet bin. Mir wurde das erst im Nachhinein bewusst, aber wahrscheinlich war es das, was mich sofort auf Empfang gestellt hat." Kira machte ein versonnenes Gesicht, als sie sich daran erinnerte.

„Das ist wahr, der Geruch spielt eine große Rolle dabei, wie gut Menschen sich verstehen", bestätigte ich.

„Du weißt, wie sehr ich mich zuerst gegen Tim gewehrt hatte. Aber es hat überhaupt nichts genützt."

„Tomaso, vielleicht riecht er nicht gut, und dann ist der ganze Spuk schnell wieder vorbei!" Ich lachte. Auf einmal kam mir alles weniger dramatisch vor.

„Ha, das hättest du wohl gern, Neve! Ich denke, du musst es herausfinden."

Kira hatte mich jetzt da, wo ich überhaupt nicht hinwollte.

„Vielleicht …", antwortete ich vorsichtig und strich mir durch die Haare. „Aber … ich meine, … ich habe hier genug zu tun. Ich muss mich um dich …"

„… kümmern?“, beendete sie meinen Satz. „Nein, ich denke, das musst du nicht mehr. Ich komme klar … endlich … Du hast so viel für mich getan.“

Kiras Worte taten gut und sie sah mich dabei liebevoll an. Ich wusste, dass es stimmte, was sie sagte. Ab jetzt würde alles anders werden. Kira war über den Berg. Seit sich das mit Tim auch noch geklärt hatte, sowieso. Sie würde bald in ihr eigenes Haus ziehen, und mich nicht mehr brauchen.

„Aber …“, sagte ich – und kam nicht weiter. Kira sah mich streng an.

„Okay, kein Aber …“, gab ich schnell hinterher. Ihr Gesicht entspannte sich sofort.

„Das heißt, du wirst wieder zum Wetterplatz fliegen?“

„Ich denke, das werde ich.“

Kira nickte.

„Gut so … Und wenn ich dir noch einen Tipp geben darf: Geistere nicht nur um Tomaso herum. Begegne ihm – als Mensch. Sonst wirst du in hundert Jahren nicht erfahren, woran du bist.“

Ich schluckte. Da hatte sie natürlich recht. Aber allein die Vorstellung, ihn anzusprechen … Ein richtiges Herz in meinem Innern hätte jetzt wahrscheinlich wie wild geschlagen und herausgewollt.

Kapitel 13

Es war Samstagabend kurz nach zweiundzwanzig Uhr. Die ganze Stadt befand sich in Ausgehlaune. Kinos und Theater entließen ihre Gäste. In den Restaurants und Kneipen herrschte Hochbetrieb.

Ich hatte mich für ein schwarzes Outfit entschieden, weil Kira meinte, ich würde mich darin sicherer fühlen. Schwarzes Wollkleid, schwarze Stiefel, schwarzer Mantel, alles Sachen, die ich eigentlich für Kira gekauft hatte. Da Else, die Köchin der Akademie, mich nicht mit ihren Köstlichkeiten erfreuen konnte, strickte sie mir für meine Ausflüge in die reale Welt jedes Jahr einen neuen Schal. Ich mochte am liebsten den hellblauen, den weißen oder den frühlingsgelben, aber ich konnte nur den knallroten finden, den sie mir irgendwann verpasst hatte.

Auch im *Absturz* herrschte mehr Betrieb als beim letzten Mal. Ich spazierte schon die dritte Runde um den Wasserturm mit seinem Hügel, und traute mich nicht hinein. Dabei war doch gar nichts dabei. Tom kannte mich nicht und auch sonst wusste niemand, wer ich war. Ich konnte zum Beispiel mit einer Freundin verabredet sein und dann wieder gehen, weil sie nicht kam.

Ich sah Tom durch die Fensterscheiben, wie er ein Bier nach dem anderen zapfte und auf den Tischen volle Gläser gegen leere tauschte. Okay, jetzt los! Es ging doch nur um eine erste „echte Begegnung". Etwas bestellen, ein paar Worte wechseln … Ich war gespannt, wie er auf mich reagierte. Interessiert? Gleichgültig? Oder erstaunt, weil er mich in seinem Laden noch nie gesehen hatte?

Dann gab ich mir einen Ruck, verstaute den auffälligen roten Schal in meiner Tasche, bewegte mich auf die Tür zu und stand plötzlich drinnen.

Ich sah mich um. Kein Tisch frei. An jedem saß mindestens eine Person. Also tat ich so, als würde ich jemanden suchen. Sofort spürte ich den starken Impuls, einfach umzudrehen und die Kneipe zu verlassen. Doch meine Erinnerung an das Gespräch mit Kira hält mich zurück: „Nicht flüchten."

Am Tresen standen noch zwei unbesetzte Barhocker. Ich entdeckte Viktor, der rechts neben den freien Plätzen saß, und war erleichtert über das vertraute Gesicht, obwohl er mich nicht kannte.

„Ist hier noch frei?", fragte ich ihn.

Langsam drehte er sich zur Seite und murmelte ein „Joa", ohne mich dabei anzusehen.

Ich zog mir den Hocker ein Stück vor, hing meinen Mantel darüber, setzte mich … und sah, nachdem ich endlich eine bequeme Position gefunden hatte, direkt in die Augen von Tom. Er stand genau vor mir, verzog keine Miene, lächelte nicht mal, sondern ließ nur sein Kinn nach oben rucken, als Ersatz für die Frage, was ich bestellen wollte.

„Ei… ein Wasser, stilles", stotterte ich. Er wandte sich wieder von mir ab, holte eine Flasche mit Mineralwasser unten aus dem Schrank, goss ein Glas ein und stellte es mir hin.

„Danke", sagte ich.

Kein „Bitteschön" und wieder kein Lächeln. Tom hatte mich, während er mir mein Wasser servierte, nicht mal angesehen und sich gleich wieder seinem Zapfhahn zugewandt. Ich war einfach irgendein Gast, den er zu bedienen hatte. Aber auch dafür wirkte er nahezu abweisend. Ich starrte ihm entgeistert auf den Rücken, den er mir jetzt zuwandte.

Plötzlich hörte ich eine Stimme dicht neben meinem Ohr: „Hier." Viktor schob mir einen Bierdeckel hin, und als ich ihn nicht gleich nahm, stellte er mein Glas, das bereits einen Wasserrand auf dem Tresen hinterlassen hatte, darauf.

„Danke." Ich nickte ihm zu.

„Viktor, übrigens", stellte er sich vor. Er hatte eine Fahne, bestimmt trank er bereits das dritte oder vierte Bier.

„Ich warte auf eine Freundin", erklärte ich nervös. Viktor nahm einen kräftigen Zug aus seinem Glas.

„Ich schreib einen Roman", antwortete er und zog sich seinen Notizblock ran. Er blätterte unmotiviert darin herum. Viele Seiten waren mit einer winzigen Schrift und bis auf den letzten Millimeter vollgekritzelt. „Das ist nicht einfach, weißt du."

„Was für einen Roman?", fragte ich.

Er machte eine ausholende Geste: „Es geht um Liebe, Philosophie und die letzten Dinge."

„Ja, das klingt kompliziert."

„Nein, das ist nicht das Komplizierte daran. Das Komplizierte ist, es nicht kompliziert zu machen. Es ist ein Thriller, und es soll ein Bestseller werden. Was Einfaches, aber Eindringliches, was reingeht wie nix, ein Bestseller eben, jawohl." Er hieb zur Bekräftigung auf sein Notizbuch. Ich führte mein Glas an die Lippen, tat so, als wenn ich einen Schluck nahm, und analysierte den Glanz in seinen Augen. Er kam vom Alkohol, aber nicht nur. In ihm brannte eine ernstzunehmende Leidenschaft.

„Hast du schon einen Verlag?"

„Verlag, Verlag …", stöhnte er verächtlich. „Hör mir auf mit Verlagen …" Dabei lehnte er sich zu weit zurück und verlor fast das Gleichgewicht, hielt sich aber gerade noch an der Theke fest.

„Viktor, das ist das letzte für heute, klar?!", sagte Tom, der plötzlich nicht mehr hinter, sondern vor der Theke stand.

„Schon klar, Chef."

Mir schenkte Tom dabei nicht einen Deut Aufmerksamkeit. Er sah Viktor aus strengen, dunkelblauen Augen an. Sein Blick hatte etwas Abgründiges und Unerbittliches zugleich. Das Muskelshirt, das er heute trug, war ebenfalls dunkelblau. Ich versuchte, ihn mit Tomaso, dem Klavierspieler, in Einklang zu bringen. Vor mir stand jemand, der gewöhnlich schien, aber ein großartiges Geheimnis hütete, und niemand wusste davon.

Auf einmal fühlte ich mich traurig. Und zwar, weil ich als Einzige sein Geheimnis kannte, aber mit meiner Anwesenheit trotzdem nicht die winzigste Spur bei ihm hinterließ. Als Tom ging, um die Leute an den Tischen zu bedienen, wurde dieses Gefühl von einem noch unangenehmeren Gefühl abgelöst.

Tom beachtete mich nicht, aber nun bemerkte ich, dass mich dafür jemand anders die ganze Zeit zu beobachten schien. Es war der gleiche Typ von letztens. Er saß am anderen Ende der Bar, die neben Viktor in einem rechten Winkel zur Wand führte, und schaute zu mir herüber. Ich war mir sicher, dass er es schon länger tat. Und diesmal meinte er nicht das Gemälde mit der Ostseelandschaft. Diesmal meinte er eindeutig mich. Wieder lagen drei Bücher vor ihm, von dem er eins aufgeschlagen hatte. Daneben stand eine Tasse Kaffee.

Als mein Blick seinem begegnete, machte er keinen Hehl daraus, dass er mich beobachtet hatte, und senkte den Blick nur langsam wieder auf die Seiten seines Buches. Seine Augen waren freundlich, und um seinen Mund spielte jetzt ein kleines Lächeln. Er sah eigentlich nett aus, aber irgendwas schreckte mich an ihm ab, war mir durch und durch unheimlich.

Viktor war betrunken und quasselte mich voll, das hatte nichts zu bedeuten. Tom ließ das Gefühl in mir aufkommen, ich sei völlig farblos. Okay, ich hatte mich nicht gerade aufgepeppt. Ich wollte nicht auffallen, aber natürlich auch nicht übersehen werden, so als wäre ich unsichtbar. Deshalb tröstete es mich, dass dieser große, dunkelhaarige Fremde mich ins Visier genommen hatte.

Trotzdem fühlte ich mich unwohl. Viktor schien mich vergessen zu haben und kritzelte inzwischen aufgeregt in sein Buch. Vor mir stand das volle Glas Wasser. Und dahinten saß der Mann mit den Büchern, der immer wieder rüberschaute. Ich musste weg. Nicht, dass er noch herüberkam. Ich überlegte, Tom zuzurufen, dass ich zahlen wollte, aber mir war es peinlich, weil mein Glas noch unberührt vor mir stand. Am liebsten wollte ich jetzt so unauffällig wie möglich verschwinden.

Als Tom einige Stufen in den Kellerraum hinter der Theke hinabstieg, um einen neuen Kasten Bier heraufzuholen, legte ich einfach das Geld neben mein Glas, schnappte meine Tasche, murmelte ein „Tschüss“ zu Viktor, was der nicht mal bemerkte, und verschwand aus der Kneipe.

Ich eilte die Straße entlang, Richtung Wetterplatz, so als müsste ich schnell Abstand zwischen mich und Tom bringen, damit er mich nicht doch noch bemerkte. Als wenn er mir dann folgen würde!

Im selben Moment merkte ich, dass mir tatsächlich jemand folgte. Ein Mann holte mich ein. Ich wich zur Seite, damit er vorbeigehen konnte. Aber er wollte gar nicht vorbei. Er wollte zu mir.

„Hey, du hast deinen Mantel vergessen." Er hielt ihn mir hin und lächelte mich an. Es war der Mann, der mich eben noch beobachtet hatte.

„Oh je, danke." Ich simulierte ein bisschen Zittern und kroch hastig in den Mantel. Tatsächlich mussten inzwischen Minusgrade herrschen. „Ich war völlig in Gedanken, aber habe mich gerade gewundert, warum es so furchtbar kalt ist." Verschämt lächelte ich ihn an, wich aber seinem Blick aus.

„Das müssen sehr gewichtige Gedanken gewesen sein", sagte er, lächelte zurück und zeigte dabei zwei Reihen makelloser Zähne. Seine fast schwarzen Augen leuchteten unter einem altmodischen Hut hervor, der ihm ausnehmend gut stand. Heute trug er seine Haare offen, sodass seine Locken das markante Gesicht einrahmten.

Ich schätzte ihn auf mindestens einen Meter neunzig. Warum beunruhigte er mich, obwohl sein Gesicht Wärme und Herzlichkeit ausstrahlte? Ich musste daran denken, was Kira heute Morgen gesagt hatte, dass sie sich glücklich und unglücklich zugleich fühlte. In der Gegenwart dieses Typen fühlte ich mich wohl und unwohl zugleich.

„Na ja, so wichtig nun auch wieder nicht." Ich zog meinen Schal aus der Tasche und band ihn mir zur Bekräftigung, dass es wirklich kalt war, um. Ich dachte, er würde in die Kneipe zurückgehen, aber er machte keine Anstalten, sondern blieb neben mir.

„Bist du versetzt worden?", fragte er.

„Kann man wohl sagen", antwortete ich und fühlte mich versetzt von Tom.

„Dieser Barkeeper ist ein Kauz. Mich hat er auch noch nie angelächelt."

Ich zuckte zusammen. Hatte mir etwa ins Gesicht geschrieben gestanden, was ich über Tom dachte und dass ich enttäuscht von ihm war? Um mir nicht die Blöße zu geben, antwortete ich: „Nein, nein, er ist in Ordnung. Ich kenne ihn schon lange."

Jetzt sah er mich erstaunt an.

„Tatsächlich?“

„Ja, wir wohnen im gleichen Haus“, erklärte ich mit unbekümmerter Stimme und staunte selbst über das, was mir so über die Lippen kam.

„Oh, ich hatte den Eindruck, du wärst völlig neu in der Stadt.“

„Nein, ich lebe seit sieben Jahren hier.“

„Seit sieben Jahren? Aber dann warst du zum ersten Mal im *Absturz*.“

„Ja, das stimmt.“ Na ja, fast zumindest.

„Und das, obwohl du Tom schon so lange kennst?“

Jetzt wurde es unangenehm, ich war drauf und dran, mich in ein Lügengeflecht zu verstricken.

„Na ja, kennen ist übertrieben. Wir wohnen im gleichen Haus. Und ich bin auch nur zeitweise in der Stadt.“ So, dass war jetzt immerhin die halbe Wahrheit.

„Ich bin übrigens Janus“, sagte er.

„Neve“, antwortete ich. Im selben Moment erreichten wir den Wetterplatz 8. „Hier wohne ich.“

„Hier?“ Er sah an der bröckeligen Fassade hoch und machte den Eindruck, als glaubte er mir kein Wort.

„Ja. Von außen schon etwas kaputt, aber es ist günstig“, erklärte ich.

„Das Haus habe ich noch nie beachtet, obwohl ich hier manchmal entlangspaziere.“

„Vielleicht bist du immer zu sehr in Gedanken.“

Er schmunzelte. Links und rechts zeigten sich dabei Grübchen auf seinen Wangen. Wie alt mochte er sein? Siebenundzwanzig oder achtundzwanzig? Sein Lachen war wirklich hübsch, aber gleichzeitig spürte ich plötzlich ein Frösteln. Ein Frösteln? Das konnte nicht sein. Das war Einbildung. Ich streckte mich ein wenig. Ganz schnell war das Gefühl auch wieder verschwunden.

„Hat mich gefreut, Neve. Vielleicht treffen wir uns mal wieder im *Absturz*.“

„Vielleicht“, sagte ich und dachte: hoffentlich nicht.

„Und vergiss deinen Mantel nicht wieder irgendwo. Du holst dir sonst noch eine Lungenentzündung bei dem Wetter.“

„Danke noch mal.“ Ich wandte mich zur Haustür und spürte, wie er mir nachsah, bis sie ins Schloss fiel.

Ich stieg in der Dunkelheit die staubigen Treppen hinauf und ärgerte mich über Tom. Nur mit welcher Berechtigung? Schließlich lag es auch an mir, dass überhaupt kein Gespräch zustande gekommen war. Das nächste Mal musste ich offensiver auftreten. Ich wollte ihn kennenlernen. Und ich wollte, dass er ganz und gar Tomaso wurde, ein erfolgreicher Komponist. Schließlich war es noch nie vorgekommen, dass ich eine Aufgabe, die sich mir stellte, nicht auch meisterte.

Die Idee, hier zu wohnen war gar nicht so schlecht. Es wäre nicht das erste Mal, dass ich mich in der Nähe von bestimmten Menschen niederließ, bis sie mich nicht mehr brauchten. Und auf seltsame Weise mochte ich dieses Haus, obwohl es so alt und hässlich war.

Ich beschloss, zuerst nach Grete zu sehen und löste mich im Hausflur in Luft auf. Durch das angekippte Fenster gelangte ich vom Hof aus in ihr Zimmer.

Grete war nicht zu Hause. Auf dem ungemachten Bett lagen ihre Schulsachen verstreut. Ich blätterte in ihrem Hausaufgabenheft. Die ganze Woche und auch die nächste enthielten Einträge von Hausaufgaben und Sonstigem. Sie schien sich an unsere Vereinbarung gehalten zu haben. Am oberen Rand der nächsten Woche las ich: *mit Luisa Sindel wegen Fotoprojekt verabreden.*

Luisa Sindel? Das war doch Kiras Freundin. Wenn sie ihren Nachnamen dazuschrieb, schienen sich die beiden noch nicht besonders gut zu kennen, hatten sich aber wohl für ein Schulprojekt zusammengetan.

Gretes Mutter Emma lag wie immer auf dem Sofa zwischen all den Kisten und Dingen, die sich bis zur Decke türmten. Was war da bloß überall drin? Wahrscheinlich ihre gesamte Vergangenheit. Sie schlief unter einer bunt karierten Wolldecke. Auf einem kleinen Tisch neben ihr standen eine leere Teetasse und eine Dose mit Keksen. In der Hand hielt sie ein noch geöffnetes Buch: *Das Spiel des Engels* von Carlos Ruiz Zafón. Ich musste schmunzeln.

Wie es aussah, schlief Emma regelmäßig hier und nicht mehr im Schlafzimmer. Das Bett im Schlafzimmer war übervoll mit Papier, bergeweise Notizen, die Viktor in den letzten Tagen gemacht haben musste. Hier fand nicht mal er selbst noch Platz. Ob Emma bewusst war, dass sie oft ganz allein in diesem verlassenen Haus zurückblieb?

Zum ersten Mal sah ich mir auch die anderen Wohnungen im Haus genauer an. Im Erdgeschoss hatte es früher eine Gastwirtschaft gegeben, aber alles war herausgerissen worden. Nur ein Barhocker mit einem abgebrochenen Bein lag noch mitten im Raum zwischen Staub und Schutt.

Die große Wohnung in der ersten Etage auf Toms Seite besaß Tapeten aus den zwanziger Jahren. Es gab weder Dusche noch Badewanne. Hier hatte sicher jemand fast ein Jahrhundert lang gelebt. Die Wohnung unter Grete bestand nur aus zwei Zimmern, eins ging nach vorn raus und eins nach hinten. Die Wände waren weiß gestrichen. Es gab allerdings noch die alten Kachelöfen, zwei in den Zimmern und einen zum Kochen in der Küche. Diese Wohnung stand wahrscheinlich erst ein paar Jahre leer.

Die Wohnung neben Grete war teilweise mit Auslegware ausgestattet. Einige Wände waren mal bunt angemalt worden. Hier gab es weder Heizung noch Öfen. Es sah so aus, als hätte jemand beim Einzug eine Gasetagenheizung eingebaut und sie dann wieder ausgebaut und mitgenommen. Das hintere Zimmer im Seitenflügel hatte eine abgehängte Decke. Sicher Toms Werk, um sein Musikzimmer zu isolieren.

Ich überlegte, ob ich mich in einer der Wohnungen einrichten sollte, aber auf dem Dachboden gefiel es mir eigentlich am besten. Das große Fenster, das eiserne Bett. Es war zwar ziemlich staubig, aber es war ein stiller, märchenhafter Ort. Ich beschloss, ein wenig Staub wischen zu gehen, und später, wenn Tom nach Hause kam, wollte ich es noch einmal mit einem Blüten-Traum versuchen.

Tom kehrte erst in den frühen Morgenstunden von der Arbeit zurück und setzte sich nicht mehr ans Klavier, sondern ging sofort ins Bett. Die ersten Stunden schlief er tief und fest. Dann endlich war es soweit.

Er lag auf dem Rücken, die Decke bis zu den Achseln, die Arme hinter dem Kopf verschränkt und ich beobachtete, wie sich seine Augäpfel unter den geschlossenen Lidern bewegten. Er trug immer noch sein dunkelblaues Muskelshirt. Ich erwischte mich dabei, wie ich seine schön geschwungenen Lippen bewunderte. Wie wäre es, sie zu küssen? Unwillkürlich biss ich mir auf die Lippen, der Gedanke war mir höchst peinlich vor mir selbst. Ich hatte noch nie jemanden geküsst. Das heißt, ich hätte es beinahe einmal getan – kurz bevor ich ein Engel wurde – aber das war so furchtbar gewesen, dass ich niemals mehr daran denken wollte.

Nein, ich wollte Tom gar nicht küssen. Ich wollte … Ein leiser Seufzer entwich meiner Kehle. Ach, es war einfach ein tröstendes Gefühl, dass Tom mich am gestrigen Abend nicht beachtet hatte und nun saß ich trotzdem auf seinem Bett und betrachtete ihn.

Ich schloss die Augen, konzentrierte mich und machte mich auf den Weg in Toms Traum.

Er stand hinter der Theke und spülte Gläser. Er musste sie immer schneller spülen, weil immer mehr Gläser nachdrängten. Sie fingen an, sich über die Ränder des Tresens zu schieben. Das erste fiel herunter und zersprang auf dem Boden. Weitere folgten. Tom wischte sich hastig eine Haarsträhne aus der Stirn. Seine Bewegungen bekamen jetzt etwas Gehetztes. Dann fiel ihm selbst ein Glas herunter, das er bereits gespült hatte. Schweißperlen rannen über seine Schläfen. Es war eine Art Überforderungstraum. Er hatte zu viel gearbeitet.

Ich entschied mich, in seinem Traum aufzutauchen. Vielleicht würde ich ihm dadurch das nächste Mal auffallen, weil er glaubte, mich irgendwo schon mal gesehen zu haben. Neben seinem Spülbecken ließ ich noch ein Spülbecken entstehen und half ihm, die andrängenden Gläser zu spülen, in einer Windeseile, wie er es nicht vermochte. Verwundert schaute er mich an, und diesmal lächelte er. Im Nu waren alle Gläser sauber und auch alle Gäste waren auf einmal fort.

„Wir sind fertig", sagte ich. Er wischte sich mit dem nassen Geschirrtuch über das Gesicht und atmete erschöpft aus. Alles war aufgeräumt und an seinem Platz.

„Komm, ich will dir was zeigen." Ich forderte ihn auf, mir die Treppe hinunterzufolgen, die hinter der Theke in den Keller führte.

„Wo gehen wir hin?", fragte er misstrauisch.

„Du wirst es nicht bereuen. Komm." Ich nahm die ersten Stufen. Er folgte mir bereitwillig. Gleich würde sich am Fuße der Treppe der magische Wald für ihn auftun und er konnte das Klingen der Blüten erleben.

Doch stattdessen erscholl plötzlich ein unerträgliches Schrillen. Es kam von oben. Tom war einen Moment verwirrt. Dann drehte er sich um, eilte die Treppe wieder hinauf … und riss die Augen auf. Er war mit einem Ruck wach.

Die Klingel seiner Wohnungstür hatte seinen Traum unterbrochen. Sie musste sehr alt sein und gab ein lautes, penetrantes Schnarren von sich. Mist. Fast hatte ich ihn so weit gehabt.

Das Klingeln hörte nicht auf. Es schien dringend zu sein. Tom stand auf, zog seine Jeans über, fuhr sich ein paar Mal durch die nach allen Seiten abstehenden Haare und ging öffnen. Ich folgte ihm. Sein Erstaunen über den sonntäglichen Besucher war genauso groß wie meines. Da stand ein kleiner, sehr gepflegter Japaner mit einer Aktentasche und einem nichtssagenden Lächeln im Gesicht. Er trug eine schmale, eckige Brille, die sehr teuer aussah, und auch sein Anzug wirkte ziemlich wertvoll.

„Spreche ich mit Tomaso Wieland?", fragte er. Sein japanischer Akzent war deutlich zu hören, aber er sprach fließend Deutsch.

„Steht ja dran." Tom zeigte auf den Zettel, den er an die Wohnungstür geheftet hatte, und gähnte.

„Mein Name ist Tanaka. Ich werde dieses Haus kaufen."

Tom gab ein verächtliches Prusten von sich.

Der Japaner blinzelte. Erst sah es aus, als wollte er Tom zuzwinkern, aber als er nicht mehr damit aufhörte, war klar, dass er unter einem nervösen Tick litt.

„Das kann leider überhaupt nicht sein."

„Oh, doch, das wird so sein. Ihr Haus wurde nach langjährigem Prozess an die Erben der Familie Rosenheim in New York rückübertragen. Sie müssten vor zwei Wochen Post bekommen haben."

„Ich habe keine Post bekommen."

„Vielleicht haben Sie nicht in Ihrem Postkasten nachgeschaut?"

Ich dachte an die kaputten und von Werbung überquellenden Briefkästen im Hauseingang.

„Ich habe keine Post bekommen", wiederholte Tom. Sein Gesicht war regungslos. Er starrte den Japaner an, ohne mit der Wimper zu zucken, während sich das Zwinkern von Herrn Tanaka verstärkte.

„Nun, wie auch immer. Die Erbengemeinschaft verkauft an mich. Ich dachte, es könnte für Sie von Vorteil sein, wenn wir uns schon einmal unterhalten, während der Verkauf im Hintergrund abgewickelt wird. Das ist alles nur noch eine Formsache. Dürfte ich vielleicht …" Der Japaner machte einen Schritt in Richtung Wohnungsflur. Doch Tom versperrte ihm den Weg.

„Verschwinden Sie!" zischte er und knallte ihm die Wohnungstür vor der Nase zu.

„Auf Wiedersehen, Herr Wieland, wir sehen uns“, hörte ich den japanisch gefärbten Singsang von der anderen Seite und dann Schritte auf der Treppe.

„Arschloch“, brummte Tom. Die Nachricht, dass ihm das Haus nicht mehr gehörte – es war also bis vor kurzem tatsächlich seins gewesen – schien ihn nicht zu schocken. Er wusste es bereits. Aber wie es aussah, wehrte er sich noch gegen diesen Umstand. Und mit dem neuen Besitzer hatten er und die Bewohner des Hauses wohl nicht das große Los gezogen. Ein aalglatter Typ, bei dem mit dem Schlimmsten zu rechnen war.

Tom dehnte seine Glieder und versuchte, den Schlaf und diese unverhoffte Begegnung abzuschütteln. Für mich wurde es höchste Zeit zu verschwinden, sonst würde ich gleich im schwarzen Wollkleid vor ihm stehen.

Ich nahm all meinen Mut zusammen und strich ihm mit meiner unsichtbaren Hand über die Schulter. Sie hatte eine schöne Form, auch wenn ich von ihrer Wärme und Beschaffenheit nichts mitbekam.

Wow, ich hatte ihn zu ersten Mal angefasst! Ich hatte es gewagt!

Ich rauschte durch das angelehnte Küchenfenster und landete auf dem Dach des Nachbarhauses, das sich hinter der Remise befand. Sogleich schob ich mich hinter einen großen Schornstein und kam langsam zu mir. Auf dem Dachboden oder dem Dach der Nummer 8 sichtbar zu werden, wäre zu riskant gewesen. Ich wusste nicht, wann Grete mich aufsuchen würde, und brauchte eine Pause.

Was würde aus Tom und seinem geheimen Flügel, was aus Grete, Emma und Viktor werden, wenn sie aus dem Haus geworfen wurden? Sie machten nicht den Eindruck, als könnten sie eine Miete, die sich versechsfachte, aufbringen. Es half nichts, ich musste mehr über diese Zusammenhänge herausfinden.

Meine Gedanken bewegten sich zu Tom zurück. Ob er sich an den Traum erinnern würde? Ob er irgendetwas an seiner Schulter gespürt hatte? Manche nahmen solche Berührungen wie einen leichten Windzug oder ein flüchtiges Wärmegefühl wahr. Manche griffen auch unwillkürlich an die Stelle. Manche lächelten und hatten ein Empfinden von Beruhigung. Aber Tom hatte mir keinerlei Zeichen gegeben.

Kapitel 14

Ich spähte hinüber zum Wetterplatz 8. Von hier sah das Haus so aus, als würden die größeren Häuser daneben es langsam aber stetig von links und rechts zusammendrücken, bis es eines Tages einfach nicht mehr vorhanden wäre.

Eine Katze tauchte auf der Remise auf. Sie lief ein Stückchen auf dem Dach entlang und sprang in den Hof des alten Hauses. Es war dieselbe Katze, die beim ersten Mal aus dem Keller gekommen und an mir vorbeigeflitzt war. Sie lebte also noch.

Die Dachluke schob sich beiseite, ein Kopf tauchte auf und schaute sich um. Grete. Sie kletterte aus der Luke, zog sie wieder zu und kroch auf allen Vieren zum Schornstein. Erneut staunte ich, was sie in dieser Höhe suchte, wenn sie ihr augenscheinlich solche Angst bereitete.

Ich hatte mir überhaupt nichts zurechtgelegt. Irgendwie hoffte ich, dass sie unser Zwiegespräch letztens inzwischen ihrer eigenen Fantasie zuschrieb. Aber da hatte ich mich gewaltig getäuscht.

Grete saß zusammengekauert neben dem Schornstein, sodass sie vom Haus aus niemand sehen konnte. Es war wolkig, aber der Himmel riss immer mal auf und dann schickte die Sonne ein paar blasse Strahlen hindurch. Die Temperatur schätzte ich auf zwei oder drei Grad Plus. Grete trug keine Mütze. Ihre langen hellblonden Haare flatterten im Wind. Ihre türkisblauen Augen schienen in weite Ferne zu schauen und gleichzeitig tief nach innen.

Ich näherte mich ihr, setzte mich neben sie, folgte ihrem Blick und versuchte herauszufinden, ob sie etwas Bestimmtes am Horizont fixierte. Sie zeigte keine Regung.

Deshalb erschrak ich umso mehr, als sie plötzlich laut sagte: „Da bist du ja. Ich dachte, du würdest nicht kommen."

Ich war so verdattert, dass ich nichts antwortete.

„Sag ruhig was. Ich weiß, dass du da bist."

‚*Hi*', sagte ich pflichtschuldig in ihrem Kopf.

Grete sprach mit mir, als wäre ich ein greifbarer Mensch, der neben ihr saß. So etwas war mir noch nie passiert. Ein kleines Lächeln huschte über ihr Gesicht. Sie hatte ein süßes Gesicht, große runde Augen, ein rätselhaftes Leuchten darin, runde Bäckchen, ein rundes Kinn und einen kleinen Mund, fast wie ein Herz.

„Eigentlich müsste *ich* schockiert sein, dass du da bist, aber wie es scheint, ist es andersherum. Ich merke das." Sie wandte sich suchend um. „Sag mir, wo du dich aufhältst, dann kann ich wenigstens in die richtige Richtung sprechen."

‚*Ich sitze links neben dir.*'

Sie wandte sich in meine Richtung.

‚*Ist es nicht ein bisschen kalt ohne Mütze?*', fragte ich sie und versuchte, der Situation einen möglichst entspannten Anstrich zu geben.

„Nein, es ist ganz seltsam, je kälter es draußen wird, desto wärmer kommt es mir vor. Mein Körper spinnt. Und neuerdings nehme ich Geister wahr. So wie dich. Verrückt, oder?!"

‚*Nein, das ist nicht verrückt.*' In dem Moment, wo ich das sagte, kam mir ein Verdacht. War Grete etwa jemand, der magische Fähigkeiten ausbildete?

„Ich war die ganze Woche in der Schule", sagte Grete und strich sich eine Haarsträhne aus dem Gesicht.

‚*Ich weiß.*'

„Woher weißt du das?"

‚*Ich weiß es eben.*' Ganz die Blöße musste ich mir ja nun nicht geben.

„Du bist mir eine Erklärung schuldig. Also, wer bist du?" Sie sah wieder in meine Richtung und traf dabei zufällig sogar meine Augen.

‚*Das ist schwierig zu erklären.*'

„Na super, jetzt redest du dich heraus. Hab ich mir gedacht, dass du das machen würdest."

‚*So, so. Dann scheinst du mich ja schon gut zu kennen.*'

„Pff", machte Grete. „Eigentlich ist das hier 'n ziemlich irrer Scheiß. Kannst du eigentlich nicht laut reden, so wie ich? Irritiert mich, dass du neben mir hockst, aber deine Stimme in mir drin ist."

‚*Tut mir leid, aber geht erst mal nicht anders.*'

„Erst mal?"

‚*Wie gesagt, es ist schwierig, dir deine Frage zu beantworten. Wäre es okay für dich, wenn wir uns damit ein bisschen Zeit lassen?*'

„Versteh ich jetzt nicht. Ist doch einfach, ich will nur wissen, ob du nun ein Geist, eine Fee, ein Engel, der Teufel oder ein Dämon bist."

‚*Ich … bin ein Mensch.*'

„Ha", lachte Grete kurz auf. „Veralbern kann ich mich auch alleine. Oder meinst du ein toter Mensch, der nicht zur Ruhe findet?"

Mir fiel ein, dass es sich eigentlich relativ einfach feststellen ließ, ob Grete magische Fähigkeiten ausbildete oder nicht

‚Pass auf, ich werde dir eine wichtige Frage stellen, die du mir ehrlich beantworten musst. Wirst du das tun?'

Grete zuckte mit den Schultern. „Ich hab nichts zu verlieren."

‚Warum wolltest du dich umbringen?'

Grete machte ein gequältes Gesicht. „Kack-Frage."

‚Sag es mir einfach. Ich bin mir sicher, ich kann mit deiner Antwort was anfangen.'

Grete räusperte sich, als hätten sich die Worte in ihrem Innern ineinander verhakt.

„Ich will mich gar nicht umbringen. Das ist ja das Schlimme. Mein Leben ist Kacke, mein Vater ist ein Spinner und meine Mutter hat 'ne Vollmeise. Wir haben kein Geld, alles ist schwierig, ich habe keine Freunde, weil alle an meiner Schule bekloppt sind. Ich hätte zwar allen Grund dazu. Aber das Ding ist, ich will nicht tot sein, ich will leben! Ich weiß nur nicht, wie. Ich will raus hier aus allem. Aber das geht nicht. Ich will irgendwo ganz weit nach oben oder nach unten oder zur Seite, ganz woanders hin, in ein anderes Universum am besten. Das ist wie ein Zwang: in irgendwas hineinzuspringen oder aus irgendwas heraus, um zu leben. Völlig widersinnig, verstehst du?!"

Ich lag also richtig. Ich war auf jemanden getroffen, der magische Fähigkeiten entwickelte.

‚Verstehe.'

„Nein, tust du nicht! Das kann keiner kapieren. Vor allem auch, weil ich Höhenangst habe. Ich finde es in Wahrheit schon gruselig, aus meinem Fenster in der zweiten Etage zu gucken. Ich mache es nie auf. Und letztens bin ich hier hoch und wollte es einfach tun: springen und losfliegen, obwohl ich wusste, dass es falsch ist. Dass ich nur einen Matschfleck auf dem dreckigen Hof abgeben würde."

Grete konnte nicht weiterreden, weil sie von Schluchzen geschüttelt wurde.

Oh je, das klang tatsächlich kompliziert. Die Welt war ein undurchschaubares Gewebe, in dem die scheinbar zufälligsten Dinge wie Fäden miteinander verknüpft waren. Wahrscheinlich hatten wir uns genau deshalb getroffen. Gleichzeitig fühlte ich mich ziemlich überfordert. Ich steckte mitten in einer Situation, mit der ich keinerlei

Erfahrung hatte. Ich hatte mich nie damit beschäftigt, wie man Menschen begleitete, bei denen elementare Fähigkeiten erwachten. Tränen liefen über Gretes Wangen. Sie wischte sie mit groben Handbewegungen weg und fuhr fort, sich alles von der Seele zu reden.

„Ich liebe meine Eltern. Ich glaube, dass mein Vater das schafft mit seinem Buch. Ich hab den Anfang gelesen. Er schreibt echt cool. Die Verlage sind bekloppt, ihn dauernd abzulehnen. Ich verstehe nicht, warum sie das tun. Gleichzeitig sind die Läden voll mit dummen Büchern. Und meine Mutter, sie ist der totale Schisshase, aber trotzdem der beste Mensch der Welt. Mit niemandem kann ich besser über Bücher und die wirklich wichtigen Dinge im Leben reden. Niemals will ich ein hässlicher Fleck im Hinterhof sein für sie. Niemals. Aber … es ist wie ein Zwang. Ich …“

Es war eindeutig, was mit Grete los war. Auch auf die Gefahr hin, sie zu schocken, richtete ich mich auf und nahm meine Gestalt an. Ich folgte einem spontanen Impuls, obwohl man seine magischen Fähigkeiten nicht vor normalen Menschen anwenden durfte. Es ging aber nicht anders. Sie brauchte jemanden, der richtig bei ihr war. Ich hockte mich neben sie und versuchte, sie zu trösten.

„Ich weiß. Aber du kannst mir glauben, es ist alles nur halb so schlimm. Du wirst kein hässlicher Fleck auf dem Hinterhof sein. Auf dich wartet ein ganz besonderes Leben.“

Im ersten Moment raffte sie nicht, dass meine Stimme nicht mehr aus ihrem Innern kam, sondern neben ihr war. Ich berührte ihren Arm. Sie fuhr herum und schubste mich vor Schreck weg, sodass ich auf den Hintern fiel. Dabei verlor sie fast selbst ihr Gleichgewicht, klammerte sich panisch am Schornstein fest und starrte mich mit offenem Mund an. Ich richtete mich wieder auf.

„Tut mir leid.“

„Kannst du zaubern oder so was?“, fragte sie atemlos.

„Na ja, so in der Art. Aber eigentlich hat es nichts mit Zauberei zu tun.“

Grete presste sich mit dem Rücken gegen den Schornstein, ordnete ihre Haare und stopfte sie in den Kragen. Dabei zog sie ihre Augenbrauen eng zusammen und schien schwer nachzudenken. Ich wartete einfach ab.

Dann sagte sie: „Du bist so ’ne Art weiblicher David Copperfield.“

Einerseits konnte ich Grete nicht die vollständige Wahrheit erzählen. Wie sollte sie das glauben, bevor sie es selbst sah? Andererseits wollte ich nicht alles mit Zaubertricks abtun. Wie sollte ich ihr dann plausibel machen, was mit ihr vor sich ging? Meine Aufgabe war es jetzt, sie auf ihrem Weg zu begleiten, bis sie so weit war, den Durchgang zu passieren. Aber wie tat ich das am besten? Ich musste herausfinden, ob sie nur an das glaubte, was sich auch beweisen ließ, oder ob in ihrem Weltbild mehr möglich war.

„Hm, das trifft es vielleicht nicht ganz. Kann ich dir noch eine wichtige Frage stellen?“

Sie nickte.

„Glaubst du, dass es mehr gibt auf dieser Welt als nur Zaubertricks?“

Sie zuckte mit den Schultern. „Ich glaube an alles … und an nichts. Erzähl es mir einfach. Deine ganze Geschichte. Alles. Ganz genau.“

Ihr Blick war entschlossen und fordernd. Sollte ich das wirklich tun? Ich wusste keine Alternative. Also begann ich und beschrieb ihr die magische Welt, erzählte von den Elementen, den Elementarwesen, dass es Menschen gab, die besondere Begabungen für eines der Elemente besaßen, manchmal sogar für mehrere, von der Akademie, wo solche Menschen ausgebildet wurden, und von ihren Aufgaben später in der Welt. Grete wollte genau wissen, wie alles aussah: die Elementarwesen, der Wald, die Farben der magischen Welt, mein Haus, die Akademie, was man da genau lernte und überhaupt, wo es überall diese Blasen auf der Welt gab. Ihre Augen leuchteten. Sie ging ganz in unserer Unterhaltung auf, und ich spürte, dass ihr auf einmal alles einfach erschien.

Aber dann wurde sie plötzlich wieder ernst, und eine unendliche Traurigkeit lag in ihrer Stimme: „Ich liebe deine Geschichte. Sie ist wunderschön. Magisch sozusagen.“ Sie lächelte mich an. „Meine Mutter, sie kann auch so schöne Geschichten erzählen. Du solltest daraus ein Buch machen.“

„Es ist keine Geschichte“, begehrte ich auf und wusste im selben Moment, dass das zwecklos war. Ich wusste ja, wie unglaubwürdig sie für normale Menschen klingen musste. Grete hatte mir kein Wort geglaubt. Sie atmete hörbar aus.

„Du pennst manchmal bei uns auf dem Dachboden, stimmt’s?“, fragte sie.

Ich spürte, dass sie mich für diejenige hielt, die in Schwierigkeiten steckte und Hilfe brauchte.

„Kannst es ruhig zugeben. Ich weiß es. Da waren Einkaufstüten unter dem Bett letztens. Und du hast Staub gewischt. Aber saukalt im Winter da oben."

„Oh, ich hab das im Griff. Wer unsichtbar sein kann …", versuchte ich sie an den Umstand zu erinnern, der doch zeigen musste, dass an meiner Geschichte was dran war.

„Hm, vielleicht …" Grete klang resigniert. Sie hielt alles für einen Trick.

Ich ermahnte mich selbst, jetzt nicht über Wahrheit und Unwahrheit meiner Erzählungen zu streiten. Das brachte nichts. Ich hatte ihr all das erzählt, weil ich sicher war, was mit ihr passierte. Es war eine Ausnahmesituation und es gab keinen Grund, sie hinzuhalten oder ihr einen Bären aufzubinden. Nur das mit dem Hochhaus am Alexanderplatz, dem Durchgang, den sie suchte, hatte ich weggelassen. Den musste sie allein finden. Wenn man ihr den vorher verriet, konnte sie nicht herausfinden, wann der Drang groß genug war, um ihn von allein aufzusuchen und ihn unbeschadet zu passieren. Bis dahin war es ihre Sache, die Dinge, die ich ihr über die magische Welt verraten hatte, zu glauben oder nicht.

Es war eine Gratwanderung. Die Wahrheit konnte ihr helfen oder sie psychisch überfordern. Und ich hatte keinerlei Ahnung, ob ich dabei war, sie zu unterstützen oder alles nur noch schlimmer zu machen. Ab jetzt musste ich jedenfalls darauf achten, dass sie ihr eigenes Tempo beibehielt, um mit dem, was mit ihr geschah, klarzukommen.

„Ja, ich bin manchmal auf dem Dachboden. Ich mag diesen Ort."

„Und wo bist du sonst?"

„Das habe ich dir erzählt."

„Ach stimmt, in der magischen Welt, in einem Turmhaus. Was für eine schöne Vorstellung!" Sie lachte mich an. „Ich muss gehen. Meine Mutter will heute mit mir Plätzchen backen. Meine Oma hat einen ganzen Korb mit Zutaten gebracht. Ich mag die Weihnachtszeit. Du auch?" Grete klang jetzt immerhin entspannter.

„Ja, ein bisschen."

„Okay." Grete robbte zum Eingang und stieg hinab auf den Boden. Sie drehte sich noch einmal um und sagte: „Danke, dass du gekommen bist."

Dann verschwand sie und zog den Deckel über die Luke.

Ich war verwirrt. Hatte ich alles richtig gemacht oder völlig falsch? Hoffentlich hatte ich mich und Grete nicht in Schwierigkeiten gebracht. Ich beschloss, nach Hause zu fliegen. Ich musste mit jemandem reden. Vielleicht hatte Kim schon mal jemanden in der Realwelt getroffen, der magische Fähigkeiten entwickelte. Oder ich konnte ein anderes Ratsmitglied fragen. Ranja zum Beispiel.

Ich stand auf und verwandelte mich. Dann sah ich noch einmal hinab in den Hinterhof und entdeckte Grete hinter ihrem Fenster. Sie blickte hinauf zum Schornstein des Seitenflügels, um herauszufinden, ob ich noch da war.

Ich landete auf der Klippe im magischen Wald und lief Kim fast in die Arme, die gerade in die reale Welt reisen wollte.

„Hui, so hab ich dich ja noch nie gesehen!“, empfing sie mich und begutachtete meinen Aufzug ganz in Schwarz. Sie selbst trug immer schwarz, allerdings nie Röcke, sondern ausschließlich Hosen.

„Es ist Winter“, antwortete ich verlegen, obwohl das die Farbe meiner Kleidung nur sehr unzulänglich erklärte. Eigentlich der perfekte Moment, um sie wegen der Sache mit Grete anzusprechen, aber ich tat es nicht.

Wie eine zweite Option traf ich Ranja am See, die dort mit einer Freundin vor einem kleinen Feuer saß und plauderte. Es war kurz nach Mitternacht. Der See schimmerte im Mondlicht und die Blüten darauf blinkten wie herabgefallene Sterne. Aber auch sie grüßte ich nur und nutzte die Gelegenheit nicht für ein Gespräch. Ich fürchtete mich vor Ärger, weil ich nicht nur alles über die magische Welt erzählt, sondern vor Grete auch noch „herumgezaubert“ hatte.

„Außerdem willst du nicht, dass sie sich einmischen und in das Haus am Wetterplatz kommen, wegen Tom“, analysierte Kira meine Zurückhaltung.

Sie war noch wach, als ich kam, saß in der Küche, trank einen Kakao und blätterte in einem Buch. Ich hatte mich zu ihr gesetzt und ihr von meinen Erlebnissen erzählt. Jetzt zuckte ich mit den Schultern. Es stimmte, allein Angst vor Ärger war es gar nicht.

„Du willst, dass es deine Aufgabe ist. Und das ist verständlich, ich würde genauso handeln. Ich finde es überhaupt nicht falsch, dass du Grete die Wahrheit gesagt hast.“

„Wirklich nicht?“

„Ich wünschte, mir hätte auch jemand alles erzählt am Anfang. Ich hätte es wahrscheinlich ebenfalls nicht geglaubt. Aber mit der Zeit … es arbeitet in einem, denke ich. Wahrscheinlich hätte sich alles nicht so zugespitzt. Vor allem hätte ich nicht solche fürchterlichen Todesängste im See ausgestanden und wäre nicht so verwirrt gewesen nach meiner Ankunft. Spätestens da wird es Grete was nützen. Du solltest sie ruhig auch auf die Symptome vorbereiten, die sich noch einstellen könnten."

„Meinst du?"

„Ich meine, sie braucht sogar eine besondere Sicherheit. Sie hat Höhenangst, aber sie muss irgendwann in die Tiefe springen. Das wird schwierig, weil es keinen anderen Weg gibt."

„Das ist nur zu wahr und macht mir dabei auch am meisten Sorgen. Ich hoffe, alles verläuft gut. Wenn nicht, bekomme ich noch viel größeren Ärger mit dem Rat, als es bereits der Fall sein wird."

„Wer an dich gerät, ist in guten Händen. Das weißt du doch!" Kira lächelte. Sie beruhigte mich. Schließlich würde sie irgendwann ein Mitglied des Rates sein, ein ziemlich wichtiges sogar. Warum sollte ich also nicht auf sie hören. Mir fiel auf, dass sie ziemlich müde aussah.

„Und bei dir? Läuft alles gut an der Akademie?"

„Es ist ziemlich anstrengend. Ich lerne gerade alles über die negative Seite der Elemente: Wasser, das alles austrocknet, Feuer, dass alles löscht, Luft und Vakuum …"

„… Erde, die ins Bodenlose stürzt, und Äther, der den Geist löscht", vollendete ich ihren Satz. „Ich weiß, was du meinst. Es muss schwierig sein, Begabungen für alle Elemente zu besitzen. Mir hat es völlig gereicht, mich allein mit der Schattenseite von Äther zu beschäftigen."

„Und Tom?", fragte sie vorsichtig. Ich erzählte ihr, wie der Kneipenabend verlaufen war und dass sich meine Erfolge bei ihm wohl ziemlich in Grenzen hielten.

„Dass du da überhaupt alleine hingegangen bist. Allein in eine gut besuchte Kneipe am Samstagabend, um einen Typen zu treffen! Also, das hätte ich mich niemals getraut."

„Was? Du schlägst mir so was vor. Aber selbst …?"

„Niemals, nee!", zog Kira mich auf und grinste mich herausfordernd an. „Aber das konnte ich dir doch nicht vorher sagen. Sonst hättest du es nicht gemacht!"

„Na, warte!" Ich schnappte mir ein paar Servietten und ging auf sie los. Sie sprang auf und wir tollten ein paar Runden um den Tisch.

„Ich bin stolz auf dich!", rief sie immer wieder, bis wir lachend am Boden lagen und sie alle meine Servietten rückstandslos verbrennen ließ.

„Gegen dich mit deinen ganzen Talenten hab ich ja eh keine Chance", schmollte ich.

Sie setzte sich auf. „Ach, Elemente beherrschen ist längst nicht alles. Dir zum Beispiel vertrauen die Leute – auf den ersten Blick! Binnen Minuten haben Viktor und Grete dir ihren größten Kummer anvertraut. Und warte nur ab, auch Tom wird sich öffnen. Da bin ich mir sicher."

Kiras Worte taten so gut. Sofort fühlte ich mich zuversichtlicher. Dann fiel mir ein, dass ich ja ein Geschenk für sie mitgebracht hatte. Ich zog das mit bunten und komplexen Mandalas gestaltete, dicke Tagebuch hervor, das ich in einer kleinen Papeterie in der Nähe des Kollwitzplatzes für sie ausgesucht hatte, und reichte es ihr.

Ihre Augen begannen zu leuchten. „Den Laden kenne ich. Das hast du aus meinem Lieblingsladen in der Rykestraße, stimmt's?" Ich bejahte und Kira strich andächtig über das Buch mit den leeren Seiten aus der Realwelt, als wäre es ein wertvolles Stück Heimat.

Kapitel 15

Am frühen Nachmittag des nächsten Tages – in der magischen Welt war Sonntag – stand ich ratlos vor meinem übervollen Kleiderschrank. Er schien nichts Brauchbares zu beinhalten. Ich wollte nicht wieder so schwere Sachen anziehen, wenn ich nach Berlin flog. Und nachdem ich Kim gegenübergestanden hatte, auch nicht noch mal schwarz. In Schwarz fühlte man sich vielleicht sicherer, wenn man sich in eine fremde Situation begab, aber es passte nicht zu mir.

Ich packte ein paar Bücher und einige Wintersachen in meinen großen weißen Einkaufsrucksack, um sie in meinem Dachbodenzimmer zu deponieren. Dann wählte ich zum Anziehen was Sommerliches aus. Heute hatte ich nicht vor, irgendjemanden leibhaftig zu treffen.

Ein langärmeliges weißes Shirt, eine beige Strickjacke und einen himmelblauen Rock. Dazu dunkelgraue Strümpfe und meine Lieblingsschuhe aus dünnem, hellbraunem Leder, die bis zu den Knöcheln geschnürt waren und links und rechts kleine Lederblümchen hatten. Die Haare ließ ich offen und stellte mich vor den Spiegel. Ich sah ganz anders aus als bei meiner ersten Begegnung mit Tom. Würde er mich so in einem Traum wiedererkennen? Wahrscheinlich erinnerte er sich weder an meinen Kneipenbesuch noch an den Traum, aus dem er plötzlich gerissen worden war.

Kurze Zeit später fand ich mich in einem grauen Berliner Montagvormittag wieder. Es war halb zehn. Als Erstes sah ich nach Tom, aber sein Bett war leer. Sicher musste er am Wochenanfang die Einkäufe für die Kneipe erledigen.

Auch Gretes Bett war schon gemacht. Sie schien in die Schule gegangen zu sein.

Auf dem Dachboden nahm ich Gestalt an, stellte meinen Rucksack auf das Bett und entdeckte dabei eine kleine, mit Tannenbäumchen bemalte Büchse aus Blech auf der Decke, die selbstgebackene Butterplätzchen enthielt. Sie mussten von Grete sein. Ich war gerührt, dass sie an mich gedacht hatte, auch wenn ich die Plätzchen nicht essen würde.

Zuerst holte ich meine Bücher hervor, schob das weiße Tuch zur Seite, mit dem das Regal abgedeckt war, und reckte mich nach oben, um sie in das oberste Fach zu stellen. Dabei übersah ich eine uralte Wärmflasche aus Zinn. Sie rutschte aus dem Fach und landete scheppernd auf dem Boden. Mist. Ich hielt inne und lauschte. Hatte mich jemand gehört?

Grete und Tom waren nicht da. Viktor schlief seinen Rausch aus, und bei Emma war ich mir sicher, dass sie nichts hörte, weil sie sich, wie meistens, ganz in der Welt eines Buches befand. Es konnte mich also gar keiner bemerkt haben. Mit einem Seufzer hob ich die Wärmflasche auf. Ein verbeultes silbernes Ding, das einem mit heißem Wasser gefüllt bestimmt sofort die Füße verbrannte.

„Was tust du hier?"

Erschrocken fuhr ich herum und ließ die Wärmflasche gleich noch mal fallen. Aus der Dunkelheit des Seitenflügels trat Tom hervor. Er musste die ganze Zeit schon dort gestanden haben.

Ich starrte ihn mit großen Augen an. Er trug einen hellen Wollpullover und schwarze Röhrenjeans, verschränkte die Arme und musterte mich von oben bis unten. Die Wärmflasche lag auf meinem linken Fuß, und ich bekam keinen Ton heraus.

Zuerst musterte er mich wie einen Dieb, den er erwischt hatte, aber dann veränderte sich etwas in seinem Gesicht. Erstaunen mischte sich in seinen Ausdruck.

„Ich kenne dich. Du warst im *Absturz* letztens und hast dein Wasser nicht getrunken."

Meine Augen wurden noch größer.

„Hier oben findest du jedenfalls kein heißes Wasser."

Ich suchte verzweifelt nach Worten.

Wir bückten uns gleichzeitig nach der Wärmflasche. Dabei stießen fast unsere Köpfe zusammen und unsere Hände berührten sich. Ich zuckte zurück und er auch.

„Puh, die sind ja eiskalt!" Er starrte verdattert auf meine Hände. Ich versteckte sie peinlich berührt hinter meinem Rücken.

Er ließ seinen Blick über das Bett und die Bücher gleiten, die ich gerade ins Regal gestellt hatte und sagte: „Du kannst hier nicht wohnen. Bei den Temperaturen holst du dir den Tod. Nun sag schon, bist du irgendwo abgehauen, oder was?!"

Ich nickte einfach und blickte in seine dunkelblauen Augen.

Er gab mir einen forschenden Blick zurück. Plötzlich zog er seinen Pullover über den Kopf und hielt ihn mir hin.

„Komm, zieh das an."

Ich tat wie geheißen und fragte mich im selben Moment warum?

Endlich fand ich meine Sprache wieder. „Ich habe Sachen."

Er sah mich fragend an. „Hier." Ich zeigte auf meinen Rucksack.

„Dann nimm sie mit."

Ich verstand nicht.

„Keine Angst, ich werfe dich nicht raus. Aber hier oben kannst du nicht bleiben."

Seine Stimme war jetzt viel sanfter als am Anfang. In mir ging es drunter und drüber und ich war völlig außerstande, einen klaren Gedanken zu fassen, geschweige denn, die Situation in den Griff zu kriegen.

Tom hatte mich also in der Kneipe sehr wohl wahrgenommen. Ich spürte, dass er sich an den Traum mit mir erinnerte. Er kümmerte sich offiziell um mich, weil er dachte, ich wäre in Schwierigkeiten, und insgeheim, weil er von mir geträumt hatte. Ich stand immer noch wie angewurzelt da. Er griff nach meinem Rucksack und hängte ihn sich über die Schulter.

„Nun komm erst mal ins Warme.“

Endlich gehorchten meine Beine und ich folgte ihm.

Tom führte mich in die Wohnung in der ersten Etage unter der Wohnung von Grete, die mit den weiß gestrichenen Wänden und den alten Öfen. Er ging in das vordere Zimmer und stellte den Rucksack ab.

„Ich habe letztens einen Radiator im Bad aufgestellt, damit die Rohre im Haus nicht einfrieren. Den Ofen vorne kann man noch heizen. Der Keller steht unter Wasser. Aber im Erdgeschoss unter dir liegen lauter Abbruchholz und auch Kohlen. Da kannst du dir was holen.“

Er drehte sich zu mir um und sah mich misstrauisch an: „Kannst du heizen?“

Bestimmt machte ich nicht den Eindruck, aber in unserem alten Forsthaus hatte ich jeden Tag geholfen, die Öfen zu befeuern.

„Ja, kann ich. Aber ich friere nicht so leicht.“

Er machte ein ungläubiges Gesicht, sagte jedoch nichts dazu.

„Gut, du kannst hier erst mal bleiben.“

„Ich …“

„Du brauchst mir nichts zu erklären, ist schon okay. Das Haus gehört mir. Hierher kommt keiner.“

„Das Haus gehört … dir?“

„Ja, es ist mein Haus“, sagte er noch einmal mit Nachdruck und ich wusste, dass er an den unseligen Japaner dachte.

„Ich frage meine Nachbarn. Sie werden gewiss eine Matratze und was du so brauchst für dich haben.“

Was hatte er auf dem Boden zu tun gehabt? Auf die Frage fiel mir nur eine Antwort ein: Grete.

„Warum tust du das alles für mich? Hat Grete …“

Tom nickte.

„Deinetwegen hat sie zum ersten Mal mit mir gesprochen. Sie sagte, du wärst ihre Freundin. Grete schaut sonst alle Menschen immer nur so an, als wären sie … na ja, sagen wir … Kompost.“

„Kompost“, wiederholte ich und konnte mir ein kleines Schmunzeln nicht verkneifen.

Tom lächelte zurück. Er sah mich lange und interessiert an. Dieser Blick hatte nichts mehr damit zu tun, dass er etwas für Grete tat. Freude stieg in mir auf, aber gleichzeitig spürte ich Panik. Abrupt wandte Tom sich um, als müsse er sich von meinem Anblick und seinen Gedanken losreißen. Im Hinausgehen sagte er noch: „Übrigens, mein Pullover steht dir!“

Ich schaute an mir herab. Die Ärmel gingen mir weit über die Hände und der Bund hing mir bis in die Knie. Den Rollkragen hätte ich auch als Mütze benutzen können.

Eine Stunde später saß ich mit einem Kissen und einer Decke auf einer Matratze in einer leeren Wohnung am Wetterplatz, die mir Tom zugeteilt hatte, und in der jetzt ein Radiator heizte und ein Kachelofen bullerte, von deren Wärme ich jedoch nichts mitbekam.

„Brauchst du Geld?“, hatte Tom mich gefragt, als er mir den ersten Schwung Holz und Kohlen brachte und es sich nicht nehmen ließ, mir zu erklären, wie ich den Ofen am schnellsten in Gang bekam.

„Nein, Geld hab ich … Danke.“

Er sah nicht so aus, als wenn er mir glaubte. „Es geht vielleicht nicht lange“, erklärte er und ich wusste, dass es wegen des Japaners war.

„Es ist okay.“

„Gut. Der Schlüssel hängt an einem Nagel im Flur, und die Tür zum Kohlenraum ist offen. Sie klemmt nur ein bisschen.“

Dann hatte er mich noch einmal sehr nachdenklich angesehen und war gegangen.

Ich zog mir den Rollkragen bis über die Nase und musste an Kiras Worte mit dem Duft denken. Auf einmal bereute ich, dass ich nichts mehr riechen konnte.

Es war schon seltsam. Meine Schützlinge hatten aus mir eine hilfebedürftige Obdachlose gemacht, um die sie sich kümmerten. Hatte ich eigentlich noch irgendetwas unter Kontrolle, oder wuchsen mir die Dinge gerade über den Kopf?

Tom spielte die halbe Nacht Klavier. Präludien von Bach, die *Kinderszenen* von Schumann und einiges von Brahms. Ich lauschte ihm abwechselnd in seinem schalldichten Raum und zwischendurch immer wieder vom Dachboden aus, wo die Töne abgedämpft zu mir heraufklangen.

Seine eigene Komposition spielte er ein paar Mal an, kam aber wie gehabt nicht weiter. Nur diesmal flippte er nicht aus deswegen. Es war noch schlimmer. Sein heutiges Spiel klang wie ein Abschiedskonzert. Nicht nur, als würde er den Versuch einer eigenen

Komposition aufgeben, sondern als würde er das Klavierspielen ganz sein lassen wollen. Er trank Unmengen von Alkohol und ich erlebte ihn zum ersten Mal betrunken. Immer öfter verspielte er sich. Zwischendrin stand er auf und überprüfte die Mauer, die er hinter dem Fenster errichtet hatte, so als überlege er, sie wieder einzureißen. Dann schwankte er zurück zu seiner Klavierbank.

‚Komm, geh erst mal schlafen', versuchte ich als vernünftige Stimme in seinem Innern Kontakt zu ihm aufzunehmen.

‚Ach, halt's Maul', antwortete er und ich musste mich ziemlich zusammenreißen, es nicht persönlich zu nehmen.

Er stand auf, holte das Handtuch, das auf der Matratze lag, und begann damit, Staub vom Flügel zu wischen. Nebenher schob er Notenhefte und lose Blätter zur Seite und warf sie alle in eine Ecke. Dann zog er sein Handy aus der Tasche, schaltete es an und machte ein Foto von seinem Flügel. Was sollte das? Wollte er ihn etwa verkaufen?

‚Ein Foto mit dem Handy ist nicht gut genug', bemerkte ich, um irgendwas herauszufinden.

‚Für den Online-Markt reicht es. Das Ding hat einen hohen Marktwert. Da ist das Foto fast egal.'

Tatsächlich, er wollte sein Klavier verkaufen. Aber damit verkaufte er sich selbst! Das durfte auf keinen Fall passieren. Heute musste es mit dem Traum klappen, musste! Verdammt noch mal, wann ging er endlich schlafen?

Der Alkohol kam mir zu Hilfe. In den ersten Stunden schlief Tom auf seiner Matratze im Musikzimmer wie Blei, aber am frühen Morgen wurde sein Schlaf unruhig. In seinen Träumen ging es drunter und drüber, zusammenhangslose Bilder wechselten sich ab oder legten sich übereinander, alles wirr und durcheinander.

Ich hatte mich einfach neben Tom gelegt und es zwischendrin sogar riskiert, für eine halbe Stunde sichtbar zu sein. Ich berührte ihn nicht. Nicht ein einziges Mal. Irgendwie ging es nicht. Weil ich immerzu daran denken musste, wie sehr ihn meine eiskalten Hände erschreckt hatten.

Und dann sah ich mich selbst in seinem Traum, ohne dass ich etwas dafür getan hatte. Er stand vor mir und sah mich erwartungsvoll an.

„Du wolltest mir letztens etwas zeigen", sagte er. Erstaunlich, er knüpfte an den letzten Traum an!

Ich gab ihm ein Zeichen mir zu folgen und ging zu der Eisenleiter, die auf das Dach führte. Wir kletterten hinauf. Als ich die Luke beiseiteschob, fielen goldene Sonnenstrahlen herein. Ich vernahm bereits das Klingen der Blüten des magischen Waldes und stieg hinaus aufs Dach. Vor mir breiteten sich diesmal nicht die Dächer von Berlin aus, sondern ich tat den ersten Schritt in das Gras auf einer kleinen Lichtung mitten im magischen Wald. Millionen weißer Blüten mit himmelblauem Stempel schwebten zur Erde herab und erzeugten ihren vertrauten Gesang.

Tom stellte sich neben mich, den Mund halb offen vor Staunen. Er fing eine der Blüten auf und hielt sie sich ans Ohr. Dann ging er ein paar Schritte, legte sich auf den Boden und lauschte den Tönen, die die Blüten von sich gaben, wenn sie ihn berührten. Er erhob sich wieder und ließ seine Arme durch die Luft wirbeln, um ihren Flug zu beschleunigen. Dabei änderten sich ihre Klangfarben, folgten Töne schneller oder langsamer aufeinander, klangen höher oder tiefer und ergaben insgesamt einen neuen, anderen Gesang. Tom lauschte an der Rinde eines roten Baumes, legte den Kopf tief in den Nacken und beobachtete die Wipfel weit über sich.

Dann hob er beide Arme zum Himmel, drehte sich zu mir, strahlte mich an und sagte: „Was ich komponiere, es ist ein Lied. Ein Lied. Jetzt weiß ich es."

Er kam auf mich zu. Ich glaubte, er würde mich umarmen.

Aber er blieb nur dicht vor mir stehen und sah mich mit seinen meerblauen Augen an: „Ich danke dir. Danke, dass du mir das gezeigt hast."

Die magische Welt um uns herum und wir selbst verwischten allmählich wieder, versanken im Nebel des Schlafes. Ich zog mich zurück und ließ Tom tief und traumlos weiterschlafen. Ich hoffte, dass er noch eine Weile ruhte, damit der Traum sich in ihm verfestigen konnte.

Ich hatte es geschafft, endlich. Immer wieder würde ich jetzt vor mir sehen, wie Tom mich angesehen hat – so sanft und liebevoll. Ich hoffte, dass dieser Moment irgendwann Wirklichkeit würde.

Langsam erhob ich mich und schrieb übermütig in den Staub auf den Flügel: *Es ist ein Lied.*

Den Rest der Nacht verbrachte ich auf dem Dachboden, schaute mir die bunt verzierten Kekse in der Blechdose an, die Grete mir hingestellt hatte, und überlegte, ob ich einen probieren sollte und einfach anfangen sollte, wieder richtig lebendig zu sein.

Am Anfang würde ich möglicherweise Bauchkämpfe haben, mir würde schwindlig werden und übel, aber bald würde sich alles einrenken und ich könnte herausfinden, welchen Geruch Tom hatte.

Das war es, wonach ich mich auf einmal sehnte. Es war ein großer Unterschied, ob man nur in die Gedanken und Träume von jemandem schlüpfen konnte, oder ob man seine Wärme spürte und seinen Duft einsog.

Ich erinnerte mich an die erste und einzige Verliebtheit in meinem Leben. Es war ein Junge aus meiner Klasse gewesen. Sechs Jahre lang besuchten wir zusammen die Grundschule, aber wir haben nie ein Wort miteinander gesprochen. Ich hielt es vor ihm und der ganzen Welt geheim, dass ich ihm mein Herz geschenkt hatte, und war am Ende auch froh darüber, denn in der sechsten Klasse ging er mit dem Mädchen, in das sich alle Jungs verliebten. Das kam mir so beliebig vor, dass ich beschloss, auf der Stelle nicht mehr verliebt in ihn zu sein. Ich verbot mir, jemals wieder an ihn zu denken. Meine Liebe war zu schade für ihn, so sehr hatte er sie mit der Wahl dieses Mädchens entwertet.

Genauso unerreichbar wie dieser Junge erschien mir jetzt Tom, auch wenn die Umstände ganz andere waren. Trotzdem legte ich den schönsten Keks, ein buttergelbes Herz mit roter Zuckerglasur, von dem ich am liebsten abgebissen hätte, zurück in die Dose und schloss sie wieder. Irgendwie konnte ich nicht.

Kapitel 16

Ich kehrte in meine Wohnung zurück, schloss die Tür hinter mir, breitete meine Sachen auf der Matratze aus und überlegte, was ich heute anziehen sollte.

Da klopfte es. An meiner Wohnungstür? Tom konnte es nicht sein. Er hatte bereits das Haus verlassen. Es klopfte noch einmal. Grete vielleicht? Ich schlich in den Flur und hörte plötzlich ein Geräusch im Schloss. Einen Moment später machte es Klick und die Tür sprang auf. Vor mir stand eine Frau und starrte mich aus großen dunkelbraunen Augen und mit einem zum O geformten Mund an.

„Oh … oh … sorry!“

In der Hand hielt sie einen Dietrich und lachte jetzt über das ganze Gesicht. Sie hatte kurze schwarze Haare, trug enge Jeans, die an ihren langen Beinen toll aussahen, Stiefel mit Absatz, eine kurze, schwarze Jacke und einen pinkfarbenen Schal. Sie war einen Kopf größer als ich und ziemlich hübsch.

„Voll krass, tut mir leid … ich dachte echt, die Wohnung steht leer … ich … ach.“ Sie machte eine wegwerfende Geste und streckte mir ihre Hand hin: „Charlotte, aber sag Charlie zu mir.“

Ich nahm ihre Hand und brachte nur „Hi. Neve“ heraus, so verdattert war ich.

Sofort zog sie ihre Hand wieder zurück und rieb sie sich an ihrer anderen Hand. „Wow, muss saukalt in der Wohnung sein, was?! Wohnst du hier wirklich?“ Sie warf einen Blick über meine Schulter in die Diele, die natürlich alles andere als bewohnt wirkte.

„Ja“, antwortete ich einfach.

„Ist mir ja voll peinlich! Schließ bloß ab in der Nacht. Wenn ich es sogar schaffe, mit einem Dietrich reinzukommen! Da mache ich mir gleich Sorgen um dich.“ Sie berührte meine Schulter und lächelte herzlich.

„Aber vielleicht kannst du mir helfen. Ich habe das Haus gesehen und gedacht, das ist perfekt! Das ist fast unbewohnt – also, zumindest sah es von außen so aus. Ich studiere Physik, bin im letzten Jahr und will mich auf Parapsychologie spezialisieren.“

Ich sah sie erstaunt an.

„Oh, schau nicht so, ich weiß, ich weiß. Das klingt abgefahren. Aber das ist es gar nicht. Ich will mich in England bewerben. Und ich will denen was vorlegen, wobei sie die Luft anhalten, damit die mir ein Stipendium geben. Dafür muss ich ein paar Versuchsreihen starten.“

Charlie tastete nach dem Lichtschalter neben der Tür, aber fand keinen. Sie zuckte mit den Schultern und strich noch einmal über die nackte Wand, auf der sich nur noch einige Farbreste befanden.

„Verlassene Räume und ausgekühlte Mauern wie hier sind perfekt. So wie in alten englischen Schlössern. In England kannst du sogar Urlaub auf Schlössern machen, die angeblich von Geistern bewohnt werden. Schon mal davon gehört? Aber ich glaube, das hier ist sogar noch besser – ein vergessenes Haus in einer beliebten Wohngegend. Ich glaube, es kommt nicht nur auf einen verlassenen Ort an, sondern es ist wichtig, dass sich normales Leben in der Nähe abspielt. Ich habe da so meine Theorien …“

Sie redete auf mich ein wie ein Wasserfall, zwischendurch immer wieder lachend. Ich schüttelte zu ihrem letzten Satz einfach nur den Kopf.

„Na ja, jedenfalls – weißt du, welche Wohnungen hier leer stehen? Ich müsste für ein paar Wochen ein paar Gerätschaften installieren."

„Am besten, du fragst Tom Wieland. Ihm gehört das Haus."

„Tom?"

„T. Wieland steht an seiner Wohnungstür. Er wohnt ganz oben."

„Oh, da war ich schon, aber niemand hat aufgemacht." Einen Moment herrschte Stille, sie sah mich an, ich bemerkte, wie es hinter ihrer Stirn arbeitete. Dann fragte sie: „Wie lange wohnst du eigentlich schon hier?"

„Ich? Ach ich … noch nicht lange … eigentlich nur vorübergehend."

„Vorübergehend … hm …" Sie verhielt sich, als ob ihr das etwas sagen müsste.

Für mich ergab es keinerlei Sinn. Oder vielleicht doch? Vor mir stand eine Frau, die übersinnliche Phänomene dingfest machen wollte, und als Erstes klopfte sie bei mir? Ob Grete wieder dahintersteckte? War das ihr Plan, um mehr über mich herauszufinden? Aber woher sollte sie eine Physikstudentin kennen, die sich mit Psi-Phänomenen beschäftigt, wo doch alle Leute angeblich „Kompost" sind?

„Tom arbeitet in einer Kneipe. Er kommt erst abends zurück. Meist sehr spät."

„Wo ist die Kneipe?"

„Nicht weit weg von hier. Man kann hinlaufen. Soll ich dir beschreiben, wie du sie findest?"

„Hey, ja, das wär großartig. Wirklich. Du bist total nett, weißt du das? Also, ich meine, wirklich! Ich sag das nicht nur so. Die meisten Leute kanzeln einen doch immer gleich ab, besonders in Berlin." Sie lachte wieder, kramte einen Notizblock mit einem Stift aus ihrer Tasche und reichte ihn mir. „Am besten, du zeichnest es mir auf. Würdest du das tun? Links, rechts und wieder links, ich bin immer zu blöd, mir mündliche Beschreibungen auch nur im Ansatz zu merken."

Ich nahm den Notizblock, legte ihn an den Türrahmen und malte ihr den Weg zum *Absturz* auf, während sich auf einmal ein ungutes Gefühl in mir breitmachte. Eigentlich wollte ich Charlie nicht zu

Tom schicken. Am liebsten hätte ich jetzt gesagt, alles sei ein Irrtum, Tom sei gar nicht der Besitzer des Hauses und hier ständen auch keine Wohnungen frei, zumal Psi-Forschung sowieso der größte Schwachsinn sei.

Ich verstand nicht, woher meine Abwehr kam. Charlie war offen, herzlich und sehr nett. Ich mochte sie auf Anhieb.

Ich gab ihr das Notizbuch zurück. Sie stopfte es in ihre Jackentasche.

„Danke Neve, ich hoffe, es klappt irgendwie und wir sehen uns bald. Dann lade ich dich ein auf einen schönen warmen Tee oder auf einen Grog. Trinkst du Grog? Kann man bestimmt gebrauchen in diesem Haus."

„Gern." Ich nickte, obwohl ich noch nie Grog getrunken hatte. Charlie war ein Typ, der Menschen bestimmt oft zu etwas brachte, wovon sie bislang nicht gedacht hätten, dass sie es jemals tun würden.

„Okay, bis dann!" Sie sprang die Treppen hinunter, immer zwei Stufen auf einmal nehmend, voller Tatendrang. Sie war wie ein kleiner Flammenball, den jemand unverhofft in dieses alte, tote Haus geworfen hatte.

Keine Stunde später hörte ich ihr Lachen erneut im Hausflur, hin und wieder unterbrochen von Toms tiefer Stimme. Ich war dabei, meine Bücher vom Dachboden zu holen, und hatte nicht damit gerechnet, dass das Haus so schnell wieder Besuch erhalten würde. Doch Charlie schien es geschafft zu haben, Tom von seiner Arbeit wegzuholen.

Ich konzentrierte mich, sah zu, wie mein Körper verschwand, und begab mich in den Hausflur. Sie waren jetzt in der vierten Etage angekommen. Tom ließ Charlie einen Augenblick vor seiner Wohnungstür warten. Dann tauchte er mit einem großen Bund diverser Schlüssel auf.

„Am besten, zuerst den Dachboden, wenn wir schon hier oben sind."

Sie stiegen hinauf, gingen dicht an mir vorbei.

„Wow", stieß Charlie aus, als sie das Bett vor dem runden Panoramafenster und die verhangenen alten Möbel sah. „Das ist ja wie eine Filmkulisse. Wunderbar romantisch." Sie ließ sich aufs Bett fallen und ich sah, wie Tom mit verschränkten Armen gegen die Wand gelehnt dastand, sie beobachtete und dabei schmunzelte. „Du bist gar kein Besitzer eines zu alten Hauses. Du bist ein Schlossherr. Warum hast du mir das verschwiegen?"

Sie sprang wieder auf und lachte ihn an. Tom trat verlegen von einem Bein aufs andere. Gerade war er nicht der coole Barkeeper, sondern Tomaso, der sensible Komponist, den nur ich kannte. Charlie schien seine harte Schale mühelos wegzuschmelzen. Ich zuckte zusammen, als sie ihn vertraulich am Arm berührte, obwohl sie sich doch erst seit einer halben Stunde kannten. „Es ist perfekt, jetzt musst du mir auch unbedingt den Rest zeigen."

Tom schloss nacheinander die leerstehenden Wohnungen auf. Erst die in der zweiten Etage, die sich unter ihm befand, dann die in der ersten mir gegenüber und zuletzt die Räume im Erdgeschoss. Charlie drehte sich tanzend vor den großen Fenstern, durch deren kaputte Holzjalousien ein wenig Licht drang. Tom ließ sie nicht los mit seinen Augen.

„Hui, das ist toll hier, Warum machst du nicht eine eigene Kneipe auf?" Sie hüpfte übermütig ein paar Schritte auf die Wand zu, die den Fenstern gegenüberlag. „Hier die Bar hin. Und vielleicht bemalte Wände. Irgendwas mit Glassteinen. So ein bisschen psychedelisch. Ich sehe es sofort vor mir!" Sie drehte sich zu ihm. „Oh sorry, ich tu immer gleich so, als wäre alles meins. Dabei geht mich das alles gar nichts an." Jetzt stand sie dicht vor ihm und lächelte.

Tom lächelte zurück. „Schon okay, schöne Idee. Wirklich." Er übergab ihr das Schlüsselbund.

Der verschlossene Tom gab einem wildfremden Mädchen alle Schlüssel zu den Wohnungen seines Hauses?! Was war nur in ihn gefahren? Am liebsten wäre ich dazwischengegangen.

„Ich bin sehr gespannt auf deine Ergebnisse. Manchmal habe ich tatsächlich den Eindruck, es spukt in diesem Haus."

„So?" Charlie zog eine Augenbraue hoch. Das sah genauso perfekt aus wie jede ihrer Bewegungen. „Was zum Beispiel? Spuck's aus!"

„Zum Beispiel lese ich neuerdings Wörter im Staub."

„Die du betrunken nachts selbst reingeschrieben hast?" Charlie knuffte ihn in die Schulter wie einen alten Freund. Sie hatte keinerlei Ehrfurcht vor ihm, ganz anders als ich. Ich beneidete sie zutiefst um ihre Unbefangenheit.

„Nein, wirklich", verteidigte sich Tom.

„Zeigst du es mir?"

Tom sog die Luft ein. Überlegte er etwa, sie in sein Musikzimmer zu lassen? Nein, zum Glück nicht.

„Oh, ich habe es bereits weggewischt."

Charlie zuckte mit den Achseln: „Wie schade, dann ist es für die Wissenschaft leider unbrauchbar." Sie glaubte ihm kein Wort, schien sich jetzt aber zu fragen, ob Tom sich lustig über sie machte. Sollte sie das ruhig denken. Mir war es recht.

„Was ist mit dem Keller?", fragte sie.

„Der steht unter Wasser."

„Kann man überhaupt nicht hinein?"

„Nur ein Stück weit."

Sie gingen zurück zum Hauseingang und stiegen die Treppe hinab, die in den Keller führte. Charlie verzog das Gesicht. Wahrscheinlich wehte ihr ein modriger Geruch entgegen.

„Licht geht nicht", entschuldigte sich Tom.

„Warte, ich hab eine Taschenlampe am Handy." Sie kramte ihr Handy hervor und knipste sie an.

Ein paar Schritte konnte man geradeaus gehen, bevor es merklich bergab ging, und plötzlich schwappte ihnen das Wasser entgegen. Es sah so aus, als würde der Keller wie die Titanic schief ins Wasser sinken, einen Teil noch an der Oberfläche, während der andere Teil bereits untergegangen war.

Charlie schrie auf, als ein nasses Bündel laut fauchend zwischen ihren Beinen hindurchflitzte, die Treppe hinaufsprang und das Weite suchte.

„Puh, war das eine Ratte?" Sie leuchtete den Boden ab, auf dem nasse Abdrücke von Pfoten zu sehen waren. „Eine Katze. Fängt die hier Fische?"

Tom lachte. „Wahrscheinlich eher Ratten. Ich hab sie schon öfter vor dem Kellereingang herumschleichen sehen." Er drehte sich um und machte Anstalten, wieder nach oben zu gehen. „Hier unten wird es zu feucht sein für eine Kamera."

„Für eine gewöhnliche Kamera schon, aber nicht für meine. Die ist extra für solche Orte konstruiert worden." Charlie folgte ihm.

Ich schaute noch eine Weile auf das Wasser. Es plätscherte in leichten Bewegungen auf den Beton, als würden irgendwo kleine Wellen erzeugt. Aber wie sollte das möglich sein?

Ganz hinten, wo das Wasser die Kellerdecke berühren musste, glaubte ich, ein schwaches Schimmern wahrzunehmen. Kam dort irgendwo Licht herein? Aber von wo? Und überhaupt. War das Haus von der Statik her nicht einsturzgefährdet, wenn es so sehr bergab ging hier unten? Ich folgte Charlie und Tom wieder nach draußen in den Hausflur.

Sie verabschiedete sich gerade von ihm.

„Okay, ich danke dir. Das ist toll. Dann werde ich mich die nächsten Tage an die Arbeit machen." Charlie berührte Tom mit beiden Händen links und rechts an den Schultern und gab ihm zum Abschied auf jede Wange einen Abschiedskuss – so wie die Franzosen. Einfach so. Tom stand verlegen da und blickte ihr noch nach, als das Eingangstor längst ins Schloss gefallen war. Erst wollte er die Treppen hochgehen, bis ihm einfiel, dass er ja zurück in die Kneipe musste.

Als er das Haus verlassen hatte, nahm ich meine Gestalt wieder an und ließ mich auf die erste Treppenstufe sinken. Ich stützte meinen Kopf in die Hände und starrte wie benommen vor mich hin. In meiner Brust spürte ich eine drückende Enge, ungefähr da, wo mein Herz sein musste. Als würden sich Ringe darum legen. Ich war wütend auf Charlie. Sie sollte wieder verschwinden. Und dann noch so was Dämliches wie Psi-Forschung. Sie verdrehte nicht nur Tom den Kopf. Sie machte es mir dadurch auch schwerer, mich frei im Haus zu bewegen.

Gleichzeitig verwünschte ich mich selbst wegen meiner ablehnenden Gedanken. Es war primitiv, einfach jemanden blöd zu finden, nur weil man eifersüchtig war. Das war absolut unengelhaft.

Eifersüchtig? Pff, ich war nicht eifersüchtig. Charlie konnte schließlich jeden in Verlegenheit bringen, so wie sie drauf war. Ich versuchte, es positiv zu sehen: Vielleicht weichte sie seine harte Schale ein bisschen auf. Tomaso, der Komponist, würde sich bestimmt nicht in so jemand verlieben wie Charlie.

Die Eingangstür quietschte. Ich sprang auf, als würde mich jemand bei meinen Gedanken erwischen. Erst dachte ich, Tom käme zurück. Ich konnte das Gesicht im Gegenlicht nicht gleich erkennen.

Aber es war nicht Tom. Es war Tim, Kiras Freund.

„Was machst du denn hier?", rief ich überrascht aus.

„Neve, bist du es?" Seine Augen mussten sich erst an das schummrige Licht gewöhnen, aber dann erkannte er mich und strahlte. „Toll, dass du da bist. Kira hat mir gemailt, ich könnte dich hier treffen."

Er nahm seinen Rucksack ab und holte ein in bemaltes Packpapier eingewickeltes Geschenk heraus. Es trug eine dicke rote Schleife.

„Würdest du das Kira geben?“

Kapitel 17

Kaum war ich in der magischen Blase gelandet, schon stand ich hinter meinem Turmhaus. War ich so in Gedanken versunken gewesen, dass mir der Weg durch den Wald nur ein paar Schritte lang vorgekommen war? Und warum kam ich plötzlich am Bach, der hinter meinem Haus entlangfloss, heraus? War ich vom Weg abgekommen, ohne es zu merken? Mir fiel auf, dass ich die ganze Zeit über Tom und Charlie nachgedacht hatte.

„Neve!“, rief es hinter mir. Ich drehte mich um. Kira hockte am Bach und wrang gerade ihre Wäsche aus. Sie sprang auf, lief auf mich zu und umarmte mich. „Da bist du ja!“

Erwartungsvoll schaute sie mich an. Dann fiel mir ein, warum. Natürlich, das Geschenk von Tim! Ich wühlte in meiner großen bunten Stofftasche, in der sich noch einige Einkäufe befanden, und förderte es zutage. Das Packpapier hatte Tim mit Landkarten bemalt, verrückten Weltentwürfen, die es in Wirklichkeit nicht gab. Kira packte es sofort aus. Zum Vorschein kam ein T-Shirt – einfach, schwarz, nichts Besonderes, irgendwie sah es nicht mal neu aus. Sie nahm es hoch, hielt es sich vor die Nase und sog tief Luft ein. Erst da verstand ich: Es war ein Shirt von Tim, das nach ihm duftete!

Des Weiteren enthielt das Päckchen ein Büchlein. Kira blätterte darin und war sichtlich ergriffen. „Stell dir vor, er hat jeden Tag, seit wir uns das letzte Mal gesehen haben, darin gezeichnet und seine Träume aufgeschrieben, Tagträume – und Nachtträume.“

Sofort versuchte ich mir vorzustellen, wie Tom etwas für mich zeichnen würde, und wurde auf der Stelle traurig, weil ich es mir nicht vorstellen konnte.

„Was ist? Du guckst so bekümmert“, fragte Kira.

„Äh, nein, nichts. Alles okay.“

„Wegen Tom?“

„Tom? Mit Tom ist alles gut.“

Sie sah mich misstrauisch an.

„Wirklich. Er hat endlich den Traum vom Blütenwald geträumt, mit mir darin. Stell dir vor."

„Tatsächlich? Das musst du mir genau erzählen!" Sie setzte sich auf einen der Findlinge, die auf der Wiese verteilt lagen.

Ich setzte mich zu ihr und erzählte alles, was sich zugetragen hatte. Auch von Charlie. Ich ließ nur weg, dass ich glaubte, Tom wäre von ihr beeindruckt. Aber Kira nahm den Faden natürlich genau an diesem Punkt auf.

„Das mit dem Traum ist schon toll. Und dass er sich jetzt irgendwie für dich interessiert. Aber da müssen sich trotzdem schnellstens ein paar Dinge ändern."

„Wie meinst du das?"

„Na, du musst aus dieser hilflosen Position raus."

„Hilflos? Aber ich bin doch nicht hilflos."

„Natürlich nicht. Aber er hat nicht die geringste Ahnung von deinem wahren Leben. Und das muss sich ändern."

„Wie ändern? Soll ich ihm etwa erzählen …"

„Dass du in einer magischen Blase lebst? Nein, aber du brauchst eine Geschichte. Wieso du in das Haus geflüchtet bist. Zum Beispiel, dass du von 'nem Typen abgehauen bist und auf der Suche nach einer Wohnung. Vor allem brauchst du einen Job. Normale Menschen werden schließlich nicht aus magischen Blasen finanziert."

„Ich bin doch nicht von einem Typen abgehauen."

„Okay, dann was anderes. Aus einer chaotischen WG oder so. Irgendwas muss es aber sein. Und du solltest nicht einfach so in den lieben, langen Tag hineinträumen. Sonst denkt er, du wärst ein verwöhntes Häschen, was nur auf den nächsten Beschützer wartet."

„So ein Quatsch. Ich komme seit sieben Jahren hervorragend alleine klar."

Kira lachte und umfasste mein Handgelenk.

„Ja, weiß ich doch. Aber Tom nicht!"

Das stimmte natürlich. Ich war ganz durcheinander.

„Aber vor allem", fuhr sie fort, „kann es nicht angehen, dass ihm so ein aufgedrehtes Huhn wie diese Charlotte den Kopf verdreht."

„Meinst du, das könnte sie ernsthaft tun?"

„Keine Ahnung. Ich kann schlecht einschätzen, was Tom für ein Typ ist. Jedenfalls, schau nicht zu, wie dir jemand den Mann deines Herzens vor der Nase wegschnappt!"

Unwillkürlich legte ich eine Hand in die Gegend meines Herzens und war im ersten Moment selbst irritiert, dass ich es nicht spürte.

„Das ist er doch, oder?!“ Kira forschte in meinem Gesicht.

Der Mann meines Herzens? Ich nickte tapfer.

Kira sah mich weiter forschend an. „Du selbst bist beeindruckt von ihr, stimmt's?!“ Auf einmal war Kira es, die mir alles an den Augen abzulesen schien. An diesen neuen Umstand musste ich mich erst noch gewöhnen.

„Sie hat einfach keine Hemmungen. Das macht bestimmt vieles leichter“, erklärte ich und hob hilflos meine Arme.

„Dann versuch einfach, selbst so zu sein. Du kannst das doch.“

„Ich?“

„Na klar, du! Ich erinnere mich an ein paar ziemlich forsche Momente mit dir, zum Beispiel, wie du Leonard Kontra gegeben hast, als er mich ganz am Anfang vor der Akademie und später im Akademie-Café so blöd angemacht hat.“

Wir mussten beide kichern, als wir uns daran erinnerten.

„Bei Leo war's auch leicht. Der hat mich kein bisschen interessiert.“

„Dann stell dir einfach vor, Leo steht vor dir, wenn du das nächste Mal Tom gegenübertrittst! Das funktioniert, wirst sehen.“

Kira gähnte. Erst jetzt bemerkte ich, dass sie ziemliche Schatten unter den Augen hatte. Sie legte sich Tims Shirt um die Schultern, lehnte sich ein wenig zurück, und schloss die Augen für eine Weile.

„Du bist so müde, ist bei dir wirklich alles in Ordnung?“, fragte ich sie.

„Eigentlich schon, aber ich hätte nicht gedacht, dass es so vieler Übung bedarf, um die Elemente wirklich zu beherrschen, besonders wenn man Begabungen für jedes der Elemente besitzt. Schon die normalen Seminare sind anstrengend. Immer, wenn alle Schluss haben, habe ich noch Sondersitzungen mit Mitgliedern aus dem Rat.“

Ich nickte verstehend. Kira öffnete wieder die Augen und schaute in den Himmel.

„Aber das ist es eigentlich nicht. Ich spüre, wie alle schon jetzt Außergewöhnliches von mir erwarten, wenn Probleme auftreten. Ein Sonderwissen oder Sondersehen oder was weiß ich. Aber ich kann mit nichts aufwarten. Ich bin genauso ratlos wie alle andern auch.“

„Ratlos? Weswegen ratlos?“

„Na, wegen der Verschiebungen.“

„Verschiebungen? Was für Verschiebungen?“

Kira schaute mich verwundert an. „Weißt du noch nichts davon?“

Ich schüttelte den Kopf und fühlte eine seltsame Unruhe in mir.

Kira setzte sich wieder gerade hin und erklärte: „Es gibt Verschiebungen in der magischen Blase. Wege sind auf einmal länger oder kürzer. Leute finden ihre persönlichen Lieblingsorte nicht mehr auf Anhieb. Es ist ganz seltsam. Niemand weiß, was die Ursache sein könnte. In Pios Chroniken steht nichts, was Ähnlichkeit damit hat."

Mir fiel mein Heimweg ein. „Ich hab es auch gemerkt, als ich vorhin gekommen bin. Es war, als wenn der Äther-Durchgang nur ein paar Schritte von unserem Haus entfernt lag. Und dann stand ich auf einmal hier, hinter dem Haus. Ich dachte, ich wäre vom Weg abgekommen."

„Ja, genau das."

„Betrifft es nur unsere Blase?"

„Bisher ja. Der Rat hat aber Experten aus anderen magischen Blasen eingeladen und auch magische Leute, die in der Realwelt leben und vielleicht helfen könnten."

Das Ganze klang unheimlich. Ich spürte einen Anflug von Angst.

Kira bemerkte es sofort. „Mach dir keine Sorgen. Erst mal ist es keine akute Bedrohung, sagt der Rat. Und ich glaube das auch. Die magische Blase ist schließlich von Natur aus voller Ungereimtheiten in Bezug auf physikalische Gesetze. Nur dass es jetzt stärkere Verschiebungen gibt, sie irgendwie willkürlicher sind und plötzlich auftreten. Ich denke, erst wenn die Akademie jede Stunde woanders steht, wird es ernst …" Kira lachte und dann gähnte sie gleich noch einmal.

Ich fuhr mir mit der Hand nachdenklich durchs Haar und hoffte, dass alles tatsächlich halb so schlimm war.

„Ich glaube, ich geh schlafen." Sie nahm ihr Büchlein von Tim, in dem sie jetzt sicher unbedingt lesen wollte, und erhob sich.

„Gute Nacht", wünschte ich ihr und beschloss, an meinem Projekt zu den magischen Blasen der Welt zu arbeiten. Ich fragte mich, wie müde ich nach den Erlebnissen der letzten Tage eigentlich sein müsste, würde ich Schlaf brauchen wie ein normaler Mensch. Dabei fiel mir auf, dass meine Verliebtheit in Tom bisher gar keine menschlichen Symptome auslöste. Seltsam.

Ich wachte die Nacht durch und recherchierte für mein Projekt. Nebenher sah ich hin und wieder aus dem Fenster, überlegte, ob mir das Tal auf einmal kleiner vorkam oder ich mir das nur einbildete, und stellte mir vor, was ich alles tun könnte, um ein bisschen mehr wie Charlie zu sein.

Kapitel 18

Die Schmuck- und Kosmetikabteilung im Erdgeschoss des Kaufhauses, mit ihrem Glanz und den vielen Spiegeln, erinnerte mich an die magische Welt. Nur dass das Glitzern und Leuchten künstlich war und durch die vielen Lichtbrechungen in Edelsteinen und Spiegeln erzeugt wurde.

Ich stand vor den Lippenstiften und griff einfach den, der mich am meisten anleuchtete, doch nicht so wie Erdbeeren, eher wie Kirschen. Ich hielt ihn gegen meinen roten Schal. Richtig gewählt, exakt der gleiche Farbton.

Zum ersten Mal in meinem Leben kaufte ich einen Lippenstift und benutzte ihn gleich, nachdem ich an der Kasse bezahlt hatte. Ich betrachtete mich in einem der zahllosen Spiegel. Meine Haut war fast so weiß wie mein Mantel. Der knallrote Schal und jetzt der Lippenstift hoben sich kräftig davon ab. Sah ich nun wirklicher oder lebendiger aus? So wie Charlie mit ihrem rot bemalten Mund? Oder eher noch unwirklicher? Auf jeden Fall sah ich nicht aus wie jemand, der weder Geld noch Arbeit noch eine Bleibe hatte.

Ich warf einen Blick auf eine der Uhren, die in einer Vitrine auslagen. Sechzehn Uhr. Ich verließ das Kaufhaus und machte mich auf den Weg zu Tom in die Kneipe, entschlossen, den Eindruck, den er von mir hatte, zurechtzurücken.

Kurz vor der Eingangstür zögerte ich noch einmal. Dann dachte ich an Kiras Worte, dass ich auch so sein konnte wie Charlie, und gab mir einen Ruck.

Drinnen war kaum etwas los. Nur drei Gäste. Ich steuerte schnurstracks auf die Bar zu, hinter der Tom wie gewohnt stand und Gläser polierte, und schlug einen erfrischenden Tonfall an: „Hi Tom, wie geht's?! Ich nehme ein Wa…, ein Bier, kleines."

Er sah mich überrascht an. „Ein Bier?"

„Wieso nicht? Sehe ich etwa so aus, als wenn ich kein Bier trinke?!"

Ich legte meinen Mantel über den Hocker, schwang mich hinauf und klammerte mich hastig an den Tresen, weil der Hocker beinahe gekippt wäre.

„Nein, überhaupt nicht!“, versicherte er mir, obwohl klar war, dass er genau das gedacht hatte. Er nahm ein Glas und stellte es unter den Zapfhahn. Oh je, wenn ich jetzt nicht völlig dumm dastehen sollte, musste ich es trinken. Und es war nicht nur Wasser, sondern gleich Alkohol.

„Wie geht es dir?“, fragte er.

„Bestens. Ich glaube, die Krise ist schon überstanden. Ich habe eine hübsche Wohnung in Aussicht. Nur ein neuer Job fehlt mir noch. Da, wo ich gearbeitet habe … na ja, hängt eben alles zusammen … da geht's jedenfalls nicht weiter.“ Ich plauderte einfach los, ohne mir was zurechtgelegt zu haben. Tom stellte mir das Bier hin und musterte mich.

„Was hast du denn gemacht bisher?“ In dem Moment kam mir die zündende Idee. „In einem Restaurant gearbeitet. Hotelrestaurant“, antwortete ich.

„In einem Restaurant?“ Erneut sah mich Tom komisch an.

„Ja, wieso nicht? Sehe ich etwa nicht so aus, als wenn ich …“

„Doch, doch …“, unterbrach er mich und meinte definitiv das Gegenteil.

„Du bist nicht ehrlich“, sagte ich und versuchte dabei so herausfordernd zu klingen wie Charlie, während ich ein breites Lächeln mit Augenaufschlag von unten probierte.

Tom fuhr sich durchs Haar. Er trug heute ein langärmeliges, schwarzes Shirt, das hervorragend seinen wohlgeformten Oberkörper zur Geltung brachte. Verrückt, ich hätte nie für möglich gehalten, dass ich mal auf so etwas achten würde.

„Hm, ich hätte gedacht …“ Er schwieg.

„Was?“, drängelte ich.

„Vielleicht irgendwas mit Büchern.“

Oh, da lag er richtig. Sah man mir das also an? Wirkte ich etwa wie eine spröde Bibliothekarin? Von Charlie hatte er mit Sicherheit nicht geglaubt, dass sie was mit Büchern machte.

Okay, frech antworten: „Weil ich einen verstaubten Eindruck mache?“

„Nein, nein … nur, du hast so was Verträumtes, so in dich gekehrt, so … oder sagen wir, das war mein erster Eindruck … vielleicht, weil du völlig neben der Spur warst, als wir uns das erste

Mal gesehen haben. Aber vielleicht auch …" Er sah über mich hinweg in die Luft, lächelte. Er erinnerte sich gerade definitiv an seinen Traum vom magischen Wald mit mir darin, aber das konnte er mir natürlich nicht anvertrauen.

„… egal. Oder was mit Musik, das hätte es auch sein können."

„Musik?"

„Deine Hände." Er zeigte auf meine Hände.

„Sie sind sehr feingliedrig. Spielst du ein Instrument?"

Ich ließ meine Hände unter der Theke verschwinden und ärgerte mich im gleichen Moment darüber. Das war wieder eine viel zu schüchterne Geste.

„Nein. Du?"

Sein Lächeln verschwand. Hoffentlich war ich mit dieser Frage nicht zu weit gegangen. Natürlich würde er mir nicht einfach von seinem Flügel erzählen. „Na wegen deiner Hände. Du könntest auch …"

Reflexartig verschränkte er die Arme, als wollte er seine Hände ebenfalls verstecken. „Totaler Holzweg. Ich kann nur Gläser waschen." In seinen Tonfall mischte sich unterschwellige Wut. „Apropos. Ich muss weiter …"

Er wandte sich ab, ging in den Keller hinunter, obwohl ich mir sicher war, dass er dort gerade gar nichts zu tun hatte, und machte sich dann wieder hinter seiner Theke zu schaffen.

Mist, unser Gespräch hatte so schön begonnen. Eigentlich genau in der Art, wie er sich mit Charlie unterhielt. Ein voller Erfolg, er nahm mich jetzt anders wahr. Aber dann hatte ich es versaut, total ungeschickt und viel zu früh nach seinem Geheimnis getastet. Ich tat so, als würde ich einen Schluck vom Bier nehmen, und wischte mir den Schaum von den Lippen. Wie konnte ich wenigstens die Hälfte des Bieres loswerden? Als Tom zu einem der Tische hinüberging, wo zwei Typen Platz genommen hatten, kippte ich etwas ins Spülbecken und hielt das Glas noch in der Hand, als Tom viel zu schnell wieder hinter mir auftauchte. Hatte er es bemerkt?

„Sie trinkt tatsächlich Bier", sagte er und seine Stimme hatte den gewohnt freundlichen Ton zurückerhalten. Nein, er hatte es nicht bemerkt.

„Ich habe mir was überlegt – ist nur ein Angebot – aber du könntest hier stundenweise aushelfen, wenn du willst." Ich drehte mich zu ihm um. Hatte ich richtig gehört?

„Erst mal die ganze Weihnachtsdeko anbringen – also, ich steh nicht auf das Zeug, aber die Touristen“, fuhr er fort. „Und im Dezember brauche ich immer eine Hilfe. Da wird es voll. Die wollen dann alle ’ne „echte Kneipe wie früher“ sehen, als das noch Besetzerhaus-Gegend war.“

Ich, bei Tom in der Kneipe arbeiten? Das hatte er mir gerade angeboten? Ich war so happy, als hätte er mir einen Heiratsantrag gemacht, und brachte kein Wort heraus.

„Na ja, ist kein Hotelrestaurant. War nur so ’ne Idee.“

Endlich fand ich meine Stimme wieder: „Nein, nein. Danke für das Angebot. Ich finde die Idee großartig!“

Mensch, ich sprach viel zu leise und wieder genauso schüchtern wie sonst immer. Also sprang ich vom Hocker, kam ganz dicht vor ihm zum Stehen, strahlte ihn an und sagte: „Was kann ich tun? Ich fang gleich an!“

„Hoppla.“ Tom trat überrascht einen Schritt zurück.

Ich wich ebenfalls zurück, bis mir mein Barhocker im Weg stand.

„Tut mir leid, ich …“, stotterte ich. Oh je, war das peinlich.

„Schon gut, hab nicht damit gerechnet, dass du mich gleich anspringst.“ Tom lächelte wieder. „Das heißt, wir sind im Geschäft?“

Ich nickte und konnte mein Glück kaum fassen. Niemals hätte ich gedacht, dass ich hier heute hineinspazieren würde, ausgiebig mit Tom plaudern und zu seiner Mitarbeiterin werden würde.

„Und du willst tatsächlich sofort anfangen?“, rief er jetzt von der anderen Seite des Raumes.

Wieder nickte ich nur. Meine gesteigerte Selbstsicherheit war verflogen.

„Dann komm mit.“ Tom zeigte auf die Hintertür.

Ich lief ihm nach.

Wir gingen über den Hof zu einem Abstellraum, wo er zwei Kisten mit Lichterketten hervorkramte.

„Zehn Euro die Stunde, mehr kann ich dir leider nicht geben.“

„Das ist okay.“

Er hielt mir eine Kiste hin.

„Schaffst du das?“

„Klar.“

In Wirklichkeit hatte ich ziemlich an der Kiste zu schleppen, viel mehr als ein normaler Mensch mit meiner Konstitution. Es war ein Nebeneffekt meines halb ätherischen Daseins. Die materiellen Dinge waren für mich doppelt so schwer wie für andere.

Wir vereinbarten, Tom würde mir Bescheid geben, wenn er mich brauchte. Hauptsächlich am Wochenende, aber vielleicht auch mal in der Woche, wenn er die Einkäufe erledigen musste oder eine der weiteren Aushilfen nicht konnte. Wir würden das flexibel abstimmen. Er fragte mich nach meiner Handynummer und sah mich ungläubig an, als ich ihm gestand, dass ich kein Handy besaß. Unter den Gegebenheiten der magischen Welt funktionierten solche Geräte nicht. Aber dann dachte er wohl, mir würde das Geld für ein Handy fehlen und sagte nichts weiter dazu.

Unglaublich, ich hatte einen Job. In der Realwelt. Wie ein ganz normaler Mensch. Das war eine Premiere. Hoffentlich merkte Tom nicht, dass ich noch nie auch nur einen Teller durch ein Restaurant balanciert hatte.

Eine Stunde später kamen mir Zweifel, ob es wirklich eine gute Idee war, in der Kneipe von Tom zu arbeiten.

Zuerst hängte ich zwei Lichterketten in die großen Fensterscheiben. Später räumte ich den Keller ein wenig auf. Als ich wieder nach oben kam, winkte Tom mich an den Tresen und wollte mir zeigen, wie man Gläser richtig spülte.

In dem Moment begann es in meinem ganzen Körper zu kribbeln, dann tauchten die Bilder von dem kräftigen Typen mit dem warmen Lächeln und dem Hut in meinem Innern auf, und dann wusste ich: Janus. Er musste irgendwo im Raum sein. Ich hatte keinen Gedanken daran verschwendet, dass er hier Stammgast war.

Tom nahm ein Bierglas und führte mir vor, wie man es richtig reinigte, während ich unauffällig den Raum absuchte. Da saß er, ganz am Rand, derselbe Tisch wie bei der ersten Begegnung. Er hatte wieder Bücher dabei, las in einem davon und trank ein Bier. Als er hochschaute, schaute ich schnell weg. Ich wusste nicht, warum. Er war doch nett. Was war nur los mit mir?

„Und jetzt du", hörte ich Tom neben mir. Er hielt mir ein Glas hin. Ich nahm es und wusch es irgendwie ab.

„Neve", schalt er. „Du hast wohl kein bisschen hingesehen. Schon müde?"

„Tut mir leid. Ich war gerade mit den Gedanken woanders."

„Also doch eine Träumerin." Er zwinkerte mir zu.

„Könntest du es mir noch mal zeigen?"

Tom spülte ein Glas, ich machte es genauso nach, und er war zufrieden.

„Okay, dann gleich den ganzen Rest hier." Auf der Theke hatten sich einige benutzte Gläser angesammelt.

Tom stellte sich neben mich und zapfte ein Bier. Ich schaute kein einziges Mal in den Schankraum. Ob Janus mich schon bemerkt hatte? Ein Handy klingelte. Es war das von Tom. Er zog es aus der Tasche und antwortete. Nebenher stupste er mich mit dem Ellenbogen an, zeigte auf das volle Glas und dann auf Janus. Es war eindeutig, Janus' Glas war leer und ich sollte ihm ein neues Bier bringen.

Ich nahm das leere Glas, welches vor Janus stand, und stellte das volle auf dem Untersetzer ab. Erst jetzt sah er von seinem Buch auf.

„Hi, Neve!" Seine Stimme klang erstaunt und erfreut zugleich. Ich konnte nicht einschätzen, ob er mich jetzt erst bemerkt hatte oder schon früher.

„Ach, hi!" Ich tat ebenfalls überrascht.

Heute trug er seine Haare zu einem Zopf gebunden und ich staunte, wie die dunklen Augen in seinem markanten Gesicht leuchteten.

„Wie geht es dir? Arbeitest du etwa hier?"

„Ja, ich helfe ein wenig aus, zur Weihnachtszeit."

Er taxierte mich und lächelte. Das Kribbeln in meinem Körper war immer noch da. Dazu kam jetzt ein Brennen auf den Wangen. Wurde ich etwa rot? Das passierte mir so gut wie nie, und wenn, dann spürte ich dabei nichts. Er sollte sofort aufhören, mich so anzusehen!

„Stimmt irgendwas nicht?", fragte ich ein wenig schnippisch.

„Bei eisigsten Temperaturen läufst du draußen ohne Mantel herum. Und in der Sauna hier drin arbeitest du im Rollkragenpullover, hab ich grad gedacht, sorry. Du hast gefragt, du wolltest es wissen."

Er machte eine entschuldigende Geste. Ich griff mir unwillkürlich an den Rollkragen. Wenn ein paar Sinne verklebt waren, war es nicht leicht, das zu verbergen.

Aber dann fiel mir eine schlüssige Erklärung ein: „Im Keller ist es kalt. Da habe ich bis eben aufgeräumt."

„Oh, ach so." Janus klang ein wenig enttäuscht, als hätte er mich gern dabei ertappt, wieder etwas Unlogisches zu tun. Vielleicht war es das, was mir an ihm nicht behagte. Er beobachtete sehr genau und schien andere durchleuchten zu wollen. Ich drehte mich um, und wollte weiter Gläser abwaschen gehen. Dabei nahm ich im Augenwinkel auf dem Rücken eines der Bücher den Titel wahr.

Geh, wohin dein Herz dich trägt

Las ich richtig? Der Roman von Susanna Tamaro war eines meiner Lieblingsbücher, so traurig und voller Gefühle. So ein schönes Tagebuch einer Großmutter an ihre Enkelin. Als ich dieses Buch gelesen hatte, hatte ich zum letzten Mal warme Tränen geweint.

Ich beugte mich vor und berührte das Buch. „Warum liest du das?“

Meine Frage klang garantiert seltsam, aber ich bekam den Titel nicht mit dem breitschultrigen, etwas unheimlich erscheinenden Typen zusammen, der vor mir saß.

„Welches? Das?“ Er zog es unter dem Buch hervor, das darauf lag und auf dessen Einband kein Titel stand. „Ja, zum dritten Mal. Ich mag es einfach sehr. Kennst du es?“

Ich nickte, versuchte dabei aber, möglichst gleichgültig auszusehen. Alles sträubte sich in mir, mit Janus so eine intime Gemeinsamkeit wie ein Lieblingsbuch zu entdecken.

„Hab es vor sieben Jahren gelesen. Kann mich kaum noch erinnern.“

„Aber es hat dich überrascht, dass ich es lese.“

Ich zuckte einfach mit den Schultern.

„Magst du Bücher?“, fragte er daraufhin.

„Ich liebe Bücher.“ Bei der Frage gelang es mir nicht, mich gleichgültig zu geben.

„Das ist wunderbar. Ich betreibe hier in der Gegend ein Antiquariat.“

„Tatsächlich?“

Janus besaß einen Buchladen? Ich hatte mir noch gar keine Gedanken gemacht, was ihn umtreiben könnte. Aber dass er eine Buchhandlung führte, warf auf einmal ein neues Licht auf ihn. Ob das wohl stimmte?, meldete sich sofort mein Misstrauen.

„Ich würde es dir gerne einmal zeigen. Was hältst du davon?“

Statt aus meinem Mund, kam die Antwort von Tom neben mir, der mir das leere Glas aus der Hand nahm. „Ich glaube, für heute hast du genug geholfen, Neve. Ist ja nicht viel los.“ Während er zum Ausschank zurückging, rief er: „Den Laden geh dir auf jeden Fall anschauen. Er ist wirklich was Besonderes.“

Ich fühlte mich völlig überrumpelt. Meinen Arm hielt ich immer noch angewinkelt, als würde ich das Glas halten. Meine Hand griff ins Leere. Gerne hätte ich jetzt das leere Glas noch gehabt, um mich daran festzuhalten. Ich ging in jeden Buchladen, an dem ich vorbeikam. Aber ich mochte nicht mit Janus mitgehen, gleichzeitig aber doch. Oder nicht gleich. Oder doch sofort.

„Jetzt gleich?“, fragte ich.

„Meinetwegen. Eigentlich wollte ich gar kein zweites Bier und sowieso aufbrechen.“

Er hatte eigentlich gar kein zweites Bier gewollt, na toll …

Janus trank es in einem Zug aus und packte seine Bücher in eine lederne Umhängetasche. Dann sah er mich an, weil ich immer noch unschlüssig vor ihm stand.

„Oder bist du müde? Wir müssen natürlich nicht gleich heute …“

„Nein, nein. Ich habe Feierabend und nichts weiter vor und wenn es in der Nähe ist … Ich liebe Antiquariate. Ich bin schon gespannt.“

Es war, als wenn ein Teil aus mir sprach, der völlig in Vergessenheit geraten war, weil er so lange geschwiegen hatte. Wie eine andere Stimme, die nicht zu mir gehörte. Ich nahm meinen Mantel vom Ständer, zog ihn über, band meinen roten Schal um und verließ mit Janus das *Absturz*. Tom hob zum Abschied die Hand. Sein Gesichtsausdruck dabei allerdings behagte mir nicht. Er hatte so etwas Väterliches. So hatte er Charlie noch nicht angesehen.

Kapitel 19

Es war schon dunkel draußen. Zuerst liefen wir nur nebeneinander her und schwiegen. Vielleicht sollte ich doch eine Ausrede finden, um lieber nach Hause zu gehen? Aber ich war viel zu neugierig auf das Antiquariat. Merkwürdig, dass es hier eins geben sollte, das ich noch nicht kannte.

„Wenn du bei Tom arbeitest, dann heißt das, du bist zurzeit dauerhaft in Berlin?“

„Ja, so in etwa.“

„In dem Haus am Wetterplatz?“

„Na ja. Mal sehen. Die Wohnung ist schon recht provisorisch. Wohin gehen wir?“

„Rüber zum Helmholtzplatz und dann in die Lychener. Am Ende wird sie zu einer Sackgasse und da ist es.“

„Da, wo sie auf die S-Bahn-Trasse stößt?“

„Ja, genau.“

„Warum habe ich es dann immer übersehen?“

„Weil es im Hinterhof ist.“

„Im Hinterhof?“

„Ja, ich habe keine Laufkundschaft. Nur Stammkunden und das Internet.“

Auf einmal war es mir unheimlich, mit einem Fremden gleich in einem Hinterhof zu verschwinden. Allerdings hatte ich nie wirklich was zu befürchten. Im Notfall konnte ich mich einfach in Luft auflösen und das war’s. Dafür gab es keinen Ärger vom Rat der magischen Welt. Zum Glück war ich jedoch noch nie in eine gefährliche Situation geraten.

„Und davon kannst du leben?“

„Ja, ganz gut sogar – wenn man bescheiden ist. Ich bin hauptsächlich als Buchscout tätig, bekomme Anfragen wegen Sonderausgaben und besorge sie für Leute, die dafür ziemlich gut zahlen.“

Das Antiquariat befand sich in einer Remise mit zwei Etagen. Ein schön saniertes Gebäude aus Backstein, das typische Holzfenster mit Rundbögen besaß. Im Erdgeschoss reichten sie bis zum Boden. Im Obergeschoss gab es vier kleinere Fenster. Dort hatte Janus wahrscheinlich seine privaten Räume.

Über der grünen Eingangstür stand eingebrannt in ein geschwungenes Holzbrett: *Antiquariat Janowski* und darunter in kleineren Buchstaben *Bücher mit Seele.*

Janus schloss auf und ließ mich zuerst eintreten. Er knipste Licht an. Überall leuchteten kleine farbige Lampen auf, an dem gemauerten Gewölbe und in den Fugen der sandgestrahlten Ziegelsteine über den Bücherregalen. Die Regale waren alle bis zur letzten Lücke gefüllt, aber wohl geordnet. Durch die bunten Lichter schimmerten die Bücher in allen Farben.

Vor den Regalen gab es einzelne Sessel und schwarze Stehlampen. In der Mitte des Raumes stand ein altes Sofa. Überall waren kleine Tische verteilt, auf denen sich Bücher stapelten. Von der Decke hingen mindestens hundert Bücher in allen Größen, mit offenen Buchdeckeln und herunterhängenden Seiten, sodass sie aussahen wie Vögel, die durch den Raum flatterten.

Es war ein liebevoll eingerichtetes Bücherparadies, und einmal mehr verstand ich nicht, warum Janus warmherzig, sensibel und zugleich bedrohlich auf mich wirkte. Er rieb die Hände aneinander und ging auf den Kamin zu, der gegenüber den Fenstern in die Wand eingelassen war, nicht weit entfernt vom Sofa.

„Hu, es ist kalt. Ich habe den ganzen Tag nicht geheizt."

Er hockte sich vor den Kamin, nahm zwei große Holzscheite aus dem eisernen Regal daneben und im Nu loderte ein Feuer im Kamin. Ich staunte, wie schnell er es anbekommen hatte. Wahrscheinlich war er genauso mit Öfen aufgewachsen wie ich. Ich strich mit den Fingern die Buchreihen entlang. Es waren eine Menge Titel dabei, von denen ich noch nie gehört hatte.

„Komm mal hier her", forderte Janus mich auf. Ganz hinten hatte er drei Bücherregale in U-Form aufgestellt. Hier standen Kinderbücher, Romane und Sachbücher gemischt. Ich konnte keinerlei System erkennen.

„Das sind alles meine Lieblingsbücher. Sie sind unverkäuflich."

„Oh", sagte ich nur und versuchte, die Titel auf den Buchrücken zu lesen. Meine Vermutung bestätigte sich, die in mir aufgeflammt war, als ich das Janowski-Schild über dem Eingang gesehen hatte. Die Bücher waren überwiegend in Polnisch verfasst.

„Du sprichst Polnisch?"

„Ja, mein Vater stammte aus Polen. Ich wurde in Danzig geboren und bin dort aufgewachsen."

Wieder bemerkte ich dieses Kribbeln am ganzen Körper. Es hatte mich die ganze Zeit nicht verlassen, war aber zwischendurch in den Hintergrund getreten.

„Mein Vater war auch Pole", sagte ich und wusste im selben Moment nicht, warum ich ihm das anvertraute. Ich nahm eins der Bücher aus dem Regal, ein dickes mit einem dunkelroten Einband, und schlug die erste Seite auf.

„Sprichst du Polnisch?", fragte Janus und stand auf einmal dicht neben mir. Unwillkürlich wich ich zurück.

„Nein."

Ich schlug das Buch wieder zu und fuhr nervös über den glatten roten Einband. Ich wollte nicht über damals reden, schon gar nicht über meinen Vater und noch viel weniger mit Janus. Plötzlich legte Janus seine Hand auch auf den Einband, sodass seine Fingerspitzen meine Hand berührten.

„Spürst du was?"

Er sah mich neugierig an und lächelte. Ich zuckte zurück und wollte das Buch schnell loswerden, es ins Regal zurückstellen. Dabei rutschte es mir aus der Hand. Janus und ich griffen beide danach, erwischten aber nur gegenseitig unsere Hände, während das Buch auf den Boden fiel. Die Berührung ging wie ein unangenehmer Stromschlag durch meinen Körper. Was war das? Alles rief in mir, auf der Stelle die Flucht zu ergreifen.

„Gott, Neve, du hast ja Eispalasthände! Wie eine Tote!", rief Janus aus. Ich griff nach dem Buch und hob es auf. „Komm, gib her!", gab er in besorgten Ton hinterher, nahm mir das Buch ab und stellte es zurück. „Ich mache dir sofort einen Glühwein. Das bringt dich wieder in Schwung."

Statt heftig den Kopf zu schütteln und abzuhauen, nickte ich zustimmend und rührte mich keinen Zentimeter von der Stelle. *‚Wie eine Tote'*, hallte es in meinem Kopf wider. Der Satz traf mich unerwartet hart. *‚Nein, ich bin nicht tot!'*, wollte ich schreien. Und was zum Teufel hatte er damit gemeint, was ich spüren sollte?

Hinter den Regalen mit Janus' persönlichen Büchern befand sich eine kleine Kochnische mit einem Kombischrank aus zwei Herdplatten, Kühlschrank und Spülbecken. Dort stellte Janus eine Kasserolle auf die kleine Platte und goss Glühwein hinein.

Dann kam er mit einer Wolldecke wieder zu mir.

„Setz dich hier aufs Sofa. Das Feuer wärmt schon. Und nimm die Decke."

Er sah mich an, doch ich rührte mich immer noch nicht.

„Alles in Ordnung?", fragte er.

Ich nickte wieder und nahm die Decke, die mir Janus aus sicherer Distanz reichte.

„In deiner Geburtsurkunde steht sicher Janusz – mit Z hinten." Ich versuchte unbekümmert zu klingen, als wäre überhaupt nichts geschehen.

„Oh ja, das stimmt!" Janus wirkte sichtlich erleichtert, weil ich mich wieder rührte und etwas sagte. „Aber meine Mutter hat eine lateinische Form draus gemacht und mich Janus genannt und das gefällt mir auch besser."

Der Fluchtgedanke verflog. Was war nur los mit mir? Hielt ich es etwa nicht mehr unter Menschen aus? So ein Blödsinn. Die Leute hatten sich schon immer erschrocken, wenn sie merkten, wie kalt meine Hände waren. Das war überhaupt nichts Neues. Und im Winter gab es manchmal so komische Entladungen, wenn man jemand anders berührte. Ich erinnerte mich, wie meine Oma und ich uns darüber immer lustig gemacht hatten. Es war mir nur lange nicht mehr passiert.

Ich setzte mich auf die Couch und hüllte mich der Form halber in die Decke. Das Feuer knisterte und die Flammen wirkten außergewöhnlich golden. Die großen Holzscheite mussten aus einem besonderen Holz sein, dass sie solche Flammen erzeugten.

Janus brachte mir eine bauchige Tasse mit dampfendem Glühwein. Er zog sich einen der Sessel heran und erhob seine eigene Tasse: „Mit Zimt und Rosinen und einer Prise Pfeffer, so wie ihn meine Mutter immer gemacht hat. Ich hoffe, es schmeckt dir."

„Danke", sagte ich und führte die Tasse zum Mund. Der Dampf stieg mir in die Nase. Ich wollte so tun, als wäre der Glühwein noch zu heiß, aber stattdessen nahm ich einen winzigen Schluck und dann noch einen größeren und noch einen und noch einen. Ich wusste nicht, was los war. Ich wollte diesen Glühwein trinken, musste, am liebsten gleich die ganze Tasse, wie eine Verdurstende, die endlich, endlich Feuchtigkeit an ihren Lippen spürte. Es brauchte eine Menge Disziplin, nicht gleich alles hinunterzukippen.

„Lecker, nicht wahr?!" Janus lächelte mich hinter seiner Tasse hervor an.

„Ich habe noch nie so einen köstlichen Glühwein getrunken", seufzte ich.

„Oh, das liegt an dem Rezept. Eigentlich gehören noch in Rum getränkte Mandarinenstückchen hinein. Meine Mutter hat ihn immer zu Weihnachten gemacht. Da war ich noch klein. Aber ich durfte einen Eierbecher voll probieren."

„Ich nehme an, deine Mutter ist Deutsche?" Ich war es gewohnt, Menschen über ihr Leben auszufragen. Nur bei Janus war es mir unangenehm, weil ich bei ihm Gegenfragen befürchtete. Trotzdem fragte ich. Ich konnte einfach nicht anders.

„Sie war Deutsche. Oder ist … ich weiß es nicht. Sie ging nach Amerika, als ich fünf war, nach New York. Mein Vater und ich haben dann nichts mehr von ihr gehört."

„Das klingt sehr traurig."

„Ich weiß nicht, ob es traurig ist. Ich kann mich kaum an sie erinnern. Eigentlich sehe ich immer nur ein paar Fotos vor mir, wenn ich an sie denke. Und eben Weihnachten, wie sie den Glühwein verteilte. Ich weiß nicht mal, ob sie den Glühwein immer gemacht hat. Das ist nur so eine Vorstellung. In Wirklichkeit kann ich mich nur an das letzte Weihnachten erinnern."

„Sie hat dich verlassen?"

„Ja, das hat sie. Ich war lange Zeit sehr wütend auf sie. Aber in den letzten Jahren hat sich das gelegt."

„Warum hat sie das getan?"

„Sie war noch sehr jung, eine Studentin aus Ostberlin, die nach Danzig gekommen war, um eine Vorlesung meines Vaters zu hören. Er war Professor für vergleichende Mythologie und achtzehn Jahre älter als sie."

„Achtzehn Jahre, das ist eine lange Zeit."

„Meine Mutter besaß einen großen Lebenshunger. Mein Vater reiste und hielt Gastvorträge in ganz Osteuropa. Er konnte ihr einfach was bieten."

„Aber warum haben sie sich getrennt?"

„Ich denke, sie bekam zu schnell ein Kind – mich. Mein Vater hörte auf mit den Gastvorträgen und zog sich immer mehr zurück. Nestbau und Familienleben waren nicht so sein Ding. Und dann war da plötzlich ein Mann aus New York, der ihr nicht nur den Ostblock zeigen konnte, sondern die ganze Welt."

„Oh, das ist …"

„… verständlich, würde ich inzwischen sagen. Ich meine, sie war jünger als ich jetzt, Mitte zwanzig. Zu jung und lebenslustig für eine Familie mit einem komischen Kauz, und sie lebte in einem unfreien Land. Der Amerikaner hat sie geheiratet und dann durfte sie es verlassen."

„Ist dein Vater danach allein geblieben oder …"

„Nein, es gab zum Glück keine Ersatzmutter für mich. Wir wohnten in einer Villa aus dem 19. Jahrhundert, mit düsteren Möbeln aus den 30er Jahren, ein Familienerbe, an dem aber schon lange nichts mehr gemacht worden war. Die Wände hatten geblümte Tapeten und der Lack auf den Dielen war überwiegend abgetreten. Aber das störte einen etwas seltsamen und sehr zurückgezogenen Professor nicht."

„Du bist mit ihm allein aufgewachsen?"

„Nein, wir hatten eine Haushälterin, Maria, eine schon ältere und ziemlich dicke Frau, die sehr gut kochen konnte und die ganz zu uns zog, als klar war, dass meine Mutter nicht mehr zurückkommen würde."

„Ich nehme an, sie war älter und wusste mit deinem Vater umzugehen."

„Allerdings. Früher soll er entspannter gewesen sein, aber ich kenne ihn eigentlich nur kompliziert. Wenn ich an das Haus denke, dann höre ich sofort das Ticken der großen Standuhr im Flur. Es war das einzige Geräusch, das mein Vater ertrug. Ansonsten brauchte er absolute Stille. Aber so verhielt es sich nicht nur mit Geräuschen. Er war extrem überempfindlich gegen fast alles, gegen Gerüche, kalte Luft, warme Luft, Pflanzen, Tiere, fremde Menschen im Haus … Ich durfte nie Besuch haben."

Janus beugte sich vor, nahm meine Tasse und stand auf.

„Komm, eine Tasse genehmigen wir uns noch, oder?!"

„Gerne", hörte ich mich sagen. Ich hatte inzwischen die ganze Tasse ausgetrunken und ich wollte noch mehr, obwohl ich ein leises Stechen in der Magengegend spürte und mir bereits ein wenig trieselig war. Ich lehnte mich an die Rückenpolster des Sofas und zog die Decke ein wenig höher. Am liebsten hätte ich meine Stiefel abgestreift und die Füße hochgezogen, aber das traute ich mich nicht. Ich fühlte mich auf einmal gut und wollte das Sofa gar nicht mehr verlassen.

Janus füllte neuen Glühwein in die Tassen und kehrte zurück. Seine große, kräftige Gestalt, die dunklen Augen und die schwarzen Locken – er war mir immer etwas „südlich" vorgekommen. Aber die blasse Haut … Polen, das passte. Auch diese gewisse Schwere, die er ausstrahlte und die jetzt in der Geschichte, die er mir erzählte, ihre Entsprechung fand. Hatte er seine Kindheit nicht in einer ähnlichen Stimmung verbracht wie ich? Dennoch wirkte er so herzlich und gelöst.

Als ich meine zweite, dampfende Tasse in den Händen hielt, schwor ich mir, sie nicht auch noch auszutrinken. Das konnte nur in einer Katastrophe enden. Als hätte Janus meine Gedanken gelesen, sagte er: „Keine Sorge, der Alkohol müsste inzwischen verkocht sein, ich hatte die Platte nicht runtergestellt, es hat die ganze Zeit geblubbert."

„Heißt das, du warst ein trauriges Kind?", nahm ich das Gespräch wieder auf. Ich wollte mehr wissen über Janus.

„Oh, nein, nein. Ich habe jetzt zuerst das Negative erzählt. Ich war oft allein, ja, bestimmt viel zu oft. Aber mein Vater war ein toller Vorleser. Der beste, den ich kenne. Er las mir vor, fast jeden Abend und am Wochenende, manchmal den ganzen Tag, und dann bekamen wir Ärger von Maria, weil wir die Mahlzeiten vergaßen, und weil es zumeist Mythen und Legenden waren, die mir mein Vater näherbrachte.

Maria war sich sicher, ich würde dadurch ein völlig verqueres Bild von der Welt bekommen. Deswegen las sie mir in der Küche oft die Schlagzeilen aus der Zeitung vor, als Gegenprogramm sozusagen. Aber ich muss sagen, die Zeitungsberichte konnte man wirklich vergessen gegen das, was in den Büchern meines Vaters stand."

Janus lachte. Sein Lachen ist noch wärmer als das Feuer, schoss es mir durch den Kopf. Und ich lachte mit Janus und über diesen Gedanken.

„Daher deine Liebe zu Büchern. Zu besonderen Büchern, mit sehr alten Geschichten." Ich ließ den Blick durch den großen Raum schweifen. Für einen Moment konnte man glatt ins Grübeln kommen, ob er sich tatsächlich in der realen Welt befand oder nicht doch eher ein persönlicher Ort in der magischen Welt war.

„Ich habe noch nie so ein ordentliches Antiquariat gesehen."

„Oh, das täuscht. Das hier ist nur das Vorzeigezimmer." Janus stellte seine Tasse ab.

„Komm mit, ich zeig dir was."

Ich stellte meine Tasse ebenfalls ab und bemerkte, dass mein zweiter Glühwein längst alle war. Oh je, ich hatte gar nicht mitbekommen, wie ich ihn ausgetrunken hatte. Ich stand auf und schwankte. Alles drehte sich um mich. Das Piken in der Magengegend verstärkte sich jede Sekunde. Alle Alarmglocken in mir schrillten, dass ich sofort gehen sollte.

„Die Seele dieses Ladens", erklärte Janus. ‚Ich muss gehen', wollte ich antworten, aber stattdessen kam: „Die Seele …"

Hinter der Treppe, die in den zweiten Stock führte, befand sich eine Tür, die mir bisher nicht aufgefallen war. Janus öffnete sie und wir fanden uns in einem Lagerraum voller Bücher wieder, mit Regalen bis zur Decke, die so vollgestellt waren, dass man die Bretter und Seitenwände nicht mehr sah. Der Eindruck entstand, die Wände würden aus Büchern bestehen. Und die Decke. Und der Fußboden. Alles. Bücher stapelten sich vor den Regalen und in Kisten. Ich konnte nicht mal ein Fenster entdecken. Wahrscheinlich war es komplett zugestellt.

„Bis ich das alles geordnet und katalogisiert habe – ein Lebenswerk."

„Wow." Ich kippte ein wenig gegen Janus' Schulter, wich zurück gegen den Türpfosten und kicherte. „Ein Haus aus Büchern ist das. Wie das Herz einer Weltbibliothek. Du bist der Herr der Bücher. Ein Bücherzauberer", sprudelte es aus mir heraus.

Ich verhielt mich total albern. Das war der Alkohol. Ich musste sofort weg hier, wenn ich nicht komplett mein Gesicht verlieren wollte. Stattdessen ließ ich mich auf einen Stuhl plumpsen, der in dem Raum stand und erstaunlicherweise nicht mit Büchern belegt war. Janus sagte nichts, lehnte einfach nur neben einem der Regale und lächelte mich an. Ich zog ein Buch aus dem Regal.

„Sind sie alle polnisch?"

„Fast alle. Das Erbe meines Vaters, inklusive einer alten Bibliothek, die seinerzeit komplett in seinen Besitz übergegangen war."

„Du könntest sie digitalisieren und dann ließen sie sich mit einem Klick übersetzen und ich könnte sie lesen."

„Mit einem Klick?"

Oh je, ich hatte mich verplappert. Bücher mit einem Klick übersetzen, das ging nur mit den Geräten in der magischen Welt. Ich ließ seine verwunderte Frage einfach unter den Tisch fallen. Ich musste jetzt unbedingt los.

„Vielleicht kannst du ja noch einen Nebenjob gebrauchen und hast Lust, mir bei meinem Lebenswerk zu helfen?", schlug Janus vor.

„Ich?"

„Du magst Bücher auf besondere Weise und du hast einen polnischen Vater. Das sind gute Kriterien für mich."

In einem Antiquariat arbeiten. Eigentlich hatte ich mir immer eine Arbeit dieser Art vorgestellt, falls ich in der realen Welt jemals eine annehmen würde.

„Warum nicht? Ich werde dir helfen", antwortete ich, obwohl ein Teil in mir immer noch sicher war, Janus nicht wiedersehen zu wollen.

„Prima. Dann brauche ich gar keine Annonce mehr in die Zeitung zu setzen. Ich war schon drauf und dran."

Woher kam nur dieses Zuhausegefühl zwischen all den polnischen Büchern? Die Antwort war eigentlich klar: Janus war in Polen geboren worden, er sprach die Sprache meines Vaters und das gab mir ein wenig das Gefühl von Heimat – ausgerechnet bei Janus.

Okay, genug, weg hier – sofort!

‚Ich muss gehen', wollte ich sagen, aber aus meinem Mund kam: „Es ist schön hier. Hier könnte ich wohnen."

Hier könnte ich wohnen? War ich denn von allen guten Geistern verlassen??

„Neve. Du bist irgendwie lustig – und geheimnisvoll. Weißt du das eigentlich?"

Als Antwort sprang ich auf und stürzte aus dem Raum. Das Stechen in der Magengegend steigerte sich ins Unerträgliche. Ich hatte das Gefühl, mein Gehör zu verlieren. Alles schien vor meinen Augen zu verschwimmen. Ich stolperte durch den vorderen Raum zur Tür. Frische Luft. Ich brauchte dringend frische Luft.

Janus war schneller und öffnete mir die Tür. Ich taumelte hinaus.

„Ich muss jetzt gehen", würgte ich hervor, während ich mich krümmte vor Schmerzen.

„Neve, was ist? Ist dir schlecht? Du kannst so nicht …"

„Doch", rief ich und begann zu laufen, immer schneller, rannte durch die Einfahrt des Vorderhauses, bog um die Ecke und nahm alle Kräfte zusammen, um mich in Luft aufzulösen.

Es funktionierte, trotz meines Zustandes. Gott sei Dank.

Sofort hörten die Schmerzen auf, mein Blick wurde wieder klar und das Rauschen in den Ohren ließ langsam nach. So etwas Unvernünftiges, gleich zwei Gläser Glühwein zu trinken! Was war nur in mich gefahren?

Ich schaute zurück. Janus stand noch vor seinem Antiquariat. Seine Arme hingen hilflos an ihm herab. Er hielt den Blick auf die Toreinfahrt geheftet, als hoffte er, ich würde zurückkehren. Zum Glück lief er mir nicht hinterher. Einerseits war das seltsam, andererseits beruhigend und viel besser so. Wahrscheinlich hatte ihn mein plötzlicher Anfall völlig überrascht. Ein bisschen tat er mir leid. Ich würde meine Flucht das nächste Mal erklären müssen. Na ja, vielleicht wird das gar nicht so schwer. Schließlich wollte doch niemand jemandem, den er gerade erst kennengelernt hatte, die Bude vollkotzen.

Bei dem Gedanken spürte ich ein Stromzucken durch meinen unsichtbaren Körper, während ich langsam über die Dächer schwebte, um zur Ruhe zu kommen. Sich übergeben war so was von schlimm! Als Kind hatte ich jedes Mal gedacht, ich müsste sterben. Mit ein wesentlicher Grund, nie wieder zu menschlich zu werden.

Janus hatte mir kurz das Gefühl gegeben, ganz normal sein zu wollen. Aber jetzt schwor ich mir, dass dieser „Saufanfall“ eine absolute Ausnahme bleiben sollte.

Kapitel 20

Zuhause wartete Grete auf mich. Sie saß zusammengekauert vor meiner Wohnung und tippte auf ihrem Smartphone herum. Ich entfernte mich noch einmal nach unten und nahm meine Gestalt wieder an. Ein leichtes Stechen in der Magengegend war immer noch zu merken, aber es würde gehen. Ich stieg die Stufen nach oben.

„Oh, hallo Grete. Wartest du auf mich?“

„Sieht man doch“, antwortete sie schroff.

„Danke für die feinen Kekse. Sie …“

„Sag jetzt nicht, dass sie lecker sind. Du hast keinen einzigen Keks davon gegessen.“

Sie zog die Blechbüchse hervor.

„Nein, aber das werde ich noch. Ich wollte sie nur nicht einfach reinstopfen, sondern es mir damit so richtig gemütlich machen.“

Grete erhob sich, damit ich die Tür aufschließen konnte.

„Du isst so was nicht, stimmt’s?“

„Wie kommst du denn darauf?“

„So ein Gefühl. Du bist dünn und hast eine Hautfarbe wie ’ne gekalkte Wand. Ich schätze, du bist magersüchtig.“

Grete klang trotzig.

„Möchtest du mit reinkommen?“ Ich ging nicht auf ihre Provokationen ein und fragte sie freundlich.

„Nein. Ich habe gelesen, dass man an Magersucht sterben kann.“

„Du brauchst dir keine Sorgen zu machen. Ich bin nicht magersüchtig.“

„Ich mach mir keine Sorgen. Es ist in Ordnung“, sagte Grete ernst.

„In Ordnung?“ Ich war irritiert.

„Ja. Ich esse auch nichts mehr. Verhungern ist besser, als vom Dach zu springen …“

Grete hatte aufgehört zu essen? Ich wusste natürlich, was das bedeutete. Es war bald soweit. Nun würde sie nicht mehr lange brauchen, um den Durchgang zu finden. Sie sah mich herausfordernd an und erwartete ein paar Vorwürfe.

„Seit wann?“, fragte ich nur.

„Seit ich die Kekse gebacken habe. Ein Blech ist mir verbrannt. Von dem Geruch wurde mir übel. Das hat mich auf die Lösung gebracht: einfach nichts mehr essen. Tja, und es fällt mir kein bisschen schwer.“

Sie wartete auf eine Reaktion, aber ich sah sie nur an. Etwas nervös strich sie sich eine Haarsträhne hinters Ohr und fügte hinzu: „Aber nichts essen dauert viel zu lange. Deshalb trinke ich auch nichts mehr. Seit gestern. Und es macht mir kein bisschen was aus. Stell dir vor.“ Sie begann, provokativ mit dem Fuß zu wippen.

„Ich weiß. Mach dir keine Sorgen. Es bedeutet, dass sich dir bald der Weg in die magische Welt zeigt. Das ist alles normal“, erklärte ich.

Grete flippte aus: „Normal?“, rief sie. „Dir ist es egal, dass ich mich gerade umbringe?“

Ich versuchte, ruhig zu bleiben. „Du bringst dich nicht um. Glaub mir, du entwickelst besondere Fähigkeiten. Dass du aufhörst zu essen und dann zu trinken, das wäre bei einem normalen Menschen bedenklich. Aber in deinem Fall ist das kein Anzeichen für Magersucht, sondern es sind harmlose Symptome.“

Grete kam sich völlig veralbert vor. Ich wollte sie eigentlich mit meinen Worten beruhigen. Aber sie wurde immer wütender.

„Wenn das alles stimmen soll, dann zeig mir doch, wo es zur magischen Welt geht. Und zwar sofort!“ Grete schrie die Worte durch den ganzen Hausflur.

„Lass uns erst mal hineingehen“, bat ich sie zum zweiten Mal.

„Nein! Ich will es sofort wissen, hier und jetzt!“

Ich seufzte. „Ich kann dir nicht vorab sagen, wo der Weg ist. Du musst ihn allein finden, ohne dass dir jemand vorher davon erzählt. Du würdest sonst vielleicht versuchen hindurchzugelangen, bevor du reif dafür bist. Das wäre zu riskant, zu gefährlich und könnte deinen Tod bedeuten.“

Grete fuhr sich nervös durchs Haar. Sie atmete schwer. Ich befürchtete einen weiteren Wutausbruch. Aber stattdessen begann sie zu zittern und sagte: „Aber ich habe Angst.“

Ihre Stimme klang jetzt hoch und kindlich.

Ich war erleichtert. Es gab einen Teil in ihr, der mir glaubte.

„Das brauchst du nicht. Ich bin da und ich begleite dich. Wenn plötzlich Bilder vor deinem inneren Auge auftauchen, von einem bestimmten Ort, und wenn sie immer wiederkehren, dann kommst du zu mir und erzählst mir davon. Versprichst du mir das?"

Grete nickte.

„Und bis dahin, einfach normal weiterleben. Vor allem zur Schule gehen. Du musst frei sein – Krankenhaus, Polizei oder Ähnliches –, keiner darf dich irgendwo festhalten, wenn es so weit ist, das darf nicht passieren, okay?"

Grete nickte erneut.

„Bekomme ich die Kekse zurück? Natürlich esse ich sie", versprach ich ihr. „Dass man aufhört zu essen und zu trinken, das ist nur vorübergehend."

Grete reichte mir die Keksdose und sah mich an.

„Wir sind beide verrückt, nicht wahr?!" Sie hatte ihre normale Stimme zurück.

„Nein, das sind wir nicht", versicherte ich ihr.

Sie wandte sich um und sagte, während sie die Treppe hinaufstieg: „Alle in diesem Haus sind verrückt. Ich weiß es. Und du hast eine Alkoholfahne, Neve. Du trinkst zu viel, genau wie mein Vater."

Verwirrt ließ ich mich auf die Matratze fallen. Ich hatte eine Alkoholfahne? Das konnte doch nicht sein. Aber Grete hatte irgendwas gerochen. Ich ging ins Bad, drehte den Wasserhahn auf, fing Wasser mit den Händen auf und spülte mir den Mund aus. Wieder und wieder. Ich hoffte, das würde helfen. Ich musste mir schnellstens eine Zahnbürste und Zahnpasta besorgen. Vielleicht sollte ich einen Keks essen? Oh je, wieder hatte mir Grete ein Versprechen entlockt, das ich eigentlich nicht halten wollte. Nein, ich aß jetzt keinen Keks.

Wahrscheinlich machte ich alles falsch mit Grete, was man nur falsch machen konnte. Bestimmt hatte ich ihr viel zu viel verraten.

Ich ging ins Zimmer und ließ mich wieder auf meine Matratze fallen. Meine Bauchschmerzen waren zum Glück verschwunden. Was würde die ungewohnte Flüssigkeit weiter in meinem Körper anrichten? Meinen Blutkreislauf wieder in Schwung bringen? Mein Herz? Nach dem halben Eierkuchen, den ich letztens gegessen hatte, war auch nichts passiert, versuchte ich mich zu beruhigen. Mit einer gewissen Menge an materieller Nahrung schien mein feinstofflicher

Körper irgendwie zurechtzukommen, wandelte sie einfach in Energie um.

Was dachte Janus? Hoffentlich nur das, wonach es ausgesehen hatte: ein Mädchen, bei dem ein wenig Alkohol ziemlich schnell wirkt und das deshalb nicht in eine peinliche Situation hatte geraten wollen. Ansonsten hatte ich mich doch recht normal und wenig auffällig verhalten.

In dem Moment fiel es mir siedend heiß ein: Ich hatte abermals meinen Mantel vergessen. Ich seufzte. Daran ließ sich wohl nichts mehr ändern.

Und dann hörte ich sie, die Melodie, die mir schon so ans Herz gewachsen war, die es ausfüllte und besänftigte. Tom saß oben an seinem Flügel und spielte. Die erste Seite, einige Male hintereinander. Er probierte zwischendrin ein paar neue Takte. Dann fing er wieder von vorn an.

Auf einmal hörte ich ihn dazu summen, ohne Text, er summte und trällerte vor sich hin. Dazu variierte er das Thema seiner Komposition, versuchte andere Tonarten und Begleitungen. Es klang fröhlich, optimistisch, beschwingt. Tom war gut drauf. Wie es schien, hatte er seine Zuversicht zurückgewonnen.

Ich sprang auf, befreite mich aus den lästigen Wintersachen, zog mein hellblaues Sommerkleid aus dem Rucksack, kämmte meine Haare und beschloss, ihn zu besuchen, ein wenig bei ihm zu verweilen, ihn zu sehen und ihm zuzuhören – unsichtbar, ganz ich selbst und nur als Muse.

Kapitel 21

Tom war betrunken. Seinem Klavierspiel hörte man das nicht an. Dafür war seine Körpersprache jedoch mehr als deutlich. Er hing mehr auf seiner Klavierbank, als dass er saß. Neben ihm standen bereits zwei leere Rotweinflaschen. Immerhin hatte er etliche Blatt Papier mit neuen Entwürfen, Noten und sogar Text gefüllt.

Gerade spielte er zwei Töne – F und Fis – immer abwechselnd, monoton, fast zum Verrücktwerden, so als würde eine CD haken. Trotz seines Zustandes sah er umwerfend aus, nahezu dramatisch. Er trug ein weißes Hemd, die oberen Knöpfe geöffnet und wirkte damit wie ein Adliger aus dem 18. Jahrhundert. Dazu eine schwarze Hose, als hätte er sich für ein Konzert zurechtgemacht. Auf dem Flügel brannten zwei Kerzen.

Ich ging um ihn herum und las die fragmentarischen Zeilen auf den losen Blättern, die auf dem Boden lagen. *Nur der Wind ist blind … Blüten fliehen in die Nacht … und das Klingen erstarb am Boden … führ mich, Fremde, in dein Land … Sehnsucht sinkt herab wie Nebel … leis erklingt der Wald und träumt … und ihr Lachen weckt mich rau …* Manche Zeilen hatte er mehrfach wiederholt, Wörter herausgestrichen, andere eingefügt.

Einiges schien von unserem Traum inspiriert. Andere Wortfolgen hatten mit dem Traum nichts zu tun. Er versuchte, ein Lied zu schreiben, aber bisher fügte sich augenscheinlich nichts zusammen.

Endlich hörte er auf, immer dieselben Töne anzuschlagen, und begann die Mondscheinsonate zu spielen. Ich versuchte einen Gedanken in seinem Kopf zu fassen zu kriegen, aber da war nichts. Er dachte tatsächlich nur an die Nacht und den Mond, wie er hinter dem großen halbrunden Dachbodenfenster über die Dächer stieg.

‚Du darfst keinen Alkohol trinken, wenn du komponierst. Das betäubt deinen schöpferischen Sinn‘, gab ich ihm ein.

‚Blödsinn, Hemingway hat auch getrunken und nicht zu knapp.‘

‚Hätte er es sein gelassen, würde ich seine Bücher vielleicht mögen.‘

Tom hielt einen Moment inne in seinem Spiel und zog die Stirn kraus. Mist, ich hatte eine persönliche Antwort gegeben, die schwer aus seinem eigenen Innern kommen konnte. Wie hatte mir das bloß passieren können? Dann schüttelte er ein wenig den Kopf und musste sich dabei an den Tasten festhalten, damit er nicht von der Klavierbank rutschte. Er räusperte sich, straffte sich und begann die Mondscheinsonate von vorn.

„Der Künstler glaubt, dass Alkohol ihn entspannt, aber am Ende macht er ihn kaputt“, sagte er auf einmal laut. Seine Stimme hatte er nur mäßig unter Kontrolle.

Und dann spielte er die Mondscheinsonate so wunderschön, dass ich mich vor ihm auf dem Flügel abstützte und ihn einfach nur ansah. Er war wie ein Gemälde, das lebendig geworden war. Niemals ließ sich dieses Bild mit dem Barkeeper im *Absturz* zusammenfügen. Wie gern wäre ich zu ihm gegangen und hätte meine Arme um ihn gelegt.

Plötzlich sah Tom mich an. Ich spürte ein Vibrieren und … oh mein Gott … bemerkte, dass ich Gestalt anzunehmen begann. Jetzt schon? Ich war doch erst eine Viertelstunde hier? Ich konzentrierte mich, aber wenn er genau hinsah, würde er bereits Konturen vor sich sehen, wie Lichteindrücke auf überbelichteten Fotos. Sofort duckte ich mich hinter dem Flügel.

Tom hörte auf zu spielen und kniff die Augen zusammen. Ich floh unter dem Flügel hindurch, dicht am Boden bleibend auf die Tür zu, wie ein Hauch von Bodennebel, den Tom hoffentlich nicht entdeckte. Dann zwängte ich mich durch den Türspalt, gerade noch so.

Meine Gestalt nahm immer mehr Form an. Ich konnte nichts dagegen tun. Bereits im Innern des Schrankes wurde ich sichtbar, stieß panisch gegen die Schranktür, sodass sie aufflog und gegen den Stuhl knallte, der danebenstand. Wie dumm von mir! Es polterte fürchterlich.

Ich stolperte aus dem Schrank, fiel auf die Knie, rappelte mich auf, schaffte es aber nur um die Ecke in den Flur.

Da hörte ich Tom hinter mir. „Wer ist da!!" Seine Stimme klang bedrohlich. Schon hatte er mich eingeholt und stand mir gegenüber.

Ich war außer Atem, holte tief Luft und versuchte, ruhig zu erscheinen. Ich lächelte ihn unschuldig an: „Hi, Tom, die Wohnungstür stand offen und …"

„Was? Die Wohnungstür? Das kann nicht sein!"

„Oh doch, wie sollte ich sonst hineingekommen sein?"

„Was machst du hier?", fuhr er mich an. Er schwankte, rieb sich die Augen, hielt sich am Türpfosten zur Küche fest und sah mich wieder an. Unwillkürlich dachte ich an Charlie, wie würde sie so eine Situation meistern?

„Das Hemd sieht cool aus, steht dir", sagte ich.

Aber Tom blieb ernst und klang noch wütender. „Was machst du hier?!", wiederholte er.

„Ich … ich …" Alles sackte in mir weg wie ein Schluck Wasser, der das formgebende Gefäß verlassen hatte. Und dann konnte ich nicht anders, als mit der Wahrheit herauszuplatzen: „Ich habe Klaviermusik gehört."

Schuldbewusst hielt ich den Kopf gesenkt und studierte die Maserung der abgenutzten Dielen. Tom sagte nichts und ich wagte nicht, wieder aufzuschauen. „Wunderschöne … die Mondscheinsonate … mein Lieblingsstück. Und etwas Unbekanntes, das war noch schöner …"

Geduckt wartete ich, dass Tom ausrastete. Aber das tat er nicht.

„Es ist bestimmt kein Zufall, dass du mich gehört hast. Komm. Ich werde dir was zeigen“, sagte er.

Ich schaute auf, aber er sah mich gar nicht an.

Er steuerte auf den Schrank zu, hielt sich an der Schranktür fest, stieg hinein und öffnete die Tür dahinter, die in den schallisolierten Raum führte.

„Komm“, sagte er noch einmal, aber sah mich wieder nicht an.

Ich kletterte hinterher. Und dann standen wir beide vor dem Flügel.

„Das ist mein Geheimnis. Du bist die erste, die davon erfährt.“

Ich wusste nicht, ob er feierlich oder resigniert klang. Auf jeden Fall bemühte er sich um Festigkeit in seiner Stimme.

„Ein schönes Instrument. Vor wem versteckst du es?“

„Vor niemandem und vor allen.“

„Aber warum?“

„Weil ich nicht spielen kann. Und schon gar nicht komponieren.“

„Aber das stimmt nicht. Ich habe es gehört …“

„Es darf niemand hören … weil es lächerlich ist, wenn ein einfacher Barkeeper in einem einstürzenden Haus ein Komponist sein will.“

„Ich habe es gehört …“

„Weil du meine Muse bist.“

Jetzt sah er mich an. Seine Worte gingen mir durch und durch. *Ich* war Toms Muse, nicht weil ich es mir gern so vorstellte, sondern weil Tom mich so bezeichnete. Das war … viel mehr, als ich jemals zu träumen gewagt hätte.

Tom ließ sich auf die Klavierbank fallen und hörte nicht mehr auf mich anzusehen, sodass ich mich mit jeder Sekunde unwohler fühlte.

Dann sagte er: „Ich habe von dir geträumt. Schon bevor wir uns kannten. Du hast mir einen verzauberten Wald gezeigt, in dem die Blüten singen. Und seitdem weiß ich, dass mein Stück ein Lied ist. Ist das nicht verrückt?“

Ich wusste nicht, was ich sagen sollte. Seine Offenheit kam so überraschend. Wahrscheinlich hatte es damit zu tun, dass er betrunken war.

Er seufzte. „Schau nicht so verschreckt. Es war nur ein Traum. Und in einem Traum schraubt man die unmöglichsten Dinge mit den fremdesten Menschen zusammen. Du kannst natürlich nichts dafür. Kein bisschen.“

Doch, ich kann etwas dafür, ganz viel kann ich dafür, wollte ich ihm am liebsten antworten, aber das ging natürlich nicht.

Tom rutschte von seinem Hocker, fing sich aber mit den Händen auf dem Boden ab und rutschte hinüber zu seiner Matratze.

Dort blieb er halb an die Wand gelehnt liegen und taxierte mich.

„Du hast ein Sommerkleid an. Ein schönes Sommerkleid. Wie in meinem Traum. Ein seltsames Mädchen bist du. Der Himmel hat dich geschickt, stimmt's?!"

Mir gefiel nicht, dass er „seltsames Mädchen" zu mir sagte. Das hieß doch, er sah mich nicht als Frau, die man bewundern konnte, so wie Charlie, sondern als jemanden, der irgendwie niedlich war, und den man beschützen musste.

Er klopfte neben sich auf die Matratze. „Setz dich."

Ich sollte mich zu ihm auf die Matratze setzen? Aber da war doch kaum noch Platz. Irgendwie wollte ich nichts lieber tun.

Trotzdem blieb ich stehen und sagte: „Nein, du bist seltsam." Ich bereute es im selben Moment. Durch den Satz wirkte ich bestimmt noch kindlicher.

„Das stimmt", antwortete er. „Vielleicht sollte ich es dir erklären. Irgendjemandem muss ich es mal erzählen. Und du, du bist genau die Richtige. Also, nun setz dich schon", wiederholte er, fast im Befehlston.

Ich würde ihn berühren, wenn ich mich auf der freien Stelle niederließ, die er mir zeigte. Und das wäre nicht im Traum sondern in Wirklichkeit. Aber Tom rückte beiseite, als ich näherkam. Und schon befand sich genügend Abstand zwischen uns. Ich war enttäuscht.

Tom zog eine dritte Weinflasche hinter der Matratze hervor, schraubte sie auf und nahm ein paar Schlucke. Er bot mir nichts an. Ich hätte auch nichts genommen, trotzdem kam ich mir dadurch vor, als wäre ich gar nicht da.

„Alle feiern sie meinen Vater – großer Komponist und so – dabei ist er nur ein Komponistenarschloch, das in seiner dicken Villa hockt und alle anderen dümmer findet als sich selbst."

„Dein Vater ist Komponist?"

„Ich hatte so ein kleines Ebenbild von ihm werden sollen. Aber einen Scheiß werd ich … Punkmusik ist viel geiler … Hab ich angefangen zu hören, als ich vierzehn war. Mit siebzehn hat er mich dann deswegen rausgeschmissen … und mir *das hier* vererbt." Tom machte mit seinen Armen eine ausholende Geste in den Raum und verabreichte mir dabei eine leichte Ohrfeige, aber er merkte es nicht. „Schönes Erbe! Schönes beschissenes Erbe.“

Ich berührte meine Wange, wo Tom sie gerade berührt hatte, und versuchte seiner Berührung nachzuspüren.

„Du wirst es also verkaufen?“

„Ich? Verkaufen? Quatsch. Ich würd’s behalten, wenn ich könnte. Aber es steckt seit Jahren in so ’nem Rückübereignungsprozess. Deswegen hat der Alte es mir ja vermacht, damit er den Stress nicht am Hals hat. Zwei Fliegen mit einer Klappe: mich los und dieses Haus. Clever, oder?! So muss man’s dreh’n.“

„Rückübereignung? Das heißt, es gehört jemand anders?“

„Einer jüdischen Familie aus New York. Haben die Nazis ihnen damals weggenommen. Na ja, und die Nachkommen haben’s jetzt wieder und wollen’s verkaufen – an diesen glatten Japaner, wie’s scheint. Ich mein, der Typ ist doch irgendwie widerlich, oder?!“

Tom nahm einen großen Schluck aus der Weinflasche. Er klang so ungewohnt grob. Immerhin schien der Alkohol seine ganze angestaute Wut herauszuspülen.

„Die letzten vier Sätze, die mein Vater an mich gerichtet hat, werde ich nie vergessen: ‚Das ist dein Erbe. Mach was draus oder versaufe es. Es ist mir egal. Und nun packe deine Sachen und verschwinde‘, hat er gesagt.“

Tom schüttelte den Kopf. Er sah immer nur an die Decke und nicht einmal mich an. Vielleicht fiel es ihm so leichter, sich alles von der Seele zu reden.

„Den Flügel werde ich verkaufen müssen. Oder ich gehe mit ihm aufs Land. In irgendeine Ruine in der Uckermark, in ein Schloss ohne Dach und ohne Fenster. Dorthin, wo mich niemand hört. Wo ich niemanden störe mit meiner Leidenschaft für etwas, wofür mir das Talent fehlt …“

„Das ist nicht wahr …“

Jetzt sah er mich an, mit drohendem Blick, als wäre ich ein Kind, das schwer von Begriff ist: „Er hat gesagt, dass das Klavier scheppert, wenn ich spiele, die Geige quietscht, sobald ich sie mit dem Bogen berühre, und dass ich den Dirigentenstab halte wie einen Wanderstock!“

Toms Blick machte mir Angst. Er starrte mich an, aber ich hatte den Eindruck, er sah mich gar nicht.

Dann lehnte er sich wieder zurück, sodass er mit dem Hinterkopf gegen die Wand stieß.

„Er hatte bestimmt Unrecht“, bemerkte ich vorsichtig.

„Natürlich hatte er Unrecht!“, brauste Tom auf, und ich bekam einen neuen Schreck. Er setzte sich aufrecht und hieb mehrmals gegen die linke Seite seines Brustkorbs: „Hier drinnen weiß ich, dass ich komponieren muss. Ich muss es. Und das hat gar nichts mit dem Alten zu tun. Überhaupt nichts. Null. So sieht die Wahrheit aus!“

Wieder sank er zurück, sein Hinterkopf verursachte an der Wand erneut ein dumpfes Geräusch.

„Ich bin mir sicher, dass das die Wahrheit ist“, erwiderte ich und versuchte, ruhig zu klingen, obwohl mich Toms Zustand ziemlich aufwühlte.

Eine Weile sagte er nichts mehr und starrte an die Zimmerdecke. Dann erklärte er plötzlich sehr leise: „Tomaso gibt es nicht mehr, sobald es dieses Haus nicht mehr gibt. Es gibt dann nur noch Tom, den Barkeeper, und das hat seine Richtigkeit. Es ist ein gutes Leben, weißt du. Alles andere ist eitel. Eitel bis zum Erbrechen!“

Oh je, das war das Gegenteil von dem, was er gerade davor behauptet hatte. Ich wollte sofort etwas einwenden.

Aber da griff er plötzlich nach dem Saum meines Kleides. Ich wagte es nicht, mich zu rühren. Würde er mich gleich richtig berühren? An meinem Bein? Aber nichts dergleichen geschah. Er machte den Eindruck, als wollte er die Qualität des Stoffes prüfen, dann presste er den Stoff in seiner Faust zusammen und es schien, als wolle er sich daran festhalten. Und dann ließ er wieder los und die Augen fielen ihm zu.

„… und du, du hast im Dezember einfach nur ein Sommerkleid an“, waren seine letzten Worte, bevor er zur anderen Seite wegsackte und einschlief.

Ich lehnte meinen Kopf an die Wand und starrte auf den stummen Flügel. Bald hörte ich ein regelmäßiges Schnarchen. Tom schlief den tiefen Schlaf des Vergessens. Vorsichtig erhob ich mich und verließ den Raum.

Es war die Stimme des Japaners, die mich aus meinen Grübeleien riss. Er lachte und lachte, ein schiefes, nicht enden wollendes Lachen, das im ganzen Hausflur widerhallte. Es war nicht besonders laut, klang eher gepresst, aber gleichzeitig überlegen und dabei vor allem äußerst gehässig.

Ich saß auf dem alten Eisenbett und hatte zugeschaut, wie der Mond über den Dächern gen Westen wanderte, hatte versucht, all die Worte von Tom zu verdauen.

Dass ich die Kontrolle über meine Sichtbarkeit verloren hatte, daran konnte nur der Alkohol schuld gewesen sein. Anders ließ sich der Zwischenfall bei Tom nicht erklären.

Ich streckte mich ein wenig und lauschte.

„Herr Wieland, Sie können mich nicht mehr wegscheuchen. Ich habe das Haus gekauft. Nehmen Sie das Angebot für sich und die Familie im zweiten Stockwerk an. Von dem Geld können Sie gut und gerne Kaution und Provision für eine andere Wohnung bezahlen."

Ich hörte Tom höhnisch lachen, während Herr Tanaka still blieb. Wahrscheinlich grinste er undurchdringlich.

„Für wie naiv halten Sie mich eigentlich? In Deutschland gibt es Gesetze zum Schutz der Mieter. Glauben Sie, ich hätte davon keine Ahnung? Und jetzt verschwinden Sie, auf der Stelle. Niemand wird so schnell aus diesem Haus ausziehen. Niemand!"

Tom knallte die Tür zu. Herr Tanaka räusperte sich und ließ seine Aktentasche mit lautem Klick zuschnappen. Wie es aussah, hatte er das Haus tatsächlich gekauft und versuchte nun, sich der verbliebenen Mieter mittels eines Geldbetrages zu entledigen. Natürlich ging das nicht. Aber auf lange Sicht würde es schwierig werden. Sicher könnten Tom und Gretes Familie bleiben – wenn sie in der Lage sein würden, für eine sanierte Wohnung einen viel höheren Preis zu zahlen. Aber das war eben unrealistisch. Tom hätte dafür die Hilfe seiner Eltern benötigt, und Viktor und Emma waren so weit entfernt von dieser Möglichkeit, wie es nur ging.

Ich konnte mir vorstellen, wie Tom sich fühlte – wie so ein Versager, den sein Vater schon immer in ihm gesehen hatte. Dabei entsprach das kein bisschen der Wahrheit. Sein Vater hatte ihn nicht nur erniedrigt, sondern ihm auch noch ein zwiespältiges Erbe aufgedrückt. So war es doch. Zwei Fliegen mit einer Klappe – einen Rechtsstreit vom Hals und einen unbequemen Sohn.

Das Bild meines Vaters tauchte vor mir auf. Er war zwar immer gut zu mir gewesen, aber eines Tages hatte er das Haus verlassen und war nie wieder zurückgekehrt. Ich schüttelte mich, um die Erinnerung loszuwerden, und sprang vom Bett auf.

Ich beschloss, zu Tom in die Kneipe zu gehen, obwohl es heute bestimmt nicht viel zu tun gab. Er brauchte mich. Ich war seit letzter Nacht seine Vertraute, wahrscheinlich die einzige, die er hatte. Bei diesem Gedanken musste ich unwillkürlich lächeln.

Kapitel 22

Ich betrat die Kneipe. Es war einiges los, jeder zweite Tisch besetzt, aber Tom konnte ich nirgends entdecken. Bestimmt war er kurz im Keller verschwunden. Ich ging hinter den Tresen, da kam er mir schon mit einer Kiste Bier entgegen. Ich lächelte ihn an. Aber er warf mir nur einen bitterbösen Blick zu.

„Aus dem Weg“, rief er und drängelte sich an mir vorbei.

Erschrocken wich ich zurück.

„Hallo. Ich wollte fragen, ob du vielleicht Hilfe brauchst.“

„Nein, geh nach Hause.“

Er wuchtete den Bierkasten auf einen leeren Bierkasten an der Wand. Hinter ihm tauchte noch jemand aus dem Keller auf. Viktor. Er lächelte mir freundlich zu, ging an mir vorbei und machte sich daran, leeres Geschirr von den Tischen einzusammeln. Wie es aussah, half er heute aus. Aber war das ein Grund, so abweisend zu sein?

An der Theke standen Leute, die etwas bestellen wollten. Tom wandte sich ihnen zu, nahm die Bestellungen auf und begann Bier zu zapfen. Mich schien er völlig vergessen zu haben. Also kam ich hinter der Theke hervor und verharrte unschlüssig im Raum.

„Na dann, tschüss“, verabschiedete ich mich.

Tom reagierte nicht. Stattdessen glotzte er ins Abwaschwasser und wusch seine blöden Gläser ab. Er benahm sich, als hätte es den gestrigen Abend überhaupt nicht gegeben.

Ich spürte, wie sich Druck hinter meinen Augen aufbaute. Nein! Heulen kam nicht in Frage. Ich durfte das nicht auf mich beziehen. Wahrscheinlich hing sein Verhalten mit dem Besuch des Japaners heute Morgen zusammen. Tom hatte allen Grund, in miesester Verfassung zu sein. Aber trotzdem, ich …

„Hey, Neve“, rief jemand hinter mir.

Janus war hier? Ich drehte mich um und sah, dass er diesmal nicht an seinem Stammplatz, sondern auf der anderen Seite des

Raumes saß. Er winkte mich herüber. Im Gegensatz zu Toms Gewitterstimmung war sein Lächeln wie die Sonne und tröstete mich ein wenig, während mir gleichzeitig mulmig wurde. Ich war ihm noch eine Erklärung schuldig wegen meiner Flucht.

Janus hielt meinen Mantel hoch. „Schau, was ich dir mitgebracht habe. Wollte mich gerade auf den Weg zu dir machen. Ich schätze, du brauchst ihn."

Ich steuerte auf ihn zu, merkte, wie der Druck hinter meinen Augen wieder verschwand, und lächelte zurück. „Na ja, einen Ersatz hatte ich noch", sagte ich und wies auf meinen zweiten Mantel, den ich gerade trug.

„Dann behalte ihn lieber an. Denn wenn du heute alle beide vergisst, wird es wirklich ungemütlich." Er zog mir einen Stuhl hervor.

„Komm, setz dich. Was möchtest du trinken?"

„Nichts", antwortete ich viel zu schnell und nahm Platz. „Das mit gestern …", begann ich.

„Nein, nein, nein …" Janus hob abwehrend die Hände. „Mach dir bloß keine Gedanken darum. Ich verstehe alles. Ich hoffe nur, dass es dir heute wieder viel, viel besser geht."

„Oh ja, vielen Dank. Und der Glühwein war lecker, wirklich. Nicht dass du denkst …"

„Ich weiß, ich weiß. Ich bin mir sicher, dass du ihn nicht runtergewürgt hast, während du in Wahrheit dachtest, dass er widerlich schmeckt."

Er lachte und ich lachte mit. Mein Lachen erstarb allerdings, als sich die Kneipentür öffnete und Charlie erschien. Ihre weiße Wollmütze, unter der ein schwarzer Pony hervorschaute, und der knallrote Lippenstift bildeten einen tollen Kontrast. Dazu trug sie eine dicke graue, wuschelweiche Felljacke, darüber eine weiße Weste, weiße Handschuhe, dazu schwarze Röhrenjeans und schwarze Stiefel mit roten Plateauabsätzen.

Sie steuerte auf den Ausschank zu und schwang sich auf einen Barhocker.

Ich konnte nicht verstehen, was sie sagte, der Geräuschpegel im Raum war zu hoch, aber offenbar bestellte sie ein Bier. Tom schaute auf … und ich sah ihn zum ersten Mal an diesem Tag lächeln. Sofort machte er sich daran, ihr ein Bier zu zapfen und stellte es vor sie hin. Und dann plauderten sie. Zwischendrin zog Tom ein ernstes Gesicht. Es sah bockig oder resigniert aus. Charlie berührte ihn am Arm, einfach so. Er ließ es geschehen. Und sie lachte und lachte. Sie sagte irgendetwas zu Viktor. Auf einmal schnappte sich Tom seine Jacke und verließ zusammen mit Charlie die Kneipe.

„Hörst du mir überhaupt zu?“, hörte ich Janus fragen.

Er hatte auf mich eingeredet, aber seine Stimme war zu einem Hintergrundgeräusch geworden, während ich knapp an ihm vorbeischaute, um Charlie und Tom an der Theke zu beobachten.

Janus folgte meinem Blick und sah, wie Tom und Charlie die Tür öffneten und nach draußen verschwanden.

Ehe ich was sagen konnte, stand Viktor an unserem Tisch. „Tom hat sich gerade frei genommen. Also, wenn du willst, kannst du doch heute …“

„Nein, kann sie nicht“, unterbrach Janus ihn. „Wir müssen los.“

Janus erhob sich, kramte das nötige Kleingeld zusammen und gab es Viktor in die Hand. „Du schaffst das schon, oder?!“, ergänzte er mit einem Lächeln.

„Ja, klar, ich dachte nur …“

Im ersten Moment wollte ich widersprechen. Aber Janus klang so resolut. Hatte Tom Viktor beauftragt, mich zu fragen, oder war das Viktors Idee gewesen? Das konnte ich natürlich nicht wissen. Aber das war jetzt auch egal. Tom hatte sich wie ein Idiot benommen. Und ich hatte ein Recht, sauer auf ihn zu sein. Auch wenn einem Engel das nicht gut stand. Ich war nun mal kein richtiger Engel, verdammt! Janus zog seinen Mantel an, setzte den Hut auf und nahm meinen zweiten Mantel über den Arm. Er ging vor und ich folgte ihm.

„Wo gehen wir denn hin?“

Janus tat noch ein paar Schritte, dann sagte er: „Puh, ich dachte, du musst erst mal raus. Du sahst mir auf einmal so käsig um die Nase aus.“

„Tatsächlich?“ Ich befühlte unwillkürlich meine Nase. Wo waren Tom und Charlie so plötzlich hingegangen? Niemals würde ich wie Charlie sein. Niemals, erkannte ich.

„Du bist verliebt in ihn, stimmt’s?“, sagte Janus auf einmal. Seine Worte trafen mich wie ein Speer mitten durchs Herz. Ich spürte an der Stelle, wo es war, ein ungewohntes Stechen.

Oh je, ich spürte mein Herz – es tat weh! Ich wollte irgendwas darauf erwidern, es auf der Stelle abstreiten. Janus sollte als Letzter erfahren, dass … Aber nichts, nichts kam heraus aus meinem Mund. Kein einziges Wort, nur zwei wenig klingende Buchstaben. „Pff …“, machte ich.

„Tom ist ein interessanter Typ. Er hat Ausstrahlung. Das Leben hinter der Theke passt nicht wirklich zu ihm. Irgendwas verbirgt er. Da bin ich mir sicher. Aber wie auch immer, heute ist ihm etwas über die Leber gelaufen, und es war nicht korrekt, wie er dich abgekanzelt hat. Ich habe das beobachtet, und schließlich seid ihr doch Freunde, oder?!"

Janus hatte alles beobachtet. Und ich staunte, was für Schlüsse über Tom er daraus zog.

Endlich fand ich meine Stimme wieder. „Ich bin nicht in Tom verknallt!"

„Aber Hallo! Natürlich bist du das. Mir kannst du nichts vormachen in solchen Dingen." Janus lachte mich an. „Es ist dir unangenehm, weil du glaubst, keine Chance bei ihm zu haben, stimmt's?"

Es stimmte, aber ich merkte in diesem Moment, dass etwas daran auch nicht stimmte. Oder doch?

„Ich werde nie so sein wie Charlie", sagte ich und ließ ihn damit noch viel mehr in meine Karten gucken. Wie brachte er mich nur dazu?

„Nein, das wirst du nicht. Aber das ist auch gut so. Charlie ist ein völlig anderer Mensch. Fast eine Art Gegenprogramm zu dir."

„Sie ist eine laute Schnepfe", antwortete ich und biss mir sofort auf die Zunge. Eigentlich sprach ich sonst nie so über Leute. So etwas Dummes brachten nur niedere Gefühle wie Eifersucht hervor. Und Eifersucht war so dermaßen unter meiner Engelwürde! Janus schien meine Gedanken zu lesen.

„Da spricht die Eifersucht. Nein, eine Schnepfe ist sie nicht, wenn ich sie richtig einschätze. Sie hat ein sehr intelligentes Gesicht."

„Natürlich, sie hat Physik studiert. Und jetzt will sie sich auf die Erforschung von Psi-Phänomenen spezialisieren. Ich selbst habe sie zu Tom geschickt, weil sie in unser Haus gestolpert ist und dort ein paar Messungen vornehmen wollte."

„Und du bereust es."

Ich zuckte mit den Schultern. „Man kann das Schicksal nicht beeinflussen. Wer sich treffen soll, der trifft sich."

„Genau daran glaube ich auch. Hast du Lust, auf den Hügel neben dem Wasserturm zu steigen? Dort oben gibt es bestimmt gerade einen herrlichen Blick auf den Abendhimmel."

Es war ein klarer, eisiger Tag gewesen. Überall lag Schnee. Der Himmel verfärbte sich heute tatsächlich wunderschön in alle Rosa-

und Lila-Töne, die man sich vorstellen konnte. Natürlich viel blasser als in der magischen Welt. Aber dennoch. Manchmal gefiel mir gerade das etwas Zurückgenommene der realen Welt.

„Oh ja“, sagte ich.

Die winterliche Luft tat gut. Ich merkte, dass ich zwar nicht ihre eisige Kälte, aber ihre Frische wahrnahm. Wir stiegen die vereisten Stufen hinauf. Ich hielt mich am Geländer fest.

Oben wehte ein kräftiger Wind. Janus zog sich seinen Hut weiter ins Gesicht.

„Und du, ohne Mütze und ohne Handschuhe!“ Er griff nach meinen Händen. „Du bist schon wieder der totale Eisblock. Na, da hilft nur eins.“ Ich rechnete mit einer männlichen Kümmergeste, aber stattdessen hatte ich plötzlich eine Ladung Schnee im Gesicht.

Verdattert blieb ich stehen. Schon traf mich ein weiterer Schneeball im Nacken.

„Na, warte!“, rief ich, griff in den Schnee und formte einen extragroßen Ball. Sekunden später befanden wir uns in der wildesten Schneeballschlacht unter der untergehenden Wintersonne von Berlin. Der Fernsehturm hob sich grau vom pinkfarbenen Himmel ab und blinzelte herüber mit seinen roten und blauen Lichtern.

Janus schmiss mich um und ich zog ihm ein Bein weg. Wenn es um Schneeballschlachten ging, wusste er einfach nicht, mit wem er es zu tun hatte! Zuhause in meinem Dorf war ich immer als Siegerin hervorgegangen, gegen meinen Vater, meine Oma, meine Freunde, alle!

Janus’ Haare und Augenbrauen hingen voller Schnee. Seinen Hut hatte er verloren. Er versuchte zwar, ihn sich wiederzuholen, aber das konnte ich erfolgreich verhindern. Dann kam er mit einer Riesenladung Schnee auf mich zu, ich stolperte, fiel rücklings auf den Boden und er rieb mir den ganzen Berg so richtig genüsslich ins Gesicht.

„Das muss sein, sonst wirst du ja nicht warm!“

Mit meinen Händen tat er das Gleiche. Ich konnte nicht mehr, bekam einen Lachanfall und ließ es einfach geschehen.

Schließlich zog er mich hoch. Ich spürte, wie meine Wangen glühten. Meine Güte, sie glühten, ich spürte sie! So wie früher! Und es gruselte mich in diesem Moment gar nicht. Es war einfach nur wunderbar.

„Komm, und jetzt ins Warme. Ich lade dich zum Essen ein. Ich kenne einen superleckeren Italiener, hier in der Nähe. Du wirst begeistert sein!"

Wir setzten uns in eine kleine Nische, deren Wände mit toskanischen Motiven bemalt waren. Ein gemauerter Holzofen sorgte für eine gemütliche Atmosphäre. Janus saß mir gegenüber und musterte mich.

„He, deine Wangen haben richtig Farbe bekommen. Das sieht prima aus!"

„Tatsächlich?"

Er lehnte sich ein wenig zur Seite. Hinter ihm befand sich ein Spiegel.

„Schau selbst!"

Himmel, ich hatte knallrote Wangen, wie ein kleines Mädchen. Dadurch sahen meine Augen viel blauer aus.

„Und jetzt zeig deine Hände."

Ich streckte sie brav hervor und bemerkte, dass ich noch die hellblaue Mütze in der Hand hielt, die Janus mir unterwegs in einem kleinen Wollladen gekauft hatte. Sie hatte draußen an einem Ständer gehangen. „Perfekt, genau deine Augenfarbe", hatte er befunden und sie mir einfach geschenkt.

Meine Hände waren krebsrot. „Schon besser", diagnostizierte er. Ich zog sie wieder weg und stieß ein nicht gerade leises „Oh" aus. Aber nicht wegen meiner Hände, die jetzt anfingen, ganz komisch zu brennen, sondern wegen meines Magens, der einen tief grummelnden und vor allem lauten Ton von sich gab.

Ich erschrak wie durch die Sirenen der Feuerwehr, wenn sie dicht an mir vorbeiraste.

Janus sah mich fragend an. „Alles in Ordnung?"

„Mein Magen knurrt", antwortete ich in einem Tonfall, so als würde ich sagen: Meine Zahnbrücke ist gerade abgefallen.

Janus sah mich einen Moment lang verwundert an, dann grinste er und hielt sofort einen Kellner an, der gerade an uns vorbeihuschen wollte. Von seinem Lieblingsnudelgericht hatte er mir schon auf dem Weg hierher vorgeschwärmt. Davon bestellte er uns zwei Portionen: Cannelloni mit Rosinen, Nüssen und Zuckerschoten. Meine Oma hatte früher öfter Milchnudeln gemacht und ich hatte süße Nudeln geliebt. Aber in der Form hatte ich noch keine gegessen.

„Und zwei Sprudelwasser dazu“, vervollständigte Janus unsere Bestellung. Er fragte gar nicht erst, ob ich wieder Alkohol trinken würde, und das fand ich sehr aufmerksam.

Mit dem Essen erging es mir wie mit dem Glühwein. Ich schlang meine Nudelportion herunter, als wäre ich am Verhungern. Die Sorgen um die möglichen Folgeerscheinungen rückten völlig in den Hintergrund. Mein ganzes Sein war von der Gier nach leckerstem Essen beherrscht. Ich merkte, wie Janus mich beobachtete, und zwang mich, die Gabel wenigstens einen Moment zur Seite zu legen.

„Und? Schmeckt's? Du haust rein, als hättest du jahrelang nichts gegessen.“

Ich verschluckte mich leicht. Wenn Janus wüsste, wie nah er dran war an der Wahrheit.

„Die besten Nudeln meines Lebens. Wie kommt man auf so ein einmalig gutes Rezept?“, antwortete ich schnell.

„Tja, das kriegen nur die Italiener hin. Warst du schon mal in Italien?“

Ich erinnerte mich an meine Reise nach Sardinien. Es war eine der magischen Blasen, die ich kurz vor meinem Abschluss besucht hatte, um zu lernen, wie man andere magische Blasen erreichte. Aber sollte ich ihm davon erzählen? Ich müsste dann vielleicht eine unwahre Geschichte drum herum erfinden, wann ich in Sardinien gewesen war und mit wem. Ich entschied mich dagegen und schüttelte den Kopf.

„Oh, das ist schade. Italien ist nämlich wunderschön. Es ist mein Lieblingsland.“

„Ja? Wo warst du in Italien?“

„Fast überall. Aber am besten gefällt es mir in Umbrien … und auf Sardinien.“

„Sardinien? Tatsächlich?“

„Ja, die Farbe des Wassers und überhaupt. Die Insel hat etwas Magisches, finde ich.“

„Etwas Magisches?“

„Oh ja, die Höhlen an der Ostküste. Manchmal kann man hineinschwimmen und gelangt an einsame und völlig abgeschnittene Badebuchten.“

Ich nickte. „Das klingt toll.“ Wenn Janus wüsste, was es mit den Höhlen noch so auf sich hatte. Er würde staunen.

„Irgendwann musst du dir das ansehen.“

„Bestimmt, das werde ich. Mit den Einnahmen aus meinen vielen neuen Jobs lässt sich sicher was beiseitelegen."

Ich trank das Sprudelwasser in einem Zug aus. Der Kellner räumte unsere Teller ab. Ich fühlte wohlige Wärme in der Magengegend. Es war angenehm. Wahrscheinlich war mein Magen durch den Glühwein darauf vorbereitet, wieder etwas zu tun.

„Apropos, wann kommst du zum Büchersortieren? Seit du mir helfen willst, habe ich wieder richtige Lust, weiter an meinem Lebenswerk zu arbeiten."

„Wie wäre es mit … Sonntag?", schlug ich spontan vor.

„Diese Woche noch?" Janus' Augen leuchteten.

„Warum nicht?" Ich lächelte ihn an.

„Musst du da nicht in der Kneipe arbeiten?"

„Nein, muss ich nicht", entschied ich. Warum sollte ich mir Toms griesgrämiges Gesicht ansehen, wenn ich mit Janus schöne Stunden verbringen konnte, dachte ich trotzig. Würde Tom fragen, ob ich kommen könnte, hätte ich eben keine Zeit.

„Okay, Sonntag. Ich freu mich!"

Auf einmal gähnte ich und musste mich erst mal erinnern, dass man dabei die Hand vor den Mund hielt.

„Entschuldigung."

„Wie ein müdes Löwenbaby. Ich denke, da muss jemand ganz schnell ins Bett."

Ich schüttelte den Kopf, ich musste doch nicht ins Bett! Aber dann bejahte ich. Natürlich musste ich ins Bett. Offiziell zumindest. Schließlich hatte ich Anzeichen von Müdigkeit gezeigt.

Janus begleitete mich noch bis nach Hause. Mich beschlich ein komisches Gefühl. Und wenn er sich von diesem Abend etwas versprach? Wenn er vor der Tür plötzlich einen Annäherungsversuch startete? Zur Stimmung würde das passen. Aber er wusste ja, dass ich in Tom verliebt war. Andererseits, viele Männer schreckte so etwas nicht ab.

Meine Befürchtungen stellten sich als völlig unbegründet heraus. Als wir ankamen, überreichte Janus mir meinen Mantel. „Das war ein schöner Abend."

„Fand ich auch."

„Na dann, wir sehen uns Sonntag."

Er berührte mich freundschaftlich an der Schulter und schenkte mir ein sonniges Lächeln aus leuchtenden, dunklen Augen.

„Bis Sonntag", antwortete ich. Dann drehte Janus sich um und verschwand in der Dunkelheit.

Ich hängte beide Mäntel an einen alten Nagel im Flur. Mir kam es so vor, als wäre ich tatsächlich in Italien gewesen, und nun umfing mich wieder die Kälte des Nordens. Ich fröstelte und spürte, wie mir ein Kälteschauer über den Rücken lief. Meine Hände glühten, meine Wangen glühten ebenfalls, in meinem Bauch war nach wie vor dieses Wärmegefühl, aber am Rücken fror ich auf einmal.

Oh Gott, ja so war das mit diesen Körperempfindungen. Wärme war schön, aber Frieren war schrecklich. Ich hatte damals immer gefroren und eine Wärmflasche gehörte zu meiner Grundausstattung, egal, ob ich verreiste oder nur von der Küche ins Wohnzimmer ging. Außerdem war mir ein wenig übel. Ich hätte das Essen nicht so herunterschlingen dürfen. Aber es hatte einfach zu köstlich geschmeckt.

Ich zog mir den dicken Pullover von Tom über und roch daran. Vielleicht … aber nein, riechen konnte ich immer noch nichts.

Dann setzte ich mich auf meine Matratze und lauschte. Über mir war alles still. Ob er schon schlief? Immerhin war es kurz nach Mitternacht. Oder war er noch mit Charlie unterwegs? Ich hoffte nicht, denn wenn sie sich so spät noch herumtrieben … Ich stand auf und lief ein paar Mal in der Wohnung hin und her. Die Übelkeit verschwand dabei. Okay, ich würde nachsehen, ob Tom bereits zu Hause war. Ich musste es wissen.

Ich konzentrierte mich und ließ meinen Körper verschwinden. Es dauerte diesmal ganz schön lange, bis es mir gelang. Das lag bestimmt an den veränderten Aktivitäten in meinem Körper. Vielleicht würde mein Zustand wieder nicht lange anhalten. Auf jeden Fall musste ich damit rechnen.

Ich schwang mich lautlos durchs Schlüsselloch, rauschte die Treppen hinauf, glitt durch den Briefkastenschlitz von Toms Wohnungstür und fand ihn friedlich schlafend in seinem Bett. Allein. Ich war total erleichtert.

Eine Weile verharrte ich vor seinem Bett und beobachtete sein entspanntes Gesicht. Am liebsten würde ich ihn jetzt in einem Traum aufsuchen und ihm eine Standpauke halten, warum er mich heute so abserviert hatte.

Tom bewegte sich im Schlaf. Die Bettdecke rutschte von seiner rechten Schulter und gab seinen Oberarm frei. Ich bekam einen

Schreck. Er trug einen frischen Verband. Was war geschehen? Mein Blick fiel auf den Tisch neben dem Bett. Da lag eine desinfizierende Salbe. Und daneben ein Blatt Papier. Darauf war ein halbes Herz abgebildet, zerfranst und wie von der anderen Hälfte abgerissen. Tom hatte sich augenscheinlich ein Tattoo stechen lassen. Und wer die Idee dazu gehabt hatte, das war wohl klar.

Sie waren also in einem Tattoo-Studio gewesen. Charlie hatte seltsame Methoden, um Tom aufzuheitern. Aber sie schienen zu funktionieren. Ich fühlte mich ohnmächtig ihr gegenüber. In dem Moment begannen sich Toms Augen unter seinen Lidern zu bewegen. Nein, ich war nicht ohnmächtig. Ich hatte auch meine Mittel! Entschlossen setzte ich mich zu Tom auf die Bettkante, folgte ihm in sein Unterbewusstsein und klinkte mich in seinen Traum ein.

Tom lief im Traum eine belebte Straße entlang. Ich ließ sie einfach an einem weißen, von Palmen umstandenen Strand enden und platzierte ein großes Strandtuch und einen bunten Sonnenschirm genau vor seiner Nase. Auf einmal trug er nur noch Shorts und ein Muskelshirt, legte sich auf das Strandtuch und schloss die Augen. Ich legte mich einfach neben ihn und platzierte meine Hand in der Nähe von seiner.

‚*Ist das nicht herrlich?*', schwärmte ich.

Er hob den Kopf und blinzelte auf das türkisfarbene Meer vor uns. Unsere kleinen Finger berührten sich fast. Warum antwortete er nicht? Warum nahm er nicht meine Hand? Oder sollte ich einfach seine Hand nehmen? Warum sah er mich nicht an?

Endlich begann er, den Kopf langsam in meine Richtung zu drehen. Gleich würde er erkennen, dass ich es war, die neben ihm lag. Gleich … Doch ehe er mir in die Augen sehen konnte, musste ich mich ruckartig aus seinem Kopf zurückziehen, weil ich plötzlich einen unangenehmen Druck im Unterbauch spürte.

Oh je, der Glühwein gestern und heute das Sprudelwasser! Ich sauste aus Toms Wohnung. Im Treppenhaus wurde ich bereits sichtbar. Hatte ich den Wohnungsschlüssel eingesteckt? Ein Segen, ja. Hatte ich.

Das Klo besaß keine Brille und ich spürte die Kälte der Keramik. Und der alte Spülkasten, der über mir an der Decke hing und mit einer langen Strippe zu bedienen war, funktionierte. Ein Glück.

Kapitel 23

Während Charlie die ganze Zeit auf mich einredete, starrte ich auf ihre linke Wade; kurz über dem Knöchel zeichnete sich durch eine schwarze Strumpfhose ein weißer Verband ab.

Wir befanden uns in der leeren Wohnung unter Tom. Charlie hatte hier zwei Kameras installiert, die dauerhaft aufnahmen und eventuelle Ungereimtheiten in den leeren Räumen aufzeichnen sollten. Sie erklärte mir die Technik und bat mich, mich probehalber davorzustellen. Aber ich wiederholte, dass ich eine regelrechte Fotophobie besaß und weder auf ein Bild noch auf ein Video wollte.

Sie hatte heute früh bei mir geklopft und mich gebeten, eine Kamera in meiner Wohnung installieren zu dürfen, aber ich hatte abgelehnt. Dafür hatte sie mir einen Magnetfeldmesser aufgeschwatzt. Na gut, die Dinger spielten zwar völlig verrückt, wenn jemand mit magischen Fähigkeiten in ihre Nähe kam. Aber das Gerät stand jetzt im zweiten Raum, den ich eben nicht mehr betreten würde.

Dann hatte sie mich gefragt, ob ich ihr beim Aufstellen weiterer Geräte im ganzen Haus helfen würde. Ohne zu überlegen, hatte ich zugestimmt. So würde ich wissen, wo ihre Kameras und Messgeräte lauerten. Die Anlage auf dem Dachboden war ärgerlich. Sie bedeutete, dass ich mich dort nicht mehr aufhalten konnte, ohne Charlie Messwerte zu liefern, die sie in helle Aufregung versetzen würden.

Abgesehen davon, dass ich aufpassen musste, dadurch nicht in die Mühlen der Wissenschaft zu geraten, konnten mir die Strahlungen einiger Geräte auch körperlich gefährlich werden.

„Neve!“, unterbrach Charlie meine Gedanken. „Ich reiße mir ein Bein aus, um dir dieses Ding hier zu erklären, das die Aura von jeglichen Wesen aufzeichnen kann, und du hörst mir kein bisschen zu.“

Charlie zauberte ein gespieltes Schmollen auf ihr Gesicht. Einen Augenblick später lachte sie wieder, streifte plötzlich ihren Minirock aus dunkelroter Wolle hoch und zog die Strumpfhose an einem Bein herunter.

„Du, du hast da einen Verband", stotterte ich, so perplex war ich, dass sie sich in einem so kalten Raum die Strumpfhose auszog.

„… den du dauernd anstarrst. Aber guck, es ist überhaupt nichts Schlimmes. Im Gegenteil. Es ist was ganz Tolles. Ich habe mir ein Tattoo stechen lassen!", erklärte sie stolz.

„Ein Tattoo? Was denn für eins?"

„Ein ganz besonderes natürlich." Sie machte sich daran, den Verband zu lösen.

„Nein, lass den Verband dran", wehrte ich ab. Ich ahnte, was es für ein Motiv war, und wollte es am liebsten nicht wissen.

„Es sieht nicht eklig aus. Außerdem muss ich eh Creme draufmachen. Habe ich gestern Abend glatt vergessen", versuchte sie mich zu beruhigen.

Charlie setzte sich auf eine leere Reisetasche, in der sie die Gerätschaften hertransportiert hatte, zog eine Tube aus der Seitentasche und löste den Verband ab. Zum Vorschein kam ein halbes Herz, genau so eins, wie Tom hatte.

„Oh", stieß ich aus.

„Ja, ein bisschen blutig ist es noch, muss noch heilen. Aber das geht schnell … Oder gefällt dir das Herz etwa nicht?"

„Es ist nur … halb", brachte ich heraus.

„Ja, das ist ja das Besondere."

„Jemand hat die andere Hälfte", analysierte ich.

„Nein, eben nicht!" Sie sah mich triumphierend an.

„Nicht?" Ich begriff nicht. Ich wusste doch, dass Tom seinen Körper für immer mit der zweiten Hälfte gezeichnet hatte.

Aber dann sagte sie: „Schau dir an, wie zerfleddert es ist, da wo es auseinandergerissen wurde. Der Riss ist so kompliziert, dass es keine zweite Hälfte geben kann, die da genau ranpasst."

Die Zacken und Einschnitte, die Fasern, die wie lose Enden flatterten und eine Art Schweif zu bilden schienen – das sah tatsächlich sehr zerfleddert aus.

„Und genau das ist die tiefere Symbolik: Es gibt keine passende zweite Hälfte. Gibt es nicht. Es gibt höchstens Hälften mit größtmöglicher Ähnlichkeit. Genau wie in der Liebe: Je mehr Eigenschaften zusammenpassen, desto besser versteht man sich, aber es existiert immer ein Teil, der sich von der anderen Person unterscheiden wird. Diese Unterschiede muss man überbrücken, mit Nachsicht behandeln, annehmen."

Ich nickte nur und fragte mich sofort, wie groß die Ähnlichkeiten zwischen Charlies und Toms tätowierter Herzhälfte waren.

„Warst du schon mal verliebt, ich meine so richtig? … Oder bist du mit jemandem zusammen?“ Charlie schaute mich neugierig an, während sie Salbe auf ihre sich freiwillig zugefügte Wunde auftrug.

„Äh, nein, ich …“

„Der Typ da gestern in der Kneipe“, unterbrach sie mich, „der machte den Eindruck …“

„Oh, nein, nein, wir sind nur Freunde“, fiel ich ihr ins Wort.

„Dachte ich mir, aber er sah so aus, als wenn er ziemlich interessiert wäre. Er wirkt wie die Sorte Typ, die einen einsaugen wollen, mit Haut und Haaren.“

„Was?“ Jetzt war ich aus zwei Gründen erstaunt. Einmal, dass Charlie uns gesehen und sogar beobachtet hatte. Und zum Zweiten, dass ihr Urteil über Janus auf diese Art ausfiel.

„Tatsächlich? Diesen Eindruck habe ich überhaupt nicht. Er ist sehr zurückhaltend. Also, einfach nur wie ein Freund.“

Charlie wiegte nachdenklich den Kopf, während sie eine neue Mullbinde, die sie ebenfalls aus der Reisetasche gefingert hatte, aus der Verpackung nahm.

Dann zuckte sie unbekümmert mit den Schultern. „Na, vielleicht hast du recht.“

Das war jetzt ein guter Moment, um sie beiläufig wegen Tom auszufragen.

„Und du und Tom? Du hast ihn dazu gebracht, seine Arbeit stehen und liegen zu lassen und dann seid ihr zusammen …“

„Oh ja, allerdings! Er war ja so was von mies drauf. Ich dachte, wenn ich den nicht sofort aus seinem Stimmungstief reiße, dann …“

„Und das hast du geschafft?“

„Voller Erfolg!“, rief sie stolz. „Wir waren zusammen im Tattoo-Studio. Er hat jetzt auch so ein Herz. Sein allererstes Tattoo. Tattoos können eine echt kathartische Wirkung haben, weißt du. Besonders bei solchen Typen wie Tom.“

„Solche Typen wie Tom?“

„Ja! So verschlossen. Die brauchen öfter einen Wecker, der kräftig schrillt.“

Auf einmal trällerte Charlie mir ins Ohr, dass mir Hören und Sehen verging.

„So – weißt du?!“ Sie lachte.

Ich hielt mir unwillkürlich die Ohren zu.

„Oh, tut mir leid, dass ich dich erschreckt habe."

„Das war überzeugend", gestand ich. Und das war es wirklich.

„Und was ist Tom für ein Typ?", wollte ich wissen.

„Wie, was für ein Typ?"

„Na, auch so wie Janus?", wagte ich mich vor.

„Ach so, ha, du meinst, ob er auf mich steht?" Sie lachte wieder, sprang auf, zog ihre Strumpfhose hoch und packte die Salbe weg.

„Ich habe nicht die geringste Ahnung. Ich glaube, er ist eher das Gegenteil von deinem Bekannten. Aber jetzt komm, ich will dir noch die Apparaturen im Keller und auf dem Dachboden zeigen. Die musst du dir ansehen! Wirklich!"

Charlie stopfte die leere Reisetasche in eine zweite Reisetasche, in der sich noch allerlei Dinge zu befinden schienen, und bedeutete mir mit einem Nicken, dass wir aufbrechen würden. Während sie mitten durch den „Aurascanner" ging, machte ich einen großen Bogen darum. Am liebsten hätte ich Charlie noch gefragt, wie sie denn Tom fand, aber jetzt waren wir irgendwie vom Thema weg und ich traute mich nicht mehr.

Sie schwieg, während wir die Treppen hinunterliefen, und das wirkte nahezu unnatürlich bei ihr. Auch wenn es die goldene Regel gab, sich nicht aus Eigennutz in die Gefühlswelt von anderen Menschen einzuklinken, ich konnte mich nicht beherrschen und tat es einfach. Einerseits war ich erleichtert, darin gerade keine Gedanken an Tom vorzufinden. Andererseits war ich natürlich enttäuscht.

Charlie führte einen inneren Monolog. *‚Ich werde es dir beweisen. Jede Minute arbeite ich daran. Und ich werde Erfolg haben. Jawohl!‘* Deshalb war sie gerade so schweigsam. Sie betrieb diese Psi-Forschungen also, weil sie gegen irgendjemanden kämpfte. Wem wollte sie was beweisen?

„Wie bist du eigentlich darauf gekommen, Psi-Phänomene aufzuspüren?", fragte ich Charlie, während sie ihre Tasche vor der Kellertreppe abwarf und darin herumkramte. Es war genau die richtige Frage.

„Die ist ganz einfach zu beantworten: weil mein Vater das Thema hasst!"

Charlie brachte ein Notizbuch, einen Stift und eine Taschenlampe zutage.

„Weil dein Vater das Thema hasst?"

„Er ist Professor für Physik, und eh du jetzt weiterfragst“, Sie sah mich streng an, „nicht weiter der Rede wert!“

Charlie zog den Reißverschluss der Tasche zu und stieg die Stufen zum Keller hinunter.

„Heut habe ich echt ein gutes Gefühl!“, rief sie aus.

Ich folgte ihr und spürte, wie mir Feuchtigkeit und Moder entgegenstiegen. Die negativen Ausdünstungen der materiellen Welt fanden wieder Zugang zu meinen Sinnen, und es beunruhigte mich.

Im Keller hing bereits ein Monster von einer Kamera. Herrlich provisorisch mit krummen Nägeln verschiedenster Art und Größe an eine Kellertür aus grobem Holz genagelt, genau da, wo das Wasser auf den Beton schwappte.

„Das Ding ist wasserdicht und hat so einiges drauf.“ Sie rüttelte an dem Apparat, bis an der Seite ein kleines Türchen aufging. Charlie zog zwei Bilder in der Größe von Postkarten heraus. Es schien eine Art Sofortbild-Kamera zu sein.

„Wow, ich wusste es! Schau dir das an! Sie hat was fotografiert. Das macht sie nur unter ganz bestimmten Bedingungen.“

Sie schloss den komischen Kasten wieder und eilte aufgeregt hinaus, bis auf den Hof, wo es genug Tageslicht gab. Als ich sie einholte, stand sie dort wie versteinert und starrte mit offenem Mund auf die Bilder.

„So was habe ich zum ersten Mal! Ich hätte beinahe die Geräte nicht leihen können an der Universität. Ich musste den Typen dermaßen überreden …“ Wie Charlie das geschafft hatte, konnte ich mir bildhaft vorstellen. „Und jetzt das! Wow! Hat sich gelohnt“, stieß sie aus.

Ich warf einen Blick auf die beiden Bilder. Im Hintergrund die Steinmauern, das Wasser auf dem Fußboden und ein mit Brettern vernagelter Eingang zu einem Keller, gegenüber der Kamera. Alles schemenhaft dunkel und kaum zu erkennen. Und davor auf dem Fußboden eine weiße Schliere.

„Und? Wie sieht das aus für dich? Nun sag schon!“, drängelte Charlie.

„Irgendwie überbelichtet“, antwortete ich. Aber Charlie hörte gar nicht hin. „Das sieht aus wie ein Lebewesen, nicht wahr?!“ In dem Moment erkannte ich, was sie darin sah.

„Ja, eine Katze. Die kenne ich. Sie ist in Wirklichkeit rot. Ich hab sie hier schon öfter gesehen. Scheinbar gibt es da unten genug Getier, das sie sich fängt.“

Das war nichts Besonderes.

„Ja, es sieht aus wie eine Katze. Aber das kann entweder eine Täuschung sein oder es ist keine gewöhnliche Katze“, flüsterte Charlie feierlich und war todernst dabei.

Ich musste unwillkürlich grinsen, und im nächsten Moment tat es mir leid. Charlie bedachte mich mit einem vernichtenden Blick.

„Ich weiß, was du jetzt denkst: Solche überbelichteten Schwachsinnsfotos gibt es im Internet zuhauf. Und sie sind natürlich zum Totlachen. Aber die sind mit gewöhnlichen Kameras gemacht, verstehst du?! Das ist ein Riesenunterschied!“

„Oh, ich wollte doch gar nicht … Ich meine, das ist alles sehr spannend. Natürlich … Und …“

„Ach, vergiss es! Ich muss das auswerten fahren. Sofort!“

Und schon flitzte sie wieder in den Hausflur, zog eine Mappe mit Folien aus ihrer unergründlichen Reisetasche und tat die Fotos vorsichtig hinein.

„Mach’s gut, Neve, wir sehen uns, ja?! Tschüüühüss!“

Schon war sie weg und das Tor fiel hinter ihr ins Schloss. Jetzt hatte sie wieder überhaupt nicht mehr sauer geklungen. Sie war verrückt, dachte ich, obwohl ich genau das nicht denken wollte. Denn das dachten augenscheinlich alle, besonders ihr Vater.

Nein, Charlie war natürlich nicht verrückt. Aber sie hatte definitiv ein Problem. Nachdenklich stieg ich die Treppen hinauf. Was war das nur für ein seltsames Haus, ein totes Haus voller Leute, die mit riesigen Schatten boxten.

Kapitel 24

„Es tut mir leid“, sagte der große, rote Weihnachtsstern mit Toms Stimme. Tom hielt mir die Pflanze mit den tiefroten Blättern ein wenig ungelenk hin. Sein Kopf verschwand dahinter komplett. Ich nahm sie ihm ab und schaute in sein verlegenes Gesicht. „Ich weiß, ich hab mich schlecht benommen, gestern. Ich …“

„Schon gut …“ Ich lächelte Tom vorsichtig an. „Es war wegen dieses Japaners, oder?!“

Er fuhr sich durch die verstrubbelten Haare und lächelte zurück. In dem Moment war ich mir ziemlich sicher, dass er mich in seinem Strandtraum noch gesehen hatte.

Wir standen im Türrahmen meiner Wohnung. Sollte ich ihn hereinbitten? Die Situation war so seltsam, die Wohnung so gut wie leer, und ich doch nur Gast. Ich strich mir verlegen eine Haarsträhne aus dem Gesicht. Tom fuhr sich noch einmal durch die Haare. Er wirkte ebenfalls verlegen.

Dann sagte er: „Ich bin froh, dass du da bist. Du, du … hilfst mir irgendwie. Durch dich … ach, ich habe dir mein Geheimnis anvertraut und danach hab ich mich komisch gefühlt. Aber jetzt denke ich … Also … Ich kann es nicht genau erklären. Aber du bist … ich glaube, ich kann dir vertrauen."

Der Blumentopf wurde schwer in meinen Händen. Am liebsten hätte ich ihn fallengelassen und Tom einfach umarmt. Das waren so wundervolle Worte. Ich konnte kaum glauben, dass er sie zu mir sagte. Würde er mich jetzt auch umarmen, wenn nicht der Weihnachtsstern zwischen uns wäre?

„Danke, ich …", weiter kam ich nicht, weil ein greller Blitz durch das Treppenhaus zuckte. Sofort dachte ich an Charlies Kamera, ließ den Blumentopf los und hielt mir die Hände vor das Gesicht. Ich sah noch, wie Toms Hände auf mich zuschnellten. Wollte er mich umarmen? Nein, er bekam den Blumentopf, kurz bevor er auf dem Boden aufschlug, zu fassen und fing ihn auf.

Dann hörte ich Mädchenlachen, das hinter Tom aus dem Treppenhaus drang. Da stand Grete mit einer Kamera in der Hand und ein Mädchen mit braunen Locken beugte sich zu ihr und sah auf das Display: „Cool. Das ist echt gut geworden!" Luisa.

Tom wandte sich um: „Mädels! Was treibt ihr hier?"

Grete sah ihn mit großen Augen an, aber hielt entschlossen die Lippen aufeinandergepresst. Luisa räusperte sich und nahm Haltung an, als würde sie vor einem Lehrer stehen.

„Hallo. Ich bin Luisa Sindel und wir machen zusammen ein Fotoprojekt für die Schule. Thema Portrait. Die Bilder sollen spontan sein und Emotionen ausdrücken."

„Aber müsst ihr die Leute nicht vorher fragen, ob ihr sie fotografieren dürft?"

„Ja, das müssten wir schon. Aber wie soll man dann gute, spontane, emotionale Fotos hinbekommen? Also machen wir es nicht", antwortete Luisa und stieß Grete an, dass sie sich auf die Flucht begeben sollten. Grete warf mir einen vielsagenden Blick zu, dann rannten sie die Stufen nach oben.

Ich staunte, so hatte ich mir Luisa gar nicht vorgestellt. Eher ernst und ein bisschen besserwisserisch. Aber nicht frech. Bestimmt hatte Kira meistens die Unterschiede zwischen sich und Luisa betont, und nicht ihre Gemeinsamkeiten. Jedenfalls beruhigte mich, dass es Grete gut ging.

Tom schüttelte den Kopf über die beiden und reichte mir erneut den Blumentopf. Ich nahm ihn, aber die Stimmung von vorhin war verflogen.

„Danke“, flüsterte ich.

„Rot steht dir übrigens ganz toll.“

„Ich hab ein rotes Kleid“, hörte ich mich stolz sagen. Und fühlte mich wie ein kleines Mädchen.

„Hey, das ist toll. Ziehst du es an, wenn du mich das nächste Mal besuchst?“

Ihn das nächste Mal besuchen – von ihm eingeladen – das klang traumhaft. „Aber es ist ein Sommerkleid.“

„Das macht nichts, ich werde ordentlich heizen.“

Ich wusste nicht, was ich sagen sollte.

„Könntest du denn heute arbeiten kommen?“

Ja!, wollte ich sofort rufen, aber ich war ja mit Janus zum Büchersortieren verabredet.

„Oh, leider geht es heute nicht. Ich …“

„Schon gut, macht nichts. Ich rufe einen meiner Studenten an.

Und Dienstagvormittag? Da müsste aufgeräumt werden, weil ich Montagabend für eine geschlossene Veranstaltung vermietet habe.“

„Dienstag geht“, antwortete ich freudig.

„Das ist prima. Okay, ich muss jetzt los.“

Er hob seine Hand und ich dachte, er würde meinen Arm berühren oder meine Schulter. Aber er winkte nur, und dann sprang er vergnügt die Treppen hinunter und machte sich auf den Weg zur Arbeit.

Ich starrte ihm hinterher. War es der Traum, der ihm die Augen für mich geöffnet hatte? Oder hatte das Tattoo tatsächlich eine Veränderung in ihm bewirkt? Oder beides? Sollte ich Charlie womöglich dankbar sein?

Ich schloss die Wohnungstür und stellte den Weihnachtsstern vor mein Matratzenlager. Ich hatte mir eine kuschelige Decke gekauft und zwei passende Kissen dazu, um es ein wenig gemütlich zu haben – von meinem ersten selbstverdienten Geld, das mir Tom nach Feierabend immer bar neben die Kneipenkasse legte. Er hatte erst gar nicht nach einem Konto gefragt.

Ich ließ mich auf meinen gemütlichen Platz fallen und grinste den Weihnachtsstern an. So viele süße Worte von Tom. Ich konnte es kaum fassen! Ich ließ mir jedes davon wie eine Endlosschleife durch den Kopf gehen: *Ich bin froh, dass du da bist* und *ich kann dir vertrauen.* So etwas hatte er gesagt! Am helllichten Tage! Hatte ich das auch wirklich nicht geträumt? Fingen die Dinge ab heute an, einfach zu werden? Auch Grete hatte ich zum ersten Mal unbeschwert kichern gesehen, dank Luisa.

Wie schade, dass ich Tom nicht in der Kneipe helfen konnte. Am liebsten wäre ich den Rest des Tages in seiner Nähe geblieben. Ich überlegte, Janus abzusagen, bereute den Gedanken aber sofort. Das wäre kein bisschen fair. Janus freute sich auf meinen Besuch. Außerdem konnte ich ihm doch die guten Neuigkeiten erzählen.

Zum Glück ahnte ich nicht, dass dieser Tag, der mit solch einem Aufschwung begonnen hatte, mit einem unheimlichen Donnerschlag enden würde. Dann hätte ich Janus sofort abgesagt.

Ich passierte die Toreinfahrt und betrat den Hinterhof. Schon öffnete sich die Tür zum Antiquariat, Janus füllte den Türrahmen fast vollständig aus. Er trug nur ein langärmeliges dunkelblaues T-Shirt und dunkelblaue Röhrenjeans. Seine schwarzen Locken hatte er zu einem Zopf zusammengebunden. Zum ersten Mal fiel mir auf, dass seine kräftige Statur aus keinem einzigen Gramm Fett zu bestehen schien.

Bis zu den Knöcheln sah er heute irgendwie cool aus, erinnerte mich ein bisschen an Tom, aber seine Füße steckten in altmodischen Filzpantoffeln. Und das machte wiederum Janus aus ihm. Ich registrierte, wie mir das gefiel.

„Hey Neve, du strahlst ja so. Ist heute etwa ein guter Tag?“, rief er und strahlte selbst dabei. Ich staunte, dass er mir bereits aus zehn Metern Entfernung ansah, wie prima es mir ging.

„Mit Sicherheit, denn ich werde ihn stundenlang mit vielen Büchern verbringen!“, rief ich und steuerte auf ihn zu.

„Du hast keine Ahnung, was in Wahrheit auf dich zukommt“, drohte er gespielt. Janus wich aus dem Türrahmen, damit ich hineingehen konnte, und gab mir spontan einen Kuss auf die Wange.

Es fühlte sich … okay an. Ich staunte, wie vertraut wir uns bereits geworden waren.

„Hast du auch solche Hausschuhe für mich?", fragte ich ihn. Es sollte ein Scherz sein, aber schon hielt er ein ähnliches Paar, nur um einige Nummern kleiner, in der Hand.

„Du wirst noch froh sein deswegen. Denn da hinten ist es trotz Sisalteppich ziemlich fußkalt!"

Janus nahm mir meinen Mantel ab. Ich zog meine Stiefel aus und schlüpfte in die Filzpantoffeln. Auf einmal erinnerte ich mich daran, dass ich als kleines Kind rote Filzpantoffeln besessen hatte, und musste lächeln. Janus ging mit großen Schritten voraus ins Hinterzimmer.

„Okay, wir fangen damit an, alle Bücher auszusortieren, die doppelt, dreifach oder mehrfach vorhanden sind. Nur die Ausgabe, die am besten erhalten ist, bleibt hier. In den meisten Fällen stehen identische Bücher bereits nebeneinander." Ich besah mir das erste Regal gleich am Eingang. So einige Bücher waren mehrfach vorhanden. Also würde sich der Raum im ersten Durchgang bereits merklich lichten.

„Was tun wir mit den überflüssigen Exemplaren?"

Janus wies auf einen braunen Stapel noch ungefalteter Bücherkisten. „Da hinein. Zwei habe ich auch schon gefaltet."

„Das ist ein Anfang!" Wir lachten uns an. „Und dann?", fragte ich.

„Ein Freund von mir holt sie ab. Ein Künstler. Er macht eine Installation damit. Allerdings, was für eine, das will er noch nicht verraten."

„Sie werden also nicht vernichtet?"

„Bücher vernichten? Wo denkst du hin! Bücher gehören zu den ganz wenigen Dingen, die immer zu irgendwas gut sind." Janus grinste.

„Du scheinst heute aber auch einen guten Tag erwischt zu haben", neckte ich ihn.

„Die Sonne scheint, du bist da und ich werde die nächsten Stunden immerzu Bücher in der Hand halten. Ein perfekter Tag! Hast du Durst?"

Nein, wollte ich zuerst antworten, aber mir wurde bewusst, wie groß mein Durst war. Seit unserem Besuch beim Italiener hatte ich nichts mehr getrunken. Es schien so, als würde Janus meine Bedürfnisse besser kennen als ich.

„Und was für einen!", sagte ich.

„Tee, Saft, Schnaps?"

„Apfelschorle", rief ich. „Also, wenn du hast." Auf einmal war mir so was von nach Apfelschorle, es war nicht zu erklären. Oder vielleicht auch doch. Zuhause hatte ich den ganzen Winter lang entweder heißen Apfelsaft oder kalte Schorle getrunken, aus selbstgepressten Äpfeln. Unser kleiner Garten hinten am Wald hatte voller verwachsener Bäume mit Millionen von kleinen Schrumpeläpfelchen gestanden. So schmeckten sie nicht besonders, aber wenn man sie zu Saft verarbeitete, dann entfalteten sie ein einmaliges Waldluft-Aroma.

Ich sah den großen Messingtopf vor mir, mit dem roten Schlauch daran, aus dem meine Oma Flasche um Flasche abfüllte. Janus forschte in meinem Gesicht, als versuchte er zu ergründen, was in meinem Kopf vorging, aber ich wandte den Blick ab.

„Klar doch!", sagte er, ging in die kleine Küchennische und brachte mir ein großes Glas.

„Mit trübem Direktsaft vom Biohof", erklärte er. Ich nahm einen großen Schluck. Er schmeckte nicht wie früher, aber er schmeckte gut.

Dann begannen wir mit der Arbeit. Buch um Buch landete in den Kisten. Janus trug die vollen Kisten hinaus in den großen Verkaufsraum und ich faltete neue. Wir lasen uns gegenseitig all die polnischen Buchtitel vor und Janus übersetzte mir die Wörter, die ich nicht wusste. Manchmal ließ er mich auch ein bisschen raten und brachte mich dazu, mir das Wort selbst zu erschießen. Ich staunte, wie schnell die Sprache wieder lebendig in mir wurde. Und auf einmal erinnerte ich mich, wie mein Vater sie manchmal gesprochen hatte. Ich musste noch ganz klein gewesen sein. Wahrscheinlich hatte er Besuch gehabt von einem polnischen Freund.

„Bestimmt kannst du viel mehr Polnisch, als du glaubst. Hat deine Mutter es gelernt? Oder deine Oma?"

Janus stand mit dem Rücken zu mir. Wir sahen jeweils das gegenüberliegende Regal durch. Er drehte sich um. Aber ich hielt meinen Blick stur auf das Regal gerichtet und schüttelte nur den Kopf. Bestimmt war Janus jemand, dem ich vieles erzählen konnte. Aber ich wollte, wollte, wollte nicht. Janus wandte sich wieder seinen Büchern zu und sortierte weiter. Wir schwiegen eine Weile.

Bis ich in der untersten Reihe auf einmal auf einen Stapel bunter Bilderbücher stieß, die allesamt Titel in deutscher Sprache trugen: *Auf der Suche nach Atlantis*, *Der Turm zur Sonne*, *Paradiesgarten* und *Für immer leben* las ich. Alle stammten von dem gleichen Autor und Illustrator: Colin Thompson. Das unterste, *Für immer leben*, zog ich hervor.

Der Titel ließ mich an die magische Welt denken. Für immer leben, das tat man, wenn man sie nie verließ. Denn dort alterte man nicht. Deswegen gab es in den magischen Blasen Leute, die bereits mehrere hundert Jahre alt waren. Und nun hielt ich mich schon etliche Tage in der realen Welt auf, so lange am Stück wie in den ganzen sieben Jahren zuvor nicht. Das hieß, ich alterte! Konnte man das nach so einer kurzen Zeit bereits sehen? Ich hielt das Buch in der Hand, und mir wurde bewusst: Die reale Welt hatte mich ziemlich im Griff. Das Leben hatte mich hierhergezogen und hielt mich fest. Tom, Janus, Grete, Charlie … Durch meinen Körper ging ein Rieseln und meine Hände zitterten.

Für immer leben, las ich noch einmal, ging in die Knie, setzte mich im Schneidersitz auf den roten Sisalteppich und schlug das Buch auf:

In einer ruhigen Straße gibt es eine Bibliothek mit vielen tausend Räumen. In ihren Regalen stehen alle Bücher, die jemals geschrieben worden sind, las ich auf der ersten Seite.

Es war nur ganz wenig Text in einer äußerst detailreichen Illustration. Ein Schreibtisch und Aktenschränke, die nicht nur Bücher beherbergten, sondern überall Fenster, Türen, Augen hatten oder durch Brücken miteinander verbunden waren.

„Das ist das beste von Thompson, finde ich“, hörte ich Janus dicht hinter mir. Er setzte sich neben mich und schaute mit in das Buch.

„Blätter um.“

Ich tat es. Ein Regal mit vielen bunten Büchern voller verrückter Titel erschien, die ebenfalls eine Menge Fenster und Türen besaßen.

„Die Bilder sind großartig.“

Janus zog auch die anderen Bilderbücher aus dem Regal. Die folgende Stunde wurde zu meiner schönsten Bilderbuchstunde, die ich je erlebt hatte. Wir lasen die Texte in den atemberaubend illustrierten Bildern und ließen uns gegenseitig Details darin suchen, die wir uns ausgeguckt hatten. Da waren zum Beispiel ein kleines rotes Doppeldeckerflugzeug oder das Café Max mit grüner Fassade und rotweißen Vorhängen oder ein kleiner Hund mit langen Ohren, der auch ein Hase sein konnte. Die Motive kehrten in den verschiedenen Illustrationen und Büchern immer wieder. Alle handelten sie von fantastischen Welten, die parallel zur realen Welt existierten. Am liebsten hätte ich Janus jetzt einfach von der magischen Welt erzählt. War er nicht jemand, der davon erfahren musste? Der sie verstehen konnte? Der mir glauben würde?

„Neve, wohin gehen deine Gedanken?“, fragte er mich auf einmal.

„Oh, nichts. Diese Bücher … sie sind so schön … zum Träumen.“

„Ach was! Sie sind wahr!“, antwortete er fröhlich und sprang auf. „Noch eine Apfelschorle? Die verstaubte Luft hier macht durstig, oder?“

„Oh ja, das stimmt.“ Ich stand auch auf und streckte meine Glieder.

Und da geschah es! Ich vernahm einen Donnerschlag, der mehrfach in meinen Ohren widerhallte. Zig mögliche Gründe für dieses Donnern stolperten in meinem Kopf übereinander: Krachte gerade ein Regal zusammen? Stürzten Bücher von den obersten Brettern? Gab es draußen ein Wintergewitter? Einen Verkehrsunfall? …?

Es folgte ein zweites Donnern, dann ein drittes, und dann donnerte es Schlag auf Schlag, immer schneller. Es hallte und hallte in meinen Ohren. Aber es kam nicht von außen, sondern von innen!

„Tom!“, hörte ich jemanden rufen. „Tom!“ Dann wurde mir schwarz vor Augen.

Als ich wieder zu mir kam, lag ich auf dem Sofa vor dem Kamin, die Beine angewinkelt auf einem großen Kissen und den Kopf flach. Janus hockte neben mir und hielt mir ein feuchtes, kaltes Tuch auf die Stirn.

„Da bist du ja wieder, Gott sei Dank“, sagte er.

„Bum, bum, bum, bum“, hörte ich erneut die Schläge und griff mit beiden Händen nach meinem Brustbein.

„Mein Herz“, flüsterte ich entsetzt. Mein Herz schlug wieder, und zwar wie verrückt.

„Psst“, machte Janus. „Nur der Kreislauf. Ich hätte zwischendurch vielleicht mal lüften müssen.“ Ich sah, dass er alle Fenster und die Tür geöffnet hatte.

„Mein Herz schlägt.“

Janus schmunzelte. „Ja, und das ist auch gut so. Hast du dich irgendwie erschrocken, an etwas Schlimmes gedacht? Du hast nach Tom gerufen, kurz bevor du ohnmächtig geworden bist.“

„Nach Tom?“

„Hast du immer noch Stress mit ihm?“

„Nein, im Gegenteil. Er hat sich entschuldigt. Mit einer Blume.“

„Einer Blume?“ Janus klang irritiert.

„Also, einem Weihnachtsstern. Und dann hat er lauter schöne Dinge gesagt.“

„Schöne Dinge?“

„Dass er mir vertraut und froh ist, dass ich da bin und …“

Ich sprach nicht weiter, weil sich Janus' Gesicht plötzlich zu verdüstern schien.

„Was ist?“

„Oh, nichts. Ich bin froh, dass euer Streit wieder in Ordnung gekommen ist. Er hat sich auch wirklich daneben benommen.“

Janus nahm mir den Lappen von der Stirn.

„Ich sehe deine Halsschlagader gar nicht mehr pochen. Geht es dir besser?“

Tatsächlich. Ich spürte mein Herz noch, aber es beruhigte sich langsam. Ich nahm die Hände von meinem Brustbein. Janus legte vorsichtig seine Hand um mein Handgelenk.

„Ich würde gern deinen Puls fühlen, wenn du nichts dagegen hast.“

Ich schüttelte den Kopf. Mein Handgelenk wirkte nahezu zerbrechlich in seiner großen Hand. Und auf einmal spürte ich ihre Wärme. Ich spürte die Wärme von Janus! Unwillkürlich zog ich meinen Arm weg. Er sah mich verwundert an.

„Dein Puls ist normal.“

„Deine Hand ist warm“, antwortete ich und biss mir im selben Moment auf die Lippen. Was sollte er denn bloß mit dieser Erklärung anfangen? Janus sagte nichts dazu.

„Ich schließe wieder die Fenster.“ Er erhob sich. „Vielleicht sollten wir Schluss machen für heute. Wir haben bereits eine Menge geschafft.“

„Wir haben die halbe Zeit Bilderbücher angeguckt wie kleine Kinder“, erwiderte ich schuldbewusst.

„Genau! Wir haben eine Menge geschafft.“ Er lachte wieder sein unbekümmertes Lachen. „Am besten, ich mache dir etwas Warmes zum Trinken. Vielleicht einen Pfefferminztee?“

„Ja, gerne.“

Ich richtete mich ein wenig auf. Janus ließ Wasser in einen Wasserkocher laufen.

„Immer, wenn ich bei dir bin, klappe ich zusammen. Was denkst du nur von mir?“, versuchte ich zu scherzen.

„Ich denke vieles. Es gibt unendliche Möglichkeiten, weil ich so gut wie nichts von dir weiß. Außer, dass dein Vater auch in Polen geboren wurde.“

Das Wasser im Wasserkocher brodelte. Er goss es auf einen Teebeutel in einem großen Glas und brachte es mir.

„Ich rede nicht gern über meine Vergangenheit“, sagte ich, damit er nicht immer wieder fragte und sich wunderte, keine Antwort zu erhalten.

„Ich weiß“, antwortete er.

Kapitel 25

Schon aus einiger Entfernung hörte ich, dass das alte, verrußte und sich unter der Last des Alters duckende Haus sang. Ich lauschte der hohen, klaren und vor allem gefühlvollen Stimme. Sie schien sich für meine empfindlichen Ohren am Mauerwerk zu vervielfältigen, durch Räume und Flure zu dringen und aus jedem Fenster zu fliegen. Der verrostete Wetterhahn, oben auf dem Dach über dem halbrunden Dachfenster, drehte sich ein wenig im Wind, als würde er zu dem Gesang tanzen wollen.

Ich drückte die Eingangstür auf und trat in den Hausflur. Gleich klang es noch lauter, reiner und voller. Erst jetzt erkannte ich die Stimme. Das musste Charlie sein! Ich folgte ihrem Gesang und stieg die Treppen hinauf. Er drang aus der Wohnung in der zweiten Etage. Die Wohnungstür war nur angelehnt. Ich schlich mich hinein.

Charlie saß auf dem Fußboden und bastelte an irgendwelchen Gerätschaften. Sie hatte die Kopfhörer in die Ohren gestöpselt und schien die Welt um sich herum völlig vergessen zu haben. Es waren Lieder und Balladen von Katie Melua, die sie nahezu perfekt interpretierte. Sie legte so viel Gefühl und Sehnsucht hinein, dass ich unweigerlich seufzen musste und mir erschrocken die Hand vor den Mund legte. Aber Charlie hörte mich nicht. Sie hantierte mit ein paar Drähten und wiegte sich zu der Musik.

Charlie war definitiv jemand, die bei dem, was sie tat, immer mit vollem Einsatz dabei war. Ich schaute ihr eine Weile versonnen zu und hätte beinahe einen Schreckensschrei ausgestoßen, als mir jemand die Hand auf die Schulter legte. Plötzlich stand Tom neben mir und bedeutete mir mit dem Zeigefinger vor dem Mund, still zu sein. Er nahm seine Hand wieder fort und ich fühlte seiner Berührung nach. Er hatte mich zum ersten Mal berührt!

„Wunderschön, nicht wahr?!“, flüsterte er. Ich sah ihn an und dachte an seine Hand auf meiner Schulter. Aber dann wurde mir klar, dass er natürlich Charlies Gesang meinte.

„Sie ist ein Naturtalent“, flüsterte ich.

„Sie ist großartig.“

Ein Piken schoss durch meine Herzgegend. Die ganze Nacht hatte ich mich damit beschäftigt, mein Herz wieder zu spüren. Janus hatte mir gestern Abend wegen meiner Kreislaufprobleme angeboten, zu bleiben und auf dem Sofa zu schlafen. Aber ich wollte nach Hause.

Auf dem Heimweg hatte mein Herz bei jedem Schritt gepocht, als würde ich mich überanstrengen. Ich hatte versucht, mich unsichtbar zu machen, in der Hoffnung, dass es dadurch wieder zur Ruhe fand. Aber es funktionierte nicht.

Was, wenn das meine Fähigkeiten beeinflusste? Was, wenn ich dadurch nicht mehr in die magische Welt konnte? Panik beschlich mich. Ich blieb stehen. Okay, erst mal durchatmen. Es half. Das tiefe Durchatmen beruhigte mein Herz und meine Nerven. Nein, meine Fähigkeiten konnte ich dadurch nicht verlieren, aber ich musste abwarten, bis sich meine Körperfunktionen umgestellt und wieder einreguliert hatten.

„Ich habe gestern Abend mehrmals geklopft“, flüsterte Tom, dicht an meinem Ohr. „Aber du warst nicht da.“

„Du wolltest mich besuchen?“, fragte ich erstaunt.

„Ja, ich wollte dich fragen, ob du dir den Text anschauen würdest, den ich zu meinem Lied geschrieben habe und …“ Er sprach nicht weiter.

„Oh, natürlich, ich komme gern. Ich bin gespannt. Sehr sogar. Wir können auch jetzt …“

„Was meinst du?“, unterbrach mich Tom. „Ob ich Charlie von dem Lied erzählen sollte? Ich meine, sie wäre einfach die perfekte Stimme, oder nicht?!“

Wieder verspürte ich einen Stich in meiner Herzgegend. Ich griff mir in die Seite. Es hörte auf. Ich bereute zutiefst, Toms Besuch verpasst zu haben. Warum war ich bei Janus so spät aufgebrochen!

Ich war mir sicher, dass Tom vorgehabt hatte, mich zu fragen, ob ich das Lied singen würde. Aber nun, wo er Charlie hörte …

„Warum solltest du ihr nicht davon erzählen?", fragte ich.

„Ich weiß nicht, du hast mich nicht ausgelacht, weil ich einen Flügel einmauere. Aber Charlie, vielleicht tut sie es. Vielleicht hält sie mich dann für verrückt."

„Vielleicht", sagte ich.

Tom senkte den Kopf. „Du denkst also auch …"

„Nein, ich meine … natürlich solltest du sie fragen. Wer so gefühlvoll singt, also, der macht sich doch nicht über jemanden wie dich lustig. Kann ich mir nicht vorstellen. Zumal Charlie bestimmt nicht weniger verrückt ist als du, so meinte ich das."

Tom seufzte. „Ach, Neve … Du sagst, was ich am liebsten hören wollte." Er schenkte mir ein herzerwärmendes Lächeln.

Wieder pikte mein Herz.

Plötzlich waren Geräusche von hohen Absatzschuhen unten im Hausflur zu hören. Tom verdrehte die Augen. „Das wird meine Mutter sein. Komm." Er zog mich aus der Wohnung, lehnte die Wohnungstür wieder an und lief die Treppen hoch. Ich zögerte.

„Komm", flüsterte er. „Zuerst will ich aber *dir* das Lied zeigen. Du musst mir sagen, ob dir der Text gefällt oder ob du ihn einfach nur kitschig findest. Du musst mir auf jeden Fall die Wahrheit sagen. Meine Mutter bringt nur kalten Braten und Plätzchen. Sie geht gleich wieder."

Ich folgte ihm. Tom schloss die Wohnungstür auf. Da hatte seine Mutter uns schon eingeholt. Sie war eine große, schlanke Frau mit einem teuren Pelzmantel, die in diesem düsteren und kaputten Treppenhaus völlig deplatziert wirkte.

„Tom, mein Schatz. Bist du gerade gekommen? Na, da habe ich ja Glück." Ihr Lippenstift leuchtete knallrot und ihre Stimme schraubte sich hoch und klang ein wenig affektiert.

„Hallo Gabriele", sagte Tom und küsste sie auf die Wange.

„Ach, sag doch nicht immer Gabriele."

Sie seufzte und nahm ihre große, schwarze Tasche von der Schulter. Es schepperte, als sie auf dem Fußabtreter aufsetzte.

„Komm doch erst mal rein", forderte Tom sie auf.

„Nein, nein, ich will nicht lange stören. Wer ist denn dieses Mädchen. Willst du sie mir nicht vorstellen?"

Sie richtete ihre Augen auf mich und ich staunte, wie stahlblau sie waren.

„Das ist Neve."

„Was für ein besonderer Name. Gefällt mir."

Sie lächelte mich an und reichte mir ihre Hand, an der sie zwei goldene Ringe trug. Dann holte sie aus der Tasche ein längliches Gefäß aus Glas, das mit zwei Metallverschlüssen versehen war, und reichte es mir.

„Da ist der Braten drin. Fast ein Kilo."

Als Nächstes beförderte sie eine weihnachtlich gemusterte Blechdose zutage, in die mindestens ein Kilo Kekse passte. „Und hier die Kekse. Habe alle deine Lieblingssorten gebacken."

„Du?" Tom nahm sie ihr ab.

„Na ja, mit Nanas Hilfe natürlich. Aber ich habe die Rezepte ausgesucht!", schob sie stolz nach. „Nana ist unsere Haushälterin", erklärte sie an mich gewandt.

„Und, sie ist also deine Freundin, ja?!" Sie zeigte auf mich, blickte wieder zu Tom und fuhr fort, als wenn ich nicht da wäre: „Sie soll den Braten gut wärmen und am besten Klöße dazu machen. Kartoffelklöße, möglichst handgemacht" Sie drehte sich erneut zu mir. „Können Sie das?"

„Sie ist nicht meine Freundin. Und sie macht auch keine Kartoffelklöße, Gabriele", antwortete Tom in einem etwas entnervten Ton. Ich schluckte. Der erste Satz fühlte sich vernichtend an. Er stimmte, aber so wie er ihn sagte, war er wie ein Peitschenhieb.

„Ich muss gehen. Ich …", platzte es aus mir heraus. Keine Sekunde länger wollte ich weiter neben Tom und seiner Mutter stehen.

„Neve, warte, wir wollten doch noch …", rief er mir verdattert hinterher.

„Später, ich hab ganz vergessen, dass …" Ich machte eine wegwerfende Bewegung, als könnte ich das nicht so schnell erklären. „Bis nachher."

Ich drehte mich noch mal zu Toms Mutter um. „Auf Wiedersehen." Aber sie beachtete mich gar nicht, sondern sammelte einen Fussel von Toms Pullover, der übersät war mit Fusseln, weil es ein Wollpullover war. Tom verscheuchte ihre Hand wie eine lästige Fliege und rief: „Okay, ich gebe dir ein Zeichen, wenn ich zurück bin aus der Kneipe. Ich mach heut nicht lange."

Sie ist nicht meine Freundin. Der Satz schepperte durch meinen Kopf, während ich auf dem Dach des Hauses gegenüber saß und den

Hinterhof unseres irgendwie traurig aussehenden Hauses beobachtete. Es war kalt und ich fror erbärmlich. Ich hatte nicht an meinen Mantel gedacht, bevor ich mich hier heraufgeschwungen hatte.

Das Fliegen funktionierte wieder und das Verschwinden auch. Zumindest so leidlich. Ich war mir nicht sicher, wie weit ich derzeit fliegen konnte, und hier oben war ich gleich wieder sichtbar geworden. Auf einmal sehnte ich mich sehr nach der magischen Welt. Ich wollte mit Kira plaudern, aber wegen der Lebenssymptome wusste ich nicht, ob ich die Reise durch den Durchgang schaffen könnte.

Ich presste die Hand auf mein Herz. Würde ich mich je wieder daran gewöhnen, immer dieses Pochen zu hören oder zu spüren?

Sie ist nicht meine Freundin.

Warum hatte Tom das gesagt?

Weil es stimmte.

Schließlich war ich doch auch nicht seine Freundin. Was sollte er denn anderes sagen als die Wahrheit? Andererseits, wählte man so einen klaren und direkten Satz vor einer dritten Person, wenn man insgeheim gerne mit jemandem zusammenkommen wollte? Wohl nicht!

Allerdings … ach, meine Gedanken drehten sich im Kreis und waren nichts als müßig. Tom hatte mich in sein größtes Geheimnis eingeweiht und er fragte zuerst mich, ob er Charlie einweihen sollte. Das hieß doch, ich war wichtiger als Charlie. Oder etwa nicht?!

Den ganzen Abend verbrachte ich in der leeren Wohnung auf meiner Matratze und wartete, dass Tom kam und klopfte. Ich wollte ihn auf keinen Fall ein zweites Mal verpassen. Aber er kam nicht.

War er immer noch in der Kneipe? Oder war er schon zu Hause und ich hatte nur nicht gehört, dass er die Treppen hinaufgegangen war? Sollte ich nachsehen gehen? Unsichtbar oder ganz normal klopfen? Nein, er hatte mir versichert, er würde sich bei mir melden.

Ich hatte ordentlich eingeheizt und auch den Radiator im Bad auf die höchste Stufe gestellt. Jetzt hüllte ich mich in die Wolldecke, dazu trug ich Toms Pullover und vier Kerzen brannten, aber ich fror immer noch.

Ich aß Gretes Kekse, einen nach dem anderen, bis sie alle waren.

Und dann hatte das Warten ein Ende. Allerdings nicht, weil Tom endlich kam und an meine Tür klopfte, sondern weil ich ihn auf seinem Flügel spielen und Charlie dazu singen hörte. Zumindest versuchte sie es.

Anstatt zu mir, war er also zu ihr gegangen, hatte sie in sein Geheimnis eingeweiht und wie es schien, hatte sie ihn nicht ausgelacht. Sie summte zu seinem Spiel, dann trällerte sie, dann probierte sie einen Text, von dem ich jedoch nur einzelne Wortfetzen verstehen konnte: *Herz … Liebe … Dämmerung …* Er hatte ihr also auch seinen Liedtext zu lesen gegeben.

Ich warf die Decke von mir und sprang wütend auf. Nein. Es klang nicht. Es klang überhaupt nicht. Charlies Stimme war schön, aber zu Toms Komposition: auf keinen Fall, ganz großer Mist!

Ich schnaubte trotzig und war irgendwie froh darüber. Sollte ich hochgehen, laut klopfen und erklären: ‚Passt nicht! Lasst es! Hört auf! Hättest du mich mal zuerst gefragt!'

Oder sollte ich mich bei ihnen einschleichen und auf den Flügel in den Staub schreiben: *Das Lied braucht keinen Text!*

Dann wüsste Tom die Wahrheit und Charlie wäre Zeugin eines waschechten Psi-Phänomens.

Natürlich tat ich nichts dergleichen, sondern stand unentschlossen mitten im Zimmer. In mir herrschte eine unerträgliche Spannung. Ich öffnete ein Fenster und verflüchtigte mich nach draußen an die frische Luft. Unten in einem Hauseingang nahm ich Gestalt an und begann zu laufen. Einfach die Straßen entlang, um wieder ruhig zu werden und klarer denken zu können.

Vielleicht sollte ich sofort in mein Turmhaus zurückkehren. Abtauchen für ein paar Tage. Wenigstens Janus müsste ich dann aber Bescheid geben, ihm erklären, dass ich verreiste, jemanden besuchte, oder Ähnliches.

Allerdings wusste ich nicht, ob meine Kräfte ausreichten. Außerdem sollte ich morgen früh in der Kneipe aushelfen. Tom hatte mich darum gebeten. So könnte ich erfahren, wie er morgen drauf war und was er mir erzählen würde. Ich hoffte inständig, dass meine Eifersucht und meine negativen Befürchtungen völlig grundlos waren.

Ich lief noch eine Weile durch die Stadt, ehe ich zurückkehrte. Bei Tom brannte kein Licht mehr und alles war still. Er schien zu schlafen. Sie hatten also nicht mehr allzu lange geprobt. Ich konnte nicht anders. Ich musste nachsehen, ob er allein war, und stattete ihm einen kurzen Besuch ab. Tom schlief tief und fest in seinem Bett und sah dabei wunderschön aus. Charlie war gegangen.

Kapitel 26

Am nächsten Morgen betrat ich kurz vor zehn Uhr die Kneipe. Es herrschte ziemliche Unordnung. Auf allen Tischen standen volle Aschenbecher und jede Menge Gläser herum. Einige Stühle waren umgekippt und der Boden vollständig mit Papierschlangen und Konfetti bedeckt. Ich legte meinen Mantel über einen Stuhl, da sprang Tom hinter dem Kühlschrank für Getränke hervor und klatschte tatendurstig in die Hände. Erschrocken fuhr ich herum.

„Morning, Neve!", rief er fröhlich. Er sah irgendwie anders aus, als seien tausend Türen in seinem Gesicht aufgegangen. Mich befielen die schlimmsten Befürchtungen. Gefiel ihm etwa, was Charlie und er da gestern Nacht fabriziert hatten?

„Du bist gestern nicht mehr gekommen", sagte ich und versuchte, es nicht wie einen Vorwurf klingen zu lassen. Dabei begann ich, ein paar bunte Papierschlangen aufzusammeln.

„Tut mir total leid. Aber es war auch nicht mehr nötig."

„Warum?"

„Das Lied ist Mist."

„Mist?" Ich war erstaunt.

„Total schwülstiger Text. Ich war eigentlich schon auf dem Weg zu dir, da lief mir Charlie über den Weg. Oder besser, sie stand vor meiner Wohnungstür, ich hätte sie beinahe umgerannt."

Na toll, prima Timing. Um meinen aufsteigenden Ärger zu beherrschen, hob ich geschäftig weitere Papierschlangen auf. Tom nahm mir die Schlangen aus der Hand. Dabei berührten sich unsere Hände.

„Neve, setz dich mal kurz hin. Ich muss dir etwas sagen."

Oh je, das klang feierlich. Mein Herz stolperte und stolperte. Blödes Herz. Man konnte es in solchen Momenten einfach nicht gebrauchen.

Er legte die Papierschlangen auf einen Tisch, rückte mir einen Stuhl zurecht und zog sich selber einen heran.

„Also, ich habe Charlie meinen Flügel gezeigt … und ihr von meinen kläglichen Versuchen erzählt, etwas zu komponieren."

„Tatsächlich?"

„Ja. Und sie hat kein bisschen gelacht. Sie … ich glaube, sie war beeindruckt. Also, sie war ungefähr zwei Minuten lang still. Du weißt, was das bei ihr heißt.“ Er schmunzelte. „Aber dann nahm sie die Noten, unter die ich den Text meines Liedes geschrieben hatte, und begann zu singen. Versuchte verschiedene Stimmen und Tonlagen. Doch nichts wollte passen.“

Jetzt hätte er niedergeschlagen klingen müssen, aber den Eindruck machte er keineswegs.

„Das wolltest du mir sagen?“

„Nein, nein … Etwas anderes. Den richtigen Text für das Lied werde ich schon noch finden.“ Er senkte den Blick und fuhr sich in typischer Geste durch die Haare. „Ich denke, ich habe dir viel zu verdanken!“

„Mir?“

„Ja, dir.“ Tom beugte sich zu mir und stützte sich mit den Ellenbogen auf seinen Oberschenkeln ab, während er den Kopf in seine Hände stützte und mich ansah.

„Du bist es, die irgendeinen Knoten in mir gelöst hat.“

„Ich?“

„Der Traum mit dir im Märchenwald war verrückt, aber dadurch wusste ich endlich, wie ich weiterkomponieren sollte. Von da an habe ich mir immer vorgestellt, du wärst bei mir, und schon fanden die richtigen Noten wie von allein auf das Blatt.“

Ich starrte ihn an und suchte nach Worten. Aber nirgendwo fanden sich brauchbare in meinem Kopf. Toms dunkelblaue Augen glitzerten. Er wirkte so glücklich. Sein Blick ruhte intensiv auf mir. Ich fing an zu zittern.

„Ich glaube, du kannst in meine Seele schauen. So kommt es mir jedenfalls vor, wenn du mich mit deinen himmelblauen Augen ansiehst. Weißt du, ich würde dir auch so gern etwas Gutes tun.“

Tom rieb seine Hände und wandte den Blick wieder ab.

„Aber das tust du doch. Die Wohnung, der Job …“ Meine Antwort klang ein wenig atemlos.

„Ich muss dich was fragen.“

Mein Herz stolperte und raste und stolperte und raste. Was kam jetzt?

„Ich … oh Mann …“ Er rang die Hände und schaute zur Decke. „Ich habe mich verliebt.“ Dann sah er mich wieder an. „Okay, jetzt ist es raus.“

„Was?“ Meine Stimme war nur ein Fiepen.

„Ja, stell dir vor, ich schroffer Griesgram."

„Da… das bist du nicht." Ich fühlte mich benommen – vor Angst, vor Glück, vor Panik, was als Nächstes kam und ob ich Toms Worte aushalten würde.

„Und du, du sollst es zuerst wissen – weil …"

In meinen Ohren fing es an zu rauschen.

„ … du eine Frau mit feinen Antennen bist."

Ich griff nach den Papierschlangen und begann, sie in meiner Hand zu zermalmen.

„Was meinst du also: Hat denn so jemand wie ich bei so jemanden wie Charlie überhaupt eine Chance?"

Kaum hatte er diese Frage gestellt, schrie ich auf, sprang vom Stuhl, ließ die Papierschlangen fallen und starrte auf meine Hand. Blut quoll aus meinem rechten Zeigefinger. In dem Papiermüll musste sich eine Scherbe von einem Glas oder einer Flasche befunden haben. Frisches, hellrotes Blut. Ich hatte mich seit sieben Jahren nicht mehr verletzt, beziehungsweise hatte es seit dem nie geblutet. Niemals.

„Oh, zeig mal her", rief Tom erschrocken und sprang ebenfalls auf, aber ich drehte mich um, rannte auf den Ausgang zu und rempelte dabei einige Stühle um, weil ich mich nicht von dem Anblick meines Fingers losreißen konnte, an dem immer mehr Blut hinablief.

„Neve", rief Tom. „Warte! Ich habe Verbandszeug hier …"

Ich riss die Tür auf und prallte gegen Grete, die gerade die Kneipe betreten wollte. „Da bist du ja. Ich muss dringend mit dir sprechen!", rief sie erleichtert, starrte mich mit ihren großen Augen an und versuchte, mich festzuhalten.

Aber ich schüttelte den Kopf, befreite mich aus ihrem Griff und preschte an ihr vorbei, um die Ecke, hinter den Lieferwagen, mit dem Tom seine Einkäufe erledigte. Dort löste ich mich mit letzter Kraft in Luft auf und schwang mich über die Bäume. Ich wollte fort, weit fort, einfach nur wieder nach Hause.

Zurück blieben einige Blutstropfen auf dem Straßenpflaster und Tom und Grete, die auf der Straße nach mir suchten.

Teil II

Kapitel 27

Du blutest ja, du blutest!, rief Lilonda, während sie neben mir herflatterte. Sie kam ganz dicht heran. *Blut …*, flüsterte sie fasziniert. *Darf ich mal sehen? Tut das weh?*

Ich wich ihr aus. Mir war übel. Ich sah den dunkel schimmernden Ausschnitt zwischen den weißen Wolkenformationen vor mir. Wie ein Zeitloch, das nur ich wahrnehmen konnte. Dort war es schwarz, die Nacht der magischen Welt mit einigen glitzernden Sternen.

Ich schlingerte durch die Luft, als würde ich mich durch Turbulenzen bewegen. Auf und ab und auf und ab. Mein Herz hämmerte wie wild. Am liebsten wäre ich es auf der Stelle losgeworden. Gleichzeitig spürte ich Todesängste. Und wenn ich gerade dabei war abzustürzen? Alles drehte sich um mich. Krampfhaft versuchte ich, mich auf das Ziel vor mir zu konzentrieren. Ich hatte es doch gleich geschafft, gleich. Wieder hörte ich Lilonda in meinem Kopf. Sie war fast immer zur Stelle, wenn ich den Durchgang passierte. Immer überschüttete sie mich mit tausend neugierigen Fragen über die Welt und die Menschen, wie ihr alltägliches Leben so war. Jede Kleinigkeit interessierte sie brennend.

Darf ich es mal anfassen, das Blut?, fragte sie.

Zum ersten Mal ging sie mir völlig auf die Nerven. „Nein!“, wollte ich schreien, aber dazu kam ich nicht mehr. Ich sackte weg, nach unten, begann wie ein Stein zu fallen, als hätte ich einen Strömungsabriss erlitten. Oh nein, das war das Ende.

Was hast du?, rief Lilonda. Sie machte ein entsetztes Gesicht und es sah meinem Gesicht jetzt kein bisschen ähnlich.

Ob es ihr eigenes ist?, war mein letzter Gedanke, der mir durch den Kopf schoss, dann gab es nichts mehr, nicht einmal den kleinen schwarzen Ausschnitt des magischen Nachthimmels, sondern komplette Schwärze legte sich um mich.

Ein wilder Schmerz durchfuhr mein Gesicht. Ich gab einen gedehnten Schrei von mir. Das waren sie, rohe körperliche Schmerzen, so wie ich sie seit Jahren nicht mehr empfunden hatte. Ich hatte komplett vergessen, wie fürchterlich sie sich anfühlten. Wie konnte ich mich nur wieder in die Nähe von solchen Schmerzen begeben? Und vor allem, um welchen Preis?

Für einen Menschen, der eine andere liebte.

Dieser Gedanke tat fast noch mehr weh, sodass ich ihn sofort wieder verdrängte.

Ich öffnete die Augen. Ich war nicht mit einem dumpfen Aufprall irgendwo auf dem Straßenpflaster der Stadt gelandet – das hätte ich auch mit Sicherheit nicht überlebt, sondern ich lag auf dem Felsvorsprung im magischen Wald, knapp vor dem Abgrund. Die Elementarwesen des Äthers schienen mich gerettet zu haben. Ich hob ein wenig den Kopf und starrte in das tiefe Blau des Berliner Himmels weit unter mir. Ein erneutes unerträgliches Brennen schoss durch meine Wange.

Jetzt blutest du auch an deiner Wange, hörte ich wieder Lilondas Stimme. Sie schwebte wie ein Nebel mit nur sehr schwachen Gesichtskonturen vor mir über dem Abgrund.

„Danke", brachte ich nur flüsternd hervor.

Du musst nach Hause gehen und es abwaschen, riet sie mir. Lilondas Satz klang ein wenig stolz, als wenn sie etwas vom Menschsein verstünde.

„Ja", sagte ich nur und rollte mich ein Stück weiter auf den Felsen. Langsam richtete ich mich auf. Soweit war alles in Ordnung. Mein Finger hatte aufgehört zu bluten. Stattdessen sah ich nur noch eine rote verschmierte Linie, da wo mir die Scherbe einen Schnitt zugefügt hatte. Ich befühlte mit der anderen Hand meine Wange und gab ein „Au" von mir. Frisches Blut war an meinen Fingern. Hinter meinen Augen herrschte ein fürchterlicher Druck. Wahrscheinlich musste ich gleich weinen. Mir war entsetzlich danach, es würde erleichternd sein, aber keine Träne kam.

Ich kam auf die Füße, schwankte ein wenig und hielt mich an dem roten Stamm eines Traummaulbusches fest. Zwar zerschmettert, innerlich und äußerlich, aber ich hatte es nach Hause geschafft.

Mit schweren Schritten, als würde ich ein ganzes Haus hinter mir herziehen, schlug ich den Weg zu meinem Turmhaus ein. Schon nach ein paar Schritten schwitzte ich fürchterlich in meinen Wintersachen. All diese nervigen Kleinigkeiten, wenn man wieder wie ein Mensch tickte. Wütend zog ich mir den Pullover über den Kopf und ließ ihn einfach auf dem Waldweg liegen, streifte meine Stiefel ab und schleuderte sie samt Strumpfhosen ins Gebüsch.

Nur noch mit Shirt und Rock bekleidet fühlte ich mich schon besser. Trotzdem fiel mir jeder Schritt schwer. Den Blick starr auf den Waldboden aus weichem, dunkelgrünen Moos gerichtet, setzte ich langsam einen Fuß vor den anderen.

Mein Turmhaus tauchte vor mir auf, noch ehe ich am magischen See vorbeigekommen war – ach ja, die Verschiebungen. Ich hatte keine Kraft, mir darum Gedanken zu machen. Dankbar steuerte ich auf meine Tür zu, riss sie auf und verlor auf der Schwelle erneut das Bewusstsein …

Als ich wieder zu mir kam, schaute ich in tiefgrüne Augen. Es waren die von Kira, die sich über mich beugte und mir mit einem feuchten Lappen vorsichtig die Wange abtupfte. Ich lag in meinem Zimmer auf der Matratze. Für einen Moment überlegte ich, wie sie mich hierhergeschafft hatte, aber dann fiel mir zu meiner großen Erleichterung ein: Ich war zurück in der magischen Welt und Kira besaß eine ganze Anzahl von Elementarkräften.

Sie lächelte.

„Neve? Erkennst du mich?“

„Natürlich …“ Ich brachte nur ein Flüstern zustande. Kiras Gesichtszüge entspannten sich.

„Gut … Dann ruh dich aus. Alles halb so schlimm. Deine Wange ist ein wenig abgeschürft und geschwollen. Aber das wird schon wieder.“

„Ich gehe nicht mehr zurück. Nie wieder.“ Diese Erklärung musste ich unbedingt loswerden, auch wenn es mich allergrößte Mühe kostete.

„Pscht“, machte Kira. „Spar deine Kräfte. Sie sind so gut wie aufgebraucht. Du musst ein wenig schl… ausruhen. Du kannst mir später erzählen, was geschehen ist. Wenn du dich wieder besser fühlst.“

„Wasser“, flüsterte ich.

„Wasser?“ Kira sah mich fragend an.

„Ich habe Durst.“

Sie machte eine besorgte Miene, stand aber auf und kam einen Augenblick später mit einem Glas Wasser zurück.

„Willst du es trinken?“, fragte sie mich ungläubig.

Als ich bejahte, half mir Kira, meinen Kopf etwas anzuheben, hielt mir das Glas an die Lippen und ließ mich kleine Schlucke nehmen.

„Soll ich vielleicht Ranja oder jemandem vom Rat …"

„Nein", hauchte ich und versuchte, den Kopf zu schütteln. Aber wahrscheinlich wurde daraus nur eine kaum merkliche Bewegung. Schlimm genug, dass ich Kira würde erklären müssen, was los war. Da brauchte ich nicht noch jemanden vom Rat dabei. Kira stellte das Glas ab und ich ließ mich zurück in die Kissen sinken.

„Ich gehe nie wieder zurück", beteuerte ich noch einmal und spürte, wie der Schlaf mich gleich besiegen würde. Schlaf, als normaler Mensch brauchte man ihn wie eine Droge, um sich von den Schmerzen des Menschseins erholen zu können.

Eine freundliche Vormittagssonne glitzerte zum Fenster herein. Einzelne Blüten schwebten vor dem Hintergrund eines tiefblauen Himmels herab und der Blick hinaus kam mir vor wie der Blick in eine rundum heile Welt.

Mit einem Schlag waren die Erinnerungen an meine letzten Minuten in der realen Welt wieder da. Ich setzte mich ruckartig auf und hielt die Hände vors Gesicht, als könnte ich damit verhindern, die inneren Bilder zu sehen: Tom, wie er inmitten von bunten Partyschlangen vor mir hockte und mich mit diesem Glitzern in den Augen ansah. Bevor er dieses grausige Geständnis ablegte, was mir den ganzen Erdball unter den Füßen weggezogen hatte.

„Neve! Du hast geschlafen!", rief Kira, als hätte ich ein Wunder vollbracht. Ich nahm die Hände vom Gesicht, entdeckte dabei das Pflaster an meinem Zeigefinger und blickte mich um. Kira saß mit einem Buch im Schaukelstuhl und schien die ganze Nacht bei mir gewacht zu haben.

„Ja, ich weiß." Ich seufzte, schlug die Bettdecke zurück, mit der Kira mich zugedeckt hatte, griff instinktiv nach dem Wasserglas, das neben mir stand, stellte es aber geistesgegenwärtig wieder an seinen Platz, ohne einen Schluck zu trinken.

Das alles sollte wieder aufhören. Ich wollte weder essen noch trinken, noch schlafen, noch ein Bad in mein Turmzimmer einbauen müssen noch irgendwas fühlen, was so wehtat wie gestern. Unwillkürlich betastete ich meine Wange und spürte den Schorf unter meinen Fingern. Ich wollte auch keine Wunden mehr haben. Nein!

Kira stand auf, kam herüber und setzte sich neben mich auf die Matratze. Sie nahm meinen Arm und fühlte mir den Puls. Ich merkte, wie ich wegen meiner Gedanken angefangen hatte, heftig zu atmen.

„Meine Güte", sagte sie. „Was für ein kräftiger Pulsschlag. Nur ein bisschen schnell."

„Ein halbes Jahr komplett hierbleiben reicht aus, dann vergeht das wieder. So war es vor sieben Jahren auch. Nur eine Frage der Konzentration."

Ich sagte das mehr zu mir selbst als zu Kira, um mir Mut zu machen. Damals, als ich in die magische Welt gekommen war und schon einmal genug vom Leben gehabt hatte, hatte ich mich allen menschlichen Bedürfnissen nach und nach verweigert. Es war – neben den herkömmlichen ätherischen Fähigkeiten wie Fliegen, sich unsichtbar Machen und Zugang zur Innenwelt eines Menschen haben – mein besonderes Talent, mich menschlichen Bedürfnissen entziehen zu können, und ich hatte es mit viel Disziplin genutzt und ausgebaut.

Ich entzog Kira meinen Arm, erhob mich und ging zum Fenster. Im Vergleich zu heute Nacht fühlte ich mich wieder recht sicher auf den Beinen.

„Was ist passiert?", wollte Kira jetzt wissen. Ich hörte an ihrem Tonfall, dass sie es bereits ahnte.

„Was soll schon passiert sein? Erst hat er mir dieses leidige Herzklopfen angehext und sich dann in eine andere verknallt."

Ich staunte über meine nüchterne Zusammenfassung. Sie brachte es auf den Punkt. Ich drehte mich um und sah, wie Kira schluckte. Na ja, der Satz klang aus meinem Mund sicher ungewohnt cool. Mir rutschte ein Lächeln über die Lippen, obwohl eigentlich alles schrecklich war. Kira stand auf und umarmte mich. Ich lehnte mich an ihre Schulter und kniff die Augen fest zusammen, weil sie fürchterlich zu schmerzen anfingen.

„Wenn das so ist, dann ist er es einfach überhaupt nicht wert. Kein bisschen. Glaub mir. Dann ist er nicht der Richtige und deshalb wirst du schnell über ihn hinwegkommen. Ganz sicher."

„Nein, er ist nicht der Richtige." Ich löste mich von ihrer Schulter. „Ich habe keine Ahnung, wie das überhaupt alles passieren konnte! Ich brauche doch überhaupt keinen Freund." Ich fuchtelte mit den Armen theatralisch in der Luft herum. Der Druck hinter meinen Augen ließ zum Glück wieder nach.

„Was ist mit seiner Musik?"

„Genau. Darum ging es. Sie hat mich eben verwirrt. So einfach ist das. Sie ist wirklich großartig. Es wäre unfair, sie jetzt schlecht zu machen. Ich …" Resigniert ließ ich meine Arme wieder fallen und seufzte tief. Dann nahm ich das Glas und trank es in einem Zug aus.

In Kiras Blick lag Verwirrung. Natürlich, ich gab ja nur lauter Fragmente von mir.

„Du warst lange weg", sagte sie und es schwang ein bisschen Sorge in ihren Worten.

„Okay, der Reihe nach."

Wir setzten uns auf die Matratze und ich erzählte ihr der Reihe nach, was ich in den vergangenen Tagen alles erlebt hatte.

„Er mag dich aber", sagte Kira, nachdem ich mit meinem Bericht geendet und wir eine Weile geschwiegen hatten.

Ich zuckte mit den Schultern. Ja, und?! Aber verliebt ist er in Charlie. Ich staunte, wie erstaunlich ruhig ich inzwischen bei dem Gedanken blieb. Es hatte gut getan, sich alles von der Seele zu reden.

„Ich meine, du bist die erste Person, der er etwas anvertraut hat, der er sich geöffnet hat. Das ist schon was Besonderes. Das macht man nicht bei jedem."

„Was willst du mir damit sagen?"

„Na, dass ihr Freunde seid. Gute Freunde sogar. Dass du ihn vielleicht nicht einfach im Stich …"

„Pff … Ich habe meine Aufgabe erledigt. So wie immer. Ich kann doch nicht mit allen, denen ich jemals geholfen habe, befreundet sein. Das wären inzwischen mehrere hundert Menschen und von so einigen kenne ich nicht mal den Namen."

„Eben. Bei Tom ist das deshalb was anderes. Du hast bei ihm gearbeitet und sogar in seinem Haus gewohnt. Du bist deswegen so lange der magischen Welt ferngeblieben, wie noch nie."

„Eben", gab ich jetzt trotzig zurück. „Das war lange genug. Viel zu lange."

„Und was ist mit Grete?"

„Sie kommt zurecht, denke ich. So war mein letzter Eindruck."

Während ich diesen Satz sagte, fiel es mir wieder siedend heiß ein. Grete war in die Kneipe gestürmt und wollte mich dringend sprechen, als ich dabei gewesen war, wegen Tom die Nerven zu verlieren. Sie hatte kein bisschen so ausgesehen, als würde sie zurechtkommen. Irgendetwas war geschehen, aber ich war nicht in der Lage gewesen, auf sie einzugehen.

„Was ist?" Kira sah mich forschend an. Mir fiel auf, um wie vieles aufmerksamer sie in der letzten Zeit geworden war.

„Ich … ach nichts. Ich habe nur an Grete gedacht. Und du hast natürlich recht. Kim sollte nach ihr sehen. Ich muss mit Kim reden."

„Du bist in letzter Zeit sehr wankelmütig in deinen Entschlüssen. Warst du nicht letztens noch der Meinung, man kann Menschen, derer man sich angenommen hat, nicht einfach anderen übergeben?"

Ich seufzte.

„Ja, aber … ich meine … Ich mag Kim eben nicht besonders. Ich komme nicht gut mit ihr klar. Sie ist in allem das komplette Gegenteil von mir. Vielleicht ist es auch nur das."

Natürlich war es nicht nur das. Natürlich war es gegen jegliche Überzeugung in mir, Grete im Stich zu lassen. Das konnte ich wirklich nicht tun! Aber ich konnte auch nicht wieder zurück zum Wetterplatz 8. Schon gar nicht sofort.

„Trotzdem werde ich zu Kim gehen. Am besten noch heute", versicherte ich Kira, wobei ich ihr nicht verriet, dass es tatsächlich dringend war.

„Ach, Neve", sagte Kira und umarmte mich noch einmal. „Jedenfalls, ich bin froh, dass du hier bist und es dir wieder einigermaßen geht. Ich meine, du hättest tatsächlich abstürzen können. Man muss sich konzentrieren, wenn man die Durchgänge passiert." Sie sah aus dem Fenster und fuhr fort: „Ich weiß, ich habe noch nicht viel Erfahrung darin, aber ein wenig schon. Und an der Akademie werden sie nie müde, uns die Fälle einzubläuen, die auch noch nach vielen Jahren ihr Leben in den Durchgängen gelassen haben."

„Oft wegen Liebeskummer. Nun weißt du wenigstens, warum ich mit dem Kram nichts zu tun haben will."

Plötzlich lief mir ein Schauer über den Rücken. Ich hatte tatsächlich in Lebensgefahr geschwebt. Und sehr wahrscheinlich hatte ich Lilonda mein Leben zu verdanken, weil sie mir immer so dicht auf den Fersen blieb und rechtzeitig gemerkt hatte, dass irgendetwas mit mir nicht stimmte. Meine Hände begannen zu zittern. Erst jetzt ließ ich die ganze Situation und ihre Tragweite in mein Bewusstsein. Ich erhob mich ruckartig.

„Ich glaube, ich muss an die frische Luft …"

Ich streckte mich und trat vor meinen Schrank. Kira erhob sich ebenfalls.

„Und ich muss längst los."

„Vielleicht gehe ich ein wenig im magischen Wald spazieren, bevor ich Kim aufsuche."

„Aber sieh dich vor“, warnte mich Kira. „Das mit den Verschiebungen hat sich verschlimmert und es weiß immer noch niemand, was vor sich geht. Im Tal hier hat es noch keine besonderen Vorkommnisse gegeben, aber im magischen Wald schon. Die Wege zu den Durchgängen sind relativ stabil, auch wenn die Entfernungen nicht mehr stimmen. Bleib am besten in der Nähe der Häuser. Das ist am sichersten.“

Ich sah Kira mit großen Augen an.

„Es hat sich verschlimmert? Gibt es denn gar keinen Anhaltspunkt? Keinen einzigen?“

„Noch nicht. Aber bestimmt wird es bald eine Erklärung geben. Pio durchforstet das gigantische Archiv der magischen Welt.“

„Und er hat immer noch nichts gefunden, was das erklären könnte?“

Kira schüttelte den Kopf.

„Ruhe bewahren. Du weißt ja. Regel Nummer eins. Solange es sich nicht auf die Durchgänge auswirkt, besteht keine größere Gefahr. Niemand ist dadurch ernsthaft bedroht. Nur zwei Studenten haben letztens drei Tage lang nicht mehr ins Tal gefunden, weil die Wege sie in die Irre geführt haben.“

Kira knotete mit einer flinken Bewegung ihr Haar zusammen. „Okay, bis später … und …“ Sie sah mich ein wenig traurig an. „Na ja … schade, dass es so dumm gelaufen ist für dich. Du, du siehst einfach total süß aus, wenn du rote Wangen hast. So lebendig.“ Sie lächelte etwas verlegen, drehte sich um und sprang flink die Wendeltreppe hinunter in die Küche.

Ich fühlte mich geschmeichelt und betrachtete mich in dem Spiegel vor mir. Meine Wangen schimmerten tatsächlich rosa, auch wenn die eine mit Schorf bedeckt war. Und ja, es gefiel mir sogar selbst. Ich erinnerte mich an die Schneeballschlacht mit Janus. Da waren meine Wangen zum ersten Mal richtig rot geworden, und ihm hatte es auch gefallen. Kiras Kompliment berührte mich viel mehr, als mir lieb war. Aber ach, was sollte der ganze Stress, nur um ein paar rosa Wangen zu haben! Es war kein bisschen wichtig.

Ich öffnete meinen Kleiderschrank und suchte mir mein Lieblingsshirt mit den aufgestickten weißen Blümchen und meine weiten weißen Leinenhosen, die mir bis zum Knie gingen, heraus – das Outfit von damals, als ich Kira am See gefunden hatte.

Dabei dachte ich an Janus. Mich ließ das Gefühl nicht los, dass er für das Desaster mit Tom büßen musste, obwohl er überhaupt nichts dafür konnte. Bestimmt würde er traurig sein, mich nicht mehr zu sehen.

Ich sollte ihm einen Brief schreiben und ihm erklären, warum ich plötzlich verschwunden war. Dass ich abreisen musste, wegen meiner Familie. Ich konnte mir alles Mögliche ausdenken, denn ich hatte ihm so gut wie nichts aus meinem Leben erzählt. Zum Glück.

Ich entschied mich, zuerst an Janus zu schreiben und danach hinauszugehen und Kim aufzusuchen, setzte mich an meinen Schreibtisch, zog eine Briefkarte hervor und öffnete meinen Füller.

Lieber Janus,

es tut mir leid, dass ich dir in der nächsten Zeit nicht weiterhin helfen kann, deine Bücher zu ordnen, aber ich musste dringend nach Hause zu meiner Familie. Ich kann das jetzt nicht alles genau erklären, aber ich werde es später tun. Mach dir auf jeden Fall keine Sorgen. Ich werde mich melden, wenn ich wieder zurück bin.

Liebe Grüße

Neve

Den letzten Satz hätte ich mir am liebsten verkniffen, aber ich musste ihn irgendwie schreiben. Es ging nicht anders. Wie würde der Brief sonst aussehen? So, als wollte ich alles in der Schwebe oder auslaufen lassen. Eigentlich wollte ich das auch. Es war eine dumme Idee gewesen, auf einmal ein Leben in der Realwelt zu beginnen, mit Freunden und Verpflichtungen. Das war doch nichts für mich. Ich hatte unverantwortlich und kopflos gehandelt, überhaupt nicht über die Folgen nachgedacht.

Okay, Grete würde früher oder später hier auftauchen. Und Tom, er hatte ja Charlie. Auch wenn Kira bestimmt richtig damit lag, dass ich wohl eine besondere Freundin für ihn war. Bei dem Gedanken schmerzte sofort wieder mein Herz und ich griff danach, als könnte man diese Art Schmerz mit ein wenig Druck auf den Brustkorb lindern. Wie auch immer, Tom und Grete, das würde irgendwie klargehen.

Nur Janus, ihn musste ich vor den Kopf stoßen. Ich konnte schließlich nicht immer mal bei ihm auftauchen, ohne ihm zu erklären, wo ich wohnte und was ich sonst so trieb. So viele Geheimnisse würde keine Freundschaft aushalten.

Entschlossen steckte ich den Brief in einen Umschlag und beschloss, mich bei Lilonda zu revanchieren. Ich wollte den Brief nicht offiziell bei Pio in die Post geben. Noch nie hatte ich von dieser Möglichkeit Gebrauch gemacht und sicher würde er fragen, warum ich ihn bei einem meiner nächsten Ausflüge nicht selbst in einen Briefkasten stecken oder überbringen konnte.

Die Einkäufe in der realen Welt würden das geringere Problem sein. Else, unsere Akademie-Köchin, die mich wie ihre Tochter behandelte, kaufte gerne für mich mit ein. Na ja, und Kira, ihre Klamotten, mit denen ich sie ausgestattet hatte, würden zweifellos noch eine ganze Weile reichen. Bis dahin wäre ich wieder ganz die Alte. Vielleicht dauerte die Rückverwandlung nicht mal ein halbes Jahr. Meine Lebensgeister waren schließlich nur kurz wach geworden.

Der Weg zum Ätherdurchgang zog sich ewig hin. Wegbiegungen wiederholten sich und ich lief eine Wegstrecke noch einmal entlang, die ich bereits hinter mich gebracht hatte. Die Übergänge der in die Länge gezerrten oder verkürzten Wege waren so unauffällig, dass man sie einfach nicht bemerkte. Was ging hier vor sich?

Dann kam der Absprungfelsen endlich in Sicht. Ich trat vorsichtig heran und schaute in die Tiefe. Mich befiel ein mulmiges Gefühl, wie ich es zuvor noch nie gehabt hatte, und ich wich zurück.

Schon tauchte Lilonda vor mir auf. Auf sie war Verlass. Warum nur hatte sie eigentlich so einen Narren an mir gefressen? War ich die Einzige, die ihr bereitwillig ihre vielen, vielen Fragen beantwortete? Vielleicht … Kim jedenfalls würde es wahrscheinlich nicht tun. Nun, und Pio war bekanntlich in seiner eigenen Welt und redete nicht viel. Ich wusste nicht, wann er die magische Welt überhaupt das letzte Mal verlassen hatte. Eventuell vor Jahrhunderten. Ansonsten gab es nicht viele, die diesen Durchgang passierten. Höchstens ab und zu ein paar ehemalige Studenten, die wieder in der Realwelt lebten.

Oh, deine Wunde heilt, rief Lilonda aus. *Darf ich sie jetzt anfassen?*

Lilonda hatte heute wieder braune Locken, so wie ich, und blaue Augen. Und sie versuchte auch, meine Hose zu imitieren. Aber es sah doch mehr wie ein Rock aus. Ich glaube, ich war noch nie in einer Hose in der realen Welt unterwegs gewesen.

„Ja, darfst du." Sofort strich ein Windhauch über meine Wange. Es war ihre Hand, die sie aus dem Dunst, der sie war, gebildet hatte.

„Lilonda, ich wollte dir danken, dass du mich gerettet hast. Du warst es, nicht wahr?"

Ja, natürlich. Das musste ich tun. Du bist doch meine Freundin.

„Ach, Lilonda …"

Ich möchte auch eine Wunde haben, unterbrach sie mich.

„Empfehle ich dir nicht. Schmerzen sind schlimm. Aber ich habe etwas anderes für dich."

Du hast was für mich?, rief sie aufgeregt.

„Ja, eine wichtige Aufgabe. Kannst du diesen Brief zu der Adresse bringen und dort in den Briefkasten stecken?" Ich zeigte auf die Anschrift auf dem Umschlag.

Ich darf einen Brief überbringen? An einen Menschen? Oh … Wirklich? Ich?

„Ja. Du. Ich weiß, es ist nicht erlaubt, Elementarwesen mit solchen Aufgaben zu betrauen. Aber ich dachte, es könnte ja unser Geheimnis bleiben."

Au ja, Geheimnisse. Menschen haben oft Geheimnisse miteinander, nichtwahr?

„So ist es." Ich übergab ihr den Brief und staunte, wie kräftig sie ihn mir mit ihren Ätherhänden aus den Fingern zog.

„Und, würdest du es sofort erledigen?"

Ja, absolut sofort. Lilonda sah gar nicht mehr mich an, sondern starrte wie hypnotisiert auf den Brief.

„Okay, ich danke dir. Ich verlass mich auf dich. Bis bald."

Bis bald.

Und schon sah ich sie in die Himmelstiefe, den dunklen Schlund der Berliner Nacht, hineintrudeln wie eine wendige Spirale aus Nebel. Das war also erledigt. Nun folgte der unangenehmere Teil meiner Vorhaben.

Kapitel 28

Ich stand auf der Terrasse und klopfte mehrmals an die Tür von Kims Haus, einem stylishen Quader aus Granit, mit einer Glaswand zu einer Seite, aber niemand öffnete. Als ich mich umdrehte, um wieder zu gehen, stand Kim plötzlich vor mir. Sie war aus dem kleinen Garten neben ihrem Haus gekommen und hielt einen großen Strauß Tausendschönchen in der Hand. Dicke rosafarbene und weiße Blüten, die viel üppiger und flauschiger aussahen als Tausendschönchen aus der Realwelt.

Mich irritierten die Blumen in ihrer Faust. Kim tat solche weichen Dinge wie Blumenpflücken? Sie legte den Strauß etwas grob auf den kleinen Tisch, der neben dem Eingang stand, als fühlte sie sich ertappt.

„Ich mag Tausendschönchen“, sagte ich, um ihr die Verlegenheit zu nehmen, und lächelte sie an. Aber das ging bei jemandem wie Kim nach hinten los. Ihr Blick wurde eisig.

„Was gibt es? Da du mich zum ersten Mal bei mir Zuhause aufsuchst, muss es wohl dringend sein.“

„Ja, das ist es. Ich …“ Ich stockte, aber damit das Stocken nicht zu einem völligen Schweigen wurde, sprudelte ich los und erzählte von Grete und meiner Vermutung, dass sie Ätherfähigkeiten besaß.

„Ich habe Angst, dass ich sie nicht richtig begleite. Deshalb wollte ich dich bitten, sich um sie zu kümmern.“

Das war natürlich nicht der wahre Grund. Aber dass ich Grete wegen Liebeskummer in ihre Hände geben wollte, musste ich Kim ja nicht verraten. Es war mir einfach zu peinlich.

Kim schwieg einige unerträgliche Minuten lang, nachdem ich geendet hatte, ihre eisblauen Augen auf mich gerichtet. Lange genug, dass ich mir dumm und naiv vorkam, sie überhaupt um diesen Gefallen gebeten zu haben.

„Du weißt, dass das deine Aufgabe ist, Neve“, sagte sie schließlich.

„Ja, aber …“

„Dann solltest du sie nach bestem Gewissen erledigen.“

„Ja … ich weiß. Aber …“

Wir standen immer noch auf der Terrasse und Kims Blick ließ mich nicht los.

„Würdest du wirklich glauben, dass du Grete nicht begleiten kannst, wärst du viel früher zu mir gekommen.“

Oh je, das stimmte natürlich. Ich schluckte und sah unwillkürlich zu Boden.

„Du warst drauf und dran, einen deiner Schützlinge im Stich zu lassen“, fuhr sie fort und schwieg daraufhin einen Moment, damit ich die Botschaft auch mit Sicherheit verstand.

Was sie dann sagte, zeigte, dass sie mich durchschaut hatte. Am liebsten wäre ich vor Scham im Boden versunken.

„Ich werde dich nicht fragen, was der wahre Grund ist.“

„Ich …“

Sie unterbrach mich: „Handle weiter nach deinem Gefühl, Neve. Dann wird alles gut laufen. Du bist doch eine, die das am besten kann.“

„Aber die Reise durch den Durchgang …“

„Ruh dich zwei Tage aus. Das wird genügen. So, wie du mir von Grete berichtet hast, ist noch Zeit.“

„Okay …“

„Und wenn es aus dem Ruder läuft, versäume es nicht, dir Hilfe zu holen.“

Kim klang jetzt sehr sanft. Sie machte mir keinerlei Vorwürfe, dass ich versucht hatte, die Tatsachen ein wenig zu verdrehen.

„Natürlich.“ Ich traute mich immer noch nicht, sie wieder anzusehen. „Danke“, flüsterte ich.

Ich verstand wieder, warum sie im Rat war. Sie war sehr distanziert, machte wenige Worte. Aber die Worte, die sie aussprach, sagten alles, was man wissen musste. Sie war eine eiserne Lady im Dienste der Wahrheit. Und wenn sie die Wahrheit herausgefunden hatte, verstand sie es, sie mit Weisheit zu verbinden. Vielleicht besaß sie ja doch keine Abneigung gegen mich.

Kim nahm die Blumen wieder auf, wünschte „Einen schönen Abend noch“ und wandte sich zur Eingangstür ihres Hauses.

„Dir auch“, sagte ich und begab mich auf den Rückweg.

Kims Haus lag ungefähr zehn Minuten von meinem entfernt. Ich schlug den inneren Waldweg ein, der rund um die Lichtung bis zu meinem Turmhaus führte.

Die ganze Zeit drehten sich meine Gedanken um die Frage, wie ich Grete am besten in die magische Welt begleiten könnte. Nein, ich konnte sie nicht im Stich lassen. Aber ich wollte auch nicht noch einmal zurück in die Realwelt. Wie sollte ich das nur anstellen? Vielleicht durch ihre Träume?

Genau, das war die beste Lösung. Ich musste herausfinden, um welche Zeit sie in der Nacht am meisten träumte. Ich würde nur als Geist am Wetterplatz 8 auftauchen. Niemand würde mich bemerken. Über Gretes Träume konnte ich erfahren, wann sie den Durchgang aufsuchen musste. Und dann würde ich da sein, und ihr beim Sprung in die Tiefe über ihre Höhenangst hinweghelfen. Danach konnte ich der realen Welt immer noch den Rücken kehren.

Ein seltsames Geräusch riss mich aus meinen Überlegungen. Es hörte sich an wie ein fernes Gewittergrummeln. Besorgt blieb ich stehen und lauschte. Dann erkannte ich, dass das Grummeln von meinem Magen ausging, und war erleichtert. Ha, mein Magen! Nein, ich würde nicht auf ihn hören.

Am Anfang war es schwer, nichts zu essen. Aber ich erinnerte mich, dass ich damals nach zwei Tagen das Essen vergessen hatte. Ich entspannte mich ein wenig und lief weiter, um sogleich erneut zu erschrecken.

Es knackte im Unterholz. Plötzlich flitzte etwas Kleines, Flinkes, Dunkles durch meine Beine. Ich stolperte vor Schreck und hielt mich an einem Baumstamm fest. Fauchend sprang ein größeres Tier dem kleinen hinterher, packte es am Genick und schleifte es in das Gebüsch neben mir. Ich schlug mir die Hand gegen die Brust, weil mein Herz wie wild zu hämmern begann. Wahrscheinlich kam diese ungewohnte Ängstlichkeit vom Schlagen meines Herzens. Und das war völlig überflüssig. Es war nur eine Katze gewesen, die eins ihrer ausgebüchsten Jungen eingesammelt hatte. Ein etwas zottiges rotes Wesen mit nur einem tiefgrün glitzernden Auge. Das zweite schien vernarbt, wahrscheinlich von einem Revierkampf.

Gleich dachte ich wieder an das Haus am Wetterplatz und dass es dort ein ähnliches Tier gab. Ich schüttelte den Kopf. Wenn einen Dinge besonders beschäftigten, schien die ganze Umwelt einen dauernd daran erinnern zu wollen.

Ich bemerkte, dass die Bäume hier ungewöhnlich dicht standen. Der Weg sah anders aus als gewohnt. Beunruhigt schaute ich mich um. Warum lief ich überhaupt durch den Wald und nicht durch das Tal? Kira hatte gesagt, dort habe es noch keine Verschiebungen gegeben. Voller ängstlicher Ahnungen beschleunigte ich meine Schritte. War ich dabei, mich hoffnungslos zu verlaufen?

Ich hatte Glück. Kurze Zeit später tauchte zwar nicht mein Haus zwischen den Bäumen auf, dafür aber die Akademie. Dankbar lief ich darauf zu. Von hier schlängelte sich ebenfalls ein Weg durch die Häuserreihen bis zu meinem Haus.

Als ich am Hinterausgang der Küche vorbeilief, öffnete sich die Tür und Else erschien in ihrem blauen Kleid mit den weißen Punkten. Sie stellte dampfende Hefezöpfe auf einem schwarzen Blech zum Auskühlen nach draußen.

„Neve!", rief sie erfreut, als sie mich erblickte. „Kindchen, ich hab dich ja so lange nicht gesehen!"

Sie breitete die Arme aus. Ich wollte am liebsten weglaufen. Aber nicht vor ihr, sondern vor dem Duft der Hefezöpfe. Ich nahm ihren Duft wahr! Ich konnte wieder riechen. Ausgerechnet jetzt! Es war, als würden sich tausend Türen öffnen. Erinnerungen stürmten auf mich ein: unsere Küche im Forsthaus und alle Sorten von Hefekuchen, die meine Oma jemals gebacken hatte. Ich ließ mich von Else in die Arme schließen.

„Wo warst du denn bloß? Hast du so viel zu tun da draußen?“, fragte sie, während ich am liebsten nie wieder denken, sondern für den Rest meines Lebens nur noch diesen Duft einatmen wollte.

„Neve?“

„Ich … ich …“, stotterte ich und versuchte, mir die Nase zuzuhalten. Dazu löste ich mich aus der Umarmung, doch statt es zu tun, rief ich: „… habe HUNGER!“, stürzte mich auf einen der Hefezöpfe und begann, ihn wie eine Verhungernde in mich hineinzustopfen. Else stand mit offenem Mund neben mir. Aber sie fing sich schnell wieder, strahlte über das ganze Gesicht und war im Nu mit einem kleinen Fässchen Butter zur Stelle. „Hier, du musst ihn unbedingt mit Butter probieren.“

„Mmh“, sagte ich gefügig und ließ mir von ihr eine nicht zu knappe Schicht auf den Rest des Hefezopfes streichen.

„Setz dich“, forderte Else und zeigte auf die Bank neben der Tür.

Ich tat wie geheißen. Sie nahm neben mir Platz und sah mir selig zu, wie ich noch einen zweiten Hefezopf verschlang.

Eine halbe Stunde später hockte ich in meinem geliebten Zimmer auf meiner Meditationsmatte, umringt von meinen Bücherregalen und war sauer auf mich selbst. Was war nur los mit mir? Ich hatte mich ja überhaupt nicht mehr im Griff! Ich stand komplett neben mir, ließ Freunde im Stich, stopfte mich sinnlos voll, verbreitete Notlügen und alles kam von diesem ganzen Gefühls-Mist. Ich schlug mit den Fäusten auf die Matte.

Mein Bauch fühlte sich viel zu voll an. Das Essen, das Else mir noch in Stapeln von Vorratsdosen mitgegeben hatte, hatte ich wütend in den Mülleimer geworfen, es dann aber reumütig wieder herausgeholt und für Kira in den Kühlschrank gestellt. Und nun konnte ich nicht in eine meditative Ruhe finden, um einen einzigen klaren Gedanken zu fassen. Stattdessen fielen mir dauernd die Augen zu und ich wollte einfach nur schlafen. Um der schläfrigen Lähmung zu entkommen, sprang ich auf, setzte mich kerzengerade an meinen Schreibtisch, nahm mir ein Blatt Papier und schrieb darauf:

1. Alles wird so wie früher.
2. Alles wird so wie früher.
3. Alles wird so wie früher!
4. Keinen Gedanken an Tom verschwenden. Keinen!
5. Zwei Tage kein Essen, kein Trinken, kein Schlaf.
6. Zu Grete.

Ich pinnte den Plan an die Bücherwand gegenüber meines Schlafplatzes, setzte mich in eine möglichst unbequeme Position, damit ich nicht einschlief, und versuchte, mich wieder auf mein eigentliches Leben zu konzentrieren.

Kapitel 29

Als ich an diesem schönen Morgen vor die Tür trat, sah die Welt schon ganz anders aus, im Gegensatz zu meinem ziemlich desolaten Zustand bei meiner Ankunft vor drei Tagen. Die Schnittwunde an meinem Finger war so gut wie verheilt und kaum noch zu sehen. Ich fühlte mich leicht und leer. Ich hatte die letzten zwei Tage wie geplant Konzentrationsübungen gemacht, die Gedanken an und Gefühle für Tom erfolgreich weggeschoben, nicht geschlafen, dafür viele Stunden an meiner Arbeit über die magischen Blasen der Welt gearbeitet und weder etwas gegessen noch etwas getrunken. Langsam schien ich die Kontrolle über mich und mein Leben zurückzugewinnen.

Beim Frühstück hatte Kira mir eröffnet, dass sie ihr eigenes Häuschen beziehen würde. Sie war so weit, alleine zu wohnen. Ich brauchte mich nicht mehr um sie zu kümmern. Eher hatte sie sich in letzter Zeit um mich gekümmert. Aber nun würde ich wieder in meine alte Rolle zurückfinden, früher oder später einen neuen Ankömmling in meinem Turmhaus aufnehmen und ihm dabei helfen, in der magischen Welt klarzukommen. Vielleicht würde es sogar Grete sein.

Ich warf mir die große Tasche mit den Winterklamotten für Berlin über die Schulter und machte mich auf den Weg zum Durchgang. Auf einmal hatte ich es eilig. Grete hatte mich sprechen wollen. Die ganze Zeit war mir das nicht aus dem Kopf gegangen.

Kira hatte mich, neben Kim, ebenfalls beruhigt, dass Grete noch nicht so weit sein konnte. Wenn die Träume vom Durchgang anfingen, dauerte es meist noch mindestens zwei Wochen. Wahrscheinlich hatte sie einen dieser Träume gehabt und war deswegen zu mir gekommen.

Trotzdem ging ich nun schnellen Schrittes durch den Wald. Ich lief barfuß, trug aber bereits einen dicken Winterrock, sodass ich am Durchgang nur noch ein paar wärmende Kleidungsstücke überziehen musste. Als ich keine Kälte und Hitze empfunden hatte, war alles einfacher gewesen. Aber das würde bald wieder so sein, beschwichtigte ich mich und hoffte, dass der Weg zum Durchgang nicht verrückt spielte, weil ich in dem Rock schon zu schwitzen begann.

Der See kam nach der gewohnten Wegstrecke in Sicht, alles ganz normal diesmal. Es war früher Nachmittag, in der realen Welt würde es also zwischen zwei und drei Uhr nachts sein. Wenn Grete brav zur Schule ging, würde sie jetzt schlafen, und auch Tom spielte um die Zeit nicht mehr Klavier.

Ein leises Durstgefühl meldete sich, als ich das Plätschern der kleinen Wellen am Ufer hörte. Ich ignorierte es. Dafür rückte die angenehme Empfindung in mein Bewusstsein, mit den nackten Füßen durch den feinen weißen Sand am Strand zu laufen. Der Sand fühlte sich herrlich warm an. Sofort verbot ich mir, darauf zu achten. Auf solche Kleinigkeiten konnte man auch gut verzichten, wenn man dafür alles andere nicht mehr am Hals hatte.

Ich ging ein wenig schneller, den Blick auf meine Füße gerichtet, die abwechselnd im Sand versanken, um mit der nötigen Konzentration meine Empfindungen zu drosseln … und prallte plötzlich gegen etwas Hartes. Ich stieß einen überraschten Schrei aus. Im ersten Moment glaubte ich, dass sich nun auch die Bäume verschoben und über den Weg zu marschieren begannen. Aber es war weitaus schlimmer.

„Hallo“, sagte eine tiefe Stimme ein Stück weit über mir.

Ich tat zwei Schritte zurück, stolperte und wäre hingefallen, wenn der große, kräftige Typ mit den dunklen Locken mich nicht am Ellenbogen festgehalten hätte. Ich starrte in seine Augen. Er war es! Nein, er konnte es nicht sein. Oder doch? Verschoben sich jetzt auch die magische und die reale Welt ineinander? So ein Unsinn. Er konnte es einfach nicht sein! Aber er war es.

„Hallo Neve, ich …“

Ja-nus. Meine Lippen formten seinen Namen, aber es kam kein einziger Ton.

„Ich habe deinen Brief bekommen und … ich dachte, du brauchst mich vielleicht." Er hob abwehrend die Hände. „Ich weiß, ich bin dir eine Erklärung schuldig."

Ich starrte ihn entgeistert an und bekam meinen Mund einfach nicht zu. Aber langsam spürte ich, wie ein Brodeln von unten in mir aufstieg und in Windeseile hochkochte. Er war von hier! Er kannte die magische Welt! Janus hatte mich angelogen! Er hatte mir von Anfang an was vorgemacht! Anders konnte es nicht sein. Er hatte die ganze Zeit gewusst, dass ich … Ich riss mich los und wollte wegrennen, aber Janus packte mich erneut an den Armen und hielt mich fest.

„Bitte Neve, lass es mich erklären." Seine Stimme klang sanft und ruhig und hatte eine hypnotisierende Wirkung auf mich. Ich gab allen Widerstand auf und er drehte mich langsam zu sich, während er mich mit seinen großen Händen weiter an den Oberarmen festhielt. Ich spürte ihre Wärme und fand das total blöd. Und ich sah in seine freundlichen, dunklen Augen und fand es noch blöder, dass wegen ihnen das Brodeln in mir verebbte.

„Du hast mich die ganze Zeit angelogen. Komplett! Ich hasse Lügen!", stieß ich hervor.

„Du auch", sagte er nur.

„Ich?"

„In dem Brief."

„Der Brief … das ist gar nichts dagegen. Ich kann einem normalen Menschen schließlich nicht erklären …"

„Nein, das nicht, aber du …" Er seufzte. „Es hat mich halt traurig gemacht, dass dir unsere Begegnung so unwichtig ist, dass du sie einfach in den Sand setzt."

„Das stimmt überhaupt nicht!"

„Okay, das beruhigt mich. Aber warum …"

„Warum hast du mir die ganze Zeit nichts gesagt?", unterbrach ich ihn.

„Das wollte ich ja … Am Anfang zumindest. Also, nicht ganz am Anfang. Da wusste ich überhaupt noch nicht Bescheid. Da bist du mir einfach nur aufgefallen, in der Kneipe, an der Theke. Eigentlich wollte Viktor dir deinen Mantel hinterherbringen. Aber ich habe ihm den Mantel weggeschnappt und bin dir nachgerannt."

Er schwieg und sah mich an. Sollte ich mich über dieses Geständnis freuen? Dass irgendein dahergelaufener Typ mich als normale Frau so interessant fand, dass er mir den Mantel hinterherschleppen wollte?

„Ja und? Das tut überhaupt nichts zur Sache!“, antwortete ich schroff.

„Erst als wir vor dem alten Haus am Wetterplatz standen, war ich mir sicher, dass du jemand mit elementaren Fähigkeiten bist.“

„Schön. Und warum hast du dann nichts gesagt? Da nicht und die ganze Zeit danach auch nicht? Und überhaupt, wieso warst du dir so schnell sicher? Was bist du überhaupt? Feuer? Lass mich los!“

Ich entwand mich seinen Händen, denn dort, wo er mich festhielt, begannen meine Arme tatsächlich zu schwitzen.

„Ja, Feuer. Und ich spüre elementare Fähigkeiten bei anderen. Das ist mein besonderes Talent. Du bist Äther.“

„Ist mir bekannt“, sagte ich trotzig und rieb meine Oberarme, obwohl sie sich dadurch nur noch mehr aufheizten. Feuer, er war auch noch Feuer. War er das wirklich? Mit Feuer hatte ich mich noch nie besonders gut verstanden. Feuer-Begabte waren mir zu impulsiv, zu wild, zu feurig eben. Zu meinen Erlebnissen mit Janus passte das gar nicht. Oder doch? Immerhin hatte er mich dauernd dazu gebracht, Dinge zu tun, die ich nicht wollte.

Und dann kamen mir lauter Situationen in den Sinn, die jetzt hervorragend ins Bild passten: wie Janus den Kamin in seinem Antiquariat so schnell anbekommen hatte, wie er sich über meine zwei Mäntel lustig gemacht hatte – er wusste ja, dass ich sie gar nicht brauchte – in welchem Ton er gesagt hatte, er verstünde alles. Na, klar tat er das! Und sehr wahrscheinlich kannte er Sardinien, weil er es durch die magischen Blasen bereist hatte.

„Warum hast du mir nicht die Wahrheit gesagt?“, begann ich erneut. Meine Wut war nicht zu überhören. Er blieb ruhig und bedachte mich mit einem offenen Blick.

„Ganz einfach. Als ich kapiert hatte, was dein Problem ist, dass du wieder so richtig lebendig sein willst, dich nur nicht recht traust, dachte ich, ich kann dir besser dabei helfen, wenn du es nicht gleich erfährst. Und es hat prima funktioniert.“

„Was?“ Ich war konsterniert. Auf einmal schien Janus an allem Schuld zu sein und nicht Tom.

„Du hast mich also manipuliert? Du hast deine Spielchen mit mir getrieben. Ich will überhaupt nicht wieder lebendig sein. Es ist der letzte Scheiß. Ich bin fertig damit! Du hast es nur schlimmer gemacht. So schlimm hätte es nie werden müssen."

Es tat richtig gut, solche Worte wie ‚Scheiß' zu sagen.

„Ich glaube ehrlich gesagt nicht, dass alles, was wir erlebt haben, schlimm für dich war."

„Nein!", rief ich spontan, aber ich meinte: „Ja! Doch!", was ich auch lautstark hinterhergab. Dann schulterte ich meine Tasche, verschränkte die Arme fest vor der Brust und schritt, den Blick auf den Sand geheftet, in einem größeren Bogen an dem Hindernis Janus vorbei.

„Neve, … man kann das Lebendigwerden nicht wieder rückgängig machen, so wie man eine falsch aufgegebene Bestellung storniert. Du bist eine Frau voller Energie und Lebenshunger! Dein Lebenshunger ist so stark zu spüren, dass es einen glatt umhaut. Außerdem führst du dich jetzt genauso eisig auf wie Kim, nur dass du kein bisschen bist wie Kim."

„Kim ist nicht eisig", verteidigte ich sie.

„Wie auch immer, dein Versuch, wieder ein sublimiertes Engelchen sein zu wollen, ist jedenfalls, als wollte man eine wilde Insel unter eine Glasglocke stellen und damit das Meer aussperren, das sie erst zu einer wilden Insel macht."

„Thh, da hast du dir ja eine tolle Metapher zurechtgelegt!", zischte ich, aber genau diese Worte brachen den Damm in mir, den ich in den letzten zwei Tagen mühselig wieder aufgebaut hatte. Sie trafen auf einen verschütteten Teil, der sich hundertprozentig verstanden und endlich ans Tageslicht geholt fühlte. ‚Verschwinde sofort wieder in den Tiefen meines Seins und dort bleibe für immer!', befahl ich ihm.

Aber es funktionierte nicht. Stattdessen blieb ich kurz hinter Janus stehen und spürte etwas Heißes auf meinen Wangen. Es lief hinab. Erst einzeln aus den Augenwinkeln, dann wie ein Bach von den Augen, über die Wangen, das Kinn entlang und dann den Hals hinunter in den Ausschnitt meines T-Shirts.

Tränen, warme, salzige Tränen.

Ich ließ mich auf dem Sand nieder und weinte, als wollte ich ein Meer erschaffen. Janus hockte sich neben mich und hielt mir ein Taschentuch hin. Ich nahm es, während ich von meinem Tränenausbruch geschüttelt wurde.

„Ich weiß, dass dir Tom das Herz gebrochen hat. Ich weiß es."

Jetzt schüttelte es mich noch mehr. Wie viele fiese Wahrheiten hatte er denn noch parat, mit denen er mich zum Heulen bringen konnte? Er hielt mir ein zweites Taschentuch hin und ich nahm es.

„Aber ich wollte nicht, dass du deshalb dich selbst wieder aufgibst. Ich wusste, dass du sauer sein würdest, weil ich es dauernd verpasst habe, dir die Wahrheit zu sagen. Ich hatte es mir fest für unser nächstes Treffen vorgenommen. Aber dann kam dein Brief und ich musste kommen. Ich … ich dachte, du kannst jetzt einen guten Freund gebrauchen. Einen, der Bescheid weiß, auch wenn er es verschwiegen hat."

Endlich hörten die Tränen auf, mich so zu schütteln. Richtig heulen war etwas Schreckliches, weil man diesem Zustand völlig ausgeliefert war. Aber es war auch furchtbar befreiend. Ich spürte, wie die Wut Janus gegenüber langsam weggespült wurde. Ich hatte ihm in meinem Brief eine Geschichte aufgetischt, um ihn nicht zu verletzen. Und er hatte mir nicht die Wahrheit gesagt, weil er dachte, dass mir das helfen würde.

Auf einmal war ich froh, dass er da war. Dass er von hier war und unsere Freundschaft dadurch doch möglich war. Ich putzte mir mit einem dritten Taschentuch von ihm die Nase, stand auf, lief zum See und schüttete mir einige Hände voll Wasser ins Gesicht. Es war ziemlich kalt, sodass ich scharf die Luft einsog. So war das „richtige Leben", ein ständiges Wechselbad von heiß auf kalt auf heiß auf kalt.

Ich setzte mich auf einen Stein neben dem Wasser, den Kopf in die Hände gestützt und sah hinüber zu Janus, der immer noch zwei Meter entfernt von mir im Sand hockte.

„Wurdest du in der magischen Blase von Danzig ausgebildet?", fragte ich ihn.

Erleichtert sah er mich an.

„Ja."

„Und du bist tatsächlich Feuer?"

„Ja."

„Mit Feuer verstehe ich mich eigentlich nicht so gut."

Er seufzte und lächelte. Und ich versuchte durch verquollene Augen und nasse Haarsträhnen, die mir im Gesicht klebten, sein Lächeln zu erwidern.

„Ich habe erst gestern gelesen, dass sich die magische Blase bei Danzig befindet und nicht in Warschau, der Hauptstadt", sagte ich.

„Dann warst du also noch nie dort?"

„Nein, aber ich war schon in der magischen Blase von Sardinien“, sagte ich mit gespieltem Trotz in meiner Stimme. Janus’ Augen glitzerten mich an wie Katzengold. Eigentlich hätten mir diese Augen von Anfang an verdächtig vorkommen müssen. Sie leuchteten zu intensiv für normale menschliche Verhältnisse.

„Ach, so ist das also! Ich hab es mir fast gedacht.“ Janus schmunzelte und schüttelte den Kopf, während er Sand durch seine Finger rieseln ließ.

„Gar nichts hast du“, schimpfte ich, jedoch nur noch gespielt. „Warum hab ich dich hier noch nie gesehen?“

„Ich bin nicht oft hier. Ich kenne hier niemanden näher. Mein Leben spielt da draußen, in Berlin. Nur manchmal komme ich her und mache einen Spaziergang durch den magischen Wald. Wenn ich nachdenken muss oder einfach Sehnsucht habe nach warmen Temperaturen und schönem Wetter. Ich meine, auch der Badesee hier, er ist das Beste, was einem passieren kann an einem grauen, kalten Wintertag in Berlin. An solchen Tagen beneide ich niemanden dort, der von diesem See und dem herrlichen Wetter – nur einen Durchgang weit – nichts ahnt.

Allerdings, der Feuerdurchgang von Berlin, der ist nun wirklich nicht der Hit. Bis zur Müllverbrennungsanlage im Süden ist es über eine Stunde, und wenn man zurückkehrt, stinkt man jedes Mal drei Meilen gegen den Wind.“

Ich musste lachen.

„Wie ist er denn in Danzig?“

„Oh, etwas angenehmer. Er stinkt zwar auch, aber er ist immerhin am Meer. Ich habe ihn damals, als die Symptome bei mir begannen, dank ausgiebiger Recherchen gefunden.“

„Recherchen?“

„Ja. Mein Vater war doch Professor für Mythologie.“

Ich stand auf und setzte mich neben ihn in den Sand.

„Und du weißt, er hat mir immer vorgelesen. Das Interesse für Mythen und Legenden war eine Familientradition. In seiner Bibliothek gab es ein wertvolles, handgeschriebenes Buch mit Geschichten, die weitervererbt wurden. Irgendwann, Anfang des 20. Jahrhunderts, hat sie auch jemand drucken lassen. Davon existieren noch zwei Exemplare.“

„Heißt es zufällig *Welt hinter der Welt*?“

„Ja, genau! Du kennst es?“

„Ich habe es beim Stöbern in der Staatsbibliothek entdeckt. Es hatte keine einzige Ausleihmarkierung. Aber als ich es endlich einmal ausleihen wollte, war es plötzlich verliehen."

„Oh, das war dann wohl ich. Es ist die zweite der noch existierenden Ausgaben und ich wollte sie mir anschauen."

Wir lächelten uns an. Was für ein schöner Zufall dass wir beide demselben Buch in einer Bibliothek mit unzähligen Titeln auf der Spur gewesen waren.

„Ich werde dir das Buch bei Gelegenheit zeigen. Die Geschichten wurden von einem meiner Vorfahren aufgeschrieben, der eine Begabung gehabt haben muss, verschlüsselt natürlich, als Märchen für normale Menschen. Aber ich habe keine Ahnung, wer er war. Irgendein Ururgroßvater aus dem 18. Jahrhundert väterlicherseits.

Meine Eltern und meine Großeltern besaßen jedenfalls keine besonderen Fähigkeiten. Diese Märchen jedoch haben mich gerettet und mir geholfen, den Weg in die magische Welt zu finden."

Sein Gesicht war jetzt ernst und sein Blick verlor sich weit, weit über den See. Ich spürte, dass die Erinnerung an die Zeit, bevor er in die magische Welt gelangt war, schwer auf ihm lastete. Ob er darüber reden wollte? Bestimmt würde es ihm guttun, dachte der Engel in mir.

„Wie ist alles passiert? Also, falls du es erzählen möchtest", fragte ich vorsichtig, fast flüsternd und war erleichtert, als ich an seiner Mimik sah, dass ihn meine Frage zu freuen schien.

„Dir erzähle ich es gerne, aber … du hast den Eindruck gemacht, als wenn du es eilig hast."

„Ja, ich muss zu Grete."

„Zu Grete? Zurück, in die reale Welt?"

„Sie braucht mich, sie …" Janus unterbrach mich: „Okay. Dann begleite ich dich zum Durchgang." Er schien keine Erklärung zu wollen, wahrscheinlich, weil er dachte, es wäre eine Ausrede, und ich wollte in Wirklichkeit zu Tom.

„Also, wenn du nichts dagegen hast."

Ich schüttelte den Kopf und wir machten uns auf den Weg.

Erst schwieg Janus, als suchte er nach dem richtigen Anfang. Und dann begann er zu erzählen: „Es ging los mit diesem wahnsinnigen Durst. Von Tag zu Tag wurde er unerträglicher. Du hast das sicher schon gehört vom Element Feuer."

Ich nickte.

„Erst trank ich Unmengen Wasser. Am Anfang war es noch nicht so auffällig. Aber als ich zwei Liter zu jeder Mahlzeit wollte, schob unsere Haushälterin Maria einen Riegel vor. ‚Eine Flasche und Schluss', sagte sie. Sie wusste, dass ich die Geschichte gelesen hatte, in der sich Menschen in Feuerdämonen verwandeln, und war sich sicher, dass ich mir das Buch zu sehr zu Herzen nahm."

„Sie hat dir verboten, genügend zu trinken?"

„Ja, und das machte mich aggressiv. Ich weigerte mich zu essen und drohte ihr, dass ich in ein paar Wochen achtzehn werde und dann sofort auszöge."

„Hat es was genützt?"

„Nicht wirklich. Ich habe meist doch was gegessen, weil sie mir leidtat. Sie meinte es ja gut."

„Und dein Vater?"

„Er wusste nichts davon. Wir redeten kaum noch miteinander und er aß allein in seinem Arbeitszimmer. Die Stimmung zwischen mir und ihm war auf einem Tiefpunkt, weißt du."

„Warum?"

„Teenager sind nicht dafür gemacht, dauernd so zu tun, als wären sie überhaupt nicht da. Ich wollte laut Musik hören und ich hielt es nicht mehr aus, dass ich mich nur still wie ein Schatten durch das Haus bewegen durfte. Seit mein Vater ein Jahr zuvor einen Schlaganfall erlitten hatte, war es noch schlimmer geworden. Eigentlich durfte man nur durch das Haus schweben."

Janus machte eine kleine Pause und atmete tief durch. Ich legte unwillkürlich meine Hand auf seinen Arm und sofort entspannten sich seine Züge ein wenig.

„Jedenfalls, dieser Durst, er machte mich verrückt", fuhr er fort. „Er wurde immer schlimmer, bis ich das Gefühl hatte, ich könnte ihn überhaupt nicht mehr stillen. Ich wollte ja rücksichtsvoll sein, ich musste doch nur noch ein paar Wochen durchhalten."

„Wo wolltest du denn hin mit achtzehn?"

„Ich hatte schon ein Zimmer in einem Studentenheim gemietet und betete täglich, dass alles mit meinem Studienplatz klappte. Die letzten Abiturprüfungen lagen hinter mir. Alles war gut gelaufen. Und dann, eines Abends drehte ich einfach die Musik auf, als könnte ich damit den Durst übertönen. Mein Vater flippte natürlich aus und brüllte über den Flur nach Ruhe. Maria war entsetzt über mein Verhalten und schraubte die Hauptsicherung heraus. Augenblicklich legten sich Stille und Dunkelheit über das Haus. Ich hatte ein furchtbar schlechtes Gewissen, aber gleichzeitig wollte ich auch raus aus meiner Haut. Im wahrsten Sinne des Wortes. Sie brannte und juckte überall und fühlte sich heiß und trocken an. Ich zündete eine Kerze an und kratzte mich am ganzen Körper wie ein Irrer. Maria stand mit der Taschenlampe in der Tür und beobachtete mich. Dann sagte sie: ‚Janus, es kann nur die Zuckerkrankheit sein.' Sie bestand darauf, mich sofort ins Krankenhaus zu bringen."

„Und der Arzt hat nichts gefunden", spekulierte ich.

„Hat er nicht. Natürlich nicht. Er sagte, es sei meine überspannte Phantasie, gepaart mit der chronischen Unterdrückung meines Temperaments. Und er hat mir die Telefonnummer von einem Psychologen gegeben."

„Immerhin. Die meisten Ärzte in Krankenhäusern scheren sich sonst nicht um die Seele ihrer Patienten."

„Das stimmt. Aber leider kann in so einem Fall ein Psychologe auch nicht helfen."

„Das ist wohl wahr."

Wir lächelten uns wissend an.

„Danach wurde es richtig schlimm. Ich merkte, dass Alkohol den Durst vorübergehend linderte, viel besser als Wasser. Nach einem Bier dachte ich endlich mal eine Stunde lag nicht ans Trinken. Nach einer Flasche Wein war sogar zwei bis drei Stunden Ruhe. Oh Mann, und davor hatte ich nie einen Tropfen angerührt, weil mir das Zeug einfach nicht schmeckte."

„Du warst also ständig betrunken."

„Genau, und nicht nur das. Der Alkohol und mein Zustand überhaupt – er hat mich aggressiv gemacht. Ein falsches Wort von Maria und ich flippte aus. Ich hatte mich überhaupt nicht mehr im Griff. Ich habe Türen geknallt, Sachen durch die Gegend geworfen. Ich habe gesagt, dass mein Vater doch verrecken solle, damit andere endlich leben könnten. Ich habe das natürlich nicht so gemeint. Niemals."

Janus schwieg. Sein Atem ging schnell.

„Ich war ein schlechter Mensch zu der Zeit. Ein wirklich schlechter Mensch."

„Das warst du nicht."

„Doch, war ich. Er ist kurz nach meinem Verschwinden in die magische Welt an einem zweiten Schlaganfall gestorben, weißt du."

„Oh … das ist schrecklich. Aber es war nicht deine Schuld. Es wäre mit großer Sicherheit auch passiert, wenn alles anders gelaufen wäre."

Janus seufzte. „Vielleicht, vielleicht aber auch nicht. Ich hatte meinem Vater aus der magischen Welt eine Mail geschrieben. Dass jetzt alles in Ordnung ist mit mir. Dass es mir gut geht. Dass ich nun in dem Buch seiner Vorfahren leben würde. Er solle mir einfach glauben, so wie er meinen wilden Geschichten als Kind geglaubt hatte – ja, meine kindliche Fantasie hatte er früher immer ernst genommen. Er solle noch mal das Märchen mit den Feuerdämonen lesen und dann wisse er Bescheid."

„Er hat dir bestimmt geglaubt. Ich meine, jemand wie er, der mythische Geschichten selbst so sehr geliebt hat …"

„Nein, leider nicht. Maria beantwortete die Mail. Ich hatte sie einen Tag zu spät geschrieben, einen Tag nach seinem Tod. Ich hatte zu lange mit mir gerungen, ihm überhaupt zu schreiben."

„Das … Das tut mir leid."

„Mir auch … und wie …!"

Am liebsten hätte ich Janus umarmt. Aber das traute ich mich nicht.

„Er wird es trotzdem wissen. Bestimmt", versuchte ich ihn zu trösten.

„Vielleicht …"

Wir liefen eine Weile schweigend nebeneinander her. Ich wusste nicht, ob der Weg diesmal länger oder kürzer war. Ich hatte das Gefühl für die Zeit verloren.

„Jedenfalls", fuhr Janus fort, „dann endlich … begannen die Träume. Ich träumte immerzu vom Danziger Hafen. Ich fuhr mit einem der alten Segelschiffe dorthin, die die Touristen durch den Hafen schippern. Warst du schon mal in Danzig? Ich meine, nicht in der magischen Blase, sondern in der Stadt selbst?"

Ja, war ich, als kleines Kind, aber darüber wollte ich nicht reden. Also schüttelte ich den Kopf: „Nein."

„Sie sehen aus wie echte Piratenschiffe und du fühlst dich ins Mittelalter zurückversetzt, wenn sie auf der Motława entlangkommen und im Zentrum von Danzig am Kai festmachen. Normalerweise halten sie an der Westerplatte, da, wo der Zweite Weltkrieg angefangen hat, damit die Touristen aussteigen und sich die Gedenkstätte ansehen können.

Aber in meinem Traum fuhr ich immer allein bis zum Nordhafen und das Segelschiff machte nur für mich an einem der Kais mit einer Recyclinganlage für Abfallstoffe fest. Jeder Traum wurde intensiver, deutlicher und offenbarte mehr Details. Erst ging ich durch eine Feuerwand, ohne zu verbrennen. Dann sah ich, wie jemand eine Spur aus einem brennbaren Material goss, sie anzündete und mich hindurchschubste. Irgendwann wusste ich, welcher Kai im Nordhafen es genau war und irgendwann wurde das Gesicht der Person, die diese Spur goss, deutlich. Und dann war es so weit, genau an meinem achtzehnten Geburtstag. Ich wusste, ich musste dorthin. Ich wusste, ich musste durch dieses Feuer. Und ich wusste, dann würden meine Leiden endlich vorbei sein."

„Du bist genau an deinem Geburtstag abgehauen?"

„Ja. Am Morgen kam Maria in mein Zimmer und weckte mich. ‚Alles Gute zum Geburtstag. Du bist jetzt erwachsen', hat sie feierlich gesagt und mir einen Gugelhupf mit achtzehn kleinen Kerzen hingestellt, den sie jedes Jahr für mich gebacken hat. Ich hab mir verwirrt die Augen gerieben und mich aufgerichtet. Mir fielen die tiefen Schatten unter ihren Augen auf. Sie waren meine Schuld. Ich wollte irgendwas Liebes zu ihr sagen.

‚Danke Maria, ab heute werde ich aufhören zu trinken, ich verspreche es.'

Sie seufzte. Ich stand auf und umarmte sie einfach. Sie wehrte sich erschrocken. Körperlich war sie ein sehr distanzierter Mensch, aber ich merkte, dass sie gerührt war und sich freute. Sie konnte ja nicht wissen, dass es ein Abschied für längere Zeit war."

Janus lief weiter und schwieg. Er nahm eine Blüte, die auf seine Schulter gesegelt war, und merkte anscheinend nicht, wie er sie zwischen den Fingern zerbröselte. Auf einmal wusste ich, was passiert sein musste.

„Dein Vater, er hat dir nicht gratuliert."

„Das stimmt. Aber wie sollte ich es ihm übelnehmen? Ich hatte ein paar Tage davor im volltrunkenen Zustand sein Auto zu Schrott gefahren. Ich nahm meinen Rucksack, stand eine Weile vor der Tür zu seinem Zimmer, aber konnte mich nicht überwinden zu klopfen und schlich mich aus dem Haus."

„Und Maria hat nicht bemerkt, dass du gegangen bist?"

„Sie war gerade auf den Markt, um für das Abendbrot einzukaufen. Ich mietete mir ein Faltboot, mit dem man die Motława hinauf zur Ostsee fahren konnte. Ich entdeckte den richtigen Kai sofort. Alles sah genauso aus wie in meinen Träumen. Ich wusste, dass mein Vorhaben lebensmüde war, aber ich wusste auch, dass ich nach meinem Traum handeln musste. Na ja, du kennst diesen verzwickten Zustand."

Janus sah mich an und ich nickte nur. Dann berichtete er weiter.

„Jedenfalls, der Mann aus dem Traum, der diese Feuerspur gegossen hatte, saß in einem Bürocontainer und überwachte den Umschlagplatz. Erst dachte er, ich wäre ein Eindringling, der hier nichts zu suchen hatte. Aber dann begannen wir einen seltsamen Dialog."

„Einen seltsamen Dialog?"

Janus gab den Dialog wieder: „‚Hallo. Ich habe von Ihnen geträumt.'

‚Gut, du bist tagsüber gekommen.'

‚So wurde es mir aufgetragen.'

‚Du möchtest durchs Feuer gehen.'

‚Ich muss.'"

Janus sah mich an und wartete auf eine Reaktion von mir.

„Kling wie einstudiert", fand ich.

„Genau. Ich staunte selbst, dass ich einem wildfremden Mann als Erstes erzählte, dass ich von ihm geträumt hatte. Von den anderen Feuerbegabten an der Akademie erfuhr ich später, dass der Dialog immer so ablief. Dass es der richtige Code war, ohne dass man irgendwas vorher schon davon wusste."

„Echt? So ein Code am Ätherdurchgang hätte mich damals ziemlich beruhigt. Im Eingangsbereich des Hauses, auf dem sich der Berliner Äther-Durchgang befindet, gibt es einen Pförtner, der einer von uns ist. Aber er ist nie direkt in die Geschichten involviert."

„Der Hafenarbeiter in Danzig am Feuerdurchgang schon. Wenn die Durchgänge nicht natürlich sind, ist es schwieriger. Einige Abfälle werden hier in einer tiefen Grube verbrannt. Es steigt immer Rauch auf. Aber das Feuer ist nicht groß genug. Der Mann muss ein bisschen nachhelfen, um den Durchgang zu aktivieren."

„Ich kann mir einfach nicht vorstellen, in lodernde Flammen hineinzuspazieren."

Janus lachte.

„Genauso wenig wie ich mir vorstellen kann, aus großer Höhe in die Tiefe zu springen. Das würde ich nicht mal mit dem Fallschirm machen!"

„Das ist schon alles seltsam, oder?!"

„Das ist es. Trotzdem kommt es einem so folgerichtig vor – von Anfang an. Ich bin in die Grube hinabgeklettert, als würde ich das jeden Tag tun. Der Mann schüttete irgendeine Flüssigkeit auf das schwelende Feuer. Und als die Flammen hoch genug waren, bin ich hindurchspaziert, als wäre es eine beliebige Tür.

Tja, und plötzlich fand ich mich auf einem Feld wieder. In der magischen Blase von Danzig sieht der Feuerdurchgang ähnlich aus wie in der Berliner Blase. Der Boden ist nur nicht so eben, sondern hügeliger, ein bisschen wie eine Kraterlandschaft."

„Hat dich jemand empfangen?"

„Empfangen. Na ja … Gefunden eher. Ich war eine Weile bewusstlos. Und was dann alles so auf einen einstürmt, kennst du ja."

Ich nickte erneut, sagte aber nichts. Vielleicht erwartete Janus, dass ich nun aus meiner Geschichte erzählte. Aber ich wollte nicht. Das war zwar unfair, weil er mir seine erzählt hatte, aber ich konnte nicht anders, ich wollte meine Geschichte ruhen lassen.

„Sag mal, müssten wir nicht bald beim Durchgang sein?", fragte Janus.

„Eigentlich schon. Schon längst!"

Auf einmal war ich mir sicher, dass wir bereits viel zu lange unterwegs waren. „Es muss an den Verschiebungen liegen."

„Verschiebungen?"

Augenscheinlich hatte Janus davon noch nichts gehört. Ich erzählte ihm, was ich von Kira wusste. Seine Miene verdüsterte sich.

„Das klingt … bedenklich."

„Finde ich auch, aber laut Rat gibt es keinen Grund zu ernster Sorge."

„Hoffen wir, dass es stimmt."

Janus schaute hinauf zur Sonne. „Ich schätze, sie wird bald untergehen."

„Oh je, dann dämmert es bereits in Berlin."

Janus sah mich fragend an.

„Du möchtest wohl zu Tom, solange er noch schläft."

Er sprach einfach aus, was er dachte.

Aber ich konnte ihn eines Besseren belehren. „Zu Tom? Nein! Ich muss zu Grete. Sie braucht mich."

Ich sah ihm an, dass er mir nicht glaubte, doch er fragte: „Das Mädchen mit den langen Haaren und einem Gesicht wie mit sieben Schlössern verriegelt? Ich habe sie schon einmal gesehen."

Ich schulterte meine Tasche, die mir fast herunterrutschte.

„Sie entwickelt Äthersymptome, aber sie hat Höhenangst."

Janus sah mich mit großen Augen an. Jetzt glaubte er mir.

„Tatsächlich?"

„Ich bin für sie verantwortlich."

Wir folgten einer Biegung, die mir nicht bekannt vorkam. Überraschenderweise befand sich dahinter die Klippe mit dem Ätherdurchgang.

„Oh, wir sind da!"

Ich war froh. Dann würde ich doch noch rechtzeitig drüben ankommen.

Wir blieben einige Meter vor dem Abgrund stehen.

„Neve … Ich finde es gut, dass du zurückkehrst."

„Na ja, ich kehre eigentlich nicht zurück."

„Vielleicht solltest du Tom die Wahrheit über deine Gefühle zu ihm sagen. Das klingt schwer, ich weiß. Aber das wird es in Ordnung bringen für dich. Du wirst sehen."

„Für mich ist bereits alles wieder in Ordnung."

„Nein, ist es nicht!", brauste Janus auf und überraschte mich damit. „Du willst leben – wieder so richtig. Du hast Angst davor, Angst vor dem richtigen Leben, vielleicht, weil jeder Tag in der realen Welt das Leben eines magisch Begabten verkürzt, der in der magischen Welt viele hundert Jahre leben könnte."

„Das ist totaler Blödsinn!", protestierte ich.

Aber Janus ließ sich nicht beirren: „Tief in dir wohnt ein durch und durch sinnlicher Mensch, der raus will an die frische, warme, samtige Luft! Ich weiß das! Ich …"

Stopp! Was sollte das? Seine Worte vom Anfang fielen mir wieder ein. Mit fester und lauter Stimme unterbrach ich ihn: „Dein Sendungsbewusstsein, mich ins Leben zu führen, in Ehren … Aber das ist nicht deine Aufgabe. Wir teilen vielleicht die magische Welt miteinander. Aber sonst kennst du mich nicht. Du weißt nichts über mich. Ich muss selbst entscheiden, was für mich richtig ist und was nicht. Okay?!"

Ich war erschrocken, wie schroff ich klang.

„Okay", sagte er und hob abwehrend die Hände. „Es tut mir leid."

„Schon gut."

Für einige Augenblicke schwiegen wir und schauten aneinander vorbei.

Dann fragte Janus vorsichtig: „Treffen wir uns trotzdem bald wieder?“

„Bestimmt“, druckste ich herum. „Du kannst mich besuchen kommen. Ich wohne im Turmhaus am Waldrand.“

„Ich möchte aber, dass du mich besuchen kommst und mir weiter mit den Büchern hilfst. Du hast es versprochen.“

Da schwang schon wieder mit, mich ins Leben holen zu müssen. Ich ignorierte es.

„Mach’s gut Janus.“

Janus antwortete leise: „Auf Wiedersehen.“

Er drehte sich um und ging zurück in den Wald.

Dieser Abschied, nach all dem, was er mir anvertraut hatte, machte mich traurig. War ich unfair? Aber es ärgerte mich, dass er gekommen war, um mich zurückzuholen. Dass er sich einbildete, besser über mich Bescheid zu wissen, als ich selbst. Das stand ihm nicht zu. Außerdem hatte er mich angelogen. Er war magisch begabt und hatte mich im Dunkeln tappen lassen. Erneut stieg Ärger in mir hoch.

Ich blickte in den Abgrund vor mir und verspürte keine Angst mehr, wie noch vor zwei Tagen. Alles war wieder normal. Was für ein gutes Gefühl. Ich breitete meine Arme aus und ließ mich von der Klippe in die Tiefe des Himmels fallen. Nein, ich würde Janus nicht in der Realwelt besuchen.

Kapitel 30

Geräuschlos glitt ich über die Dächer von Berlin. Es war ein lauer Wintermorgen. Über dem Weihnachtsmarkt hing der Duft von gebrannten Mandeln. Zum ersten Mal in all den Jahren nahm ich ihn von hier oben wahr.

Lilonda hatte mich bis zum Fernsehturm begleitet und mir von der Überbringung ihres ersten Briefes berichtet. Mit allen Details; wie sie den Deckel über dem Einwurfschlitz geöffnet und wie sie den Brief in den Briefkasten gesteckt hatte, und so weiter. Es klang wie das größte Abenteuer ihres bisherigen Daseins. Ich versprach ihr fest, an sie zu denken, wenn ich mal wieder einen Auftrag zu vergeben hatte.

Sollte ich das Haus am Wetterplatz von vorn oder von hinten betreten? Von hinten könnte ich gleich in Gretes Zimmer sehen, ob sie da war und später zur Schule ging. Von vorne würde ich sie vielleicht auf dem Schulweg erwischen.

Es war Viertel vor acht. Ich näherte mich von der Straßenseite. Grete war weder in ihrem Zimmer noch auf dem Schulweg. Also warf ich als Nächstes einen Blick durch das große Fenster des Dachbodens.

Und dort saß sie auf dem alten Metallbett, zusammengesunken, mit rundem Rücken, über den ihre ungekämmten Haare fielen. Oh je, das sah nach Krise aus. Ich schwang mich über das Dach zum Hinterhof und schlüpfte durch die Öffnung im Treppenhausfenster, dem eine Glasscheibe in der rechten oberen Ecke fehlte. Dann materialisierte ich mich und lief die Treppe zum Dachboden hinauf.

Die Wände strahlten eine unangenehme Kälte ab. In den letzten Nächten musste die Temperatur weit unter null gesunken sein.

Vorsichtig schob ich die Tür auf und betrat den Dachboden. Grete blickte erschrocken auf. Sie hielt eine halbvolle Flasche Wein in der Hand. Neben ihr stand bereits eine leere Flasche. Die billige Sorte, die ihr Vater in mehreren Kisten neben seinem Bett hortet.

„Grete."

Grete machte ein grimmiges Gesicht und drehte sich weg.

„Was willst du hier? Verschwinde. Ich will mit dir nichts mehr zu tun haben."

Ich ging auf sie zu. Ihr Widerwille war mit Händen zu greifen.

„Es tut mir leid. Ich …"

„Du hast mich im Stich gelassen. Ich bin das gewohnt. Das machen alle."

„Das stimmt", sagte ich und sie sah mich irritiert an.

„Ja, ich hab dich im Stich gelassen. Ich war an dem Tag überfordert mit meinem eigenen Leben. Ich …"

In Gretes verhärtetem Blick blitzte kurz ein Funken Interesse auf, aber dann schaute sie wieder zur Seite.

„Was geht mich dein Leben an?"

„Nichts. Aber ich bin hier, weil ich dich nicht im Stich lassen will."

„Klingt, als wärst du eine launische und unzuverlässige Person. Kann ich drauf verzichten." Grete nahm einen großen Schluck aus ihrer Weinflasche.

„Hast du heut keine Schule?"

„Ich hab nie wieder Schule." Grete hatte ihre Stimme nicht richtig unter Kontrolle und das früh um acht.

„Du hasst es, wenn dein Vater dauernd Wein trinkt."

„Ich hab meine Meinung geändert."

Ich setzte mich neben sie. Sie rückte provokativ ein Stück ab. Hier oben war es echt kalt. Ich sah, dass Grete am ganzen Körper zitterte.

„Kann ich einen Schluck?", fragte ich.

Erst saß sie still da. Dann reichte sie mir die Flasche.

Ich setzte sie an. Grete schielte unter ihren Haarsträhnen zu mir herüber und beobachtete genau, ob ich auch trank. Das war ja wieder eine schöne Idee von mir gewesen, sie um die Flasche zu bitten. „Engel-Diät" ade. Komischerweise war mir das gerade erstaunlich gleichgültig. Als wären Nicht-Essen und Nicht-Trinken sinnlose Angewohnheiten aus einer anderen Welt, die im richtigen Leben nichts zu suchen hatten. Ich nahm einen großen Schluck, dann noch einen, dann noch einen. Und dann noch einen. Der Alkohol rann mir warm und brennend die Kehle hinunter. Es tat gut. Gretes Augen wurden mit jedem meiner Schlucke größer.

„Danke", sagte ich, wischte mir mit dem Handrücken über den Mund und reichte ihr die Flasche zurück.

„Du musst echt Probleme haben", analysierte sie in einem Ton, in dem ganz leise Anerkennung mitschwang.

„Du hast was geträumt. Erzähl es mir." Ich versuchte, mich Gretes schroffer Art anzupassen. Es funktionierte.

„Nicht nur einmal. Langsam wird es immer absurder. Gestern war ich auf dem Dach des *Park Inn*–Hotels … und wäre beinahe gesprungen."

„Was? Das *Park Inn*? Aber das ist falsch … Das …" Ich schlug mir die Hand vor den Mund, erschrocken, dass ich zu viel ausgeplaudert hatte.

„Das ist also falsch, ja? Interessant. Dann kann es nur das Zweitgrößte daneben sein, stimmt's?!" Grete grinste, weil ich ihr in die Falle gegangen war.

„Es muss sich dir in den Träumen zeigen. Und zwar deutlich."

„Okay, das Zweitgrößte daneben. Alles klar. Danke für den Hinweis. Ich werde mich dort umsehen."

Meine Miene blieb unbeweglich. Doch innerlich hatte ich Panik, dass sie es tatsächlich vor der Zeit tun würde. Aber ich wollte mich auf keinen Fall noch mal von ihr provozieren lassen.

„Natürlich war ich nicht auf dem *Park Inn*. Nur auf dem Dach da drüben“, lenkte sie ein und wies mit dem Kopf Richtung Seitenflügel.

Ich ging nicht darauf ein, sondern fragte: „Was hast du genau geträumt – in deinem letzten Traum?“

„Na, von dem Seitenflügeldach. Sag ich doch. Und der Hof war voller Wasser.“

Grete veralberte mich. Das war offensichtlich. Okay, sie hatte jetzt Träume. Das war ein sicheres Zeichen. Gleichzeitig schienen sie noch nicht zwingend zu sein. Immerhin redete sie wieder mit mir. Sie schien mir zu verzeihen. Auf ihre Art. Das war erst mal das Wichtigste.

„Deshalb brauchst du dir keine Sorgen zu machen.“

„Gut, dann mach ich mir keine Sorgen.“ Grete hob die Flasche und trank, als Zeichen dafür, wie sorglos sie war.

„Grete, ich war … krank. Aber ich bin jetzt wieder da. Und zwar so lange, bis du durch bist mit der Sache. Versprochen.“

„Worte sind Schall und Rauch.“

Ich nahm ihr die Flasche aus der Hand und sie ließ es sogar bereitwillig geschehen. Grete wollte, dass ihr jemand half, dass jemand da war und ich spürte ihre Dankbarkeit, weil ich zurückgekommen war.

Ich hatte ihr mein Wort gegeben, ohne darüber nachzudenken, wie ich dadurch über mein eigenes Leben entschied. Das ganze Gegenteil von meinem eigentlichen Plan. Wie kriegte sie mich nur immer dazu? Ich hatte Grete damit versprochen, hier wieder einzuziehen und schluckte. Aber ich würde mein Versprechen halten.

„Wann hast du das letzte Mal was gegessen?“

„Vor zwei Wochen.“

Gut, das war schon eine Weile her. Aber noch nicht sehr lange, was die typische Symptomatik anbelangte. Und dass sie wieder was trank, sah ich ja. Ihr Vorhaben, nichts mehr zu trinken war also nur ein widerborstiger Teenager-Plan gewesen, noch kein ernstzunehmendes Symptom.

„Und ich trinke auch nichts mehr. Ich bin eigentlich schon tot.“ Grete wollte mich damit schocken, aber vergaß in dem Moment, dass ich ihre Weinflasche in der Hand hielt.

Ich grinste und dann grinste sie auch.

„Okay. Du hast gewonnen. Und wo hast du die Kekse hingeschmissen?“

„Ich hab sie gegessen. Alle. Sie waren lecker.“

Grete sagte nichts. Sie glaubte mir.

„Was ist mit euerm Fotoprojekt?“

„In einer Stunde ist die Präsentation. Luisa wird das schon machen.“

„Das heißt, du bist auch gut darin, Leute im Stich zu lassen.“ Ich sagte das sehr ruhig, ohne jeglichen Vorwurf in der Stimme. Und es wirkte. Grete blähte ihre Nasenflügel und sog langsam und geräuschvoll Luft ein. Es war einer dieser Momente, in dem eine Bombe entweder explodierte oder sicher entschärft wurde und für immer schwieg.

„Okay, du hast wieder gewonnen. Du bist eine ziemlich blöde Kuh“, sagte sie.

Bei *blöde Kuh* zuckte ich zusammen, aber gleichzeitig war ich erleichtert. Ich hatte Grete zurück. Unwillkürlich dachte ich an Janus. Er würde sich freuen, dass ich wieder hier wohnte. Er sollte nur nicht denken, dass es sein Verdienst war.

„Ich muss los“, sagte Grete. Sie stand auf und stampfte mit ihren bis zu den Knien geschnürten schwarzen Lederstiefeln zur Tür.

Dann wies sie in die eine Ecke der Dachschräge gegenüber des Bettes. „Diesmal ist alles aufgezeichnet. Deine Versprechen und so …“ Sie zwinkerte mir zu und verließ den Dachboden, während mein Herz anfing zu stolpern.

An Charlies Apparaturen hier oben hatte ich überhaupt nicht gedacht! Instinktiv sprang ich auf und entfernte mich aus dem Aufnahmewinkel der Kamera, auch wenn das jetzt nichts mehr nützte. Ich hatte keine Ahnung, was dieses Gerät genau aufzeichnete. Sicher ließ es eine Menge Raum für alle möglichen Interpretationen. Nur wäre es gut, wenn nicht ich im Zusammenhang damit erkennbar wäre. Aber vielleicht war ich das auch nicht, versuchte ich mich zu beruhigen.

„Neve? Bist du das?“

Toms Stimme. Im Treppenhaus waren Schritte zu hören. Mir fuhr ein Stechen durch alle Glieder. Der erste Impuls befahl mir, mich auf der Stelle unsichtbar zu machen und zu verschwinden. Ich fühlte mich nicht bereit für eine Begegnung.

„Neve!“, rief er wieder. An seinem Tonfall erkannte ich, dass er wusste, dass ich hier war. Wahrscheinlich hatte er Grete im Treppenhaus getroffen.

Wie erstarrt stand ich im Staub neben dem Gemäuer des Schornsteins. Die Tür öffnete sich quietschend und dann erschien er im Türrahmen.

„Neve!“ Tom strahlte über das ganze Gesicht. Er lief auf mich zu und machte eine Bewegung, als wollte er mich umarmen. Ich wich zurück. Also ließ er die Arme wieder sinken und blieb dicht vor mir stehen. Wie dumm, Tom hätte mich beinahe umarmt. Warum hatte er das früher nie versucht?

„Da bist du endlich wieder! Wo warst du denn? Und deine Wunde …“

Er schickte einen suchenden Blick zu meinen Händen.

Ich hielt meine rechte Hand hoch. Er sah sie sich an.

„Der kleine Schnitt? Ist kaum noch was zu sehen. Da bin ich ja beruhigt.“

Ich musterte ihn, während er auf meine Hand schaute. Er trug helle Jeans und hatte nur Socken an, keine Schuhe. Der beigefarbene Rollkragen aus grob gestrickter Wolle und dazu sein Dreitagebart und die noch vom Schlafen verzottelten blonden Haare standen ihm hervorragend.

„Aber was machst du so früh hier oben? Ich hab Schritte gehört. Ich dachte, es wäre schon wieder der Japaner, der unerlaubt herumschnüffelt.“

Ich sagte immer noch nichts. Tom machte den Eindruck, als hätte er mich vermisst. Prompt kam eine Erklärung für seinen Überschwang.

„Meine Güte. Es klingt seltsam, ich weiß. Aber es ist, als könnte ich keine einzige Note schreiben, wenn du nicht im Haus bist.“ Er lächelte verlegen.

Natürlich, daher wehte der Wind. Dann wurde sein Gesicht wieder ernst.

„Na ja, wahrscheinlich werden wir bald alle nicht mehr hier sein. Der Hauskauf ist offiziell. Stell dir vor, dieser Herr Tanaka hat am selben Tag noch die Räumungsklage für Viktor und Emma geschrieben. So ein Arsch.“

„Haben sie keine Miete mehr bezahlt?“ Endlich fand ich ein paar Worte und stand nicht mehr wie vom Donner gerührt vor ihm.

„Die letzten zwei Monate nicht. Für eine Räumungsklage reicht das.“

„Dein Lied. Ich dachte, du wüsstest jetzt …“

„Ja, dachte ich auch. Hab weitere Millionen von Textzeilen geschrieben, aber alles Mist, glaub mir. Charlie versucht, es zu singen. Alle Varianten. Es passt einfach nicht. Nichts passt zusammen. Text und Melodie – wie Feuer und Wasser. Aber es liegt nicht an Charlie. Sie ist eine tolle Sängerin."

Jedes Mal, wenn er Charlie sagte, war das wie ein Nadelstich. Tom machte eine Bewegung Richtung Tür. „Komm, ich mach dir einen heißen Kaffee. Ich kann auch einen gebrauchen. Hier oben erfriert man ja."

Nein, ich wollte nicht zu Tom. Es würde mir nicht guttun.

„Danke. Aber ich glaube, ich muss erst mal zu mir."

Tom fuhr sich durchs Haar und seufzte. „Wo warst du, Neve. Alles in Ordnung bei dir?"

„Ja, alles in bester Ordnung. Wirklich. Ich … war letztens nur so erschrocken, weil … Ich kann einfach kein Blut sehen. Da flippe ich aus."

„Und deshalb bleibst du gleich tagelang weg?"

„Nein, ich hätte eh weggemusst. Ich … ach … Weißt du, ich habe ein Zuhause und es ist wirklich gut. Es ist alles nicht so, wie du denkst."

Tom sah mich verwirrt an. Tausend Fragen schienen sich in seinem Kopf zu formen, die ich alle nicht gestellt bekommen wollte.

Also lenkte ich von mir ab und sagte: „Du hattest mich letztens wegen Charlie gefragt, und ich bin dir eine Antwort schuldig." Ich versuchte ein unverkrampftes kleines Lachen. „Ich verstehe nicht, warum du keine Chance bei ihr haben solltest. Du hast dich ihr, ohne nachzudenken, anvertraut. Sie hat dich nicht ausgelacht, sondern hat mit dir geprobt. Das hat mit Sicherheit alles eine Bedeutung. Das wollte ich dir noch sagen."

Toms Blick wechselte von verwirrt auf verdattert. Im ersten Moment schien er sich nicht daran zu erinnern, dass er mir diese Frage in Bezug auf Charlie gestellt hatte. Dann aber fiel es ihm wieder ein und seine Augen bekamen ein besonderes Leuchten.

Warum fühlte ich mich dadurch erneut enttäuscht? Hatte ich etwa was anderes erhofft? Dass sich die Dinge in der Zwischenzeit geändert hätten?

Tom fuhr sich nervös durch die Haare und wirkte verlegen.

„Ach das. Ich hatte eigentlich gerade alle Hoffnung verloren. Aber wenn du das sagst …" Er setzte sich auf das Eisenbett, zog die

Ärmel seines Pullovers über die Hände und schien vergessen zu haben, dass das hier ein kalter, ungemütlicher Ort war.

„Weißt du, seit sie bei mir war und den ganzen Abend mit mir meine leidige Komposition durchgegangen ist, ist sie irgendwie anders. Nicht mehr so gelöst. Sondern stiller, zurückhaltender. Distanziert. Als ob sie merkt, dass ich Gefühle für sie habe und es sie abschreckt."

Ich frohlockte insgeheim und schämte mich gleichzeitig dafür. Konnte es etwa sein, dass Charlie sich gar nicht für Tom interessierte? Konnte es sein, dass es Frauen gab, für die Tom uninteressant war? Besonders, wenn man wusste, dass er nicht nur Barkeeper war, sondern gleichzeitig der Schöpfer von wunderschöner Musik?

Am liebsten hätte ich Tom eingeredet, dass das Verhalten von Charlie nur ein untrügliches Zeichen von Desinteresse sein konnte. Aber ich tat das Gegenteil und sagte: „Frauen sind oft schüchtern, wenn sie jemanden besonders mögen."

„Ach, Neve, das sagst du jetzt nur so." Die neue Hoffnung, die in diesem Satz mitschwang, war nicht zu überhören.

Er beugte sich vor, stützte die Ellenbogen auf den Knien ab und legte das Gesicht in seine Hände.

„Und wenn schon, alles ist gerade schrecklich. Hast du wirklich ein gutes Zuhause? Wirklich, Neve? Du musst mir die Wahrheit sagen."

„Ja, das habe ich."

„Ich muss die Wohnungen Anfang nächsten Jahres geräumt übergeben. Ich weiß nicht, was aus Viktor und Emma wird. Charlie kann hier nicht weiter herumexperimentieren. Und du … Also, Weihnachten kannst du noch bleiben, aber dann …"

„Was ist mit dir?", unterbrach ich ihn.

„Mit mir?" Tom machte eine wegwerfende Geste. „Der Investorenarsch hat mir eine Abfindung angeboten, wenn ich ausziehe. Lächerlich gering, aber was soll's. Es ist eh alles verloren."

Auf einmal wusste ich, was Toms Kernproblem war, und es machte mich wütend. Beziehungsweise, diese Wut gesellte sich zu der bereits vorhandenen, weil er mich nur als gute Freundin sah und dabei mein Herz mit Füßen trat, und brachte das Fass zum Überlaufen.

Ich blaffte ihn an: „Weißt du, was dein Problem ist? Du gibst zu schnell auf. Und zwar in allem!"

Toms Augen weiteten sich erstaunt, weil ich noch nie in der Art mit ihm geredet hatte. Ich begann, vor ihm auf und ab zu schreiten und fuchtelte mit den Armen in der Luft herum.

„Ich meine, deine Komposition wird eh nichts ohne mich, bei Charlie hast du eh keine Chance und das Haus ist eh verloren. Was ist denn das für eine Haltung? Du hast nicht im Ansatz versucht, um das Haus zu kämpfen. Du bist zu feige, Charlie deine Gefühle zu verraten und du wartest, dass andere deine Probleme mit ein paar Noten lösen.“

Tom starrte mich völlig überrumpelt an.

„So, und jetzt muss ich los.“ Ich drehte mich um und stakste in großen Schritten davon, halb paralysiert von meiner Ansage, und lief die Treppen hinunter. Meine Predigt musste aus seiner Sicht ziemlich unangemessen wirken. Aber ich hatte nicht anders gekonnt. Ich musste endlich meinen verletzten Gefühlen Luft machen.

Und ich hielt es einfach keine Sekunde länger in Toms Nähe aus. Nicht, weil er sich falsch benommen hatte, sondern im Gegenteil: Tom war eine absolut liebe Seele und so verantwortungsbewusst, Viktor gegenüber und mir gegenüber, obwohl er mich erst so kurz kannte. Das war unerträglicher, als hätte ich erkannt, dass ich mich in einen Idioten verliebt hätte.

Ich schloss meine Wohnungstür auf, schmiss sie hinter mir zu und war froh, allein zu sein.

Kapitel 31

Meine Zähne schlugen aufeinander, ohne dass ich etwas dagegen tun konnte. Ich zitterte am ganzen Leib. Mir war fürchterlich kalt.

Ich holte den Pullover von Tom hervor, den ich ihm immer noch nicht zurückgegeben hatte, und wollte ihn überziehen. Aber stattdessen warf ich ihn auf die Matratze und entschied mich für einen eigenen Pullover, den ich bereits hergebracht hatte. Doch darin wurde mir auch nicht wärmer. Ich befeuerte den Ofen mit den restlichen Kohlen, die sich noch im Eimer daneben befanden, und stellte den Radiator aus dem Bad direkt neben meiner Matratze auf. Dann setzte ich mich darauf, lehnte mich gegen die Wand und schloss die Augen.

Okay, das mit Grete würde vielleicht noch ein bis zwei Wochen dauern. Und Tom brauchte einen weiteren Traum. Das Zittern wurde stärker, wenn ich nur an seinen Namen dachte. Verdammt, ich sollte mich wieder auf das konzentrieren, weswegen ich überhaupt zu ihm gefunden hatte. Auf das Stück, das er komponieren wollte, auf die Musik, die eingemauert war, und auf die Bedeutung, die darin für ihn lag.

Ich zog den Pullover enger um mich. Mein Magen vermeldete Hunger. Ich musste mir etwas zu essen besorgen. Es half nichts. Solange ich hier blieb, würde ich es nicht schaffen, mich wieder von allen menschlichen Bedürfnissen zu befreien. Am besten, ich ließ Kira wissen, dass ich in Berlin bleiben und erst mit Grete zurückkommen würde. Lilonda konnte es ihr sagen. Sie würde sich riesig über einen neuen Auftrag freuen.

In ein paar Tagen war Weihnachten. Tom würde Hilfe in der Kneipe brauchen. Und Janus … die Bücher … Es gab genug Arbeit, um die Zeit zu füllen. Ja, ich würde wieder zu ihm gehen. Ich sah ihn vor mir am See … und musste auf einmal lächeln. Wie er da saß und den Sand durch seine Finger rieseln ließ. Und wie ruhig er gesprochen hatte. So ein Schuft, er hatte mich so was von reingelegt. Mein Ärger war einem anderen Gefühl gewichen: Ich vermisste ihn irgendwie.

Langsam ließ das Zittern nach, ich sah das Glitzern des Sees vor mir, fühlte die Wärme des ewigen Sommers in der magischen Welt, glaubte, dass Janus' Lächeln sich mit der glitzernden Oberfläche des Wassers verband … und driftete weg.

Der moosige Boden unter mir war wunderbar weich. Abendsonne durchflutete das Geäst. Ich hörte das Rauschen des Windes in den Baumwipfeln und das Plätschern des Flusses neben mir. Uralte Bäume bildeten Brücken über ihn und tauchten ihre Äste in das Wasser. Am gegenüberliegenden Ufer stiegen die ersten Nebelschwaden auf und zeigten, dass der Boden noch warm war und die Luft sich bereits abkühlte. Ich war allein und nur von Natur umgeben, die etwas Zauberhaftes hatte.

Aber es handelte sich um einen ganz natürlichen Wald, eine Landschaft in der realen Welt, die ich allerdings noch nicht kannte. Es war kein Landstrich in meiner Heimat. Das Licht war anders, die Atmosphäre, der Duft. Ich war nicht allein unterwegs. Hinter mir hörte ich die vertrauten, schweren Schritte meines Vaters. Ich drehte mich um. Er lächelte mir zu und sagte: „Nur noch ein Stück. Wir sind gleich da …“

Alles wirkte friedlich und schön. Vögel zwitscherten in den Bäumen – ein Moment für die Ewigkeit.

Doch plötzlich donnerte es. Zuerst einmal. Dann noch einmal. Und dann dreimal hintereinander. Es wurde immer lauter. Ein Gewitter? Ich drehte mich ängstlich um …

… und starrte auf zwei helle Rechtecke, durch die orangefarbenes Licht fiel. Ich brauchte eine Weile, um zu begreifen, wo ich war. Das Licht, es kam von einer Laterne, die es zu Hause vor meinem Turmhaus nicht gab. Also war ich in meinem Zimmer in Berlin. Und es zog kein Gewitter auf, sondern es klopfte laut und dringlich an der Wohnungstür. Ich versuchte mich aufzurichten. Ich hatte zum ersten Mal wieder geträumt, nach vielen Jahren. Und zwar von meinem Vater. So real und lebendig war er mir im Traum erschienen. Ich hatte sein Gesicht genau gesehen, seine wettergegerbten Züge mit den starken Furchen auf den Wangen und auf der Stirn. Seine blauen Augen, mit denen er mich liebevoll angesehen hatte. Er war viel älter als in meiner Erinnerung. So alt, wie er jetzt ungefähr sein müsste. Der Traum kam mir seltsam real vor, als wären wir bis eben zusammen gewesen.

Im Augenwinkel spürte ich eine Träne und wischte sie hastig weg. Träume – sie konnten einem Angst machen, und selbst wenn sie schön waren, konnten sie einem wehtun.

Es rumste laut im Flur. Ich zuckte vor Schreck zusammen und sprang auf.

Dann hörte ich Charlies Stimme: „Hey, Neve, isch weiß, dass dudabist. Mach auf, bidde."

Ich knipste das Licht im Flur an, öffnete die Tür und Charlie rutschte mir direkt vor die Füße, weil sie sich auf dem Fußabtreter niedergelassen und gegen das Türblatt gelehnt hatte.

„Oh, sorry. Isch habe su viel getrunken. Isch gebe es sofort su", lallte sie und versuchte sich hochzurappeln.

Ich zog sie am Arm hoch.

„Seit heut Nachmittag hab isch gewartet, dass du mal rauskommst, aber bis du nich. Isch wollt ja nisch schon wieder störn. Und dann habe ich die swei Flaschen Wein eben leergemacht, weil ich aufgeregt bin, weis du. Es is total aufregend! Ich bin sowas von froh, dass du wieder da bis. Ich könnde sons nich weidermachen …"

Ich verstand kein Wort von dem, was Charlie mir zu vermitteln versuchte. Sie trug knallenge, dunkelblaue Jeans, eine dicke Felljacke bis zur Taille und dazu knallrote Stiefel, einen knallroten Schal und eine knallrote Mütze. Ihre Augen waren glasig vom Wein. Aber selbst betrunken sah sie einfach umwerfend aus.

Charlie stolperte den Flur entlang ins Zimmer und ließ sich samt ihrer großen Tasche auf meine Schlafstelle fallen. Sie fingerte umständlich den Reißverschluss auf und holte einen ganzen Satz vergrößerter Fotos hervor.

„Komm her. Das mussu dir ansehn!"

Die ersten Fotos stammten aus dem Keller. Auf den Vergrößerungen konnte man klare Schemen einer Katze erkennen. Mal waren sie blau, mal orange, mal grün, mal weiß. Auf jedem Foto anders. Charlie atmete tief durch und gab sich Mühe, deutlich zu sprechen.

„Mit der Katze stimmt schon mal was nich. Das Farbspektrum beweist es. So deudliche Aufnahmen habe ich noch nirgends gesehen. Isch muss diese Katze einfangen und sie untersuchen." Charlie legte die Fotos ab und holte einen weiteren Stapel hervor. Ihre Hände zitterten, während sie ihn in der Hand hielt. „Aber das hier, das ist noch viel aufregender. Die stammen von heute früh vom Dachboden."

Ich spürte einen Stich durch meine Mitte gehen. „Von heute früh?"

„Du warst dort mit Grete. Deswegen weiß ich, dass du zurück bist. Das da oben ist eine Aura-Kamera. Und nun schau dir deine Aura an und die von Grete."

Ich nahm den A4-großen Abzug, den Charlie mir hinhielt. Grete und ich saßen auf dem Metallbett. Mich umgab ein vollständiger Lichtkranz aus hellblauem Licht mit winzigen dunkelblauen Punkten darin. Gretes Gestalt rahmte ein deutlich schwächerer Lichtkranz aus Dunkelblau, durchzogen mit schwarzen Schlieren.

„Das sieht hübsch aus", sagte ich. „Und blau gefällt mir. Ich habe schon öfter davon gehört, dass man seine Aura fotografieren lassen kann."

„Nein, du verstehst nicht. Das sind keine Aura-Fotos wie auf Esoterik-Messen. Jeder Mensch ist von einem elektromagnetischen Feld umgeben. Aber diese Aufnahmen hier zeigen ein Energiebild, das mit herkömmlicher Physik nicht erklärt werden kann." Charlies Augen leuchteten. Sie wirkte wieder vollkommen nüchtern. Ihre Leidenschaft für das Thema schien den Alkohol zu besiegen.

„Mit mir und Grete soll irgendwas nicht stimmen?“ Ich versuchte, erstaunt zu klingen.

„Genau! Neve, du musst mir sagen, was du weißt. Was ist es? Gibt es irgendwas, was du verheimlichst, was eine Erklärung wäre? Ich brauche dich, um das alles zu erklären.“

Ich zuckte mit den Schultern. „Keine Ahnung. Steht dazu nichts in deinen Büchern?“

Charlie seufzte. „Gut, dann ist es was, wovon ihr selbst keine Ahnung habt. Aber das kann ich mir irgendwie nicht vorstellen.“

„Mit mir, Grete und noch einer streunenden Katze – alle aus demselben Haus – soll irgendwas nicht in Ordnung sein?“

Nach außen blieb ich ruhig, aber innerlich wuchs meine Nervosität. Ich konnte Charlie nichts von der magischen Welt erzählen. Abgesehen davon, dass sie nicht der Typ dafür war, war es bei ihr auch gefährlich. Sie wollte Beweise für übersinnliche Dinge finden. Sie würde weitere Untersuchungen anstellen, und wenn ich nicht mitspielte, würde sie mir vielleicht Wissenschaftler mit weniger feinen Methoden auf den Hals hetzen. Das alles konnte ich nicht riskieren.

Andererseits: Würde ich ihr die Wahrheit erzählen, klänge es wie ein Märchen, das sie eh nicht glauben würde. Und ich wusste ja, dass sich übersinnliche Dinge nicht beweisen ließen. Das lag in der Natur der Sache. Ich staunte, dass hochintelligente Wissenschaftler es trotzdem immer wieder versuchten.

„Es sieht danach aus. Also erst mal. Natürlich sagt eine einzige Untersuchung nichts aus. Man braucht mehrere Testreihen, die ähnliche Ergebnisse bringen. Deswegen wollte ich dich fragen, ob du bereit wärst, mit mir ein paar dieser Testreihen zu machen.“

Nein, das war ich nicht. Charlie kramte im richtigen Moment eine neue Weinflasche mit einem Drehverschluss aus der Tasche, sodass sich ein guter Grund ergab, vom Thema abzulenken. Sie öffnete sie und ich nahm sie ihr aus der Hand.

„Hör auf Charlie, du bist schon betrunken.“

Sie bedachte mich mit einem wütenden Blick. Dann nickte sie langsam.

„Aha, verstehe. Du glaubst mir nicht, weil ich betrunken bin. Du denkst, ich erzähle irres Zeug. Du denkst, dass ich eine Meise habe. Das denkst du doch, stimmt's?“

„Nein …“

„Ach, hör doch auf! Natürlich dengst du, dass isch nich ganz richtig ticke. Das denken alle." Sie lallte wieder ein wenig, riss mir die Flasche aus der Hand und hieb sie sich dabei gegen die Schläfe. Au, das musste wehgetan haben. Aber Charlie verzog keine Miene und trank von dem Wein, als wäre es Brause.

„Wer alle?"

„Na, alle eben." Sie knallte die Flasche auf den Boden, dass ich Sorge hatte, sie würde kaputt gehen.

„Es gibt übersinnliche Dinge und ich werde es beweisen. Das werde ich! Ganz gewiss. Ich bin kurz davor."

„Warum ist dir das so wichtig?"

„Weil mein Vater ein Idiot ist. Und weil isch ihm das beweisen werde. Darum. Jetz weis dus!", rief sie.

Sie atmete tief ein und aus. Dann sah sie mich an und gab in weitaus leiserem Ton dazu: „Tut mir leid. Ich wollte dich nich' erschrecken. Ich benehme mich gerade völlig daneben. Ich weiß das. Mein Vater is' ein strenger Materialist, für den das Bewusstsein nur ein zufälliges Nebenprodukt darstellt. Aber das halte ich für Schwachsinn."

Charlie erhob sich, schwankte ein bisschen, suchte an der Wand Halt und sprach wieder mit fester Stimme, als würde sie vor Publikum eine Rede halten.

„Ich will ihm beweisen, dass es mehr gibt als das, was man anfassen oder sehen kann. Ich werde ihm beweisen, dass man Kindern nicht das Märchenbücherlesen verbieten sollte. Menschen brauchen mehr als die Gewissheit, dass die Welt aus Atomen besteht. Er vielleicht nicht, er ist eh gefühlsamputiert. Aber deshalb müssen das nicht alle anderen Menschen auch werden."

Sofort musste ich an Toms Probleme mit seinem Vater denken. Da hatten sie also etwas Wesentliches gemeinsam. Nur während Tom sich verbarrikadierte und aus seiner Leidenschaft ein Geheimnis machte, ging Charlie in die Offensive.

„Man kann das nicht beweisen."

„Was?"

„Dinge, die nicht beweisbar sind."

„So einen Blödsinn hat mir schon mal jemand erzählt. Aber das werden wir noch sehen."

Charlie griff wieder nach der Flasche und trank sie in einem Zug aus, sodass mir schon vom Zusehen schlecht wurde. Dabei spürte ich unangenehme Leere meines Magens. Ich musste dringend etwas essen. Gleichzeitig wurde mir klar: Charlie brauchte meine Hilfe.

Ich musste ihr klarmachen, dass das, was sie suchte, nicht beweisbar war. Aber vor allem, dass es darauf nicht ankam. Weil es ihr nämlich in Wirklichkeit nicht um Beweise ging, sondern darum, jemand anders etwas zu beweisen. Das musste sie aber nicht. Schon gar nicht ihrem Vater. Sie war erwachsen. Sie konnte ihr Leben leben und die Welt so sehen, wie sie es wollte.

„Wie viele Märchenbücher hast du inzwischen gelesen, ich meine, seit du nicht mehr zu Hause wohnst?“

Charlie sah mich verwirrt an und machte dann eine abwehrende Geste.

„Märchenbücher. Dafür ist es jetzt zu spät.“

„Dann eben Fantasy-Romane.“

„Fantasy-Romane? Wozu sollte ich Fantasy-Romane lesen?“

Jetzt war ich verwirrt.

„Na, einfach, um sich in andere Welten zu träumen und sich vorzustellen, alles wäre wahr.“

„Das ist nicht befriedigend.“

„Nun, dann hast du vielleicht mehr mit deinem Vater gemeinsam, als du denkst.“

Charlie öffnete den Mund, aber nichts kam heraus. Sie stolperte über ihre eigenen Beine und ließ sich auf die Matratze fallen.

„Ich meine, brauchst du einen Beweis für dich oder für deinen Vater?“

„Ich? Ich brauch keinen Beweis. Ich …“ Sie kippte zur Seite und ließ den Kopf auf ihre Arme fallen, sodass ich nur noch ihren Hinterkopf sah. „ … bin müde.“

Charlie rührte sich nicht mehr. Dachte sie über das nach, was ich soeben gesagt hatte? War es zu hart gewesen?

Kurze Zeit später hörte ich sie schnarchen.

Ich deckte Charlie mit der Wolldecke zu. Dann erhob ich mich, nahm meinen schwarzen Mantel und verließ die Wohnung. Unten vor der Haustür wehte mir ein eisiger Wind ins Gesicht. Ich zog meine Mütze tief in die Stirn und machte mich auf den Weg zum nächsten Imbiss um die Ecke.

Es fühlte sich beschwerlich an, einen Fuß vor den anderen zu setzen. Meine Beine kamen mir wie Blei vor und mir war immer noch etwas übel. Die frische Luft machte es nicht besser.

Zwei Minuten später umfing mich die bullige Wärme des Imbissladens. Zum Glück war niemand vor mir dran. Ich bestellte eine mit Spinat gefüllte Teigtasche und eine große Fassbrause und ließ mich auf den erstbesten Hocker neben der Tür fallen. Die Bedienung war so nett, mir die Fassbrause zu bringen. Die Hälfte davon trank ich in einem Zug leer. In meinem Hinterkopf schwoll ein immer stärker werdendes Hämmern an. Oh je, das waren Kopfschmerzen. Und ich besaß keine einzige Schmerztablette.

Ich stopfte das Essen in mich hinein, aber danach ging es mir nicht bedeutend besser. Inzwischen schwitzte ich in dem Mantel und der Wärme des Ladens, als befände ich mich in einer Sauna. Ich musste wieder raus. Sofort. Den Rest der Teigtasche aß ich draußen auf der Straße.

Ich lief durch die Dunkelheit und atmete die kalte Luft tief ein und aus. Irgendwann merkte ich, dass ich auf dem Weg zu Janus war, ohne dass ich das geplant hätte. Eine Straßenuhr zeigte kurz nach dreiundzwanzig Uhr. Ob er noch wach war? Wahrscheinlich schon.

Einige Minuten später stand ich vor seiner Toreinfahrt. Aber ich traute mich nicht hinein. So ein Blödsinn, Janus würde sich freuen. Und ich, ich würde mich auch freuen, ihn zu sehen. Irgendwie wollte ich gerade nicht allein sein. Das kam selten vor, und ich wunderte mich über dieses Gefühl.

Ich presste die Hände gegen den Kopf. Meine Kopfschmerzen verschlimmerten sich mit jeder Minute. Janus hatte bestimmt eine Schmerztablette für mich.

Vorsichtig spähte ich durch die Einfahrt zum Hof, aber ich konnte nicht weitergehen. Ich war zu stolz, bereits einen Tag später bei ihm vor der Tür zu stehen. Und ich wollte nicht schon wieder in einem Ausnahmezustand bei ihm klingeln. Nein, ich würde alleine klarkommen. Ich drehte um und lief nach Hause. Wahrscheinlich hatte ich nur viel Schlaf nachzuholen.

Mühsam schleppte ich mich die dunklen Treppen im Hausflur hinauf. Ich kam mir vor, als würden mindestens achtzig Jahre auf mir lasten. Meine Hände waren eiskalt und zitterten, gleichzeitig schwitzte ich, vor meinen Augen flimmerte es und mein Atem fühlte sich heiß an. Ich wollte jetzt auf keinen Fall allein sein. Was, wenn ich sterben würde und niemand bemerkte es? Der Gedanke jagte mir einen Schauer über den Rücken.

Vielleicht streikte mein Körper wegen der vielen Veränderungen. Ich spürte, wie mein Herz raste. Nach meinem letzten

Zusammenbruch bei Janus hatte es Wunder gewirkt, unsichtbar zu werden. Schlagartig war es mir wieder gut gegangen. Ich keuchte bei jeder Stufe und lief trotzdem an meiner Wohnungstür vorbei zum Dachboden hinauf. Wenn Charlie drinnen noch schlief, wollte ich nicht vor ihr herumexperimentieren.

Ich versuchte, unsichtbar zu werden und rang um Konzentration, obwohl meine Kopfschmerzen inzwischen unerträglich in meinem Gehirn rasten. Zuerst sah ich meine Hände verschwinden, dann meine Füße. Sofort waren meine Hände nicht mehr so eiskalt und meine Beine fühlten sich um einiges leichter an. Trotzdem besserte sich mein Allgemeinempfinden kein bisschen. Mir ging es genauso elend wie mit meinem sichtbaren Körper. Was war nur los?

Ich befand mich vor Toms Tür und hörte von drinnen ein Geräusch. War er doch schon zu Hause? Ich brauchte Hilfe!

Ich schoss jede Vorsicht in den Wind, ließ mich durch den Briefschlitz gleiten, schnellte zur Decke hoch und flog durch den Flur. Meine Bewegungen waren unkoordiniert und das verschlimmerte meine Übelkeit. Tom saß im mittleren großen Zimmer zwischen seinen Pflanzen auf dem alten Schaukelstuhl und hatte zwei Kerzen in den Fenstern brennen. Er tat nichts, schaute nur gedankenverloren vor sich hin. Ich wusste nicht mehr, wo Innen und Außen war. Ich glaubte, Toms Gedanken durch den Raum schweben zu sehen. Sie drehten sich um sein Lied. Gleichzeitig drehte sich alles in mir selbst.

‚Ich finde nicht die richtigen Worte. Ich finde sie nicht', jammerte Tom innerlich. Mir war kotzübel. Konnte man sich eigentlich übergeben, wenn man unsichtbar war? Ich hoffte, nicht. Mein Herz hämmerte mir in den Ohren, obwohl ich es in diesem Zustand sonst nie hämmern hörte. Ich wirbelte durch den Raum.

‚Vielleicht gibt es keine', antwortete ich ihm und hatte im selben Moment vergessen, was er eigentlich gedacht hatte. Tom schreckte hoch und sprang auf. Er sah irgendwas, definitiv. Ich raste den Dielen entgegen wie ein Vogel im Sturzflug. War ich dabei zu sterben und niemand konnte mir helfen?

„Ich will nicht sterben!", rief ich, wusste nicht, ob Tom es hören konnte, und kam mit einem Rums auf den Dielen auf. Ich sah meine Hände vor mir, spürte durchdringende Schmerzen am ganzen Körper und dann kroch von allen Seiten eine undurchdringliche Schwärze heran, die mich in Windeseile erreichte und mit sich fortnahm.

Kapitel 32

Mein Name schien durch eine graue Masse zu hallen. „Neve? Neve?“

Er war nur Klang, ansonsten war alles grau um mich. „Neve!“

Jemand rief mich, und zwar mit Dringlichkeit. Angst lag in der Stimme. Ich kannte die Stimme doch … Moment … Ich kannte sie.

„Neve, wach auf!“

Wach auf? Ich schlief doch gar nicht. Das Grau schien sich zu lichten. Ein dunkler Fleck, so groß wie eine Melone, zeichnete sich in der Mitte ab. Er wurde erst dunkler, dann wieder heller, dann bekam er Konturen, zwei kleinere dunkle Flecken nebeneinander und darunter einen größeren dunklen Fleck, der sich bewegte.

„Neve, ja, versuch die Augen offenzuhalten.“

Ich blinzelte. Es war keine Melone, es war das Gesicht von Tom, das sich über mich beugte und immer näher zu kommen schien. Wollte er mich etwa küssen? Doch dann spürte ich was Kaltes an meinen Lippen.

„Hier, du musst das trinken. Aspirin. Du hast ziemlich hohes Fieber.“

Ich öffnete die Lippen und spürte, wie mir eine kalte Flüssigkeit die Kehle herunterrann. Das tat sehr gut. Ich wollte mehr und trank und trank. Dann sackte ich zurück und verlor das kühlende Glas an meinem Mund. Ich spürte den harten Dielenboden unter mir und Toms Arm hinter meinem Nacken, bevor wieder alles dunkel um mich wurde.

Als ich erneut zu mir kam, ging es mir ein bisschen besser. Ich schaute um mich. Wie es aussah, lag ich jetzt in Toms Bett.

Ich hatte überhaupt kein Zeitgefühl. Waren Stunden vergangen oder nur Minuten?

„Neve!“, rief Tom. Er saß auf der Bettkante neben mir und tippte in sein Handy. „Ich rufe einen Arzt. Wie es aussieht, hat es dich ganz schön erwischt.“

„Nein, keinen Arzt!“ Meine Stimme klang erstaunlich fest, sodass es um Toms Augen ein wenig erschrocken zuckte. „Keinen Arzt, bitte. Ich, ich hasse Ärzte …“

„Aber du bist krank, wahrscheinlich eine Infektion. Du brauchst bestimmt ein Antibiotikum. Und ich … ich … habe keine Ahnung."

Ich registrierte, dass Toms Haare noch zerzauster waren als sonst, so als hätte er sich permanent die Haare gerauft. Er sprang auf, steckte das Handy in die Tasche, holte es wieder vor und sah mich an. In seinem Blick mischten sich Sorge und Vorwurf. Ich richtete mich ein wenig auf. Es ging einigermaßen, auch wenn sich bei jeder Bewegung alles drehte.

„Hast du so was öfter?"

Ich schüttelte den Kopf, was ziemlich anstrengend war.

„Du … musst … mich … zu Janus bringen. Okay?!"

„Janus?"

Ja, Janus. Janus konnte zur Not jemanden in der magischen Welt alarmieren, falls mein Zustand mit meinen besonderen Fähigkeiten zusammenhing. Tom sah verständnislos drein.

„Der Typ, dem das Antiquariat in der Lychener gehört?"

„Lychener Straße 101, ja."

Toms Gesicht war voller Fragen. Aber ich hatte keine Kraft, irgendeine davon zu beantworten. Ich spürte, was er dachte: dass Janus und ich zusammen waren.

„Soll ich ihn nicht lieber holen? Ich meine … Hast du eine Handy-Nummer?"

Ich schüttelte den Kopf. Tom wirkte jetzt noch verwirrter.

„Ich soll ihn nicht holen, oder du hast keine Handynummer?"

„Beides", flüsterte ich, schaffte es, mich hinzusetzen, hielt eine Weile meinen Kopf, bis der Schwindel nachließ, setzte die Beine auf den Fußboden und stand auf. Es ging. Tom sprang sofort hinzu und hielt mich am Arm fest.

Ich dachte daran, wie er mich zum Bett getragen haben musste und dass ich davon leider überhaupt nichts mitbekommen hatte. Gleichzeitig wollte ich so schnell wie möglich zu Janus. Warum verdammt hatte ich vorhin nicht gleich bei ihm geklingelt? Es fühlte sich seltsam an, so zu denken, während ich doch gerade bei Tom war, bis eben in seinem Bett gelegen hatte und er seinen Arm um mich legte.

Ich tat ein paar Schritte. „Es geht. Und, wegen heute Morgen, es tut mir leid. Ich war zu …" Mehr Worte gingen nicht.

Tom winkte beschwichtigend ab. „Schon gut. Du hattest doch recht. Du hattest völlig recht."

Meine Beine fühlten sich an wie Pudding. Tom schnappte sich seine Jacke, meinen Mantel hatte ich noch an.

„Ich fahre dich mit dem Lieferwagen. Hab vorhin mit dem Parken Glück gehabt, genau vor der Tür. Schaffst du es wirklich?"

Ich nickte. Tom schloss die Wohnungstür ab. Dann knickten meine Beine weg. Er fing mich auf und hob mich auf den Arm. Ich wollte mich wehren.

„Ruhig", flüsterte er. „Ich will nicht riskieren, dass du mir die Treppen hinunterstürzt."

„Charlie …", sagte ich.

„Charlie? Du meinst, sie könnte es missverstehen, wenn sie uns so sieht?"

Ich schüttelte den Kopf. „Sie ist in meiner Wohnung und schläft ihren Rausch aus … Sie …"

„Psst … okay, ich werde nachher nach ihr sehen."

Warum hatte ich plötzlich von Charlie gesprochen? Sie konnte doch allein verschwinden, nachdem sie wieder aufgewacht sein würde. Stattdessen schickte ich Tom zu ihr. Vielleicht, weil mit einem Kater am Morgen oft auch eine ziemliche Krise folgte und ich wollte, dass sie nicht allein war? War ich zu gut oder war ich einfach nur strohdumm?

Tom trug mich die Treppen hinunter. Seltsamerweise empfand ich nichts dabei, sondern hatte immer nur Angst, er würde stolpern und mich fallenlassen. Er hievte mich auf den Beifahrersitz und fuhr los. Die vielen Schwibbögen und Lichterketten in den Fenstern zogen an mir vorbei wie in einem Traum.

„Ich verstehe nicht, wie du überhaupt in meine Wohnung kommen konntest."

„Ich auch nicht …", flüsterte ich.

Quer über Toms Stirn zeigte sich eine tiefe Furche, aber er fragte nicht weiter. Weil er mich schonen wollte? Oder weil er nicht wusste, wie er mir erklären sollte, was er gesehen hatte?

„Manchmal kommst du mir wirklich wie ein besonderes Wesen vor. Ich meine, du warst genau in dem Moment da, als mir klar wurde, dass mein Lied gar keinen Text hat. Klingt verrückt, ich weiß. Aber es war so. Immer bist du in der Nähe, wenn etwas Wesentliches passiert – oder du sagst genau die richtigen Worte zu mir, zum Beispiel mit deiner Standpauke."

Ich hörte zu. All seine Worte klangen zauberhaft, aber vor allem folgerichtig.

Das konnte nur eins bedeuten: „Und warum sind wir dann nicht zusammen?", hauchte ich meine Frage.

Aber Tom verstand sie nicht, weil er gerade einem Fahrradfahrer ohne Licht auswich.

„Verdammt, die sind echt lebensmüde!", fluchte er. Dann wandte er sich wieder zu mir.

„Was hast du gesagt?"

„Ach nichts, nur, dass mir meine Rolle in deinem Leben gefällt."

Ich versuchte ein Lächeln. Tom lächelte zurück und bremste. Wir waren da.

„Ich sehe erst mal nach, ob er zu Hause ist." Er sprang aus dem Auto und verschwand in der Toreinfahrt. Kurze Zeit später kam er zurück, zusammen mit Janus, und öffnete die Tür. Ich wollte aussteigen, aber ich konnte mich nicht bewegen.

„Sie ist zu schwach. Du musst sie tragen", sagte Tom zu Janus.

Im nächsten Augenblick war es Janus, der mich auf dem Arm trug. Nur dass es sich ganz anders anfühlte.

„Danke, dass du sie hergebracht hast."

„Du weißt, was mit ihr sein könnte?"

„Ich denke schon."

„Okay. Gut. Wenn ihr mich braucht …", Tom klopfte Janus zum Abschied auf die Schulter und gab ihm eine Visitenkarte. „Da stehen meine Nummern drauf."

„Danke, Tom. Gute Nacht."

„Ich habe Angst", gestand ich Janus, als er mich auf die Couch im Antiquariat legte. „Mein Körper macht das alles nicht mit. Vielleicht muss ich sterben. Aber das will ich nicht! Ich habe Angst!"

Janus half mir, den Mantel auszuziehen. Ich zitterte am ganzen Leib, ich hatte Schüttelfrost. Er deckte mich mit einer Wolldecke zu und hauchte in den Kamin. Im Handumdrehen brannten die Holzscheite lichterloh und strahlten wohlige Wärme aus.

Dann kam er wieder zu mir, sah mir in die Augen, in den Hals, in die Ohren. Wie ein richtiger Arzt, und mir war es kein bisschen peinlich. Auf dem Arm von Janus hatte ich mich sicher gefühlt. Dabei war das unfair. Tom war mindestens genauso stark wie Janus. Und gewiss wäre er nicht gestolpert.

Janus ging nach oben und kehrte nach kurzer Zeit mit einem Fieberthermometer zurück.

„Hier. Am besten unter die Zunge."

Ich tat wie geheißen. Er brachte mir ein großes Glas Wasser aus der Küche. Dann nahm er mir das Thermometer wieder ab.

„38,9. Daran stirbt man nicht."

„Ja, als normaler Mensch nicht. Aber ich …"

„Neve", Janus' Stimme klang gelassen. „Du stirbst nicht. Im Gegenteil. Du wirst immer lebendiger!"

„Aber ..." Ich verstummte. Ich war zu schwach, um weiterzusprechen.

„Du hast dir eine ganz normale Grippe eingefangen."

Janus holte eine Packung Schmerzmittel und gab mir eine Tablette zusammen mit dem Wasser.

„Hier, das senkt das Fieber. Danach geht es dir bald wieder besser."

Ich nahm die Tablette und spülte sie mit dem gesamten Glasinhalt herunter. Das Wasser rann herrlich kühl meinen heißen Rachen hinab.

„So, und jetzt bringe ich dich am besten nach oben. Wer eine Grippe hat, gehört in ein richtiges Federbett."

„Aber …"

„Keine Widerrede. Du bleibst hier, wenigstens diese Nacht. Zur Beobachtung sozusagen. Ich schlafe unten auf der Couch. Das ist kein Problem."

„Grete …", flüsterte ich. „Jemand muss Grete Bescheid geben. Ich hatte ihr versprochen, dass ich immer da bin. Ich hab es ihr versprochen."

„Ich gehe zu ihr, gleich morgen früh. Reicht das?"

„Ja."

Ich schloss die Augen, weil ich sie nicht mehr offenhalten konnte.

Wenig später lag ich in einem viel zu großen, grauen Schlafanzug in dem großen weichen Holzbett von Janus. Die Tablette wirkte. Statt zu zittern, schwitzte ich jetzt, aber mir ging es ein wenig besser. Die Panik, dass etwas viel Schlimmeres mit mir vorging, ich vielleicht nie mehr nach Hause könnte oder gar sterben müsste, legte sich.

Ich sog den angenehmen Duft des Bettes ein. Die Bettwäsche war frisch, aber trotzdem war es der Geruch von Janus' Zuhause. Sofort dachte ich an Kira und wie sie von Tims Duft geschwärmt hatte. Ob Janus genauso duftete wie sein Bett?

Ich ließ meinen Blick über die Wände und die Zimmerdecke wandern. Der Raum hier oben war wie ein kleines Loft. Es gab zwei Oberlichter, und an den sandgestrahlten Ziegelsteinwänden standen schöne, in einem warmen Ton gebeizte Holzmöbel. Janus kam zur Tür herein.

„Alles gut?“

„Es ist schön hier. Trotzdem … Ich möchte nicht krank sein. Ich hatte ganz vergessen, wie beschissen das ist.“

„Und deshalb möchtest du am liebsten wieder ein Engelchen sein. Ich weiß …“

„Wenn man krank ist, kann man sich tatsächlich nichts Besseres vorstellen.“

Janus setzte sich auf einen Stuhl neben mich.

„Aber du hast auch vergessen, was am Kranksein gut ist.“

„Was soll am Kranksein schon gut sein?“

„Na, dass man vorgelesen bekommt. Hat dir deine Mutter nie vorgelesen?“ Er nahm ein dickes altes Buch zur Hand, das er mitgebracht hatte.

„Nein.“

Bedauern schlich sich in seine Miene.

„Meine Großmutter“, gab ich hinterher.

Er schwieg erwartungsvoll, aber als er merkte, dass ich nichts weiter verraten würde, schlug er das Buch auf der ersten Seite auf.

„Ich hatte dir von den Märchen meines Vorfahren erzählt, die die magische Welt beschreiben. Hättest du Lust, sie zu hören?“

„Au ja!“

Ich lächelte ihn an und er begann zu lesen. Auf den ersten Zeilen wurde exakt der magische Wald beschrieben.

Weit hinter der Stadt und doch ganz nah gibt es Wälder, die klingen wie ein Glockenspiel. Ihre Bäume leuchten, als würden sie von innen strahlen. Sie sind ungewöhnlich hoch und ihre Kronen bedecken fast den ganzen Himmel. Unablässig wirbeln kleine Blüten durch die warme Luft wie Schnee …

Ich schaute auf Janus' Lippen. Er hatte ein ebenmäßiges Gesicht, es strahlte Ruhe aus, genau wie seine Stimme.

Mehr als die ersten Zeilen bekam ich nicht mit. Ich war einfach zu schwach und im Nu eingeschlafen.

Als ich am nächsten Tag aufwachte, blinzelte eine kalte Dezembersonne hoch vom Himmel ins Fenster. Es schien bereits Mittag zu sein. Ich richtete mich auf und fühlte mich viel besser. Neben mir standen auf einem Tischchen eine Tasse Tee und zwei Brötchenhälften mit Marmelade. Ich trank ein wenig und biss in eine der Hälften.

Es klopfte. Kurz darauf erschien Janus in der Tür.

„Oh, du bist wach."

„Wurde ja auch Zeit. Sieht so aus, als wäre es schon Mittag."

„Früher Nachmittag", berichtigte er mich.

„Danke für das Frühstück."

„Hast du wieder Appetit?"

Janus nahm das Buch, das auf dem Stuhl neben dem Bett lag, und setzte sich.

„Ja, es geht mir viel besser."

Ich griff nach dem zweiten Marmeladenbrötchen und dachte an Grete.

Da sagte Janus: „Ich war gerade am Wetterplatz 8. Grete war nicht da, aber ich habe ihrer Mutter Bescheid gesagt, wo du bist und dass sie herkommen soll, wenn etwas ist."

„Ich danke dir."

Janus blätterte in dem Buch.

„Soll ich dir noch ein wenig vorlesen? Ich weiß gar nicht, wie weit du gestern noch zugehört hast."

„Ich glaube … Ich kann mich eigentlich nur noch an die ersten Zeilen erinnern."

„Nur die ersten Zeilen? Dann hast du nichts von der magischen Blase in Danzig mitbekommen."

Ich überlegte, aber mir fiel nichts dazu ein.

„Alles, was hier steht, kommt der Danziger Welt ziemlich nah. Mein magisch begabter Vorfahre muss auf jeden Fall ein Pole gewesen sein."

„Wie ist die magische Blase von Danzig?"

„Anders als die von Berlin. Schon wegen des Strandes. Ach, ich würde gern einmal wieder hinreisen und dir alles zeigen."

Janus' Augen leuchteten. Jetzt wusste ich, was ich an ihm besonders mochte: seine Neugier auf die Welt und die Dinge und vor allem seine Freude daran, sie mit anderen zu teilen.

„Ich hab eine Idee, wir werden in zwei Tagen zur Weihnachtsparty aller Weihnachtsmüden in Toms Kneipe gehen und in der Weihnachtswoche fahren wir nach Danzig!“ Janus klang aufgeregt. „Was hältst du davon?“

Ich dachte an das Fest der Elemente, dass das „Weihnachtsfest der magischen Welt“ darstellte. Wegen Grete würde ich das erste Mal sehr wahrscheinlich nicht dabei sein.

„Erst muss Grete drüben sein“, dämpfte ich Janus’ Euphorie ein wenig.

„Ja, das muss sie.“

„Ich glaube, ich stehe auf und gehe wieder nach Hause.“

„Jetzt?“

Janus machte ein entgeistertes Gesicht.

„Du hattest letzte Nacht ziemlich hohes Fieber. Du solltest abwarten, ob es wieder steigt.“

„Ja, vielleicht steigt es wieder. Aber immerhin ist klar, dass es nur ein Infekt ist und nichts Ernstes. Ich muss am Wetterplatz vor Ort sein, verstehst du?!“

„Ich verstehe. Aber du gehst nicht zu Fuß. Ich bringe dich mit dem Auto, in Ordnung?“

Ich blieb die nächste Nacht auch noch bei Janus, weil ich feststellen musste, dass ich kaum den Weg vom Bett ins Badezimmer schaffte. Okay, es wäre wirklich unvernünftig gewesen, in die kalte, leere Wohnung am Wetterplatz zurückzukehren. Grete wusste ja, wo ich war.

Janus las mir weiter aus dem Buch seines Vorfahren vor. Die Beschreibungen der magischen Blase in Danzig klangen faszinierend. Ich hatte schon lange keine Reise mehr unternommen und verspürte große Lust, mir von Janus alles zeigen zu lassen.

Abends stieg das Fieber noch einmal. Ich bekam ein wenig Angst, ob es nicht doch was mit meinen körperlichen Veränderungen zu tun hatte. Aber die Temperatur ging nur noch auf 37,8 Grad. In dieser Nacht schlief ich tief und traumlos und fühlte mich am nächsten Tag wie neugeboren. Ich bekam kein Halsweh, keinen Husten oder Schnupfen dazu. Es konnte gut sein, dass es sich doch nur um eine Anpassung meines Körpers gehandelt hatte.

Nachmittags brachte mich Janus mit dem Auto nach Hause.

„Morgen Abend bei Tom?“

„Wenn nichts dazwischenkommt …“

„Du kannst ja Grete mitbringen.“

„Ich versuche es. Antiweihnachts-Partys mag sie bestimmt.“

Janus wollte mich umarmen. *Dann würde ich wissen, wie er riecht*, schoss es mir durch den Kopf. Aber ich wehrte die Umarmung ab.

„Nicht, dass du dich noch ansteckst zu Weihnachten."

Kapitel 33

Im Hausflur begegnete ich Tom.

„Neve! Janus hat mich angerufen und ich habe deine Wohnung vorgeheizt."

„Tatsächlich. Das ist ja lieb. Dankeschön."

Janus hatte mir nichts davon gesagt.

„Geht es dir besser?"

„Viel besser. Irgend so ein doofer Infekt."

„Oh, Mann, ich dachte schon, du stirbst mir vor den Augen weg!"

Sofort spürte ich wieder die Angst, dem Tod tatsächlich nahe gewesen zu sein. Aber dann dachte ich an Janus' Worte. Wegen einer kleinen Grippe stirbt man nicht.

„Tut mir total leid, dass ich dir Stress gemacht habe."

„Ach, überhaupt nicht der Rede wert. Ich bin froh, dass du nicht allein in deiner Wohnung ohnmächtig geworden bist."

Wir standen uns auf dem Treppenabsatz der ersten Etage gegenüber. Irgendwas schien sich seit meiner Krankheit verändert zu haben. Ich sah in Toms Augen und war kein bisschen aufgeregt. Ich staunte, wie gut er aussah, blieb aber gelassen dabei. War ich etwa nicht mehr verliebt in ihn? Oder war ich einfach noch zu schwach, um etwas zu empfinden?

Auch als er von Charlie anfing, machte es mir nichts aus: „Ich hab übrigens noch nach Charlie gesehen. Sie war gerade dabei, ihre sieben Sinne zu sortieren und ihre Fotos in der Tasche zu verstauen, um nach Hause zu gehen."

„Sie war wieder wach?"

„Ja, und schien nicht gerade erfreut über mein Auftauchen. ‚Was machst du hier?', hat sie mich angefahren, dann kühl ‚Gute Nacht' gesagt und dann ist sie gegangen."

„Sie war bestimmt desorientiert. Ich meine, sie hatte eine Menge Wein intus."

„Ja, aber selbst heute, als sie gekommen ist, um ihre Geräte zu kontrollieren, hat sie nur flüchtig Guten Tag gesagt und ist gleich in der Wohnung unter mir verschwunden."

„Will sie denn morgen Abend zur Antiweihnachtsfeier kommen?"

„Das hatte sie gesagt, als wir das Lied geprobt haben. Aber das ist jetzt schon eine Weile her." Tom machte ein bekümmertes Gesicht.

„Warte ab, bis morgen Abend, okay?!" Ich tat etwas, was ich mich bis vor kurzem niemals getraut hätte, während Tom bei vollem Bewusstsein war. Ich berührte seinen Oberarm.

„Spiel doch noch ein bisschen Klavier. Die Nacht vor der heiligen Nacht ist magisch und setzt besondere Kräfte frei." Ich zwinkerte ihm zu.

„Tatsächlich?" Toms Miene hellte sich auf. „Dann werde ich auf deinen Rat hören." Er musterte mich und schüttelte ein wenig den Kopf. „Ich kapier einfach nicht, wie du in meine Wohnung kommen konntest."

„Ich weiß es auch nicht. Mir ging es zu schlecht", sagte ich nur und schloss meine Wohnungstür auf.

Drinnen war es mollig warm. Ich lief in die Küche, um das Essen auf den Tisch zu stellen. Janus hatte mir ein bisschen Brot, Käse, ein paar Brühwürfel und Lebkuchen mitgegeben, damit ich nicht einkaufen gehen musste.

Vom Hof drangen Stimmen herein. Ich ging zum Küchenfenster und sah nach draußen. Die Stimmen kamen von oben.

Auf dem Dach zeichneten sich in der aufziehenden Abenddämmerung zwei Silhouetten ab: Grete und Luisa.

Grete saß an den Schornstein gelehnt, rührte sich nicht und starrte in den Hof. Luisa stand vor ihr und gestikulierte.

„Luisa, geh bitte nach Hause", sagte Grete, aber sah sie dabei nicht an und starrte weiter in den Hof.

„Nein, das werde ich nicht tun! Nicht, bevor du mir sagst, warum du nichts mehr isst und nichts mehr trinkst!"

Grete beachtete Luisa nicht.

„Was ist denn nur los mit dir? Hör mal, du kommst jetzt sofort mit mir runter und trinkst was!"

Grete rührte sich nicht. Luisa hockte sich zu ihr.

„Mensch, aber was ist dann mit unserem Fotoprojekt? Bedeutet es dir denn gar nichts? Wir wollten als Nächstes eine eigene Ausstellung machen. Ist das jetzt alles egal?"

Grete rührte sich weiterhin nicht und sah an Luisa vorbei, als wäre sie nicht da.

Luisa griff nach Gretes Händen.

„Grete! Schau mich an, bitte!"

Grete drehte langsam den Kopf zu ihr.

„Du wirst keine gute Psychologin, solange du nicht mal mich knackst." Oh, das war gemein von Grete.

Luisa schnappte nach Luft und wollte aufspringen, aber Grete hielt sie fest, umarmte sie und sagte: „Ich mag dich. Bist die beste Freundin meines Lebens. Ich will dich nicht im Stich lassen. Aber ich werde."

„Warum sagst du so was?" Luisa hielt still in Gretes Umarmung, die eher wie eine Umklammerung aussah.

„Weil es so ist. Und weil ich will, dass du es vorher weißt. Dass du weißt, es ist nicht gegen dich. Es geht nur nicht anders."

„Aber …" Luisa wollte was erwidern, doch Grete fuhr fort: „Und jetzt muss ich los. Was Wichtiges erledigen." Sie ließ Luisa los, robbte zur Luke und kletterte in das Haus, während Luisa noch eine Weile auf dem Dach kniete und sich nicht vom Fleck rührte.

Kurze Zeit später hörte ich Grete das Treppenhaus hinunterpoltern und in ihrer Wohnung verschwinden.

Luisa verließ ebenfalls das Dach, klingelte noch einige Male bei Grete, die jedoch nicht öffnete, und verließ mit hängendem Kopf das Haus.

Grete blieb in ihrem Zimmer und ging nirgendwohin. Was hatte sie noch erledigen wollen? Vielleicht war es nur eine Ausrede gewesen, um Luisa loszuwerden.

Ich wartete ungefähr eine Stunde, dann ging ich hinauf und klingelte ebenfalls.

Gretes Mutter Emma fragte durch die geschlossene Tür: „Wer ist da?"

„Ich bin's, Neve. Ich wollte zu Grete."

„Sie hat sich eingeschlossen und will ihre Ruhe. Tut mir leid."

„Okay, ich wollte nur sagen, ich bin wieder da."

„Ich werde es ihr ausrichten."

Statt abends noch einmal etwas Fieber zu bekommen, fühlte ich mich so gut wie gesund. Kurz vor Mitternacht versuchte ich vorsichtig, mich unsichtbar zu machen und stellte erleichtert fest, dass es spielend leicht funktionierte. Ich flog in den Hinterhof, schaute durch Gretes Fenster und sah, dass sie friedlich schlief. Okay, alles schien in Ordnung zu sein.

Während ich es mir auf der Matratze bequem machte und mir die Zeit bei Janus durch den Kopf gehen ließ, erklang Toms Klavierspiel und zog durch das Haus, nur für mich hörbar. Langsam dämmerte ich dabei weg.

Ein Schrei riss mich abrupt aus dem Schlaf. Es folgten weitere Schreie. Jemand kreischte mit hoher Stimme, dann wurde das Kreischen von einer tiefen männlichen Stimme unterbrochen. Ich brauchte einen Moment, um meine Orientierung zu finden. Es rumste, als wenn ein Schrank umkippte.

„Das ist ein Gefängnis! Du mit deinem ganzen Zeug erstickst alle. Kein Mensch kann hier atmen! Ich halte das nicht mehr aus!"

Wieder ging etwas Schweres zu Boden. Über mir bebte die Decke, sodass die einzelne Glühlampe, die an einem Kabel herunterhing, hin- und herpendelte.

„Was ist denn los? Bist du völlig übergeschnappt?" Das war die Stimme von Viktor.

„FASS MICH NICHT AN! Säufer! Ich habe die Nase voll von diesem Leben. Ihr werdet mich nicht wiedersehen!"

Grete!! Sofort war ich auf den Beinen, rannte in den Flur, legte dabei meine Sichtbarkeit ab, fegte die Treppen hinauf und schlüpfte durch den Briefschlitz in die Wohnung über mir.

Dort war das Chaos ausgebrochen. Grete hatte alles umgeworfen, was ihr in die Quere gekommen war. Sämtliche Türme aus Zeitschriften, Kisten, Büchern und allerlei Krempel waren zusammengestürzt. Nirgends gab es mehr ein Stück Fußboden zu sehen. Ihre Mutter saß verbarrikadiert auf dem Sofa. Grete war dabei, über das ganze Zeug zu klettern, um in den Flur zu gelangen.

„Sie hatte bestimmt einen Albtraum", versuchte Emma Viktor zu beruhigen.

„Einen Albtraum? Deine Tochter ist selbst ein Albtraum!"

Viktor befreite sich von einem umgekippten Regal und versuchte Grete zu fassen zu kriegen. Er trug nur ein T-Shirt und eine Unterhose. Es war nachts um zwei. Grete hatte ihre Eltern wohl aus dem Schlaf geholt. Sie musste einen Traum gehabt haben. Einen, der sie zwang, sofort zu handeln.

Grete schaffte es in den Flur und lehnte sich wimmernd gegen eine Wand. „Ich sterbe. Ihr seid der Albtraum!"

Viktor erreichte Grete, packte ihre Arme und hielt sie fest. Grete wehrte sich nicht.

„So machst du es nur noch schlimmer!", zischte sie nur.

Viktor drückte sie auf einen Stapel alter Zeitschriften, damit sie sich setzte. „Schlimmer kann es nicht mehr werden. Ich rufe jetzt die Polizei und dann soll sich ein Jugendheim um dich kümmern, wenn wir es angeblich nicht können."

„Doch nicht die Polizei", drang Emmas Stimme schwach in den Flur.

„Dann eben den psychologischen Notdienst und die schicken die Polizei. Das ist doch das Gleiche."

Grete spähte zur Tür. Viktor wirkte hilflos. Er konnte Grete nicht festhalten und gleichzeitig sein Handy holen.

Er ließ sie wieder los. „Versuch nur, abzuhauen. Weit wirst du nicht kommen." Er stolperte über den Staubsauger, fluchte, weil er sich daran die Zehen gestoßen hatte, und verschwand in seinem Zimmer.

„Das ist die Hölle. Die Hölle ist das doch hier!", hörte ich ihn von hinten. Kurz darauf das Klappern von Flaschen. Wahrscheinlich machte er sich erst mal einen Wein auf. Dinge polterten zu Boden. Endlich schien er sein Handy gefunden zu haben. „Scheiß Akku", schimpfte er. Wieder fielen Dinge zu Boden. Gut so, augenscheinlich suchte er sein Ladekabel.

Grete stand auf und kletterte ohne Eile über das Gerümpel zur Tür. Sie trug nur ein paar Socken und einen grauen Wollpullover über einem hellblauen Nachthemd, das ihr bis zu den Knien reichte.

Inzwischen telefonierte Viktor: „Ja, akut selbstmordgefährdet … Ja …"

Emma flehte Grete an: „Bitte, Grete, du kannst so nicht rausgehen. Es sind Minusgrade!"

Grete beachtete sie nicht, entfernte die Kette an der Tür, öffnete sie und verließ die Wohnung.

Ich versetzte Grete einen Schock, als ich auf der Treppe direkt vor ihr sichtbar wurde. Sie starrte mich an, als wäre ich der Leibhaftige. Ich legte den Finger vor den Mund als Zeichen, dass sie bloß keinen Ton von sich geben sollte.

„Los, schnell“, trieb ich sie an, schob sie die Treppen hinunter in meine Wohnung und schloss die Tür. Sie glitt an der Wand zu Boden und blieb dort sitzen. Ihre Haare hingen ihr wild ins Gesicht.

„Du kannst mir auch nicht helfen.“

„Doch, das kann ich. Sag mir, was du geträumt hast!“

„Ich hab meinen Tod geträumt. Und er ist schwarz.“

„Grete! Du sagst mir jetzt ganz genau, was du geträumt hast, sonst …“

„… holst du die Polizei?“ Sie kicherte, richtete sich auf und griff nach der Türklinke. Ich verschränkte die Arme und lehnte mich gegen den Türrahmen. „Du kannst mich nicht aufhalten“, erklärte sie mit einem abschätzigen Blick und spielte darauf an, dass ich einen Kopf kleiner und weit weniger kräftig gebaut war als sie.

Ich blieb ruhig. „Nein, das kann ich nicht. Aber ich könnte dir einen Mantel und ein paar Schuhe geben.“

Draußen war eine Sirene zu hören. Grete zuckte zusammen.

„Wir sollten uns beeilen.“ Ich ging ins Zimmer und sie folgte mir. Im Hausflur ertönten schwere Schritte. Ich schüttete meinen Rucksack mit den Klamotten auf der Matratze aus.

„Such dir was aus.“

Grete zog sich eine schwarze Strumpfhose über, zwängte sich in meinen grauen Filzrock und nahm den weißen Mantel, den ich ihr hinhielt. Das Blaulicht des Polizeiwagens flimmerte in die Zimmer herein wie eine Warnung, dass wir uns zu beeilen hatten.

Aus dem Treppenhaus drangen Stimmen herein. Viktor erklärte der Polizei, dass Grete abgehauen war, aber nur ein Nachthemd trug und noch ganz in der Nähe sein musste. Die Polizisten versprachen, sich in der Gegend umzusehen, und baten um Information, falls Grete wieder zu Hause auftauchen sollte. Dann stiegen sie die Treppe hinab und verließen das Haus. Ich schob Grete ein paar Stiefel rüber, während sie hinter der Wohnungstür hockte und lauschte. Sie zwängte ihre Beine hinein.

„Okay, und nun hau meinetwegen ab oder warte, bis ich mir selbst was übergezogen habe.“

Mein Ton schien Grete zu imponieren. Sie schenkte mir ein verächtliches Grinsen. Ich verschwand im Zimmer, zog mir hastig ein paar Sachen über, knöpfte meinen schwarzen Mantel zu und schnürte meine Stiefel. Ich warf einen Blick aus dem Fenster. Das Polizeiauto war verschwunden, aber einer der Polizisten schien vor dem Haus Wache zu schieben. Mist!

Ich hockte mich neben Grete in den Flur.

„Einer ist noch da."

„Das ist mir scheißegal", zischte sie. Auf ihrer Stirn stand ein Schweißfilm. Es war wirklich höchste Zeit. Weil sie nichts mehr trank, begann sie zu dehydrieren.

Grete sprang auf. Im ersten Augenblick dachte ich, sie würde sich in den Hausflur stürzen und dem Polizisten direkt in die Arme laufen.

Aber sie drängelte sich an mir vorbei, lief ins Bad, drehte den Wasserhahn auf, klatschte sich eiskaltes Wasser ins Gesicht und dann hielt sie ihren Mund daran und trank und trank und trank …

Ich schaute ihr perplex zu. Davon hatte ich noch nichts gehört, dass Äther-Begabte wieder mit dem Trinken anfingen, bevor sie den Durchgang fanden.

„Grete! Du musst mir erzählen, was du geträumt hast."

„Lass uns zu dem Haus am Alexanderplatz gehen, sobald sich der Bulle da draußen verpisst hat", antwortete sie entschlossen, während sie sich Haarsträhnen und Wassertropfen aus dem Gesicht wischte.

Ich war erleichtert. Grete schien auf dem richtigen Weg.

Vorsichtig riskierte ich einen erneuten Blick aus dem Fenster. Der Polizist patrouillierte immer noch vor dem Haus.

„Okay, lass es uns über die Dächer versuchen. Drei Häuser weiter gibt es ein älteres Haus, wo der Dachboden nicht abgeschlossen ist und meist auch die Haustür nicht. Es führt in die nächste Straße um die Ecke. Wir müssen nur aufpassen, dass der zweite Typ mit dem Auto nicht gerade zurückkommt."

Grete war einverstanden. Leise stiegen wir die Treppen hinauf zum Dachboden.

Mit allerhöchster Präzision setzten wir auf dem Dachboden einen Schritt vor den anderen, damit Tom nicht aufwachte und nachsehen kam, wer sich hier oben herumtrieb.

Ich stieg zuerst die Leiter hinauf, schob die Dachluke beiseite und reichte Grete die Hand, um ihr aufs Dach zu helfen. Grete blieb in der Hocke und begann, auf allen Vieren zum ersten Schornstein zu kriechen. Oh je, wie sollte ich sie nachher nur dazu bringen, von einem noch viel höheren Haus in die Tiefe zu springen?

Es war eine sehr dunkle und sternenlose Nacht. Wir kamen nur langsam voran, weil Grete sich in Zeitlupe von Schornstein zu Schornstein bewegte. Sie machte ein verbissenes Gesicht. Vielleicht half die Zeitverzögerung, dass die blöden Polizisten endlich verschwanden. Die Dachluke des besagten Hauses kam in Sicht.

„Pass auf, ich gehe vor und sehe nach, ob der Dachboden offen ist. Bau inzwischen keinen Mist, ja?!"

„Äh, sorry, aber wir bauen die ganze Zeit schon Mist."

Der Boden war nicht verschlossen. Ich winkte Grete, damit sie mir folgte und kletterte in das Haus. Nervös starrte ich auf das offene Viereck im Dach und wartete, dass Grete erschien. Und dann, endlich, nach einer ganzen Weile, stieg sie die Leiter herunter und wir schlichen durch den Hausflur nach unten. Die Haustür war offen.

„Warte hier", flüsterte ich. „Ich schaue nach, ob die Luft rein ist." Ich öffnete die Tür und verließ das Haus. Niemand befand sich auf der Straße. Auch von weiter weg konnte ich kein Auto hören.

Ich gab Grete ein Handzeichen. Sie schloss zu mir auf und dann rannten wir, die Kapuzen unserer Mäntel tief ins Gesicht gezogen.

„Los, da ist ein Taxi!"

Ich lief halb auf die Straße und hielt es an, auch wenn wir nur noch gut fünfhundert Meter zu laufen hätten, aber ich hatte gerade zwei Tage Fieber hinter mir und musste meine Kräfte schonen, um Grete sicher durch den Durchgang zu bringen. Außerdem waren wir so von der Straße weg und sicherer. Ich gab dem Taxifahrer die Adresse durch und er grinste.

„Da steigt wohl noch 'ne wilde Party. Na, dann, nichts wie hin!"

Er schien zu wissen, dass sich in dem hässlichen Hochhaus noch aus DDR-Zeiten Ateliers von Künstlern und Fotografen befanden. Ich lächelte ihm im Rückspiegel zu und hoffte, dass ihm nicht doch noch auffiel, dass wir für eine Party ziemlich ungeschminkt und zerzaust aussahen.

Der Pförtner unten im Haus, den es hier gab, weil sich in dem Gebäude auch Firmen angesiedelt hatten, grüßte mich. Er war einer von uns. Ich warf einen vielsagenden Blick auf Grete und grüßte zurück.

Wir stiegen in den Fahrstuhl, ich drückte auf den Knopf für die 21. Etage.

„War der Pförtner in deinem Traum?", fragte ich Grete.

Sie schien einen Moment zu überlegen, dann bejahte sie. Ansonsten schwieg sie die ganze Zeit und sah mich mit einem seltsamen Blick an, den ich nicht zu deuten verstand.

Wir stiegen oben aus. Ich ließ Grete den Vortritt. Sie war es, die wissen musste, wo es lang ging. Sie musste den Weg bestimmen, zu ihrer eigenen Sicherheit, auch wenn eigentlich kein Zweifel mehr bestand. Grete blieb einen Moment unschlüssig stehen und sah mich fragend an.

„Es ist dein Weg. Der Weg aus dem Traum."

Sie setzte sich in Bewegung, erst in die falsche Richtung. „Wir müssen ganz nach oben?!"

Es klang, als müsste sie sich das selber fragen. Ich zweifelte erneut. Hatte sie wirklich den richtigen Traum gehabt? Nicht, dass ihr Ausraster doch andere Ursachen besaß?

Doch dann lief sie schnurstracks in die richtige Richtung, stieg die Feuerleiter hoch, öffnete die schwere Eisentür zum Dach und kauerte sich sofort zusammen wie ein Igel, als uns der eisige Wind in schwindelnder Höhe empfing. Ich hockte mich neben sie, suchte nach ihrer Hand und ergriff sie.

„Ist es wie in deinem Traum?", fragte ich noch einmal und sie nickte.

„Gut, dann komm. Du brauchst keine Angst zu haben. Glaub mir. Wir müssen nach da vorne."

Ich zeigte in die Richtung, wo das Dach auf einem Meter Breite kein Geländer besaß und zog an Gretes Hand. Aber Grete bewegte sich keinen Millimeter.

„Du musst es mir vormachen!", stieß sie hervor und sah mich flehend mit großen Augen an. „Bitte!"

„Nein, wir halten uns an den Händen und springen zusammen. Du wirst sehen, es ist …"

„NEIN!", brauste sie auf und entzog mir ihre Hand. „Ich muss es erst sehen. Ich muss sehen, dass es stimmt, dass ich nicht abstürze. Dass du mich nicht umbringst!"

Grete war ein ziemlich harter Brocken, und ich wusste inzwischen, dass es ihr guttat, wenn man einen etwas raueren Ton anschlug.

„Vorhin hast du noch mit deinem bevorstehenden Tod angegeben und jetzt plötzlich Schiss?"

„Mach es mir vor! Los! Damit ich weiß, dass du mich nicht die ganze Zeit anlügst!" Grete schrie mich an, Tränen liefen ihr übers Gesicht.

Ich blieb ruhig, beinahe kalt. „Ob ich es vormache oder nicht, du wirst springen, weil dich dein Innerstes dazu zwingt, weil du nicht anders kannst, weil du musst!", erklärte ich.

In Wirklichkeit war ich mir dessen nicht sicher. Neve hatte Höhenangst. Natürlich bestand die Gefahr, dass sie es nicht wagte und dann als Verrückte in einer Klapse endete. Vielleicht war es tatsächlich der beste Weg, es ihr vorzumachen. Vielleicht … Und dann dämmerte es mir. Natürlich! Mit großer Wahrscheinlichkeit war ich nicht zufällig hier.

„Grete?“ Sie drehte sich zu mir. „Hast du auch von mir geträumt?“

„Ja, hab ich, und zwar, dass du es mir zeigst.“ Sie fixierte mich mit ihren großen blauen Augen.

Log sie mich an? Aber warum sollte sie? „Okay, ich mach es dir vor. Und danach fliegen wir zusammen?“

„Versprochen.“

Hoffentlich ließ mich meine Gesundheit jetzt nicht im Stich. Ich lief an den Rand des Daches. Sofort sah ich Lilonda heranschweben.

Da bist du ja wieder. Ich habe Kira Bescheid gegeben, dass du eine Weile nicht kommst. Ich habe alles so gemacht, wie du es mir aufgetragen hast.

„Das ist prima, Lilonda. Ich war krank, weißt du. Und ich hoffe, ich bin schon wieder stark genug für die Reise.“

Oh, krank sein, das ist nicht gut, habe ich gehört. Ruh dich lieber noch aus.

„Nein, ich kann nicht. Die junge Frau da hinten, sie muss durch den Durchgang. Aber sie hat Höhenangst. Würdest du ein bisschen auf uns acht geben?“

Natürlich, aber ich kann nichts versprechen. Nicht für das fremde Mädchen. Ein Teil von ihr muss mit uns vereinbar sein, sonst gibt es einen Kurzschluss, das weißt du.

„Ja, ich weiß. Sie ist eine von uns.“

Lilonda kicherte, warf einen Blick auf Grete und nahm ihre Gestalt an. *Kurzschluss, das ist ein lustiges Wort.* Sie kicherte immer weiter und trollte sich hinauf zum Fernsehturm.

„Mit wem redest du?“, rief Grete.

„Mit Lilonda, einem Elementarwesen. Du wirst sie sehen können, sobald du springst. Sie begleitet uns durch den Durchgang.“

Grete antwortete nichts und starrte zu mir herüber. Ihre langen Haare wehten im Wind.

„Okay, ich springe jetzt.“

Ich konzentrierte mich, spürte, wie ich mich auflöste, und ließ mich in den Himmel fallen.

Ich sah, wie Grete sich ans Herz griff, als ich verschwunden war, und ängstlich nach mir rief: „Neve! Neve?“

„Ich bin hier. Alles ist in Ordnung."

Sie sah in die vermeintlich leere Luft.

„Komm zurück!", rief sie und es schwang Verzweiflung in ihrer Stimme. Ich ließ mich wieder auf dem Dach nieder und nahm Gestalt an. Grete fuhr sich hektisch durch die Haare.

„Oh, Mann, wie hast du das gemacht? Es ist also wahr. Es ist …" Sie richtete sich auf und zitterte am ganzen Leib.

„Komm, du schaffst das."

„Nein, ich …"

„Komm." Ich nahm wieder ihre Hand, aber sie entriss sie mir erneut.

Dann stand sie auf, drehte sich um, stemmte panisch die Eisentür auf und hastete polternd die Feuertreppe hinunter. Mein erster Impuls war, ihr zu folgen, doch ich überlegte es mir anders. Ihr Drang zu springen würde sie sicher wieder zu mir zurückbringen. Ich brauchte nur ein paar Minuten zu warten.

Ich lehnte mich gegen die Hauswand, wo es ein wenig windgeschützt war und versuchte, mich zu entspannen. Ich würde Grete hier durchbringen. Heute. Ich würde es schaffen. Und wenn es zu anstrengend für mich selbst werden sollte, dann konnte ich umdrehen, während Grete weiterflog. Es ging schließlich nur um den Absprung, den sie wagen musste. Lilonda würde sie bis zum Felsen begleiten.

Die Minuten vergingen, aber Grete kam nicht wieder. Ich öffnete die Eisentür und rief nach ihr. Keine Antwort.

Eine schlimme Ahnung stieg in mir hoch. Irgendetwas stimmte nicht. Hatte ich sie doch zu lange sich selbst überlassen? Ich stieg die Leiter hinab, suchte die oberste Etage ab. Nichts. Dann sah ich die Anzeige des Fahrstuhls. Er war bis ins Erdgeschoss gefahren. Ich drückte panisch auf dem Knopf herum, als wenn er davon schneller wieder hochkommen würde. Ewige Sekunden später war er endlich da. Ich fuhr nach unten. Der Pförtner hatte Grete das Haus verlassen sehen. Sie war gerannt, die Straße hinunter, nach rechts. Er hatte sie nicht aufgehalten, weil sie nicht den Eindruck gemacht hatte, sie würde vor etwas weglaufen, sondern als hätte sie ein klares Ziel.

Ein klares Ziel? Wo sollte das sein? War sie dabei, eine Dummheit zu begehen? Deutete sie etwas falsch an ihrem Traum? Dachte sie, auch ein kleineres Haus würde für den Absprung reichen? Meine Güte, ich wusste doch, dass sie bockig war wie der sturste Ziegenbock. Es würde zu ihr passen, aus Trotz was anderes zu versuchen, als der Traum ihr vorgab. Natürlich hätte ich ihr sofort nachlaufen müssen!

Ich machte mir schwere Vorwürfe und suchte die ganze Gegend ab. Zuerst das Haus am Wetterplatz 8, das Dach, den Dachboden, ihre Wohnung, aber da saßen nur Viktor und Emma in ihrem Chaos, während ein Polizist ihnen erklärte, Grete nirgendwo aufgespürt zu haben.

Ich flog bei Luisa vorbei, aber sie schlief friedlich. Allerdings bemerkte ihr Vater mich, der von Schlaflosigkeit geplagt am Küchentisch saß und eine heiße Milch mit Honig trank.

„Neve, was machst du hier?“, flüsterte er.

„Ich suche Grete. Sie entwickelt Fähigkeiten. Es sah so aus, als wenn sie heute Nacht so weit wäre. Ich war mit ihr bereits auf der Plattform. Aber sie hat Höhenangst und dann ist sie einfach abgehauen.“

„Grete entwickelt Fähigkeiten? Ich war froh, dass Luisa endlich eine neue Freundin gefunden hatte, die sie ein wenig über Kiras abrupte Abreise hinwegtröstete. Arme Luisa. Wie soll sie das nur begreifen? Aber, Höhenangst?“

„Ja, eine komplizierte Sache. Ich weiß.“

„Nein, mich wundert nicht das mit der Höhenangst. Mich wundert, was ihr auf der Plattform getan habt.“

Ich sah ihn verständnislos an. „Grete isst nichts mehr seit einiger Zeit und seit ein paar Tagen trinkt sie auch nichts mehr“, erklärte ich.

„Das stimmt nicht. Die letzten zwei Male, die Grete hier war, hat sie sich richtig vollgestopft, allerdings ausschließlich mit Fischstäbchen. Alle Packungen aus der Tiefkühltruhe sind alle. Aber das macht nichts. Ich weiß, dass es bei ihr zu Hause etwas schwierig ist. Luisa glaubt, dass sie entweder schwanger ist oder ein Kindheitstrauma wiederbelebt, das im Zusammenhang mit Fischstäbchen steht. Aber Grete hat sich nur schlapp gelacht.“

„Fischstäbchen?“ Konnte ich mich so geirrt haben?

„Sie hat dich wohl an der Nase herumgeführt. Aber sie ist zäh. Mach dir also nicht zu viele Sorgen.“

„Was soll ich denn jetzt tun?“ Ich nahm Gestalt an und setzte mich zu Matthias an den Tisch.

Er machte ein nachdenkliches Gesicht. „Wenn du hier bereits alles abgesucht hast, dann sieh als Nächstes in der magischen Welt nach und befrage die Undinen am Wasserdurchgang.“

Teil III

Kapitel 34

Ich landete auf dem Felsen, lief ein paar Schritte in den Wald, um dem Geplapper von Lilonda zu entgehen, und legte mich erst einmal eine Weile auf den moosigen Boden. Luisas Vater hatte mir noch eine Tablette gegeben. Trotzdem fühlte ich mich sehr schwach. Aber ich hatte es in die magische Welt geschafft.

Die Vögel sangen in den Bäumen. Ihre Lieder vermischten sich mit dem Klingen der Blüten. Ich sog den herrlich lauen Duft des magischen Waldes ein. Die Luft war so warm und wohltuend. Ich schloss kurz die Augen und atmete tief ein und aus.

Die Sonne war bereits untergegangen. Durch die Baumwipfel schimmerte das Violett des Abends. Noch einen Augenblick. Dann erhob ich mich. Die Energie des magischen Waldes ließ schnell wieder neue Kräfte durch mich fließen. Ich zog Strumpfhosen, Mantel und Pullover aus, versteckte alles in einem Baumstumpf und machte mich barfuß, mit Shirt und Rock bekleidet, auf den Weg zum See und den Undinen.

Hinter jeder Biegung rechnete ich damit, dass sich der Wald auftat und den Blick auf die dahinterliegende blütenbedeckte Oberfläche freigab. Aber es passierte einfach nicht. Stattdessen schlängelte sich der Weg immer weiter. Diesmal schienen seine Abschnitte unzählige Male kopiert und aneinandergereiht worden zu sein. Ich konzentrierte mich und versuchte zu erspüren, ob irgendjemand in der Nähe war. Aber da war niemand.

Jetzt wäre ein Handy praktisch gewesen. Was das anbelangte, war die magische Welt, bis auf die Lesegeräte und den einzigen Computer bei Pio, mit dem Mittelalter vergleichbar. Einzig die Ratsmitglieder verfügten über zusätzliche Möglichkeiten, um miteinander zu kommunizieren.

Schnell meldete sich meine Erschöpfung wieder. Trotzdem setzte ich entschlossen einen Fuß vor den anderen.

Die Dunkelheit begann aus allen Nischen und Ritzen zu kriechen. Am Himmel zeigten sich die ersten Sterne. Bestimmt war ich jetzt schon zwei Stunden im magischen Wald unterwegs. Mehrmals hatte ich überlegt zurückzugehen, aber es dann nicht gewagt. Der See musste doch bald in Sicht kommen oder stattdessen das Tal mit den Häuschen oder die Akademie.

Dann endlich glitzerte das Wasser zwischen den Bäumen hindurch. Über den Baumwipfeln am Ufer erhob sich der große, silberne Mond. Ich hockte mich ans Wasser, benetzte mein Gesicht und trank etwas. An dem alten Baum, wo die Undinen normalerweise die Neuankömmlinge hinbrachten und ablegten, befand sich niemand.

Ich stieß jenen singenden Pfeifton aus, der die Undinen rief, und nur einige Augenblicke später schwamm eine von ihnen heran, entstieg dem Wasser und blieb zwei Meter vor mir stehen. Ihr weißes Haar floss über ihre makellose Gestalt bis zu den Waden. Im Mondlicht sah sie aus, als wenn sie komplett aus Silber wäre. Leider hatte sie keine guten Nachrichten. Kein Neuankömmling hatte die letzten Stunden einen Durchgang passiert, weder den durch die Spree noch den durch den unterirdischen See im Humboldthain.

Ich sah, wie die Undine wieder abtauchte und in die Tiefen glitt wie ein glänzender Schatten. Ich fühlte mich niedergeschlagen und machte mich auf den Weg zum Turmhaus. Normalerweise lag es nur einige Minuten vom magischen See entfernt. Ein Waldweg, gesäumt von Blumen, führte direkt bis vor meine Tür. Doch erneut zog sich der Weg in die Länge. Ich lief und lief, aber es war kein Ende abzusehen.

Inzwischen lag der Wald in völliger Dunkelheit. Nur das Licht in meinen Augen zeichnete einen Kreis mit einem Radius von etwa einem Meter vor mich, sodass ich dennoch etwas sehen konnte. Ich vernahm meine eigenen Schritte. Ansonsten herrschte vollkommene Stille. Langsam verließen mich meine Kräfte und ich lehnte mich einen Moment gegen einen Baumstamm. Da hörte ich das Rauschen des kleinen Baches, der hinter meinem Haus verlief. Gut, jetzt durfte es nicht mehr weit sein. Die paar Meter würde ich noch schaffen.

Ich entschied, den gewohnten Weg zu verlassen, weil die Gefahr bestand, dass er mich wieder in die Irre führte, und folgte dem Plätschern. Das Flüsschen tauchte vor mir auf. Es war hier breiter, als gewohnt. Laut meiner Orientierung musste ich ihm nur nach links folgen und bald würde mein Haus in Sicht kommen.

Aber da hatte ich mich getäuscht. Der Flusslauf führte mich stattdessen immer tiefer in den Wald. Ich merkte, wie Angst an mir hochkroch. War das etwa ein anderer Fluss? Ein Seitenarm, den ich noch nicht kannte? Wieder versuchte ich zu erspüren, ob jemand in meiner Nähe war, ich die Gedanken oder Gefühle eines Wesens wahrnehmen konnte. Aber nichts. Dass ich stundenlang niemanden auf diese Weise erreichen konnte, musste mit den Verschiebungen zu tun haben.

Ich hatte völlig die Orientierung verloren. Das war mir in der magischen Welt noch nie passiert. Und ich besaß keine Kraft mehr weiterzugehen. Es half nichts. Ich musste eine kleine Pause einlegen und mich ein wenig ausruhen.

Der Fluss floss an dieser Stelle an einem Mooshügel entlang. Ich beschloss, einige Schritte hinaufzusteigen und mich im Schutze des großen Findlings, den ich vor mir ausmachte, hinzusetzen. Den letzten Meter kroch ich nur noch. Ich ließ mich in das samtige Moos fallen und lehnte mich an den kühlen Stein. Irgendwoher tönte ein Plätschern wie von einem kleinen Wasserfall.

Etwas Kühles und Nasses kitzelte mich an der Nase, sodass ich wegzuckte und niesen musste. Ein leises Brummen drang in meine Ohren. Ich öffnete die Augen und schaute in ein tiefgrünes Auge. Vor mir stand eine einäugige Katze mit rotem Fell, die mich neugierig betrachtete und schnurrte. Das war doch das Tier aus dem Haus am Wetterplatz 8. Ich versuchte, mich aufzurichten. Die Katze machte einen Satz zurück und blieb in sicherem Abstand stehen, starrte mich aber weiterhin neugierig an.

Im ersten Moment wusste ich nicht, wo ich mich befand. Ich schaute mich um. Das hier war nicht Wetterplatz 8, es war der magische Wald, in orangerosa Licht getaucht. Die Sonne ging gerade auf. Langsam erinnerte ich mich, wie ich in der Nacht zu dem Findling hinaufgestiegen war, um mich auszuruhen. Ich musste vor Erschöpfung auf dem weichen Moos eingeschlafen sein.

Ich stützte mich auf die Ellenbogen, war jedoch im Handumdrehen auf den Beinen, als ich hinter meinem Rücken ein Stöhnen vernahm. *Wolf, Wildschwein, Luchs*, schoss es mir durch den Kopf. Die Tiere, die es in meinem heimatlichen Wald gegeben hatte und vor denen man potenziell Angst haben konnte. Nicht generell vor Luchsen, aber seit in meiner Kindheit einige aus einem Gehege in der Gegend entkommen waren, geisterten sie mir ebenfalls durch den Kopf, wenn ich mich allein im Wald aufhielt. Allerdings waren derlei Tiere im magischen Wald nicht gefährlich.

Hinter mir lag jemand, fast komplett von herabgerieselten Blüten bedeckt. Grete.

Hier? Das konnte doch gar nicht sein. Aber, doch! Es war Grete!

Ich beugte mich zu ihr hinunter.

„Grete! Grete, wach auf!"

„Da bist du ja endlich", flüsterte sie angestrengt und blinzelte. Mit unendlicher Mühe hob sie einen Arm und versuchte, sich einige Blüten aus dem Gesicht zu sammeln.

„Du hast auf mich gewartet?"

„Der … Traum …", hauchte sie.

Ich half ihr, strich ihr die Blüten aus dem Gesicht und glättete ihre Haare, die ihr wild über der Stirn lagen. Der Traum hatte ihr also gesagt, dass ich sie finden würde. Das kam in solchen Träumen eigentlich nie vor, aber Grete bildete wahrscheinlich eine Ausnahme, weil sie mich vorher schon kennengelernt hatte. Nur dass ich sie hier fand, mitten im Wald, an einem Ort, von dem ich bis jetzt selber nichts gewusst hatte, das war mehr als merkwürdig.

„Wie bist du hierhergekommen?"

„Aus der Quelle."

„Der Quelle?"

Ich berührte ihre Sachen. Sie waren trocken. Heißhunger auf Fisch, ein Zeichen für das Element Wasser. Okay, Grete musste durch das Wasser gekommen sein. Aber aus dem Fluss? Einer Quelle? Hier gab es keinen Durchgang.

Im selben Moment, als ich das dachte, wusste ich, dass es nicht stimmen konnte. Die Katze schnupperte an Gretes nackten Füßen. Ihr Fell glänzte in der Sonne. Plötzlich vernahm ich ein hohes Miau und sah, wie ein kleines rotes Kätzchen – eine Miniaturausgabe der großen – sich an sie schmiegte und verspielt Gretes Zehen angriff. Grete schien es nicht zu spüren, denn ihre Zehen waren blau vor Kälte.

Auf einmal erschienen Bilder des überschwemmten Kellers vor meinem inneren Auge, das Schimmern des Wassers und die durchnässte Katze, die aus dem Keller entwischt war, als ich das Haus zum ersten Mal besucht hatte. Etwas fügte sich zusammen.

„Bist du durch den Keller?"

Grete nickte.

„Und das hatte dir dein Traum gesagt?"

Sie nickte wieder.

„Aber warum bist du dann mit mir auf das Hochhaus …?" Ich verstummte. Fragen stürmten auf mich ein, aber Grete hatte keine Kraft, sie zu beantworten.

Ich griff ihr unter die Arme und zog sie in die Sonne, lehnte sie an den Findling und achtete darauf, dass besonders ihre Füße Sonnenstrahlen abbekamen.

„Warte einen Moment."

Ich lief um den Findling herum. Tatsächlich, auf der anderen Seite entsprang eine Quelle unter ihm und ergoss sich in ein natürliches, tiefblaues Felsbecken, ehe das Wasser dem Flusslauf folgte. Das war die Verbindung zum Haus am Wetterplatz 8. So musste es sein, auch wenn ich es kein bisschen verstand. Ich kehrte wieder zu Grete zurück.

„Seit wann bist du hier?"

„Ich weiß es nicht. Es war stockdunkel."

Dann war ich also gestern Nacht nur ein kleines Stück von Grete entfernt eingeschlafen. Die Magie ihres Traumes hatte uns zusammengeführt. Sie hätte mir nur davon erzählen müssen! Andererseits, ich hätte mir wahrscheinlich trotzdem den ganzen Tag Sorgen gemacht, dass die Verschiebungen verhinderten, Grete zu finden.

„Ich hole ein wenig Wasser von der Quelle und ein paar Rotbeeren. Sie wachsen hier überall und sie werden dir auf die Beine helfen." Rotbeeren wirkten bei Neuankömmlingen, die die Reise in die magische Welt zu sehr mitgenommen hatte, immer wie ein Energydrink.

„Wo bin ich?", fragte sie.

„Na, in der magischen Welt natürlich. Ruh dich noch ein wenig aus. Alles ist gut. Du hast es geschafft."

Grete schloss wieder die Augen und lächelte.

„Du hast mich also nicht angelogen."

Kapitel 35

Wir brauchten ewig durch den magischen Wald, den ganzen Tag. Grete fühlte sich unheimlich schwach und ich war auch noch lange nicht wieder bei Kräften. Ich stützte sie und alle paar Schritte blieben wir stehen oder setzten uns eine Weile auf den moosigen Boden. Wir redeten nicht, weil Reden sie zu sehr anstrengte. Grete lächelte, wann immer eine Blüte von allein auf ihrer Hand landete.

Ich begann mich zu fragen, ob wir das Tal mit unserer Siedlung und der Akademie jemals erreichen würden, aber ich wollte Grete nicht beunruhigen und ließ mir nichts anmerken.

Die räumlichen Verschiebungen hatten sich merklich verschlimmert. Die Sonne stand schon wieder weit im Westen, falls auf die Himmelsrichtungen überhaupt noch Verlass war, und ich fürchtete mich davor, dass wir eine weitere Nacht im magischen Wald verbringen müssten.

In der realen Welt war der Weihnachtsabend längst vorüber. Ich dachte an Janus und hoffte, dass Luisas Vater ihn informiert hatte. In der magischen Welt wurden wahrscheinlich gerade die letzten Vorbereitungen für das Fest der Elemente getroffen. Ich spitzte die Ohren und lauschte. Ich hoffte, dass am Abend etwas von den Geräuschen der Festlichkeiten zu uns herüberdringen würde oder uns das Himmelsspektakel den Weg wies.

Wir gelangten an eine Lichtung, wo sich ein kleiner Bach durch dicke Blaubeerbüsche schlängelte, deren Früchte so groß wie Aprikosen waren. Grete ließ sich wie ein nasser Sack fallen, ihre linke Hand glitt in den Bach und dann rührte sie sich nicht mehr. Ich hockte mich hin und sammelte ein paar Früchte ein.

„Wir haben irgendein Problem, stimmt's? Du brauchst mir nichts vorzumachen“, flüsterte sie.

Gerade als ich zu einer Antwort ansetzen wollte, bewegten sich die Büsche neben mir. Unwillkürlich griff ich mir ans Herz vor Schreck, und dann stand auf einmal ein kleiner, jungenhaft wirkender Mann mit kurzem schwarzem Haar vor uns.

„Pio?!“, rief ich überrascht und gleichzeitig überaus erleichtert, ein vertrautes Gesicht aus der Akademie vor mir zu sehen.

„Bitte, folgen Sie mir hier entlang. Ich habe die Aufgabe, Sie zur Akademie zu führen.“

Pio wies in die Richtung, aus der er gekommen war. Ich sah nur Büsche und dichtes Unterholz, keinen Weg. Außerdem stimmte nach meinem Empfinden die Richtung nicht. Wir würden uns annähernd dahin zurückbewegen, wo wir hergekommen waren. Pio stand mitten in den Beeren und schaute weder mich noch Grete an. Grete richtete sich auf.

„Wer ist das?“

„Das ist Pio. Er ist so etwas wie der Chronist der magischen Welt. Bei ihm kannst du E-Mails nach Hause schreiben. Wir können ihm vertrauen.“

„Ich habe keine Kraft mehr", stöhnte sie.

„Pio, wie weit ist es noch?"

„Einhundertachtundneunzig Meter." Seine präzise Antwort kam wie aus der Pistole geschossen und Grete sah ihn mit großen Augen an.

„Ich bin hier, um Sie zur Akademie zu bringen. Bitte folgen Sie mir. Die Festlichkeiten beginnen in einer Stunde und achtunddreißig Minuten."

Ich rutschte zu Grete hinüber. „Komm, die letzten Meter, das schaffen wir." Ich versuchte, sie hochzuziehen, aber Grete riss mich zu sich auf den Boden.

„Tut mir leid. Warum hilft er uns denn nicht?", fragte sie leise.

„Er mag es nicht, andere Menschen zu berühren."

„Na, klasse", grummelte Grete und warf Pio einen anklagenden Blick zu.

„Er ist Autist", flüsterte ich in Gretes Ohr. Grete zog die Stirn kraus, sagte daraufhin aber nichts mehr. Endlich standen wir wieder auf den Beinen und folgten Pio durch die dichten, hohen Blaubeersträucher, dann durch ein Wäldchen aus kleinen roten Tannen, unter denen wir uns ducken mussten, um voranzukommen, und danach waren es nur noch ein paar Schritte durch vielfarbig schimmernde Farne, bis die Akademie vor uns auftauchte.

Grete blickte mit offenem Mund auf das, was sich vor ihren Augen auftat. Das gesamte Tal war für das Fest geschmückt. Jedes Haus leuchtete in einer anderen Farbe. Die Steinchen, die die Wege zwischen den Häusern bedeckten, glitzerten silbrig. Die Akademie selbst strahlte gleißend weiß von innen heraus. Alle Fenster waren geöffnet. Auf dem großen Platz davor waren die vier großen Schalen aufgebaut worden. In einer tanzten flammende Feuersalamander, in der zweiten, mit dunkelblau glitzerndem Wasser gefüllten, führten Undinen einen Reigen auf. In der dritten gaben Erdgnome eine archaische Aufführung, die an Breakdance erinnerte. In der vierten sangen pausbäckige Sylphen, während sie auf- und abschwangen. Engel des Äthers schwebten vor einem riesigen Regenbogen, der sich über das Tal spannte.

Über allem lag Musik, die sich aus den Tönen von herabfallenden Blüten und Sternen harmonisch zusammenfügte. Augenblicklich musste ich an Tom denken und mir wurde bewusst, warum mich seine Musik so angezogen hatte. Seine Komposition hatte etwas

Magisches, etwas, das die Essenz der magischen Welt einfing, ohne dass er das Geringste davon ahnte.

Während wir am Waldrand stehengeblieben waren und staunten, war Pio, ohne sich umzudrehen, weitergegangen. Er hatte uns hierhergebracht. Seine Aufgabe war erfüllt. Auf einmal stürmte Kira auf mich zu und wir fielen uns in die Arme.

„Gott sei Dank! Janus hat mich informiert, dass du – oder ihr“, sie schaute zu Grete hinüber, die auf die Knie gesunken war und wie hypnotisiert in das Tal starrte, „hier seid. Immer mehr Leute verirren sich im Wald. Pios Aufgabe ist es inzwischen, sie zu finden und nach Hause zu bringen. Er hat diese einmalige Begabung, sich von den Verschiebungen nicht irritieren zu lassen. Er ist ein wandelndes Navigationsgerät. Muss mit seinem Autismus zusammenhängen.“

Ich nickte erschöpft. „Mir tun so die Füße weh …“

Grete drehte wie in Zeitlupe den Kopf zu Kira. „Du bist aus meiner Schule“, stellte sie fest, schloss die Augen und kippte zur Seite.

Kurze Zeit später lagen wir, jede auf einer gut gepolsterten Liege von einigen Kissen gestützt, in der ersten Etage der Akademie und schauten durch das offene Fenster hinaus ins Tal. Ranja hatte uns einen Kräuterdrink gemixt und ich fühlte mich um einiges besser.

Zwischen uns war ein Tisch mit lauter kleinen Broten und Kuchen aufgebaut, die Else jedes Jahr für das Fest buk. Sie waren alle mit Blüten aus Zuckerguss, mit Buttercreme oder mit Kräutercreme geschmückt. Else hatte uns so viele Köstlichkeiten gebracht, wie wir in einer Woche nicht aufessen konnten.

Ich sah, dass Grete einen Kuchen in der Hand hielt, von dem sie ein winziges Stück abgebissen hatte. Wahrscheinlich war sie einfach zu überwältigt, um richtigen Hunger zu haben. Ich nahm ein kleines Brot und biss hinein. Es war das erste Mal, dass ich die Köstlichkeiten des Festes genoss, und ich verschlang das Brot in Nullkommanichts. Nein, heute war auf keinen Fall der Tag, um mit dem Engelsein wieder zu beginnen.

Vor den vier Schalen der Elemente befand sich ein Podest, auf das jetzt die Mitglieder des Rates traten. Ich lehnte mich selig zurück. Ich war hier, pünktlich zum Fest der Elemente und zusammen mit Grete.

Über den Schalen verharrten fünf Ätherwesen. Ich erkannte Lilonda, die mich voller Stolz anstrahlte. Sie nahm zum ersten Mal an diesem Fest teil.

Vor dem Podest hatten sich alle Bewohner der magischen Blase, ehemalige Studenten der Akademie, die inzwischen auf der ganzen Welt verstreut lebten, und weitere Gäste versammelt. Feierliche Stille breitete sich aus.

Sulannia trat hervor und begann zu sprechen:

> „Aus Wasser entsteht und besteht das biologische Leben.
> Erde bildet die Materie und gibt den Dingen ihre Form.
> Luft ist der Sauerstoff, den wir atmen.
> Er ist die Grundlage des Lebens.
> Feuer repräsentiert den zündenden Lebensfunken, das Licht und die Wärme, die Lebensenergie.
> Und Äther ist die geistige Essenz, die alles miteinander verbindet.
> Ich begrüße euch alle zum Fest der Elemente. Das zurückliegende Jahr war ein besonderes Jahr, das uns in Aufruhr versetzt hat. Doch alle Gefahren konnten gebannt werden, und …“

Ich hörte Sulannia nicht weiter zu, weil sich plötzlich jemand neben mich hockte und mich anlächelte.

„Janus!“

„Noch nicht mal richtig gesund, schon stürzt du dich wieder in Abenteuer.“

„Du bist hier …“

„Du bist Heiligabend schließlich nicht ins *Absturz* gekommen.“

Ich schaute zu Grete hinüber und lächelte.

„Sie hat es geschafft. Allerdings nicht durch den Ätherdurchgang.“

In dem Moment erwähnte Sulannia die Verschiebungen, die der magischen Welt immer mehr zu schaffen machten, und ich hörte wieder hin. Alle wurden aufgerufen, jegliche verdächtigen Dinge und Auffälligkeiten dem Rat zu melden. Jeder Hinweis konnte von Bedeutung sein.

„Nicht durch den Ätherdurchgang?“, flüsterte Janus verständnislos.

„Nein, durch einen Wasserdurchgang, den es eigentlich nicht gibt und der mit dem Haus am Wetterplatz 8 verbunden zu sein scheint. Sobald Grete zu Kräften gekommen ist, müssen wir mit dem Rat sprechen."

Janus machte ein nachdenkliches Gesicht.

„Die einen feiern heute die Geburt von Jesus, für andere ist es das Fest der Liebe", fuhr Sulannia fort. „Für die Naturvölker war es ein Naturfest, an dem die Sonnenwende zelebriert wurde, für viele ist das Weihnachtsfest das Fest der Familie. Und in anderen Teilen der Welt finden ähnliche Feste, nur zu anderen Zeiten des Jahres, statt, beispielsweise das Neujahrsfest in Russland, das Frühlingsfest Anfang Februar in China, das buddhistische Vesakh-Fest oder das Lichterfest in Indien."

Sulannia machte eine kleine Pause, ehe sie fortfuhr: „Unser Fest der Elemente in der magischen Welt vereint all die Bedürfnisse, die das größte Fest des Jahres symbolisiert: die Sehnsucht nach Liebe, Zugehörigkeit, Güte und Vollkommenheit, einem großen Herzen oder einer großen Seele, die alles umfasst und die vergibt."

Sie wünschte allen im Namen des Rates wundervolle Stunden und bedankte sich besonders bei Else, die für die kulinarischen Köstlichkeiten gesorgt hatte. Else wurde auf das Podest gebeten, strahlte über ihr rundes Gesicht und errötete vor Aufregung und Verlegenheit wie jedes Jahr. Dann dankte Sulannia den Elementarwesen, die das Fest mit Regenbogen, Sternenregen und lauter kleinen elementaren Überraschungen wieder besonders schön gestaltet hatten.

Der Rat verließ das Podest und schon schwoll die sphärische Musik des Blütenwaldes an und die Elementarwesen der fünf Elemente führten eine atemberaubende Show auf, in der sie ihr Können nicht nur einzeln in ihren Schalen zeigten, sondern sich auch zusammentaten, was für besonders überwältigende Effekte sorgte.

So umkreisten sich Feuer und Wasser zunächst in wilden Bögen, dann verbanden sie sich und als sich die Feuersalamander und die Undinen schon wieder blitzschnell voneinander getrennt hatten, entstanden über ihnen gewaltige Rauchschwaden, in denen man meinte, Gestalten oder bekannte Dinge wiederzuerkennen. Fanden sich Feuer und Luft, entwickelten sich meterhohe Feuerwände, sodass man den Blick kaum abwenden konnte. Traf Äther auf eines der Elemente oder zwei miteinander verbundene, entwickelte sich eine Art Bühnenstück, in der die vagen Formen der Elemente zu klaren Gestalten wurden und anfingen, sich für kurze Zeit zu bewegen, zu tanzen oder sogar Laute und angenehmen Singsang von sich zu geben. Manchmal konnte man in diesen Stücken auch vertraute Gesichter wiedererkennen, die die Engel aus ihrer Umgebung oder Erinnerung spiegelten. Oft erzählten sie damit Geschichten, die schon vor langer Zeit passiert waren und so wieder auflebten.

Die Darbietung der fünf Elemente war ein hinreißendes und ergreifendes Schauspiel, das einen alle Sorgen vergessen ließ.

Grete lag entspannt in ihrem Kissen und schaute fasziniert auf die Vorstellung. Ihre aschfahlen Wangen hatten inzwischen wieder einen leicht rosafarbenen Ton angenommen, während ihre Füße in eine dunkelrote Wolldecke eingepackt waren, über deren Außenseite winzige Flammen huschten und sie wärmten.

„Ich muss dir noch etwas Wichtiges sagen“, sagte Janus. Doch da kam Ranja herein und brachte uns einen weiteren Kräutertrunk.

„Auf Ex. Alle beide. Wäre ja gelacht, wenn wir euch nicht wieder auf die Beine kriegen.“

Sie richtete die Decke um Gretes Füße neu, während Grete Ranja in ihrem bunten Mittelalter-Look fasziniert beobachtete und keinen Ton von sich gab. Grete hatte schon lange nichts mehr gesagt. Sie nickte nur, als Ranja sie fragte, ob ihre Füße langsam zu tauen begannen. Dann schloss sie die Augen und schlief ein.

Janus zog sich einen Korbstuhl neben mich und wir betrachteten den Tanz der Elemente zwischen blinkenden Sternen und Blüten.

„Was wolltest du mir sagen, Janus?“

„Etwas Wichtiges, aber nicht jetzt. Morgen.“

„Okay.“ Was mochte es sein? Bestimmt hatte es mit dem Weihnachtsabend in der Kneipe zu tun. Irgendwas wegen Tom oder Charlie? Doch ehe ich eine konkrete Idee entwickeln konnte, fiel auch ich in einen tiefen und traumlosen Erschöpfungsschlaf.

Kapitel 36

„Wolkenkratzer? Beschreibe sie genauer." Jolly fixierte Grete mit seinen stechenden Augen. Was die Befragung anging, war er wieder voll in seinem Element. Wahrscheinlich hätte er in der realen Welt einen hervorragenden Anwalt abgegeben.

Ranja berührte sachte seinen Arm, um ihn etwas zu besänftigen. Wir saßen hinter der Akademie im Kreis auf Steinblöcken. In der Mitte loderte das blaue Feuer. Grete schaute ungerührt in die kleinen, tiefblauen Flammen. Jolly brachte sie nicht aus der Ruhe. Sie ließ ihn ein wenig warten.

Ich saß neben ihr und nahm zum ersten Mal an der Befragung eines Neuankömmlings teil, weil ich die Vorgeschichte kannte und weil Gretes Fall von besonderen Umständen begleitet war.

„Na, Wolkenkratzer eben. Nur dass sie wirklich gut aussahen, nicht düster und schmutzig oder zu eng stehend, sondern alle goldgelb angestrahlt und mit sehr breiten Alleen dazwischen."

„Aber du hast keine Menschenseele gesehen?", fragte Kim.

„Nein, das hab ich doch schon gesagt. Ich bin nur vorbeigeschwommen wie durch eine Ader aus Glas, und um mich herum war diese Stadt, über mir, unter mir, neben mir. Alles ein bisschen verzerrt."

„Ich denke, es war eine Halluzination. Das hatten wir bei Neuankömmlingen schon öfter", überlegte Sulannia.

„Nein. Das kann keine Halluzination gewesen sein. Dazu ist es zu deutlich", hielt Jolly dagegen.

„Ob Halluzination oder nicht. Der entscheidende Punkt ist schließlich, dass es einen Wasserdurchgang gibt, von dem keiner weiß", sagte Marco. Er war zum Mitglied des Rates für das Element Erde gewählt worden, nachdem Jerome ausgeschieden war. Ein großer, dunkelhaariger Typ mit einem Piercing in der Unterlippe und slawischen Gesichtszügen. Er hatte die magische Akademie vor circa zehn Jahren absolviert, Chemie studiert und war in der realen Welt in der Forschung tätig. Mir gefielen seine ruhige Art und seine tiefe Stimme.

„Von der Quelle aus lässt sich kein Durchgang finden. Die Undinen sind informiert und durchsuchen das Wassernetzwerk auf

Verbindungen mit diesem Durchgang. Neve und ich werden noch heute zu dem Haus am Wetterplatz 8 aufbrechen", sagte Sulannia.

Jolly warf mir vor, dass ich das mit Grete auf eigene Faust durchgezogen hatte. Aber Kim nahm mich in Schutz und bestätigte, dass ich mich mit ihr beraten hatte.

„Wir müssen die Katze finden und dann werde ich ihr folgen." Sulannia strich sich ihre fließenden Haare über die Schulter. Grete beobachtete sie dabei und stocherte nebenher mit einem Stock im Feuer, als würde sie jeden Tag hier sitzen und Meetings abhalten. Ich staunte, wie gelassen sie war. Sie hatte ziemlich schnell akzeptiert, dass sie sich in einer Welt befand, von der sie bis vor kurzem noch keinen Schimmer gehabt hatte. Sie verhielt sich, als hätte sie lange auf solch eine Welt gewartet und wäre nun, statt überrascht, eher beruhigt, endlich hier zu sein.

Ranja ergriff das Wort. „Dann sollten wir jetzt noch die Sache mit Gretes Element klären. Sie hat laut Neve die meiste Zeit Äthersymptome gezeigt, ist aber am Ende durch einen Wasserdurchgang gekommen."

„Es ist anders als bei Kira. Gretes Sachen waren trocken. Alles ganz normal. Ich denke, die Wahl des Durchganges ist ausschlaggebend", sagte Jolly.

Kim nickte zustimmend und schien keinen Verdacht zu hegen, dass Grete Äther sein könnte.

„Eventuell kommt eine Affinität zu Äther hinzu", bemerkte Marco.

„Davon gehe ich aus." Jolly sah zu Sulannia. „Ich bin ansonsten ebenfalls der Meinung, dass Grete in die Obhut von Sulannia gehört."

„Und ich darf nicht mitreden, wie ich mich am meisten fühle?", schaltete sich Grete ein.

In Jollys Blick blitzte ein Funken Erstaunen auf. Diese Frage hatte bis jetzt noch kein Neuankömmling gestellt. Dazu waren sie alle viel zu überwältigt von den Ereignissen.

„Wir fühlst du dich denn am meisten?", fragte er sie ein wenig oberlehrerhaft.

„Wie Wasser", antwortete Grete trotzig. Jolly zog die Stirn in Falten, während Ranja sich ein Schmunzeln nicht verkneifen konnte. Grete war wahrscheinlich die erste Studentin, die Jolly etwas entgegenzusetzen haben würde.

„Dann bleibt nur noch die Frage zu klären, bei wem sie wohnen soll." Ranja schaute in die Runde. Ich machte ein verwundertes Gesicht.

„Warum? Grete kann bei mir wohnen. Kira ist ausgezogen", platzte ich heraus.

„Ich halte das nicht für die beste Lösung, Neve. Du hast zurzeit genug anderes um die Ohren."

„Ich? Nein. Grete ist jetzt hier … und …".

Ranja machte ein wissendes Gesicht.

„Neve, du solltest dich ein wenig um dich selbst kümmern."

Ich wusste nicht, was sie meinte. Und irgendwie wusste ich doch, was sie meinte. Aber ich wollte es nicht wahrhaben.

„Wieso, alles ist wieder wie gehabt!" Meine Stimme klang quietschig.

„Nichts ist wie früher und sollte es auch nicht sein. Die Dinge bewegen sich in Kreisen, aber dabei bewegen sie sich nie rückwärts. Du bist auf einem sehr guten Weg Neve. Geh einfach weiter." Sie schenkte mir einen mütterlichen Blick.

Bockig lief ich in meiner Küche auf und ab. Ich wollte nicht „weitergehen", ich wollte, dass alles wie früher war. Ich war ein Engel. Ich wohnte in meinem Turmhaus. Ich las viele Bücher. Ich kümmerte mich um einen Neuankömmling. Und ich sorgte für leckeres Essen und ging Kleidung nach dem Geschmack meines Zöglings einkaufen.

„Alles in Ordnung?"

Janus kam die Treppe herunter. Er hatte in Kiras ehemaligem Zimmer übernachtet. Seine dunklen Locken waren zerzaust und kringelten sich in alle Richtungen. Er trug ein weißes Shirt und weiße Stoffhosen, die ihm bis zu den Waden gingen. Seine Haut hatte eine erstaunlich gesunde Farbe. Und er verströmte einen wunderbaren Duft, der mich irgendwie beim Denken behinderte und mir zeigte, dass überhaupt nichts in Ordnung war.

Ich schüttelte verneinend den Kopf und sagte: „Ja."

Janus runzelte die Stirn.

„Nein, natürlich ist nichts in Ordnung." Ich nahm den Topfschwamm aus der Spüle und knetete auf ihm herum. „Grete wird nicht bei mir wohnen."

„Weil du zu wenig zu Hause sein wirst?"

„Aber warum sollte ich denn zu wenig zu Hause …“ Ich seufzte und warf den Schwamm in die Spüle. „Ich muss los. Ich treffe mich gleich mit Sulannia am Wetterplatz 8.“

„Und du musst sicher mit Emma sprechen, wegen Grete, und mit Tom, warum du Heilig Abend nicht gekommen bist und na ja … mir weiter beim Bücher sortieren helfen“, führte Janus den Satz fort.

„Ja, ja, schon gut. Ich weiß, dass ich in Berlin noch einiges zu Ende bringen muss. Aber das dauert doch alles nicht so lange, dass …“

„Heißt das, das Leben bei mir und den anderen bleibt eine Episode für dich, die es schnell abzuschließen gilt?“

Ich sah Janus an. Die Frage verwirrte mich. „Ich … was soll diese Frage?“

„Hast du eigentlich was zu trinken?“

„Oh, natürlich. Entschuldige. Ich bin eine schlechte Gastgeberin, ganz im Gegensatz zu dir. Kaffee, Tee, Rührei?“

Janus setzte sich an den Tisch. „Ich nehme alles, was du auch magst.“

„Ich nehme nichts. Ich werde wieder aufhören mit all dem, ab heute. Außerdem habe ich es eilig.“

Janus sog die Luft hörbar ein, sagte aber nichts dazu.

„Bevor du zum Wetterplatz aufbrichst, muss ich dir noch etwas sagen.“

Ich stellte Janus eine große Tasse Kaffee hin.

„Wahrscheinlich wirst du wütend sein. Aber mir ist wichtig, dass kein Geheimnis mehr zwischen uns steht.“

Kein Geheimnis mehr zwischen uns, wie das klang. Ich bekam davon eine Gänsehaut und dachte daran, wie ich gestern noch nach Mitternacht mit Janus und den anderen unter dem Sternenregen draußen auf der Wiese getanzt hatte. Es war wunderschön gewesen. Doch als die Musik langsamer wurde und sich Pärchen bildeten, hatte ich behauptet, dass ich mal dringend wohin müsste und war dann einfach zu Kira und den anderen Studentinnen gegangen.

Kira hatte bedrückt gewirkt, weil Tim ihr fehlte. Die anderen trösteten sie: Der Tag, an dem sie ihren Abschluss bekam und wieder in die Realwelt reisen durfte – irgendwann wäre er einfach da. Janus hatte noch ein bisschen mit Marco geplaudert. Die beiden schienen sich sehr gut zu verstehen. Ich hatte ihm keine gute Nacht gewünscht und mich weggeschlichen, ohne zu wissen wieso. Ich hätte ihn doch fragen können, ob wir zusammen gehen. Aber ich hatte es nicht getan.

Ich setzte mich und sah ihn an.

„Also, ich kenne Charlie“, begann er. „Ich war es, die sie ins Haus am Wetterplatz geschickt hat, nachdem ich dich kennengelernt hatte.“

„Was?“ Ich verstand nicht recht.

„Lass es mich bitte erklären. Charlie und ich …“

„Du und Charlie …?“, fuhr ich erschrocken dazwischen, während mich ein Blitz der Eifersucht durchfuhr. Eifersucht? Quatsch!

„Wir haben uns an der Uni kennengelernt. Ich war mal ziemlich verliebt in sie. Aber das ist schon eine ganze Weile her.“

Wahrscheinlich konnte man sehen, wie mir alle Gesichtszüge entgleisten. Charlie nahm mir erst Tom weg und jetzt, wo ich mich langsam damit abfand, wurde mir offenbart, dass sie mir Janus auch schon längst weggenommen hatte?

Ich sprang auf und goss mir auch einen Kaffee ein, führte ihn zu den Lippen, aber schüttete ihn dann in den Ausguss. Oh je, wie führte ich mich bloß auf? Was sollte Janus von mir denken? Ich setzte mich wieder und versuchte, möglichst gelassen zu klingen: „Sorry, ihr wart also verliebt.“

„Nein, also, ich in sie, aber sie nicht in mich. Ich denke, sie war am Anfang fasziniert, aber sie war nie in mich verliebt. Ich war eher nur ein Experiment für sie.“

„Ein Experiment?“

„Na ja, sie hatte schon immer diesen Flitz, sich mit Phänomenen zu beschäftigen, die nicht ins normale Weltbild passen. Am Anfang hat sie mir geglaubt, dass es all die Dinge gab, von denen ich ihr erzählte.“

„Du hast ihr von der magischen Welt erzählt?“

„Warum nicht? Genau wie du Grete.“

„Aber das ist doch was ganz anderes! Grete hat magische Begabungen.“

„Das stimmt, aber ich hatte bei Charlie das Gefühl, es würde ihr helfen, davon zu wissen.“

„Ihr helfen“, prustete ich verächtlich. „Du warst verknallt. Das ist die einzige vernünftige Erklärung.“

„Wahrscheinlich hast du recht“, lenkte er ein.

„In Charlie verknallt sich wohl jeder“, setzte ich drauf, um meinem Unmut Luft zu machen.

„Danke für das *Jeder.*“ Janus sah mich vieldeutig an.

„Bitte“, antwortete ich und verschränkte meine Arme vor der Brust. „Und, wie fand sie die magische Welt so?“, fragte ich flapsig.

„Sie hat mich irgendwann für einen Spinner gehalten, der gute Zaubertricks drauf hat. Sie war wütend, dass ich sie veralberte. Schließlich war an mir nichts beweisbar. Das hat uns entzweit.“

„Wie lange ist das her?“ Ich klang entnervt und gelangweilt. Was war das eigentlich gerade für ein Mist, den Janus mir da auftischte!

„Ungefähr zwei Jahre. Sie hat ihre Abschlussarbeit geschrieben und ich das Antiquariat aufgemacht. Wir hatten kaum noch Kontakt. Aber dann bin ich dir begegnet. Und irgendwie, ich dachte, da sie diese Zusatzausbildung für Psi in London anstrebt, du mit deinen Ätherfähigkeiten könntest die Richtige sein, ihr klar zu machen, dass es nicht um Beweise geht, sondern um einen Glauben. So ein Glaube, der würde ihr guttun.“

„Du liebst sie immer noch …“

„Nein, absolut nicht. Das verstehst du falsch.“

„Wieso, was soll schlimm daran sein, sie noch zu lieben?“ Ich stand auf und warf die Kaffeetassen in die Spüle, sodass es klirrte.

Janus blieb ruhig. „Nichts natürlich, aber ich liebe sie trotzdem nicht mehr.“

Diese Worte taten gut, aber meine Wut auf Janus minderten sie nicht. „Du hast mir Charlie also auf den Hals gehetzt, damit sie an mir rumforscht und mich am besten noch in ein Labor schleift?“ Hektisch wischte ich den Tisch ab und versuchte, den Lappen in die Spüle zu werfen, aber er fiel natürlich daneben und landete auf dem Boden.

„Nicht in ein Labor. Natürlich nicht. Ich habe bereits gesagt, warum ich sie zu dir geschickt habe.“

„Damit ich genug zu tun habe, um nicht mehr nach Hause zu kommen. Und weil ich dein Projekt bin.“

„Du bist doch nicht mein Projekt, so ein Blödsinn.“

Ich reagierte darauf nicht und nahm meine Tasche vom Stuhl, die ich schon bereitgestellt hatte.

„Dann ist ja alles erklärt. Ziehe deinen Soldaten bitte wieder ab. Ich bin nicht für Charlie verantwortlich. Und ich muss los.“

Ich lief zur Tür, drehte mich aber noch mal um. „Tür einfach zuziehen, wenn du gehst. Und falls du noch mehr Lügen auf Lager hast, behalt sie ab jetzt am besten für dich, okay?!"

Janus erhob sich, ging an mir vorbei, öffnete die Tür und trat nach draußen. Dort drehte er sich noch einmal um: „Wünsche viel Spaß bei der Rückentwicklung in einen Engel. Klingt übrigens wie 'ne Diät", und machte sich auf den Weg in den Wald.

Ich schaute ihm verdattert hinterher. Na toll! So ein …! Ich suchte nach einem passenden Wort. Dann fiel mir eins von Grete ein: … VOLLPFOSTEN!

Kapitel 37

Sulannia wartete bereits auf der Parkbank am Wetterplatz auf mich, unter der großen Kastanie, die ihre kahlen Äste in den Winterhimmel streckte. Der Anblick des Baumes ergab das vollkommene Gegenprogramm zu dem warmen und farbenfrohen Fest in der magischen Welt. Noch trauriger dagegen wirkte das alte Haus.

Während die Fenster aller umliegenden Häuser mit Weihnachtssternen oder Lichterketten geschmückt waren, brannte hier nur eine einsame Kerze in Emmas Fenster.

Auch Sulannia bildete einen schönen Kontrast. Sie sah in ihrem indigoblauen Filzmantel und den hohen, dunkelblauen Stiefeln aus wie ein Hochglanzmodel vor einer alten Schwarz-Weiß-Fotografie. Ihr glattes Haar hatte sie zu einem Zopf zusammengebunden und über die rechte Schulter gelegt. Mit ungefähr einem Meter fünfundachtzig Größe und ihrer Ausstrahlung war sie eine imposante Frau, an die sich in der magischen Welt jeder gewöhnt hatte, die aber ansonsten überall Blicke auf sich zog.

„Ich hatte fast schon wieder vergessen, wie furchtbar kalt es im Winter in Berlin werden kann", begrüßte sie mich und hauchte sich in die Hände.

„Oh, ich hoffe, ich habe dich nicht zu lange warten lassen."

Sulannia erhob sich. „Keineswegs, ich bin erst drei Minuten hier, aber die reichen völlig aus, um das große Zittern zu bekommen."

Sie folgte mir zum Haus. Ich stemmte die schwere Holztür zur Durchfahrt auf und hielt unwillkürlich die Luft an, weil uns ein widerlicher Gestank entgegenschlug.

„Werden die Mülltonnen nicht geleert?", fragte Sulannia.

„Keine Ahnung, sonst stinkt es hier eigentlich nicht."

Auf dem Boden lagen aufgerissene oder halb zerknüllte Briefe. Ich hob einen auf. Das Papier verströmte eine schwere Moschusnote. Ich stellte mir vor, wie diese Briefe in einem protzigen, mit Mahagonimöbeln vollgestopften Büro geschrieben worden waren.

Es handelte sich um lauter Einwurf-Einschreiben und sie stammten von Dr. Haruto Tanaka, dem neuen Besitzer des Hauses. Ich zog das Schreiben aus einem der bereits aufgerissenen Umschläge und hielt die fristlose Kündigung für Emma und Viktor in der Hand. Sulannia sah mich fragend an.

„Vom neuen Besitzer des Hauses. Er will die Mieter alle loswerden. Dr. Haruto Tanaka. Ein Japaner", erklärte ich.

„Ein Japaner?"

„Ja, in der Gegend werden die Häuser fast nur noch von ausländischen Investoren gekauft: Engländer, Kanadier, Japaner … Der Bezirk ist hip."

Sulannia schien zu verstehen. Ich führte sie die Treppe hinunter in den Keller und gab ihr ein Zeichen stehenzubleiben.

„In dem Haus gibt es eine Forscherin, die gerade Untersuchungen zu Psi-Phänomenen anstellt. Wir sollten zuerst die Kamera unschädlich machen."

Sulannia zog ihre geschwungenen Augenbrauen zusammen. „Jemand forscht hier nach Psi-Phänomenen? Warum hast du das auf der Ratssitzung nicht erwähnt?" In ihrer Stimme klang ein leichter Vorwurf.

„Weil ich glaube, dass es nicht von Bedeutung ist. Sie hat keine Ahnung, sie tut es, um sich für eine Ausbildung in London zu bewerben. Einfach Zufall."

„Hoffen wir das. Schließlich hängt die Kamera direkt an einem magischen Durchgang."

Sulannia klang nicht sehr überzeugt. Nun kamen mir auch Zweifel. So hatte ich das noch gar nicht gesehen.

Andererseits, ich wusste, dass Janus Charlie hierhergeschickt hatte. Und es gab keinen Grund, Sulannia diese Geschichte auch noch zu erklären. Es *musste* ein Zufall sein. Oder etwa nicht? Doch.

Wenn Janus keine weiteren Geheimnisse vor mir verbarg – und er hatte in meiner Küche recht überzeugend geklungen – dann war und blieb Charlie harmlos. Ich nahm mein Halstuch ab, duckte mich an der Wand entlang und hüllte damit die Kamera ein.

Sulannia folgte mir und blieb einige Zentimeter vor dem Wasser stehen. Sie schaute eine Zeit lang schweigend zu, wie es in kleinen Wellen an das Kellerufer schwappte. Dann hockte sie sich hin und berührte es mit den Händen. „Es bewegt sich, es schimmert und es ist relativ warm, so um die achtzehn Grad würde ich schätzen."

„Ja, das hätte mich längst stutzig machen müssen. Aber ich dachte, irgendwo da hinten gäbe es weitere Fenster und …"

„Nichts hätte dich stutzig machen müssen. Niemand würde hier einen Durchgang vermuten. Niemand."

Sulannia zog ihren Mantel aus. Ich nahm ihn ihr ab. Dann streifte sie ihre Stiefel ab. Sie trug eins ihrer schlichten dunkelblauen Gewänder aus feiner Seide.

„Gut, ich werde mich mal umsehen. Die Undinen sind bereits informiert, aber da hier keine auf uns wartet, werden sie den Durchgang noch nicht gefunden haben. Vielleicht kannst du inzwischen nach der Katze sehen?"

„Ja, das mache ich."

Sulannia glitt ins Wasser. Einige Schritte, dann tauchte ihr Haarschopf ab und ich sah sie davongleiten und staunte, wie steil es in die Tiefe ging. Ich legte Sulannias Sachen auf eine Holzkiste in einer Nische, wo sie niemand so schnell entdecken konnte, und ging wieder nach oben.

Abermals zogen die Briefe meine Aufmerksamkeit auf sich. Ich sammelte einen weiteren vom Boden auf. Dieses Einschreiben war an Tom gerichtet und beinhaltete, dass er das zugemauerte Fenster im Seitenflügel auf eigene Kosten zu öffnen habe, da das Haus unter Denkmalschutz stünde und kein Fenster einfach zugemauert werden dürfte.

Das dritte Einschreiben war *An die Mieterin im 1.OG links* adressiert, die die Wohnung illegal bewohne und deshalb umgehend zu räumen hätte. Damit konnte nur ich gemeint sein. Wütend knüllte ich das Papier zusammen und wunderte mich sogleich über mich selbst. Ich benahm mich, als wollte mir jemand mein Zuhause wegnehmen.

Außerdem stand in jedem Einschreiben, dass die Mieterschaft den Dachboden umgehend zu räumen hätte. Ich warf die Briefe wieder auf den Boden und rümpfte die Nase. Der Gestank im Haus war wirklich fürchterlich. Wo kam er nur her?

Zunächst beschloss ich, an die frische Luft zu gehen und auf dem Hof nachzusehen. Die Mülltonnen dort waren geleert worden. Ich schaute an der Fassade hoch. Alles wirkte wie immer, nur dass das Fenster zu Gretes Zimmer bei der Kälte weit offen stand.

Sobald Sulannia das Haus wieder verlassen hatte, würde ich mit Tom sprechen und mich entschuldigen, dass ich nicht zur Party gekommen war. Und ich würde nach Viktor und Emma sehen. Zusammen mit Grete hatte ich mir bereits eine Geschichte überlegt, die ihr Verschwinden erklären sollte.

Ich ging einmal um die Mülltonnen herum, sah an dem dünnen Baum hinauf, der in der Mitte des Hofes stand, und suchte die Kellerfenster ab. Die Katze war nicht hier. Ich überlegte, mich zu verwandeln, um mir von dem Dach der Remise, deren Rückwand die Begrenzung des Hofes bildete, einen Überblick zu verschaffen und auch auf den Dächern der umliegenden Häuser nachzusehen. Hatte ich so viel Zeit, bis Sulannia wiederkehren würde?

Die Antwort erübrigte sich, weil ich plötzlich ein piepsiges Miau vernahm. Es kam ganz aus der Nähe. Die Rückwand der Remise bestand aus unverputzten Ziegelsteinen, und erst jetzt sah ich, dass hinter einem kleinen Strauch in der Ecke, wo die Wand an den Seitenflügel grenzte, einige Steine fehlten.

In der Nische saß ein winziges rotes Kätzchen auf ein paar Lumpen, die jemand irgendwann in die Lücke gestopft haben musste, und sah mich ängstlich aus zwei wasserblauen Augen an. Es mochte fünf oder sechs Wochen alt sein. Hieß das, die Katze besaß ein Junges in der magischen Welt und eines hier? Ein Junges, das ihr folgte, weil es magisch begabt war und eins nicht? Oder war es insgesamt nur eins, das sie immer mitnahm? Dann musste sie in der Nähe sein. Aber von der großen Katze war weit und breit nichts zu sehen. Und sie kam auch nicht, während ihr Junges verzweifelt schrie.

„Psst“, machte ich. „Ich tu dir nichts.“ Ich versuchte es zu streicheln, aber das Kätzchen zog sich tief in die Nische zurück und war jetzt still. Ich richtete mich wieder auf. Gut, wenn die Katze ein Junges hier hatte, würde es nicht lange dauern, bis sie wieder auftauchte. Ich beschloss, zurück in den Keller zu gehen und nach Sulannia zu schauen.

Sulannia saß bereits wieder am Ufer. Trocken und unversehrt, als wäre sie gerade aus einem Theatersaal gekommen und nicht aus einem Wasserloch in einem Keller.

„Nichts“, sagte sie. „Ich bin nicht weit gekommen. Die ersten Meter war es nur ein Tunnel wie hier, ein untergegangener Keller, links und rechts Holztüren zu den Kellerräumen. Alle verschlossen. Dann endete der Keller an einer Wand aus Ziegelsteinen und ich kam nicht weiter.“

„Aber wie ist Grete dann …? Meinst du, dass es vielleicht doch kein Durchgang ist und sie …“

„Doch, es ist einer. Das Wasser ist glasklar da unten und es schimmert. Grete muss diesen Durchgang benutzt haben, aber sie erinnert sich nicht genau genug. Und ich kann das Geheimnis nicht auf die Schnelle ergründen. Ich werde als Nächstes mit den Undinen sprechen, ob sie etwas herausgefunden haben. Und dann werde ich in der Nacht wiederkommen, mit mehr Zeit, wenn alle im Haus schlafen. Oder … die Katze?“

Ich schüttelte den Kopf. „Sie ist nicht da, aber sie hat ein Junges hier. Sie wird mit Sicherheit bald wiederkommen.“

„Gut, ich würde dich bitten hierzubleiben und auf sie zu warten, sie einzufangen, wenn es geht.“

„Ist gut.“

Sulannia knöpfte ihren Mantel zu. „Heute Nacht um zwei. Wäre das okay für dich?“

„Ja, natürlich.“

Die Klingel schien ausgestellt zu sein, also klopfte ich mehrmals an die Wohnungstür von Emma und Viktor. Für das normale Gehör nicht wahrnehmbar, hörte ich dennoch, dass sich jemand zur Tür schlich. Den Bewegungen nach musste es Emma sein.

„Hallo, ich bin’s, Neve“, rief ich.

Eine Weile rührte sich nichts. Dann klapperte die Vorhängekette, und dann ein Schlüssel im Schloss. Emma öffnete die Tür einen Spaltbreit und sah mich an. „Neve“, bestätigte sie.

„Kann ich reinkommen?“

Emma schob die Tür ein Stück weiter auf. Ganz auf ging sie nicht, weil dahinter einige Kisten standen. Der Flur war so weit wieder in Ordnung gebracht, dass man hindurchgehen konnte. Sofort war jedoch klar, wo der fürchterliche Gestank herkam. Er kam aus Emmas Wohnung. Ich hielt mir unwillkürlich die Nase zu.

„Oh, meine Güte. Was ist denn hier passiert?" Ich merkte, dass es in der ganzen Wohnung zog. Augenscheinlich standen überall die Fenster offen.

„Jemand hat eine Stinkbombe durch den Briefschlitz gesteckt, heute ganz früh. Wahrscheinlich der neue Vermieter."

„Eine Stinkbombe?" Unfassbar. Dieser Japaner schien es mit allen Mitteln zu versuchen.

Emma führte mich in ihr Wohnzimmer. Sie räumte einen Stapel Bücher weg, sodass zwei freie Plätze auf dem Sofa entstanden, und gab mir eine Wolldecke. In der Wohnstube waren die Fenster nur angekippt, weil sie durch all den Kram, der davorstand, nicht vollständig zu öffnen gingen. Trotzdem war es hundekalt. Zum Glück stank es nicht ganz so bestialisch wie im Flur. Ich setzte mich, schlang die Decke um mich und Emma setzte sich neben mich.

„Es sieht schlimm hier aus", sagte sie und machte ein trauriges Gesicht. Die Kerze im Fenster flackerte wie verrückt.

„Grete geht es gut", berichtete ich.

Emma sah mich an. Hoffnung leuchtete in ihren Augen auf.

„Wirklich?" Sie seufzte.

„Ja. Ein guter Freund von ihr hat sie mit nach La Gomera genommen. Ich habe keine Ahnung, wie er es angestellt hat."

„Nach La Gomera? Wo ist denn das?" Emmas Augen blickten mich erschrocken an.

„Das ist eine Insel, gehört zu den Kanaren und liegt in der Nähe von Afrika."

„Afrika? Grete ist in Afrika?" Emmas Stimme zitterte.

„Nein, es sind spanische Inseln und sie befinden sich gegenüber von Marokko, nordwestlich des Kontinents."

„Was tut sie da?"

„Im Westen von Gomera gibt es eine Aussteigerkommune. Grete hat es hier einfach nicht mehr ausgehalten."

Emma rührte sich nicht. Eine Weile herrschte Stille. Ich ließ ihr Zeit, diese Neuigkeit zu verdauen.

Dann sagte sie sehr ruhig: „Ich kann das verstehen. Du musst ihr sagen, dass ich das verstehen kann."

Ich staunte, kein Ausflippen, keine Vorwürfe, keine weiteren Fragen von Emma.

„Würdest du ihr das ausrichten?" Sie sah mich bittend an. Ich schätze Emma zehn oder zwölf Jahre älter als ich und überlegte, ob ich sie siezen oder duzen sollte. Sie hatte so etwas Kindliches,

Mädchenhaftes, irgendwie auch Zeitloses. Ich entschied mich dafür, sie zu duzen.

„Natürlich. Aber du kannst es auch selbst tun. Sie wird dir eine E-Mail schreiben. Das hat sie versprochen." In dem Moment fragte ich mich, ob Emma überhaupt einen Rechner besaß, aber dann sah ich das große, alte, mit Blumenaufklebern beklebte, aber augenscheinlich noch in Benutzung befindliche Laptop auf einem Zeitungsstapel neben dem Sofa.

Emma folgte meinem Blick dorthin. „Wir haben keinen Strom."

„Keinen Strom?" Während ich das sagte, ahnte ich bereits die Antwort.

„Der neue Vermieter. Tom kann auch nichts machen. Er hat den Strom für das Haus abstellen lassen."

Ich atmete tief durch und schüttelte langsam den Kopf. Was war das nur für eine riesige Sauerei.

„Weißt du, wann sie wiederkommen will?", fragte sie zaghaft.

„Keine Ahnung. Wenn sie sich wieder besser fühlt. Wenn …" Ich wusste nicht, wie ich es formulieren sollte. „Wenn …"

„… Viktor nicht mehr trinkt und ich alles, was wir nicht wirklich brauchen, weggeschmissen habe", beendete Emma den Satz für mich.

Ich nickte langsam. Die gleichen Worte hatte Grete mir gegenüber gewählt.

„Du liebst Grete sehr …", begann ich und merkte, wie es immer enger in meinem Brustkorb wurde. Es war so schwer, Emma lauter Unwahrheiten aufzutischen.

Emma lächelte. „Sie ist mein Ein und Alles. Ich hatte sie mir so gewünscht. Als sie kleiner war, da war auch alles noch viel … Es ist nur, Viktor ist unglücklich, weil es mit seinen Büchern nie klappt, und ich – ich bin hier geboren, in einer Nebenstraße. Aber es ist nicht mehr wie meine Heimat. Lauter fremde Menschen wohnen jetzt in den Häusern. Ich, ich fühle mich eingesperrt." Sie seufzte.

Ich wusste, dass sie nicht mehr die Wohnung verließ.

„Alles, was ich habe, meine Vergangenheit, mein eigentliches Leben, ist in diesen Dingen." Sie machte eine ausholende Bewegung mit den Händen durch den Raum, ließ sie dann aber mutlos in ihren Schoß sinken.

Ich räusperte mich und sagte: „Ich glaube, du hältst am Falschen fest. Die Liebe ist nicht in den Dingen, sondern in dir. Und die Erinnerungen, die sind in deinem Kopf. Es reicht ein kleiner Koffer mit einer Auswahl von Erinnerungsstücken, die sie alle jederzeit wachrufen können."

Emma sagte nichts. Ich spürte, wie es hinter ihrer Stirn arbeitete.

„Alles würde ich hergeben, wenn ich dafür Grete wiederbekomme. Alles", flüsterte sie.

Ich klopfte nur einmal, schon riss Tom seine Wohnungstür auf, als hätte er bereits dahinter gelauert.

„Neve!", rief er, hielt mir erst förmlich die Hand hin, aber dann umarmte er mich einfach.

„Frohe Weihnachten", begrüßte ich ihn und erwiderte seine Umarmung.

„Wo warst du? Wir haben alle auf dich gewartet Heilig Abend. Ich habe mir Sorgen gemacht. Es war schön, wirklich. Das schönste Antiweihnachtsfest, das ich je erlebt habe. Es war richtig weihnachtlich." Tom strahlte mich an. Seine Augen sagten mir alles. Er wirkte wie ausgewechselt. So froh und als wäre Sommer, kein Vergleich zu dem düsteren und in sich gekehrten Tom, den ich vor noch nicht allzu langer Zeit kennengelernt hatte.

„Aber, komm doch herein." Er zog mich in den Flur und schloss die Tür. „Ich wollte gerade für uns Kaffee machen …"

„Für uns?"

Er grinste verlegen und trat von einem Bein auf das andere. „Also, du weißt ja noch nicht …", flüsterte er.

In dem Moment wusste ich, dass sie da war – Charlie. Ich lächelte und überlegte, worüber ich mich mehr freute: dass Tom und Charlie zusammengekommen waren oder dass es mir kein bisschen was ausmachte?

„Das sind ja tolle Nachrichten." Ich folgte Tom in die Küche.

Er hielt den Zeigefinger vor den Mund. „Sie schläft noch."

Dann füllte er den Wasserkocher und wollte ihn anstellen, aber die rote Lampe leuchtete nicht. „Ach, Mist verdammter. Wir haben ja keinen Strom. Dieses blöde Arschloch!"

„Ich habe die Briefe gelesen, die unten im Hausflur verstreut liegen."

„Ja, das sind die schlechten Nachrichten. Aber weißt du, wir lassen uns nicht von dem verjagen, es gibt Gesetze. Wir sitzen das aus. Und wir kämpfen. Ich mache mit Viktor bereits Pläne, und mit Charlie. Und du bleibst in deiner Wohnung, natürlich. Ignorier diesen dummen Brief, falls du deinen gelesen hast. So geht das nicht."

Ich sagte ihm nicht, dass ich die Wohnung nicht mehr brauchen würde. Es war der falsche Moment.

Tom rieb sich die Hände. „Aber jetzt trinken wir erst mal kalte Milch mit Kakaopulver. Magst du auch eine?"

„Nein, vielen Dank, ich habe schon gefrühstückt."

Ich beobachtete Tom dabei, wie er in seiner spärlich eingerichteten Küche hantierte. Er trug ein langes graues T-Shirt und ein paar karierte Shorts bis zu den Knien. Als er zwei Gläser herausgeholt und aufgefüllt hatte, drehte er sich zu mir um und flüsterte: „Wir sind in der Heiligen Nacht zusammengekommen. Und jetzt rate mal, warum sie mir gegenüber so distanziert gewesen war!" Tom sah mich triumphierend an, wartete aber meine Antwort nicht ab. „Weil sie schüchtern war – meinetwegen! Du hattest sie richtig eingeschätzt."

Ich lächelte nur.

„Sie dachte, so ein Künstler wie ich würde sich niemals für eine Wissenschaftlerin wie sie interessieren", berichtete er weiter. „Das hat sie gedacht! Kannst du das glauben? Sie sieht mich als Künstler, meine Güte – Dabei bin ich doch nur …"

„Ein Künstler, jawohl. Das bist du. Und Charlie hat wirklich Glück mit dir."

„Nein, ich mit ihr. Sie ist so …"

„Schön", beendete ich den Satz. Aber Tom verdrehte verwundert die Augen.

„Schön? Ja, das auch … Aber das meine ich doch nicht. Sie ist so lebendig. So wunderbar lebendig! Sie ist für mich wie ein Lebensquell!"

Bei diesen Worten dachte ich sofort an Kira und wie sie mir angeraten hatte, mir die Lebendigkeit von Charlie abzuschauen, wenn ich Tom beeindrucken wollte. Das war wie auf eine bittere Mandel zu beißen.

„Willst du nicht doch einen Kakao? Dieses Kakaopulver ist so was von lecker!"

Ich schüttelte vehement den Kopf und antwortete barsch, als hätte er mir Drogen angeboten: „Nein, auf keinen Fall!"

Verwundert hob er den Kopf und ich lächelte ihn entschuldigend an. „Sorry, ich habe zu Weihnachten wohl zu viele Süßigkeiten gegessen und habe ein wenig Probleme mit dem Magen."

„Jetzt sag schon endlich, wo warst du?"

„Es tut mir leid, dass ich nicht gekommen bin. Wirklich. Aber du weißt ja, Grete ist verschwunden."

Toms Gesicht wurde ernst. „Oh Mann, ich bin ein schlechter Freund. Ich schwärme dir von meinem Liebesglück vor, dabei ging es Viktor den ganzen Abend ziemlich dreckig. Wir mussten ihn am Schluss nach Hause tragen, so betrunken war er. Das mit seiner Erfolglosigkeit beim Schreiben ist schlimm, dabei schreibt er echt spannende Thriller. Ich kapier überhaupt nicht, warum dass keiner druckt!

Aber dann die Sache mit Grete – er fühlt sich furchtbar schuldig. Er denkt, dass er der absolute Versager ist, auf jeder Ebene. Aber besonders als Vater."

Ich erzählte Tom, dass Grete mit jemandem, den sie kannte, nach La Gomera geflogen wäre, einem Typen, der ein paar Jahre älter war. Er arbeitete dort in einer Kneipe und Grete würde ein paar Wochen aushelfen.

„Ich habe Heilig Abend auf dem Flughafen verbracht. Ich habe versucht, Grete abzuhalten, bis der Flug ging", sagte ich.

„Aber warum hast du nicht angerufen? Du hättest ihre Eltern anrufen müssen!"

„Dann hätte ich Gretes Vertrauen missbraucht."

„Gretes Vertrauen? Aber sie ist erst sechzehn!"

„Ja, ich weiß. Aber jetzt sind erst mal Ferien und sie wird schon wiederkommen. Du weißt, wie es um Emma und Viktor bestellt ist. Du weißt es."

Tom nickte. „Ist mir klar, und vielleicht hast du recht. Komm, lass uns zu Charlie reingehen. Bestimmt ist sie jetzt wach."

„Nein, ich möchte euch nicht lange stören. Ich wollte nur kurz vorbeischauen. Grüß sie von mir und richte ihr aus, sie kann mich am besten morgen Mittag besuchen. Sie wollte noch etwas besprechen wegen ihrer Forschungsarbeit."

„Gut, das werde ich ihr sagen. Doch bevor du gehst, ich habe noch eine Neuigkeit – Ja, dieses Weihnachten ist voller Geschenke, ich kann es selbst kaum glauben!" Tom führte einen kleinen Tanz auf und mich beschlich ein wehmütiges Gefühl. Liebe war oft schrecklich, aber wenn sie glücklich war – Okay, da musste ich zugeben, nichts auf der Welt konnte das toppen.

„Stell dir vor, ich habe das Lied fertig komponiert!"

„Hast du? Das ist ja großartig!"

„In den frühen Morgenstunden am 25. Dezember, während Charlie schlief. Auf einmal floss es nur so aus mir heraus. Auf einmal war es klar. Das habe ich Charlie zu verdanken!"

„Charlie …", rutschte es mir heraus.

„Und dir natürlich", schob Tom schnell mit schlechtem Gewissen hinterher. „Dir vor allem. Ohne dich …"

„Schon gut!" Ich machte eine abwehrende Geste. „Das ist wundervoll. Ich wusste, dass du es schaffst! Ich kann es kaum erwarten, das Stück zu hören."

„Schattenmelodie. Das Stück heißt *Schattenmelodie*."

„Wie schön, der Titel gefällt mir."

Wir lächelten uns an.

„Meine Muse!", flüsterte er versonnen und strich mir auf einmal mit seinem Zeigefinger über die Wange. Ich sog dabei seinen Duft ein. Er roch gut. Aber Janus – stellte ich ärgerlich fest – er duftete noch viel besser.

Kapitel 38

Die nächsten Stunden verbrachte ich erst eine Weile auf dem Dachboden und dann auf dem Dach, dick in Schal, Mantel und Handschuhe gehüllt und sehnte mich danach, mich wieder frei durch Kälte und Winterlandschaft zu bewegen, ohne die frostigen Nachteile davon zu spüren.

Während ich die Umgebung und den Hof beobachtete, ob die einäugige Katze auftauchte, fühlte ich mich unendlich traurig und versuchte zu ergründen, warum, aber ich kam nicht dahinter. Nein, es war nicht wegen Tom. Ich war wirklich über ihn hinweg. Und es war auch nicht, weil meine Aufgaben in diesem Haus erfüllt schienen. Grete hatte es nach drüben geschafft, Tom würde der Welt ein wunderschönes Lied schenken. Und nun würde ich noch die Katze für Sulannia aufspüren.

War es vielleicht, weil ich an diesem Haus hing? Ich mochte den Platz hinter dem großen halbrunden Fenster auf dem Dachboden. Aber die Wohnung unten würde ich nicht vermissen. Oder hatte es mit dem magischen Durchgang zu tun? Aber warum sollte man sich an einem Durchgang zuhause fühlen? Der magische Rat würde ihn schließen, und bald würde das Haus in neuem Glanz erstrahlen wie die umliegenden Häuser. Wohlhabende Leute würden einziehen und niemand, den ich kannte, würde mehr hier wohnen.

Oder war es wegen Janus? Aber was hatte Janus mit dem Haus zu tun? Gar nichts. Und überhaupt. Janus hatte mich zum zweiten Mal mit einer Lüge hingehalten. Auf ihn war ich einfach nur sauer. Sauer, vielleicht war es das! Vielleicht war meine große Traurigkeit nur versteckte Wut. Vielleicht hatte ich das starke Bedürfnis, ihm etwas entgegenzuschleudern.

Ein Schatten, den ich im Augenwinkel wahrnahm, riss mich aus meinen Gedanken. Die Katze! Sie lief über das Dach der Remise, sprang in den Hof, schlich hinter den Busch und suchte ihr Versteck auf.

Inzwischen war es längst wieder dunkel geworden. Das düstere Gemäuer des Hauses starrte mit seinen schwarzen Augen ins Nichts. Nur aus Toms Küchenfenster und bei Viktor und Emma drang ein schwacher Schein von Kerzenlicht hinaus in die Dunkelheit. Ich schlich mich leise an das Gebüsch heran. Ein grünes Auge funkelte mich an, als ich mich dem Versteck in der Mauer näherte. Die Katze fauchte.

„Psst. Ich will dir nichts tun." Ihr nasses Fell sträubte sich und ich hatte Sorge, dass sie sich mit einem Satz davonmachen würde. Ich verstand nicht, wie sie es in der Kälte aushielt, ohne krank davon zu werden. Es musste mit ihren magischen Fähigkeiten zu tun haben.

„Ich bin auch von drüben, erinnerst du dich? Wir sind uns an der Quelle begegnet. Du hast noch ein Baby im magischen Wald, nicht wahr?", redete ich auf sie ein, als könnte sie mich verstehen. Sie lockerte ihre Sprunghaltung und entspannte sich ein wenig, blieb aber wachsam. Das Kleine nuckelte an einer ihrer Zitzen und interessierte sich überhaupt nicht dafür, was um es herum vorging. Es war klar, dass ich mich ihr keinen Zentimeter weiter nähern konnte, ohne dass sie sich wehren würde.

„Du musst uns nur zeigen, wie du durch den Durchgang gelangst. Das ist wichtig für uns und auch für dich", flüsterte ich. Dann hatte ich eine Idee. Ich verwandelte mich, um auszuprobieren, wie sie darauf reagierte. Und es funktionierte. Sie starrte mich immer noch an, auch als ich nach menschlichen Maßstäben nicht mehr sichtbar war.

„Siehst du, ich bin eine von deiner Art."

Entspannt legte sich die Katze hin. Ich streckte die Hand nach ihr aus. Sie ließ sich streicheln und fing sogar an zu schnurren. Im unsichtbaren Zustand konnte ich sie nicht greifen und einsperren, bis Sulannia kam. Und wenn ich sichtbar war, würde sie sich nicht greifen lassen.

„Wir müssen warten, bis Sulannia wieder auftaucht. Ihr musst du den Weg zeigen. Wirst du das tun? Es dauert noch ein bisschen, aber bald wird sie da sein."

Ich setzte mich neben das Katzenversteck und schaute zu, wie die Katzenmama ihr kleines Kätzchen putzte. Meine Nähe beunruhigte sie nicht mehr. Der Zustand der Unsichtbarkeit tat auch mir gut, denn dann fror ich nicht. Als ich nach einer Weile wieder sichtbar werden musste, sprang die Katze alarmiert auf ihre vier Pfoten.

„Weißt du was, warte hier und ich besorge dir was zu essen."

Das war riskant, aber ich hoffte, sie würde noch da sein, wenn ich mich beeilte. Andernfalls, wenn ich ihr nichts zu essen besorgte, würde sie vielleicht auf Mäusejagd gehen, und das musste ich verhindern. Ich entfernte mich und sogleich legte sie sich wieder zu ihrem Jungen.

Im Spätverkauf um die Ecke erstand ich eine Tüte Trockenfutter und beeilte mich zurückzukehren. Die Katze hatte sich in den paar Minuten nicht von der Stelle gerührt. Gott sei Dank. Ganz langsam warf ich ihr einzelne Stückchen hin, die sie gierig verschlang. So würden wir eine Weile beschäftigt sein, bis Sulannia käme. Als die Tüte halbleer war, legte sie erneut ein ausgiebiges Putzprogramm für sich und ihr Junges ein und danach schlief sie. Das war gut.

Als die Katze wieder erwacht war und das Futtertütchen geleert hatte, wollte sie sich auf den Weg machen und ließ sich nicht von meinem Flehen beeindrucken, noch ein bisschen zu bleiben.

Sie sprang aus ihrem Versteck, während das kleine Kätzchen zu einer winzigen Kugel eingerollt selig weiterschlief, und schlich an der Mauer entlang Richtung Durchfahrt. Ich folgte ihr. Sie kletterte durch ein kaputtes Türfenster in den Flur. Dabei versuchte ich, sie zu packen, aber sie entglitt mir.

„He, warte. Du musst warten! Nur ein bisschen noch." Ich stieß die Tür auf, und da stand Sulannia vor mir. Sie tauchte genau im richtigen Moment auf.

„Die Katze!", rief ich.

„Sehr gut." Sulannia folgte ihr in den Keller. Ich eilte hinterher und sah nur noch, wie Sulannia ins Wasser stieg. Die Katze war bereits nicht mehr zu sehen.

„Wenn es zu lange dauert, warte nicht auf mich, okay?! Wir sehen uns an der Akademie", sagte Sulannia und verschwand ebenfalls in den Tiefen.

„Okay", antwortete ich, obwohl sie mich nicht mehr hören konnte.

Ich setzte mich auf die Holzkiste, auf der ich heute früh Sulannias Sachen abgelegt hatte. Diesmal war keine Zeit gewesen. Sulannia war komplett in Wintermantel und Schuhen abgetaucht. Minuten vergingen und irgendwann mochte eine halbe Stunde um sein. Es schien geklappt zu haben.

Kapitel 39

Ich nahm zwei dicke Holzscheite aus dem Eimer, um den Kachelofen meiner Bleibe am Wetterplatz 8 zum letzten Mal zu befeuern. Die Kohlen waren fast heruntergebrannt. Ich betrachtete ihr Glühen, ehe ich das Holz darauflegte. Meine Sachen hatte ich bereits gepackt. Einen Rucksack und eine Tasche voll. Alles Winterklamotten und ein paar Bücher. Viel hatte sich nicht angesammelt.

Ich faltete die Decke, das Kopfkissen und den Schlafsack und legte alles ordentlich auf die Matratze. Dann fiel mir der Magnetfeldmesser von Charlie ein, den sie im Zimmer nebenan aufgestellt hatte. Ich ging ins Nachbarzimmer und nahm das Gerät auf. Sofort spielte es verrückt, als wäre ich der Erdkern selbst. Die Nadel zitterte im roten Bereich. Damit würde ich beginnen.

In dem Moment klopfte es. Das musste sie sein. Ich legte das Gerät zurück auf den Dielenboden und öffnete die Tür.

„Hey, Neve. Frohe Weihnachten", begrüßte mich Charlie, während sie sich verlegen durch ihr kurzes Haar fuhr. Aus ihren Augen schien dasselbe Leuchten wie aus Toms. Liebe war wirklich die mysteriöseste Energie, die es gab.

„Frohe Weihnachten, komm rein." Ich schloss hinter ihr die Tür und bemerkte, dass Charlie zum ersten Mal, seit ich sie kannte, einen

Rock trug. Mit der schwarzen engen Strickjacke dazu, die mit rotem Plüsch an Bündchen und Kragen verziert war, sah sie elegant aus.

Ehe sie in mein Zimmer abbog, vollzog sie eine ausladende Geste mit den Armen. „Da gehe ich auf Geistersuche und was finde ich stattdessen? Meine große Liebe!" Sie hielt sich kokett am Türrahmen fest, drehte sich um und lachte mich an.

„Du hast auch *Geister* gefunden, und du weißt es", antwortete ich ruhig.

Charlie zog die Augenbrauen nach oben und guckte mich verständnislos an. Ich ging an ihr vorbei ins Zimmer.

„Janus hat es mir gesagt. Ihr kennt euch und er hat dich meinetwegen hergeschickt."

Charlie folgte mir. „Er hat dir gesagt, dass …", sie stockte. „… dass er glaubt, dass du …"

„… dass ich ein magisch begabtes Wesen, ein Engel oder … Ich weiß nicht, was genau er dir erzählt hat."

Charlie sah mich ernst an. „Und? Stimmt es?"

„Du bist hergekommen und hast mit diesen Untersuchungen begonnen, weil du ihm geglaubt hast", antwortete ich.

„Nein. Ich glaube ihm nicht. Oder besser gesagt, darum geht es nicht, um Glauben. Er hat mich vor zwei Jahren komplett verarscht. Ich bin eigentlich immer noch sauer deswegen."

„Du bist dir sicher, dass er dir einen Bären aufgebunden hat, und trotzdem gehst du einem neuen Hinweis von ihm nach? Das klingt irgendwie widersprüchlich."

„Ich brauche Beweise. Eine Beweisführung, die man wissenschaftlich anerkennen kann. Darum geht es. Allein darum."

Ich holte den Magnetfeldmesser aus dem Nebenzimmer. „So einen Beweis?"

Charlie starrte auf das Messgerät in meiner Hand, dessen Nadel so wild im roten Bereich herumzuckte, als wollte sie herausspringen.

„Ach, du kannst das also auch!", prustete sie und klang verächtlich. „Kennt ihr euch schon lange? Steckt ihr unter einer Decke?" Charlie nahm mir das Gerät aus der Hand und sofort beruhigte sich die Nadel wieder. „Solche Tricks hat mir Janus auch gezeigt. Aber das sind leider keine Beweise, höchstens Hinweise. Immer, wenn es ernst wurde, wenn es darum ging, mit in die Labore an der Uni zu kommen und sich ein paar Tests zu unterziehen, hat er gekniffen. Und das sagt wohl alles."

„Forschungslabore sind für uns gefährlich. Wir sind keine Versuchstiere."

Charlie lachte auf. „Ha, ja, das hat er auch behauptet! Das ist natürlich eine prima Ausrede."

„Das heißt, du weißt bereits, dass deine Instrumente auf Janus seltsam reagieren?"

„Ja, das weiß ich."

„Und die Ergebnisse?"

„Eindeutig. Er ist durch und durch *magisch*." Sie lachte. „Ich weiß bis heute nicht, wie er das gemacht hat. Aber das weiß man bei David Copperfield auch nicht. Wahrscheinlich könnte Janus mit seinen Talenten längst reich und berühmt sein."

Charlies Blick blieb an meinen gepackten Taschen und dem aufgeräumten Bett hängen. „Willst du … Ziehst du etwa aus?"

„Ja. Ich werde hier nicht mehr gebraucht."

„Aber, wo gehst du hin? Ich dachte …"

„Zurück in die magische Blase, was sonst?! Ich habe Tom in seinen Träumen geholfen, ein Komponist zu werden, und ich habe Grete nach drüben an die magische Akademie begleitet."

Charlie sah mich an, als wäre ich nicht ganz beieinander.

„Was bist du? Auch ein Feuergeist? Oder ein Salamander, eine Sylphe, ein Gnom, ein Engel?" Janus schien sie über die verschiedenen Elementarwesen aufgeklärt zu haben.

„Ich besitze Ätherfähigkeiten."

Sie ging um mich herum, als wäre ich ein Ausstellungsstück in einem Museum. Ich blieb still stehen. Die Gedanken wirbelten in meinem Kopf durcheinander. Es stimmte nicht, dass mich Charlie nichts anging. Natürlich fühlte ich mich längst für sie und ihr Problem verantwortlich. Und Janus wusste das ganz genau. Er wusste, dass es gegen den Ehrenkodex eines Engels verstieß, jemanden fallenzulassen, für den man einmal Verantwortung übernommen hatte.

‚Engeldiät' – Zum hundertsten Mal stieg Ärger in mir hoch, wenn ich an unsere letzte Begegnung dachte. Ich würde ihm zeigen, dass ich es, im Gegensatz zu ihm, viel besser verstand, Charlie auf die richtige Spur zu bringen.

„Ich komme mit in das Labor." Ich hatte noch keinen Plan, aber ich musste einen Schritt weitergehen als Janus, damit sie mich nicht genauso abstempelte wie ihn.

Charlie sah mich überrascht an. „Tatsächlich?"

„Ich folge dir unsichtbar."

Das war eigentlich nicht nötig, aber ich wollte sie mit etwas beeindrucken, was sie noch nicht kannte. Im selben Moment begann ich mich aufzulösen. Ich drehte mich in die Luft und war innerhalb von Sekunden für Charlie nicht mehr zu sehen.

Sie stand vor mir, schob ihre Hände in Abwehrhaltung instinktiv vor ihren Körper, spreizte dabei die Finger und kreischte spitz meinen Namen. „Neve? Neve!"

„Ich bin hier", sagte ich und sah, wie ihre Hände anfingen zu zittern.

„Neve, wo? Hör sofort auf mit dem Spuk!"

Ich antwortete ruhig. „Du kannst vorgehen. Ich folge dir. Du kannst meinen Mantel anziehen. Dann brauchst du nicht noch einmal nach oben zu Tom."

Sie stand immer noch da und bewegte sich keinen Zentimeter von der Stelle.

„Was ist nun? Du brauchst Beweise. Schauen wir, was sich machen lässt."

Langsam nahm sie meinen Mantel und rief noch einmal unschlüssig: „Neve?"

„Charlie, komm schon. Du erforschst Psi-Phänomene. So was musst du aushalten können!" Ich kicherte.

Sie hörte mich über sich, von der Decke und schaute unwillkürlich nach oben.

„Keine Sorge, ich halte den Zustand nicht lange aus. Im Labor bin ich wieder da."

„Darauf bin ich gespannt", antwortete Charlie ein wenig gefasster, straffte ihre Schultern und machte sich auf den Weg zur Tür.

Eine halbe Stunde später fand ich mich in einem großen Kellergewölbe der Universität inmitten eines ganzen Fuhrparks von Geräten wieder, von denen eins bizarrer und monströser aussah als das andere. Charlie hatte mich unterwegs mehrmals gefragt, ob ich noch da wäre. Wir waren mit ihrem alten Fiat hierhergefahren.

Als ich wieder sichtbar wurde, hielt sie sich an einer Stuhllehne fest, und ich registrierte, wie sie die Finger so sehr um das Holz krallte, dass ihre Knöchel weiß wurden.

„Keine Panik. Ich bin's nur, Neve. Jetzt habe ich dich beeindruckt, was?"

„Das hast du", flüsterte sie. Sie holte tief Luft und ließ die Stuhllehne los. „Nun denn, ich würde gerne ein paar medizinische Untersuchungen vornehmen."

Ich seufzte. „Aber Magie und Beweis, das schließt sich doch gegenseitig aus."

Charlie schüttelte den Kopf. „Blödsinn, was erklärbar ist, ist irgendwann auch beweisbar."

„… *glaubt* die Wissenschaft."

„Pff, die Wissenschaft *glaubt* nichts."

„Oh doch, die Wissenschaft *glaubt* eine Menge", begehrte ich auf.

Charlie stemmte die Hände in die Seiten. „Was soll das werden? Du willst dich nur rausreden. Das kannst du dir sparen und gerne auch gleich gehen."

„Nein, es tut mir leid. Ich …" Mein Kopf lief auf Hochtouren. Eigentlich wollte ich Charlie klar machen, dass sie ihrem Vater nichts beweisen musste, sondern dass es allein um sie ging – darum, was sie glaubte! Aber wenn ich ihr das einfach nur an den Kopf warf, würde es nichts nützen. Es wäre das Gleiche, als sagte man einem Esssüchtigen: Hör einfach auf, zu viel zu essen! Nein, sie musste *erfahren*, dass sich Magie nicht beweisen ließ. Sie musste es erfahren, es gab keinen anderen Weg.

Ich sah mich in der großen Halle um. Vielleicht fand sich die Möglichkeit einer Testreihe, die mir nicht gefährlich werden konnte, sie aber trotzdem zufriedenstellte.

Mir fiel auf, dass wir ganz allein waren. „Warum ist hier heute niemand?"

Charlie ging auf einen abgetrennten Raum zu und begann einen Schlüssel an ihrem großen Schlüsselbund zu suchen.

„Es sind Feiertage. Wie es aussieht, haben wir Glück. Also, für eine richtige Beweisführung brauche ich natürlich einen Assistenten, der den Versuch bezeugen kann. Aber fürs Erste …"

„Einen Assistenten?"

„Ja, natürlich."

Charlie fand den passenden Schlüssel, schloss den Raum auf und schaltete drinnen das Licht an. Ich warf einen Blick hinein. Dort stand ein riesiges viereckiges Gerät mit einer runden Öffnung und einer Liege davor.

„Charlie?"

Charlie wandte sich um.

„Du weißt, dass du mich damit zu einem Versuchskaninchen der Wissenschaft machst. Du weißt, dass ich wahrscheinlich leiden werde. Du weißt …"

„Quatsch, du wirst doch nicht leiden", widersprach sie.

„Charlie. Wenn es stimmt, dass ich aus einer anderen Welt bin, einer Welt, die dem Großteil der Menschheit nicht bekannt ist, und das herauskommt, dann werde ich leiden."

Jetzt sah mir Charlie zum ersten Mal wieder in die Augen. Ihre Lippen zitterten leicht. „Das stimmt, aber das kann doch nicht … sein. Das wäre doch …"

„Aber wenn es so ist … Ich meine, deswegen sind wir doch hier! Deswegen willst du in die Psi-Forschung gehen. Deswegen …"

Charlie machte eine wegwerfende Geste, als könnte sie diesen Was-wäre-wenn-Dialog nicht ertragen. Hatte sie wirklich niemals so weit gedacht, wollte sie so weit einfach nicht denken?

„Ich weiß nicht. Vielleicht will ich eher beweisen, dass du mich veralberst."

„Ich veralbere dich nicht."

Sie ging in den Raum und zeigte auf das Gerät. Ich folgte ihr.

„Gut, dann möchte ich zuerst ein MRT von dir anfertigen. Warst du schon mal in so einer Röhre?"

„Nein! Auf keinen Fall ein MRT. MRT ist unmöglich. Es erzeugt zu starke Magnetfelder. Davon werden Menschen mit Äthermagie unsichtbar und dann nie wieder sichtbar."

Charlie musste lachen, ging in den mit Glaswänden abgetrennten Raum neben dem Gerät, wo sich zwei Bildschirme befanden, und knipste das Licht an.

„Das ist kein Witz." Ich verließ den Raum wieder. Charlie kam hinterher.

„Dann sag mir, warum du überhaupt mitgekommen bist."

„Weil … Ich dachte … Können wir nicht etwas anderes versuchen? Etwas ohne Magnetismus?"

„Gut, meinetwegen. Wie wäre es mit einem CT? Das ist allerdings auch eine Röhre." Charlie klang ironisch. Wahrscheinlich dachte sie, ich hätte Angst vor der Enge in so einem Gerät.

Ein CT funktionierte mit Röntgenstrahlen. Ich kramte in meinem Gedächtnis. Hatte ich schon einmal gehört, dass sie für magisch Begabte gefährlich werden konnten? Ich konnte mich nicht daran erinnern, aber ich war auch nicht sicher. Grundsätzlich wurden wir in unserer Ausbildung angewiesen, uns nur von magisch begabten Ärzten behandeln zu lassen.

„Ich weiß nicht, ob es gefährlich ist“, sagte ich wahrheitsgemäß.

„Du brauchst keine Angst vor der Röhre haben. Ich schiebe dich erst mal nur vom Kopf bis zum Oberkörper hinein.“

Charlie ging zu einer weiteren Tür, die sich am Rand der Halle fand, und schloss sie auf. Ich folgte ihr, in dem Raum stand ein Gerät, das ganz ähnlich aussah wie das erste.

„Und, keine Sorge, ich habe bereits eine Zusatzausbildung in Radiologie, habe ich im Abschlussjahr nebenher gemacht.“

„Nein, ich meine …“

„Dass es für dich gefährlich sein könnte?“

„Genau.“

„Womit wir wieder am Ausgangspunkt wären. Das hat Janus auch behauptet: Ich könne ihn nicht untersuchen, denn das wäre alles *gefährlich* für ihn!“

„Warum reicht es dir nicht, dass ich einfach so vor dir verschwinden und wieder auftauchen kann?“

Ihre Augenlider zuckten ein wenig. Wahrscheinlich, weil sie sich wieder daran erinnerte, dass ich sie an die Grenzen ihrer mentalen Rationalität gebracht hatte.

Sie knetete ihre Hände und seufzte. „Weißt du Neve, ich glaube dir schon. Irgendwie. Aber … ich brauch etwas in der Hand. Aufzeichnungen von deinem Inneren, dass es anders ist als bei anderen Menschen. Irgendwas.“

„Okay. Lass es uns versuchen.“

Ich atmete tief durch und fixierte die Liege, mit der Charlie mich in die Öffnung des großen quadratischen Gerätes schieben wollte. Sie ging in den Nebenraum und fuhr den Computer hoch. Ich sah, wie die Bildschirme flimmerten.

„Hör zu, Charlie. Ich lege mich da drauf. Aber ich sage dir vorher, dass du nichts beweisen können wirst. Denn es gibt nur zwei Möglichkeiten: Entweder das Gerät wird dir keine bahnbrechenden Bilder eines Körpers zeigen können, der nach anderen Gesetzmäßigkeiten funktioniert. Oder das Gerät vermag es, aber dann wird mein Körper es zu verhindern versuchen und dagegen rebellieren. Wie auch immer, du musst mir zwei Dinge versprechen.“

Charlie kam aus dem Nebenraum und bereitete die Liege vor.

„Charlie?“

Sie sah mich ungeduldig an. „Ja, ich höre dir zu."

„Erstens, erhöhe die Strahlung bitte ganz, ganz langsam. Viel langsamer als normal."

„Okay, das ist machbar. Und zweitens?"

„Wenn irgendetwas Ungewöhnliches passiert mit mir, du die Kontrolle verlierst, dann bitte ich dich um eins: Ruf keinen Arzt, sondern rufe Janus. Hörst du? Nur Janus weiß dann, was zu tun ist."

Charlie zog die Augenbrauen zusammen, als hörte sie einer Verrückten zu.

„Keinen Arzt, sondern Janus", wiederholte sie.

„Genau, das ist wichtig!"

„Neve?"

„Ja?"

„Du und Janus, seid ihr … ein Paar?"

„Was? Nein, um Himmels willen, wie kommst du denn darauf?"

„Na, weil … Ich meine, er soll kommen, wenn … Hey, Neve, da passiert nichts. Es sind nur Röntgenstrahlen. Eine völlig harmlose Untersuchung, die tut nicht mal weh." Charlie betätigte einige Knöpfe an dem Gerät.

„Versprich es mir", beharrte ich.

Sie wies mit der Hand auf die Liege, damit ich dort Platz nähme.

„Versprich es mir", forderte ich noch einmal.

„Okay, ich verspreche es."

Ich legte mich auf die Liege. Charlie zog einen weißen Kittel über. Sie sah darin sehr professionell aus.

Ich spürte, wie mein Herz immer schneller schlug. Immer schneller. Und noch schneller. Was tat ich da? Ich stand völlig neben mir und fühlte mich gleichzeitig noch nie so sehr bei mir selbst, wie in diesem Moment.

„Ich gehe jetzt in den Nebenraum. Die Liege wird sich gleich ein Stück in das Gerät hineinbewegen. Dann wirst du ein summendes Geräusch hören. Das ist die Röntgenröhre, die dich umkreist."

„Okay", murmelte ich.

Ich spürte, wie sich die Liege in Bewegung setzte und schloss die Augen. Dann begann das Summen. Und dann ging alles ganz schnell. Das Summen wurde immer lauter und lauter und lauter. Plötzlich war es mehr ein Singen, als wenn ein großer Chor sang, und zwar die Melodie der Bluten im Wald. Als Nächstes spielte ein ganzes Orchester, jetzt nicht den Blütentanz im Wald, sondern Toms *Schattenmelodie*. Die Musik schwoll an bis sie nur noch ein unerträgliches Brüllen war. Ein Feuerwerk explodierte und tausend Leute schienen um mich herum zu tanzen … Alles drehte sich, immer schneller und schneller, die bunten Farben vermischten sich zu einem Einheitsbrei, erst lila, dann braun, dann schwarz … und dann nichts mehr … Ich war mir sicher, dass ich dabei war zu sterben.

Kapitel 40

„Sie kommt zu sich. Schnell." Die Stimme erscholl dicht an meinem Ohr. Dann entfernte sie sich wieder. In meinem Kopf dröhnte es. Vor mir waberten dunkle Flecken. Irgendwann kapierte ich, dass es Gesichter sein mussten. Ich wurde durchgeschüttelt. Blitze tauchten auf und verschwanden wieder. Jemand schrie und jemand weinte. Ich hörte das Schluchzen.

„Ich habe sie. Mehr dunkle Energie. Mehr!" Diese Stimme kannte ich. Das war Marco, das neue Ratsmitglied.

„Ihr müsst euch beeilen", sagte jemand anders.

„Doktor Labot ist informiert. Er wartet."

Etwas klapperte. Ich wurde hochgehoben, ziemlich hoch. Ich war in der Luft.

„Nicht so schnell, Jolly."

„Sie braucht noch mal Wasser. Bis Neukölln ist es zu weit." Diese Stimme gehörte Sulannia.

„So schaffen wir das nicht. Es ist einfach zu riskant." Der tiefe, melodische Bass von Janus. Er war ebenfalls da und das beruhigte mich ungemein. Gleichzeitig tauchte die dringende Frage auf, wo ich mich überhaupt befand und was mit mir los war? Dicke dunkle Nebelwolken umgaben mich. Wenn ich wenigstens die Augen aufmachen und etwas sehen könnte! Aber das ging nicht. Stattdessen hüllte mich der Nebel ein. Ich sackte nach unten wie ein Flugzeug, das in Turbulenzen geraten war.

„Ihr Herz, es flammt wieder auf! Lasst mich noch einmal." Die beherrschte Stimme von Kim, aber gleichzeitig immer noch das Schluchzen.

Dann sprach Marco: „Wir nehmen Charlies Auto. Es ist einfach sicherer, so können Sulannia, Jolly und Kim sie weiter versorgen. Ich fahre und Janus kümmert sich um …"

„… Charlie", ergänzte Janus.

Charlie … wiederholte ich innerlich, während das Rauschen in meinen Ohren stärker wurde und die Stimmen weiter in den Hintergrund rückten. Charlie schluchzte, warum auch immer. Aber weshalb war sie hier, zusammen mit dem Rat? Grete war doch in die magische Welt gelangt und nicht Charlie. Janus sollte bei mir bleiben und sich nicht um Charlie kümmern.

„Sie sackt wieder weg, los!" Das war das Letzte, was ich mitbekam.

Es war dieser ganz bestimmte Duft, den ich als Erstes wahrnahm, bevor ich die Augen öffnete. Ich versuchte, ihn in Gedanken zu beschreiben. Er war männlich und blumig und irgendwie fröhlich. Janus war hier, ganz in meiner Nähe. Ein seltsamer Frieden legte sich über mich und sagte mir, ich konnte ruhig wieder in den Schlaf des Vergessens sinken.

Doch statt erneut wegzudämmern, ging ein Ruck durch meinen Körper. Nein, ich wollte nicht schlafen, ich wollte sehen, wo ich mich befand. Um Himmels willen, irgendwas war geschehen, etwas Einschneidendes. Langsam übernahm mein Bewusstsein das Ruder. Neben dem Duft, der zuerst geräuschlos und exklusiv zu mir vorgedrungen war, wurden jetzt Pieptöne laut. Ein gleichmäßiges beständiges Piepen.

Ich blinzelte und schloss die Augen sofort wieder. Um mich herum schien die Welt ziemlich hell zu sein, gleißendes Licht, das blendete. Ich versuchte es noch mal. Meine Lider fühlten sich an, als würden Gewichte darauf liegen. Beim zweiten Mal gelang es mir, die Augen offenzuhalten. Und dann sah ich ihn, seinen dunklen Lockenkopf, direkt vor mir.

Ich lag in einem weißen Raum in einem weiß bezogenen Bett und Janus saß daneben auf einem Stuhl, die Arme auf der Bettkante verschränkt und darauf seinen Kopf gebettet. Dicht neben seinem Haar lag mein Arm, so weiß, als würde er zu einer Porzellanpuppe gehören. In meinem Handrücken steckte eine Kanüle. Ich folgte dem dünnen Schlauch und drehte dabei leicht den Kopf. Sofort wurde mir schwindelig und ich schloss die Augen. Nur ein paar Augenblicke, bis sich in meinem Kopf alles wieder beruhigte.

Ich lag in einem Krankenhaus und war an diverse Apparaturen angeschlossen, soviel war klar. Charlie, ein riesiger Raum, flimmernde Bildschirme, der Rat – Bruchstücke von Erinnerungen flogen durch mein Gehirn wie Puzzleteile, von denen ich nicht wusste, wie sie zusammengehörten.

Janus. Ich spürte sein Haar an meiner Hand. Er bewegte sich. Mit größter Anstrengung öffnete ich noch einmal die Augen und blickte in sein verschlafenes Gesicht. Sofort lehnte er sich zurück und saß aufrecht in seinem Stuhl, als wäre es ihm peinlich, dass er auf meinem Bett eingeschlafen war. Ein erleichtertes Strahlen bemächtigte sich seiner Gesichtszüge.

„Neve, du bist wach!"

Er sprang auf und lief zur Tür.

‚Wo willst du hin?', wollte ich ihn fragen, musste aber feststellen, dass meine Stimme mir nicht gehorchte. Ich brachte keinen Ton heraus.

Janus drehte sich an der Tür noch einmal um, als hätte er meine Frage gespürt. „Ich hole Dr. Labot, bin gleich wieder da."

Wenig später betrat er mit einem Mann den Raum, der genauso groß und kräftig war wie Janus, nur dass er blonde Locken hatte und einen weißen Kittel trug.

Ich spürte, wie sich Angst in mir breitmachte. Ich war in einem Krankenhaus in der realen Welt. Was hatten sie mit mir vor? Instinktiv versuchte ich nach rechts auszuweichen, als der Arzt von links an mein Bett trat.

Die Gestalt von Charlie blitzte in meiner Erinnerung auf. Mir fiel ein, dass wir in einem riesigen Labor gewesen waren. Beweise … Experimente … Und nun wollte dieser Typ mich untersuchen … Ich versuchte abwehrend den Kopf zu schütteln, konnte ihn aber nur unmerklich bewegen.

Doktor Labot nahm meine Hand und fühlte meinen Puls. Ich hatte keine Chance, sie würden mit mir machen können, was sie wollten. Vielleicht war das gar kein Krankenhaus, vielleicht war das ebenfalls ein Forschungsinstitut.

„Äther, habe ich gehört … Wärst du Wasser oder Feuer, hättest du weniger Glück gehabt."

Er überprüfte die Flüssigkeit in meinem Tropf, während ich ihn mit großen Augen beobachtete. Er sprach ganz selbstverständlich von meinem Element.

„Mach dir keine Sorgen, Neve. Du bist in guten Händen, im Krankenhaus Neukölln. Dr. Labot ist einer von uns", beruhigte mich Janus.

Ich schloss die Augen, so erleichtert war ich.

„Spürst du ein Vibrieren in deinem Körper, so als würdest du direkt neben einem mannshohen Lautsprecher stehen?", fragte mich der Doktor.

Ich blinzelte und schüttelte verneinend den Kopf.

„Ein Piken?"

Ich verneinte wieder.

„Irgendein anderes ungewöhnliches Gefühl?"

Ich horchte in mich hinein, aber da war nichts. Alles ruhig. Selbst mein Herz fiel mir nicht auf. Ob es überhaupt noch schlug? Oder war ich wieder … Ich bewegte meinen linken Arm, um mir ängstlich ans Herz zu fassen, und bemerkte, dass in dieser Hand auch eine Kanüle steckte. Durch den Schlauch wurde mir irgendeine neongelbe Flüssigkeit zugeführt. Seltsamerweise befürchtete ich, dass mein Herz seinen Dienst wieder eingestellt hatte.

„Gut", sagte Dr. Labot und drückte an einem der Geräte herum.

„Ihre Werte normalisieren sich."

„Schlägt mein Herz?", flüsterte ich kaum hörbar und Doktor Labot sah mich an. Ja, er war einer von uns. Jemand mit einem normalen Gehör hätte mein Flüstern nicht verstanden.

„Natürlich. Es schlägt ruhig und gesund. Es hatte zum Glück genug Zeit, sich nach deiner jahrelangen Winterpause zu kräftigen. Das hat dir das Leben gerettet."

Ich machte ein fragendes Gesicht.

„Mit größeren Äther-Anteilen, so wie davor – der junge Mann hier hat mir von deiner *Lebensabstinenz* erzählt –, hättest du kein CT überstanden."

Er ging um mein Bett herum und stellte die Zufuhr der neongelben Flüssigkeit am Tropf ein. Ich spürte, dass er nicht verstand, was ich in einem Computertomografen zu suchen gehabt hatte, aber er fragte nicht.

„In zwei Stunden ist Schwesternwechsel. Die Nachtschicht ist keine von uns. Erinnere Schwester Catja vorher daran, dass sie bis dahin den zweiten Tropf entfernt", erklärte er Janus und zeigte auf das Gerät mit der neongelben Flüssigkeit.

„Das werde ich tun."

„Gut, sie braucht viel Schlaf, und dann wird das schon werden."

Er lächelte mir zu. „Gute Besserung."

Ich bedankte mich mit einem Kopfnicken. Dann verließ er das Zimmer. Janus setzte sich wieder auf den Stuhl neben mir und sah mich an. Ich wollte etwas sagen, dass ich so glücklich war, dass er da war und dass ich nicht mehr sauer auf ihn war, überhaupt nicht, aber er begann unaufhaltsam vor mir zu verschwimmen.

Für mich war es nur Minuten später, Janus saß auf dem Stuhl neben mir wie gehabt, aber er behauptete, ich hätte fast zwei Tage geschlafen. Neben ihm lag ein dickes Buch. „Als du das letzte Mal wach warst, war ich auf Seite zehn und jetzt bin ich durch", erklärte er und lächelte. „Wie geht es dir?"

„Gut", sagte ich. Das Sprechen fiel mir nicht mehr schwer. Ich richtete mich ein wenig in meinem Bett auf. Meine Muskeln taten alle weh, als hätte ich einen Ozean durchschwommen. Die Kanülen waren aus meinen Handrücken verschwunden. Stattdessen klebten links und rechts kleine Pflaster auf den Einstichstellen. Es piepten auch keine Apparate mehr im Zimmer.

„Warst du die ganze Zeit hier?", fragte ich.

Janus nickte. „Fast."

„Warum?", fragte ich.

„Warum?" Die Frage schien ihm nicht zu gefallen. „Wäre dir jemand anders lieber gewesen?"

„Oh … nein, Entschuldigung. Ich meinte nur, ich …"

Inzwischen saß ich vollständig im Bett und staunte, wie fit ich mich fühlte. Ich spürte meine Muskeln nur bei der ersten Bewegung. Bei jeder weiteren Bewegung verschwanden die Schmerzen. Auf einmal kam es mir unpassend vor, am helllichten Tag im Bett zu liegen. Ich fühlte mich, als könnte ich aufspringen und Bäume ausreißen.

„Ich … hui, mir geht es richtig gut!", unterbrach ich mich selbst und staunte.

„Doktor Labot hat gesagt, sobald du aufwachst, kannst du am nächsten Tag entlassen werden."

„Ich meinte, warum bin ich hier?", nahm ich den Faden wieder auf.

„Das weißt du nicht?"

„Doch, nein … also … ich hätte nicht gedacht, dass Charlie dich holt. Ich weiß nicht, irgendwie hätte ich das nicht gedacht, aber sie hat keinen Arzt gerufen, sondern dich … Das hat sie."

Janus beobachtete mich mit seinen dunklen Augen und ich bekam den Eindruck, dass sie fast schwarz wurden, während er mich sehr ernst ansah.

„Warum hast du das getan?“, fragte er und ich spürte, wie er versuchte, Wut zu unterdrücken und ruhig zu bleiben.

„Es war meine Aufgabe.“

„Deine Aufgabe?“ Janus konnte seine Wut nicht zurückhalten. „Deine Aufgabe?“, wiederholte er, als wäre ich ein begriffsstutziges Kind, das überhaupt nicht kapierte, was es zu tun und zu lassen hatte.

„Ja. Ich musste Charlie das mit der Nichtbeweisbarkeit beweisen.“

„Aber du hast dich dafür in Lebensgefahr begeben! Meine Güte, du wärst beinahe … gestorben.“ Das letzte Wort flüsterte er und seine Stimme vibrierte.

Ich spürte eine leichte Gänsehaut und wusste nicht genau, wovon sie kam: weil mir wegen der Erkenntnis schauderte, dass ich mein Leben aufs Spiel gesetzt hatte, oder weil in Janus' Tonfall mitschwang, wie viel es ihm ausgemacht hätte, wenn ich nicht überlebt hätte?

„Ich habe keine Angst, weder vor dem Leben noch vor dem Tod“, behauptete ich trotzig und merkte, wie mir dabei der nächste kalte Schauer über den Rücken jagte.

„Wolltest du Charlie etwas beweisen oder wolltest du mir etwas beweisen? Meine Güte, Neve!“

„Wieso dir? Nein!“, rief ich aufgebracht und wusste im selben Moment, dass er natürlich recht hatte. Janus sprang auf und stützte die Arme auf das Fußende meines Bettes. Mir war es unangenehm, dass ich, nur mit einem dünnen Krankenhaushemd bekleidet, vor ihm saß. Unwillkürlich zog ich die Decke höher und presste sie vor die Brust.

Janus seufzte.

„Ich wünschte …“, fing er an, aber machte eine resignierte Bewegung, sah zur Zimmerdecke hoch und dann wieder mich an. „Warum müssen wir uns immer gleich streiten?“

„Keine Ahnung. Du hast angefangen“, antwortete ich schulterzuckend und sah aus dem Fenster.

Janus sagte nichts und ich sagte auch nichts. Schweigend schauten wir aneinander vorbei, und auf einmal dachte ich, dass ich ihn am liebsten umarmen wollte. Dass ich glücklich war zu leben. Dass ich glücklich war, in seiner Nähe zu sein, auch wenn wir uns in diesem Krankenzimmer befanden. Aber ich unternahm nichts. Ich konnte irgendwie nicht.

Stattdessen fragte ich: „Wie geht es Charlie?“

„Ich weiß es nicht. Das war nicht das, was mich die letzten Tage interessiert hat. Das letzte Mal habe ich sie im Labor gesehen, als der Rat Erde, Feuer, Wasser, Rauch und metaphysische Energien spie, damit du überlebst. Dabei machte sie ein Gesicht, als würde sie gleich einen Schock erleiden."

Sein zweiter Satz machte mich froh, aber wieder ging ich nicht darauf ein, sondern erkundigte mich weiter nach Charlie.

„Aber jemand muss sich doch um sie gekümmert haben."

„Ranja hat die 112 gerufen und einen Krankenwagen hingeschickt. Inzwischen ist sie wieder zu Hause und wird von der Haushälterin ihres Vaters gepflegt. Mehr kann ich dir nicht sagen."

Janus klang resigniert und ich war mir sicher, dass es meinetwegen war und nicht wegen Charlie.

„Bestimmt bist du müde", sagte ich und hätte mir am liebsten auf die Zunge gebissen. Das klang, als würde ich ihn wegschicken wollen. Dabei wollte ich das ganze Gegenteil.

„Ja, das bin ich", antwortete Janus und nahm seine Jacke und das Buch. Ein Stich ging durch meine Mitte.

„Morgen kommst du ja raus, vielleicht auch schon heute Abend. Bis dahin …" Janus beendete den Satz nicht und ging zur Tür. Oh nein, er sollte nicht gehen.

„Janus", rief ich. Aber als er sich umdrehte, sagte ich nur: „Danke, dass du dich um mich gekümmert hast."

„Keine Ursache. Das war ich dir schuldig. Schließlich war ich es, der dir Charlie auf den Hals gehetzt hat."

„Aber … Nein, was mit mir passiert ist, das ist doch nicht deine Schuld!", begehrte ich erschrocken auf.

Janus seufzte. „Wie auch immer. Jedenfalls, sonst ist niemand gekommen in den zwei Tagen."

Das war eine Anspielung darauf, ob ich nahe Angehörige hätte.

„Nein", antwortete ich.

In Janus' Gesicht zuckte es. Er atmete lange ein und legte die Hand auf die Türklinke.

„Schön jedenfalls, dass es dir wieder gut geht. Ich werde mich zu Hause ein paar Stunden hinlegen." Er öffnete die Tür, sagte „Bis bald" und schloss sie leise hinter sich.

Ich starrte auf die Stelle, wo er gerade noch gestanden hatte. Dann ließ ich mich in die Kissen zurücksinken und fixierte die Zimmerdecke. Ich strengte die Muskeln meiner Augen an und versuchte mit aller Gewalt zu verhindern, dass mir die Tränen kamen.

Ich hatte Mist gebaut, weil ich Charlie und mir und Janus etwas klar machen wollte. Janus hatte den Rat alarmiert, sonst wär ich jetzt tot, und dann Tag und Nacht an meinem Bett gewacht. Aber nun war irgendwas schief gelaufen. Ich hatte dauernd das Gegenteil von dem gesagt, was ich eigentlich wollte. Warum bloß? Warum war ich so ein Idiot?

Vielleicht hatte Charlie irgendwas begriffen. Hoffentlich, damit alles überhaupt einen Sinn gehabt hat! Aber ich selbst hatte wohl überhaupt nichts gelernt, gar nichts. Und zu allem Überfluss fühlte sich Janus auch noch schuldig. War er nur deswegen die ganze Zeit bei mir gewesen? Hoffentlich nicht. Die Tränen ließen sich nicht mehr aufhalten und kullerten über meine Wangen. Ich musste das in Ordnung bringen mit Janus, sobald ich hier raus war.

Kapitel 41

Doktor Labot untersuchte mich noch einmal gründlich. Er vollzog die üblichen Tests wie Herz abhören und Puls messen im Beisein einer Schwester, die keine Ahnung davon hatte, was wirklich mein Problem gewesen war.

Dann, als wir alleine waren, führte er noch ein paar Spezialuntersuchungen durch. Er tastete meine Arme, meine Beine, die Wirbelsäule und besonders alle Organe in meinem Bauch ab.

„Hat alles wieder die richtige Konsistenz. Sehr gut."

Er erklärte mir, dass Röntgenstrahlen Stoffe dazu bringen, Licht abzugeben. Ein normaler Mensch konnte das vertragen. Auch magisch begabten Menschen mit dem Element Erde oder Luft machte das nichts aus. Ätherbegabte mussten jedoch vorsichtig sein, besonders wenn sie ihre Vitalität so zurückgeschraubt hatten, wie ich.

Er fragte mich, ob ich von der Gefahr nichts gewusst hatte. Ich schüttelte den Kopf.

„Heißt das, ich hätte mich komplett in Licht aufgelöst?"

„Ja, wie ein Komet, der in die Atmosphäre eintritt und verglüht."

Er erzählte mir, dass ich in der Röhre angefangen hatte zu flimmern und zu leuchten, die Haut, das Skelett und alle Organe. Die Mitglieder des Rates waren gerade noch rechtzeitig eingetroffen, um den Vorgang zu stoppen.

„Das hat natürlich auch erst mal deine Fähigkeit gestoppt, mit den Augen selbst Licht zu erzeugen."

Doktor Labot nahm jetzt eine gewöhnliche Diagnostikleuchte und schaute in meine Augen. „Diese Fähigkeit ist immer noch nicht zurückgekehrt. Wir werden sehen, ob sie es wieder tut."

Ich sah ihn erschrocken an, aber er besänftigte mich. „Keine Sorge, ich denke, sie wird zurückkehren, da alles andere auch gut aussieht."

Zum Schluss leuchtete er mir in die Ohren. „Das Innere deiner Ohren phosphoresziert wieder. Um deine besondere Hörkraft brauchst du dir schon mal keine Sorgen mehr zu machen."

„Ich habe es verstanden", bestätigte ich und lächelte, weil er den Satz so leise geflüstert hatte, dass nur ich ihn verstehen konnte.

Er gab mir noch eine pinkfarbene pulvrige Substanz, die aus der roten Baumrinde der Bäume im magischen Wald stammte. Sie schmeckte so, als würde man einen Metallschlüssel lutschen, und begann auf der Zunge zu sprudeln wie Brausepulver. „Das geht direkt in die Nerven, damit deine Fähigkeit, in anderer Gedanken einzudringen, wieder gekräftigt wird."

Ich nickte beeindruckt. Doktor Labot empfahl mir, noch eine Nacht zur Beobachtung im Krankenhaus zu schlafen und dann würde er mich für den nächsten Tag entlassen.

„Was habe ich offiziell gehabt?", fragte ich ihn, als er hinausging.

„Einen Schock aufgrund von Aufregung, dem ein chronischer Erschöpfungszustand vorausgegangen ist."

Auf dem Flur draußen herrschte Stille. Die Nachtschwester hatte ihren Dienst begonnen und sich im Schwesternzimmer zur Ruhe gelegt. Ich konnte nicht einschlafen. Ich war einfach viel zu ausgeruht. Immer wieder dachte ich an Janus und zählte die Stunden. Ich wollte unbedingt zu ihm, alles wiedergutmachen. Ich musste! Meine Gedanken kreisten um tausend Situationen, wie ich ihm gegenübertreten würde.

Erst glaubte ich, mir in der Dunkelheit nur einzubilden, dass sich die Tür zu meinem Zimmer bewegte. Es fühlte sich unheimlich an, auf die normale Sehfähigkeit eines Menschen reduziert zu sein. Dann war ich mir sicher, dass sich meine Tür tatsächlich lautlos öffnete. Hektisch suchte ich nach dem Lichtschalter, aber schon stand Ranja vor meinem Bett.

„Niemanden rufen", flüsterte sie. „Ich bin's nur."

Sie zog ihren kleinen Hexenbesen hervor und ließ an dessen Spitze eine Flamme züngeln. „Ich habe gehört, deine Augen brauchen noch ein bisschen", zwinkerte sie mir zu. Ich staunte, wie hübsch sie war im Schein der Kerze. Ranja besaß eine wunderbar glatte Haut und strahlte eine beeindruckende Tatkraft und Stärke aus.

„Gut siehst du aus!", flüsterte sie mir anerkennend zu. „Ehrlich, ich hatte nicht gedacht, dass in so einem durch und durch sanften und ätherischen Wesen wie dir so ein funkensprühender Dickkopf steckt."

Ich grinste verlegen. „Was machst du hier, Ranja?"

„Na, dich besuchen natürlich!"

Ich sah sie misstrauisch an. „Mitten in der Nacht?"

„Natürlich nicht! Folgendes: Als wir dich hergebracht haben, ist mir ein guter alter Freund über den Weg gelaufen. Ha, oder auf einem Krankenbett eher über den Weg gerollt." Sie lachte. „Ich meine, seine jährlichen Anfälle wegen der Löschung sind bei ihm besonders schlimm, aber es fällt mir schwer zu denken, dass er es nicht auch verdient hat."

Ich überlegte, wen sie meinen könnte und dann fiel es mir ein. Es gab nur einen, über den Ranja so sprechen würde. Marcos Vorgänger im Rat, der mit seinem Geheimbund die magische Welt in Gefahr gebracht hatte.

„Jerome?"

„Genau der. Er liegt ebenfalls auf dieser Station und kuriert seine ‚Malaria' aus. Und Doktor Labot hat uns informiert, dass er in seinem Delirium einige interessante Dinge zum Besten gegeben hat."

„In Bezug auf mich?"

„Nein, nein … In Bezug auf die Verschiebungen in der magischen Welt."

„Oh, ach so!" Wie peinlich, natürlich drehte sich nicht alles um mich.

„Ich brauche deine Hilfe. Wir müssen zu ihm. Bist du schon fit genug?"

„Ja, alles in Ordnung."

Während ich aus dem Bett schlüpfte und meinen Bademantel überzog, erzählte Ranja mir, dass Jerome Beziehungen zu einem Japaner gepflegt hatte, der mit Vornamen Haruto hieß. Eigentlich nichts Besonderes.

Wenn Gelöschte diese Malariaanfälle bekamen, begannen sie immer in der Vergangenheit zu leben. Sie erinnerten sich an ihr

Dasein vor der Löschung, an die Freunde, die sie gehabt hatten. Sie träumten von ihnen, führten im Fieberwahn Gespräche mit ihnen. Doch sobald das Fieber nachließ, hatten sie alles wieder vergessen.

Haruto hieß jedoch auch der neue Besitzer des Hauses am Wetterplatz 8. Es ist zwar ein häufiger Vorname in Japan, aber das konnte trotzdem kein Zufall sein. Dr. Labot hatte den Namen aufgeschnappt, während er mich behandelte und Sulannia den anderen Mitgliedern des Rates berichtete, was sie über das Haus am Wetterplatz wusste. Er hatte ihnen mitgeteilt, dass Jerome im Fieber einen Haruto erwähnte, der für Jeromes Pläne, augenscheinlich wichtig gewesen war.

„Meinst du, du bist bereits wieder in der Lage, Jerome in seine Träume zu folgen?"

„Ich weiß nicht. Doktor Labot hat mir ein rotes Rindenpulver gegeben, zur Stärkung meiner geistigen Fähigkeiten. Ich müsste es einfach probieren."

Wir schlossen leise meine Zimmertür und schlichen über den schwach beleuchteten Flur. Ranja hatte ihren verdächtigen Zauberbesen wieder verstaut und wirkte in dem fahlen Licht wie eine ganz normale Frau. Ich sah sie zum ersten Mal nicht in ihren bunten Röcken, sondern schlicht gekleidet in Jeans und Pullover.

„Aber hat Kim nicht …"

„Ja, Kim hat es versucht. Aber sie hatte keinen Erfolg. Ich denke, sie weiß zu wenig über das Haus und die Umstände."

Wir betraten ein Zimmer am Ende des Flurs. Abgestandene Luft schlug uns entgegen. Der Raum war klein und beherbergte nur ein Bett unter dem Fenster.

„Hier behandelt Doktor Labot die chronischen Fälle. Meist schafft er es, das Zimmer dafür freizuhalten. Zum Glück ist die Station so gut wie in seiner Hand."

Jerome lag schweißgebadet auf dem Rücken und stöhnte hin und wieder, aber er schien zu schlafen.

Ranja bedachte ihn mit einem seltsamen Blick. Mir fiel ein, dass sie mit ihm vor langer Zeit einmal zusammen gewesen war. Was sie wohl fühlte? Enttäuschung, Kummer, Wut oder auch noch ein wenig Bedauern? Ich wagte es nicht, in der Seele eines Ratsmitgliedes zu stöbern, um das herauszufinden. Stattdessen versuchte ich, mich auf Jerome zu konzentrieren, obwohl es mir sehr unangenehm war, mich in sein Innenleben einzuklinken.

„Du musst wissen, dass wir zu Dr. Haruto Tanaka Nachforschungen angestellt haben. Er besitzt keinerlei magische Fähigkeiten und er scheint auch keinerlei Ahnung von der magischen Welt zu haben. Sulannia und Kim vertreten bereits den Standpunkt, dass Jeromes Haruto und der Besitzer von Wetterplatz 8 nichts miteinander zu tun haben. Marco wiederum glaubt nicht an einen Zufall, weil das Haus einen magischen Durchgang besitzt, und der misstrauische Jolly erst recht nicht. Irgendeinen Zusammenhang muss es geben, und mein Bauch sagt mir dasselbe, auch wenn ich keinen Schimmer habe, welchen."

„Hat Sulannia den Durchgang gefunden?"

„Ja, ein Ziegelstein in einer der Mauern im versunkenen Teil des Kellers war nur eine Illusion. Die Katze ist einfach hindurchgeschwommen. Ohne die Katze hätte Sulannia wohl ewig nach diesem gut getarnten Schlupfloch suchen müssen."

„Und was kam danach?"

„Genau das, was Grete beschrieben hat. Sulannia glitt durch eine im Durchmesser vielleicht drei Meter breite durchsichtige Ader und sah um sich herum eine gleißend goldene Stadt, ähnlich wie Dubai, nur noch großzügiger, und der Wüstensand war nicht goldbraun und die Wolkenkratzer weiß, sondern umgekehrt, die Häuser leuchteten golden und der Wüstensand war schneeweiß."

„Hat sie sich die Stadt angesehen?"

„Nein, es gab keinerlei Möglichkeit, die Ader zu verlassen, bevor sie in die Quelle mündet, an der du Grete gefunden hast. Es ist weiterhin unklar, ob die Stadt eine Illusion ist oder ob es sie wirklich gibt. Auch die Undinen suchen immer noch vergeblich nach einer Verbindung der magischen Gewässer zu dieser Ader."

Das klang alles besorgniserregend und interessant zugleich, aber jetzt musste ich mich auf Jerome konzentrieren. Ich betrachtete sein Gesicht. Er sah älter aus, als ich ihn in Erinnerung hatte, was jedoch auch an seinem derzeitigen Zustand liegen konnte. Seine Haare trug er inzwischen schulterlang. Feucht und wirr lagen ihm einige Strähnen über der Stirn. Sein Geruch stieg mir unangenehm in die Nase, nach Schweiß und irgendwie nach nass gewordenem Filz. Ich stellte mich an das Kopfende und beugte mich zu ihm herunter.

„Ich lasse euch einen Moment allein, damit du dich besser konzentrieren kannst", flüsterte Ranja und schloss leise die Tür.

Ich hielt mir die Nase zu und beugte mich noch ein wenig weiter herunter.

Wirre Bilder rasten durch Jeromes Kopf. Eine kleine Küche und ein karges Zimmer, Leo tauchte auf und mir fiel ein, dass Leo seine Ausbildung in der magischen Welt abgeschlossen hatte und sich um ihn kümmerte. Ich spürte, dass Jerome Leo liebte wie einen Sohn, er schien alles zu sein, was er noch hatte. Dann eine Grotte und magische Leute, die dem Geheimbund angehört hatten, dann sogar die Akademie, Kira, und dann wieder diese karge Küche – alles ein wirres Gemisch aus seinem jetzigen Leben und der magischen Welt.

Als er in seinen Träumen einen Waldweg entlanglief, klinkte ich mich ein. Meine Kräfte gehorchten mir wie gehabt, ein Glück.

Ich lief neben Jerome.

‚Wir müssen Haruto Tanaka finden', sagte ich zu ihm und er wandte sich mir zu.

‚Neve, ich habe dich lange nicht gesehen.'

Ich erschrak ein wenig, weil er sich so mühelos an mich erinnerte. *‚Ich kann dir nicht trauen'*, gab er hinterher und begann schneller zu laufen.

Ich sah eine dunkle Nebelwand vor uns aufsteigen. Das bedeutete, ich musste mich beeilen, weil er kurz davor war, in eine andere Traumszene zu wechseln. Er hatte nicht dagegen protestiert, dass der ihm bekannte Haruto mit Nachnamen Tanaka heißen sollte. Ich war mir sicher, auf der richtigen Spur zu sein.

‚Ich werde dafür sorgen, dass die Mieter am Wetterplatz 8 alle ausziehen', versuchte ich es ins Blaue hinein.

Jerome blieb abrupt stehen. *‚Das nützt nichts, solange das Haus nicht in Tanakas Besitz gelangt.'*

Wow, das musste Jeromes letzter Stand gewesen sein, bevor seine Erinnerungen an die magische Welt gelöscht wurden! Ich wollte ihm weitere Fragen stellen, doch ein gellender Schrei riss mich aus der Versenkung, hüllte Jerome in die nahende dunkle Wolke ein und katapultierte mich in meine Gegenwart zurück.

Ranja erschien in der Tür und knipste das Licht an. Jerome saß im Bett und hielt sich den Kopf. Er hatte geschrien und tastete jetzt nach dem Knopf, um eine Nachtschwester zu rufen. Von mir und Ranja nahm er keine Notiz.

„Komm!“ Ranja zerrte mich aus dem Zimmer und dann um die Ecke in eine Besuchertoilette. Sekunden später hörten wir die Schwester nebenan.

„Wasser“, rief Jerome.

„Ruhig, hier haben Sie Wasser." Die Schwester schloss die Zimmertür hinter sich und wieder herrschte die typische nächtliche Krankenhausstille.

„Ob er uns bemerkt hat?", fragte ich ängstlich.

„Ich glaube nicht. Und wenn, er ist in einem Zustand, wo er Wirklichkeit und Traum nicht auseinanderhalten kann." Ich sah, wie ein leiser seelischer Schmerz über ihr Gesicht huschte.

„Ist es wegen … damals?", fragte ich und biss mir gleichzeitig auf die Lippen. Das war meine typische Neugier in Bezug auf Menschen, aber Ranja war ein Ratsmitglied, vor dem ich viel zu großen Respekt besaß.

„Nein … Es ist wegen der Löschungen. Die Folgen sind zu schlimm. Aber das ist ein anderes Thema." Sie straffte sich und sah mir fest in die Augen. „Konntest du etwas erreichen?"

Ich erzählte ihr, was sich ereignet hatte. Ranjas Fazit daraus war auch meins: Haruto Tanaka und Jerome kannten sich. Jerome musste also schon lange über das Haus am Wetterplatz Bescheid gewusst haben.

Kapitel 42

Ich liebe Janus.

Ich liebe Janus!

Drei Worte tanzten einen beschwingten Reigen in meinem Kopf. Manchmal flüsterte ich sie auch und wenn grad keiner an mir vorbeiging, sang ich sie ein wenig lauter.

Fröhlich lief ich durch die Straßen von Berlin, als wäre Frühling. Die Januarluft war tatsächlich erstaunlich mild. Ausrangierte Tannenbäume lagen am Straßenrand. Auf den Gehwegen entdeckte ich Überreste des alljährlichen Feuerwerks. Silvester hatte ich im Krankenhaus komplett verschlafen. Ein kleiner Hund sprang freudig auf mich zu, jeder lächelte mich an, aber vielleicht war das nur, weil ich jeden anlächelte. Bei einem Straßenhändler wollte ich eine Apfelsine kaufen, aber er schenkte sie mir.

Ich hatte mich mit Ranja bis in die frühen Morgenstunden unterhalten, weil wir beide nicht schlafen konnten. Sie hatte mir erzählt, wie sie in die magische Welt gelangt war vor fünfhundert Jahren. Es war eine atemberaubende Geschichte.

Und dann hatte sie folgende Worte zu mir gesagt: „Weißt du was? Du hast vielleicht keine Angst mehr vor dem Tod oder dem Leben. Aber immer noch vor der Liebe.“

„Vor der Liebe? Wieso? Wieso sollte ich denn …“

„Nicht?“, fragte Ranja mit gespielt hochgezogener Augenbraue. Ich hatte sie verständnislos angesehen und gleichzeitig verstand ich sie sehr wohl.

„Du liebst Janus, und du weißt es schon lange. Wann hast du denn vor, dir das einzugestehen, hm?“

„Ich …“

Ranjas Direktheit war so was von entwaffnend. Ich merkte, wie meine Wangen zu glühen begannen. Sie grinste zufrieden.

„Na los! Gesteh es dir endlich ein.“

„Ich …“ Mehr kam wieder nicht heraus.

„Gut, das ist ein Anfang“, neckte sie mich.

„Aber nur eingestehen ist eigentlich ein bisschen wenig. Am besten, du sprichst es laut aus: Ich liebe Janus!“

Mir wurde schon schwindlig davon, wenn *sie* es aussprach. „Nein, also, ich …“

„Schon gut!“ Ranja nahm meine Hände in ihre und drückte sie. „Es gibt nichts Fantastischeres, als jemanden zu finden, den man lieben kann und der diese Liebe auch verdient.“

Es war unendlich erleichternd gewesen, vor mir zuzugeben, dass ich Janus liebte. Dass ich es schon eine ganze Weile tat. Dass mein Unbewusstes es bereits seit unserer ersten Begegnung ahnte. Und dass er mir deswegen unheimlich gewesen war – weil er die Macht besaß, zu meinem Herzen durchzudringen.

Es war eine ganz andere Liebe als die zu Tom. Ich begriff, dass das in keinem Widerspruch stand.

Meine Gefühle für Tom hatten eher die Aufgabe gehabt, mich vor der Liebe, vor dem wirklichen Leben und dem Fühlen mit allen Sinnen zu schützen. Ich war nicht mit dem Herzen dabei gewesen. Denn für die Liebe musste ein Herz schlagen. Und wer war es, der meinen ersten Herzschlag wie einen Donner und dazu all die anderen körperlichen Veränderungen in mir ausgelöst hatte? Janus, und nicht Tom. Mit Janus fand das Leben statt, während Tom und ich uns in vielen Dingen unterschieden.

Wir mochten uns, klar. Und ich war seine Muse gewesen. Inzwischen war ich mir sicher, dass die Nähe zu einem Durchgang in die magische Welt bei Tom die Inspiration zu *Schattenmelodie* verursacht hatte. Ich hatte dabei wie ein Verstärker gewirkt, ihm im Traum die dazugehörigen Bilder gezeigt und ihm damit geholfen, sein Werk zu vollenden.

Aber uns verband nicht das, was zwei Menschen verband, die zusammengehörten: ein Schwingen im Gleichtakt, dieses durch und durch befriedigende Empfinden, dasselbe Universum zu bewohnen. Das hatte nichts damit zu tun, dass Janus und ich magisch begabt waren. Die Liebe war eine Kraft, die einen veränderte, zu sich selbst führte und das Beste aus einem herausholte. All das hatte Janus bei mir bewirkt.

Ich lief durch die Straßen mit offenem Mantel und offenen Haaren, befreite die Apfelsine von ihrer dicken Hülle und biss in sie hinein wie in einen Apfel. Ich fühlte mich wie ein neuer Mensch, und ich wollte leben und lieben, mit allem, was dazugehörte.

Ich war in den frühen Morgenstunden mit einem seligen Gefühl eingeschlafen und mittags mit mächtigem Tatendrang aufgewacht. Ich hatte es gar nicht erwarten können, dass Doktor Labot kam und mir den Segen erteilte, das Krankenhaus zu verlassen. Kurz überlegte ich, ob er mir etwas in den Kaffee gemischt hatte, was die ungewohnte Euphorie erklärte, in der ich mich befand. Aber meine Euphorie ließ sich natürlich auch ganz ohne Aufputschmittel erklären.

Ranja hatte mich zum Abschied auf die linke und die rechte Wange geküsst und gesagt: „Nun lass es nicht anbrennen und geh zu Janus. Er ist ein guter Typ, das spüre ich. Ich bin mir sicher, dass du von ihm keinen Korb bekommst.“ Das untrüglichste Zeichen, dass Janus meine Gefühle erwiderte, war für Ranja, dass unsere Begegnungen immer wieder in ein Streitgespräch mündeten. So etwas rührte ihrer Ansicht nach von unterdrückten Gefühlen her, Gefühlen, von denen man nicht wusste, ob der andere damit etwas anfangen konnte.

Ich wischte mir den Apfelsinensaft vom Mund. Apfelsinen schmeckten nur in der Weihnachtszeit und kurz danach so köstlich. Dann verschwand ich in einem Hauseingang, verwandelte mich, was so mühelos funktionierte wie lange nicht mehr, und schwang mich auf, hoch über die Dächer.

Einige Minuten später erreichte ich das Stadtzentrum. Die Menschen gingen ihren Tätigkeiten nach, die Touristen bestaunten Gebäude und Denkmäler. Mir kam es so vor, als würde ich Berlin zum ersten Mal ohne einen dünnen Schleier davor wahrnehmen.

Viele Jahre war ich durch die Straßen der Stadt gestreift, aber jetzt erst fühlte ich mich, als ob ich hier auch hingehörte. An diesen Ort … und zu Janus.

Die Weltzeituhr zeigte kurz nach vierzehn Uhr. Ob er in seinem Antiquariat war? Aber warum nicht, eine ganz normale Uhrzeit unter der Woche. Sein Laden würde geöffnet sein.

Ich verdrängte meine Gefühle nicht mehr, aber zum Glück verdrängte ich dafür erfolgreich, dass alles noch lange nicht einfach sein musste, wenn man beschloss, dem anderen endlich die Arme zu öffnen. Und ich verdrängte genauso erfolgreich meine Panik, jemanden zu küssen.

Janus hatte das aufklappbare Schild *Antiquariat offen* auf den Gehweg gestellt. Im Durchgang des Vorderhauses nahm ich wieder Gestalt an und spähte in den Hinterhof. Vielleicht konnte ich ihn durch die Scheiben des Ladens sehen?

Mein Herz schlug vor Aufregung bis zum Hals. Und wenn er doch nicht … Nein, nur keine Zweifel. Mein Magen gab ein grummelndes Geräusch von sich. Ich hatte Hunger. Und was für einen! Spontan drehte ich um, und lief wieder auf die Straße. Gute Ausrede. Ergriff ich etwa die Flucht? Nein, mit etwas zu essen in der Hand würde es bestimmt leichter sein.

Zehn Minuten später stand ich mit zwei gefüllten Teigtaschen wieder im Durchgang und atmete ihren Duft ein. Okay, dann los.

Ich lief über den Hof und betrat das Antiquariat. Janus schrieb etwas hinter der Kasse und sah auf, als er die Türglocke hörte.

Sein Blick ging mir durch Mark und Bein. Man kann sich eine Begegnung in den schönsten Farben ausmalen. Aber man macht die Rechnung immer ohne die Energie, die einem von der anderen Seite entgegenschlägt und die die ganze Situation zu mindestens fünfzig Prozent mitbestimmt. Wie er mich ansah, verhieß nichts Gutes und löste aus, dass ich am liebsten auf der Stelle umgedreht wäre, um das Weite zu suchen.

„Mittagessen“, rief ich und klang dabei kläglich, obwohl ich doch fröhlich klingen wollte.

Janus blickte ernst drein und antwortete reserviert. „Das ist sehr freundlich, aber ich habe schon gegessen.“

„Sie sind mit Spinat und Feta gefüllt, ich dachte …“

Er kam hinter der Kasse hervor und auf mich zu. „Nein, nein, das macht nichts. Dann esse ich sie eben zum Abendbrot.“

Er nahm mir eine Teigtasche ab und schaute mich dabei nicht an. Er wirkte so weit weg wie noch nie. Ich sah ihm nach, wie er zur Küche lief. Er trug seine Filzpantoffeln und einen Pullover aus Naturwolle. Seine Locken hatte er mit einem roten Gummi zu einem Zopf im Nacken zusammengebunden.

„Möchtest du einen Teller?", fragte er.

„Nein, danke, es geht ohne. Ich wollte nur kurz reinschauen und Hallo sagen und …" Ich brach den Satz ab und biss in meine Teigtasche.

Meine Euphorie war komplett verflogen. Stattdessen fühlte ich mich vernichtet, als wäre mein Glücksgefühl der letzten Stunden nur ein Aufflackern vor dem endgültigen Tod gewesen. Die Teigtasche schmeckte, aber ich hasste auf einmal ihren Geschmack und hätte das abgebissene Stück am liebsten wieder ausgespuckt.

„Und, wie geht es dir? Alles wieder in Ordnung?", fragte er, so wie man eine Nachbarin, die man im Hausflur trifft, aber sonst nicht näher kennt, fragen würde.

„Danke. Es ist alles wieder in Ordnung", antwortete ich genauso neutral. Eigentlich wollte ich ihm von Jerome erzählen und was sich in der Nacht ereignet hatte, aber ich hielt meinen Mund.

„Na, dann ist ja … alles in Ordnung", wiederholte Janus meine und seine Worte und rieb sich die Hände.

Ich hatte den Eindruck, ihn bei der Arbeit zu stören. Was war denn nur los? Was war diese unsichtbare Mauer zwischen uns? War er so sauer? Aber er wirkte nicht mal mehr sauer, sondern einfach nur desinteressiert, und das war schlimmer als alles andere. Ich biss ein neues, ziemlich großes Stück ab und kaute eifrig darauf herum, damit mir nicht die Tränen kamen.

„Ich störe dich bei der Arbeit …"

„Nun ja, ich habe tatsächlich einiges zu tun. Die Steuer für das letzte Quartal muss angegangen werden."

„Okay, dann werde ich mal …"

Ich wartete, dass Janus mich unterbrach, mir noch mal einen Teller anbot. Überhaupt, warum sagte er nicht, wie es ihm gefiel, dass ich eine riesige Teigtasche aß? War ihm das inzwischen wirklich egal? Janus stand einfach nur vor mir und sah mich an. Seine Augen wirkten so neutral. Oder war da doch ein bisschen Traurigkeit? Ich konnte es nicht einschätzen.

Mir war auf einmal schlecht. Wenn ich jetzt ging, dann brauchte ich bestimmt nicht mehr wiederkommen. Hatte ihn meine Aktion mit Charlie so enttäuscht, dass er nichts mehr für mich empfand? Keine Zuneigung, keine Freundschaft, nichts?

„Wie geht es Charlie?“, fragte ich, nur um irgendetwas zu sagen, das nicht bedeutete, ich würde gleich gehen. Sofort nahm sein Gesicht einen völlig entnervten Ausdruck an und ich presste die Lippen aufeinander. Ich wusste, dass es die blödeste Frage war, die mir einfallen konnte. Ich spürte es mit jeder Faser meines Körpers. In dem Augenblick war ich mir sicher, dass Janus komplett fertig war mit meinem Verhalten. Nicht mal mehr unglücklich darüber, sondern einfach nur fertig damit.

Es ist nie zu spät, aber immer höchste Zeit, klang mir auf einmal der Lieblingssatz meiner Oma in den Ohren. Ich musste endlich meinen Kopf ausschalten. Meinen Kopf, der immer nur nachdachte und nachdachte und über allem schwebte und mit Gefühlen nichts zu tun haben wollte. Meine Güte, natürlich reichte es nicht, neue Erkenntnisse nur im Kopf zu haben!

„Charlie ist …“ begann Janus seufzend, aber weiter kam er nicht. Ich warf die blöde Teigtasche auf den Kassentisch, stolperte zwei Schritte auf ihn zu, schlang meine Arme um ihn, legte meinen Kopf an seine Brust, sog diesen köstlichen Duft ein, den er verströmte, und flüsterte: „Ich will nicht gehen.“

Im ersten Moment fühlte sich Janus steif an wie ein Laternenpfahl, aber dann legte auch er seine Arme um mich und sein Kinn auf meinen Kopf. Ich schloss die Augen. Das war genau der Platz, an den ich gehörte. Noch nie hatte ich mich so gut aufgehoben gefühlt in der Welt. Ich weiß nicht, wie viele Minuten wir so dastanden, als hätte die Welt aufgehört, sich zu drehen. Als wäre dieser Moment in irgendeinem Paralleluniversum auf ewig eingefroren, weil er so perfekt war.

„Heißt das …“, begann Janus und ich antwortete schnell: „Ja.“

Er schob mich ein wenig von sich und ich sah ihn schüchtern an. In seine Augen war das Leben zurückgekehrt. Sie leuchteten wieder und ich spürte einen Glücksstich in meinem Herzen. Aber irgendwas lag noch darin, was nicht stimmte.

„Was heißt, ja?“

Die Frage verwirrte mich und ich senkte den Blick. „Na dass …“, stotterte ich und fühlte mich unsicher. Mein Herz begann zu rasen. Ich hatte noch nie zu jemandem gesagt, ich liebe dich. Ich wollte es ja, ich wollte, dass Janus es wusste, aber gleichzeitig … Ich seufzte und sah ihn wieder an. Reichte das denn nicht? Konnte er es nicht an meinen Augen sehen?

Janus löste seine Umarmung und hielt mich an den Unterarmen fest. Das machte mir Angst.

„Ich … mag dich", stieß ich hastig hervor.

„Das ist schön. Ich dich auch", erwiderte er und ließ meine Arme los. Ich hatte das Gefühl, die Leine zu meinem Raumschiff zu verlieren und hilflos ins All hinauszugleiten.

„Nein, du verstehst das falsch", versuchte ich mit zittriger Stimme zu erklären.

„Ich glaube, ich verstehe alles richtig." Janus' Stimme klang ruhig und bestimmt. „Und es freut mich. Wirklich. Aber weißt du, ich habe nachgedacht. Letztens im Krankenhaus, immer ist da diese Distanz zwischen uns. Ich glaube, ich kann nicht mit einer Frau zusammen sein, die sich vor mir mit sieben Siegeln verschließt. Die ihr Ich, ihre Geschichte, alles, was sie ausmacht, vor mir verbirgt. So fehlt die Basis für echtes Vertrauen."

Seine Worte trafen mich wie ein arktischer Wind, sodass ich unwillkürlich zurückwich. Er hatte verstanden, dass ich mit ihm zusammen sein wollte. Er hatte das verstanden, und er lehnte ab.

Ich kam mir vor wie ein Schwall Wasser, der auf die Straße platschte. Oh Gott, das hielt ich nicht aus! Reflexartig drehte ich mich um und rannte aus dem Antiquariat, quer über den Hof, dann ein paar Schritte links die Straße entlang, dann wieder nach rechts. Seine Worte schossen wie Nadeln durch meine Eingeweide. Janus wollte mich nicht. Er hatte mich zurückgewiesen, und es war noch viel schlimmer als die Geschichte mit dem Jungen aus meiner Schule damals.

Erst rempelte ich eine Oma an, die fast hinfiel, dann rannte ich ein Kind um, das sofort losbrüllte. Ich nahm es hoch, gab es der Mutter in den Arm und lief wieder zurück. Wo sollte ich hin? Ich wollte weg, weg von mir selbst. Aber das ging nicht. Ich wollte mich in Luft auflösen, und zwar für immer. Aber das … Nein! Das wollte ich gar nicht! Ich wollte … Ich setzte mich auf die Treppe, die zur Haustür des Nebenhauses führte. Ich musste mich beruhigen, nachdenken, die Verzweiflung runterdrücken, die mich zu ertränken drohte.

Ich hatte Janus ein Geständnis gemacht und er reagierte so kalt … Ich hatte ihm gesagt, dass ich ihn liebte, und er wollte mich nicht.

Also, ich hatte gesagt, dass ich ihn mag. Und er …

„Alles in Ordnung?“, fragte ein rundlicher Mann mit Glatze und Aktenkoffer, dem ich den Weg zur Haustür versperrte. Ich merkte, dass ich die Arme um meine angewinkelten Beine geschlungen hatte und die ganze Zeit hin und her schaukelte. Ich hörte damit auf und sah ihn an: „Wenn jemand zu Ihnen sagt, dass er Sie mag, glauben Sie dann, er liebt Sie?“

Mir war es egal, ob er mich für verrückt hielt, weil ich ihm eine derartige Frage stellte. Der Mann zögerte und sah mich skeptisch an. Aber dann entschied er sich, mir eine Antwort zu geben. „Öh, nein.“ Er zog einen Schlüssel aus seiner Tasche. „Aber könnten Sie mir bitte etwas Platz machen, damit ich die Tür aufschließen kann?“

Ich rutschte ein Stückchen. Er öffnete die Tür und verschwand im Haus.

Hatte Janus vielleicht doch nicht verstanden, was ich ihm sagen wollte? Aber, er musste es verstanden haben. Sonst hätte er nicht von „Zusammensein“ gesprochen. Und: Langsam machte das Negative, das ich aus seiner Reaktion gezogen hatte, dem Positiven Platz. Janus hatte doch gar nicht gesagt, dass er mich nicht wollte. Im Gegenteil, er hatte deutlich gemacht, dass er alle Neves wollte, die jetzige, die vergangene und die zukünftige. Alle oder keine. Ich rieb mir die Stirn und dachte an Ranja. Sie rannte auch nicht weg vor ihrer Geschichte, obwohl alles fünfhundert Jahre her war. Sie lebte mit ihr, akzeptierte sie als einen Teil von sich. Und mir wurde klar, dass sie genau deshalb so stark auf mich wirkte.

Okay, Neve, hör endlich auf, vor dir selbst wegzulaufen, jetzt ist der richtige Moment und der kommt nicht noch mal wieder, befahl ich mir.

Ich erhob mich und lief langsam zurück. Ein paar Minuten später bog ich erneut in die Durchfahrt zu Janus ein. Durch die Fensterscheiben sah ich, dass er auf dem Sofa saß, ins Feuer starrte und dabei nervös mit dem Fuß wippte. Die Tür zum Laden stand offen, sodass die Klingel mich nicht verriet.

Er bemerkte mich erst, als ich mich neben ihn setzte und auch ins Feuer starrte. Ich hoffte, dass er sich nicht zu mir drehte, damit es einfacher würde. Er tat es nicht, und dann begann ich zu erzählen.

Kapitel 43

„Meine Mutter ist gestorben, als ich ein Jahr alt war; mein Vater, als ich acht und meine Oma, als ich fünfzehn war. Geschwister habe ich nicht und auch keine Verwandten. Niemanden also, der mich im Krankenhaus hätte besuchen können."

Janus rührte sich nicht neben mir, als fürchtete er, dass mich auch nur ein Wimpernzucken wieder verstummen lassen oder erneut in die Flucht schlagen könnte.

„Es tut mir leid, dass ich vorhin so überreagiert habe, das war nicht fair", sagte er mit belegter Stimme. „Du hast mir dein Herz offengelegt und ich bin darauf getreten – weil ich wütend war, weil ich nicht wusste, was ich noch tun soll, um dich zu erreichen. Weil …"

„Psst", machte ich und fuhr fort: „Als meine Mutter starb, versank mein Vater in völlige Sprachlosigkeit und Depression. Sieben Jahre später ging er wie jeden Tag in den Wald, aber kam nicht mehr wieder.

Von da lebte ich allein mit meiner Großmutter – der Mutter meiner Mutter – in dem großen alten Forsthaus. Die Jahre mit meiner Oma waren unbeschwerter als die Zeit, in der mein Vater noch gelebt hat – bis zu jener schrecklichen Nacht, kurz nachdem ich fünfzehn geworden war."

Ich machte eine kleine Pause. Janus saß, die Schultern ein wenig nach vorne gebeugt, neben mir und beobachtete unbeirrt das Feuer.

„Als Kind war ich oft nachts hochgeschreckt und in das Zimmer meiner Oma gelaufen. Jedes Mal fuhr sie aus dem Schlaf hoch und sagte: ‚Kind, hast du mich erschreckt. Du bringst mich damit noch ins Grab!' Sie machte ein Gesicht, als sei sie vom Donner gerührt worden, aber kurz darauf lächelte sie, winkte mich heran und ich durfte mich in ihr warmes großes Bett kuscheln.

Als ich älter wurde, ging ich nachts seltener zu ihr. Aber in dieser Nacht – irgendetwas weckte mich. Ich stand auf und lief über den dunklen, kalten Flur. Das Knarren ihrer Zimmertür war mit den Jahren stärker geworden. Doch diesmal fuhr sie nicht hoch wie sonst. Sie blieb einfach liegen und rührte sich nicht. Nie mehr. Ich war mir sicher, dass ich den einzigen Menschen, den ich hatte, wirklich zu Tode erschreckt hatte."

Mein Atem ging schnell. Auf einmal spürte ich Janus' Hand auf meinem Arm. Vorsichtig hatte er sie dort hingelegt. Es beruhigte mich und meine Atmung normalisierte sich wieder. Jetzt einfach weitererzählen, ermahnte ich mich.

„Ich war nicht fähig, die Realität an mich heranzulassen. Stattdessen ergriff mich eine fixe Idee und nahm mein ganzes Denken ein. Ich flüchtete aus dem Haus, rannte in den Schuppen, schnappte mein Fahrrad und raste in den dunklen Wald hinein. Ich verspürte keinerlei Angst. Ich musste meine Oma einholen, die sich auf den Weg in den Himmel befand. Mein Nachthemd verfing sich in den Pedalen. Ich fiel einige Male hin, riss immer wieder Fetzen des Stoffes aus der Fahrradkette und fuhr die ganze Nacht. Ich hatte plötzlich ein Bild vor Augen, eine weiße Plattform aus Beton, hoch oben und von Wolken umgeben. Die musste ich finden, um von ihr zu springen und in den Himmel zu fliegen.

Das Bild war mächtig und verdrängte jeden vernünftigen Gedanken. Ich irrte durch den Wald. Waren es Tage oder Wochen? Ich wusste nicht, wie lange. Ich spürte keine Kälte, keinen Hunger, keinen Durst. Ich brauchte nichts. Ich bildete mir ein, dass ich dabei war, ein Engel zu werden. Meine Großmutter hatte immer gesagt, ich wäre ein Engelchen. Und jetzt wollte ich zu ihr.

Irgendwann stellte ich fest, dass ich im Kreis herumgeirrt war, und fand mich vor dem Forsthaus wieder. Eine Frau aus dem Dorf trat gerade aus der offenen Eingangstür und stieß einen Schrei des Erstaunens aus, als ich plötzlich vor ihr stand, zerzaust, verdreckt, zerrissen, aber lebendig.

Ich erfuhr, dass man meine Oma in eine Urne getan hatte und sie begraben wollte, sobald es keine Hoffnung mehr gab, dass ich wieder auftauchte. Ich drängte die Frau, mir die Urne zu zeigen. Sie stand im seit vielen Jahren nicht mehr genutzten und verstaubten Arbeitszimmer meines Vaters auf dem Schreibtisch. Während die Frau aus dem Dorf die Polizei anrief, griff ich mir die Urne und floh abermals. Ich musste endlich diese Plattform finden."

„Das Hochhaus am Alexanderplatz", sagte Janus. Ich sah in die Flammen und nickte.

„Ich habe keine Ahnung, wie mir das in der mir völlig unbekannten Hauptstadt gelungen ist. Meine Erinnerung an den Weg dorthin ist komplett gelöscht. Ich weiß nur noch, wie ich mit einem

Fahrstuhl viele Etagen hinaufgefahren bin, durch eine Eisentür auf das Dach stieg, die Plattform aus meiner Fantasie wiedererkannte und ohne zu zögern in die Tiefe sprang. Unter mir breitete sich nachtschwarzer Himmel aus, der an einer Stelle aufriss und den Blick auf ein hellblaues Himmelstück freigab. Ich wusste, da muss ich hin. Dort leben die Engel."

Janus drehte sich langsam zu mir und sah mich an. Er wollte seine Hand wieder von meinem Arm nehmen, aber ich griff nach ihr. Er sollte mich weiter festhalten. Behutsam hob er seine andere Hand und strich mir über den Handrücken.

„Du bist nicht schuld am Tod deiner Großmutter", versicherte er mir.

„Ich weiß", antwortete ich. „Genauso wenig wie du am Tod deines Vaters."

Janus nickte. „Danke, dass du mir das alles erzählt hast. Ich kann dir nicht sagen, wie viel es mir bedeutet!"

Ich hätte es bei dem belassen können, aber zum ersten Mal verspürte ich das übergroße Bedürfnis, *alles* zu erzählen. Auch das, was ich bisher vor der ganzen Welt verschlossen gehalten hatte, nicht nur vor dem Rat oder Kira, sondern auch vor meiner Großmutter. Ich musste mich befreien davon. Ich musste es ebenfalls ans Tageslicht bringen.

„Das ist nicht alles. Es gibt da noch etwas, was mich verfolgt und was ich noch nie jemandem erzählt habe." Ich machte eine kleine Pause und holte tief Luft. Janus wollte etwas erwidern, aber ich ließ ihn nicht zu Wort kommen. „Ich glaube, dass mein Vater meine Mutter umgebracht hat und dass er deswegen verschwunden ist."

Es war raus!

Das, was mich mein Leben lang beschäftigt und mir Albträume beschert hatte. Ein wesentlicher Grund, warum ich es genossen hatte, ein Engel zu sein, nicht mehr zu schlafen und dadurch nicht mehr diese Träume zu haben.

Janus nahm meine Hand in seine beiden Hände. „Aber warum?"

„Weil …" Ich holte abermals tief Luft. „Ich hatte immer Angst vor ihm, weil ich glaubte, dass er mich auch eines Tages umbringen würde. Deswegen bin ich oft zu meiner Großmutter ins Bett gekrochen. Fast jede Nacht bin ich davon aufgewacht, dass er an meinem Bett stand – ein großer schwarzer Schatten, der sich über mir aufbaute, nach meiner Kehle griff und zudrücken wollte."

„Er hat an deinem Bett gestanden?"

„Nein, nicht in Wirklichkeit. Ich habe das nur geträumt. Es ist nur zwei Mal vorgekommen, dass er tatsächlich in mein Zimmer kam, als ich bereits im Bett lag. Das eine Mal in der Nacht, bevor er verschwand. Ich tat so, als wenn ich schon schlief, aber mein ganzer Körper war angespannt und ich überlegte fieberhaft, was ich tun würde, wenn er mich anfassen sollte. Doch er hat mich nur angeschaut, ein paar Minuten lang, das habe ich gespürt, während ich versuchte, tief und regelmäßig wie eine Schlafende zu atmen. Dann hat er das Zimmer wieder verlassen."

„Aber warum glaubst du, dass er deine Mutter umgebracht hat?"

Ich spürte, wie mein ganzer Körper bebte, als wäre er unter Dauerstrom. Wie eine Welle schlug die Angst meiner Kindheit über mir zusammen und drohte, mich mit sich fortzunehmen.

Janus merkte es. „Neve, es ist nicht jetzt und nicht hier. Es ist ganz lange her", versuchte er mich mit seiner tiefen melodischen Stimme zu beruhigen. Und es half.

„Mein Vater war mir schon immer unheimlich. Er war so still, als wäre er für den Rest seines Lebens verstummt. Ich kann mich nicht an seine Stimme erinnern. Er hatte diesen finsteren Blick, so komplett ausgelöscht. Ein finsterer Mann in einem finsteren Haus in einem finsteren Wald. Ich habe manchmal meine Oma gefragt, warum Papa so traurig ist, was mit ihm ist, ob es meinetwegen ist? Kinder denken immer, sie sind schuld daran, wenn es den Erwachsenen nicht gut geht. Und ich habe das natürlich auch gedacht. Aber sie sagte nur, es ist nichts, er ist eben so, aber er sei ein guter Mensch und er sorge für mich und für sie und ich solle niemals glauben, dass es meine Schuld sei. Dann, als ich ein bisschen älter war, sagte sie einmal, es sei wegen meiner Mutter. Er sei so traurig, seit sie nicht mehr da ist. Davor sei er ein sehr fröhlicher Mensch gewesen. Aber daran konnte ich mich nicht mehr erinnern. Ich wollte wissen, warum meine Mutter gestorben war, und sie erklärte mir, dass es ein Badeunfall am Strand in Danzig gewesen war."

„In Danzig?"

„Ja. Da haben sich meine Eltern kennengelernt. Mein Vater ist in den Masuren aufgewachsen und hat in Danzig Forstwirtschaft studiert. Meine Mutter Anna wurde in Deutschland geboren, aber ihre Wurzeln liegen ebenfalls in Polen. Sie war das Kind einer Polin und eines englischen Spions. Ihre Mutter, Irene, meine Großmutter, die mich großgezogen hat, wurde damals im Krieg nach Deutschland geschickt, während ihre Großeltern auf dem Land überlebten.

Meine Eltern haben sich im Wald kennengelernt, in der Nähe von Danzig, als meine Mutter ihre Großeltern dort besuchte. Sie haben beide den Wald geliebt. Das hat mir meine Großmutter einmal erzählt. Ihr gehörte das Forsthaus in Brandenburg, in dem ich aufgewachsen bin. Fast wie eine Fügung für meinen Vater, der Forstwirtschaft studierte. Natürlich beschlossen meine Mutter und er dorthin zu ziehen. Als ich ein Jahr alt war, besuchten wir die Heimat meines Vaters und meine Urgroßeltern, und da ist es dann passiert. Der Unfall."

„Der Unfall ...", wiederholte Janus nachdenklich.

„Offiziell war es ein Unfall, aber ich habe an einem Abend ein Gespräch zwischen meiner Oma und meinem Vater belauscht. Erst wusste ich nicht, ob es mein Vater war, weil ich ihn doch nie sprechen hörte. Mir war nicht klar, was mich mehr schockierte: dass mein Vater seine Stimme erhob oder dass meine Großmutter und er sich stritten. Ich stand wie erstarrt im eiskalten Flur und die Worte trafen mich wie Eisklumpen."

Ich atmete noch einmal tief durch, strich mir eine Haarsträhne aus dem Gesicht und sah Janus an. „Es ist ... schwer ... jemanden mit all dem zu belasten."

„Du belastest mich nicht. Das weißt du", antwortete Janus und reichte mir eine Flasche Wasser, die auf dem Boden neben dem Sofa stand. Ich trank ein wenig, spürte, wie die Flüssigkeit wohltuend den Rachen hinunterlief, und fühlte mich sofort ein bisschen besser.

„Mein Vater sagte, er wisse, dass meine Oma ihm die Schuld am Tod meiner Mutter gab. Und er sagte, dass sie recht habe. Meine Oma stritt das ab. Und meinen Vater machte das wütend. ‚Ich habe sie umgebracht', hat er gesagt. Er packte meine Oma an den Armen und schüttelte sie. Ich wollte schreien, aber kein Ton kam aus meiner Kehle. Ich war wie erstarrt. Aber ich erinnere mich bis heute an jedes einzelne Wort, das er damals gesagt hat: ‚*Ich* habe sie umgebracht. Es ist *meine* Schuld. Ich kann damit nicht länger leben. Ich sehe, wie Neve größer wird. Jeden Tag erinnert sie mich mehr an Anna, verstehst du? Anna, die *ich* auf dem Gewissen habe. Ich habe Angst vor Neve. Ich habe Angst, dass ich ihr auch etwas antue!'

Es war für kurze Zeit still. Dann sagte meine Oma: ‚Du weißt nicht, was du redest, Ferdynant. Du musst zu einem Arzt.'

Ich bin in mein Bett geflüchtet und habe geweint. Von dem Tag an hatte ich furchtbare Angst vor meinem Vater, aber ich habe mich auch nicht getraut, meiner Oma zu sagen, was ich mit angehört hatte."

„Ich glaube, er hätte dir nichts getan."

Ich zuckte mit den Schultern. „Vielleicht. Ein paar Wochen später ist er dann verschwunden."

„Und du hast später nie mit deiner Oma darüber geredet?"

„Ich habe es weggeschoben. Es ging ganz gut, bis auf die Träume. Immer wieder kam mein Vater in ihnen nachts zu mir und stand an meinem Bett, und ich bin hochgeschreckt und aus dem Zimmer geflüchtet, zu meiner Oma ins Bett. Sie glaubte, ich hätte schlecht geträumt. Und das stimmte ja auch."

„Aber warum hast du ihr nie gesagt, was der Grund für deine Träume war?"

„Ich war schuld am Verschwinden meines Vaters. Wie sollte ich ihr erklären, dass ich das wusste? Sie hat meinem Vater nicht geglaubt und sie hätte auch mir nicht geglaubt. Und ich wollte nicht, dass sie mich zum Arzt schickt, wie meinen Vater."

„Verstehe."

Wir blickten eine Weile schweigend in die Flammen, die immer kleiner wurden. Ich fühlte mich wie ausgewrungen von meiner Beichte und gleichzeitig so, als hätte mir jemand eine jahrelange Last von meinen Schultern genommen.

„Hast du später versucht, von deiner Oma mehr über deinen Vater und deine Mutter zu erfahren?"

„Ja, das habe ich. Ungeschickt, wie Kinder es eben tun. Sie antwortete jedes Mal, dass ich ein Wunschkind war und meine Eltern ein glückliches Liebespaar, bis das Unglück geschah. Meine Mutter sei jetzt im Himmel, es ginge ihr dort gut, und man müsse den Dingen ihren Lauf lassen. Und auch mein Vater habe den einzig richtigen Weg für sich gefunden. Sie wären im Himmel wieder vereint und bestimmt glücklich und würden auf mich herabschauen und mich beschützen. Meine Oma war sehr fromm. Sie ging jeden Sonntag in die Kirche. Sie erklärte mir, dass man das Leben nehmen sollte, wie es ist, und erinnerte mich daran, dass wir uns hatten. Und darauf kam es schließlich an.

Wir unternahmen viel zusammen, Ausflüge, Wanderungen. Aber wir hatten ein unausgesprochenes Abkommen – Wir gingen nie an einen See schwimmen."

„Glaubst du, dass dein Vater gestorben ist?"

Ich sah Janus an. Die Frage irritierte mich.

„Ja. Ich denke, er hat sich das Leben genommen. Es gab ja sonst niemanden, zu dem er hingekonnt hätte. Seine Eltern lebten nicht mehr. Wir bekamen nie Besuch. Ich glaube, er war ein ziemlicher Einzelgänger."

Janus stand plötzlich auf. „Auch wenn das jetzt alles noch mehr aufwühlt. Aber … Ich glaube nicht, dass er sich das Leben genommen hat." Janus lief unruhig im Raum hin und her und fuhr sich durchs Haar.

Ich starrte ihn an. „Wie meinst du das?"

„Ich habe so einen Verdacht … Es gibt da eine Geschichte, die seltsam zu deiner Geschichte passt. Aber … wie soll ich es sagen? Wenn sich meine Vermutung als falsch herausstellt, dann … du sollst keine falschen Hoffnungen haben."

„Was für einen Verdacht?" Ich stand auch auf und begriff überhaupt nichts.

Janus blieb vor mir stehen.

„Hör zu, Neve. Ein Freund von mir an der magischen Akademie in Danzig kennt einen Einsiedler in den Masuren, der … dein Vater sein könnte."

„Mein Vater?" Das klang absurd und völlig unrealistisch. Ich schüttelte verneinend den Kopf. „Mein Vater ist nicht nach Polen zurückgekehrt. Das ist ausgeschlossen. Davon hätten wir erfahren. Dann hätte er sich irgendwann wieder gemeldet. Ein Brief. Irgendwas. Verwandte oder Bekannte hätten von ihm gewusst. Nein, das kann nicht sein."

„Du verstehst nicht, Neve. Hör mir zu. Setz dich."

Janus nahm mich an den Armen, drückte mich wieder auf das Sofa und hockte sich vor mich.

„Dieser Freund, Finn heißt er, hat sich um den Mann in den Masuren gekümmert. Ein Gelöschter mit dem Element Erde."

„Ein Gelöschter? Was hatte er getan? Jemanden umge…" Ich verstummte. Wollte Janus mir etwa sagen, dass mein Vater magisch begabt war und wegen Mord … Aber das war doch …

„Nein, nein, nicht wegen Mord. Er hat um die Löschung gebeten und man hat sie ihm gewährt."

„Er hat sich freiwillig löschen lassen? Aber warum denn das?"

„Weil er vergessen wollte. Er wollte seine Geschichte vergessen, sein Leben, alles und ohne Erinnerungen in Frieden leben. Im Wald, in den Masuren, dort, wo er sich zu Hause fühlte."

Ich sah Janus verständnislos an. Das klang traurig, aber dieser Mensch konnte jeder sein.

„Mein Vater war nicht magisch“, behauptete ich.

„Woher willst du das wissen?“

„Es hat nie ein Anzeichen dafür gegeben.“

„Wie solltest du Anzeichen mit acht Jahren bemerken? Woher hast du deine Begabung? Welche Linie in deiner Familie ist das?“

„Ich dachte immer, es wäre die Linie meiner Mutter, vielleicht auch sie selbst.“

„Und deine Großmutter?“

„Ich glaube, sie war einfach nur fromm und hatte keine Ahnung. Da bin ich mir sogar ziemlich sicher.“

„Wir könnten mit Finn reden, ihn nach dem Mann fragen, um Näheres zu erfahren. Würdest du das wollen?“

„Aber dafür ist alles zu unbestimmt, klingt eher nach einer fixen Idee.“

„Nein, das glaube ich nicht. Finn hatte mir damals erzählt, dass dieser Mann glaubte, seine Frau auf dem Gewissen zu haben. Der Durchgang zum Element Erde befindet sich in einem weitläufigen Dünengebiet mit spektakulären Wanderdünen bei Łeba, gut hundert Kilometer von Danzig entfernt.“

„So weit weg von der Großstadt?“

„Die Durchgänge liegen nicht immer direkt in der Stadt. Sie sind oft viel älter und befinden sich dort, wo es die ersten Siedlungen gegeben hat.“

„Ja, ich weiß. Aber ich wusste nicht, dass es in Danzig so ist … Wir hatten Urlaub gemacht damals in Łeba.“

Janus machte ein nachdenkliches Gesicht. Das verstärkte natürlich den Verdacht, den er hatte.

Er fuhr fort: „Seine Frau wusste nichts von seiner Begabung, aber sie ist ihm einmal unbemerkt gefolgt. Die Dünen stehen unter Naturschutz. Man kann nicht einfach darin herumlaufen. Für Touristen gibt es vorgegebene Wege. Ansonsten sind sie abgesperrt. Aber er hat die Absperrungen ignoriert. Sie ist seinen Spuren im Sand gefolgt und hat beobachtet, wie er sich in einer Dünensenke, nicht einsehbar, von gedrungenen Nadelbäumen umgeben und weit genug entfernt von den Touristenpfaden, mit einer Frau traf und dann mit ihr in einer Art Höhle verschwand. Sie hat einige Zeit gewartet und als die beiden nicht wieder auftauchten, ist sie ihnen in die Höhle gefolgt und darin umgekommen. In einem Durchgang zur magischen Welt. Das ganze ist vor etwa zwanzig Jahren passiert."

Ich schluckte. Solche tragischen Geschichten hatte es gegeben. Deswegen war es oberstes Gebot, niemandem von den Durchgängen zu erzählen, weil die Durchgänge für nicht magisch Begabte lebensgefährlich waren. Aber hatte dieses Drama tatsächlich mit mir zu tun? Es kam mir so fremd, unwirklich und weit entfernt von mir vor. Und doch, wir hatten dort vor über zwanzig Jahren unseren Sommerurlaub verbracht. So viel wusste ich.

„Aber …" Ich wollte irgendetwas einwenden, ohne zu wissen, was.

Doch Janus sprach in meinen unentschlossenen Satz hinein. „Dieser Mann hatte eine Tochter. Damals, zur Zeit seiner Löschung war sie acht Jahre alt. Er hat Finn einen Brief gegeben, den sie erhalten sollte, wenn sie erwachsen ist. Finn hat mir erzählt, dass er das Mädchen später nie gefunden hat. Mehr weiß ich darüber leider nicht."

Ich lehnte mich zurück, weil mich ein seltsames Unwohlsein befiel. Das waren eindeutig zu viele Parallelen. Ich hatte das Gefühl, die Welt kippte weg, wechselte ihr Hintergrundbild, tauschte es einfach aus. Ich schloss die Augen und spürte Janus' Hände auf meinen.

„Alles in Ordnung, Neve?", hörte ich ihn. Seine Stimme schien sich zu entfernen. Aber das wollte ich nicht. Ich wollte nie wieder, dass sich Janus irgendwie entfernte. Ich setzte mich auf, beugte mich vor, öffnete die Augen, ignorierte den Schwindel, der mich irgendwo anders hinbringen wollte, legte meine Arme um Janus' Hals, sah in seine schimmernden Augen und … jetzt hätte ein Kuss folgen müssen, aber ich senkte den Blick.

„Ich … Ich mag Küssen nicht …", polterte es aus mir heraus und ich nahm meine Arme von Janus' Schultern.

Er zog die Augenbrauen zusammen und sah mich verwundert an.

„Es tut mir leid", piepste ich. Mir war elend zumute. Es gab einfach viel zu viele Gründe, warum ich für die Liebe nicht geeignet war.

Aber Janus nahm mich behutsam in den Arm und flüsterte: „Ich … hab dich sehr gern."

„Ich dich auch", flüsterte ich kaum hörbar zurück.

Kapitel 44

Die Wintersonne blinzelte durch die hellen Vorhänge.

Mein Kopf berührte Janus' Schulter. Ich spürte seine Wärme und lauschte seinem ruhigen Atem, lag an seine linke Seite geschmiegt und hörte sein Herz schlagen.

Bis tief in die Nacht hinein hatten wir über unsere geplante Fahrt nach Danzig gesprochen. Viel zu lange hatte ich so getan, als gäbe es keine Vergangenheit in meinem Leben, und jetzt konnte ich keine Stunde länger warten, die Sache mit meinem Vater zu enträtseln. Wir wollten uns gleich heute auf den Weg machen.

Wie selbstverständlich waren wir zum Schlafen nach oben gegangen. Als Janus mit Shirt und Shorts bekleidet aus dem Badezimmer kam, lag ich bereits in seinem großen Sweatshirt, das er mir zum Schlafen gegeben hatte, unter der Decke.

Er legte sich neben mich. Ich drehte mich zu ihm und berührte mit der Hand vorsichtig seinen Bauch.

„Du bist so warm", flüsterte ich.

„Ich bin ja auch Feuer", scherzte er.

Ich rückte ein wenig näher und er legte seinen Arm unter meinen Kopf. Eng aneinandergeschmiegt waren wir eingeschlafen.

„Guten Morgen, mein Engel" hörte ich eine verschlafene Stimme neben mir und wandte den Kopf in ihre Richtung.

„Veralberst du mich?"

„Keineswegs. Mich würde nur interessieren, ob du gut geschlafen hast."

„Ich hatte ganz vergessen, wie schön es ist, neben jemandem aufzuwachen", antwortete ich verträumt.

Janus drehte sich so zu mir, dass seine Augen dicht vor meinen waren, und lächelte mich an. Ich sog seinen einmaligen Duft ein. Er strich mir eine Haarsträhne aus dem Gesicht. Mein Herz begann zu klopfen. Ich wollte am liebsten … Ich wollte … Was wollte ich? Über ihn herfallen? Ihn kü… Sofort stieg Panik in mir auf. Dabei konnte ich sicher sein, dass Janus niemals so etwas tun würde, was der Junge in der Schule getan hatte.

Janus entfernte sich wieder und setzte sich auf. Er sah auf mich herab und sagte: „Dann mal raus aus den Federn. Ich kann es gar nicht erwarten, dir meine Heimat zu zeigen!"

Ich war irgendwie enttäuscht und gleichzeitig beruhigt. Janus bedrängte mich nicht. Dafür hätte ich schon wieder über ihn herfallen können. Nein, hätte ich nicht. Doch! Ach … aber wir hatten ja Zeit.

Das Reisen in der magischen Welt war mit dem Reisen in der realen Welt in keinem Punkt vergleichbar. Zeit und Raum wurden ausgehebelt und so gelangte man spielendleicht in Nullkommanichts ans andere Ende der Welt. Man brauchte dafür keine komplizierten Fahrzeuge, es kostete nichts und man musste sich keine großen Sorgen um wichtige Dinge machen, die man eventuell zu Hause vergessen hatte. Ein kleiner Ausflug zurück und man packte sie einfach noch ein.

Allerdings barg es auch Gefahren. Grundkenntnisse in Botanik waren unabdingbar. Bestimmte Pflanzen fungierten nämlich als Durchgangsportale zu den anderen Blasen. Man musste wissen, wo man sie im magischen Wald fand und durfte sie nicht mit anderen Pflanzen verwechseln. Sonst passierte es, dass man irgendwohin gelangte, wo man überhaupt nicht hinwollte. Pflanzenkunde gehörte an der Akademie deshalb zu den wichtigsten Fächern. Je besser man darin aufpasste, desto sicherer konnte man sich durch die magischen Blasen der Welt bewegen. Ich hatte dieses Fach zum Glück geliebt, weil ich die Natur liebe.

Janus und ich machten uns auf den Weg in die magische Welt. Um den Verschiebungen aus dem Weg zu gehen, verabredeten wir uns am Ätherdurchgang und hofften, dass zwischen den Durchgängen keine größeren Verschiebungs-Fallen lauerten. Sie lagen immerhin sehr dicht beieinander. Es war weniger weit, als bis zu meinem Turmhaus oder zur Akademie. An mein magisches Buch mit der Pflanzenenzyklopädie kam ich so allerdings nicht mehr heran. Eigentlich war es Pflicht, es beim Reisen bei sich zu tragen, aber Janus kannte das Pflanzenportal nach Danzig und war sich sicher, das Kraut mit keinem anderen zu verwechseln.

Ich verstaute meine Wintersachen in dem hohlen Baumstumpf beim Ätherdurchgang, setzte mich darauf und wartete, während ich die Sonne genoss. Janus würde um einiges länger brauchen, weil er nicht gleich losfliegen konnte wie ich und sein Durchgang sich auch nicht in der Mitte der Stadt befand, sondern am südlichsten Zipfel.

Lilonda schwebte an der Klippe auf und ab und sah mal wieder so aus wie ich. *Neve, du bist ganz anders. Das spüre ich. Was ist passiert?*

„Lilonda“, antwortete ich und freute mich über dieses Elementarwesen, das mit seiner Neugier viel „menschlicher“ wirkte, als die anderen. „Imitier nicht immer mein Aussehen. Das ist einfallslos. Denk dir was Eigenes aus!“, rief ich ihr fröhlich zu.

Mir gefällt aber, wie du aussiehst. Und besonders heute. Du lachst wie eine kleine Sonne.

„Das ist … weil ich verliebt bin!“, antwortete ich spontan. Es machte mich glücklich, es irgendjemandem zu erzählen und ich erfreute mich an Lilondas Gesicht, das sich verzerrte, zu einer Wolke verschmolz und dann auf einmal nur noch aus zwei großen Augen in einem Wattebausch bestand.

„Lilonda. Wo ist dein Mund? Hast du ihn weggestaunt?“

Sofort war auch wieder ein Mund da, wie ein großes O.

Verliebt, verliebt. Ich will auch verliebt sein. Wie ist das – verliebt sein?

„Na, siehst du doch. Als wenn man eine kleine Sonne ist.“

Lilonda formte sich zu einer Sonne mit vielen dicken Strahlen und nahm sogar eine orange Farbe an.

So?

„Ja, genau so!“ Ich lachte.

Sie tanzte eine Weile als zweite kleine Sonne im Himmel auf und ab und dann entfernte sie sich. *Okay, ich muss los. Die anderen rufen mich!*

Ich schaute ihr versonnen nach. Es war, wie jedes Mal, völlig unwirklich, in Berlin in den grauen, kalten Himmel hinaufzusteigen und nach einer Weile in dieser friedlichen Sommerlandschaft zu landen. Die Vögel zwitscherten ganze Melodien und die fallenden Blüten klingelten dazu.

Ein unerhörter Geruch nach Abfall und Verbranntem stieg mir in die Nase und überdeckte den einmaligen Duft des magischen Waldes. Ich wandte mich um.

Hinter mir stand Janus und sagte: „Schau nicht so. Ich weiß, ich stinke. Ich habe es nicht so komfortabel wie du mit einem kleinen erfrischenden Flug durch die Wolken.“

Ich kicherte, sprang auf und umarmte ihn, als hätten wir uns ewig nicht gesehen. Dabei waren höchstens ein bis zwei Stunden vergangen. Ich könnte ihn doch jetzt küssen, dachte ich, wenigstens auf die Wange. Aber die dumme Sperre in mir klebte wie ein Pflaster auf meinem Mund.

„Keine Probleme im Wald?“, fragte ich ihn stattdessen und sah in Janus’ Augen, dass auch er mich am liebsten geküsst hätte. Er senkte die Lider und beantwortete meine Frage.

„Nein, keine. Es war gut, die Wege zwischen den Durchgängen zu nutzen. Ich habe Ranja am Feuerdurchgang getroffen. Sie meinte, diese Wege seien bis jetzt verschont geblieben. Ansonsten sieht es jedoch ernst aus. Alle, die sich in der magischen Welt aufhalten, dürfen sie nicht mehr verlassen und der Rat hat beschlossen, magisch Begabte in der Realwelt zu informieren, dass sie die magische Welt bis auf Weiteres nicht besuchen sollten.“

„Oh. Das klingt nicht gut.“

„Nein, das tut es nicht.“

„Wir sollten …“

„… trotzdem nach Danzig reisen. Und ansonsten weder die Akademie noch dein Haus aufsuchen.“

„Meinst du, dass es das Reisen nicht betrifft?“

„Ranja war froh, mich zu treffen. Ich habe es ihr erzählt … Ich musste ja erklären …“ Janus verstummte.

„Es ist in Ordnung, dass du Ranja alles erzählt hast“, beruhigte ich ihn.

„Sie meinte, es beeinflusst das Reisen insofern, dass man die Pflanzenportale nicht findet, aber da Danzig in der Nähe ist und Minnerennienkraut deshalb an vielen Plätzen wächst, sieht sie keine Gefahr. Nur die Wege ins Tal sind inzwischen so unsicher, dass sich immer mehr Leute tagelang und bis zur Erschöpfung verlaufen. Deshalb diese Maßnahmen.“

„Meinst du, die magische Welt ist in Gefahr?“

„Die ganze? Das glaube ich nicht. Es betrifft bisher nur die magische Blase in Berlin, und es gibt ja bereits einige Zusammenhänge mit dem Haus am Wetterplatz. Trotzdem fand Ranja es gut, dass wir nach Danzig reisen. Sollte sich die Sache ausbreiten, sind die Nachbarblasen als Nächstes betroffen. Wir könnten uns gleich mal umhören.“

„Treffen sich die Räte im Umkreis nicht?“

„Doch, natürlich, ein Treffen ist in einer Woche geplant.“ Janus nahm meine Hand. „Aber lass uns jetzt aufbrechen. Wir bleiben auf den Wegen der Durchgänge. Der Luftdurchgang liegt ganz in der Nähe. Auf der Lichtung gibt es ausreichend Minnerennienkraut.“

Einige Minuten später hörten wir das Singen der Sylphen im kleinen Wirbelsturm, der sich auf der Lichtung in den Himmel drehte. Er ließ die herabfallenden Blüten wieder aufsteigen und blies sie herum, sodass die ganze Lichtung wie ein glitzerndes Schneetreiben bei sommerlichen Temperaturen aussah.

Janus zeigte mir das Kraut.

„Stimmt, das habe ich schon oft gesehen. Aber dass es nach Danzig führt, das hätte ich nicht aus dem Kopf gewusst."

„Obwohl dort deine Wurzeln sind?"

„Wahrscheinlich genau deswegen."

Die dunkelblauen Blätter waren rund wie Centstücke und die Blüten sahen aus wie Tausendschönchen. In der Mitte waren sie jedoch grün, während die vielen strichförmigen Blütenblätter grün und rot leuchteten. Janus pflückte eine Handvoll Blüten und schüttete mir davon die Hälfte in die Hand.

„Bist du sicher, dass es wirklich das Richtige ist?"

„Natürlich nicht", scherzte er. „In Wirklichkeit will ich dich nach Honolulu entführen."

Ich schmunzelte. „Du meinst, ich habe keine andere Möglichkeit, als dir blind zu vertrauen."

„Genau das meine ich."

Janus nahm wieder meine Hand. Dann steckten wir jeder unsere Blüten in den Mund und kauten sie gründlich. Sie schmeckten irgendwie nach …

„Gummibärchen", riefen wir zugleich und mussten lachen.

Der Wald, die Lichtung und der Sylphenwirbel verschwanden aus meiner Wahrnehmung. Vor mir begann sich ein Tunnel aufzutun, der gänzlich aus Minnerennienkraut bestand, die Decke, die Wände, der Boden – alles blaue Blätter und rotgrüne Blüten wie Tapeten. Wir liefen los. Der Boden unter mir fühlte sich an wie ein ebenes Laufband in einem großen Flughafen. Eine Weile liefen wir darauf, vielleicht zwei oder drei Minuten. Die Blümchen schmeckten nicht nur nach Gummibärchen, sie rochen auch danach.

Dann begann sich der Tunnel zu weiten. Sonnenlicht strahlte herein. Die Blumentapete ringsherum löste sich auf, ich hörte ein Rauschen. Das war Meeresrauschen, und schon gingen wir auf feinem, hellgelbem Sand, der glitzerte, als wäre er mit unzähligen winzigen Edelsteinen durchsetzt, während sich vor uns die tiefgrüne See erstreckte. Eine frische Brise wehte mir ins Gesicht und ich sog sie in vollen Zügen ein.

„Wie schön. Das magische Meer des Nordens!“, rief ich aus und hielt der Brise meine ausgebreiteten Arme entgegen.

„Des Nordens?“

„Na, es gibt doch auch noch eins im Süden.“

Janus lachte. „Neve, es gibt nur *ein* magisches Meer.“

„Tatsächlich? Dann liegen alle magischen Blasen, ob in Japan, Italien oder Polen, am selben Meer? Das war mir bisher noch gar nicht klar.“

„Du hast wohl kein bisschen aufgepasst in magischer Geographie“, scherzte er.

„Wieso sollte ich? Ich lass mich lieber überraschen!“

„Gute Ausrede, wenn man in Wirklichkeit ein Reisemuffel ist.“

Janus schien ziemliches Vergnügen daran zu haben, mich aufzuziehen. Ich bückte mich und warf eine Handvoll Sand nach ihm. Er landete genau im Ausschnitt seines Shirts.

„Das hättest du lieber nicht tun sollen!“

Janus stürzte auf mich zu. Ich lief weg, aber natürlich hatte er mich in nur wenigen Schritten eingeholt und warf mich in den Sand, hielt mich an beiden Handgelenken fest, eine seiner Locken kitzelte mich im Gesicht. Er grinste mich siegesgewiss an. Hatte er etwa vergessen, dass er es mit einem Engel, nein, einer Ätherbegabten zu tun hatte? Ich verwandelte mich in Luft und befreite mich mühelos aus meiner Gefangenschaft. Er drehte sich um und schaute in den Himmel.

„Feigling“, murrte er.

Ich betrachtete Janus einige Augenblicke, wie er unter mir im Sand lag. Er sah toll aus. Ich konnte gar nicht glauben, dass er mir gehörte! Dann stürzte ich mich auf ihn, bedeckte seinen Körper mit meinem und nahm wieder Gestalt an. Meine Hände verschränkten sich in seine und unsere Nasenspitzen berührten sich fast. Janus hob ein wenig den Kopf und wollte mich küssen. Im letzten Moment drehte ich jedoch den Kopf weg.

„Es tut mir leid“, sagte ich, ließ Janus los und stand wieder auf.

„Schon okay“, sagte er, aber sein Tonfall klang ein wenig enttäuscht.

„Ich … Es ist …“ Ich musste ihm sagen, warum ich nicht konnte. Ich musste ihm das auch noch erzählen. Aber … Die Geschichte war einfach so peinlich.

„Nun, vielleicht sind wir doch einfach nur Freunde?“, überlegte er.

Wie konnte er nur so etwas sagen? Meinte er das etwa ernst? Wahrscheinlich war es die einzige Interpretation, die jemandem einfallen konnte, wenn das Gegenüber einen nicht küssen wollte. Nein, aber wir waren deshalb nicht „nur Freunde"!

„Ich …", fing ich wieder an und hasste diese Sätze, die nicht über ein Ich hinauskommen wollten.

„Komm", sagte er, als hätten wir über das Wetter gesprochen. „Wir haben heute noch eine Menge vor."

Oh Mann, ich war so was von unfähig!

Wir liefen am Strand entlang. Hier konzentrierten sich die Sylphen nicht in einem einzigen Windwirbel, sondern wehten in mehreren kleinen Sandkreiseln die Küste entlang. Ihr Lachen ersetzte das Kreischen von Möwen an einem herkömmlichen Strand. Von Weitem sah es so aus, als würden hier und da gewöhnliche Badegäste aus den Fluten steigen. Nur wenn man näher kam, erkannte man, dass es sich um vollständig bekleidete Leute handelte, die aus dem Wasserdurchgang kamen. Kurz bevor wir die ersten Strandhäuser erreichten, tat sich eine riesige Düne hinter dem Strand auf, in der sich ein geräumiger Höhleneingang verbarg – der Durchgang für Erde. Dahinter flimmerte und glühte der Himmel rot und unterbrach den Wald, der hinter den Dünen begann.

„Ist dort der Feuerdurchgang?", fragte ich Janus und zeigte in die Richtung.

Er nickte.

„Und wo befindet sich der Durchgang für Äther?"

„Siehst du das Blinken am Horizont?"

Erst sah ich nichts als tiefblauen Himmel, doch dann fiel mir ein stetiges Blitzen auf, das über das Firmament zuckte.

„Das kommt vom Leuchtturm, der auf der Landzunge hinter der magischen Akademie steht. Dort ist der Durchgang für Äther."

„Wow, ein Leuchtturm, ich wollte schon immer mal auf einen Leuchtturm steigen."

Wir liefen an den kleinen Häuschen vorbei. Sie bestanden aus Holz, Weide oder Bambus, hatten verschiedene Farben und Größen und sahen aus wie bunte Bauklötze, die jemand auf den Strand gekippt hatte. Die Akademie war auf Holzpfählen errichtet worden, die ungefähr zwei Meter aus der Brandung ragten. Ein Steg führte von der Promenade aus über den Strand zum Haupteingang und einmal um das Gebäude herum. Hinter der Akademie reichte er vielleicht noch hundert Meter hinaus auf das Meer zu einer Anlegestelle für Schiffe. Es war ein dreistöckiges Gebäude mit einem runden Dach, komplett mit Bambus verkleidet und bodentiefen Fenstern.

Genau wie im magischen Wald lag auch hier eine leise Melodie in der Luft. Aber sie klang mehr nach Panflöte als nach Klavier. Und sie stammte nicht von kleinen Blüten, die durch die Luft wirbelten, sondern von kleinen weißen Muscheln, die das Meer beständig an den Strand spülte. Sobald sie trocken waren, begannen sie sich in kleine Rauchgebilde aufzulösen und stiegen in den Himmel. Dadurch war die Luft voller hübscher Rauchkringel.

„Wo hast du gewohnt, als du hier studiert hast?“

„In der Akademie selbst.“

„In der Akademie?“

„Ja, in meinem Jahr war kein Haus mehr frei, deshalb habe ich eins der Gästezimmer unter dem Dach bekommen.“

„Du hattest keinen Engel, der in der Anfangszeit für dich da war?“

„Doch, schon. Aber ich hatte ihn nicht für mich allein.“

Wir betraten den Steg, der zur Akademie führte. Essensgerüche lagen in der Luft.

„Mhh, es duftet nach Kaiserschmarren, oder so was.“

„Stimmt, das ist ein gutes Zeichen. Dann muss Finn da sein. Er ist nämlich der Meisterkoch in unserer Küche.“

„In Danzig gibt es Wiener Spezialitäten?“

„Ja, Finn stammt eigentlich aus Wien.“

„Aus Wien? Warum ist er dann hier?“

„Die Liebe … Sie entscheidet oft, wohin man gehört.“

Bei Janus’ Worten tauchte sofort seine Remise mit dem Antiquariat vor meinem inneren Auge auf.

Keine zehn Minuten später saßen wir vor einer dampfenden Portion Kaiserschmarren mit Puderzucker und Rosinen und einer Kelle Zwetschgenmus. Das Akademie-Café befand sich hier nicht im Keller, sondern nahm die gesamte dritte Etage ein. Es war mit grob gezimmerten Möbeln aus rötlichem Holz ausgestattet und durch die vielen großen Fenster blickte man auf das Meer. Der Küchenbereich erstreckte sich hinter einer gläsernen Wand. Man konnte sehen, wie Finn darin mit großen Töpfen hantierte.

Ein Stück von uns entfernt saßen zwei Studenten. Ich tippte auf die Elemente Erde und Wasser und dass sie neu hier waren, denn der eine hatte gleich mehrere Teller mit großen Bergen von Essen vor sich zu stehen, während der andere sich über einen stattlichen gebratenen Fisch hermachte. Ansonsten war das Café leer. Die anderen Studierenden besuchten sicherlich ihre Seminare.

Ich führte die erste Gabel zum Mund, schmeckte das köstliche Gericht und wollte im Leben nie wieder ohne leckeres Essen sein. ‚*Und ohne Janus*', fügte eine dünne Stimme in meinem Innern hinzu. Ich musste ihn küssen, musste ihm beweisen, dass wir nicht nur Freunde waren. Sobald sich eine gute Gelegenheit dazu ergab. Ja, das würde ich tun, tröstete ich mich.

Finn kam mit einem Krug Wasser, in dem so eine Art grüne Algen schwammen, an unseren Tisch, zog sich einen Stuhl heran und setzte sich. Er war ein mittelgroßer, drahtiger Typ mit hellgrünen Augen. Ich schätzte ihn auf Mitte dreißig. Seine weißblonden Haare bildeten einen schönen Kontrast zu seiner sonnengebräunten Haut. Wahrscheinlich bekamen hier am Meer alle diese vorteilhafte Farbe.

„Möchtet ihr einen Schluck Meerwasser?", fragte er und Janus hielt sofort sein Glas hin.

„Meerwasser?", wunderte ich mich.

„Keine Sorge, das magische Meer ist nicht salzig, sondern süß. Und die Algen kannst du mittrinken. Sie sind vergleichbar mit dem Fruchtfleisch von Apfelsinen."

Ich hielt ihm auch mein Glas hin und Finn schenkte uns ein.

„Apfelsinenfruchtfleisch, das nach Meeresfrüchten schmeckt?"

Finn lachte. „Nein, es schmeckt nicht nach Meeresfrüchten. Schon deshalb, weil das Wasser nicht salzig ist, sondern recht süß. Wir gewinnen sogar unseren Zucker daraus, hinten bei den Zuckerfeldern am Leuchtturm. Probier es einfach mal."

Ich trank einen Schluck und drehte mich unwillkürlich nach dem Studenten um, der seinen riesigen Fisch verschlang. Finn schien meinen Gedankengängen zu folgen.

„Der Fisch aus dem Meer schmeckt wie gebackener Fisch beim Chinesen. So einfach ist das. Ich sag dir, mit diesem Wasser kann man köstlich kochen wie sonst nirgends auf der Welt."

Finn hatte recht. Das Wasser schmeckte frisch und süßlich, ein wenig nach Honigmelone, und die Algen quietschten beim Kauen wie Halloumi-Käse. Sie besaßen einen süßsauren Geschmack wie gezuckerte Zitrone.

„Okay, ich habe alles für die große Mittagspause vorbereitet und jetzt ein bisschen Zeit für euch. Schießt los, was führt euch zu mir?"

Janus erinnerte Finn an die Geschichte von dem gelöschten Mann, der allein in einer Holzhütte in den Masuren lebte.

„Besuchst du ihn noch?"

„Oh ja, ich unternehme regelmäßig am Wochenende eine Wanderung zu ihm und bringe ihm gekochtes Essen in Frischhaltedosen für die folgende Woche."

„Wie heißt dieser Mann?"

„Jerzy", antwortete Finn.

Jerzy. Er hieß also Jerzy. Ich wusste nicht, was ich zuerst empfand: Erleichterung oder Enttäuschung?

„Jerzy?", fragte Janus ungläubig.

„Jerzy, ja. Was ist mit ihm?"

„Hieß er schon immer Jerzy?"

„Wie, ach so, nein. Du meinst … Also, vor der Löschung hatte er einen anderen Vornamen, aber es war sein Wunsch, dass er geändert wurde."

„Wie hieß er vor der Löschung?", hakte Janus nach.

Ich sah Finn an, dass er nicht verstand, worauf Janus hinauswollte.

Aber dann sagte er uns seinen echten Namen: „Ferdynant. Vor der Löschung hieß er Ferdynant."

„Ferdynant Mazur", flüsterte ich und bekam eine Gänsehaut am ganzen Körper.

„Ja." Finn sah mich irritiert an.

„Dann ist er … mein Vater."

Ein schwammiges Gefühl breitete sich in mir aus, als ich das aussprach. Ich hielt mich an der Tischkante fest. Janus legte sofort eine Hand auf meine und seine andere Hand auf meine Schulter.

„Alles in Ordnung?"

„Es geht schon." Ich fixierte ein verbliebenes Algenblatt in meinem leeren Glas und versuchte mich zu beruhigen. Mein Vater lebte. All die Jahre hatte er gelebt! Er war magisch begabt. Er war ein Gelöschter. Er … warum hatte ich so etwas nicht auch nur ein winziges bisschen geahnt?

„Dein Vater?", fragte Finn ungläubig und musterte mich.

„Dann bist du … aber seine Tochter hieß Nadja …" Jetzt schüttelte er langsam den Kopf, als würde ich mir irgendetwas einbilden.

„Nadja, ja … Irgendwann ist Neve draus geworden. Es ist nur ein Spitzname“, sagte ich tonlos. Ich blieb dabei, auf die Alge im Glas zu starren. Ich hatte das Gefühl, würde ich den Blick von ihr lösen, würde alles um mich herum in sich zusammenfallen.

Sekunden später blickte ich dennoch auf, und nichts fiel in sich zusammen. Der Raum um mich blieb, wie er war. Nur die beiden Studenten waren gegangen. Janus und Finn wechselten ernste Blicke.

„Wo gibt es hier eine Toilette“, fragte ich und erhob mich.

„Eine Treppe tiefer, gleich links.“

„Danke.“

„Soll ich dich begleiten?“, fragte Janus besorgt.

„Nein, schon gut. Ich muss nur …“

Kurz mal allein sein, wollte ich hinzufügen, aber ich sah Janus an, dass er mich auch so verstand.

Als ich an unseren Platz zurückkehrte, erkannte ich an Finns Gesichtsausdruck, dass Janus ihm inzwischen alles erzählt hatte und hatte einen Entschluss gefasst.

„Wäre es möglich, dass du mich zu ihm bringst?“, fragte ich Finn.

Finn sah mich nachdenklich an.

„Möglich schon. Heute Nachmittag wollte ich zu ihm, um ihm Essen zu bringen, das er sich einfrieren kann. Aber …“

„Er wird mit deinen Erinnerungen an ihn nichts mehr gemeinsam haben“, sagte Janus.

„Das weiß ich.“

Finn band seine Küchenschürze ab. „Und er wird dir gegenübertreten, als wärest du eine Fremde.“

„Ich weiß. Aber – ich muss ihn sehen.“

Finn seufzte.

„Nun gut. Vielleicht könntet ihr vorgehen zu meinem Haus und auf mich warten, bis ich hier mit allem fertig bin und dann machen wir uns zusammen auf den Weg. Janus, du weißt doch noch, wo ich wohne?“

„Natürlich“, antwortete er und erhob sich.

Ich erhob mich ebenfalls und sah Finn an: „Danke.“

„Du musst mir nicht danken. Ich bin Janus dankbar, dass er dich gefunden hat. So kann ich mein Versprechen einlösen, und dir den Brief geben. Weißt du, deinem Vater war es sehr wichtig, dass du ihn bekommst, sobald du achtzehn bist. Aber als ich in deinem Dorf ankam, warst du bereits drei Jahre t…“

Tot, hatte er sagen wollen, aber dann sagte er: „… fort."

„Warum bist du nie in die magische Blase von Berlin …?"

Finn hob entschuldigend die Arme.

„Weil ich niemals auf die Idee gekommen wäre, dich dort zu finden. Dein Vater war davon überzeugt, dass du keine magischen Talente geerbt hast."

„Aber … warum?"

„Ich denke, er hat in dir immer nur deine Mutter gesehen."

Das versetzte mich in einen eigentümlichen Schmerzzustand. Natürlich, das passte. So hatte mein Vater sich verhalten. Er hatte mich nie richtig wahrgenommen. Für einen Moment kamen mir Zweifel. Wollte ich ihn wirklich wiedersehen? Diesen fremden Mann? Nach so vielen Jahren? Würde das nicht viel zu sehr wehtun? Besonders, weil er sich doch an nichts mehr erinnern konnte? Janus sah mir an, was hinter meiner Stirn vor sich ging, während wir uns auf den Weg zu Finns Haus machten.

„Ich glaube, dass es gut ist, ihn zu treffen, damit du Frieden schließen kannst mit deiner Vergangenheit. Nur dafür."

„Ich weiß", seufzte ich.

Janus nahm mich in den Arm und drückte mich an sich. Sofort hatte ich das Gefühl, dass mir nichts etwas anhaben konnte, kein böser Zauber, kein Drache und auch nicht die Vergangenheit.

Kapitel 45

Wir warteten auf einer grob gezimmerten Bank aus angetriebenen Baumstämmen, die das Meer glatt poliert hatte. Finn schloss die niedrige Tür seines mit Bambus verkleideten Häuschens ab und kam auf uns zu. In der Hand hielt er einen leicht vergilbten Umschlag und reichte ihn mir.

Ich nahm den Brief und betrachtete ihn. *Für meine Tochter* stand darauf. Es war eindeutig die Handschrift meines Vaters. Ich drehte ihn um und fuhr mit dem Finger über die Linien, an denen er zugeklebt war. Das kleine Stück Papier wog schwer in meiner Hand.

„Sollen wir dich einen Moment allein lassen?", fragte Janus.

„Oh, nein. Nein", antwortete ich und erhob mich. „Ich lese ihn später."

Janus und Finn sagten nichts, sondern schauten mich nur an, während ich den Brief einsteckte.

„Wollen wir los?“ Ich versuchte, möglichst gelassen zu klingen.

Janus stand ebenfalls auf und wir setzten uns in Bewegung. Mich beunruhigte diese Botschaft aus der Vergangenheit zutiefst. Sie kam mir vor wie eine Bombe mit einem Zeitzünder, der ablief, sobald ich sie las. Ein Brief von jemandem, der nicht mehr lebte und der noch lebte.

Ich wollte am liebsten SOFORT wissen, was darin stand und gleichzeitig wollte ich es NIE wissen. Vielleicht enthielt er wichtige Antworten, aber ich hatte Angst davor, dass sie wehtun könnten.

Ich fürchtete, dass sein Inhalt mich völlig aus dem Gleichgewicht brachte und ich dann nicht mehr fähig wäre, meinen Vater zu besuchen. Ich wollte zuerst diesen fremden Mann sehen, der mein Vater war. Und dann wollte ich allein sein mit dem Brief.

Es war seltsam, sich von Janus und Finn am Strand zu trennen, damit jeder seinen Durchgang benutzen konnte, um in die reale Stadt zu gelangen. Janus beschrieb mir, wo wir uns treffen würden.

„Du wirst über der Altstadt von Danzig ankommen. Fliege in Richtung Motława, die vom Hafen direkt in die Stadt fließt. An ihrem Ufer gegenüber der Speicherinsel wird dir das mittelalterliche Krantor auffallen. Ein riesiges Gebäude aus dunklem Holz. Es ist überhaupt nicht zu übersehen. Dort treffen wir uns.“

Finn gab uns beiden die Hand.

„Okay, bis später. Seht euch die Stadt ein wenig an. Der Durchgang Erde liegt ein Stück von Danzig entfernt. Ich werde erst mittags da sein, aber ich habe in Łeba ein Auto stehen.“

Dann machte er sich auf den Weg zu seinem Durchgang Richtung Dünenhöhle. Janus klopfte mir auf die Schulter. Warum umarmte er mich nicht?

„Bist du okay?“

„Ja, ich freue mich auf den Leuchtturm.“

Ich lächelte ihn an, obwohl es mir gerade lieber gewesen wäre, wir könnten den gleichen Durchgang passieren.

Janus folgte Finn, während ich mich in die entgegengesetzte Richtung auf den Weg machte.

Ich zog meine Schuhe aus und lief mit nackten Füßen durch den Sand. Kleine Wellen schwappten an den Strand, das Wasser war warm wie in der Karibik. Hin und wieder blitzten die Flossen von springenden Fischen auf. Ich sah ein paar weiße Schatten dicht unter der Wasseroberfläche gleiten. Undinen.

Die Atmosphäre in dieser magischen Blase war ganz anders, bestimmt von Wind und einem Empfinden von großer Freiheit und Weite, während mich der magische Wald in Berlin eher in eine geheimnisvolle Stimmung versetzte.

Lachen und polnische Wortfetzen einer Gruppe von Studenten drangen herüber, die sich am Strand tummelten und Jagd auf die Rauchkringel in der Luft machten. Würde mein Vater mich tatsächlich nicht mehr erkennen? Würde die Erinnerung in seinem leergefegten Kopf keinen Funken mehr schlagen? Es war sehr schwer, sich das vorzustellen. Ich schob den Gedanken beiseite und blickte zu dem Leuchtturm hinauf, der jetzt direkt vor mir aufragte, umgeben von großen, weißen Trocknungsfeldern, auf denen der Zucker in der Sonne blitzte wie Diamantenstaub. Ich stieg eine kleine Treppe zu einem offenen, runden Eingang hinauf.

Das Innere des Leuchtturms beherbergte eine lange Wendeltreppe, die an den Innenwänden entlanglief. Ich begann hinaufzusteigen und trat einige Minuten später hinaus auf die Plattform, während die Stufen noch bis in die Spitze des Turms weiterführten, wo es bestimmt so jemanden wie Pio gab, der dort schaltete und waltete und das magische Meer überwachte.

Ich blickte auf das tiefblaue Wasser hinab, wie es gegen den Felsen brandete, auf dem der Leuchtturm stand. Genau vor mir schien es in einem kreisrunden Durchmesser von etwa zwanzig Metern nach allen Seiten wegzuweichen und in seiner Tiefe nicht den Grund des Meeres, sondern den Himmel von Danzig freizugeben. Gerade begann es in der Stadt zu dämmern und der Himmel hob sich in einem zartblauen Fliederton von dem dunklen Meer ab, das ihn umgab.

Ich holte einen dicken Pullover, eine wattierte Weste, dicke Strumpfhosen und feste Schuhe aus meinem Rucksack, zog alles über und setzte mir eine Wollmütze auf. Dann ging ich zur Absprungstelle, dort, wo ein Stück in der Brüstung fehlte, breitete die Arme aus und ließ mich fallen. Der Wind fing mich auf und trug mich in den Himmel von Danzig.

Unter mir erwachten die wunderschönen Häuser der alten Hansestadt. Lichter gingen in den Fenstern an. Absätze klapperten über das Kopfsteinpflaster. Die Einheimischen begannen ihren

Alltag, während die Touristen noch fest in ihren Hotelbetten schliefen. Dunkel und mächtig erhob sich das Krantor vor mir. Hier hatte man bereits vor hunderten von Jahren Waren auf große Schiffe geladen. Ich dachte an Ranja, die im Mittelalter geboren worden war. Alles kam mir unwirklich vor, als würden die Dinge letztendlich immer nur in unseren Köpfen stattfinden.

Ich setzte mich auf ein Geländer an der Motława und bestaunte das riesige alte Schiff, das gerade am Kai festmachte. Janus hatte nicht übertrieben, es stand dem großen Segelschiff aus „Fluch der Karibik" in nichts nach. An diesem Ort voller Geschichte hob sich die reale Welt von einer magischen Blase gar nicht so signifikant ab. Danzig war zugleich eine moderne Stadt und eine Zeitreise ins Mittelalter, und sie schien einem Märchen entsprungen zu sein. All diese Eindrücke lenkten mich auf beruhigende Weise von meinem Vorhaben ab.

Bald tauchte Janus in einem Schlauchboot neben dem alten Segler auf, machte es an der Kaimauer fest und kletterte hinaus. Ich sprang auf ihn zu, blieb aber kurz vor ihm stehen, ohne ihn zu berühren.

„Wie gefällt es dir hier? Kannst du dich an irgendwas erinnern?", fragte er mich.

„Erinnern? Das letzte Mal, als ich hier war, war ich ein Jahr alt." Ich lächelte. „Aber, es ist eine wunderschöne Stadt."

„Sie war nach dem Krieg zu neunzig Prozent zerstört. Sie wurde originalgetreu wieder aufgebaut."

„Kaum vorzustellen, dass das alles mal kaputt war."

„Komm, lass uns ein bisschen spazieren gehen. Ich zeige dir alles. Du musst das bis in den Himmel aufgetürmte Softeis probieren. Und den Räucherkäse mit Preiselbeeren, den es an jeder Ecke gibt."

Einige Stunden später erreichten wir mit Finns Auto die polnischen Masuren. Erst hatten wir die quirlige, aber dennoch gemütliche Stadt hinter uns gelassen, dann die Autobahn, dann die Landstraße, und nun fuhren wir auf einem unebenen Forstweg durch den Wald.

Kurze Zeit später mündete er in einen schmalen Waldweg. Finn hielt an, schaltete den Motor ab und wir stiegen aus. Die kalte Wintersonne blinzelte durch die kahlen Bäume. Finn ging den überwachsenen Weg voran, ich und Janus folgten ihm. Was erwartete mich? Ich spürte, wie leise Angst in mir aufstieg, und stolperte über eine Wurzel. Janus hielt mich am Ellenbogen fest und verhinderte, dass ich hinfiel.

„In zehn Minuten sind wir da“, erklärte Finn und knickte ein paar kahle Äste ab, die uns den Weg versperrten. Ich zog meine Weste enger um mich, vergrub meine kalten Hände tief in den Taschen und beobachtete, wie mein Atem in der Luft kondensierte.

Warum hat mein Vater sich in eine derart einsame Wildnis zurückgezogen? Warum hat er das alles nur getan? Ich befühlte den Brief in der Innentasche meiner Weste. Alles, was gerade passierte, hatte ich Janus zu verdanken. Für einen Moment wünschte ich mir, wir wären uns nie … Nein, das wünschte ich mir nicht. Ich war jetzt hier und ich würde es durchstehen.

Erst schien das Dickicht um uns immer dichter zu werden. Wir liefen durch eine Schonung, die Stille wurde hin und wieder durch den Schrei eines Tieres zerrissen. Dann kamen wir plötzlich auf eine Lichtung. An ihrem Ende befand sich ein kleines Haus aus groben Blockbohlen, dunkel mit Wetterschutzfarbe gestrichen. Aus dem Schornstein stieg dicker Rauch in den Himmel. Ein Mann stand einige Meter daneben und hackte Holz.

Mein Vater. Das war er. Ich erkannte ihn von Weitem an seinen Bewegungen. Die Holzscheite, die er bereits neben sich aufgestapelt hatte, würden für die nächsten dreißig Jahre reichen.

Jetzt trennten uns nur noch ein paar Meter. Unwillkürlich verlangsamten sich meine Schritte.

Er sah auf, blickte zuerst Finn an, der ihn bereits erreicht hatte, und dann mich und Janus.

„Jerzy, Dzień dobry“, begrüßte Finn ihn auf Polnisch. „Das sind Freunde von mir, aus Deutschland. Ich zeige ihnen ein bisschen die Gegend“, fuhr er auf Deutsch fort.

Mein Vater musterte uns. Sein vom Wetter zerfurchtes Gesicht wirkte offen und freundlich. Ich begegnete seinen Augen, und sofort erkannte ich darin unser ganzes früheres Leben, unseren Wald, unser Forsthaus, die langen Abende am Kamin, an denen meine Oma strickte, ich ein Buch las und mein Vater schwieg und in die Flammen starrte. Ich glaubte, den Geruch von Apfelmost in der Nase zu haben und spürte, wie mir eine Träne über die Wange lief.

„Oh ja, in den Masuren kann es eisig werden im Winter. Bis einem die Augen tränen.“ Mein Vater lachte.

Hastig wischte ich die Träne fort.

Er streckte mir die Hand entgegen. „Hallo. Sag einfach Jerzy zu mir."

„Hallo. Neve", flüsterte ich und senkte meinen Blick.

„Wie?"

„Neve", wiederholte ich lauter.

„Neve …" Er machte eine kleine Pause und ich spürte, wie ich vor Aufregung zu zittern begann. Das war ein sehr seltener Spitzname.

Doch dann sagte er: „Neve … Das klingt fast wie Niebo. Sprichst du Polnisch?"

Ich schüttelte den Kopf.

„Niebo heißt Himmel."

„Eigentlich heiße ich Nadja", fügte ich hinzu.

„Nadja … schöner Name. Kannst du Holz hacken, Nadja? Dann bist du bei mir richtig." Er lachte breit und ich musste weitere Tränen zurückhalten. Vor mir stand mein Vater und ich sah ihn zum ersten Mal in meinem Leben lachen.

Jetzt wandte er sich an Janus. Er stellte sich ebenfalls vor und sie gaben sich die Hände.

Mein Vater drehte sich wieder zu Finn. „Und? Was hast du mir Feines mitgebracht?"

„Piroggen natürlich und Bortschsuppe, so wie du es dir gewünscht hast."

„Mein Sohn ist nämlich ein Meisterkoch, müsst ihr wissen. Wart ihr schon in seinem Restaurant in Danzig?"

Sein Sohn … Finn war nicht sein Sohn. *Ich* war seine Tochter. Etwas in mir wollte es laut rufen, aber natürlich würde er mich nur ansehen, als wäre mit meinem Verstand etwas nicht in Ordnung.

Die Wahrheit gab es nicht mehr. Die Realität war eine andere geworden. Ich war nicht seine Tochter, sondern Finn war sein Sohn. Finn war seine neue Geschichte.

„Wir sind heute erst in Danzig angekommen", sagte Janus.

„Und da fahrt ihr als Erstes raus zu einem alten Mann in den Wald?" Mein Vater lächelte offen. „Ich fühle mich geehrt. Aber nun kommt erst mal rein. Ich mache euch einen Tee. Besonders die kleine Dame scheint ja schon völlig durchgefroren zu sein."

Er berührte mich freundlich an der Schulter und wieder lief eine Träne über meine Wange. Ich konnte mich nicht erinnern, wann mein Vater mich als Kind je berührt hatte. Es war immer nur in meinen angstvollen Träumen geschehen, nie in Wirklichkeit.

Die nächste Stunde zog an mir vorüber wie eine Tagtraumfantasie. Alles war unwirklich, weit weg, ungreifbar.

Von innen wirkte das Häuschen aufgeräumt. Er hatte es hell und freundlich mit selbst gezimmerten Möbeln eingerichtet. Eine Wand bestand komplett aus Büchern. Mein Vater schenkte uns aus einem Samowar in feine, bunte Gläser ein. Er war sehr redselig, humorvoll und aufmerksam. Er lachte viel, erzählte von den Tieren und Pflanzen im Wald, die er beobachtete und machte sich über seine Einsamkeit in der Natur lustig, die jedoch mit der Einsamkeit, die einen in einer Stadt befallen konnte, nicht zu vergleichen war.

Ich fühlte mich wie in einem Paralleluniversum, in dem es eine glückliche Version meines Vaters gab, unberührt von einem Leben, das in einem anderen Universum stattgefunden hatte.

Unauffällig betrachtete ich die Fotos, die auf einer Anrichte standen. Sie zeigten ihn und Finn bei Wanderungen durch den Wald. Finn verbrachte offenbar viel Zeit mit meinem Vater, und ich fragte mich, was wohl seine Geschichte war. Wahrscheinlich hatte er keinen eigenen Vater mehr.

Zum Abschied schenkte mein Vater uns selbstgemachten Honig und Marmelade aus Blaubeeren.

„Die Blaubeeren in diesem Wald müsstet ihr sehen. So groß wie ein Daumen."

Als er das sagte, wurde ich wehmütig, weil ich an die apfelgroßen Blaubeeren im magischen Wald dachte, eine Welt, die er für immer vergessen hatte.

Er klopfte Janus auf die Schulter. Mir wollte er die Hand geben, aber ohne Nachzudenken umarmte ich ihn einfach.

Für einen Moment war er verblüfft, aber dann lachte er. „Meine Güte. Das hat mich jetzt aber aus dem Konzept gebracht. Wie lange ist es her, dass mich eine junge Maid in den Arm genommen hat?! Du musst gut achtgeben auf sie, Janus."

Janus lächelte.

Wir liefen über die Lichtung zurück in den Wald. Ich drehte mich noch einmal um, doch mein Vater blickte uns nicht nach. Er konzentrierte sich wieder ganz auf das Holzhacken.

Kapitel 46

Janus' ehemaliges Zimmer unter dem Dach war klein, aber sehr gemütlich. Es war mit Holz getäfelt, besaß in die Wände eingebaute Schränke und eine große Matratze unter den niedrigen Fensterchen.

Hier lag ich nun seit einer Weile mit dem Brief in der Hand und sah auf das Meer. Janus hatte mich allein gelassen.

„Ich bin unten im Café. Ich habe einen ziemlichen Hunger", hatte er gesagt und dann war er gegangen.

Eigentlich hätte ich auch längst Hunger haben müssen, aber mein Magen meldete sich nicht.

Ich setzte mich auf, öffnete den Briefumschlag vorsichtig und zog einen zweimal gefalteten Briefbogen hervor.

Neve, meine liebe Tochter,

wenn du diesen Brief liest, werde ich schon viele Jahre nicht mehr Teil deines Lebens sein. Ich werde keine verstorbene Frau mehr haben, die ich geliebt habe und deren Tod in meiner Verantwortung liegt. Ich werde alle schönen Dinge vergessen haben, aber auch die unerträglichen. So unerträglich, dass ich nicht mit ihnen weiterleben kann. Ist so etwas zu verstehen? Ist es zu verzeihen? Ich hoffe es sehr.

Ich kann nicht einschätzen, wie groß der Schmerz für dich sein wird, wenn ich verschwunden bin. Wir hatten ja kaum etwas miteinander zu tun. Das Einzige, was ich getan habe, ist, dir aus dem Weg zu gehen und dich anzuschweigen. Das Schlimmste, was man seinem Kind antun kann, oder?

Ich hoffe, Großmutter hat diese Wunde, die ich dir in die Seele gerissen habe, versorgen können. Es tut mir leid, so unendlich leid, aber ich konnte nicht anders. Ich konnte die Last meines Lebens nicht weiter tragen.

Ich glaube, dass jede Mutter und jeder Vater eine bestimmte Botschaft mit sich trägt, die sie oder er seinem Kind mit auf den Lebensweg geben möchte. Ich bin Förster, verbunden mit der Natur und sicher kein guter Briefschreiber. Deswegen schreibe ich meine Botschaft einfach direkt heraus:

Habe vor dem Menschen, den du liebst, der dein engster Begleiter durch das Leben sein soll, nie Geheimnisse. Man muss zu demjenigen, den man am meisten liebt, immer ehrlich sein. Immer *und in* allem.

Wenn du das beherzigst, wirst du ein glückliches Leben führen.

Deine Mutter und ich, wir haben uns geliebt, und dich haben wir uns sehr gewünscht. Du sollst wissen, dass so alles anfing und dass du damit durch ein goldenes Tor in das Leben getreten bist, egal, welche dunklen Wolken sich danach über alles gelegt haben.

Der Mann, der dir diesen Brief übergibt, ist ein guter Freund von mir. Er weiß mehr über mich als deine Mutter. Darin liegt der fatale Fehler, der sie das Leben gekostet hat. Du kannst ihn fragen, alles, was du ihn fragen möchtest, alles, was in einem Brief wie diesem niemals Platz finden kann, und er wird dir ehrlich antworten. Das verspreche ich dir. Erinnere dich an dieses Versprechen, falls dir seine Erzählungen seltsam vorkommen sollten. Vertraue ihm und darauf, dass die Welt größer ist, als sie aussieht. Weißt du, wie dein Spitzname entstanden ist? Wir lagen am Ostseestrand und du hast auf den Himmel gezeigt, immer wieder mit deinem winzigen Zeigefinger.

‚Niebo', habe ich dir erklärt und du hast versucht, es nachzusprechen ‚Neve, Neve' hast du ein paar Mal wiederholt und dann abwechselnd auf den Himmel und auf dich selbst gezeigt. Es war dein allererstes Wort.

Ich liebe dich, auch wenn ich es nie zeigen konnte. Ich werde dich immer lieben.

Dein Vater

Das Meer vor dem Fenster verschwamm. Vor ein paar Stunden hatte ich mit meinem Vater noch gelacht und jetzt rannen mir die Tränen über das Gesicht. Wie sollte ich seine zwei Existenzen zusammenkriegen? Wie sollte ich daraus ein funktionierendes Bild in meinem Inneren formen, das sich abspeichern ließ?

Mein Vater lebte und war glücklich. Er strahlte Lebensfreude aus. Ich konnte ihn jederzeit wieder besuchen, wenn ich wollte. Gleichzeitig existierte der Vater, den ich gehabt hatte, schon lange nicht mehr.

Trotzdem erhielt ich eine Botschaft von ihm, las ich einen Brief, in dem er mir schrieb, dass er mich liebte. Nicht nur meine Mutter, sondern auch mich. Es war schmerzlich zu lesen, wie er mir alles zu erklären versuchte, obwohl er mir doch nichts erklären konnte. Wie er mir ans Herz legte, meinem Liebsten in allem die Wahrheit zu sagen, und wie er einen Weg zu finden versucht hat, damit auch ich die Wahrheit erfuhr. Die Wahrheit über die magische Welt, an die ich vielleicht nicht glauben würde. Und an die meine Mutter vielleicht auch nicht geglaubt hätte, wäre er ehrlich zu ihr gewesen.

Warum war er davon ausgegangen, dass ich keine magischen Fähigkeiten geerbt hätte? Ich konnte es mir nur damit erklären, dass es kurz nach meiner Geburt keinerlei Zeichen dafür gegeben hatte, wie beispielsweise den silbernen Rand um die Pupillen des Neugeborenen, der nach ein bis zwei Tagen wieder verschwand. Manchmal war auch die Iris wie ausgefranst an den Rändern und besaß dort kleine Lichtpunkte oder man konnte in den Pupillen ein tiefblaues Licht erkennen. Wenn sich von alldem nichts zeigte, war das Kind zu achtundneunzig Prozent nicht magisch begabt.

Achtundneunzig Prozent. Das hieß, dass zwei Prozent übrig blieben und die mussten die einzige Erklärung sein. Das passte zu meiner Geschichte. Bei mir hatten sich die Symptome nicht über einen längeren Zeitraum entwickelt, bei mir war alles ziemlich abrupt gegangen, aus einem Trauma heraus, weil meine Oma überraschend gestorben war.

Die Tür zum Zimmer öffnete sich leise, und Janus schaute herein. Ich wischte mir die Tränen von den Wangen.

„Darf ich?“, fragte er vorsichtig.

Ich nickte. Er kam zu mir und setzte sich. Wir schauten beide aus dem Fenster.

„Er ist glücklich jetzt“, sagte ich.

„Das glaube ich auch.“

„Und … Er hat mich geliebt.“

„Das hat er.“

„Und … Ich mag Küssen nicht, weil ich mit fünfzehn dachte, endlich würde mich der Junge küssen, den ich seit der ersten Klasse liebte. Ich schloss die Augen, und weißt du, was er tat? Er hielt mir zwei aufeinandergelegte, schleimige Nacktschnecken hin und da drückte ich meine Lippen rauf.“

„Was?“ Janus sah mich fassungslos an.

„Das war der ekligste Moment meines Lebens.“

„Was für eine Widerlichkeit!“ Janus regte sich richtig auf.

„Na ja, ich hab es überlebt.“

„Aber trotzdem, so was ist einfach …“

„Jetzt gibt es nichts mehr, was du nicht über mich weißt“, unterbrach ich ihn.

Janus beendete seinen Satz nicht. Er rückte näher zu mir und nahm mich in seine Arme. Ich schloss die Augen und atmete seinen wundervollen Duft ein.

Wir sanken auf die Matratze. Ich spürte, dass Janus sich nicht recht traute, mich zu berühren. Was war ich nur für ein komplizierter Eisengel. Das wollte ich einfach nicht mehr sein. Ich schob meine Hände unter sein Shirt und strich ihm über seine Brust, seine Schultern und seinen Rücken. Seine Haut fühlte sich samtig und glatt an.

„Neve, du musst nichts, wenn du nicht …“

„Ich will aber“, unterbrach ich ihn, nahm seine Hand und führte sie unter mein Shirt. Janus streichelte mich sanft und löste ein wundervoll wohliges Kribbeln an meinem ganzen Körper aus. So etwas hatte ich noch nie empfunden. Es war himmlisch. Er sollte nie wieder damit aufhören.

„Fühlt sich alles warm und echt an“, flüsterte er, stützte sich mit der anderen Hand auf und sah mich an.

Ich beobachtete seine Lippen und strengte mich an, nicht plötzlich Nacktschnecken zu sehen. Es war so ein fieser Fluch. Ich drückte Janus auf den Rücken, beugte mich über ihn und zog ihm sein Shirt aus.

„Neve …“, sprach er verwundert.

„Du musst aufhören, in mir einen Engel zu sehen“, antwortete ich und bewunderte seinen nackten Oberkörper. Er sah umwerfend aus. Und dann bedeckte ich seine Brust mit lauter kleinen Küssen.

Wir verbrachten die halbe Nacht damit, unsere Körper zu erkunden, ehrfürchtig und zärtlich. Oh je, ich war schon zweiundzwanzig und immer noch Jungfrau. Obwohl, weil ich die letzten sieben Jahre nur halb am Leben gewesen war, konnte man die Hälfte der Jahre doch abziehen, oder?! Also war ich eigentlich erst achtzehn. In dieser Nacht war ich mir jedenfalls sicher, dass ich Janus irgendwann küssen würde, und dann ...

Alles, was früher geschehen war, trat in den Hintergrund, und das tat wohlig gut. Es gab nur noch Janus und mich und den magisch glitzernden Sternenhimmel über uns, und irgendwann schliefen wir eng aneinandergeschmiegt ein.

Kapitel 47

Erst verlief alles normal. Wir kauten unsere Minnerennienblüten, die in dem polnischen Waldgürtel hinter den Dünen genauso üppig wuchsen wie in Berlin, und begannen einige Minuten später Hand in Hand durch den Minnerennien-Tunnel zu laufen, während die magische Blase von Danzig hinter uns verschwamm und kurz darauf vollständig verschwand.

Doch dann geschah etwas Unerwartetes. Ich spürte ein immer stärker werdendes Beben.

„Was ist das?"

Janus blieb ruhig. „Bestimmt sind wir gleich da."

Aber dem war nicht so. Während uns der Tunnel zwang, unsere Schritte zu beschleunigen, als stünden wir auf einem Laufband, das auf einmal schneller lief, begannen sich die Blütenwände links und rechts in Falten zu legen, als wären sie aus Stoff.

„Irgendwas ist nicht in Ordnung", sagte ich, sah Janus ängstlich an und griff nach seinem Arm.

Wir konnten nicht zurück, wir konnten nur weiterrennen. Wir waren der Situation völlig ausgeliefert. Gewaltsam wurde ich von Janus weggerissen und vorwärts katapultiert, als hätte mich eine Orkanböe ergriffen. Ich schrie verzweifelt und landete hart auf dem Boden.

Etwas stieß schmerzhaft gegen meinen Rücken. Es war Janus' Kopf. Er tastete nach mir und dann umschlang er mich mit seinen Armen. Wir lagen beide auf dem Rücken. Um uns herum rauschte es, als befänden wir uns unter einem tosenden Wasserfall, die Blütenwände waren zerrissen, begannen wegzublättern wie alte Farbe und wichen einer gleißenden Helligkeit. Ich hielt schützend den Arm vor die Augen. Eins war klar: Wir befanden uns nicht im magischen Wald. Janus zog mich hoch.

„Komm, wir müssen hier weg."

Aber wohin? Mir tat von dem Sturz alles weh. Langsam gewöhnten sich meine Augen an das grelle Licht. Zuerst sah ich nichts als Sand. Wir liefen ein paar Schritte und blieben abrupt stehen. Vor uns ragte eine glitzernde Skyline auf.

„Das war Minnerennienkraut, ganz sicher. Wir können uns nicht verreist haben!“, fluchte Janus.

Ich dachte ebenfalls, dass wir aus Versehen in der magischen Blase irgendeiner modernen Wüstenstadt gelandet wären. Doch als mir Dubai durch den Kopf schoss, wusste ich, was los war.

„Nein, wir haben uns nicht verreist. Wir sind an dem Ort, den Grete im Durchgang gesehen hat. Und Sulannia auch. Das muss bei uns sein, ganz in der Nähe.“

Der heiße Wüstensand, in dem wir standen, war schneeweiß, während sich vor uns zylinderförmige, sandfarbene Wolkenkratzer mit riesigen verspiegelten Glasfenstern in den Himmel erhoben.

„Der Sand brennt durch meine Schuhe“, sagte Janus. „Wir müssen in den Schatten.“

Auch ich spürte die Hitze, die durch meine Stiefel drang. Also rannten wir auf das erste Haus zu und erreichten eine Promenade. Im Schatten einer der Palmen, die die Allee säumten, wurde die Hitze etwas erträglicher.

Was uns umgab, erinnerte mich an einen sauberen 3D-Entwurf eines Architekten, der eine futuristische Stadt mitten ins Nichts hineingeplant hatte. Alles sah perfekt aus. Die Häuser, die Straßen, die ordentlich angelegten Grünflächen voller Kakteen. Doch es fehlte das Leben, keine Autos, keine Spaziergänger, keine Gerüche, kein Müll.

„Hier gibt es bestimmt kein Minnerennienkraut“, fiel mir ein, und die Erkenntnis jagte mir einen Schauer über den Rücken.

„Nein“, bestätigte Janus. „Von hier müssen wir sicher mit etwas anderem …“ Er führte den Satz nicht zu Ende.

„Es war ein Fehler, ohne ein magisches Buch loszureisen“, klagte ich.

„Dann hätten wir gar nicht reisen können“, bemerkte Janus.

„Ich weiß.“ Ich hielt die Hand vor die Augen, weil das Licht unheimlich blendete.

„Eins dieser Gebäude müsste die Akademie sein“, sagte Janus.

„Meinst du? Ich habe das Gefühl, dass es hier überhaupt niemanden gibt.“

„Wahrscheinlich wirkt das nur so. Wegen der Hitze. Da spielt sich das Leben hinter den Fassaden ab.“

„Aber dann würden irgendwo Autos unterwegs sein“, warf ich ein.

„Komm." Janus nahm meine Hand und wir liefen unter den Palmen entlang, in das Häusermeer hinein. Überall bot sich das gleiche Bild einer hochmodernen, aber völlig ausgestorbenen Stadt. Janus steuerte auf das großzügige Eingangsportal eines Wolkenkratzers zu. Ich zögerte. Sollten wir wirklich eins dieser Häuser betreten? Janus bemerkte mein Zögern. „Wir müssen wenigstens mal nachsehen."

Ich hoffte, dass die Türen verschlossen wären und niemand öffnen würde, wenn wir klingelten. Als wir uns einer großen Schiebetür näherten, schob sie sich jedoch selbstständig auf. Janus zog mich hinein.

Wir fanden uns in einem Marmorfoyer wieder. Aus einer Wand plätscherte Wasser in einen Brunnen und mir fiel auf, dass ich großen Durst hatte.

„Meinst du, man kann es trinken?"

„Sieht ganz so aus", antwortete Janus und steuerte auf den Empfangstresen in der Mitte der Halle zu. Dahinter befand sich natürlich niemand. Ich näherte mich dem Brunnen und roch an dem Wasser. Es duftete gut, genauso wie das Quellwasser aus dem Fluss hinter meinem Turmhaus. Ich formte meine Hände zu einer Schale und kostete. Es schmeckte auch so. Janus kam zu mir und trank auch etwas.

„Weißt du, wie es mir vorkommt? Als wäre die Stadt frisch fertiggestellt worden und warte nun auf den Einzug ihrer Bewohner."

Ich nickte. „Vielleicht sollte ich mich verwandeln und mir einen Überblick verschaffen."

Auf Janus' Stirn erschien eine Grübelfalte. Ich spürte, dass er mich nicht allein lassen wollte. „Wir könnten auch schauen, ob die Fahrstühle in Betrieb sind und ins oberste Stockwerk fahren."

„Okay."

Die Fahrstühle funktionierten und führten hinauf zu einer gigantischen und vollständig verglasten Plattform. Von hier zeigte sich, dass die Stadt rund wie eine Insel gebaut war. Drumherum erstreckte sich bis zum Horizont nichts als gleißendweißer Wüstensand.

„Es sieht tatsächlich aus wie eine magische Blase. Eine, die verlassen wurde." Janus lief am Panoramafenster entlang und ich folgte ihm. Genau wie unten sah alles wie aus dem Ei gepellt, aber völlig unbenutzt aus. Verlassene magische Blasen – Ob es so etwas gab? Und warum hatten Sulannia und Grete sie durch die Wasserader hindurch gesehen? Eine Wasserader, die es eigentlich gar nicht geben konnte.

„Oder es ist der liebste Ort von jemandem." In dem Moment, als ich es aussprach, war ich sicher, dass das allein die Lösung sein konnte.

„So ein riesiger Lieblingsort?"

„Warum nicht? Wir sollten die Wasserader suchen. Wenn es sich um den Ort handelt, den auch Grete und Sulannia gesehen haben, können wir sicher sein, dass wir uns in der Nähe der magischen Blase von Berlin befinden."

Janus blickte aus dem Fenster nach unten. „Meinst du nicht, dass man sie dann von hier oben sehen müsste?"

„Schau mal!" Aufgeregt zeigte ich mit dem Finger auf den großen Platz unter uns, der von Hochhäusern umstellt war. „Da läuft jemand."

Janus folgte meinem Blick. Es war ein Typ in einem Anzug, der es sehr eilig zu haben schien. Er hatte schwarze Haare wie ein Asiat, trug eine Aktentasche unter dem Arm und verschwand jetzt unter einer Palme.

„Vielleicht gibt es hier doch Leute. Büros. Nur dieses Haus ist noch nicht bezogen worden."

„Aber dann kann es kein Lieblingsort sein."

Auf einmal huschte ein Schatten über uns hinweg, als hätte sich eine Wolke vor die Sonne gelegt. Aber es handelte sich nicht um eine Wolke. Niemand anders als Ranja war gerade mit fliegenden Röcken am Fenster vorbeigezischt. Gleichzeitig sahen wir, wie jemand von der anderen Seite des Platzes heranpfiff. Jolly! Dann materialisierte sich Kim unten auf dem Platz und duckte sich sofort hinter eine Skulptur. Es sah ganz so aus, als wenn sie den Mann jagten, den wir gerade gesichtet hatten.

Ein neuer Gedanke schoss mir durch den Kopf. Und wenn es dieser Tanaka war?

„Da ist er wieder. Er läuft direkt auf unser Haus zu!", rief Janus. Ich sah den schwarzen Haarschopf unter einer Palme auftauchen. Kim und Ranja berieten sich mit Jolly unten auf dem Platz. Sie hatten ihn offenbar aus den Augen verloren. Jetzt entdeckte ich auch Marco und Sulannia, die auf die anderen Ratsmitglieder zueilten.

„Wir müssen rausfinden, wo er hinwill", sagte Janus, packte mich an der Hand und zog mich zurück zu den Fahrstühlen. Der linke

Fahrstuhl befand sich auf dem Weg nach unten. Der rechte, mit dem wir gekommen waren, wartete nach wie vor auf unserer Etage.

Ich fasste einen Entschluss. „Okay, steig du ein. Ich … fliege."

Janus wollte mir widersprechen, aber schon war ich im Begriff, mich zu verwandeln. Ich warf ihm einen entschlossenen Blick zu, bevor er mein Gesicht nicht mehr sehen konnte, und stob davon, dem Notausgang-Schild folgend zum Treppenhaus und zwischen den Treppengeländern hinab in die Tiefe. So würde ich schneller unten sein als Janus.

Der linke Fahrstuhl fuhr hinab bis in den Keller. Als sich seine Türen in das riesige Kellergewölbe öffneten, war ich bereits vor Ort. Es war tatsächlich Tanaka, der aus dem Fahrstuhl stieg und sich hastig umsah. Er bemerkte, dass sich der zweite Fahrstuhl ebenfalls in Bewegung nach unten befand, und seinem Gesicht war anzusehen, dass ihn das maßlos verwirrte.

Er hielt seine Aktentasche an sich gepresst und eilte in einen Gang hinein, der von dem Gewölbe aus in die Dunkelheit führte. Hier unten konnte man erkennen, dass die Fundamente der Stadt auf massivem Felsgestein ruhten, das sich unter dem Sand verbarg.

Ich folgte Tanaka in den Gang. Er machte sich nicht die Mühe, Licht anzuknipsen, weil seine Augen im Dunkeln leuchteten. Er war also jemand aus der magischen Welt. Wie konnten die Mitglieder des Rates nur seine magischen Begabungen übersehen haben, als sie Nachforschungen über ihn angestellt hatten? Oder war es doch jemand anders?

Der Gang machte einige Biegungen, doch nirgendwo zweigte eine Tür ab. Wo wollte er hin? Ich hoffte inständig, dass Janus den richtigen Weg einschlagen würde, der abschüssig immer weiter in die Tiefe führte. Tanaka verschwand um eine fast rechtwinklige Biegung.

Dahinter öffnete sich der Gang in eine schillernde Grotte. Riesige Kristalle hingen wie Schwerter von der Decke herab und spiegelten sich in dem lagunengrünen See darunter. Tanaka kletterte über einige Findlinge, die das Ufer dieses unterirdischen Gewässers säumten, und stieg in seinem Anzug ins Wasser. Der See musste ein Durchgang sein, und er war drauf und dran, ihn zu nutzen. Verdammt! Ich musste ihn aufhalten. Bloß wie? Hilfesuchend sah ich mich um und lauschte. Aber niemand kam. Der Rat hatte seine Spur verloren und Janus befand sich außer Hörweite.

Ich holte zu Tanaka auf, bis ich mich dicht hinter seinem Rücken befand. Er stand bereits bis zu den Oberschenkeln im Wasser und wollte gerade eintauchen. Was sollte ich tun? Körperlich war ich ihm unterlegen und konnte ihn bestimmt nicht aufhalten.

Aber … die Aktentasche! Sie schien ihm sehr wichtig zu sein! In Bruchteilen einer Sekunde manifestierte ich mich, griff unter seinen Arm, entriss ihm die Tasche und versuchte, mich wieder zu dematerialisieren, um mich mit ihr davonzumachen.

Doch Tanaka war schneller. Er fuhr herum, packte mich an den Haaren und zog mich ins Wasser. Es tat höllisch weh. Ich schrie. Ich schrie aus Leibeskräften, damit Janus mich hören konnte. Dann stolperte ich und bekam keine Luft mehr, weil mich Tanaka unter Wasser drückte. Ich wehrte mich mit Händen und Füßen, aber er zog mich unerbittlich mit sich fort. Mit weit aufgerissenen Augen starrte ich auf die Unterwasserwelt. Der Grund des Sees schimmerte in den gleichen Farben wie die Kristalle, die von der Decke hingen, nur dass er glatt und eben aussah wie in einem Pool. Panik ergriff mich. Ich brauchte Sauerstoff. Ich schlug wie wild um mich.

Auf einmal tauchte eine junge Frau vor mir auf. Das musste meine Mutter sein. Meine Mutter, wie sie in der Ostsee ertrank. Aber nein, sie war doch gar nicht ertrunken. Sie war in einem Durchgang ums Leben gekommen. … Und ich ertrank jetzt an ihrer Stelle, damit die Geschichte wieder stimmte. Damit die Geschichte wieder stimmte? Meine Gedanken verselbstständigten sich und fügten sich zu Blödsinn zusammen. Das war der Sauerstoffmangel. Ich musste atmen. Dringend!

In diesem Moment riss mich etwas von der anderen Seite an den Armen hoch. Tanaka ließ meine Haare los. Der Schmerz auf meinem Kopf war so rasend, dass ich sicher war, skalpiert worden zu sein. Aber ich konnte wieder atmen. Ich fühlte, wie endlich Luft in meine Lungen strömte, und das war wesentlicher als jeder Schmerz. Ich schnappte und schnappte nach Luft, hustete Wasser aus und schnappte wieder nach Luft. Ich wurde vollständig aus dem Wasser gehoben. Alles drehte sich um mich. Jemand klopfte mir auf den Rücken. Und dann hörte ich Kiras Stimme.

„Huste weiter. Huste das Wasser raus.“ Sie klopfte mir erneut auf den Rücken. „Gut so. Gleich ist es geschafft.“

Langsam begann sich meine Atmung wieder zu normalisieren.

Ich glitt zwischen zwei riesigen Steinen am Ufer auf den Boden. Kira hockte sich neben mich.

„Kira … Was machst du hier?“

„Dir das Leben retten“, antwortete sie.

Ich sah, wie Sulannia, Ranja und Marco Haruto Tanaka aus dem Wasser schleiften, der sich kräftig wehrte, aber gegen die drei keine Chance hatte. Sie zerrten ihn neben uns auf die Steine und fesselten ihn mit Feuerringen an Händen und Füßen, die Ranja mit ihrem kleinen Besen erzeugte. Tanaka stieß eine Reihe von Flüchen aus, ehe er endlich realisierte, dass Gegenwehr zwecklos war.

„Ich prüfe nach, ob es sich um einen Durchgang handelt", sagte Sulannia und begab sich wieder in das Wasser.

Kurz nachdem sie unter der Wasseroberfläche verschwunden war, traten Kim und Jolly aus dem Gang in die Grotte. Und dann Janus. Er erblickte mich und rannte auf uns zu.

„Neve! Was ist passiert?"

„Ich hab ihn aufgehalten", flüsterte ich stolz und hustete dabei noch einmal Wasser.

„Neve …", wiederholte Janus entsetzt. „Hat er versucht, dich umzubringen?"

„Ich war rechtzeitig da", beschwichtigte Kira ihn.

Janus nahm meine Hand. „Aber … Du hättest warten müssen. Das war viel zu gefährlich. Du kannst dich nicht einfach in Lebensgefahr …"

„Es war wichtig."

„Ja, aber …"

„Ich dachte, du wärst stolz auf mich", schmollte ich.

Janus seufzte und strich mir über den Handrücken: „Das bin ich. Ich will dich nur auf keinen Fall verlieren."

Kim und Jolly ließen sich von Ranja und Marco berichten, was geschehen war.

„Das war knapp", ergriff Jolly das Wort. „Ohne Neve wären wir zu spät gekommen." Jolly sah zu mir herüber. Anerkennung lag in seinem Gesichtsausdruck. Ich kam mir auf einmal sehr erwachsen vor, stark, lebendig und mutig.

„Dieser Mann heißt Haruto Tanaka. Er hat das Haus am Wetterplatz gekauft", erklärte ich.

Das Wasser in der Grotte geriet in Bewegung. Sulannia tauchte wieder auf und stieg ans Ufer. Ihr Gesichtsausdruck verhieß nichts Gutes.

„Ja, es ist ein Durchgang", berichtete sie. „Er führt allerdings nicht in die magische Welt, sondern direkt in das Haus am Wetterplatz. Das bedeutet, die Wasserader vom Keller zur Quelle, durch die Grete gekommen ist, wurde umgeleitet."

„Er führt in die reale Welt? Das ist unmöglich", antwortete Jolly. Er klang aufgebracht.

„Es sei denn, wir befinden uns nicht an einem Lieblingsort, sondern in einer magischen Blase." Die Worte von Marco hingen bedrohlich im Raum. Alle wussten, was das bedeutete.

An jedem realen Ort konnte es nur eine Blase geben, die ihr Gleichgewicht durch die fünf Elemente erhielt. Wenn der Durchgang eines Elements plötzlich in einen Lieblingsort führte, begann er, sich in eine magische Blase zu verwandeln und nahm der anderen Blase langsam die Energie. Das würde die immer stärker werdenden Verschiebungen erklären. Alarmierend war bereits, dass Reisende nicht mehr in der magischen Blase von Berlin ankamen, sondern in der Wüstenstadt. Die magische Blase von Berlin lief Gefahr sich aufzulösen.

Kapitel 48

„Diesen Durchgang kann es noch nicht lange geben. Noch vor ein paar Tagen führte er in den magischen Wald", sagte Sulannia und klang beherrscht wie immer.

„Ich denke, Sie sind dem Rat eine Erklärung schuldig", richtete Jolly das Wort an Tanaka. Der lag auf dem Boden, starrte an die Decke der Grotte und verzog keine Miene.

„Wie haben Sie diesen Durchgang erschaffen?", versuchte Jolly weiter in ihn zu dringen. Aber Tanakas Lippen bildeten einen strengen Strich. Er würde nichts sagen. Kein Wort.

„Wir haben nur eine Möglichkeit: Ihn löschen und hoffen, dass sein Lieblingsort damit auch verschwindet", sagte Sulannia.

Jetzt zuckte es um Tanakas Mund, aber er schwieg weiterhin.

„Und wenn nicht? Wenn der Lieblingsort schon zu sehr einer Blase gleicht und sich nicht mehr eliminieren lässt?", warf Kim ein.

„Wir wissen alle, was dann geschieht: Die magische Blase von Berlin weicht einer heißen Wüstenstadt, von der wir nicht wissen, wie sie sich entwickelt und ob sie überhaupt stabil sein wird."

Marco griff sich die Aktentasche des Gefangenen und öffnete sie. Tanakas Blick folgte ihm. Marco brachte einige Papiere zum Vorschein. Darunter einen japanischen Pass. Er blätterte darin.

„Haruto Tanaka. Der Name stimmt und der Pass wurde in Tokio ausgestellt."

„Dann ist es sehr wahrscheinlich, dass er in der magischen Blase von Tokio ausgebildet wurde", sagte Ranja.

„Wir sollten zum Rat in Tokio Kontakt aufnehmen", schlug Sulannia vor.

Die Mitglieder des Rates senkten ihre Köpfe und saßen nun schweigend im Kreis, Tanaka gefangen in der Mitte, Janus, Kira und ich ein wenig abseits daneben. Eine seltsame Stille breitete sich in der Grotte aus.

Die Voraussetzung um Ratsmitglied zu werden war das Talent, sich mittels quantenmechanischer Prozesse verständigen zu können. Ohne Zeit und Raum machten Gedanken, Worte und Sätze Sprünge zu ihrem Empfänger und wurden umgehend beantwortet. An Kiras Gesichtsausdruck sah ich, dass sie der Unterredung nach Japan folgen konnte.

„Worüber reden sie?", fragte ich sie leise.

„Es könnte sich um einen Mann handeln, der in Japan schon lange gesucht wird, weil er wertvolle Kristalle aus dem magischen Fluss in Tokio gestohlen hat. Allerdings stimmt der Name nicht."

Plötzlich erhob sich Sulannia und durchsuchte noch einmal die Aktentasche. Tanaka wurde unruhig. Sie brachte ein durchsichtiges Säckchen mit tiefgrünen Kristallen zum Vorschein. Sie schillerten und funkelten so intensiv, dass es ein wenig heller wurde in der Grotte. Tanaka schnellte mit dem Oberkörper nach vorn, aber er fiel sofort wieder zurück.

„Die kommen nur im magischen Fluss von Tokio vor. Das hatten wir gerade in Kristallkunde", raunte Kira mir zu.

„Er muss es sein. Kouki Tato", sagte Ranja und nickte andächtig.

„Wahrscheinlich haben Jerome und der Geheimbund ihn lange geschützt", überlegte Marco.

„Mich würde interessieren warum." Jolly fixierte Tanaka, der in Wirklichkeit Kouki Tato hieß, mit seinem stechenden Blick. Doch Tanaka sah nicht so aus, als würde er irgendwas preisgeben.

„Das viele Geld?", spekulierte Ranja.

„Oder vielmehr seine Fähigkeit, einen magischen Durchgang zu schaffen?", ergänzte Sulannia.

„Es erscheint mir unwahrscheinlich, dass er den Wasserdurchgang erschaffen hat", berichtigte Jolly.

„Klar ist jedenfalls, womit er das Haus am Wetterplatz gekauft hat“, sagte Kim.

„Allerdings dann wohl unter falschem Namen.“ Marco blätterte noch einmal durch den Pass.

„Es ist seltsam, dass wir beim letzten Mal keine magischen Fähigkeiten an ihm feststellen konnten“, bemerkte Sulannia.

Während sie das sagte, fiel mir plötzlich etwas ein. Der Tick! Das Zwinkern! Haruto Tanaka lag da und starrte zu den Kristallen hinauf an die Decke. Nicht ein einziges Mal hatte er bis jetzt gezwinkert. Ich wusste die Antwort und rief:

„Weil er nicht der Mann ist, der das Haus am Wetterplatz gekauft hat!“ Alle Augen des Rates richteten sich fragend auf mich. „Das ist nicht der Mann“, wiederholte ich. „Er sieht ihm ähnlich, ja. Sehr ähnlich sogar. Aber er zwinkert nicht.“

„Erklär das genauer“, sagte Jolly mit gewohnter Schroffheit.

„Der Mann, der das Haus gekauft hat, zwinkert ständig mit den Augen. Er hat einen Tick. Es ist eindeutig.“

Ich sah zu dem am Boden liegenden Gefangenen hinüber. Wie zur Bestätigung schloss er die Augen.

„Bist du dir sicher?“, fragte Jolly und seine schwarzen Augen schienen mich durchbohren zu wollen.

Ich nickte. „Ja.“

„Wahrscheinlich gehört dem zweiten Mann dieser Pass“, sagte Marco.

„Vielleicht sollten wir zuerst mit dem echten Haruto Tanaka reden“, schlug Ranja vor.

„Dafür rennt uns die Zeit davon“, antwortete Jolly. „Wir haben das Einverständnis aus Tokio für die Löschung von Kouki Tato. Und wir wissen, dass es keinen anderen Weg gibt. Jede Minute, die wir verlieren, vergrößert die Gefahr für unsere magische Blase.“

Jolly holte ein Kästchen aus einer kleinen schwarzen Tasche, die er wie einen Gürtel um seine Hüfte trug, und öffnete es. Ich erschauerte, als die Spritze zum Vorschein kam. Er nahm sie heraus, setzte eine kleine Ampulle auf die Kanüle und zog aus einem schwarz schimmernden Fläschchen eine Flüssigkeit auf. Zum ersten Mal würde ich Zeugin einer Löschung werden.

Ich sah, wie ein Beben durch Tanakas Körper ging. Ich zitterte ebenfalls. Janus drückte meine Hand und Kira strich mir über die Schulter.

„Möchten Sie von der Möglichkeit Gebrauch machen, einem nahen Angehörigen eine Botschaft zu hinterlassen?", fragte Ranja.

Der Japaner verzog keine Miene.

Als Jolly sich jedoch mit der Spritze dem Arm von Kouki Tato näherte, drehte der sich überraschend flink weg. Sofort waren alle zur Stelle und hielten ihn fest. Ranja verstärkte die Feuerfesseln.

In das maskenhafte Gesicht von Kouki Tato kam jetzt Leben. Verzweiflung stand in seinen Augen. Seine Lippen zitterten.

„Haruto-san ist wie ein Bruder für mich. Informieren Sie ihn. Er wird sich um mich kümmern."

„Weiß er von der magischen Welt?", fragte Jolly.

Kouki Tato schüttelte nur den Kopf, schloss die Augen und rührte sich nicht mehr. Er ergab sich seinem Schicksal.

Warum hatte er versucht, eine neue magische Blase zu schaffen? Was waren seine Beweggründe? Hatte er den Wasserdurchgang geschaffen oder nicht? Unzählige Fragen kreisten durch meinen Kopf, während Jolly die Spritze ansetzte, mit der Substanz, deren Zusammensetzung nur der Rat kannte. Ich wandte mich ab und spürte, wie Janus erneut meine Hand drückte.

Erst war es still. Dann vernahm ich ein leises Surren, das stetig anschwoll. Vorsichtig blinzelte ich. Kouki Tato lag auf dem felsigen Boden, als wenn er bewusstlos wäre. Wahrscheinlich war er das auch. Das Surren kam jedoch nicht von ihm, sondern es kam von den Wänden.

Alle schauten sich um. Genau wie im Reisetunnel begannen sie sich langsam aufzulösen und zerrissen wie alte Tapeten. Sonnenlicht schimmerte hindurch und rote Äste ragten herein, an denen die Fetzen hängenblieben.

„Es funktioniert. Tatos gigantischer Lieblingsort löst sich auf", hörte ich Ranja.

Kira erhob sich und half mir auf die Beine. Janus nahm mich in den Arm. Als die erste Blüte auf meinem Handgelenk landete, wusste ich, wir würden uns gleich im magischen Wald wiederfinden. Die letzten Fetzen der unterirdischen Grotte flatterten davon wie Papier. Das Wasser der Grotte zog sich zurück in den sandfarbenen Stein, der lautlos in sich zusammenfiel.

Übrig blieb schwarzes Felsgestein, aus dem eine Quelle zu sprudeln begann. Ich erkannte die Quelle auf der Lichtung wieder, an der ich Grete gefunden hatte.

Janus drückte mich fest an sich.

Sulannia bewegte sich auf die Quelle zu. „Ich werde nachsehen, ob der Durchgang auch verschwunden ist."

Tato lag auf dem moosigen Boden der Lichtung und schien nach wie vor nicht bei Bewusstsein zu sein.

Jolly atmete tief aus. „Ich bringe diesen Mann zu Doktor Labot ins Krankenhaus Neukölln."

Die Ratsmitglieder waren einverstanden. Dann wandte er sich an Kira: „Unterrichte bitte Pio, dass er die Gegebenheiten in der magischen Blase prüfen soll, ob sich alles normalisiert oder ob wir weiterhin Probleme haben."

„Das werde ich."

Hinter uns tauchten drei Studenten auf, die einen ziemlich verwirrten Eindruck machten. Das waren doch Kay, Jonas und Marie aus Kiras Ausbildungsjahr. Es stellte sich heraus, dass sie ebenfalls durch eine Reise in die Wüstenstadt gelangt waren und bald hatten entdecken müssen, dass sie keinen Weg zurück finden konnten. Kira erklärte ihnen, was geschehen war. Marie weinte. Sie war nach ihrem Zeitempfinden bereits Tage in der Wüstenstadt gefangen gewesen und alleine umhergeirrt, während sie an der Akademie noch niemand vermisst hatte. Tatos Wunschort hatte also auch die Zeit verzerrt.

„Gibt es Hinweise auf den Aufenthaltsort von Haruto Tanaka? So etwas wie briefliche Mitteilungen an die neuen Mieter, eine Büroadresse oder Ähnliches?", wandte sich Ranja an mich.

„Ja, er hat Drohbriefe an die Bewohner geschickt. Einige davon liegen zerknüllt im Hausflur. Sie müssten einen Absender enthalten."

„Ich werde mich auf die Suche nach dem echten Haruto Tanaka machen."

Kim und Marco beschlossen, sie zu begleiten.

Alle sahen zu, wie Jolly sich in eine Säule aus hellem Qualm verwandelte und Kouki Tato vollständig in sich einhüllte. Die Qualmwolke erhob sich über die Baumwipfel und verschwand.

Ich beobachtete, wie Kira ängstlich mit den Augen zuckte. Wahrscheinlich, weil es sie an die Rauchschatten erinnerte, mit denen ihr der magische Bund um Jerome zugesetzt hatte. Der Rat hatte sich diese lang vergessene Technik zu eigen gemacht, sie aber ein wenig abgewandelt. Der Qualm, mit dem man normale Menschen zwischen den Welten hin- und herbringen konnte, war jetzt weiß und geruchlos und nicht mehr schwarz und furchtbar stinkend.

„Und wir?", fragte Janus.

Zur Antwort meldete sich mein Magen mit einem lauten Grummeln. „Ich habe furchtbaren Hunger“, gestand ich und dachte an die Hefezöpfe von Else.

„Wie wär’s mit dem Akademiecafé?“, schlug Kira vor.

Im Akademie-Café scharrten sich sofort alle Studenten um uns und wollten wissen, was geschehen war. Gebannt lauschten sie unserem Bericht. Else erfüllte mir sogleich meinen Herzenswunsch und buk einen riesigen Hefezopf, den sie mit einem Fass leuchtendgelber Butter servierte.

Ich erfuhr, dass Kira sich genauso verreist hatte wie wir und dadurch in Tatos Wüstenstadt gelangt war. Sie hatte in einem Reiseseminar ihre erste Reise versucht. Es stellte sich als Glück heraus, dass dies Kira geschehen war, weil sie in der Lage war, die Mitglieder des Rates via Quantenkommunikation sofort zu informieren.

Zuerst gaben sie den Bewohnern der magischen Blase die Instruktion, ihre Häuser oder die Akademie nicht zu verlassen und weder in die reale Welt noch in irgendeine andere magische Blase zu reisen. Dann traten sie die gleiche Reise an wie Kira und landeten ebenfalls in Tatos Wunschblase.

„So wären wohl alle nach und nach in die Wüstenstadt gelangt“, überlegte ich.

„Und die, die nicht gereist wären?“, fragte Jonas. „Hätten sie sich retten können, wenn der magische Wald in sich zusammengefallen wäre?“ Am Tisch wurde es still. Alle ahnten die Antwort. Wer sich zu dem Zeitpunkt noch in der magischen Blase von Berlin aufgehalten hätte, für den hätte es wohl keine Rettung gegeben.

„Aber wenn du sagst, es gab nur einen Wasserdurchgang, was wäre dann mit den anderen Elementen passiert? Wären sie nie wieder aus der Wüstenstadt entkommen?“, Maries Stimme zitterte bei dieser Frage.

„Es ist immer noch unklar, wie der Wasserdurchgang überhaupt entstehen konnte. Deshalb kann niemand sagen, ob sich weitere Durchgänge für andere Elemente entwickelt hätten“, antwortete Kira.

„Wie auch immer, es ist noch mal gut gegangen“, schaltete Else sich ein und stellte eine riesige Schüssel rote Grütze mit Vanillesoße auf den Tisch. „Wenn jeder seine Aufgabe ernst nimmt, die ihm das Schicksal zugedacht hat, wird es auch in Zukunft gut gehen.“ Sie lächelte in die Runde und die gedrückte Stimmung am Tisch löste sich.

„Danke“, sagte ich und meinte nicht nur die Grütze. Else sorgte nicht nur für das leibliche Wohl, sondern auch für das seelische.

Janus beschloss, gleich nach dem Essen den Weg nach Hause anzutreten. Sein Antiquariat wartete und mit ihm ein wichtiger Kunde, den er nicht versetzen wollte.

Ich wollte zunächst eine Nacht in meinem Turmhaus schlafen, noch einmal den Brief von meinem Vater lesen, vielleicht zum Friedhof gehen, um das Grab meiner Oma zu besuchen, und über alles nachdenken. Außerdem wollte ich Grete wiedersehen und Kira hatte mich für den nächsten Tag zum Frühstück in ihr neues Haus eingeladen.

Wir verabschiedeten uns vor dem Eingang zur Akademie.

„Das war eine aufregende Reise“, sagte Janus. Wir standen uns gegenüber. Ich wäre ihm am liebsten um den Hals gefallen, aber fühlte mich zu schüchtern, hier, in der Akademie, wo mich jeder kannte.

Janus schien das zu merken. Er strich sich seine dunklen Locken aus dem Gesicht. Sofort dachte ich daran, wie weich sie sich auf meiner Haut anfühlten, und ich spürte Wärme in meine Wangen steigen. Janus entging die aufziehende Röte natürlich nicht. Er hob die Hand und berührte mein Gesicht.

Ein Schauer lief über meinen Rücken. Unwillkürlich wich ich seiner Berührung aus, obwohl ich mir das Gegenteil wünschte und sagte: „Danke, dass du mich nach Danzig mitgenommen hast. Ich bin froh, dass wir dort waren. Sehr froh … wegen allem!“

„Kommst du bald mal wieder „rüber“?“, fragte er und ließ seine Hand sinken.

„Natürlich. So schnell wie möglich! Ich muss doch zu Charlie und …“ Ich biss mir auf die Zunge, weil ich schon wieder von Charlie anfing.

Aber Janus sagte: „Sicher wartet sie schon auf deinen Besuch. Ich möchte auch gern wissen, wie es ihr geht. Ich hoffe gut.“

Er gab mir ihre Adresse. Ich erfuhr, dass sie eine kleine Wohnung in der Villa ihres Vaters bewohnte.

„Aber danach komme ich sofort“, versicherte ich Janus.

„Ich kann es gar nicht erwarten“, antwortete er.

„Ich auch nicht", gab ich zu, aber so leise, dass ich nicht sicher war, ob er mich verstand. Doch er schien mich genau gehört zu haben, um seinen Mund spielte ein Lächeln.

Hinter uns liefen Studenten vorbei und es kam mir so vor, als würden sie mich alle beobachten. Janus reichte mir förmlich die Hand. Aber das kam für mich überhaupt nicht infrage. Ich ignorierte sie, umarmte ihn und legte meinen Kopf an seine Brust. Sofort hüllte mich sein Duft ein. Janus strich mir über das Haar. Ich sah zu ihm auf. Schon wieder so ein Moment, wo man sich eigentlich küsste. Aber ich brachte es nicht fertig. Ich löste mich von ihm und sagte: „Bis morgen."

Seine dunklen Augen leuchteten mich erfreut an. „Ich stell schon mal den Glühwein warm."

Wir lächelten uns an. Dann drehte er sich um und machte sich auf den Weg. Ein wenig besorgt schaute ich ihm hinterher. Ob er genug Geduld mit mir haben würde?

Ein freudiges „Hallo", riss mich aus meinen Gedanken, während ich auf der Treppe vor der Akademie saß und immer noch dorthin sah, wo Janus vor einer Weile im Wald verschwunden war. Grete boxte mich mit der Faust spielerisch in den Oberarm. „Cool, dass du mal vorbeikommst. Ich habe gehört, du hast die magische Blase gerettet!" Sie grinste.

„Ich? Nein. Kira hat das getan."

„Ja, Kira auch. Ihr seid mir echt magische Leute."

Grete schien sich in der magischen Welt wohlzufühlen. Das sah man ihr an.

„War das nicht Janus, mit dem du hier vorhin rumgekuschelt hast?"

Ich sah sie verwundert an.

„Hab euch von oben aus dem Seminarraum beobachtet, sorry. War er doch, oder?!"

„Ja, war er."

Grete setzte sich zu mir auf die Stufen. „Bist du endlich mit ihm zusammen?"

Hm, wenn sie das fragte, hatte es wohl nicht eindeutig danach ausgesehen – weil wir uns nicht geküsst hatten.

„Brauchst nicht gleich rot zu werden. Wird Zeit, dass du einen Freund hast. Ich finde, er passt viel besser zu dir als Tom." Grete fing eine Blüte auf und spielte mit ihr herum.

„Tom? Wieso Tom?"

„Du hast am Anfang auf Tom gestanden, klare Sache. Hab ich gleich gemerkt. Aber das war verpeilt. Kann jedem mal passieren. Wenn man verpeilt ist, verpeilt man sich auch in der Liebe. Ist so."

Oh je, wenn Grete das mitbekommen hatte, dann hatte Tom es vielleicht auch bemerkt? Wie peinlich. Ich staunte, wie Grete drauflosredete. Sie war immer noch ein wenig schroff, aber sie wirkte nicht mehr so unzugänglich und verschlossen, sondern richtig selbstbewusst.

„Na ja, eher auf seine Musik, aber kann schon sein, dass ich zwischendurch beides durcheinandergebracht hab."

Grete nickte wissend.

„Und, wie geht es dir?", fragte ich sie.

„Läuft", antwortete sie nur. „Wann gehst du wieder nach Berlin? Oder … ich meine … Wie macht ihr das jetzt, du und Janus?"

„Hm, bestimmt habe ich bald wieder einen Neuankömmling zu betreuen, und Janus hat sein Antiquariat. Aber, ich meine, wir wohnen ja quasi in derselben Stadt." Ich lächelte.

„Stimmt. Vergesse immer, dass man hier nicht ewig festsitzt. Also, ich finde es cool hier. Aber ein bisschen eingesperrt fühlt man sich schon."

„Verstehe ich."

„Wirst du Tom besuchen?"

An Gretes Tonfall merkte ich, dass sie sich fragte, ob ich ihre Eltern sehen würde.

„Ganz bestimmt. Vor allem Charlie. Vielleicht weißt du noch nicht …"

„Doch, doch, ich weiß alles. Hat sich rumgesprochen mit deiner CT-Aktion."

„Hast du deinen Eltern geschrieben?", fragte ich Grete.

„Werde ich noch. Wenn du sie siehst, grüß sie. Kannst mir ja berichten, wie es ihnen geht." Grete erhob sich. „Und gib Janus endlich einen Kuss. Man sieht von Weitem, dass er darauf wartet!"

„Was?" Ich war perplex. Was, verdammt, hatte Grete für besondere Fähigkeiten, um das zu merken?

Sie knuffte mir noch mal mit der Faust die Schulter. Dann lief sie die Treppen hinunter und schlug den Weg zu den Studentenhäuschen ein.

Die Wege im magischen Wald normalisierten sich wieder. Sie waren immer noch ein wenig zu lang oder zu kurz oder hatten sich streckenweise dupliziert, aber es bestand nicht mehr die Gefahr, dass man stundenlang herumirrte.

Ich begegnete Pio auf dem Friedhof, der irgendwelche Messungen ausführte. Er nahm keine Notiz von mir und war ganz in die Zahlen vertieft, die er in einem dicken Notizbuch notierte.

Ich setzte mich auf die Bank und las den Brief von meinem Vater mehrmals. Er machte mich traurig, aber irgendwie auch glücklich. Meinen Vater von damals gab es nicht mehr. Aber mein Vater von heute war zufrieden. Wenn ich ihn losließ, dann konnte auch mich das froh machen, selbst wenn er sich nicht mehr an mich erinnerte.

Ich suchte ein leeres Kästchen aus, das an dem Kirschbaum hing und das ich bereits vor längerer Zeit gebastelt hatte, und tat den Brief dort hinein. Dann setzte ich mich noch eine Weile auf die Bank, aß ein paar von den köstlichen Kirschen und stellte mir vor, wie der Geist meiner Oma diesen Brief las und lächelte.

Auch, dass es sie nicht mehr gab, zog mich nicht mehr so herunter, wie sonst immer. Ich hatte die Vergangenheit hinter mir gelassen und wusste, dass ein neues Leben für mich begann.

Kapitel 49

Am nächsten Morgen machte ich mich auf den Weg zu Kira. Friedlich vor sich hin singend begrüßte mich der magische Wald mit seinen tanzenden Blüten. Die Wege verliefen wieder wie gewohnt. Nach einem kurzen Marsch trat ich aus dem Wald auf die kleine Wiese, die sich vor Kiras Holzhäuschen befand, das genauso blau schimmerte wie der Himmel. Kira erwartete mich bereits auf der Veranda und begrüßte mich.

„Guten Morgen, Neve.“ Sie rückte mir einen weißen Korbstuhl zurecht. Auf dem kleinen runden Tisch standen Croissants und Marmelade aus Früchten, die im magischen Wald wuchsen, beides hatte natürlich Else gemacht.

„Es gibt Neuigkeiten. Kim ist zurück“, begann Kira sogleich.

„Tatsächlich?“

Ich sah Kira gespannt an. „Haben sie den echten Haruto Tanaka gefunden?“

„Ja, das war nicht schwer. Er saß mit einer Sekretärin in einem kleinen Vermietungsbüro und hatte von nichts einen Schimmer."

„Was haben sie ihm erzählt?"

„Dass sein Freund oder Angehöriger Kouki Tato einen Unfall hatte und sich an nichts mehr erinnern kann, sie aber die Papiere von ihm, Haruto Tanaka, bei ihm gefunden haben. Tanaka hat mit den Schultern gezuckt und sich erst mal dumm gestellt."

„Unter welchem Namen wurde das Haus am Wetterplatz denn gekauft?"

„Kouki Tato."

„Dann hat sich dieser Tanaka also nur als Besitzer ausgegeben?"

„So ist es. Und er ist direkt zusammengebrochen, als Ranja, Marco und Kim ihm klargemacht haben, dass Kouki Tato Diebstahl im großen Stil begangen hat, die Sache aufgeflogen ist und das Haus gepfändet und zwangsversteigert wird."

„Aber wie haben sie das gemacht? Ich meine, wieso sollte Tanaka drei Fremden Personen Glauben schenken, die einfach so bei ihm reinplatzen?"

„Nun, sie haben ihm erklärt, dass sie diejenigen sind, die Tato bestohlen hat, und dass es jetzt zwei Möglichkeiten gibt: Entweder die Sache wird an die große Glocke gehängt, mit Gerichtsverfahren und Strafgeldern, wobei er als Hausverwalter natürlich nicht ungeschoren davonkommen würde, oder sie lösen die Angelegenheit unter sich, zahlen ihm eine entsprechende Summe und das Haus wird auf sie überschrieben."

„Und da hat er sich drauf eingelassen?"

„Nein, nicht gleich. Doch als Kim das Geld bar auf den Tisch gelegt hat, schon. Er wollte sofort danach greifen. Aber sie haben ihm noch eine Bedingung gestellt: die Wahrheit über sich und Kouki preiszugeben, alles, was er weiß."

„Und er hat sie ihnen erzählt."

„Ja, das hat er, und das hat dann erklärt, warum er mit der Million für das Haus sofort hatte abdampfen wollen. So viel Geld hat er nämlich noch nie auf einmal gesehen."

Ich nahm mir noch ein Croissant und war gespannt auf die Geschichte.

„Tanaka und Tato kennen sich, seit sie Kinder waren. Sie sind in einem Armenviertel von Tokio aufgewachsen, in Wohnungen, die sich in riesigen Neubauhäusern befinden und die nur neun bis fünfzehn Quadratmeter messen.

Tatos Vater starb an Krebs, als er elf war, und ein halbes Jahr später starb seine Mutter … er hat danach bei Haruto Tanaka gewohnt, mit in seinem Bett geschlafen, weil es mehr Platz nicht gab. Zusammen mit Koukis oft betrunkenem Vater und seiner an Asthma leidenden Mutter."

„Das klingt schlimm."

„Irgendwann sind Tatos magische Fähigkeiten erwacht und das hat ihn da rausgeholt."

„Aber er ist zurückgekehrt und hat Haruto nicht im Stich gelassen."

„Nicht direkt, aber er hat ihn zumindest nicht vergessen. Kurz nachdem er seine Ausbildung in der magischen Welt abgeschlossen hat, gab es ein gewaltiges Erdbeben in der magischen Blase von Tokio. Das weiß unser Rat vom dortigen Rat. Die Situation muss Tato genutzt haben, um die Kristalle aus dem Fluss zu stehlen. Es gibt nur ganz wenige davon und sie werden normalerweise bewacht. Sie bilden sich sehr langsam und sind das Kapital der magischen Blase dort. Jedenfalls, nach dem Beben hat ein großer Teil gefehlt und Tato war nicht mehr auffindbar."

„Hat er sich bei Tanaka versteckt?"

„Nein, da hätte ihn der japanische Rat sicher bald gefunden. Er ist nach Berlin gegangen und hat sich dort seinen Wunschort geschaffen. An einem Wunschort kann einen niemand finden."

„Aber warum ausgerechnet in Berlin? Wegen des Durchgangs zum Wetterplatz?"

„Warum Berlin, weiß keiner. Vielleicht einfach nur möglichst weit weg von Japan. Oder weil ihn hier niemand kannte. Den Durchgang gab es zu der Zeit noch nicht."

„Hat *er* ihn etwa geschaffen?"

„Nein, das nicht. Niemand weiß, wie er entstehen konnte. Die Frage ist nach wie vor offen und beunruhigt den Rat. Klar ist nur, dass Tato ihn entdeckt haben muss und deshalb wollte er unbedingt das Haus am Wetterplatz."

„Und Tanaka?"

„Anfangs hat er ihm Geld geschickt. Nicht viel, aber so viel, dass Tanaka sich ein Kapselhotel leisten konnte."

„Kapselhotel?"

„Habe ich auch gefragt. Marco war schon einmal in Tokio und kennt diese Dinger. Sie stehen an Bahnhöfen und sind circa zwei Quadratmeter groß und nur ein Meter zwanzig hoch. Eigentlich wie

Schließfächer, nur eben nicht für Koffer, sondern zum Übernachten. Tagsüber gehen die Mieter solcher Kapseln arbeiten und nachts schlafen sie dort."

„Und als er das Haus am Wetterplatz gekauft hat, hat er Tanaka nachgeholt, um es zu verwalten, nehme ich an."

Kira bestätigte das. „Genau. Es gab sogar schon Bauzeichnungen. Das Haus am Wetterplatz sollte in zwei Wohnungen umgebaut werden."

„Nur zwei?"

„Eine für Tanaka und eine für Tato."

„Aber was wollten sie mit so riesigen Wohnungen?"

„Platzmangel bedeutet die größte Armut, hatte Tanaka mehrmals wiederholt, als würde das alles entschuldigen."

„Daraus erklärt sich wohl die Dimension von Tatos Wunschort in der magischen Welt."

„Eine ganze Stadt für sich allein. Das ist völlig verrückt." Kira strich sich Butter auf ein zweites Croissant.

Ich biss von meinem Croissant ab, das ich die ganze Zeit, fertig mit Marmelade bestrichen, in der Hand hielt.

„Ob er vorgehabt hatte, seinen Freund Tanaka mit in die Wunschstadt zu nehmen?", fragte ich Kira.

„Keine Ahnung, ob das je funktioniert hätte. Aber kann schon sein, dass er das geplant hat."

„Nur ich verstehe nicht, ich meine, sich einen eigenen Durchgang an einen Seelenort zu legen, so was muss doch auffallen."

„Nicht unbedingt. Hätten sich magisch Begabte nicht dorthin verreist … Bestimmt hatte er mit so etwas nicht gerechnet. Marco glaubt, dass ihm nicht klar war, dass er damit die Berliner Blase zerstörte. Er hat nur an seinen eigenen Durchgang gedacht, in dem ihm niemand begegnen würde."

„Irgendwie tut Tanaka mir leid. Andererseits, wenn ich daran denke, wie er mit den Bewohnern am Wetterplatz umgesprungen ist …"

„Ja, seltsam. Oft behandeln Menschen später andere genauso, wie sie früher selbst behandelt wurden, obwohl sie darunter gelitten haben."

Ich dachte an meinen Vater. Löschungen waren schrecklich. Aber zum ersten Mal sah ich auch die andere Seite davon. Mein Vater hatte dadurch doch noch in ein zufriedenes Leben gefunden, und vielleicht würde Tato dadurch ein besserer Mensch werden.

„Tanaka hat jetzt eine Menge Geld, was ihm eigentlich nicht zusteht …"

„Es ging nicht anders. Besser, als wenn Gutachter anfangen, im Keller herumzuschnüffeln. Kouki Tato hat es auf jeden Fall viel schlimmer erwischt. Jolly berichtete, dass laut Doktor Labot sein Seelenort nicht vollständig verschwunden ist. Immer, wenn Tato diese malariaartigen Anfälle hat, befallen ihn Albträume von seiner Wüstenstadt, die zu einem Miniaturort zusammenschrumpft, durch den er sich nur kriechend bewegen kann."

„Oh je, das ist hart. Aber vielleicht wird Tanaka ihm nun mit seinem Geld helfen."

„Vielleicht." Kira stand auf. „Mein Kaffee ist kalt geworden. Deiner auch?"

Ich befühlte meine Tasse. „Ja, ziemlich."

„Komm, ich mache uns einen neuen."

„Gerne. Und dann muss ich los."

„Zu Janus. " Kira lächelte mich an.

„Ich verstehe jetzt, wie schrecklich es sein muss, dass du Tim so lange nicht besuchen kannst", gestand ich.

„Das kannst du laut sagen. Aber ich habe es ja bald geschafft. Ich ziehe die Ausbildung durch – von morgens bis abends. Die Sache mit der Wüstenstadt hat mir sogar wieder Zusatzpunkte gebracht."

„Das ist prima."

„Hast du schon irgendwas von Charlie gehört?"

„Nein. Aber zu ihr wollte ich zuerst, wenn ich wieder drüben bin."

„Du musst mir erzählen, wie es ihr geht."

„Das werde ich."

Ich aß mein Croissant auf, während Kira im Haus verschwand und gleich darauf mit zwei dampfenden Tassen Kaffee wiederkam.

„Vielleicht hat Tom mit seiner Musik den Durchgang geschaffen. Du sagtest doch, die Komposition beschreibt perfekt den magischen Wald", überlegte Kira, während sie die Tassen vor uns abstellte.

„Hm. Bisher wurden Künstler durch magische Durchgänge in der Nähe höchstens inspiriert."

„Davon habe ich gehört, dass große Kunstwerke der Menschheit nicht selten in der Nähe von magischen Durchgängen entstanden sind. Seltsam ist aber das mit der Katze. Dass normale Tiere plötzlich magische Begabungen haben und dann zwischen beiden Welten pendeln? Hat es noch nie gegeben."

„Wir können nur hoffen, dass es darauf bald beruhigende Antworten gibt." Ich trank meinen Kaffee aus und sah hinauf zum Himmel. Die Sonne war bereits über den Zenit gewandert. Noch ein paar Sachen einpacken und dann wollte ich los.

„Es macht übrigens Spaß, dass man mit dir jetzt zusammen frühstücken kann!" Kira grinste mich an.

Ich lachte und wir umarmten uns zum Abschied.

„Grüß Tim, wenn du ihn siehst", bat sie mich.

„Mach ich."

Kapitel 50

Schon von außen strahlte die Gründerzeitvilla im Süden Berlins mit ihren klassizistischen Formen und den großen Fenstern einen gewissen Machtanspruch aus.

Dreimal musste ich an dem schweren Eingangsportal klingeln, ehe per Summer geöffnet wurde. Ich betrat den aus teuren, weißen Marmorplatten gelegten Weg, der bis zur Haustür führte. Ein hochgewachsener Mann mit dichtem weißen Haar und einer strengen Brille erschien und bedachte mich mit einem misstrauischen Blick.

Das musste Charlies Vater sein. Ich war erstaunt, dass mir keine Haushälterin öffnete, aber vielleicht hatte sie heute ihren freien Tag.

Charlies Vater strahlte Autorität aus. Bei Vorlesungen in der Uni trauten sich bestimmt nur die selbstsichersten Studierenden, ihm Fragen zu stellen. Ihn gar zu kritisieren wagte wohl niemand. Augenblicklich wusste ich, von wem Charlie ihre Ausstrahlung geerbt hatte und verstand, warum sie sich von ihrem Vater einschüchtern ließ, obwohl sie sonst so offen, lebendig und selbstbewusst wirkte.

„Hallo, ich bin Neve. Ich wollte zu …"

Bevor ich den Satz zu Ende gebracht hatte, antwortete er: „Charlotte wohnt hier nicht mehr." Er bedachte mich mit einem Blick, als wäre ich eine minderwertige Kreatur, und war im Begriff, die Tür wieder zu schließen.

„Wo wohnt sie denn jetzt?", fragte ich hastig.

Er ließ die Tür nur einen Spaltbreit offen und antwortete: „Das weiß ich nicht. Und das interessiert mich auch nicht."

Dann fiel sie ins Schloss. Ich stand auf dem Treppenabsatz und starrte auf die Stelle, wo Charlies Vater gestanden hatte. Charlie wohnte nicht mehr hier. Es musste also zu einem Eklat gekommen sein zwischen ihr und ihrem Vater. Langsam drehte ich mich um und verließ den Garten. Ich war erleichtert, dass sie nicht mehr hier wohnte.

Gleichzeitig machte ich mir Sorgen. Was war geschehen? Wie ging es ihr? Wo war sie jetzt?

Ich löste mich auf und rauschte durch die Luft Richtung Stadt. Ich würde Tom fragen. Tom wusste hoffentlich Bescheid.

Die Tür, vor der ich mich kurz darauf befand, öffnete sich gleich nach dem ersten Klingeln und Tom stand vor mir.

„Neve!“, rief er und umarmte mich freudig, als hätten wir uns viele Jahre nicht gesehen. Er schob mich von sich, hielt mich mit beiden Händen an meinen Schultern und flüsterte andächtig: „Neve.“

Sein Tonfall verriet so einiges und in seinem Blick ließ sich alles lesen. Er wusste über mich Bescheid. Er wusste, was im Labor geschehen war und er kannte meine wahre Geschichte.

„Wie geht es dir denn?“, fragte er mich, als wäre mein Dasein ein sehr seltsamer Zustand.

Ich schmunzelte. „Gut geht es mir. Sehr gut.“

„Möchtest du reinkommen?“ Seine Stimme klang ehrfürchtig und sein Blick war forschend, als könnte es ihm gelingen, mir meine magischen Begabungen anzusehen. Ich hörte Schritte hinter ihm, und dann sah ich Charlie, wie sie langsam auf uns zukam. Sie trug Leggins, ein weites Hemd und Hauspantoffeln. Was ihre Aufmachung ausdrückte, war nicht fehlzudeuten. Sie war bei Tom eingezogen.

Tom schob mich in den Flur und schloss die Tür hinter uns.

Für einige Sekunden standen Charlie und ich uns gegenüber. Sie schaute mich aus ihren großen, dunklen Augen an wie ein Wunder. Dann tat sie zwei Schritte auf mich zu und umarmte mich wortlos.

„Ich hätte es mir nie verzeihen können, wenn du … wenn dir etwas …“ Hastig löste sie sich wieder von mir und sah mich mit einem schmerzerfüllten Blick an. „Wie sollst du mir jemals meine Dummheit vergeben können?“

Jetzt war ich es, die sie umarmte. „Du? Ich war es doch, die sich ziemlich dumm verhalten hat. Du konntest nicht ahnen, dass …“

„Natürlich, du hast es mir immer wieder gesagt!“

Wir lösten uns voneinander und ich breitete die Arme in einer hilflosen Geste aus. „In deinen Ohren habe ich nichts weiter als Märchen erzählt."

Charlie raufte sich die Haare und lächelte. „Das hast du. Wahre Märchen. Es gibt wahre Märchen! Ich kann es immer noch nicht glauben", sagte sie und schob schnell hinterher, wobei ihre Stimme merklich lauter wurde und euphorisch klang: „Doch, ich kann es glauben. Ich glaube es! Meine Güte, ich glaube es einfach. Ich habe es ja selbst gesehen. Und das habe ich dir zu verdanken. Dir und dieser verrückten magischen Welt, aus der du stammst." Sie strahlte mich an.

„Ich stamme nicht aus der magischen Welt. Ich bin hier geboren, in Brandenburg, ganz normal."

Tom stand neben uns und meldete sich zu Wort: „Soll ich uns einen Kakao mit Rum machen?"

„Ja!", riefen wir gleichzeitig. In dem Moment fühlte ich mich Charlie sehr nah. Ich hätte niemals gedacht, dass sie einmal solche Gefühle in mir auslösen würde. Ich war so glücklich, dass meine gefährliche Mission geglückt war. Ich hatte es geschafft. Ich war nicht nur irgendein vorsichtiger Engel. Ich war ein Engel mit Mumm in den Knochen, und mit einem starken Herzen.

Wir gingen ins Wohnzimmer. Hier war es richtig gemütlich, seit Charlie eingezogen war. Bunte Kissen lagen im Kreis auf den Dielen. In der Mitte befand sich ein niedriger Tisch, auf dem einige Teelichter brannten. Der Kachelofen in der Ecke strahlte wohlige Wärme aus und Toms Pflanzen drum herum sorgten für eine exotische Atmosphäre.

„Neve, du musst mir alles genau erzählen. Das ganze wahre Märchen. Bis ins Detail. Ich brenne darauf!" Charlie schaute mich an wie ein aufgeregtes Kind.

„Okay, aber ich kann dir nicht verraten, wo die Durchgänge sind. Für Menschen ohne magische Begabung sind sie lebensgefährlich, deshalb findest du dort auch keine Beweise."

„Ich weiß. Ich weiß das."

Ich sah sie verwundert an, aber dann fiel es mir wieder ein. Natürlich hatte ihr Janus schon damals davon erzählt, nur hatte sie ihm kein Wort geglaubt.

„Ich möchte nichts mehr beweisen. Es ist wie weggeblasen. Ich hätte nie gedacht, dass es so einfach sein würde. Warum habe ich so viele Jahre Physik studiert? Warum war ich so lange nicht Chefin meiner selbst? Da musste erst ein Engel vorbeikommen und mir den Kopf zurechtrücken." Charlie fasste sich mit beiden Händen theatralisch an den Kopf.

„Heißt das, du wirst dich nicht in England bewerben?"

„Das heißt es."

„Und was wirst du stattdessen tun?

„Ich wollte schon immer singen. Ich werde etwas mit meiner Stimme anfangen. Ich hatte nie den Mut dazu, weil … Du wirst dir denken können, wie die Einstellung meines Vaters zu Künstlern ist."

„Fast nicht zu glauben, dass auch Väter, die Künstler sind, genauso bescheuert sein können wie dein Vater", ergänzte Tom und stellte drei dampfende Tassen auf den Tisch.

„Deine Stimme ist einmalig", sagte ich. „Du wirst Erfolg haben."

Tom schmiegte sich an Charlie und nahm sie in den Arm.

„Wenn Neve das sagt, kannst du darauf vertrauen. Sie hat auch meiner verstaubten Kunst auf die Beine geholfen. Sie ist ein Engel, und ich habe es schon immer gewusst. Stimmt's, Neve? Ich habe es immer gesagt."

Ich saß den beiden gegenüber und beobachtete, wie sie sich einen zarten Kuss gaben. Es sah so fließend und natürlich aus, wie sich ihre Lippen fanden.

„Warum bist du eigentlich in dieses Haus gekommen?", fragte Charlie.

„Weil ich Toms Musik gehört habe. Es ist nicht zum ersten Mal, dass ich einen Künstler eine Weile begleitet habe. Aber bei Tom war es etwas Besonderes."

„Etwas Besonderes?"

„Ich … Es … Toms Musik ist, als wenn sie den magischen Wald beschriebe. Ich wünschte, ihr könntet ihn irgendwann sehen."

Von dem Durchgang im Keller durften sie nichts erfahren. Der Rat würde sich etwas einfallen lassen, damit er für die Bewohner unzugänglich war.

„Ich habe ihn gesehen, im Traum. Sieht er wirklich so aus?", fragte Tom.

„Ja, das tut er."

Charlie warf mir einen seltsamen Blick zu und dann platzte sie heraus: „Du warst in Tom verliebt, stimmt's, und ich hab ihn dir …"

„Oh, nein, nein, so ist es überhaupt nicht!", widersprach ich und sprang sogar auf, so erschrocken war ich von Charlies Direktheit.

„Doch, so ist es", beharrte sie und ich sank zurück auf meine Knie. Ich hatte mich mit meiner Reaktion total verraten und sie wusste es. Ich traute mich nicht, Tom anzusehen, aber spürte seinen Blick auf mir.

Ich dachte an Janus' Vorschlag, es ihm einfach zu sagen. Er hatte recht. Was sollte dabei sein?

„Na ja, ein bisschen verknallt schon, weil, seine Art zu spielen … ich konnte gar nicht anders, als meine Begeisterung auf ihn als Person zu übertragen."

Ich blickte zu Tom auf und versuchte, ihn möglichst locker anzulächeln. „Sag nicht, du hättest es nicht bemerkt!"

Tom wirkte verlegen. Wurde er sogar ein bisschen rot? „Oh Mann, so ein Geständnis, ich weiß nicht, was ich sagen soll. Ich …"

„Hey", erlöste ich ihn aus seiner Verlegenheit. „Alles in bester Ordnung. Das war nur eine geistige Anziehung. Und ich bin wirklich glücklich, dass ihr zusammengefunden habt."

Charlie und Tom sahen mich schweigend an und schienen zu überlegen, ob sie mir glauben sollten.

„Außerdem braucht man doch, um richtig verliebt zu sein, ein schlagendes Herz."

„Tatsächlich? Dein Herz schlägt nicht?", fragte Charlie und machte wieder ihre einmaligen großen dunklen Augen.

„Nun ja, inzwischen schon. Aber es war zwischenzeitlich … stillgelegt. Am Anfang war ich viel mehr Engel, als du glaubst. Meine Gefühle waren unbenutzt und eingestaubt wie ein neues Fahrrad, das im Keller vergessen wurde."

Wir saßen bis zum Abend zusammen. Charlie und Tom stellten mir tausend Fragen über die magische Welt. Für Charlie war es die längste und schönste Märchenstunde, die sie je erlebt hatte. Und als ich ihnen erzählte, dass Kira daran arbeitete, die magische Welt für Menschen mit einem wirklichen Glauben an eine Welt hinter der Welt besuchbar zu machen, waren sie ganz aufgeregt. Dass Kiras Freund Tim diesen Sonderstatus bereits genoss, verriet ich lieber nicht. Denn das war bisher eine Ausnahme, wenn auch der Auslöser für Kiras Pläne.

Als wir uns in der Küche eine zweite Tasse Kakao bereiteten, wunderte ich mich über den Lärm im Hof und schaute hinaus. Da stand ein riesiger Container, wie sie genutzt wurden, wenn ein Haus saniert wurde. Er war fast bis oben hin voll mit Sperrmüll.

„Hat dieser Japaner aufstellen lassen, und wer ihn sofort in Betrieb genommen hat, ist niemand anderes als Emma."

Wie zur Bestätigung erschien Emma im Fenster, stemmte einen Karton auf das Fensterbrett und ließ ihn in die Tiefe fallen.

„Emma räumt ihre Wohnung aus?"

„Ja, und zwar gründlich."

Wow, das waren wunderbare Neuigkeiten! Ich war mir sicher, dass Emma inzwischen Post von Grete bekommen hatte. Bestimmt hatte Grete mit ihren Vorwürfen kein Blatt vor den Mund genommen und Emma ein paar Bedingungen gestellt.

„Viktor befürchtet inzwischen, dass sie auch wichtige Sachen wegschmeißen könnte und hat angefangen, ihre Aufräumaktionen zu überwachen."

„Wenn er Zeit hat", ergänzte Charlie.

„Schreibt er wieder an einem neuen Thriller?", fragte ich.

„Nein, er hat ja schon drei. Und den ersten hat er jetzt selbst als E-Book veröffentlicht. Das Ding ist in den letzten Tagen in die Top 100 hochgeschnellt. Seitdem guckt er permanent nach, auf welchem Platz es ist und wie viele Einnahmen er am Tag hat. Er ist völlig aus dem Häuschen!"

„Und immer, wenn Emma was wegschmeißt, bei dem Viktor zweifelt, ob es nicht doch noch nützlich wäre, sagt Emma: ‚Wieso, ist doch egal. Wir können uns locker was Neues kaufen' und Viktor ruft dann lauthals: ‚Stimmt!' Man hört es über den ganzen Hof."

Charlie und Tom lachten und ich fiel mit ein. Und dann offenbarten sie mir die Neuigkeiten, von denen ich bereits wusste.

„Haruto Tanaka hat das Haus übrigens wieder verkauft."

„Was?", tat ich überrascht.

„Ja, stell dir vor! War nur ein blöder Spekulant, der uns raushaben wollte, damit er mit dem Preis höher gehen kann. Aber das scheint ihm doch zu mühselig geworden zu sein. Und nun halt dich fest!"

Ich griff übermütig nach dem Fenstersims.

„Gestern kam bereits Post vom neuen Vermieter. Eine Käufergemeinschaft, fünf Mitglieder, hat es gekauft. Die Anschreiben an Tom und Gretes Eltern klangen auch wie aus einem Märchen. Wir können in den Wohnungen bleiben. Das Haus wird saniert und für die bisherigen Bewohner wird die Miete um keinen Cent erhöht."

„Hey! Das ist in dieser Zeit und dieser Gegend wie ein Wunder!", freute ich mich.

„Tja, seit ein Engel in unserem Haus ist, kommen die Dinge ins Lot", sagte Tom, erhob seine Tasse und wir stießen an mit unserer zweiten Runde Kakao mit Rum.

Kapitel 51

Ich betrachtete mich im Spiegel des Coffeeshops, der sich in der Nähe von Janus' Wohnung befand. Ich sah anders aus. Ziemlich anders sogar. Wahrscheinlich hätte mich jemand, der mich vor zwei bis drei Monaten zum letzten Mal gesehen hatte, nicht wiedererkannt. Das Blau in meinen Augen war dunkler geworden. Ich besaß rosige Wangen und meine Lippen hatten eine dunkelrote Farbe angenommen.

Ich wirkte wie ein ganz normaler Mensch, der hier wohnte und lebte, und ich war stolz darauf. Ich gehörte dazu, zu den Menschen, zum Leben. Mit einer Porzellanpuppe konnte man mich nun nicht mehr vergleichen.

Ich rückte meine weiße Wollmütze zurecht und drapierte meine braunen Locken links und rechts über der Schulter. Meine Haare waren etwas länger geworden. Die letzten Jahre hatten sie mir nie weiter als bis zur Schulter gereicht, doch nun wuchsen sie wieder. Ich lächelte mich an und gefiel mir richtig.

Mein Magen meldete sich und knurrte. Sollte ich mir noch einen Muffin holen? Aber ich hatte keinen Appetit. Stattdessen begann bei dem Gedanken, dass ich Janus gleich sehen würde, mein Herz wie wild zu schlagen. Heute war ich fest entschlossen, ihn zu küssen.

Ich atmete tief durch. So was Albernes. Ich hatte mich, ohne mit der Wimper zu zucken, zweimal in Lebensgefahr gebracht. Ich hatte Janus schon auf Schulter, Arme, Brust geküsst. Und jetzt so ein Theater wegen eines Kusses auf den Mund.

Trotzdem, wie sollte ich das bloß hinkriegen, wenn mein Herz solche Kapriolen schlug, allein wenn ich nur daran dachte?

Ich gab mir einen Ruck und setzte mich in Bewegung, Richtung Antiquariat. Immer wieder sah ich vor mir, wie Charlie und Tom mir aneinandergeschmiegt gegenübergesessen hatten und wie sie sich einen Kuss gegeben hatten. Einfach die Augen schließen und … nicht an Nacktschnecken denken, sondern an Janus und seinen schönen, weichen Mund, den ich bereits auf meiner Haut gespürt hatte.

Schon stand ich im Hof vor dem Eingang des Antiquariats, spähte durch die Fenster in den Raum, entdeckte, dass das Feuer im Kamin prasselte, konnte aber niemanden sehen.

Mein Herz schlug mir bis zum Hals.

Ich räusperte mich und griff nach der Türklinke. Die Tür war offen. Ich trat ein. Sofort umfingen mich eine behagliche Wärme und leise Musik von Beethoven, die Neunte Symphonie. Die mochte ich besonders.

Ich zog meinen Mantel aus und hängte ihn über den Garderobenständer. Meine Schuhe stellte ich unter die Heizung und schlüpfte in die Filzpantoffeln, die dort für mich bereitstanden. Dabei fielen mir Charlies Hauspantoffeln ein …

„Neve?“, hörte ich meinen Namen. Mein Herz machte einen Sprung.

Janus befand sich in der kleinen Nische mit seinen Lieblingsbüchern. Langsam ging ich auf ihn zu. Ich umarmte ihn und … er ließ mich wieder los.

„Oh, bringst du eine Kälte von draußen mit. Ich koche uns einen Tee.“

„Okay“, sagte ich. Beim Begrüßungskuss hatte ich also schon mal versagt.

Janus ging in die Küche und setzte Wasser auf. Ich machte es mir auf der Couch am Kamin bequem. Kurze Zeit später brachte er zwei dampfende Tassen Tee und setzte sich zu mir.

„Wie war es am Wetterplatz?“, fragte er.

Ich erzählte ihm von dem Besuch bei Charlie und Tom.

„Ach, ich kann es gar nicht erwarten, das arme alte Haus in neuem Glanz erstrahlen zu sehen“, schwärmte Janus, als ich meinen Bericht beendet hatte.

„Ich auch nicht.“

„Und Charlie ist bei Tom eingezogen?“

„Ja, sie hat dort sogar schon Hausschuhe.“

Janus schaute auf meine Filzpantoffeln und ich kicherte verlegen.

Ein Weilchen saßen wir schweigend nebeneinander und beobachteten die Flammen im Kamin.

Jetzt!

Jetzt sich einfach zu Janus hinwenden und ihm so einen zarten und entspannten Kuss geben, wie Tom und Charlie ihn sich gegeben hatten.

Ich drehte mich zu ihm … und beugte mich ins Leere, weil er plötzlich aufstand und mich an der Hand nahm.

„Komm, ich möchte es dir endlich zeigen. Inzwischen müsste es ja funktionieren. "

„Was?"

Er führte mich zu dem Regal mit seinen Lieblingsbüchern, nahm eins mit dunkelrotem Einband heraus und legte meine Hand darauf.

„Fühlst du es?"

Meine Finger bewegten sich auf dem Einband. „Ja. Es ist warm, als hätte es auf einer Heizung gelegen."

„Und jetzt das." Er hielt mir ein anderes Buch hin.

„Das fühlt sich eisig an. Als würde man in ein Tiefkühlfach fassen." Meine Hand zuckte zurück.

„Es spielt in der Arktis."

Er gab mir weitere Bücher. Ich betastete den Einband, oder auch die einzelnen Seiten. Sie fühlten sich entweder warm oder ganz kalt, samtig, piksig, rau, hart oder weich an, je nachdem, um was für eine Geschichte es sich handelte. Die Temperatur des Einbands spiegelte den Gesamtcharakter der Geschichte wider, ob es eine lustige, traurige oder abenteuerliche Geschichte war. Innen drin lösten auch die Seiten ein unterschiedliches Empfinden aus, je nachdem, worum es auf ihnen gerade ging.

„Das ist großartig. Ist das eine besondere Fähigkeit von dir?"

„So ist es."

„Aber wie erklärst du das deinen Kunden?"

„Gar nicht. Es gibt besondere Kunden, denen muss man nichts erklären. Sie lieben bestimmte Bücher so sehr, dass es ihnen normal vorkommt, Sturm, Liebe, Feuer oder Eis auf den Seiten zu fühlen."

Janus nahm mir das Buch ab, das ich in der Hand hielt, legte seine Hand darauf und schloss die Augen.

„So ist es noch intensiver."

Ich betrachtete ihn, wie er in seine Empfindungen vertieft vor mir stand. Mein Herz begann zu wummern wie ein Bass.

Entschlossen trat ich auf ihn zu, stellte mich auf die Zehenspitzen, betrachtete seinen Mund und … küsste ihn. Es fühlte sich warm und weich und samtig an. Unsere Lippen fügten sich harmonisch ineinander, als hätten sie nie etwas anderes getan.

Janus schob das Buch wieder in das Regal und legte seine Arme um mich. Ich verschränkte meine Hände in seinem Nacken. Der erste richtige Kuss meines Lebens.

„Ich liebe dich“, sagte er. Mein Herz hüpfte vor Glück und ich stellte mir vor, dass es ein lachendes Gesicht hatte.

„Ich liebe dich auch.“

Wir küssten uns noch einmal.

… Und dann noch einmal.

Und dann noch einmal …

Bald würde ich unsere Küsse nicht mehr zählen können.

Epilog

Das rußschwarze, traurige Haus von einst war in seinem neuen Glanz kaum wiederzuerkennen. Die Jugendstilmotive über den Fenstern erstrahlten wie neu. Die abgefallenen Balkone waren durch neue ersetzt worden und mit bunten Blumen geschmückt. Große Scheiben im Erdgeschoss ließen den Blick frei auf den Gemeinschaftsraum für die Mieterschaft. An seiner Rückwand gab es einen großen, mittelalterlich anmutenden Kamin.

Da der Keller weiterhin überflutet war und sich daran nichts ändern ließ – so teilte die Erbengemeinschaft es den Mietern mit – war er gesperrt worden. Jeder Bewohner hatte, statt eines Kellerraumes, eine Kammer auf dem Dachboden erhalten.

Der bunt lackierte Wetterhahn drehte sich auf dem Dach im Wind.

Kein Haus in der Gegend war, dank des magischen Rates, schneller zu neuer Schönheit gelangt.

Die warme Julisonne flimmerte durch die zarten Blätter der Birke im Hof am Wetterplatz 8 und malte goldene Kringel auf die Geburtstagstafel. Sie stand auf einem üppigen Rasen, über den die einäugige Katze mit ihren beiden Jungen tollte, dem magischen und dem normalen. Die weißgetünchte Rückwand der Remise und das mit winzigen Goldpunkten versetzte Weiß der Hausfassade machten dieses Plätzchen hell und freundlich.

Charlie, Tom, Viktor, Emma, Janus und Luisa hatten mich mit einer kleinen Party zu meinem dreiundzwanzigsten Geburtstag überrascht. Ich wurde am Kopfende des Tisches platziert und sie sangen ein Geburtstagsständchen für mich. Es duftete herrlich nach Gugelhupf und Erdbeerkuchen, die Emma und Luisa gebacken hatten. Die beiden hatten sich miteinander angefreundet und sprachen gerade über Grete und wann sie wohl zurückkommen würde.

Da trat Kira durch die große rot lackierte Tür der Durchfahrt. Sie hatte ihre Ausbildung an der magischen Akademie beendet und mein Geburtstag war der erste Tag, an dem sie nach Berlin kam. Luisa sprang auf.

„Kira!“

Sie liefen aufeinander zu und umarmten sich.

„Was machst du hier? Warum hast du mich nicht angerufen, dass du kommst? Du dummes, verrücktes, unverbesserliches, mutiges … ach … Ich bin so froh, dass du wieder da bist!“ Luisas Stimme überschlug sich.

„Ich bin auch so froh“, sagte Kira. „Und du bist nicht mehr sauer?“

„Ach, wieso sollte ich? Ich habe das Abi hinter mich gebracht, während du noch ein Jahr in der Schule absitzen musst. Und zwar ohne mich! Das ist Strafe genug.“

„Das stimmt wohl“, pflichtete ihr Kira bei. Die beiden fielen sich noch einmal in die Arme. Dann gratulierte mir Kira, während Charlie und Tom plötzlich aufstanden und wortlos verschwanden. Wo wollten sie hin?

Zwei Minuten später erfüllten die Klänge eines Flügels den Hof. Tom spielte die ‚Schattenmelodie‘. Dort, wo er einst seinen Flügel eingemauert hatte, befand sich jetzt eine Dachterrasse, auf die sie das Instrument gerollt hatten. Die Reaktion seines Vaters auf das Stück war für Tom das größte Kompliment gewesen: ‚Wo hast du das abgeschrieben?‘, hatte er gefragt und unheilvoll die Stirn gerunzelt.

Alle hoben andächtig ihre Köpfe und lauschten. Die Akustik im Freien war unvergleichlich. So hatte ich das Stück noch nie gehört. Es klang atemberaubend. Als hätte jemand den Klang jeder Blüte im magischen Wald eingesammelt und in eine einzigartige Harmonie gebracht. Während ich das dachte, begannen Blüten auf uns herabzuschweben. Ich entdeckte Charlie, die sich über das Geländer der Dachterrasse beugte und sie aus einem Korb in die Tiefe warf.

Dieses Konzert war das wundervollste Geburtstagsgeschenk meines Lebens. Bestimmt hörte es der ganze Wetterplatz und brachte die Leute dazu, innezuhalten und an etwas Schönes zu denken.

Als Tom endete, erhob ich mich, strich mein rotes Kleid glatt und klatschte. Alle anderen begannen, ebenfalls begeistert zu applaudieren. Janus legte seinen Arm um meine Schulter, zog mich an sich und gab mir einen Kuss. Ich fühlte mich leicht wie ein Engel. Doch mir waren keine Flügel gewachsen, sondern Wurzeln.

Danksagung

Danke, Karla Schmidt, dass du dir als Skriptdoktor mal wieder die erste Fassung angetan hast. Deine Diagnosen waren überaus wertvoll und beflügelnd. Niemand macht so lustige und gleichzeitig so fundierte dramaturgische Anmerkungen!

Danke, Mike Beuke, für das tolle Coverfoto. Geduldig hast du diesen Sommer mindestens Dreimillionenfünfhundertachtzigtausend Wolkenformationen fotografiert, bis die richtige endlich dabei war.

Danke, Reytonity, dass du für das Cover der Taschenbuchausgabe so lange und geduldig Blümchen hin und her geschoben hast, bis ich zufrieden war.

Danke, Lara Elmenhorst, dass du die zweite Fassung lektoriert hast. Eine ganze Ferienwoche hast du dafür hergegeben! Also, ich war in der 11. Klasse bestimmt nicht halb so gut in Deutsch wie du. Nicht nur so mancher Satz klingt jetzt eleganter. Die Beschreibung des magischen Festes ist durch dich erst so richtig schön geworden!

Danke, Melanie und Marlene Matzies, meine Testleserinnen seit der ersten Zeile, die ich überhaupt jemals geschrieben habe. Ein Glück, dass ihr begeisterte Jugendfantasy-Leserinnen seid! Ihr habt aufgepasst, dass ich meiner einen Figur keinen Namen gebe, der schon einer anderen berühmten Figur gehört. Das wär ja was geworden!

Danke, Michael Wehran, für das Korrektorieren im Standby-Modus. Sobald ich dir weitere hundert Seiten der dritten Fassung schickte, kamen die vorhergehenden auch schon zurück. Dadurch konnte ich den Veröffentlichungstermin doch glatt vorverlegen!

Danke, Robin Rudolph, dass du die vierte Fassung noch einmal testgelesen hast. Dir fallen immer Dinge auf, die keinem auffallen. Wie machst du das nur? Hast du eine besondere Brille?

Danke, Gisa Marehn, für dein großartiges finales Lektorat inklusive Formatierung. Was hast du dich ins Zeug gelegt! Ohne dich wäre eine ganze Anzahl von Sätzen nur halb so schön geworden. Wo hast du nur immer diese perfekten Worte her?

Ich danke euch **9**,
dass ihr euch so viel Zeit für Schattenmelodie genommen habt!
Ich bin so froh, euch zu haben.

Weitere Bücher

Himmelstiefe
(Zauber der Elemente 1)

Seerosennacht
(Zauber der Elemente 3)
Erscheint Herbst 2014

Blütendämmerung
(Zauber der Elemente 4)
Erscheint 2015

Zauber der Elemente
Flammenspiel
Kurzgeschichten zu den
einzelnen Bänden

Traummann aus der Zukunft
heiterer Frauenroman
Pseudonym: MerelieWeit

Magst du Katzen? Dann besuche die einäugige rote Katze auf Facebook. Ja, sie gibt es wirklich! Ihr Name ist Mini und sie veranstaltet öfter ein Gewinnspiel, bei dem du ein Taschenbuch aus der Zauber der Elemente-Reihe gewinnen kannst.

facebook.com/ mini.unruh

Übrigens, wenn dir die Zauber der Elemente Reihe gefällt, schreibe mir gern eine Rezension auf Amazon. Ich freue mich, sie zu lesen!

Daphne Unruh wurde in Berlin geboren und studierte dort Kunst, Kreatives Schreiben und Drehbuch. Sie illustriert Bücher, zeigt ihre bunten Wimmelbilder in diversen Ausstellungen in Berlin und Brandenburg und denkt sich fantastische Geschichten aus. Die Ideen dazu begegnen ihr in Catlantis. Das ist ein magischer Ort in der realen Märkischen Schweiz, wo die Autorin mit ihrer Familie zu Hause ist.

Blütentanz im magischen Wald:

www.youtube.com/catlantisworld

besucht mich auch auf:

daphneunruh.blogspot.de

twitter.com/daphneunruh

facebook.com/zauberderelemente

4258069R00217

Printed in Germany
by Amazon Distribution
GmbH, Leipzig